Marcia Rose · Die Schamanin

Marcia Rose

Die Schamanin

Roman

Aus dem Amerikanischen
von Almuth Cartens

btb

Die amerikanische Originalausgabe erschien 1998
unter dem Titel »A Time to Heal« bei Ballantine Books, New York

Umwelthinweis:
Dieses Buch und der Schutzumschlag wurden auf
chlorfrei gebleichtem Papier gedruckt.
Die Einschrumpffolie (zum Schutz vor Verschmutzung)
ist aus umweltschonender und recyclingfähiger PE-Folie

btb Bücher erscheinen im Goldmann Verlag,
einem Unternehmen der Verlagsgruppe Random House.

Einmalige Sonderausgabe

Satz: IBV Satz- und Datentechnik GmbH, Berlin
Druck und Bindung: GGP Media, Pößneck
Printed in Germany
ISBN 3-442-75086-5
www.btb-verlag.de

Dieses Buch ist dem echten Harry K. gewidmet, geliebt von vielen, vermisst von allen.

Die Autorin bedankt sich bei der Chefbibliothekarin Virginia Chapman von der Killingworth Public Library für all die Unterstützung, die sie bei ihren Recherchen erfahren hat, und ganz besonders bei der so unermüdlichen wie effizienten Elizabeth Ellis.

Alle Personen in dieser Geschichte – mit der Ausnahme von Margaret Sanger – sind der Phantasie der Autorin entsprungen. Wenn sie Ihnen dennoch bekannt oder schrecklich vertraut vorkommen, freut sich die Autorin darüber. Dennoch sind sie fiktiv.

Prolog

Shining Stone und ihre Tochter Bird

Pequot-Territorium am Massapoag nahe dem Fluss Konektikut, Sommer 1637

Shining Stone richtete sich blinzelnd auf und reckte sich. Es war so heiß auf der Wiese, dass ihr allmählich der Schweiß in die Augen lief. Nach einem dritten langen Tag des Kräutersammelns war sie erschöpft. Sie hätten sich bereits gestern auf den Heimweg machen sollen, doch die sonnigen Tage und abendlichen Regenschauer hatten die Schafgarben wuchern lassen und sie üppig mit heilenden Blüten bestückt. Sie wollte so viele pflücken, wie sie tragen konnte. Wie sie beide tragen konnten. Ihre Tochter Bird, inzwischen zwölf Sommer alt und fast eine Frau, hatte den Ausflug zusammen mit ihr unternommen. Bird war schon oft mit Shining Stone unterwegs gewesen, sogar als kleines Kind, als sie noch tollpatschig und unsicher lief; aber in diesem Jahr war es Zeit für sie, dass sie die Künste erlernte, in denen sich ihre Mutter so gut auskannte – im Heilen, in der Geburtshilfe und den Bestattungsriten.

Bird lernte, wie sie alles tat, nämlich rasch und mit Anmut. Shining Stone betrachtete ihre Tochter stolz. Das Mädchen, nicht wissend, dass sie beobachtet wurde, war eifrig mit Ausrupfen und Pflücken beschäftigt, beugte und streckte sich, geschmeidig wie ein Schilfrohr im Winde. Ihr langer Zopf schwang hin und her, während sie nach den kleinen, blassen Blüten des Wintergrüns Ausschau hielt. Bird war eine stattliche junge Frau, wenn auch nicht ausgesprochen schön. Sie war groß und breitschultrig, hatte hochangesetzte runde Brüste und kräftige Beine. Sie konnte weite Strecken gehen oder laufen. Und ihre Hände mit den langen, schmalen Fingern zeigten sich bei jeder Arbeit geschickt: beim Korbflechten, beim Sortieren von Muscheln, beim Gerben eines Hirschfells. Oder beim Sammeln von Pflanzen für den Medizinbeutel, was sie eben jetzt tat.

Viele junge Männer nickten ihr zu, wenn sie an ihrem Wigwam vorbeikamen, und warfen sich dabei ein bisschen in die Brust. Jeder hoffte, sie würde sagen: »*Ihn* will ich zum Mann.« Es nützte alles nichts. Shining Stone hatte bereits jemanden ausgesucht, mit dem Bird sich vermählen würde. White Wolf, der Sohn des Sachems, wie sie ihren Häuptling nannten, war der Mann, den sie sich für ihre Tochter wünschte. Wie gut die beiden zusammenpassten! Bird gehörte einer der angesehensten Familien im Dorf an, im Grunde genommen einer der bedeutendsten Familien des ganzen Stammes. Shining Stone war eine bekannte Heilerin und Hexe, ihr Mann Great Eagle der *pawwow* oder Schamane. Gemeinsam standen sie ganz oben in der Rangordnung der mächtigen Pequot.

Die Pequot waren, das wussten alle, das gefürchtetste Volk in dieser Gegend. Sie zählten Hunderte von hundertmal Hunderten, und jeder andere Stamm erzitterte in ihrer Gegenwart. Ganz allein hatten sie in diesem Teil der Welt sämtliche Völker besiegt – bis auf die Narragansett, diese listigen Wiesel, doch auch sie würden bald geschlagen werden. Shining Stone lächelte über ihre grimmigen Gedanken. Sie war keine Kriegerin, sie war *moigu*. Es war gut, *moigu* – Heilerin und Hexe – zu sein in dem Stamm, dessen Name eine Kurzform von *pekawatawog* – die Zerstörer – war.

Der Tag war herrlich, sonnig und klar, und ein zartes, goldenes Licht schien über die Wiese. Shining Stone schaute sich um und atmete die Schönheit ihres Landes ein, wo die Geister freundlich waren. Sie und Bird hatten Nieswurz, Bärentraube, Sassafras, Schlangenwurz, Holunderrinde und -beeren zum Schweißtreiben gefunden, Weiberwurz zur Linderung von Menstruationskrämpfen und Erleichterung der Geburt sowie Steinsame, um den Mondzyklus einer Frau zu beenden. Der um ihre Brust geschlungene Medizinbeutel war jetzt schwer und voll, wie eine schwangere Frau kurz vor der Niederkunft. Einige mussten für die Tiere übrig bleiben und andere Samen und damit eine neue Generation von Pflanzen hervorbringen.

»Komm, Bird«, rief sie. »Wir haben genug und ich möchte Wild Goose noch vor Anbruch der Dunkelheit sehen.«

Bird richtete sich gehorsam auf und kam auf die Mutter zu. »Ich habe letzte Nacht von meinem Bruder geträumt. Wild Goose schwamm zwischen vielen goldenen Fischen, und dann verwandelten sie sich in Sterne und fielen vom Himmel herab.«

Shining Stone runzelte die Stirn. Das war wirklich ein seltsamer Traum, und sie wusste nicht genau, was er bedeutete. Doch sie verspürte einen Anflug von Besorgnis und sagte: »Wir wollen uns beeilen, Bird.«

Als sie vor drei Tagen aufgebrochen waren, hatte ihr Sohn sich schon fast vollständig von einer eiternden Wunde am Fuß erholt. Er war am Tag zuvor am Strand auf eine zerbrochene Muschelschale getreten und trotzdem, wie es Jungen eben tun, mit seinen Freunden weiter auf die Jagd nach Austern und Muscheln gegangen, statt sich nach Hause zu begeben und seinen Fuß in einen Breiumschlag wickeln zu lassen. Er musste teuer dafür bezahlen, dass er den klaffenden Schnitt in seiner Sohle ignoriert hatte. Innerhalb eines Tages war der Fuß rot geworden und dann auf nahezu doppelte Größe angeschwollen. Er bekam Fieber, verdrehte die Augen und stammelte Worte, die keiner verstand.

Sein Vater war den ganzen Tag bei ihm geblieben, um für ihn zu beten. Mit den Geistern zu sprechen, war ja gut und schön, aber Shining Stone wusste, dass der Breiumschlag, den sie Wild Goose gemacht hatte, wirksamer sein würde. Dennoch, Birds merkwürdiger Traum ... Shining Stone war unbehaglich zu Mute und sie beschleunigte ihren Schritt.

»Mutter, ich habe etliche von den geheimen Wurzeln ausgegraben. Die alten Wurzeln haben ganz viele neue geboren«, sagte Bird, während sie sich beeilte, um sie einzuholen.

»Gut.« Shining Stone wusste, dass Bird Hundstod, Weiße Rübe und Haselwurz meinte, die wichtig waren, weil sie gekocht oder gemahlen eine starke Arznei waren, die verhindern konnte, dass eine Frau schwanger wurde. Shining Stones Mutter hatte ihr von diesen Wurzeln erzählt, so wie sie es von ihrer eigenen Mutter gehört hatte, und so weiter, bis zum Anbeginn der Zeit. Weil sie über dieses Wissen verfügte, war Shining Stone berühmt geworden. Keine andere hatte ihre Kenntnisse. Auch gewöhnliche Frauen wussten, dass Weiberwurz die Menses herbeiführen konnte, ebenso wie er Wehen erzeugte, wenn die Geburt des Babys fällig war. Doch Weiberwurz wirkte nicht immer. Shining Stones Arzneien dagegen taten es.

»Du hast ein gutes Gedächtnis, Bird. Und ich habe dich beobachtet, daher weiß ich, dass du sowohl fähige Hände als auch einen fähigen Geist hast. Du bist mit der Kraft zu heilen geboren und wirst eine berühmte Hexe werden.«

Bird errötete vor Freude. »Oh, das hoffe ich.«

Ein paar Minuten lang marschierten sie schweigend weiter. Dann sagte Bird ein wenig zaghaft: »Mutter?«

»Ja, meine Tochter?«

»Mein Traum hat dich beunruhigt. Bitte sag mir, ob es ein böses Omen für meinen Bruder ist.«

Shining Stone zögerte einen Moment, bevor sie eine Antwort gab, die sie sorgfältig erwog. »Ich weiß nicht, was dieser

Traum bedeutet. Sich im Wasser zu befinden, ist gut für deinen Bruder, denn Wasser besitzt, wie uns allen bekannt ist, große Heilkraft. Aber inmitten vieler Fische zu sein, das ist nicht gut. Wir wissen, dass ein Kranker von den Gesunden isoliert werden muss, sonst verlässt die Krankheit seinen Körper und geht auf einen anderen über. Ich weiß also nicht, ob der Traum etwas Gutes oder Schlechtes bedeutet. Ich weiß nur, dass ich ihn gern sehen und berühren und sicher sein möchte, dass alles in Ordnung ist.« Und sie zwang sich, noch ein bisschen schneller zu gehen.

»Erzähl mir eine Geschichte, Mutter, aus der Zeit, als ihr beide jung wart, du und Vater.«

Das würde helfen, die Zeit zu vertreiben, dachte Shining Stone, und sie davon abhalten, allzu viel über Birds Traum nachzugrübeln.

»Als dein Vater, Great Eagle, noch ein Junge war, fiel er zu Boden, zitterte und bebte, und Schaum trat aus seinem Mund. Jeder, der dies sah, war von Ehrfurcht ergriffen. Wie viele Geister mussten in diesem kleinen Körper wohnen, dass er auf diese Weise zuckte und tanzte! Und als es vorbei war, erinnerte er sich an gar nichts und wollte nur schlafen. Die Leute sagten: ›Die Geister haben ihn erwählt‹ …«

»Und dann, als er älter wurde –«, hakte Bird nach. Sie liebte diese Geschichte und wurde ihrer nie überdrüssig.

»Als er älter wurde, wusste er schon im Voraus, wann die Geister erscheinen würden, so wie jetzt. Er sieht die Luft zittern. Keiner sonst sieht es. Und sie erscheinen immer.«

Bird riss erstaunt die Augen auf. »Ich wünschte, die Geister würden auch mit mir sprechen, Mutter.«

»Scht! Du weißt nicht, was du sagst. Es ist nicht angenehm. Denk an Little Fern, die Mutter deines Vaters, deine Großmutter. Sie sprach oft mit den Geistern, und alle kamen zu ihr, um sich von ihren Krankheiten heilen zu lassen. Doch die Geister wurden wütend auf sie und sagten ihr, ihre Familie sei böse und wünsche ihr den Tod. Daraufhin ging sie in den Massapoag, wo sie ertrank. Auch vom Bruder ihres Vaters hieß es, er spreche mit den Geistern, und eines Tages, als er sechzehn war, sonderte er sich bei einer Jagd ab und verschwand. Er kehrte nie zu seiner Familie zurück. Wünsch dir also nichts, was dir wehtun könnte.«

Bird blieb hartnäckig und fragte: »Wenn es so gefährlich ist, warum wählen wir dann unsere Schamanen danach aus?«

»Du dummes Kind, wir wählen sie nicht aus. Sie werden durch Zeichen aus der Welt der Geister auserwählt. Es ist eine Bürde, die ihnen auferlegt wird, und die sie akzeptieren.«

Schweigend gingen sie weiter und streiften dabei die hohen, gefiederten Gräser, die im Sumpf wuchsen. Einen Pfad gab es nicht, doch das machte nichts. Sie kannten ihren Weg gut, und das Kreischen von Möwen verriet ihnen, dass sie ganz in der Nähe von Massapoag, dem Großen Wasser, waren, wo sie ihr Sommerlager errichtet hatten.

Bird schaute bewundernd zu ihrer Mutter hinüber. Sie trug ebenso wie Bird einen knielangen Wickelrock aus Hirschleder, der von einem Gürtel gehalten wurde. Shining Stones Gürtel war ein kunstvolles Geflecht aus winzigen Perlen in vielen Farben, und ihr Stirnband bestand aus ganz feiner Vogelhaut, bestickt mit Perlen. Birds Kleidung war wesentlich einfacher, wie es sich für eine jüngere Frau schickte. Ihr Glücksamulett war aus Stein, das ihrer Mutter hingegen ein wunderschöner, langer, röhrenförmiger Anhänger, geschnitzt aus einer schillernden Venusmuschel, purpurn wie der kostbarste Wampum. Er war sehr alt und mit einem ganz dünnen Stein durchbohrt worden – nicht mit einem Metallnagel des weißen Mannes perforiert wie der heutige Wampum. »Dieses Amulett ist etwas ganz Besonderes, Bird, und wenn du Frau wirst, geht es an dich über.« Dieser Tag würde bald kommen, dachte Bird und freute sich.

Plötzlich hielt Shining Stone im Gehen inne. Auch Bird blieb stehen.

»Dieser Geruch«, sagte Shining Stone. »Riechst du das?« Bird schnupperte. »Gebratenes Fleisch«, meinte sie.

Ihre Mutter schüttelte den Kopf. »Nein. Nein, es ist … etwas anderes. Etwas Schlimmes. Komm. Wir müssen uns beeilen.« Keuchend zwängte sie sich durch die hohen, gefiederten Gräser. Bird wurde ängstlich zu Mute und ihr Herz schlug rascher. »Mutter, was meinst du? Etwas Schlimmes? Was weißt du?« »Nichts. Ich weiß nichts. Beeilen wir uns!«

»Sie haben Essen gekocht, um es zum Fest des Sachems mitzunehmen.« Ihr Bruder hatte sich geärgert, weil er dableiben musste, erinnerte sich Bird. Er wollte so gern mit in das Fort des Sachems und mit den anderen zusammen feiern. Uncas und seine englischen Freunde hatten sich mit eingekniffenem Schwanz vom Pequot-Territorium geschlichen, deshalb wurde ein Fest anberaumt. Schrecklicher Uncas! Aus Wut darüber, dass er nicht zum Sachem ernannt worden war, hatte er sich von seinem Stamm losgesagt und andere zornige junge Männer mitgenommen. Er gab seiner Gruppe den alten Namen des Stammes, Mohegan, lebte getrennt vom Rest seines Volkes und schloss Verträge mit den Engländern. Sie hatten den Pequot Krieg angedroht, es sich jedoch anders überlegt und sich zurückgezogen. Daraufhin gab der Sachem bekannt, dass er ein großes Fest in seinem Fort veranstalten würde, und lud den ganzen Stamm dazu ein. Natürlich würde jedermann von Bedeutung zugegen sein. Oh, wie Wild Goose geweint und gehadert hatte – aber er konnte immer noch nicht laufen und hätte die anderen mit seinem geschwollenen Fuß behindert. Daher war Birds Vater gemeinsam mit denjenigen, die zu alt oder zu krank waren, um die Reise anzutreten, ebenfalls zurückgeblieben, um ihn gesundzubeten.

Der Geruch nach gebratenem Fleisch war jetzt furchtbar stark und vermischt mit einem anderen, dem Geruch nach etwas Bösem. Shining Stone ließ ihre Bündel fallen und rannte durch den Flugsand auf den Kamm der Dünen, dicht gefolgt von Bird.

Als sie hinabschauten, spürte Bird, wie ihr Herz stehen blieb. Wo war ihr Dorf? Wo war alles? Nur zwei oder drei Wigwams standen. Die übrigen waren zu Haufen von Schösslingen und Schilfrohr zertrampelt worden, die sich über die verkohlte Erde breiteten. Nur die steinernen Herdstellen in der Mitte der Lehmfußböden waren noch da. Keine Schlafplattform war heil geblieben; in Trümmern lagen sie zerstreut herum. Und alles hatte man verbrannt: die Schlafmatten, die Decken, die zum Nähen vorbereiteten Felle! Selbst der Sand war schwarz und versengt. Auch der Zeremonialbau, ein Langhaus, ihre heilige Stätte, war eingeschlagen und zerstört. Schluchzer der Angst und des Entsetzens entwichen Birds Kehle, aber ihre Mutter legte ihr eine Hand über den Mund, um jegliches Geräusch zu ersticken.

»Psst«, flüsterte sie mit einer Stimme, die fast keine Stimme mehr war. »Horch, ob du unseren Feind hörst.« Bird fühlte sich wie angewurzelt, unfähig, sich zu bewegen, unfähig zu atmen, doch sie gehorchte und lauschte. Keine lebende Seele stand aufrecht da oder ging umher. Ihr Vater! Ihr Bruder! Ihre betagten Großeltern! Sie duckte sich hinter die Düne und fühlte sich innerlich leer, während die Tränen, die sie nicht aufhalten konnte, ihr leise über die Wangen rannen.

Shining Stone vernahm ein lautes Dröhnen und Trommeln, das klang wie die Brandung. Nach einem Moment erkannte sie es als das schwere Klopfen ihres Herzens, eines Herzens, das vor Kummer und Leid brach. Dahin, alles dahin! Dahin! Sie mühte sich, es in sich aufzunehmen, zu begreifen, was ihre Augen sahen. Ihr Dorf, beinahe vollständig zerstört. Aber warum? Und von welchem Feind? Keiner von den Kriegern war hier gewesen, niemand außer den Kranken und sehr

Alten zurückgeblieben. Warum sie töten? Es ergab keinen Sinn.

Sie hörte Stöhnen und schwache Schreie; das bedeutete, dass dort unten noch jemand lebte. Ihr eigener Wigwam war verschont worden. An den Rändern ein wenig schwelend, stand er da. Dann erblickte sie die aus dem Wigwam geschleuderten Leichen der alten Eltern ihres Mannes. Vielleicht lebten ihr Sohn und ihr Mann noch. Womöglich waren sie gefangen genommen worden. In diesem Falle würde sie sie befreien und anschließend diejenigen, die sie verschleppt hatten, mit einem Fluch belegen. Einem Fluch, der sie langsam und qualvoll sterben ließ! Heilsamer Zorn stieg in ihr auf.

»Komm«, sagte sie im Flüsterton, falls ein Feind in der Nähe war und horchte. »Wir gehen jetzt dort hinunter. Halte dich hinter mir.« Gemeinsam krochen sie vorsichtig die Düne hinab, wobei sie jeweils nach wenigen Schritten innehielten, um zu lauschen. Doch mit jeder Bewegung wuchs in Shining Stone die Gewissheit, dass der Feind abgezogen war, lange schon. *Töten wie Feiglinge, wegrennen wie Feiglinge*, dachte sie.

Rasch glitt sie mit hämmerndem Herzen den Hang der Düne hinunter und stürzte auf ihren Wigwam zu. Mein Sohn! Sie betete wortlos. *Mein Mann! Lass sie am Leben sein!* Sie hielt inne, um Atem zu holen, bückte sich und betrat ihr Heim. Ihr Herz blieb stehen. So viel Blut! So viele schreckliche Wunden! Man hatte sie beide gleichzeitig umgebracht; die toten Arme ihres Mannes waren noch um seinen Sohn geschlungen. Und dann sah sie, dass sein Kopf abgehackt worden war und seitlich herabhing wie bei einem zerschmetterten Vogel. Eine Woge der Dunkelheit schwappte über sie hinweg, und sie schloss die Augen, um zu verhindern, dass sie sie mitriss.

Hinter ihr ertönte ein furchtbarer Schrei. Bird, die nach ihr hereingekrochen war, stöhnte. »Oh nein! Das kann nicht sein!« Sie begann, sich auf den Knien hin und her zu schaukeln. Shining Stone fiel auf die Knie und drückte das Mädchen fest an sich. »Denk immer daran«, sagte sie. »Vergiss diesen entsetzlichen Tag nie, dein Leben lang.« Tot, alle tot, und kein weiser und angesehener Mann, der die Bestattungsriten für die armen Seelen, abgeschlachtet wie Tiere, vollziehen konnte, keine andere Frau, die mit ihr weinen, sie besuchen, *»Kutchimmoke* – sei guten Mutes« sagen würde, niemand, der den Trauernden Wange und Kopf streichelte. Shining Stone hielt ihre Tochter umfasst und gemeinsam beklagten sie ihr Leid.

Nach einer Weile erhob sich Shining Stone und Bird mit ihr. Sie gingen hinaus an den Strand, der vom blutroten Licht der untergehenden Sonne erhellt war. Shining Stone zitterte. Ihr ganzer Körper drängte sie zum Wegrennen. Aus der Nähe hörte sie ein leises, schmerzerfülltes Wispern. Sie bewegte sich auf das Geräusch zu, Bird gleich hinter ihr, sodass sie den Atem des Mädchens auf ihrer Schulter spürte.

»Au!« Fast wären sie über ihn gestolpert – einen schlanken jungen Mann, der zusammengekrümmt am Fuß einer Düne lag. Shining Stone kannte ihn. Er war einer von denen, die in der Hoffnung, Birds Aufmerksamkeit zu wecken, oft an ihrem Wigwam vorbeigekommen waren. Sein Name war Thundercloud. Er hatte so viele schreckliche Verletzungen, dass ihr nicht klar war, wie er damit noch leben konnte. Als sie sich neben ihn kniete, um zu sehen, ob sie ihn vielleicht retten könnte, öffnete er sein eines verbliebenes Auge. Er versuchte zu sprechen, doch sie verstand nichts, bis sie ihr Ohr direkt an seinen Mund legte. »Rennt weg«, sagte er, »rennt weg von hier …« Er musste innehalten und ein dünnes Blutrinnsal zeigte sich auf seinen Lippen.

»Erzähle mir, so viel du kannst, kleiner Bruder«, drängte Shining Stone ihn. »Du bist schwer verwundet, und ich muss wissen, wer dir das angetan hat, bevor du stirbst. Sag mir, es waren die Naragansett, nicht wahr?« Aber sein Mund formte das Wort »Nein«.

Sie schickte Bird Wasser holen, um seine Lippen zu benetzen. Mit jeweils zwei oder drei Worten auf einmal berichtete er von dem Überfall. Als die Sonne unter den Horizont gesunken war und die ersten schwach leuchtenden Sterne am Himmel erschienen, kannte Shining Stone die ganze Geschichte. Es war schlimmer, als sie es sich hätte ausmalen können. Uncas hatte ihnen das Fürchterliche angetan, zusammen mit den *Yenguese,* den Engländern. Sie hatten nur so getan, als ob sie das Pequot-Territorium verließen. In der Nacht waren sie umgekehrt und bei Tagesanbruch in aller Stille den Fluss Mystic entlang dorthin gegangen, wo die Pequot im Fort feierten, hatten sie überfallen und alle hingemetzelt.

»Die ›Zerstörer‹ sind vernichtet worden«, sagte Thundercloud. »Vor zwei Tagen. Der Sachem auch.« Einige der Mohegan-Krieger waren vom Fort am Mystic ausgeschwärmt und hatten sich auf die Suche nach weiteren Pequot gemacht, um sic zu töten. Thundercloud war die vielen Meilen gerannt, um diejenigen zu warnen, die zu Hause geblieben waren. »Aber sie waren schon hier«, flüsterte er. Mehr Blut ergoss sich aus seinem Mund. Shining Stone nahm seine Hand in die ihre, um die Kraft ihres Körpers auf ihn übergehen zu lassen, und sei es nur für einen Augenblick. Neben ihr sagte Bird: »Aber Uncas ist ein Pequot, und die Pequot schlachten sich nicht gegenseitig ab.« Shining Stone erwiderte: »Nein, Uncas bezeichnet sich als Mohegan und nicht als Pequot. Ich bezeichne ihn als Abtrünnigen. Er hat sich gegen seine Brüder und Schwestern gewandt und das Volk der Pequot vernichtet.« Tränen strömten ihr aus den Augen, während sie sprach.

Schließlich tat Thundercloud seinen letzten Atemzug und sein Kopf fiel nach hinten. Bird sank weinend und jammernd auf die Knie.

Shining Stone legte die Arme um das Mädchen. Ihr Herz war zu Stein geworden. »Wir werden später weinen, meine Tochter«, sagte sie. »Du musst jetzt aufhören. Uns werden sie nicht erwischen. Wenn es künftig noch Pequot auf der Welt geben soll, müssen wir sofort aufbrechen. Wir werden zu einem geheimen Platz in der Nähe des Winterlagers gehen, den ich kenne. Vielleicht konnten einige der anderen fliehen und kommen auch dorthin.«

Sie rafften nur ein paar Sachen zusammen, ihre Arzneien, zwei Töpfe und Decken. Dann erklommen sie die Dünen und fingen an zu laufen. Als es vollkommen dunkel war, machten sie Rast, um zu schlafen. Bei Tagesanbruch standen sie auf und setzten ihren Marsch fort, immer wieder hinter sich blickend, bei jedem Rascheln im Gehölz zusammenfahrend. Sie stießen auf einen Fluss, wo sie tranken, Johannisbeeren von den Büschen pflückten und aßen. Shining Stone sagte: »Lass uns diesem Strom zu seiner Mutter folgen.« Sie meinte den breiten Fluss namens Konektikut, der hoch oben im Norden entsprang und sich brausend durch das Pequot-Land ergoss, bevor er sich in den Massapoag entleerte und sich mit dem großen Wasser vereinigte.

Bis Sonnenuntergang waren sie ein gutes Stück flussaufwärts gelaufen. »Sind wir bald an dem geheimen Ort, Mutter?«

»Ja, es dauert nicht mehr lange. Wir werden zu einer Flussbiegung kommen, und dort müssen wir dem Wasser den Rücken kehren und bergan durch den Wald steigen.«

Am nächsten Morgen entdeckte Shining Stone den verborgenen Pfad. Sie kletterten hoch und immer höher durch üppig wuchernde Gehölze, die von dem Gewisper zahlreicher Tiere erfüllt waren. Sie würden genug zu essen haben, dachte Bird. Sie bemerkte die vielen kräftigen Schösslinge, aus denen sie morgen einen neuen Wigwam bauen würden.

Endlich zwängte sich Shining Stone durch einen dichten Birkenhain und sagte: »Hier.«

Die ebene Lichtung inmitten des Waldes wurde hell von der Sonne beschienen, gekühlt durch die umstehenden Bäume, und man konnte weit unten den rauschenden Fluss hören sowie ganz in der Nähe einen Bach. Auf der anderen Seite des Platzes stand ein mächtiger Hickorybaum. Mit seiner rauen Rinde sah er aus wie ein riesiger grauer Bär; seine weit verzweigten Äste hingen mit ihrer Last reifer Nüsse fast bis zum Boden herab. So ein großer und freundlicher Baum muss ein gutes Omen sein, dachte Bird.

»Wir müssen stark sein«, sagte ihre Mutter. »Wir können nicht zurück. Wir haben *Manitook*, Gottes Land, für alle Zeiten verlassen und werden diesen Ort zu unserer neuen Heimat machen.«

Bird umarmte die Mutter, um sie zu trösten, obgleich sie sich leer und verloren fühlte. Sie wusste kaum mehr, wer sie war. Wer konnte sie denn sein, ein Mädchen ohne Familie, ohne Dorf, ohne Stamm? Sie war so klein und die Welt so groß.

Während sie dastanden und sich umschlangen, kam ein Kitz aus dem Wald spaziert, starrte sie mit großen, sanften Augen an und nahm dann Reißaus. Beide lachten ein wenig. Shining Stone wischte Bird und sich selbst die Tränen von den Wangen. Sie nahm ihre Tochter bei der Hand und sie wanderten auf der Lichtung herum.

»Hier werden wir den Wigwam aufstellen und dort einen kleinen Garten anlegen, und wir werden Fallen bauen, um Kaninchen zu fangen. Siehst du den großen Baum da drüben, Bird? Dieser Baum wird unsere Mutter und unser Vater sein. Er wird uns beschützen. Bald schon werden andere ihren Weg hier herauf finden, und dann können wir beginnen. – Ja«, sagte sie entschlossen und schaute Bird tief in die Augen, damit diese sich stets ihrer Worte entsann. »Dies ist der richtige Ort für uns. Hier werden wir bleiben.«

Erster Teil

Annis (Little Bird)
Rebecca (Wounded Bird)
Morgan (Water Bird)
Todd Wellburn

1

August 1868 in den Hügeln oberhalb von East Haddam, Connecticut

Es war eine schwere Geburt. Das Baby hatte breite Schultern und einen großen Kopf, und Annis war alt – beinahe dreißig. Aber sie hieß den Schmerz willkommen, weil er ihr einen Sohn bescheren würde. Sie war sicher, dass es ein Junge war. Monatelang hatte er in ihr um sich getreten und geschlagen und war dabei stark geworden. Ihre Träume handelten alle von hohen Kiefern und Reihern und gefiederten Lanzen. Sie wusste, wie Träume und andere Zeichen zu deuten waren. Sie stammte von einer langen Ahnenreihe von Hexen und Heilerinnen ab und hatte das Recht, sich *moigu* zu nennen. Es würde ein Junge werden.

Annis hockte sich auf eine Decke, die sie unter dem großen Hickory mit der rauen Rinde, der dem Haus Schatten spendete, ausgebreitet hatte, und drängte ihren Sohn wortlos, seine Stärke dazu zu nutzen, auf die Welt zu kommen. Spätnachmittägliche Hitze legte sich wie ein keuchendes Tier über die Erde. Die Zikaden kreischten schrill. Das einzige Geräusch, das es sonst noch gab, war ihr eigenes schnaufendes, ächzendes Atmen. Der Schweiß rann ihr den Körper hinab. Keine Brise bewegte das lange, dürre Gras am Rande der Lichtung. Nicht einmal die Espenblätter regten sich.

Endlich, als die Sonne in einem lodernden Feuer aus Rot und Purpur unterzugehen begann, glitt das Kind heraus und fing an zu schreien. Es war dunkelhäutig, dunkel und rot. Sie würde ihn in der Sprache der Alten Red Sunset nennen.

Annis hob ihr Baby hoch, wischte es ab, blinzelte und schaute erneut hin. Das war kein Junge, kein Sohn. Die Zeichen waren falsch gewesen. Wie konnte das sein? Kein Zweifel jedoch: sie hatte eine Tochter bekommen, noch ein Mädchen. Aber was für eines! So dunkel und kampflustig mit ihren kräftigen Schreien und dem dichten Schopf glatter schwarzer Haare! Ganz anders als Becky, die ein winziges Ding war, wie die Elfen in den Geschichten, die Pa zu erzählen pflegte. Beckys Haut war rosig und weiß, und das kupferfarbene Haar fiel ihr in Ringellocken bis zur Taille. Eine kleine Schönheit, sagten alle. Was sie meinten, war: Die hat nichts Indianisches an sich. Nun, sie war das genaue Ebenbild von Pa, einem Engländer, der über das weite Wasser gekommen war, um zu sehen, was es in der Neuen Welt zu entdecken gab. Und er hatte Annis' Mam entdeckt – Margaret für die Städter, aber ihr richtiger Name war White Bird.

Die Eltern ihrer Mutter hatten sich von ihr abgewandt, als Margaret den Engländer in ihr Lager mitbrachte. Sie waren Vollblut-Pequot. Mochten sie sich auch christliche Namen zulegen – das war einfacher bei ihren Handelsgeschäften –, so würden sie doch niemals zum Gott der Christen beten und nie einen Christen als Lebensgefährten akzeptieren. Nach dem Massaker, das die *Yenguese* als den Pequot-Krieg bezeichneten, hatten einige wenige aus ihrem Volk fliehen können und ein paar davon zu diesem Ort gefunden. Gott sei Dank waren die Pequot nicht völlig ausgerottet worden, doch ihnen war klar, dass sie an ihrer ureigenen Lebensweise festhalten und für sich bleiben mussten. Margaret und ihre Familie nahmen unter ihnen einen hohen Rang ein. Sie stammten direkt von der berühmten Bird ab, der *moigu*, die Krämpfe lindern konnte, indem sie einen nur anschaute, und blutige

Messer aus dem Nichts herbeizauberte, genau wie ein Schamane. Wieso auch nicht? Schließlich war Birds Mutter *moigu* gewesen und ihr Vater ein bekannter Schamane, der von den Mohegan, diesen Verrätern, in seinem eigenen Wigwam getötet worden war, während er sich um seinen sterbenden Sohn kümmerte. Die direkten Nachfahren eines Schamanen und einer *moigu* billigten ihren *Yengue* mit seinem seltsamen kupferroten Haar, der milchweißen Haut und den winzigen orangefarbenen Flecken im Gesicht nicht.

White Bird aber hatte sich verliebt und machte sich nichts daraus. Sie verachtete die Männer ihres Stammes, von denen viele dem Übel Rum erlegen waren und betrunken herumhockten. Sie verdiene etwas Besseres, sagte sie zu ihrer Mutter. Sie war bereits eine berühmte Heilerin. Sie konnte jeden Mann haben, den sie wollte, und sie wollte Arthur Armstrong, ihren Engländer. Die beiden bekamen eine Tochter – das war Annis – und einen Sohn, Tristram. Dann jedoch starb Arthur auf einer Reise flussaufwärts nach Vermont. Zumindest kehrte er nie zu seiner Familie zurück. White Bird kam daraufhin mit ihren zwei Kindern wieder hierher und beugte den Kopf vor ihren Eltern. Ihren Enkeln zuliebe und weil ihr einziges weiteres Kind, White Birds Schwester, ihnen mittlerweile von den Geistern genommen worden war, nahmen sie sie auf.

Annis' Erinnerungen an ihren Pa blitzten nur bruchstückhaft in ihrem Gedächtnis auf. Ganz lebhaft entsann sie sich aber des fürchterlichen Kummers ihrer Mutter, eines Sturzbachs aus Schluchzern und Anrufungen der Götter, der scheinbar nie versiegen wollte. Eine solche alles verzehrende Liebe hatte Annis nur einmal kennen gelernt – und ihn fortgeschickt. Ihn fortgeschickt und sein Kind, das schon deutlich ein Junge war, aus ihrem Leib verstoßen. Sie war bereits mit Todd Wellburn verheiratet, der losgezogen war, um im Großen Krieg zu kämpfen, irgendwo weit weg. Wie konnte sie Todd einen Sohn präsentieren, wenn er so lange nicht in ihrer Nähe gewesen war? Also hatte sie sich ihre Pflanzenkenntnisse zu Nutze gemacht und sich einen Aufguss aus gemahlenem Schlangenwurz in warmem Wasser verabreicht. Sie bereitete ihn aus der Septembersilberkerze zu, die auf den Wiesen wuchs und stärker war als die Blaubeere aus dem tiefen Wald. Sorgfältig kochte sie einen Tee und trank ihn in einem Zug aus. Nach ungefähr einer Stunde begannen die Krämpfe, und bald darauf glitt das winzige Wesen heraus, das mit seinen angewinkelten kleinen Armen und Beinen so süß und unschuldig wirkte. Dann hob sie ein Erdloch aus, wickelte ihn in ein hübsches Stück Leinen, das sie von einer der Frauen erhalten hatte, deren Hebamme sie gewesen war, und begrub ihn. Sie dachte, der Kummer würde sie umbringen. Doch Becky brauchte ihre Mam, deshalb kam Sterben nicht in Frage. Trotzdem vergaß sie den erst halb entwickelten Kleinen nie. Und seinen Vater auch nicht.

Wenn Todd nicht in den Krieg gezogen wäre, wäre das alles nie passiert. Aber jeder ging, also auch er. »Will mir den Spaß nicht entgehen lassen«, sagte er zu Annis und marschierte am 20. April 1862 von Hartford aus in vollem Glanz mit den Ersten Freiwilligen von Connecticut von dannen. Für drei Monate hatte er sich verpflichtet, doch es dauerte fünf Jahre, bis sie ihn wieder sah. Oh ja, er ließ jemanden ein paar Briefe an sie schreiben. Daher wusste sie, dass er sich nach Bull Run erneut für drei Jahre verpflichtet hatte, wie so viele, die Narren. Dann hatte sie etwa ein Jahr später einen Brief aus einem Gefangenenlager unten im Süden bekommen, der von einer »wirklich feinen Dame« verfasst worden war. Und das war alles, was sie von ihm hörte. Er hätte gefallen sein können, aber sie war sicher, dass dem nicht so war. Wenn er gestorben wäre, hätte sie im Traum ein Zeichen bekommen, ganz bestimmt. Sie wusste gewiss, dass er heimkehren würde, und er war heimgekehrt, vor beinahe einem Jahr.

Annis blickte über die Lichtung hinweg auf ihr Haus. Auf der Veranda standen, wie sie es ihnen befohlen hatte, Todd und Becky und warteten. Rebecca hieß in der Sprache der Alten Wounded Bird. Das war alles, was sie von der alten Sprache noch kannte: Namen und die Bezeichnungen von Kräutern und Pflanzen, die sie für ihre Arbeit benötigte. Ihr eigener indianischer Name war Little Bird, und Becky hieß Wounded Bird, weil während der Geburt ein Sperling mit gebrochenem Flügel auf den Boden gefallen und herumgeflattert war. Und dieses Kind, diese neue Tochter? Mit ihrem Namen konnte Annis warten, bis sie ein Zeichen erhielt.

Heiser rief sie ihrer Familie zu: »Kommt her und guckt! Wir haben noch ein kleines Mädchen!«

Todd kam im Laufschritt, kaum noch hinkend. Er schonte sein verletztes Bein sehr wenig. Sie hatte gut daran getan, es in einen Ameisenhaufen zu legen, wo die Insekten das verweste Fleisch abfraßen und es anschließend sauber heilen konnte. Als sie ihn zum ersten Mal gesehen hatte, im letzten Spätsommer, war er, auf einen Stock gestützt, auf die Lichtung gehumpelt. Man konnte seine Ankunft riechen, da sein Bein ganz geschwollen und purpurrot vor Fäulnis war. Sein Gesicht war bärtig und zerfurcht von Schmerzen. Sie hatte ihren eigenen Mann nicht erkannt. Seitwärts war sie auf die Tür der Hütte zugekrochen und hatte nach dem Jagdgewehr gegriffen, weil sie den sonnenverbrannten Eindringling geradewegs in die Hölle befördern wollte.

»Was ist los mit dir, Frau?«, hatte er ihr zugeschrien. »Siehst du nicht, dass dies hier dein Mann ist, der die letzten Jahre gegen Johnny Reb gekämpft hat?« Nun, sie war immer noch nicht sicher; erst als er ihr einen heißen Kuss aufzwang, erkannte sie seinen Geruch und Geschmack sofort wieder, trotz des stinkenden Beines und der Schichten von Ruß und Schmutz, die ihn bedeckten.

Jetzt nahm er ihr das neugeborene Baby ab und studierte es.

»Sieht indianisch aus, nick? Schade, dass es wieder 'n Mädchen is. Hätte 'n Jungen gebrauchen können, der mir beim Fallenstellen und Abhäuten und so hilft. Und denn hatten wir doch so'n schönen Namen für ihn. Morgan. Die Familie von meiner Ma, das waren alles Morgans.« Die Kleine in seinen Händen strampelte, wandte sich ihm zu, und ihr Mund öffnete sich auf der Suche nach Milch. Todd fing an zu lachen. »Teufel noch mal, Mädel, von mir willst du bestimmt nichts!« Das Baby begann zu schreien. Er drehte sich zu Annis um und sagte: »Sie is 'n munteres kleines Ding, genau wie ihre Ma. Ich meine, wen kümmert's, dass sie 'n Mädchen is, was, Becky? Mädchen sind notwendig für die menschliche Rasse, is es nich wahr? Sie wird sich schon machen. Was soll's, wir nennen sie trotzdem Morgan. Morgan Wellburn, das is doch mal 'n Name, den man sich merkt.«

»Morgan le Fay«, sagte Annis und langte nach dem Baby, um es zu stillen. Der winzige Mund schnappte einen Moment auf und zu, umschloss dann die Brustwarze und fing an zu saugen. Die machte kein Getue. »Ich entsinne mich an Morgan le Fay aus einer alten Geschichte, die mein Vater uns vorlas, über König Arthur und seine Ritter. Sie war eine Hexe!« Sie spuckte drei Mal aus, was Glück bringen sollte, obwohl ihr Mund staubtrocken war. »Und wenn schon! Meine Familie besteht schließlich aus einer ununterbrochenen Reihe von Hexen! Wer weiß, welche Geister mit Quare Auntie sprechen?« Annis spuckte erneut aus und schaute sich um. Die alte Frau wanderte gewöhnlich in den Wäldern umher, wo sie sich vor anderen Menschen versteckte. Aber hin und wieder kam sie auf die Lichtung und schrie aus vollem Halse, sei es bei Tag oder bei Nacht.

»Jetzt pass mal gut auf, Rebecca«, sagte Annis und zog ihre zweite Tochter neben sich. »Es sind deine Vorfahren, über die ich hier rede. Und meine alte Großmutter, die hat ihre Großmutter *moigu* genannt, weil ihre Oma von den Mohegan abstammte, und *moigu* ist das Mohegan-Wort für Hexe. Oder Medizinmann. Es gilt für beide, dasselbe Wort, für Frau oder Mann. Hörst du auch zu?« Becky lächelte sie an und sagte: »Ja, Mam«, aber Annis bezweifelte, dass ihre schöne Tochter jemals *moigu* sein würde. Sie war fügsam und befolgte Anweisungen, doch sie besaß weder das zweite Gesicht noch die Kraft zu heilen.

»Fang bloß nick mit dem indjanischen Gespensterquatsch an, Annis. Dieses Baby is auch mein Kind, und sie is keine Moyguh.«

»Sei kein Trottel, Todd. Eine Hexe ist nichts Schlechtes«, sagte Annis. »Eine Hexe hat Macht. Diese Morgan le Fay da, von der ich spreche, die war eine weiße Hexe. Mein Daddy hat uns die ganze Geschichte über Arthur und das Schwert in dem Stein und das alles vorgelesen. Sie haben meine Mutter eine Hexe genannt, weil sie Angst vor ihr hatten. Aber trotzdem sind sie zu ihr gekommen, wenn sie krank waren oder in den Wehen lagen. Sie wurde mit dieser Macht geboren, genau wie ich, und –«

Sie brach ab und starrte über Todds Schulter. Hatte sie es sich nicht gedacht? Da kam Quare Auntie aus dem Wald. Besser als das letzte Mal, als Annis sie zu Gesicht bekommen hatte, sah sie ganz sicher nicht aus. Sie war mit Schmutz bedeckt, und ihr zottiges weißes Haar war seit langem weder gebürstet noch geflochten worden, womöglich seit Jahren nicht. An einem Bein hatte sie eine hässliche rote Wunde, und obgleich sie erst am Rande der Lichtung war, konnte man sie schon riechen: eine Mischung aus Tierkadaver, Exkrementen und Fäulnis. Annis hätte am liebsten gerufen: »Geh weg, du schreckliche alte Frau! Komm meinem Baby bloß nicht zu nahe!« Aber das tat sie natürlich nicht. Mochte Quare Auntie auch von Geistern besessen sein, so war sie doch die Schwester von Annis' Mutter. Wie alt sie wohl war? Schwer zu sagen. Um die sechzig wahrscheinlich. Es war ein Wunder, dass sie dieses Alter erreicht hatte, wo sie doch ganz allein lebte und im Wald umherwanderte. Es musste also stimmen: Die Geister, mit denen sie sprach, beschützten sie.

»Wer ist da?«, rief Annis, und Quare Auntie antwortete: »Small Sparrow«. Annis hatte vergessen, dass sie so hieß, denn es war lange her, dass jemand diesen Namen benutzt hatte. Einst musste sie ein liebes kleines Mädchen mit munteren Knopfaugen gewesen sein. Annis versuchte sich vorzustellen, wie ihre Großmutter Small Sparrow zärtlich die Hand auf den Kopf gelegt und ihr gesagt hatte, wie hübsch sie sei.

Quare Annie schlich sich vom Rande der Lichtung her an, wobei sie sich ständig argwöhnisch umschaute, irgendwelche unsichtbaren Wesen beschimpfte und gestikulierte und schrie: »Wech da! Zurück! Wech, sag ich!«

Todd erstarrte und Becky barg den Kopf an der Schulter ihrer Mutter. In möglichst freundlichem, gelassenem Ton begrüßte Annies ihre Tante. »Warum kommst du uns heute Abend besuchen?«, fragte sie.

Mit völlig normaler Stimme sagte Quare Auntie: »Nun, ein Geist hat mir im Traum gesagt, ich soll aufstehen und zu dem neugeborenen Baby gehen. Ich soll ihr meine Hand auf den Kopf legen und ihr einen Namen geben.«

»Woher weißt du denn, dass es ein Mädchen ist?«, fragte Todd. »Überhaupt, wie um alles in der Welt konntest du wissen, dass Annis ein Kind kriegt? Beobachtest du uns, Auntie? Bist du immer in der Nähe und spionierst uns aus? Ist es das, was du den ganzen Tag tust?«

Quare Auntie beachtete ihn gar nicht – das war so ihre Art –, sondern kam einfach anmarschiert und legte dem Säugling ihre Hand auf den Kopf. »Ich nenne dich Woman of the River«, intonierte sie, einen Namen aus der Sprache der Alten wählend, »und du wirst dem Fluss zu deinem Schicksal folgen.«

Plötzlich bemerkte sie ein Muttermal auf der Schulter des

Babys und wich zurück. »Ein Vogel! Ein Adler! Sie hätte ein Junge sein sollen!« Sie beugte sich zu Annis hinab, kniff die Augen zusammen und rief: »Hure! Deine schamlose Unzucht am Fluss hat das Kind vergiftet! Oh ja, ich habe dich gesehen, dich und deinen schwarzhaarigen Liebhaber!« Annis' Herz begann zu hämmern. Quare Auntie hatte sie beobachtet? Sie und Nattie Marcus? Galle stieg in ihr hoch und sie schluckte. Und wenn schon! Sie war bloß eine alte Frau, die Dinge sah, die sonst niemand sah, und Stimmen hörte, die sonst niemand hörte. Und keiner außer ihr konnte sich so geräuschlos bewegen wie die Geister, die sie umgaben. Annis erschauerte.

Die zerlumpte alte Frau grinste sie an und entblößte dabei ihre grünlichen Zähne. Dann trat sie ein Stück zurück und sang: *»Black is the colour of my true love's hair …«* Schließlich entfernte sie sich. Gut so. Genug von dem Gerede über einen schwarzhaarigen Liebhaber. Außerdem stank Quare Auntie noch schlimmer als Todds Wunde bei seiner Heimkehr. Quare Auntie brach in ein wildes, freudloses Gelächter aus, drehte sich um und marschierte auf den Wald zu. Sie hielt inne, um etwas auf Pequot hervorzustoßen, und wechselte dann ins Englische. »Hör mir gut zu, kleine Nichte: unsere Familie endet mit diesem Kind. Dieses Kind wird alles verändern! Pass auf sie auf!«

Annis hatte bemerkt, dass Quare Auntie so tat, als sähe sie Becky nicht, als wäre Becky nicht vorhanden. An dem Tag, als Rebecca geboren wurde, war sie nicht aus ihrem Versteck gekommen; sie hatte keinen Traum gehabt, der ihr einen Namen für sie mitgab. Was bedeutete das? Annis lief es kalt den Rücken hinunter. Natürlich bedeutete es etwas; alles, was geschah, bedeutete etwas. War Becky ein baldiger Tod vorherbestimmt? Konnte oder wollte Quare Auntie sie deshalb nicht sehen? Dann, auf einmal, warf Quare Auntie Becky einen langen, strengen Blick zu und zischte wie eine Schlange. Einen Moment darauf verschmolz sie mit den Bäumen.

Schweigend blieben sie zurück, selbst das Baby, das aufgehört hatte zu saugen, lag still in ihren Armen. Annis wagte nicht, Todd anzuschauen, obwohl sie spürte, dass sein Blick auf ihr haftete. Schließlich sagte er mit gefährlich leiser Stimme: »Schwarzhaariger Liebhaber, Annis?«

Ihn immer noch nicht anschauend, erwiderte Annis: »Sei nicht dumm, Todd. Es lohnt sich nicht, Quare Auntie zuzuhören, das weißt du doch! Entsinnst du dich, wie sie kam und davon sprach, dass dein Hund tot nahe dem Hain aus weißen Birken liege?« Es war kein toter Hund in jenem Hain gewesen. Allerdings hatte ein Waschbär eine Woche später diesen Hund im Kampf getötet. Aber Todd war keiner, der an Zeichen und Wunder glaubte. Er hielt das alles für Indjaner-Unsinn.

»War sie immer schon verrückt?«

»So wie wir es sehen, ist sie nicht verrückt. Sie redet mit den Geistern. Die Frauen in unserer Familie sind bekannt dafür.« Todd spuckte in den Staub. Ärgerlich sagte Annis: »Und was ist mit diesem Moses in der Bibel, der mit Gott sprach und Wasser aus einem Felsen fließen ließ und einen Stock in eine Schlange verwandelte? *Das* glaubst du!‹

»Das ist was anderes!«

»Es ist überhaupt nichts anderes. Denk mal drüber nach, Todd Wellburn. Aber jetzt hilf mir erst mal auf die Füße. Ich möchte in mein Bett.«

Sie reichte Becky das Baby und ergriff Todds Hand, damit er ihr aufhalf. Ihr Körper war innerlich ein wenig wund und sie würde ihrem Mann ein paar Tage nicht zu nahe kommen. Und sie war todmüde. Doch Hunger hatte sie auch. Heute Morgen, als sie fühlte, dass sich das Kind in ihr verlagerte, und ihr ausladender Leib anfing, sich zu verkrampfen, hatte sie einen Eintopf aufgesetzt und darin, als sie aus dem Haus ging, um das Baby zu gebären, Becky befohlen, das Feuer in Gang zu halten, damit ihr Essen warm blieb.

Sie stütze sich auf Todds Arm, während sie über die Lichtung auf das stabile Haus aus Stein und Holz zugingen, das direkt vor einem kleinen Obstgarten mit Holzapfel- und Kirschbäumen stand. Mittlerweile herrschte Zwielicht; der blassblaue Himmel füllte sich mit flockigen grauen Wolken. Über dem Horizont schien bereits der erste Stern des Abends auf. Vielleicht würde der Anbruch der Nacht eine Brise mit sich bringen und sie von der Hitze befreien, die sich den ganzen Tag über aufgestaut hatte. Ihr Ururgroßvater hatte das Haus gebaut, und er hatte es gut gebaut, mit einer Feuerstelle, in der man stehen konnte, zwei Zimmern und einer Empore zum Schlafen. Die beiden Fenster waren mit dicken Läden gegen schlechtes Wetter gerüstet – jetzt standen sie natürlich weit offen –, und die vordere Veranda zog sich über die ganze Breite des Hauses. Auf dieser Veranda standen Annis' Schaukelstühle, die sie im Tausch für die Geburtshilfe bei Mrs Carter erhalten hatte, deren Mann unten in East Haddam Schreiner war – für jedes Carter-Kind einen Stuhl, vier insgesamt. Ihr Butterfass war ebenfalls dort und ihr Webstuhl. Sie lebten wirklich gut hier oben in den Hügeln. Sie hatten Schweine in einem Gehege auf der einen Seite der Lichtung und einen Schuppen und einen Heuschober und einen Hühnerstall, in den sie die Vögel nachts sperrte, um sie vor umherstreifenden Wölfen zu schützen. Ihre Stute Josie weidete auf ihrer Koppel, und für Milch und Butter besaßen sie eine Kuh. Ja, es war ein gutes Leben. Jede Frau in der Gegend wusste, an wen sie sich wenden musste, wenn sie ein Baby wollte, oder wenn sie kein Baby wollte, oder wenn sie in den Wehen lag und kurz vor der Entbindung stand. Auch wegen anderer Arzneien kamen sie zu Annis, bei Wassersucht und Rheumatismus und Verbrennungen und dergleichen. Manche Frauen fragten, ob sie etwas hätte, das die schlafende Leidenschaft eines Mannes weckte. Wenn man hier in der Gegend verarztet werden musste, gab es nur einen Menschen, von dem man behandelt werden wollte, und das war Annis Wellburn. Trotzdem nannten sie sie hinter ihrem Rücken die Squaw.

Als Todd ihr die Verandastufen hochhalf, fiel ihr auf, dass er sein Bein nachzog. »Gib mir das Baby, Becky«, sagte Annis. »Und dann hol deinem Daddy ein paar Schafgarbenblätter, damit er darauf kaut ... oder nein, warte. Nein, mach ihm einen Tee aus Buchsbeeren, hörst du? Den trinkst du, Todd, dann tut dir dein Bein nicht mehr weh.«

Nun musste sie nur noch in ihr schönes, weiches Bett steigen, sie war so erschöpft. Becky hatte alles sauber gemacht und aufgeräumt und einen kleinen Strauß aus gelben Blumen in einem Glas neben das Bett gestellt. Becky war ein liebes Kind, wenn auch bei weitem zu hübsch. Ihr Aussehen war ein Fluch. Annis hatte bemerkt, wie Männer sie anschauten, dabei war sie noch ein Kind! Schlimmer noch, Rebecca genoss die Aufmerksamkeit und verstand nicht, was sie bedeutete. Sie lächelte nur, zeigte ihre Grübchen und errötete ein wenig. Annis hatte versucht, sie zu warnen, ihr zu sagen, sie solle aufpassen. Doch als Becky fragte: »Aber wieso, Mam? Warum soll ich mich nicht bedanken, wenn Mr Cartwright mir sagt, dass ich ein hübsches kleines Ding bin?«, hatte Annis keine Antwort parat. Sie konnte nur dafür sorgen, dass Becky stets in ihrer Nähe blieb. Aber mit einem neugeborenen Baby, um das sie sich kümmern musste, wie konnte sie da Tag und Nacht ein Auge auf Becky haben?

Nun, das war jetzt nicht wichtig. Über Becky würde sie sich später Gedanken machen. Jetzt war die Kleine an der Reihe, Morgan. Annis musste ihr Kind studieren und auf ein Zeichen für ihren indianischen Namen warten. Woman of the Water sollte ihr geheimer, heiliger Name sein. Sie brauchte einen Spitznamen. Besonders weil sie mit ihren dunklen, leuchtenden Knopfaugen, den hohen Wangenknochen und dem vollen Schopf glatter, glänzender schwarzer Haare so sehr den Angehörigen ihrer Mutter ähnelte. Jetzt, da die Röte langsam von ihr wich, sah Annis, dass ihre Haut fast ebenso milchweiß war wie Beckys. Nicht olivbraun wie diejenige des anderen, des kleinen Jungen .... Sie blinzelte, um nicht zu weinen. Sie durfte nicht daran denken. Das war vergangen und vorbei. Sie hatte ihre Entscheidung getroffen; sie hatte gewusst, was sie tat.

Wieder richtete sie ihre Aufmerksamkeit auf den in ihre Arme geschmiegten Säugling. »Wie heißt du, Kleines?«, murmelte sie. Sie dachte an Quare Auntie. Die alte Frau mochte zwar zum Himmel stinken, doch sie lebte mit den Geistern, und die hatten ihr befohlen, ihre Hand auf das Baby zu legen und ihm einen Namen zu geben. Wenn der Fluss ihr Schicksal war, und wenn sie nach einem Vogel benannt werden sollte ...

»Jetzt weiß ich, wie du heißt, meine Tochter«, sagte Annis und zog das Baby an ihre Brust. »Water Bird. Meine wunderschöne Water Bird.« Sie *war* wunderschön, aber sie hatte ein indianisches Gesicht, und Annis wusste, dass ein indianisches Gesicht viel Kummer mit sich bringen konnte. Auch ihre Tochter würden die Rufe »Squaw!« verfolgen, wenn sie von diesen Hügeln in die Stadt hinabging. Dort wohnten nur Engländer. Die meisten Pequot waren längst geflohen oder an den Pocken gestorben, und diejenigen, die noch übrig waren, entweder »betende Indianer«, oder sie lebten – wie Annis und vielleicht ein halbes Dutzend andere – vereinzelt in den Hügeln.

Annis döste ein und träumte von Indianern, die am Strand um ein Feuer tanzten. Todd kam auf Zehenspitzen herein, aber sie spürte seine Anwesenheit. Sie öffnete die Augen, während ein paar Bilder des Traums noch in ihrem Kopf umherschwirrten.

Todd sagte: »Na ja, macht nichts, nächstes Mal kriegen wir unseren Jungen.« War das nicht typisch Mann, zu glauben, dass sie sich grämte, weil das Baby kein Junge war? Belustigt schüttelte sie den Kopf. »Ich will keine Kinder mehr, Todd, nicht in meinem Alter.« Er dachte ein Weilchen darüber nach. Dann grunzte er und sagte: »Na gut, dann muss ich ihr wohl all das beibringen, was ich einem Sohn beigebracht hätte.« Er blickte sie schräg von der Seite an und wartete, was sie dazu meinte.

»Wir werden sehen.«

Er räusperte sich nervös. »Nach dem Tee, den unsere kleine Becky mir gemacht hat, warn die Schmerzen in mei'm Bein wie weggeblasen«, sagte er. »Vielleicht wird sie später mal 'ne Heilerin wie ihre Mam.«

Das war als Kompliment gemeint, doch Annis schüttelte den Kopf. »Nein«, sagte sie, »Becky weiß, wie man Arzneien macht, wenn ich ihr genau sage, was sie tun muss, und sie weiß, wozu die einzelnen Arzneien gut sind. Aber die innere Kraft zu heilen? Nein, Todd, tut mir Leid, die hat sie nicht.« Sie hielt inne und schaute auf das schwarzhaarige Baby, das an ihrer Brust saugte, so kräftig, so ungestüm, so stark.

»Becky nicht«, sagte sie. »Aber vielleicht die hier. Vielleicht Morgan.«

2

Oktober 1880

»Da läuft sie«, dachte Annis, als Morgan ihrem Pa entgegenrannte. Sie konnte ihn durch den Wald kommen, durch das Unterholz krachen hören, denn er machte genug Lärm, um Tote aufzuwecken. Er war heute Morgen in die Stadt gegangen, um zu handeln. Sie hoffte, dass er den Stoff bekommen hatte, den sie wollte, den rot karierten Gingham. Beide Mädchen brauchten Kleider, etwas Robustes, vor allem Morgan. Die Kleine wuchs einfach zu schnell aus ihren Sachen raus. Kaum hatte Annis ihr etwas angezogen, war es auch schon zu kurz und zu eng. Es war nicht etwa so, dass Morgan sich ein neues Kleid wünschte. Sie wäre ebenso gern herumgelaufen wie ein Junge. Sie sagte immer, sie wollte, sie *wäre* ein Junge.

Daran gab Annis Todd die Schuld. Morgan war sein Liebling, und sie himmelte ihren Daddy an, hing an jedem seiner Worte, wollte ihm überallhin folgen. Nun, er redete mit ihr – mehr als mit irgendjemandem sonst auf dieser Welt. Aber Morgan war nun mal kein Sohn, egal, was Todd am Tag ihrer Geburt gesagt hatte. Morgan war ein Mädchen – fast schon eine Frau. Es war Zeit, dass sie von ihrer Mam lernte, ebenso wie Annis von der ihren gelernt hatte.

Annis beugte sich zu dem Korb mit nasser Wäsche hinab und nahm ein Hemd heraus, zog daran, bis es glatt war, und legte es dann zum Trocknen über einen Busch. Als sie sich aufrichtete, erinnerte sie ein Stechen im Kreuz daran, dass sie achtunddreißig, beinahe neununddreißig war. Bald würde sie eine alte Frau sein, weise und respektiert. Bei diesem Gedanken musste sie lachen. Heutzutage wurden die Älteren nicht mit der Ehrerbietung behandelt, die sie ihren Eltern entgegengebracht hatte. Sie konnte sich glücklich schätzen, wenn Morgan ihr von zehn Malen einmal gehorchte. Sie hängte den Rest der Wäsche auf und trug den leeren Korb auf die Veranda. Als sie nach drinnen ging, fiel ihr Blick auf den Spiegel, den Todd im Tausch für ein Kaninchen erhalten hatte. Eine Ecke fehlte, aber das schadete nichts. Sie hatte nie zuvor einen Spiegel gehabt. Jahrelang hatte sie ihr Haar am Teich hinter dem Haus kniend geflochten. Während sie stehen blieb, um ihr Spiegelbild zu bewundern, dachte sie: Immer noch schlank wie ein Mädchen, der Rücken so gerade wie eh und je, wenn er auch ab und zu schmerzte. Todd fand sie schön. Er sagte es ihr nie, doch sie wusste es. Nachts kam er ungeduldig und steif zu ihr wie ein Jüngling. Sie betrachtete sich. War sie denn schön? Nicht in den Augen der Städter, so viel war ihr klar. Aber ihr langes, dunkles Haar glänzte und hing ihr in einem dicken Zopf bis aufs Hinterteil hinab. Ihre Haut war dunkel, ja, zu dunkel. Das Baumwollkleid, das sie trug, unterschied sich nicht von denen unten in der Stadt, eng in der Taille und mit langem, weitem Rock. Sicher, sie hatte ihn hochgeschlagen und in ihr Schürzenband geklemmt, um bei der Arbeit die Beine frei zu haben. Das taten die Frauen in East Haddam nicht.

Also sah sie anders aus. Nun, und sie war auch anders, weil sie Indianerblut in sich hatte. Das verlieh ihr gewisse Kräfte, die weiße Frauen nicht hatten. Und trotzdem sahen sie auf sie als eine Wilde herab. Das war doch unsinnig.

Sie fasste das Amulett an, das ihr an einer geflochtenen Schnur um den Hals hing. Es war aus glänzender, purpurner Muschelschale geschnitzt, und ihre Mutter hatte es ihr gegeben, als sie zur Frau wurde, und ihr erzählt, dass es ihrer Ahne Bird gehört hatte, der *moigu*. An ihrem Gürtel baumelte ein lederner Medizinbeutel, den sie ebenfalls von ihrer Mutter bekommen hatte. Diesen Beutel berührte sie oft, als wäre es ein Talisman. Aber sie berührte ihn nicht, damit er Glück brachte. Er war Zeichen für das, was sie war. Sie war Annis Wellburn, die Heilerin.

Ihre Tränke und Besprechungen galten bei den Leuten auf dem Lande als Zauberei, und sie kamen von weit her, um sich von ihr behandeln zu lassen. Sie war bekannt dafür, dass sie hohes Fieber senkte und Verletzungen heilte, die sonst niemand heilen konnte. Sie schickten regelmäßig nach ihr, wenn eine Geburt begann, wollten keine andere. Annis lächelte. Immer wieder fragten sie sie nach den Rezepten für ihre Arzneien. Sie konnte ihnen genau sagen, wo sie die richtigen Kräuter und sonstigen Pflanzen fanden, doch das nützte ihnen nichts. Keine Einzige von ihnen besaß nämlich die innere Kraft des Heilens. Diese Kraft des Heilens hatte sie von ihrer Mutter und der Mutter ihrer Mutter und der Mutter der Mutter ihrer Mutter, und so weiter bis zum Anfang aller Zeiten, geerbt. Sie konnte einen Kranken ansehen, ihm einfach nur in die Augen sehen und seine Gliedmaßen betasten, und wusste dann ziemlich genau, was ihm fehlte, und was wahrscheinlich dagegen half.

Ihre Mutter und ihre Großmutter hatten sie jeden Tag mit nach draußen genommen und sie in der Heilkunst unterwiesen, ihr Lieder vorgesungen, mit deren Hilfe sie sich an die Namen der Pflanzen und ihre Heilwirkung erinnern sollte. Und abends hatte der Großvater ihr Geschichten erzählt – von Great Eagle, dem *pawwow* oder Schamanen des Pequot-Stammes, und seinem Sohn Wild Goose, beide hingemetzelt von dem bösen Uncas und seinen Mohegan, die ihre Brüder im Stich ließen, um Seite an Seite mit den Yankees zu kämpfen. Er erzählte ihr von der Frau des Schamanen, einer großen *moigu* namens Shining Stone, und ihrer Tochter Bird, davon, wie sie nach dem Sammeln von Kräutern und Blättern heimgekehrt waren und das Lager am Strand zerstört, alle tot vorgefunden hatten.

Annis entsann sich, dass ihr Großvater wehklagend sagte: »Das war das Ende der mächtigen Pequot, Tochter meiner Tochter. Sie töteten den Sachem und tausend Angehörige seines Volkes in seinem Fort am Fluss Mystic. Diejenigen, die übrig blieben, waren wenige, in alle Winde zerstreut und verängstigt.« Zum Schluss erzählte er die Geschichte, wie Shining Stone und Bird zu einem geheimen Ort in den Hügeln weit oberhalb des Flusses Connecticut hatten fliehen müssen.

»Und dieser Ort ist genau hier«, sagte ihr Großvater dann. Wie oft sie derselben Geschichte auch in denselben Worten lauschte, bei diesem letzten Satz lief es Annis immer kalt den Rücken herunter.

Morgan hingegen interessierte sich nicht dafür. Morgan sehnte sich nach dem Unmöglichen. Sie hatte versucht, dem Kind Stolz auf seine Pequot-Herkunft zu vermitteln, doch Morgan wollte nur ihrer dicken, übellaunigen Freundin Lizzie Bushnell gleichen, der Tochter des Pfarrers. Morgan sah nicht, dass Lizzie mit ihrer teigigen Haut und dem blassen, beinahe weißen Haar unscheinbar wie ein Türpfosten wirkte. Farblos. Wie ein Gespenst. Oder, dachte Annis belustigt, wie ein schlecht gelauntes Kaninchen. Aber Morgan wollte kein Wort gegen Lizzie hören, die unten in der Stadt neben ihr auf der Schulbank saß. Annis war dafür, Morgan aus der Schule zu nehmen, doch davon wollte Todd nichts wissen.

»Sie soll lesen und schreiben lernen wie jedes anständige Mädchen«, sagte er. »Denk daran, sie ist keine *ganze* Indjanerin.« Das wusste Annis. Aber sie wusste auch, dass Morgan die Gabe des Heilens besaß, auch wenn sie sich sträubte, sie anzunehmen. Morgan hatte ihren eigenen Kopf und wollte nicht auf die Mutter hören. Annis seufzte. Sie wusste, dass das Mädchen genug Verstand hatte, um zu lernen. Ihr fehlte bloß der Wille ... Und Annis musste dem Mädchen alles über Medizin beibringen, was sie wusste. Denn inzwischen war ihr klar, dass Becky nie lernen würde. Niemals.

Beim Geräusch knackender Zweige am Rande der Lichtung drehte Annis sich um, ein Willkommen für Todd und Morgan auf den Lippen. Doch die Worte erstarben in ihr, als eine magere weibliche Gestalt, ins Sonnenlicht blinzelnd, sichtbar wurde. Sie hatte ein verschmiertes Gesicht und dreckige, verfilzte Haare, und ein zerlumptes Etwas war mit Weinranken um ihre Taille geschlungen. Ihre Brüste waren nackt, schmutzbedeckt und wunderschön. Sie stank.

»Einen guten Tag wünsche ich dir, Becky«, sagte Annis laut mit ruhiger, unbewegter Stimme. Die Streunerin antwortete nicht, sondern blickte sich nur furchtsam und vor sich hin murmelnd um. »Hier bist du in Sicherheit, Rebecca, du bist zu Hause. Keiner wird dir wehtun.«

Becky reagierte nicht, und als Todd und Morgan kurz darauf aus dem Schatten des Waldes traten, eine mit Waren beladene Trage aus zusammengezurrten Ästen schleppend, hastete sie zurück in den Schutz der Bäume. Diesmal allerdings blieb sie in Annis' Sichtweite. Wahrscheinlich hatte sie Hunger; das war in letzter Zeit der einzige Grund, weshalb sie je nach Hause kam. Als Becky Morgan anstarrte, spürte Annis, wie sie sich aus Angst um ihre jüngere Tochter verkrampfte. Man wusste nie, was Becky sich in den Kopf setzen würde.

Vor ein paar Wochen war Becky vorbeigekommen und hatte gesagt: »Hunger. Essen«, einfach so. Kein Bitte oder Danke, Ma'm, kein Hallo oder Wie geht es dir – nur diese Forderung. Als Morgan ihr Brot und Fleisch herausbrachte, hatte Becky es sich geschnappt und zu geifern angefangen. Dass Morgan von bösen Geistern behaust sei, hatte sie gesagt; klar wie der helle Tag könne sie sie aus Morgans Nase und Ohren und Mund und zwischen ihren Beinen hervorkriechen sehen. Todd, der sich in der Nähe aufhielt, war voll Ungestüm und Wut herbeigestürzt und hatte Becky ins Gesicht geschlagen. Sie hatte nicht geweint. Es schienen keine Tränen mehr in ihr zu sein, seit die Geister gekommen waren und von ihr Besitz ergriffen hatten. Sie hatte ihn angespuckt und war in den Wald gerannt.

Heute war das erste Mal seither, dass sie sie wieder sahen. So sehr er sich auch bemühte, Todd fand ihr Versteck einfach nicht – er, der die Fährte eines Tieres riechen konnte, bevor er sie sah.

»Hallo, Becky«, sagte Morgan sanft.

»Komm du mir bloß nicht zu nahe! Hörst du? Ich weiß, was du denkst! Du glaubst, das weiß ich nicht? Bleib mir vom Leibe!«, schrie Becky aus vollem Halse.

Morgan lief zu Annis. »Was hat Becky, Mam? Warum sagt sie solche Sachen? Warum hasst sie mich?«

»Sie hasst dich nicht, Morgan«, sagte Annis. »Sie ist von Geistern besessen, genau wie Quare Auntie. Es ist so, als ob sie uns nicht mehr hören kann, nur ihre Geister. Wenn es wie zu alten Zeiten wäre, würde sie vielleicht als heilig gelten. Mit den Geistern zu sprechen, Morgan, das ist ein machtvoller Zauber. Aber die Zeiten haben sich geändert. Die meisten Leute haben Angst vor Geistern. Keiner opfert ihnen mehr. Keiner geht mehr hinaus in die Wildnis, um von ihnen zu träumen. Vielleicht sind deshalb alle guten weggegangen, und die übrigen haben sich deiner Schwester bemächtigt. Doch um die Wahrheit zu sagen, ich weiß es nicht. Ich weiß es einfach nicht.«

Das Kind schmiegte sich Schutz suchend an sie. Eine Weile schwieg Morgan. Dann fragte sie: »Werde ich auch wie Becky, wenn ich älter bin?«

»Das weiß ich auch nicht«, erwiderte Annis.»Würdest du das denn gern?«

»Nein! In der Schule machen sich alle über meine Schwester lustig! Sie sagen, dass sie verrückt ist! Sie machen sie nach! Das kann ich nicht leiden!« Morgan brach in Tränen aus. »Deshalb muss ich es wissen. Sind die Geister hinter mir her?«

Annis schüttelte den Kopf und antwortete traurig: »Ich weiß nicht, Morgan. Becky war ungefähr in deinem Alter, als du geboren wurdest, und sie war so lieb zu dir, dass wir sie Mütterchen nannten. Ich habe mir nie träumen lassen, dass so etwas geschehen könnte. Die Kinder in der Schule, die können sie nennen, wie sie wollen, aber wir beide wissen, dass es die Geister sind, nicht wahr, Morgan?«

Mit einem erstickten Laut riss Morgan sich von ihr los und rannte ins Haus. Annis hörte, wie sie, so schnell sie konnte, die Leiter zur Empore hochkletterte. Als ob sie schneller laufen könnte als die Geister!

Nun, am besten kümmerte sie sich um das Nächstliegende. »Du willst was zu essen, Becky?«, rief Annis.

»Ja. Bring mir Essen.«

»Nein. Komm und hol es dir.«

»Kann nicht.« Becky kauerte im Schatten und schaute furchtsam auf ihren Pa, der, die Last seiner Vorräte aus der Stadt noch hinter sich im Staub, dastand. Er wusste, er durfte sich nicht plötzlich bewegen, sonst würde sie Reißaus nehmen. »Der Dämon wird mich kriegen!«, sagte sie mit zitternder Stimme.

»Hier gibt es keine Dämonen.«

Becky zeigte auf ihren Vater. »Dort wohnt der Dämon, zwischen seinen Beinen. Ich hab den Dämon gesehen, den Schlangendämon. Au! Er beißt! Er tut mir weh!« Sie legte ihre Hände zwischen ihre Beine und mimte Schmerz. »Der Junge hat seinen Dämon zu meiner Höhle gebracht«, sagte sie, Todd immer noch anstarrend, »hat ihn rausgelassen, damit er mich beißt. Aber ich hab den Dämon gebissen, wirklich! Und dann hab ich den Jungen umgeschubst und bin gerannt und gerannt und gerannt.« Sie hielt inne und lächelte, oh Wunder. »Jetzt hab ich eine andre Höhle. Da findet mich niemand.«

»Pass auf, Becky, ich dreh mich um, damit dir kein Dämon zu nahe kommt«, sagte Todd mit honigsüßer Stimme. Während er sich umdrehte, meinte er zu Annis: »Verdammt, warum versuchen sie sie zu zwingen, sich zu ihnen zu legen, wo sie doch sehen können, dass sie nicht ganz richtig ist? Es macht mich rasend, wenn ich mir vorstelle, dass sie das überhaupt wollen!«

»Unten in der Stadt redet man über sie, Todd. Das habe ich dir doch erzählt. Die Wilde nennen sie sie. Du erinnerst dich doch, wie jeder Mann, als sie erst zwölf war, mitten in seinem Tun innehielt und sie anstarrte. Und glaub nicht, dass Becky es nicht bemerkte. Sie warf ihr Haar nach hinten und schwenkte die Hüften. Ich musste sie ohrfeigen, damit sie lernte, sich zu benehmen. Aber sie war ganz versessen auf das Gestarre und Gegrinse. Das Schlimme war, dass sie die Männer bloß angucken musste, schon gelüstete es sie nach ihr.«

»Nun, dann sollten sie sich schämen!«

»Das sollten sie wirklich«, erwiderte sie trocken. Sie hatte Todd nie erzählt, was passierte, als Becky dreizehn war, also vor sieben Jahren. Sie fürchtete, Todd würde sein Gewehr nehmen, hinunter in die Stadt gehen und vier Menschen töten und ins Gefängnis kommen und womöglich gehängt werden. Gehängt, ganz sicher. Was sollte sie dann ohne ihren Mann anfangen?

Also hielt sie den Mund. Aber sie hatte den Vorfall nie vergessen, keine Minute. Sie waren in die Stadt gegangen, um Kerosin und Melasse und Mehl und Kleiderstoff zu besorgen, sie und Becky. Schon damals war Morgan am glücklichsten mit ihrem Daddy gewesen. Annis wollte in den Gemischtwarenladen, und da schönes Wetter war, ließ sie Becky draußen auf der Veranda in einem Schaukelstuhl warten. Sicher, sie machte sich ein bisschen Sorgen, weil sie wusste, dass das Mädchen jedem Mann zuzwinkerte. Aber, so hatte Annis sich gesagt, es war helllichter Tag und direkt an der Hauptstraße. Also ging sie in den Laden, wo sie sich nur ein, zwei Minuten aufhalten wollte.

Die Frau des Besitzers war acht Monate schwanger mit ihrem fünften Baby, deshalb dauerte es etwas länger als sonst, als sie vereinbarten, dass Annis bei der Entbindung Hebamme sein sollte. Mrs Griswold erzählte jedem, sie dächte gar nicht daran, ohne Annis Wellburn ein Kind zu bekommen. Ihr erstes war eine schwere Geburt gewesen, und sie hätte sterben können, wäre nicht nach Annis geschickt worden. Annis hatte ihren Bauch betastet und das Problem erkannt. Das Baby lag verkehrt herum und konnte nicht heraus. Annis richtete die von ihrer Schwester und Mutter gestützte Frau auf und schwang sie hin und her, während sie sanft über ihren Leib strich, damit das Baby sich umdrehte. Nun, das tat es auch, und bevor sie sich versahen, war ein schöner, großer Junge für Mr und Mrs Griswold geboren, der nach seinem Abendessen schrie. Mary Griswold sagte, Annis Wellburn sei ein Genie. Dabei war sie nur einer Pequot-Sitte gefolgt, die bei allen Algonkin gebräuchlich war.

Jedenfalls dauerte es fünfzehn, zwanzig Minuten, bis Annis heraus auf die Veranda kam, und Becky war weg. Ein merkwürdiges, unangenehmes Gefühl beschlich Annis. Irgendetwas war schief gelaufen, das wusste sie: sie konnte es *riechen.* Und siehe da, als sie um den Gemischtwarenladen herumging, hörte sie einen Tumult in dem Stall auf der Rückseite sowie eine Menge »Pssts« und »Schts«.

Sie stürzte auf die große Stalltür zu, öffnete sie und kletterte die Leiter hoch auf den Heuboden, wo der Lärm herkam. Dabei ging sie ganz leise – auf Indianerfüßen, würde Todd sagen. Und da war ihre schöne Tochter, eine unschuldige Dreizehnjährige, in einen Hügel aus Heu gedrückt, ihre Röcke über den Kopf geschlagen, strampelnd und schreiend, während ein Mann, auf die Arme gestemmt, sein Instrument rasch in ihr hin und her bewegte. Annis hatte die Jungen bemerkt, die immer um Becky herumschnüffelten, doch weder ihr Angreifer noch die drei anderen hier auf dem Heuboden, alle mit roten Gesichtern und starr vor Erregung, während sie warteten, bis sie an die Reihe kamen, waren Jungen. Sie waren erwachsene Männer.

Annis stieß einen Kriegsschrei aus und warf sich auf den Mann, der eben Becky vergewaltigte. Er brüllte, rollte von Becky herunter und wandte sich wütend nach ihr um. Ungläubig starrten sie einander an. Er war kein anderer als Josh Griswold, der Mann, dessen Frau mit ihrer beider fünftem Kind schwanger war. Angeblich feilschte er gerade mit einem reisenden Pferdehändler Amos Webb. Einer der wartenden Männer war genau dieser Amos Webb, und dann gab es da noch George Spencer und William Chesley. So genannte brave, gottesfürchtige Bürger dieser Stadt.

Die Männer standen reglos da wie die Salzsäulen. Annis ignorierte sie. Sie marschierte zu ihrer Tochter hinüber, deren Kopf von Kleidern verdeckt war, hievte sie hoch, wischte ihr die Tränen vom Gesicht und zog ihr die Röcke herunter. Dann verpasste sie den Männern eine Gardinenpredigt, die sie so bald nicht vergessen würden. Sie brachte die weinende Becky nach Hause, steckte sie in eine Wanne mit heißem Wasser und schrubbte sie gründlich ab. Aber es nützte nichts. Von diesem Tage an fürchtete Becky Männer. Mittlerweile hatte sie Angst vor jedem – vor ihrem Pa, ihrer Schwester, vor Wesen, die nur sie allein sehen konnte. Vor einigen Jahren hatte sie angefangen, vor sich hin zu murmeln oder plötzlich ihre Geister anzuschreien und lange, wütende Gespräche mit ihnen zu führen.

Seit Becky sich in die Wälder zurückgezogen hatte und dort umherwanderte, gab es immer den einen oder anderen Mann, der dachte, wenn er sie fände, könnte er sich zu ihr legen; wer würde schon davon erfahren? Wer glaubte denn einem Mädchen, das nicht ganz richtig war? Sie würden leichtes Spiel haben, meinten diese Männer. Aber das hatten sie sich so gedacht. Becky war auf der Hut und flink und entwischte ihnen stets. Zumindest hofft Annis das.

»Komm nur auf die Veranda, Becky, und iss«, rief Annis. Zu ihrer Überraschung kam Becky sofort. Man wusste einfach nie, was sie tun würde. Wie ein wildes Tier fiel das Mädchen über Fleisch und Brot her, schlang das Essen herunter, stopfte es sich mit beiden Händen in den Mund, und als Annis ihr Wasser anbot, trank sie, als hätte sie seit einem Monat nichts getrunken. Sie ließ sogar zu, dass Annis sie in die große Kupferwanne steckte und sie abschrubbte und ihr die Haare wusch. Die ganze Zeit über sang sie. Kein Lied, das man kannte, bloß ein Durcheinander aus Wörtern ohne Bedeutung, doch sie schien zur Abwechslung mal ruhig zu sein. Das war ein Segen.

Nachdem Becky sich den Bauch voll geschlagen hatte und sauber war, kuschelte sie sich in eine Ecke und schlief binnen kürzester Zeit ein. Annis kniete sich neben sie, glättete die langen, kupferroten Locken des Mädchens und betrachtete sie. Im Schlaf war ihr angespannter, verängstigter Gesichtsausdruck verschwunden. Becky sah aus wie eine normale, schöne junge Frau, auch wenn ihr Haar noch ein wenig verheddert war und sie vom Leben in der Wildnis überall Kratzer und blaue Flecken hatte. Manchmal ließen die Geister für eine Weile von ihr ab, sodass sie wieder die alte Becky war, lieb und fügsam und wissbegierig. Dann aber kehrten sie ohne Warnung zurück, und sie wandte sich gegen einen, packte womöglich ein Messer und sagte, sie würde einen umbringen, wenn man ihr näher käme. Oder sie flüchtete in den Wald, ungereimtes Zeug vor sich hin plappernd.

»Hast du Becky lieber als mich, Mam?«

Erschrocken fuhr Annis herum. »Was redest du da, Mädchen? Natürlich habe ich Becky nicht lieber als dich! Und schleich dich das nächste Mal nicht so auf Katzenpfötchen an mich heran, hörst du?«

Morgans Unterlippe begann zu zittern und ihre Augen füllten sich mit Tränen. »Ich hab mich nicht angeschlichen, Mam, wirklich nicht. Ich hab Lärm gemacht, du hast mich nur nicht gehört.«

»Nun wein doch nicht. Ich habe es nicht böse gemeint. Es ist nur so, dass ich mir Sorgen mache um Becky, weil sie so ganz allein im Wald lebt.«

»Aber sie hat ihre Geister, Mam.«

»Ja, sie hat ihre Geister.« Annis wusste, dass Geister real waren, dass sie alles behausten: das Wasser, die Bäume, die Erde und die Pflanzen, die aus dieser Erde wuchsen, und die Tiere, die sich von dieser Erde nährten. Manche waren gut und manche waren böse. Doch Beckys Geister ... sie schienen irgendwie anders zu sein. In diesem Moment wachte

Becky auf, und sobald sie ihre Schwester erblickte, fing sie an zu kreischen und zu schreien und sie als gemein und schmutzig zu bezeichnen. Annis hatte alle Hände voll damit zu tun, sie zu besänftigen. Zum Glück trat jetzt Todd ins Haus und erkannte, was los war. Rasch sagte er: »Annis, ich nehme Morgan mit, um nach den Fallen zu sehen und vielleicht ein bisschen zu jagen. Wir sind in ein, zwei Tagen wieder hier.«

»Ja, ist gut«, willigte sie ein, bevor Morgan ein Wort sagen konnte, »zieht los, ihr beiden, und bringt mir einen Truthahn, dann mache ich uns ein Festmahl.« Sie konnte ihre jüngere Tochter nicht anschauen, so übel war ihr zu Mute, weil sie sie auf diese Weise von sich stieß. Trotzdem, es war nicht zu ändern. Die arme Becky brauchte ihre Mam, Morgan dagegen war robust und stark. Sie würde immer ihren Weg machen.

3

Später am selben Tag

Morgan war traurig darüber, dass Mam Becky mehr liebte als sie, aber wenn sie mit Pa draußen in den Wäldern war, ging es ihr gleich besser. Sie fühlte sich ... erwachsen, allein mit ihm. Wenn sie zu Hause waren, werkelte er stets irgendwo herum, und wenn sie ihn dann fragte: »Was machst du da, Daddy?«, sagte er:

»Ich arbeite, Morgan, und das solltest du auch.« Aber sobald er draußen im Wald war, veränderte er sich. Er erklärte ihr alles ganz genau und behandelte sie beinahe, als ob sie schon erwachsen wäre. Na ja, sie war zwölf. Das war ganz schön groß. Sie konnte lesen und schreiben und zusammenzählen, und sie konnte es gut. Die größte Veränderung bei Pa bestand darin, dass er redete, wenn er im Wald war. Im Freien zu sein, schien ihn gelöster zu machen und seine Zunge zu lockern.

Wenn sie durch die Wälder liefen, sprach er mit ihr, unterhielt sich richtig mit ihr. Er machte fast nie Konversation, deshalb war das was ganz Besonderes. Heute, während sie nach den Fallen sahen und Perlhühnern und Kaninchen nachstellten, fing er an, von seiner Zeit im Großen Krieg zu erzählen. Morgan liebte die Kriegsgeschichten ihres Daddys. Sie fand sie viel interessanter und aufregender als Märchen aus einem Buch. Und sie kamen ihr realer vor als die Geschichten ihrer Mutter über längst verschiedene Vorfahren und Geister und dergleichen. Sie kannte Pas Geschichten auswendig, hatte deswegen aber nicht weniger Vergnügen daran.

»Yessir, an dem Tag, als wir aus Hartford rausmarschierten, warn wir sicher, dass die Sache ruck, zuck vorbei sein würde. Oh, Morgan, die Menschenmassen, alle schrien Hurra und jubelten uns zu und schwenkten Fahnen, die Flagge von Connecticut und die guten alten Stars and Stripes, beide. Unsere Trommler trommelten, was das Zeug hielt, und die Trompeter tuteten und bliesen so schön, dass wir förmlich über dic Straße tanzten. Und die Leute in der Stadt, wie die uns zugejubelt haben, Morgan. Sie füllten die Straßen, bis überhaupt kein Platz mehr da war, und der Rest kletterte auf die Dächer und schrie Hurra. Wir sind bis nach New Haven marschiert, angeführt von unserem tapferen Captain Daniel Tyler, und da lag unser Schiff vor Anker, das bloß darauf wartete, dass die ersten Freiwilligen von Connecticut an Bord kamen und mit ihm in den Ruhm segelten!

Die Sonne schien hell an dem Tag, als wir New Haven verließen, und die Fahnen knatterten im Wind, und als wir in Washington, D. C., einliefen, standen Präsident Lincoln und sein ganzes Kabinett am Ufer des Potomac, um uns zu begrüßen. Stell dir vor, Morgan, der Präsident höchstpersönlich! Sie hatten dort alles, was wir brauchten – Zelte, Munition,

Gepäckwaggon, Essen … genug für zwanzig Tage. Nun, vielleicht würde es einundzwanzig Tage dauern, den Rebellen zu zeigen, wer das Sagen hatte, schätzten wir, aber gewiss nicht länger! Es war gut, jung und stark zu sein und in den Krieg zu marschieren, Morgan!«

Er hielt einen Moment inne, und Morgan fiel ein: »Und deshalb hast du dich noch mal für drei Jahre verpflichtet, als du eigentlich nur drei Monate weg sein solltest. Weil du dachtest, es würde verdammt schnell vorbei sein.«

Pa lachte. »Pass auf, Morgan, es ist eine Sache, wenn ein Mann ›verdammt‹ sagt, aber bei einem kleinen Mädchen ist das was anderes. Aber nein, wir haben uns alle weiter verpflichtet, weil Präsident Lincoln uns darum bat. Er brauchte fünfhunderttausend loyale Unionssoldaten, um den gerechten Kampf fortzuführen. Mittlerweile hießen wir die Ersten Freiwilligen von Connecticut, und so waren wir die Ersten, die sagten, sie blieben.« Wieder hielt er inne, den Blick in die Ferne gerichtet. Doch nach einer Weile fuhr er fort, wie sie es gehofft hatte.

»Bei Bull Run haben sie uns geschlagen und Virginia für die Konföderierten erobert. Oh, das war ein schrecklicher Tag. Als wir das Horn zum Rückzug blasen hörten, schüttelten wir die Fäuste und fluchten, aber ein guter Soldat befolgt die Befehle. Es goss in Strömen, kein Mann, der nicht bis auf die Haut durchnässt war – bis unter die Haut, meinten manche. Ich weiß, dass ich nie so nass gewesen bin, weder vorher noch nachher. Und dann gingen uns die Lebensmittel aus. Drei Tage lang hatten wir nichts zu essen. Gut, wir waren am Leben – die meisten von uns jedenfalls –, doch da wurde uns klar, es war ein Traum gewesen, dass wir so schnell gewinnen würden. Johnny Reb machte keinen Spaß. Er war ein Kämpfer und uns stand ein langer, langer Krieg bevor.« Er spuckte aus, um zu zeigen, was er vom Krieg hielt.

Sie folgten einem ausgetretenen Pfad durch die Wälder, wobei Morgan ihre Füße vorsichtig in seine Fußstapfen setzte. Mit seinen raffinierten Fallen fing ihr Daddy so manchen Fuchs. Fuchspelze konnte man gegen eine Menge Mehl und Salz und Kleiderstoff tauschen. Plötzlich blieb er abrupt stehen und Morgan natürlich auch. Er stand still wie eine Statue und sie ebenfalls, wie sie es gelernt hatte. Pa dachte, er hätte ein Tier in der Nähe gehört, einen Hirsch womöglich oder einen wilden Truthahn. Allein der Gedanke daran ließ Morgan das Wasser im Munde zusammenlaufen. Die Sonne stand tief am Himmel und sie bekam Hunger. Sie beäugte die Perlhühner, die an seinem Gürtel hingen, aber sie wollte nicht sagen, dass sie etwas essen musste; das hätte nach Baby geklungen. Doch vielleicht konnte er ihre Gedanken lesen, ebenso wie Mam, denn er sagte, den Kopf über das undefinierbare Tier schüttelnd: »Wird Zeit, das Nachtlager aufzuschlagen. Mir knurrt der Magen. Deine Ma hat uns Maiskuchen und Dörrfleisch eingepackt, und vielleicht sucht uns ein schlaues kleines Mädchen, das ich kenne, ein paar Pilze, die wir zusammen mit dem Geflügel zum Abendessen kochen können.« Er bog ab auf einen gewundenen, schmalen Pfad, den Morgan nie bemerkt hätte, wenn er es ihr nicht beigebracht hätte. »Ich kenne eine hübsche Stelle«, sagte er. »Da haben wir letztes Jahr schon mal Rast gemacht, Morgan. Ich höre Wasser, da drüben ist ein kleiner Bach. Und siehst du die große, alte Weymouthskiefer? Erinnerst du dich an sie? Du hast gesagt, sie sieht aus wie ein struppiger Hund, und du hattest Recht.« Er zog sein rechtes Bein ein wenig nach – dasjenige, das verwundet worden war –, wie immer, wenn er müde wurde. Sie freute sich darauf, Rast zu machen. Die Sonne stand orangerot am westlichen Himmel, und sie war nicht gern im Dunkeln draußen, nicht mal mit ihrem Daddy. Ihre Ma hatte ihr von den Geistern erzählt, die nachts rauskamen, und sie wollte keinesfalls mit irgendwelchen Geistern zusammenstoßen, nicht, nachdem sie gesehen hatte, was sie mit ihrer Schwester anstellten.

Nachdem sie sich niedergelassen hatten und die Pilze und wilden Zwiebeln und Perlhuhnstücke über dem Feuer schmorten, setzte ihr Pa sich mit dem Rücken an einen Baum und massierte sein Bein. Morgan behielt den Eintopf im Auge. »Erzähl weiter, Daddy. Über den Krieg.«

»Wo war ich? Ach ja, Bull Run. Mal sehn ... Also, General Lee, der von den Rebellen, war sicher, dass er den Krieg gewinnen würde und wurde tollkühn, Morgan. Er war auf Washington, D. C., aus, und danach, so dachte er, würde er einfach nordwärts marschieren und uns überrennen. Tut mir Leid, Morgan, aber in Antietam hat er uns tatsächlich geschlagen. Das ist in Maryland, ganz nah bei Washington. Sie schickten uns hin und her auf der Jagd nach Johnny Reb. Nach einer Weile wussten wir kaum noch, in welchem Staat wir gerade waren. Wir marschierten, und wir biwakierten, und wir warteten darauf, dass die Hörner und die Trommeln uns sagten, was wir tun sollten. Angriff. Stillstand. Deckung suchen. Rückzug. Eines Tages, in einem Wald wie dem, in dem wir heute umherlaufen, nur dass er, ich weiß nich', irgendwo in Maryland oder Virginia war ... Jedenfalls schlendere ich so dahin, Gewehr im Anschlag, und halte Ausschau nach dem Feind. Und bumm! Da war der Feind, direkt vor mir. Und schoss auf mich. Zwei Mal! Und erwischte mich auch, an der Schulter und am Bein!« Er spuckte aus und hörte auf zu reden.

»Und dann haben sie dich ins Krankenhaus gebracht, damit du gesund wirst«, drängte Morgan.

»Die haben nichts richtig hingekriegt, diese Chirurgen«, beklagte er sich. »Deine Mama, die hat das Bein wieder heil gemacht. Die Armeeärzte wollten es absägen! Deine Mutter ist eine mächtig gute Ärztin, auch wenn sie nie auf ein Doktor-College gegangen ist. Die Ärzte auf dem Feld waren nichts weiter als Metzger. Ich hätte das besser gekonnt, nach all den Jahren, in denen ich Schweine und Wild geschlachtet habe.

Auf dem Boden um die Operationsräume herum türmten sich Arme und Beine, manche noch mit den Stiefeln dran! Ich entsinne mich, wie sie immer nach Wasser riefen ... nie genug Wasser, nie genug Bandagen, nie genug gar nichts! In den Zelten der Ärzte sind mehr Männer gestorben als auf dem Schlachtfeld, Morgan. Weißt du, was uns gerettet hat?«

»Die Damen, Pa. Die Damen haben euch gerettet.« Dies war der beste Teil der Geschichte, der, den sie am liebsten hatte.

»Genau. Ganz gewöhnliche Damen, wie sie in East Haddam, Connecticut, herumspazieren. Sie kamen an die Front und pflegten uns kranke Soldaten, wuschen die furchtbarsten Wunden, erbettelten aus benachbarten Städten und Farmen Brot und Tee und Zwieback und Trockenobst, damit wir was zu essen hatten und gesund wurden.«

»Erzähl mir von den Krankenschwestern, Daddy, und den Ärztinnen.«

»Da war Mutter Bickerdyke, sie war Krankenschwester, und es hieß, dass sie überhaupt keinen Schlaf brauchte. Sie sang die ganze Nacht, so sagten sie, damit es den Soldaten leichter fiel, ihre Schmerzen zu vergessen. Und dann all die anderen Frauen, die unsere Verbände wechselten und uns den Kopf streichelten und Briefe schrieben für uns, die wir nie zur Schule gegangen waren. Von diesen Briefen hat deine Mam auch zwei gekriegt. Und manche von diesen Frauen«, sagte er, sich nach vorn neigend, sodass sein Gesicht im Schein des Feuers golden glänzte, »Frauen wie Clara Barton und Louise Gilson und Mrs John Harris, die schlugen Zelte neben den Feldlazaretten auf und lebten dort. Sie arbeiteten Tag und Nacht als Pflegerinnen, trotz der Artilleriebeschüsse und Kanonen. Obwohl sie keinen Cent dafür kriegten. Ich hörte auch Gerüchte, dass es draußen im Feld Ärztinnen gab, aber ich hab nie eine gesehen. 'Türlich war das schwer zu sagen. So viele von den Ärzten waren bartlose Jünglinge. Zum Teufel, das hätten ebenso gut Mädels sein können. Wär das nicht 'ne Sache, Morgan? Ob ein weiblicher Doktor wohl besser wäre als ein Mann? Bestimmt. Yessir, Morgan, die Frauen, die haben uns das Leben gerettet. Sogar in Gettysburg ...«

Morgan wusste von seinem Marsch nach Gettysburg. Daddy war aus dem Südstaaten-Lazarett geflohen und hatte sich auf die Suche nach den Ersten Freiwilligen von Connecticut gemacht. Als er seine Einheit nicht fand, schloss er sich einem Dutzend Männern an, Versprengten von der Neunundzwanzigsten aus Connecticut. »Schwarze, Morgan, bis zum letzten Mann, aber sie hatten nichts gegen mich, also hatte ich auch nichts gegen sie. Und gute Kämpfer, egal, was manche Leute sagen mögen. Und gemeinsam fanden wir dann nach Gettysburg.«

Gettysburg, das wusste Morgan, als wäre sie selbst dort gewesen, war nichts als ein Meer aus Schlamm und Blut, wo die toten Soldaten so dicht nebeneinander am Boden lagen, dass man trockenen Fußes über sie hinwegspazieren konnte. Dort war Pa erneut verwundet worden, diesmal richtig schlimm. Etliche Tage war er stockblind. Eine Zeit lang war er nicht bei sich und wusste nicht einmal, wo er sich befand.

»... und als ich zu mir komme, nicht weiß, welcher Tag es ist oder welcher Monat, ja kaum, welches Jahr, steht da ein Doktor über mir und sagt, dass er mir jetzt das Bein unterhalb des Knies absägt. Er hat keine Ahnung, dass ich wach bin, siehst du, er denkt, ich liege noch im Fieber. Als ich daraufhin mit der lautesten Stimme sage, zu der ich im Stande bin: ›Oh nein, Sie nehmen mir kein Bein ab!‹, also, Grundgütiger, Morgan, da fährt dieser Doktor vor Schreck fast aus der Haut, so überrascht ist er.

Er sagt zu mir: ›Wenn ich sage, das Bein kommt ab, dann kommt es ab, keine Widerrede.‹ Und ich sage zu ihm: ›Vorher bringe ich Sie um, Doktor, und ich bin keiner, der was verspricht und es dann nicht hält.‹ ›Wir werden sehen‹, sagt er und geht raus.

Aber er ist nicht wieder gekommen, Morgan. Und ich fand, es war an der Zeit, dass ich mich davonmachte, bevor sie anfingen, mich in kleine Stücke zu zerhacken. Also hieß es für mich: heim zu Weib und Kind. Man erzählte mir, Lee sei aus dem Norden verdrängt worden und auf dem Rückzug, und der Krieg gehe weiter, die Union gewinne. Aber das kümmerte mich nicht mehr.«

»Und so bist du heimgekommen. Und Mam und du, ihr habt mich gekriegt.«

»Ach, wirklich?«, scherzte er. »Na, lass mal sehen. Ja, meine Augen erkenne ich wieder in dir, aber sonst bist du die reinste Indjanerin. Ja, wir haben dich gekriegt, und hier bist du nun.« »Bist du tatsächlich den ganzen Weg zurück gehüpft, Daddy?« »Gewiss doch. Mein Bein war am Verfaulen. Hier, ich zeig's dir mal ...« Zu Morgans Entzücken stand er auf, nahm einen großen Stock als Krücke und begann, eines von seinen Soldatenliedern zu singen, während er um die Lichtung hopste. Er umkreiste sic einmal, aber dann verfing sich sein Fuß in einer Baumwurzel. Er wand sich, um zu verhindern, dass er hinfiel, doch er fiel trotzdem. Es sah zu komisch aus. Morgan lachte und klatschte, bis sie plötzlich merkte, dass Pas Gesichtsausdruck nicht spaßhaft war. Er hatte Schmerzen.

»Daddy, Daddy!«, schrie sie und lief zu ihm. »Ist alles in Ordnung mit dir? Kannst du aufstehen?«

»Ach du liebe Güte, ich habe irgendwas Merkwürdiges mit meinem Bein angestellt, Morgan. Ich hab was reißen gehört. Weißt du, was das bedeutet?«

»Komm, stütz dich auf mich, dann helfe ich dir hoch.« Er war mächtig schwer, doch die Art, wie er Grimassen zog und stöhnte, verriet ihr, dass sein Bein sehr wehtat. Er konnte es nicht belasten und musste daher auf dem anderen Fuß hüpfen. Gemeinsam schafften sie es, ihn neben das Feuer zu setzen, und sie häufte Gras und Erde unter sein Bein, damit es hoch lag. Das hatte Mam ihr beigebracht. »Es ist ein Muskel in deinem Bein, Daddy. Du hast ihn dir gezerrt. Aber mach dir keine Sorgen; ich weiß, wie du deine Schmerzen loswirst. Ich hole ein bisschen Harz von der großen, alten Kiefer da. Wenn du das kaust, wird es dir besser gehen. Wir können meinen Unterrock zerreißen und dir einen schönen, festen Verband daraus machen. Mach dir nur keine Sorgen. Wir kriegen dich schon wieder richtig hin.«

Als Todd die Augen öffnete, färbte die Morgendämmerung den Himmel eben blass dunstig-gelb. Einen Moment lang wusste er nicht, wo er war. Dann erinnerte er sich. Er hatte sich gestern Abend das Bein verrenkt. Sich benommen wie ein verdammter Narr, dachte Todd, so herumzutanzen und vor seiner Tochter anzugeben. Geschah ihm ganz recht. Trotzdem, das Bein hatte mächtig wehgetan. Er versuchte, es ein wenig zu bewegen. Probehalber. Und verflixt noch mal, es fühlte sich wirklich viel besser an! Furchtbar steif, und es schmerzte noch ein bisschen, doch er konnte es auf und ab bewegen, ohne vor Schmerzen aufzuschreien. Diese Morgan! Das kleine Mädchen war tatsächlich gut im Verarzten! Sie hatte ihm letzte Nacht Kiefernharz zu kauen gegeben und die Kniekehle mit irgendeinem klebrigen Zeug eingerieben, das sie unter der Rinde hervorgeholt und aufgekocht hatte. Es war ihm nicht so vorgekommen, als ob es sonderlich half, und das wollte er ihr auch sagen, aber ehe er sich's versah, war es bereits Morgen. Er entsann sich, dass er nachts ein paarmal aufgewacht war und versucht hatte, sein Bein zu bewegen. Doch er war immer wieder gleich eingeschlafen.

»Morgan! Hallo, Tochter! Du hast deinen Pa gut gepflegt …« Er schaute sich um und merkte, dass sie nicht da war. »Morgan? Morgan«, brüllte er und versuchte, sich auf die Füße zu stemmen. Das verdammte Bein hielt sein Gewicht nicht. Na, dann kroch er eben auf Händen und Knien, wenn es sein musste. Bei Gott, wenn der Kleinen etwas geschehen war –! Dann hörte er aber, wie sie ihm zurief, dass sie nur Kräuter sammle und gleich bei ihm wäre. Jetzt erinnerte er sich. Sie hatte gesagt, dass sie bei Tagesanbruch losgehen und Wintergrün pflücken und mahlen und einen Tee daraus bereiten wolle, der gut gegen Schmerzen sei. Er hoffte, dass das stimmte, denn nach seinem Versuch aufzustehen pochte das Bein. Er musste unbedingt nach Hause laufen können.

Mit dem Rücken am Baum stemmte er sich vorsichtig hoch und dachte darüber nach, wie Morgan sich gestern um ihn gekümmert hatte. Sie hatte nicht geweint, kein Getue gemacht und anscheinend keine Angst gehabt, weil ihr Daddy verletzt war. War einfach ganz energisch und fürsorglich gewesen, wie Annis, wenn sie die Leute heilte. Verflucht sollte er sein, wenn er nicht auch ihre Anweisungen befolgte, als ob sie die Mutter wäre und er das Kind. Morgan hatte wohltuende Hände, forschend, aber sanft. Wenn sie ihn verarztete, erschien sie ihm anders – älter und selbstsicher. Das machte ihn verdammt noch mal richtig stolz!

Da kam sie schon leise wie eine Indianerin zwischen den Bäumen auf ihn zu. Nun, sie war Indianerin. Teilweise zumindest. Annis war ein Halbblut; ihr Pa war Engländer gewesen, mit demselben roten Lockenhaar wie Becky, sagte sie. Was waren also Becky und Morgan? Die Hälfte von einer Hälfte, das wäre ein Viertel. Alle beide Viertel-Pequot. Und man fand keine zwei Schwestern, die unterschiedlicher aussahen. Bei Becky würde man nie vermuten, dass sie Indjanerblut in sich hatte, aber Morgan, die sah bis auf ihre hellen Augen aus, als wäre sie eben aus ihrem Wigwam getreten. Sie war stattlich, genau wie Annis, mit demselben Blick, der einen förmlich zu durchdringen schien ... Das erste Mal, als er Annis aufsuchte, war er zwanzig Meilen durch die Hügel gewandert. Er hatte von ihr gehört und sich gefragt, wie diese Squaw wohl aussehen mochte und wie sie ihren Zauber vollbrachte. Er war kein großer Redner, raspelte kein Süßholz mit ihr, weil sie ihn sowieso fast zu Tode erschreckte, groß und wild, wie sie war. Er war selbst hoch gewachsen, gute ein Meter achtzig wie alle Wellburns, aber sie reichte ihm bis zum Kinn. Also sagte er bloß hallo und zog ab. Doch sie ging ihm nicht aus dem Sinn. Er fand sie ... vielleicht nicht schön, aber aufregend. Deshalb schlich er zurück zu ihrer Lichtung, sodass sie ihn nicht bemerken würde. Sie lockerte gerade ihr langes, glänzendes, zum Zopf geflochtenes Haar. Ihre Füße und Brüste waren nackt, und sie war unterwegs zum Bach, um sich zu waschen. Er starrte ihre langen Beine an, ihr strammes Gesäß und ihre Brüste, die so groß waren, dass ihr Gewicht sie nach unten zog. Er spürte, wie ihm die Knie weich und die Lenden stark wurden. Dann sah er zu, wie sie im Wasser herumplanschte, ihre glatte, braune Haut einseifte, ihr langes, nasses Haar auswrang wie ein Wäschestück, während ihr Kopf vorgebeugt war und ihr Körper nach ihm rief.

Als sie aus dem Wasser kam, der nackte Körper sauber und hoch gewachsen und stolz, stand er vor ihr, splitterfasernackt und bereit für sie. Sein Herz hämmerte, weil er fürchtete, sie würde aufkreischen und ihn wegstoßen, aber er begehrte sie mehr, als er je etwas begehrt hatte. Sie schrie nicht. Sie trat auf ihn zu und sagte: »Ich wusste, dass du zurückkommen würdest.«

»Zum Teufel, das wusste ich ja *selbst* nicht.«

Sie lächelte. »Ich habe dich verhext. Du bist jetzt mein Mann und ich bin deine Frau. Du wirst mich nie verlassen.« Er lachte, denn er dachte, nie im Leben könne eine Frau Todd Wellburn sagen, was er tun sollte und was nicht. Doch sie hatte Recht. Er ging nie wieder von ihr fort. Er hatte keine Lust dazu. Erst im Krieg. Der Patriotismus riss viele Männer aus ihrem Leben, manche sogar für immer. Er hatte Glück gehabt.

»Wie geht es dir heute Morgen, Daddy?«

»Sehr gut, Morgan. Das hast du gut gemacht. Ist noch nicht ganz in Ordnung, aber viel besser«

Sie hatte das Wintergrün für den Tee und meinte, sie habe ein paar Taubeneier gefunden, die sie sich zum Frühstück braten könnten. »Daddy, erzähl mir noch eine Geschichte. Zu Hause erzählst du nie Geschichten«, sagte sie, während sie ihre Mahlzeit zubereitete.

»Eine Geschichte worüber?«

»Über meine Mutter.«

Todd spürte, wie er rot wurde. Wie gut, dass Morgan keine Gedanken lesen konnte. Oder vielleicht doch? Annis behauptete, sie könne den Menschen ins Herz und in den Kopf schauen. Rasch fing er an zu reden.

»Du weißt doch, dass der Vater deiner Mam, der Händler, der Engländer, mit dem Kanu den Connecticut hochfuhr. Er sagte, er würde bis hinauf nach Vermont reisen oder bei dem Versuch umkommen. Na ja, er muss umgekommen sein, denn er ist nie heimgekehrt. Da stand sie nun, die Mutter deiner Mutter, Margaret hieß sie, mit zwei kleinen Kindern und niemandem, der für sie sorgte. Also ging sie zurück zu ihren Leuten. Sie war eine große Heilerin, deine Oma, das hat man mir jedenfalls erzählt, aber ihr eigenes gebrochenes Herz konnte sie nicht kurieren. Sie starb daran, sodass sich deine Mam jetzt um ihren kleinen Bruder kümmern musste. Tristram. Ich weiß nicht, ob sie dir je von Tris erzählt hat. Er kriegte Schüttelkrämpfe, dann fiel er hin und hatte Schaum vorm Mund wie ein tollwütiger Hund. Er war immer schon so gewesen, sagt sie. Er taugte nicht zum Jagen oder Fallenstellen, und sie meint, das habe ihn wütend gemacht. Er bezeichnete sich als Weib, das nichts und niemandem nutze. Nun, an einem Frühlingstag kam sie zurück von der Arbeit im Garten und fand Tristram, der voller Blut auf der Lichtung lag. Er hatte sich mit ihrem Gewehr in den Kopf geschossen.«

»War er tot?«

»Ob er tot war? Was ist los mit dir, Kind? Natürlich war er tot. Deine Mutter war furchtbar traurig darüber. Sie hatte alles ausprobiert, was sie kannte, um seine Anfälle zu verhindern, sogar Belladonna. Sie hatte das Gefühl, sie sei keine gute Heilerin. Doch das wissen wir besser, nicht wahr?«

»Sie hat dein verfaultes Bein geheilt, als du aus dem Krieg kamst.«

»Das stimmt. Sie hat es angeguckt und betastet und daran gerochen und dann husch! In den Ameisenhaufen damit. Das tat schrecklich weh, aber als die Ameisen fertig waren, war mein Bein sauber und konnte heilen. Und hier bin ich, Jahre später, und laufe immer noch damit! Yessir, deine Mam ist eine richtig gute Heilerin.«

Morgan reichte ihm seinen Wintergrün-Aufguss und er nippte daran. Mit ganz leiser Stimme sagte sie: »Sie nennen sie Squaw.«

»Nun, sie sind einfach beschränkt, Morgan. Squaw! Da siehst du mal, wie viel sie wissen! Keine Ahnung haben sie! Deshalb geht sie auch so ungern in die Stadt, weil sie es hasst, angestarrt zu werden. Deine Mama weiß, wie sie sie nennen, aber weißt du was? Sie weiß, dass sie sie brauchen. Wen rufen sie denn, sagt sie, wenn jemand das Wechselfieber hat … oder eine schlimme Verbrennung … oder lange in den Wehen liegt … oder eine seltsame Krankheit hat, die nicht weggeht? Sie nennen sie Squaw, doch nur die Squaw hat die Kraft zu heilen. Und du auch, Morgan. Du hast die Kraft zu heilen, die der Familie deiner Mutter im Blute liegt. Pass auf. Du lernst alles von deiner Mam, was du kannst, hörst du? Du wirst eine berühmte Heilerin, Morgan. Sie werden von überall her kommen, um sich von dir behandeln zu lassen, ebenso, wie sie es bei Annis tun.«

»Werden sie mich denn auch Squaw nennen?«

Todd atmete tief ein und betrachtete seine Jüngste. Ihre Augen waren die Augen einer erwachsenen Frau, nicht die eines Kindes. »Ja, vermutlich«, sagte er traurig.

Sie dachte eine Minute darüber nach. Dann meinte sie: »Ich beachte sie einfach nicht.«

Es dauerte drei Tage, bis Todd laufen konnte, ohne dass sein Bein unter ihm nachgab. Aber Morgans Medizin half. Er konnte schlafen. Sie kümmerte sich um die Fallen, und er säuberte, was er gefangen hatte, also ging eigentlich keine Zeit verloren. Bis auf den Unterricht für Morgan. Sie sehnte sich nach der Schule. Sie konnte bereits lesen und mit Zahlen umgehen. Wenn es nach Annis gegangen wäre, hätte Morgan ihre Ausbildung auf der Stelle abgebrochen. Aber das Kind lernte gern. Was ihn betraf, so verzehrte er sich danach, nach Hause zu kommen. Ihn verlangte nach seiner Frau. Er hungerte nach ihrer Berührung, nach ihrem weiblichen Geplauder und ihrem guten Essen. Und wenn er ihr erst erzählte, dass Morgan die geborene Heilerin war!

Doch die Gelegenheit dazu erhielt er nie. In dem Moment, als er und Morgan in den Hof spazierten, wurde ihnen klar, dass hier etwas Merkwürdiges vor sich ging. Ein Dutzend Menschen saß oder kauerte auf der Erde, der eine blind, ein anderer auf einer Trage. Drei von den Frauen waren schwanger. Was taten all diese Leute vor seinem Haus?

Annis kam angerannt, um sie zu begrüßen, aufgeregt wie nur was.

»Todd! Morgan! Ein Wunder! Es ist, als wäre ein Traum in Erfüllung gegangen!«, sagte sie. Todd hatte sie nie so flatterig und nervös erlebt.

»Welcher Traum ist in Erfüllung gegangen, Annis? Beruhige dich und sprich langsam, damit ich verstehe, was du sagen willst.«

»Becky! Es ist Becky! Unsere Becky wurde von einem Geist des Heilens überwältigt, und jetzt redet sie mit Engeln!«

Engel! Er und Morgan wechselten einen schnellen, überraschten Blick. Becky – und redet mit Engeln? »Unsere Tochter, Rebecca Wellburn, die glaubt, dass alle Welt schlecht ist und sie töten will?«

»Psst, Todd! Sei still. Das ist vorbei. Es ist ein Wunder!«

»Annis, du bist keine Christin!«

Sie errötete, reckte aber das Kinn nach vorn, stur wie ein Maulesel. »Nein, aber der Pastor sagt, es sei ein Wunder, und er ist Christ.«

Sie zog ihn auf den Hof und redete dabei wie ein Wasserfall. Anscheinend war vor ein paar Tagen eine Patientin von Annis auf einem Maultier den Weg hochgeritten gekommen. Die Frau war blutbefleckt und wollte doch so gern ihr Baby behalten, denn sie hatte bereits drei Fehlgeburten gehabt. »Als ich sie untersuchte, sah ich, dass nichts dagegen zu machen war. Aber, Todd, ich hatte kaum meinen Mund geöffnet, um es ihr zu sagen, als Becky aus dem Haus trat. Ich schwöre, es war ein Glühen um sie, und sie erzählte der Frau, ein Engel habe gesagt, dass sie geheilt würde. Becky gab ihr Wasser zu trinken und berührte sie. Und sie hörte auf zu bluten!

Und jetzt schau her! All diese Menschen warten darauf, dass Becky ihre Engel fragt, ob ihnen geholfen werden kann. Und sie bringen Hühner und Mehl, manche sogar Zucker und Melasse. Wir werden reiche Leute!«, frohlockte Annis, während Todd nur mit weit offenem Mund glotzen konnte. »Unsere Becky ist berühmt!«

4

Ende Februar 1882

Annis verzog keine Miene – darin war sie gut als halbe Indianerin –, aber sie war mit all ihren Sinnen gespannt und wachsam, denn sie wartete darauf, dass Becky in Aktion trat. Die Vorzeichen dafür waren gegeben. Beckys Blick schweifte hin und her, und ab und zu wandte sie den Kopf zur Seite. Annis wusste, was das hieß. Beckys Lippen bewegten sich, während sie leise mit ihren Geistern sprach. Sie dachte, wenn sie den Kopf wegdrehte, würde niemand es sehen. Sobald sie einmal die Lippen bewegte, würde es nicht lange dauern, bis sie laut redete. Und bald schon würde sie kreischen und fluchen und wüste Szenen machen. Annis war fest entschlossen, es heute nicht dazu kommen zu lassen. Ein halbes Dutzend Leute wartete draußen auf der Veranda. Das Februar-Tauwetter hatte sie hergeführt, und sie wollte sie nicht verlieren.

Das letzte Mal, als Becky so rastlos gewesen war, endete damit, dass sie die auf der Lichtung Versammelten anschrie, sie wisse, worauf sie aus seien, sie könne ihre bösen Gedanken durch die Luft schweben sehen. Plötzlich wedelte sie mit Todds Jagdmesser, und alle nahmen Reißaus. Eine Zeit lang kam niemand mehr zu ihnen auf den Hügel, um geheilt zu werden oder einen Ehemann zu finden oder einen Fluch zu brechen, und wenn Annis nach East Haddam ging, mieden die Leute ihren Blick. Manche überquerten sogar die Straße, um ihr nicht zu begegnen. Zum Glück wollten die Frauen sie immer noch bei ihren Geburten dabeihaben, sonst hätte die Familie im Winter '81 hungern müssen. Den letzten Winter würde sie nicht vergessen, niemals. Er war ein Alptraum gewesen.

Dann war Becky eines Tages im Frühling durch den Wald gewandert und auf ein kleines Mädchen gestoßen, das zusammengerollt in einem Haufen Eichenblätter schlief. Sie las das Kind auf, brachte es zu Annis und sagte: »Hier ist mein Baby Mama. Ich habe dir ja gesagt, dass ich ein Baby kriege.« Das war natürlich Unsinn, denn die Kleine sah aus wie eine Dreijährige. Jedenfalls war sie Amelia Hapgood, der Frau des Gemüsehändlers wie aus dem Gesicht geschnitten, bis hin zu den abstehenden Ohren und dem strähnigen braunen Haar.

Annis schickte Morgan in die Stadt, damit sie Mrs Hapgood erzählte, dass Becky ein Kind gefunden hatte, das ihr genügend ähnlich sah, um eine jüngere Ausgabe von ihr selbst zu sein. Nun, es stellte sich heraus, dass das kleine Mädchen – Elizabeth hieß es – seine Mutter verloren hatte, als die beiden vor drei Tagen draußen im Wald Beeren gesucht hatten, und dass niemand Elizabeth finden konnte. Sie nahmen an, sie sei von einem Wolf gefressen worden, und ihre Mutter war krank vor Kummer um ihr verloren gegangenes Baby.

Ezra Hapgood kam so außer Atem auf seiner braun gesprenkelten Mähre angeritten, als hätte er das Klettern besorgt und nicht das Pferd. Sagte Annis nicht mal guten Tag. »Ich habe gehört, deine Tochter Becky –«, setzte er an. In dem Moment kam die Kleine aus dem Haus gerannt und schrie: »Papa! Papa!« Und dann strahlte er nur noch. Immer wieder segnete er Becky, während er sein Kind vor sich auf den Sattel hob. Dann sagte er: »Es tut mir Leid, dass wir je gezweifelt haben, Miz Wellburn, wirklich. Denn das ist ein Wunder, dass sie hier neben mir sitzt. Ich dachte, wir würden unser liebes Kind nie wieder sehen, nicht in diesem Leben.« Seine Stimme brach und Tränen quollen ihm aus den Augen. Es war großartig. Aber noch großartiger war, dass schon am nächsten Tag die Leute anfingen, wieder heraufzukommen, durch die Hügel heran zu den Wellburns, um das Mädchen, das mit den Engeln sprach, um Gefälligkeiten zu bitten.

Jetzt trat Amos Whitbeck aus Killingworth ins Haus und reichte Becky einen Schal, der seiner Tochter gehört hatte, die vor sechs Monaten verschwunden war. Annis beobachtete ihn, während er Becky unter Tränen anflehte, seine Margaret zu finden. Am liebsten hätte sie gelacht. Sie wusste, wohin Peggy Whitbeck sich verirrt hatte – und mit wem. Sie war vor einem Pfennigfuchser von Vater weggerannt, der sie ohrfeigte, wenn sie auch nur zu einer Tanzerei von der Kirche gehen wollte. Annis, die stets die Ohren offen hielt, hatte die Frau des Hufschmieds im Gemischtwarenladen einer anderen Frau erzählen hören, dass Peggy in einer regnerischen Nacht mit einem der Cole-Söhne aus Madison durchgebrannt sei. Das habe sie von ihrem Dienstmädchen, das mit Peggy befreundet und in das Geheimnis eingeweiht war. Annis fragte sich, wer inzwischen wohl alles von diesem Geheimnis wusste. Amos ganz bestimmt nicht, das war mal sicher.

Amos verlor allmählich die Geduld mit Becky, die wild mit den Augen rollte. Annis wusste, dass Beckys Gedanken umherschweiften; das bedeutete, dass Annis ihr die richtigen Worte vorgeben musste. Sie überlegte einen Moment und kam zu dem Schluss, dass Becky ihm erzählen sollte, das Bild, das sie vor sich sehe, sei ganz verschwommen, wie unter Wasser; Peggy sei womöglich ins Wasser gegangen. Das würde ihn daran hindern, das arme Mädchen zu finden. Annis hatte nämlich gehört, dass das Liebespaar auf dem Weg nach Massachusetts war, und zwar zu Pferde, nicht zu Wasser.

Becky befingerte Margaret Whitbecks Schal und flüsterte: »Hübsch, hübsch, oh, so hübsch.« Dann blickte sie auf und sagte: »Horcht! Habt ihr das gehört?«

Bevor Amos einen Pieps von sich geben konnte, warf Annis ein: »Ich habe es gehört. Ich habe das Wort ›Wasser‹ gehört.« Manchmal griff Becky einfach auf, was ihre Mutter sagte, und spann es weiter aus. Manchmal auch nicht. Man musste sie genau beobachten, jede Minute. Bei Becky wusste man nie.

»Wasser«, wiederholte Becky. »Ja, Wasser.« Annis atmete

erleichtert auf »Was ist das? Ist sie im Fluss? Oh, armes Ding, armes Ding, im Fluss, im Wasser –«

Amos war außer sich. »Du meinst … sie ist ertrunken?«

Annis fiel ein: »Natürlich nicht, Amos. Sie meint, dass Peggy ein Schiff bestiegen hat. Oder ein Kanu …«

»Ein Kanu …«, wiederholte Becky verträumt.

»Nun, dann werde ich sie finden. Wir haben ein Ruderboot – kein Kanu, aber nahe genug dran, möchte ich meinen. Der Fluss ist der Connecticut?«

»Der Connecticut«, echote Becky.

Annis entspannte sich. Die Sache würde gut gehen. Mit ruhigem Lächeln nahm sie die Säcke mit Mais- und Weizenmehl entgegen, die Amos als Bezahlung mitgebracht hatte. »Wenn ich sie finde, gibt es mehr davon«, versprach er und zog los, wobei er den anderen, die draußen auf der Veranda warteten, berichtete, dass Becky wieder einmal ein gutes Werk getan habe.

Tatsache war, dass jeder an Becky und ihre Engelsstimmen glauben wollte. Den ganzen Fluss entlang war sie berühmt geworden. Die Leute kamen bis von Wethersfield und Saybrook, einer sogar aus dem hohen Norden von New Hampshire. Annis hörte, was sie einander erzählten, während sie auf Becky warteten. Es war nicht nur Heilung, die sie suchten; sie konnten ihr auch Fragen über die Zukunft stellen, die sie beantwortete. Wenn sie ihr ein Kleidungsstück von jemandem gaben, so verriet sie ihnen alles über die betreffende Person. Das war Annis' Idee gewesen, auf die sie mächtig stolz war. Sie wusste, dass Becky mit niemandem außer ihren Geistern redete – und das waren meistens böse Geister, die keinem etwas Gutes wollten. Doch wenn die Menschen an Engel glauben wollten und es ihnen dadurch besser ging, warum sollte ausgerechnet Annis ihnen sagen, es gebe keine? Nie sah sie jemanden ohne ein zufriedenes Lächeln von hier weggehen, niemals. Vielleicht war Becky nicht das, was die Leute dachten, aber sie richtete keinen Schaden an. Und sollte sie nein dazu sagen, dass die Wellburns jetzt besser gestellt waren?

Becky hatte sich auf ihrem Stuhl so weit umgedreht, dass ihr Gesicht der Feuerstelle zugewandt war. Ach, du liebe Güte, dachte Annis. Es würde nicht mehr lange dauern, bis sie anfing, ihre Geister anzuschreien und womöglich auf der Lichtung herumzulaufen und Leute zu bedrohen, wie sie es gelegentlich tat. »Nur einer noch«, rief Annis. Draußen erhob sich enttäuschtes Gemurmel, doch die anderen machten den Weg frei für den jungen John Hampton und seine Frau Sally. Letzte Woche hatten sie Becky aufgesucht, weil sie wissen wollten, wieso ihr kleines Baby, gerade zwei Monate alt, plötzlich in seiner Wiege gestorben war. Sie hatten sein kleines Wickelkissen mitgebracht, damit Becky es anfassen und die Engel es sehen konnten. Diesmal musste Annis Becky keine Stichworte geben.

»Findet die Frau mit einem Kleid aus demselben Stoff«, sagte Becky, die Augen zu Schlitzen verengt, »das ist die Hexe, die euer Baby mit einem Fluch erstickt hat.«

Danach hatte Becky einfach aufgehört zu reden. Egal, wie oft John und Sally sie baten, ihnen zu erzählen, was sie tun müssten, um die Hexe zu finden, sie äußerte kein weiteres Wort. Annis musste ihnen sagen, dass sie, wenn sie die Hexe gefunden hätten, bei Neumond – der wäre in zwei Nächten – um deren Haus tanzen sollten, und zwar dreimal, falls notwendig. »Dann wird die Hexe sterben«, verkündete Annis, und Becky hatte ihr, wie sie es häufig tat, nachgesprochen: »Und die Hexe wird sterben.« Heute kamen sie, um Becky zu danken und ihr zwei Hühner dazulassen. Die Hexe war verschwunden, nachdem sie getanzt hatten. Einfach weg, hatte sich in Luft aufgelöst. Das Paar war zu dem Schluss gekommen, dass Dorothy Granding, ein kleines, altes, buckliges Weiblein, das allein lebte, ganz in Schwarz gekleidet war und nie anders als im Flüsterton sprach – wenn man sie überhaupt zum Sprechen bewegen konnte –, die Hexe sein müsse. Little Miz Granding war sicher nicht ganz richtig, doch Annis wusste, dass das arme kleine Ding keine Hexe war. Wahrscheinlich hatten sie sie in irgendein Versteck gescheucht. Na, machte nichts.

»Das ist gut«, sagte Annis zu dem jungen Paar. »Ihr habt eure Sache gut gemacht. Gewiss schaut euer Kleines vom Himmel herab und lächelt.« Das hörten sie gern. Sie machten sich auf den Weg bergab, und die Übrigen folgten. Innerhalb weniger Minuten war die Veranda leer.

Annis war froh darüber, dass die Leute gingen. Und keinen Augenblick zu früh. Becky sprang auf, murmelte etwas und lief nach draußen. Während sie in den Wald rannte, rief sie: »Du findest mich nie!«, und verschwand zwischen den Bäumen. »Und wenn, dann schneide ich dir das Herz heraus!«

Morgan hatte in aller Stille und außer Sichtweite ein paar Arzneien gebraut. Annis hatte fast vergessen, dass sie in der Nähe war. Deshalb fuhr sie zusammen, als Morgan direkt neben ihr plötzlich fragte: »Ist ihnen denn nicht klar, dass sie die arme Miz Granding vermutlich so erschreckt haben, dass sie in die Nacht hinauslaufen musste?«

»Halt den Mund, Morgan. Was schadet es schon? Sieh doch, wie die Mutter lächelt, weil sie denkt, sie sei die Mörderin ihres Babys losgeworden. Und wenn Miz Granding sich weggeschlichen hat, weil sie nicht wollte, dass womöglich jemand meint, sie solle in den Fluss gehen, nun ja ...«

»Aber Mam, das ist nicht richtig –«

»Jetzt pass mal auf, Morgan Wellburn. Du bist erst dreizehn, nicht alt genug, um deiner Mutter freche Antworten zu geben. Wenn ich sage, es schadet nichts, dann schadet es eben nichts, punktum. Ich bin todmüde und mein Kopf tut weh. Ich hätte gern einen Kamillentee, Morgan.«

»Gut, Mam, ich hol dir welchen.« Morgan drehte sich rasch um, damit Mam nicht merkte, wie wütend sie war. Ihr Rücken schmerzte; es war heiß wie in den Feuern des Hades. Zu heiß, um Arzneien zu brauen, aber niemanden auf der Welt interessierte es, wie sie sich fühlte! Ihre Mutter hatte genug Zeit, um Becky bei ihren Wunderheilungen zu helfen. Doch wenn Morgan ein Wort zu sagen hatte, war ihre Mutter auf einmal müde und bekam Kopfschmerzen. Für Morgan hatte sie nie Zeit, nicht seit dem Tag, an dem irgendjemand auf die Idee gekommen war, Becky spreche mit den Engeln. Wenn Morgan sich – was selten vorkam – beklagte, meinte ihre Mutter, Becky brauche sie, und Morgan, die intelligent war und die Kraft zu heilen besaß, sei stark genug, um allein zurechtzukommen. »Es ist so eine Erleichterung für mich«, sagte Mam, »dass ich weiß, du tust, was getan werden muss.« Sie tätschelte Morgan die Hand, und Morgan sah, dass ihre Mutter in Gedanken schon wieder bei Becky war. *Ich brauche dich auch,* hätte sie am liebsten ausgerufen, doch sie wusste, dass das nichts nützen würde. Das einzig Gute war, dass sie mittlerweile viele Patienten ihrer Mutter behandelte. Und denen gefiel es, wie sie sie verarztete.

Natürlich war das nichts im Vergleich zu dem, was die Leute über Becky dachten. Becky war einzigartig, so hübsch, so ... berühmt. Sogar Morgans beste Freundin Lizzie Bushnell fand das. Manchmal fragte Morgan sich, ob Lizzie nicht nur deshalb mit ihr befreundet war, weil sie die Schwester des Mädchens war, mit dem die Engel sprachen. Aber Lizzie sagte nein, natürlich nicht, war ich nicht schon deine Freundin, bevor Becky berühmt wurde? Lizzie war ziemlich dick und schnaufte häufig – sie hatte Atembeschwerden –, doch sie war die Tochter von Reverend Enos Bushnell, einem angesehenen Mitglied der East Haddamer Gesellschaft.

Als der Kamillentee genügend gezogen hatte, goss Morgan ihrer Mutter eine Tasse ein und brachte sie ihr.

»Oh, vielen Dank, Morgan. Du bist mir eine solche Hilfe.«

Erwärmt von den freundlichen Worten, platzte Morgan mit

einer Frage heraus, die ihr schon lange im Kopf herumging. »Mama«, sagte sie, zu der kleinkindlichen Anrede zurückkehrend, »wie kommt es, dass Engel mit Becky sprechen und nicht mit mir? Ich bin doch kein schlechter Mensch und gut in der Schule.«

Einmal hatte sie Lizzies Pa gefragt – schließlich war er der Pfarrer, oder? Ein Mann Gottes. Sie dachte, er müsse es wissen. »Vielleicht bist du nicht fromm genug, vielleicht hast du nicht genug gebetet«, hatte er gesagt und ihr dabei so tief in die Augen geschaut, dass sie sich am liebsten gekrümmt hätte. »Wir alle müssen danach streben, besser zu sein, als wir es sind.« Das war für sie keine richtige Antwort. »Mam?«, insistierte sie. »Warum reden sie nicht mit mir? Ich habe es versucht. Ich habe sie auf Knien darum gebeten, aber sie wollen einfach nicht.«

»Oh, Morgan«, seufzte ihre Mutter. »Was soll ich dir sagen?« Sie verfiel in ein solch langes Schweigen, dass Morgan dachte, sie habe ihre Frage vergessen. Doch dann seufzte sie erneut und meinte: »Du hattest Recht, Morgan. Vorhin. Es ist eine Menge Hokuspokus. Du und ich, wir wissen, dass es keine Engel gibt, die mit Becky sprechen. Es sind ihre Geister, dieselben, die ihr schon so lange zusetzen. Aber, wie ich bereits sagte, es schadet nichts, nicht, wenn es den Leuten daraufhin besser geht. Im Grunde ist es beim Heilen ganz ähnlich. Ich habe Frauen erlebt, die sich im Bett wälzen und schreien vor Wehenschmerzen, und sobald ich da bin und sie mein Gesicht sehen, lässt der Schmerz nach. Sie vertrauen mir, Morgan, sie wissen, dass ich ihnen helfe, und das beruhigt sie. Danach muss ich ihnen natürlich die richtige Medizin geben ...«

Morgan nickte. Sie hatte das selbst miterlebt und wusste, dass es stimmte. Es zeigte schon Wirkung, wenn die Menschen nur wussten, dass man eine Heilerin war.

»Du hast die Kraft zu heilen in dir, Morgan. Genau wie ich

und meine Mam und ihre und so weiter bis zum Anbeginn der Zeit. Das ist etwas Gutes.«

Dessen war sich Morgan nicht so sicher. Die anderen jungen Leute in der Stadt hielten Abstand zu ihr. Sie wusste nicht, ob es daran lag, dass sie eine Heilerin war oder dass sie Indianerin oder dass sie hässlich war. Auf jeden Fall war sie hässlich. Becky galt als Schönheit, und es gab keine zwei Schwestern, die unterschiedlicher aussahen. Außerdem schaute sie nie ein Junge an oder zog an ihrem Zopf. Sie würde sterben vor Einsamkeit, wenn Lizzie nicht wäre. Obgleich sie manchmal dachte, es sei die Sache eigentlich nicht wert. Lizzie wollte immer die Anführerin sein, die Befehle erteilen, die besten Rollen haben, wenn sie ihre Stücke spielten. Sie kommandierte Morgan herum und sagte oft aus heiterem Himmel: »Geh jetzt nach Hause«, wenn sie sich langweilte oder schlechte Laune hatte. Aber Morgan hatte das Gefühl, dass Lizzie sie exotisch fand, weil sie zum Teil Indianerin und bereits Heilerin war und – vor allem, dachte Morgan-Beckys Schwester. Einmal hatte Lizzie gemeint, Morgan und sie seien so etwas wie Cousinen, weil Lizzie von Annis auf die Welt geholt worden war. Abends fragte Morgan ihre Mam, ob sie das zu Lizzies Cousine mache. Ihre Mutter lachte und sagte, nein, ganz und gar nicht, »obwohl es stimmt, ich war da, um sie in Empfang zu nehmen, als sie geboren wurde. Glaub mir, als sie als Baby aus dem Mutterleib kam, klagte und jammerte sie schon ebenso wie jetzt.«

Letzten Herbst war Morgan eingeladen gewesen, sich mit Lizzie und ihren Eltern ein richtiges Schauspiel anzusehen. Dieses zauberhafte Ereignis würde sie nie vergessen. Es fand im Festsaal von Mr Goodspeed direkt am Flussufer statt. Ein herrlicher Bau, erst vor fünf Jahren errichtet, groß wie ein Schloss – sechs Stockwerke –, und es hieß, in dem hufeisenförmigen Theater ganz oben fänden dreihundert Leute Platz. An dem Abend, als die Bushnells sie dorthin mitnahmen, konnte Morgan nur dasitzen und staunen. Es schien ihr, als hätte sich der gesamte Staat Connecticut hier niedergelassen, um darauf zu warten, dass Mr William Gillette heraustrat und Sherlock Holmes spielte. So viele Menschen, so viele weiße Blusen mit funkelnden Juwelen und Herren mit flatternden Krawatten! Einer von Mr Goodspeeds Flussdampfern hatte Leute ganz von New York City hergebracht. Lizzie wies darauf hin, dass die New Yorkerinnen diejenigen waren, die Straußenfedern und gefütterte Capes und Diamantenhalsbänder trugen. Diamantenhalsbänder! Morgan hatte nie erwartet, dass sie in ihrem Leben je so etwas zu Gesicht bekommen würde! Alles war wunderschön, die Leute und das Theater. Der riesige Samtvorhang teilte sich wie durch Zauberhand, als das Stück anfing, und Tausende von Kerzen und Öllampen erleuchteten den vorderen Teil der Bühne. Sie fühlte sich ein wenig sonderbar in ihrem groben Streichgarn, während Lizzie in einem Kleid aus Seidenatlas mit Volants herausgeputzt war, doch sobald der Saal dunkel war und das Stück begann, vergaß sie alles außer dem, was auf der Bühne geschah. Sie kam ganz benommen aus dem Theater, wusste kaum noch, wo sie war, und wünschte, sie könnte hineingehen und sich alles noch einmal anschauen. Sie wusste, dass sie wahrscheinlich nie wieder ein Theaterstück sehen würde, es sei denn, Lizzies Leute lüden sie dazu ein. Aber es regte sie und Lizzie an, nach der Schule ihre eigenen kleinen Dramen aufzuführen, hinten im Pfarrhaus in Lizzies Zimmer. In letzter Zeit allerdings wurde Morgan daheim gebraucht – um bei der Hausarbeit zu helfen oder sich um Patienten zu kümmern –, deshalb hatten sie wenig Gelegenheit zum Schauspielern gehabt.

Ein Geräusch hinter Morgan ließ sie herumfahren. Becky war zurückgekehrt und saß auf dem guten Schaukelstuhl draußen auf der Veranda. Wieso?, fragte sich Morgan. Alle waren gegangen. Doch dann erblickte sie Lizzie, die mit rotem Gesicht auf die Lichtung geschnauft kam, die Hände an der Brust. Gleich hinter ihr war ihr Pa. Und sieh mal an: Hinter ihm ging sein guter Freund Reverend Carstairs aus dem weit entfernten Wethersfield. Sie waren alle dick vermummt gegen die Kälte, sahen aber erhitzt aus nach ihrem Anstieg. Die beiden Priester kamen japsend und keuchend zwischen den Bäumen hindurch angestapft. Als Reverend Bushnell auf halbem Weg zum Haus stehen blieb, seine Faust an die Brust drückte und nach Luft schnappte, fiel Morgan plötzlich auf, wie sehr sich Lizzie und ihr Pa ähnelten. Bedeutete das, dass Lizzie als Erwachsene auch einen runden, kleinen Schmerbauch und eine Knollennase haben würde?

Während sie sich näherten, war Reverend Bushnells Stimme zu vernehmen: »Wir sind da, Bruder Carstairs, hier ist es. Das rothaarige Mädchen auf der Veranda, sie ist das gesegnete Kind, das mit Engeln spricht. Sie werden sehen … es ist erstaunlich.«

Morgan wunderte sich. Hatte Becky das Trio auf seinem Weg nach oben bemerkt? Wusste sic, dass sie sie besuchen wollten? Und war ihr etwas daran gelegen? Diese Möglichkeit war Morgan noch gar nicht in den Sinn gekommen. So viel sie wusste, redete Becky mit ihren Geistern, und Ma übersetzte für die Wartenden. Aber vielleicht, dachte Morgan, gefiel ihrer Schwester die Aufmerksamkeit, die ihr zuteil wurde. Womöglich genoss sie das – dieses Schauspielern. Ja, so war es, wie ein Stück auf der Bühne, *genau* so.

Die beiden Geistlichen traten auf die Veranda zu. »Miss Becky«, hub Reverend Bushnell an, wobei sein Atem weiße Dunstwölkchen erzeugte, »ich habe Reverend Carstairs eigens aus Wethersfield geholt, damit er mit Ihnen sprechen kann.«

»Wethersfield«, giftete Becky. »Böse ist, wer Böses tut. Ich sage, Wethersfield wird brennen.«

Mr Carstairs erbleichte und streckte eine Hand aus, wie um Beckys Worte abzuwehren. »Genau das habe ich gepredigt«, verwunderte er sich. »Die jungen Leute von Wethersfield haben sich schlimm betragen, sich über das Wort des Herrn lustig gemacht. Habe ich nicht dasselbe gesagt? Wethersfield wird brennen. Oh, ihr Engel im Himmel«, sagte er, blickte zum Himmel auf und wurde ganz gefühlvoll, »wie soll ich ihnen die gottlosen Gewohnheiten austreiben?«

»Schlage die nieder, die gottlose Gewohnheiten haben!«, schrie Becky. »Gottlos, gottlos, gottlos!« Morgan wusste, in einer Minute würde sich Becky von der Veranda stürzen und die beiden Priester niederschlagen wollen.

Doch bevor sie oder Mam sich rühren konnten, war Mr Carstairs in dem halb gefrorenen Schlamm auf die Knie gesunken, die Hände zum Gebet erhoben, und rief den Herrn an, auf Seine armen Sünder herabzuschauen und ihnen zu helfen, ihre gottlosen, gottlosen Gewohnheiten zu ändern. Mr Bushnell fiel ebenfalls auf die Knie und auch Lizzie, ungeachtet des guten Wollkleides, mitten auf dem kalten, schmutzigen Hof. Morgan fand, dass Lizzie mächtig blöd aussah, wie sie da mit den Augen rollte und eine Miene zog, die sie wohl für fromm hielt.

»Arme Sünder!«, schrie Becky. »Brennt in der Hölle! Zieht eure Teufel ab von mir! Nein, ich höre nicht auf, ich will nicht! Und macht Schluss mit dem ewigen Lärm! Nein, nein, ich will das nicht!« Sie stieß einige Worte in der Sprache der Alten hervor, indianische Worte. Sie kannte nur wenige, und das waren zumeist Namen von Kräutern und anderen Pflanzen. Sie zählte sie auf, als wäre sie in der Schule. Na, dachte Morgan, jetzt würde den beiden Priestern klar werden, dass Becky nicht mit irgendwelchen Engeln im Himmel redete. Aber Mr Carstairs reckte die Hände in die Höhe und rief: »Halleluja! Sie spricht in Zungen!« Und Mr Bushnell schrie: »Amen!« Lizzie schloss sich an. Wie fromm sie aussahen da auf dem

Hof, wo die Truthähne und gehäuteten Eichhörnchen mit dem Kopf nach unten hingen!

Morgan und Mam standen da und schauten zu. Dann drehte Becky ihren Stuhl um, sodass sie allen den Rücken zukehrte, schlang ihre Arme eng um die Brust und schaukelte ungestüm. Nach ein paar Minuten bemerkte Mr Bushnell das. Er legte seinem Freund die Hand auf die Schulter. »Miss Becky will, dass wir gehen«, sagte er. Und ohne ein »Guten Tag« oder Lebewohl zogen sie ab. Morgan wartete darauf, dass Lizzie sich umdrehte und ihr zuwinkte, doch ihre beste Freundin spazierte einfach ohne ein Wort davon. Becky verdarb Morgan alles.

»Warum gehst du nicht wieder in den Wald, wo du hingehörst!«, schrie Morgan Becky an. »Nimm dein Elend und lass uns in Ruhe!«

Becky stand auf und wirbelte herum. »Ein Messer in dein Herz!«, rief sie, und Morgan schrie zurück: »Trau dich doch! Du traust dich ja nicht!« Ihr Herz klopfte wild gegen ihre Rippen. Becky warf ihr einen solch hasserfüllten Blick zu, dass Morgan zurückwich. *Diesmal tut sie es,* dachte sie. *Sie bringt mich um.*

Aus dem Nichts tauchte Pa auf, stapfte über den Hof und rief Beckys Namen. Das ließ sie innehalten. »Nein, nein, das wirst du nicht tun!«, kreischte sie und rannte los, schnell wie der Wind in den Wald hinein. Kein Blick zurück auf Mam oder sonst irgendwas. In einer Minute war sie verschwunden, und es war plötzlich ganz still auf der Lichtung. Morgan konnte den rauen Klang ihres eigenen Atems und den ihres Vaters hören. Ihr war ein bisschen schwindelig.

»Was hast du getan, dass sie so davongestürzt ist?«, rief die Mutter hinter ihr.

»Warum bist du böse auf mich? Ich brülle die Leute nicht an, dass sie schlecht sind und ich ihnen das Herz aus der Brust schneide! Warum schreist du mich an?«

»Du hättest sie nicht reizen sollen«, meinte Pa. »Jetzt ist sie vielleicht wochenlang weg.«

»Oh, das wäre ja schrecklich!«, hörte Morgan sich sagen. Sie konnte nicht mehr an sich halten, ebenso wenig, wie sie ihrem Atem Einhalt gebieten konnte. »Dann würden keine Leute mehr auf den Hügel kommen und uns Lebensmittel bringen. Dann wären die Wellburns nicht mehr berühmt. Ich weiß doch, was los ist. Ich weiß, dass Becky ihre Hände über ein verbranntes Kind hält, und jeder schreit, welch ein Wunder, aber es ist Mam, die dann mit einer Salbe die Verbrennung heilt. Ich weiß, dass Becky sagt, was immer ihr in den Sinn kommt, und dass es Mam ist, die den Leuten erzählt, was es bedeutet. Nichts davon ist echt, und es tut mir nicht Leid, dass ich sie gereizt habe. Es kümmert mich nicht! Ist euch nicht klar, dass in Kürze jeder weiß, was ich weiß?«

»Ich sollte dir den Mund mit Seife auswaschen«, sagte Mam. Und Daddy meinte: »Es kümmert dich nicht, dass du sie verjagt hast? Wenn wir das letzte bisschen Eichhörnchenfleisch essen, wirst du anders tönen.«

Morgan antwortete nicht. Pa machte auf dem Absatz kehrt und ließ sie stehen, und als sie sich umdrehte, war Ma ins Haus gegangen. Kein Trost zu erwarten. *Nein*, dachte Morgan, *ich werde nicht weinen. Ich bin dreizehn, beinahe vierzehn. Es kümmert mich nicht und ich werde nicht weinen.*

Geräusche in der Nacht. Leise Männerstimmen. Die hinter ihr her waren. »Du bist ein törichtes Mädchen, du verdienst zu sterben.« Nein, eine andere Stimme. Ihre Ururgroßmutter. »Du solltest lieber wegrennen, sonst stecken sie dir ihr Ding rein und tun dir weh, weh, weh.«

»Tun mir weh, weh«, wimmerte Becky. Sie steht auf und fängt an zu laufen.

»Da! Da drüben! Ich sehe sie! Erkennt ihr das Haar?«

»Schnappen wir sie uns!«

»Hab gehört, sie ist heiß wie ’ne Pistole!«

Kichern. Gelächter. Stiefel, die durchs Unterholz krachen, ihr hinterher.

»Nein, nein, nein!«, ruft Becky. Sie lachen lauter. Ganz nahe.

»Was habe ich dir gesagt? Böse ist, wer Böses tut. Du kriegst nur, was du verdienst«, sagt Ururgroßmutters Geist.

Becky erstarrt. Geisterarme haben sie gepackt, und sie weiß, dass sie sich nicht bewegen kann. Da steht sie, mit dem Rücken an einem Baum, und streitet mit Ururgroßmutter, als sie sie finden. Sie machen es alle. Erst einer, dann der Zweite und dann der Dritte und dann der Vierte. Sie zählt sie, und dann zählt sie, als sie ihre harten Dinger in sie stoßen, zählt und zählt, um nicht zu spüren, was geschieht. Einer von ihnen ohrfeigt sie, sagt, sie solle mit dem verrückten Gerede aufhören, ohrfeigt sie noch einmal. Sie fühlt nichts, nichts, nichts.

»Hör auf, Henry! Warum schlägst du sie?«

»Sie redet wirres Zeug!«

»Ich war noch nicht dran. Du wirst ihr den Spaß verderben!« Sie lachen. Stoßen, stoßen, rammen, rammen. Es tut weh.

»Tut weh, was, du Zaubermädchen? Hast wohl noch nie einen richtigen Mann gehabt!« Lachen und lachen.

Schmerzen und Schmerzen und Schmerzen.

»Siehst du, du dummes Mädchen? Jetzt wirst du ein Baby kriegen«, ruft Ururgroßmutter. »Das Baby des Teufels! Becky kriegt ein Baby vom Teufel!«, ruft Becky zurück.

»Halt mal, Brad. Sie blutet. Ziemlich schlimm …«

»Verschwinden wir!«

»Hoffentlich hat es dir Spaß gemacht! Erzähl den Engeln, wie gut das Ficken ist!« Lachen. Stiefel, die im Unterholz krachen, und dann nichts. Niemand.

»Troll dich nach Hause und schaff dir das Teufelsbaby vom

Hals. Sie haben ihre Mistgabeln in dich gesteckt und dir ein Teufelsbaby gemacht. Du hast genau das gekriegt, was du verdienst! Sieh zu, dass du es loswirst. Ich weiß … du schneidest dir das Baby gleich aus dem Bauch«, sagt Ururgroßmutter.

Sie hat große Schmerzen. Sie haben ihren Kopf auf den harten Erdboden geknallt. Sie haben sie zu fest gehalten. Sie macht sich auf nach Hause, wie ihr befohlen wurde. Aber erst kriecht sie umher, bis sie es findet. Das Jagdmesser, das sie dort weggenommen hat, wo Pa es aufbewahrt. Und sie sticht auf das Teufelsbaby in ihrem Bauch ein, sticht und sticht, damit es auch sicher stirbt.

Spätnachts, als der sichelförmige Mond hoch am Himmel stand, wachte Morgan plötzlich auf, hellwach und horchend. Aber auf was? Dann hörte sie es: ein Stöhnen, draußen im Wald. Sie erhob sich, tastete sich die Emporenleiter hinab und ging auf Zehenspitzen dorthin, wo die Laternen waren. Sie zündete eine an und schlich auf bloßen Füßen und im Nachthemd hinaus.

Sie entdeckte Becky am Rande des Birkenhains direkt hinter dem Haus, wo sie auf der Erde lag und ihr das Kleid in Fetzen vom Körper hing. Ihre helle Haut glänzte im blassen Mondlicht. Sie umklammerte ihren Bauch. Als Morgan sich bückte, um sie näher anzuschauen, fing sie an zu schreien. Blut strömte aus Beckys Leib.

Mam kam herausgerannt und rief: »Wo bist du? Was ist los?«

»Komm schnell! Bring Verbandszeug mit. Jemand hat auf Becky eingestochen, und sie blutet sich zu Tode!« Morgan schluchzte und weinte, während Pa Becky auflas und ins Haus trug.

Wochenlang lag Becky auf einem Strohsack am Feuer und wurde mit Suppe und Haferschleim mit Belladonna und Schlangenöl gefüttert; Pa sammelte Spinnweben zum Abdecken ihrer Wunden, und Mam linderte mit einem Balsam, den sie aus Ulmenrinde herstellte, und Wegerichpackungen das Schmerzen und Jucken. Becky fieberte, doch allmählich heilten die Stiche und sahen richtig sauber aus. Ihre Augen blieben jedoch geschlossen und sie sprach die ganze Zeit über murmelnd mit ihren Geistern. Aus ihrem wirren Gerede konnten sie sich zusammenreimen, was offensichtlich geschehen war. Eine Gruppe von Männern hatte Becky gefunden und sie einer nach dem anderen vergewaltigt. Morgan, die ihr Leben lang Tiere bei der Paarung gesehen hatte, fragte sich, wieso irgendjemand sich mit Becky paaren wollte. Sie kratzte einen eher, als dass sie guten Tag sagte. Doch es war klar, dass sie das mit ihr gemacht hatten, meinte Daddy. An der Innenseite ihrer Schenkel und auf den Schultern, wo sie sie zu Boden gedrückt hatten, waren blaue Flecken und auf den Beinen befand sich getrocknetes Blut, das ihr heruntergelaufen war. Becky hatte sich, da sie überzeugt war, mit einem Teufel schwanger zu sein, nach Hause geschleppt, Pas Jagdmesser genommen und sich in den Bauch gestochen, um ihn zu töten.

Morgan wurde die Aufgabe übertragen, die Besucher abzuwimmeln. Sie erzählte ihnen, Becky habe einen Unfall gehabt und könne eine Zeit lang niemanden empfangen. Aber sie hörte, dass Mam, nachdem sie in ihr Bett gestiegen war, zu Pa sagte: »Becky ist nicht mehr dieselbe, Todd. Ihre Geister sagen ihr, dass sie sterben muss. Das Kind steht Qualen aus, und ich bezweifle, dass es ihr je wieder besser geht. Wenn wir sie nicht am Bett festbinden würden, wäre sie längst weg. Sie will ständig fort. So, wie sie jetzt ist, erinnert sie mich an Quare Auntie. Und ich weiß nicht, was wir tun sollen, wenn sie so bleibt. Ich weiß es einfach nicht.«

Und siehe da, eines Nachts im März, als alle fest schliefen, schaffte Becky es, sich loszumachen, und verschwand in die Dunkelheit. So sehr sie es auch versuchten, nach ihr riefen, sie kam nicht zurück ins Haus. Morgan dachte eines Morgens, sie sähe Becky hinter einer Eiche. Sie gab keinen Laut von sich. Stattdessen schlich sie ganz leise hinüber, doch sobald sie nahe genug herangekommen war, hörte sie ein Wispern, und als sie hinter den Baum guckte, war da keine Spur von Becky – oder von jemand anderem. Sie fragte sich, ob Becky sich in einen Geist verwandelt hatte. Aber Mam sagte, vielleicht war es nur so, dass Morgan sich so sehr gewünscht hatte, Becky zu finden, dass sie sich eingebildet hatte, sie zu sehen. Vielleicht. Und vielleicht war Becky tot.

Nach wie vor kamen Leute, die sich erkundigten, ob Becky bereit sei, sie zu empfangen, und nach wie vor log Morgan ihnen vor, nein, noch nicht. Sie wollte die Wahrheit sagen, doch Mam und Pa waren dagegen. »Ich denke noch über die Situation nach, Morgan«, sagte ihre Mutter. »Bald werde ich wissen, was zu tun ist.«

Nun, eines Aprilmorgens, als Morgan sich für die Schule fertig machte, rief Mam sie auf die Veranda und meinte, sie müsse mit ihr reden. Sie sagte, Morgan solle sich in den Schaukelstuhl setzen, der Beckys Lieblingsplatz gewesen war. Als Morgan wissen wollte, warum, wurde Mam gereizt und brauste auf: »Tu, was ich dir sage, junge Dame, und hör mit beiden Ohren zu. Was ich mit dir zu besprechen habe, ist nämlich sehr wichtig.«

»Ich komme zu spät zur Schule, Mam.«

»Wichtiger als die Schule, hörst du? Jetzt setz dich!«

Morgan setzte sich, wie befohlen, und faltete die Hände im Schoß, aber innerlich grollte sie. Es war doch nicht nötig, in einem solch scharfen Ton mit ihr zu reden, wo sie den ganzen Herbst und Winter über die meisten Patienten ihrer Mutter übernommen und Arzneien gebraut und Kräuter gesammelt hatte. Für ihre Hausaufgaben hatte sie kaum eine Minute erübrigen können.

Ihre Mutter begann: »Also, Morgan, es gibt gar keinen

Grund, wieso wir nicht weiter gute Geschäfte machen sollten, nur weil Becky weg ist. Ich habe nachgedacht und mir ist Folgendes eingefallen: Du wirst hier in dem Schaukelstuhl sitzen und mit den Engeln sprechen und –«

Morgan traute ihren Ohren nicht. »Nein, Ma'am!«, unterbrach sie ihre Mutter mitten im Satz. »Das tue ich nicht! Ich will nicht schauspielern und lügen! Ich habe die Kraft zu heilen, das hast du selber gesagt. Ich bin eine Heilerin, eine echte Heilerin. Gibt es nicht Frauen, die nach Morgan Wellburn fragen und nicht nach Annis? Ja! Und du willst, dass ich in diesem Schaukelstuhl sitze und so tue, als sei ich wie *Becky?«*

Annis stürzte von der Veranda ins Haus und knallte die Tür hinter sich zu, so laut sie konnte. Dann hörte Morgan den Riegel knarrend einrasten. Ihre Mutter hatte sie ausgesperrt. »Ist mir doch egal!«, schrie sie. »Dann ziehe ich eben zu den Bushnells. Du wirst schon sehen!« Ihre Mutter entriegelte die Tür und meinte: »Du tust, was ich dir sage, und wenn ich dich anbinden muss.«

Das werden wir ja sehen, dachte Morgan. Erst einmal ging sie in die Schule, obgleich sie kaum ein Wort verstand, das der Lehrer von sich gab, so sehr war sie damit beschäftigt zu planen, was sie als Nächstes tun sollte. Und als sie heimkam, stahl sie sich ins Haus, um ihren Medizinbeutel zu holen, und stopfte rasch ihr anderes Kleid hinein. Sie hatte vorgehabt, bei Anbruch der Nacht aus dem Fenster zu steigen, doch dann kam ihr eine bessere Idee. Sie sagte Mam, sie müsse noch Wintergrün suchen, und zog los, quer über die Lichtung. Die letzten Worte, die sie von ihrer Mutter hörte, waren: »Oh, etwas Krebswurzel könnten wir auch noch gebrauchen, Morgan. Und bleib nicht den ganzen Tag fort!«

»Gut, Ma'am!«, rief Morgan. Während sie den Pfad entlangstapfte, dachte sie, wie ungerecht ihre Mutter sei, weil sie immer Becky bevorzugte, auch jetzt noch, da Becky tief in den Wäldern verschwunden war. Je länger Morgan darüber nachsann, desto mehr kam sie zu dem Schluss, dass es womöglich gar keine Geister gab. Und das bedeutete, dass ihre Mutter sie belogen hatte. Das war nicht richtig, einfach nicht richtig. Sie fasste einen Entschluss und ging auf dem vertrauten, gewundenen Weg direkt bergab durch den Wald zu der Stelle am Fluss, wo sie ihren Einbaum versteckten. Pa benutzte das Kanu machmal zum Fischen, aber er war oben in Glastonbury und jagte Klapperschlangen. Das Boot schaukelte sacht an seiner Vertäuung. Morgan stiegen Tränen in die Augen. Ihren Daddy würde sie bestimmt vermissen und vielleicht auch Mam. Aber es war einfach nicht gerecht.

Sie kletterte in das Kanu und setzte sich hin. Eine Minute oder zwei zögerte sie noch, bis sie sich vorstellte, wie sie in jenem Schaukelstuhl saß und verrückt spielte. Sie band das Kanu los und legte ab. Einen Blick zurückwerfend, sagte sie: »Auf Wiedersehen, ihr alle. Ich weiß nicht, wohin ich gehe, aber hier bleibe ich ganz sicher nicht.« Dann ergriff die Strömung des Flusses das Kanu, und sie hatte keine Zeit mehr, über irgendetwas nachzudenken, sondern war vollauf damit beschäftigt, an den Felsen vorbeizusteuern und aufzupassen, dass sie nicht den Tod fand.

5

Am selben Tag

Im Frühling war der Fluss teuflisch. Wenn das Eis schmolz, kam von ganz oben in Vermont tonnenweise Wasser in Richtung Sund angerauscht, zerschmetterte Boote und ertränkte unglückliche Segler. Man musste bis zum Ende des Sommers darauf warten, dass die Flussgeister sich beruhigten und etwas schläfrig wurden. Mam hatte sie gewarnt, vom ersten Tag an, als sie Morgan das Paddel gab und ihr beibrachte, wie sie das Kanu steuern musste, als Morgan erst fünf oder sechs Jahre alt war. »Dieser Fluss hier lässt sich nicht zähmen«, sagte Mam. »Er ist wie eine Hirschkuh ... sehr ungebärdig.« Man lehrte sie, dass die Flussgeister weiblichen Geschlechts waren, und dass der Name des Flusses, *Konektikut*, in der Sprache der Alten »auf dem langen Gezeitenstrom« bedeutete. Das hieß, dass er nicht nur seine eigenen Strömungen hatte, sondern zusätzlich von Ebbe und Flut im Sund hin und her gedrängt wurde. »Du musst also gut Acht geben, Morgan. Du darfst dich nicht zurücklehnen und träumen, nicht auf dem Connecticut.«

Morgan entsann sich, wie ihr als kleines Mädchen die Mutter so groß und stark vorgekommen war und ihr breites, ruhiges Gesicht für sie die Weisheit der ganzen Welt widergespiegelt hatte. Der Gedanke an Mam ließ Morgans Augen brennen. Womöglich würde sie ihre Mutter in diesem Leben nicht wieder sehen. Die Vorstellung, ihren Vater zu verlassen, konnte sie gar nicht ertragen. Vielleicht würde sie nie wieder auf jene Lichtung spazieren und auf jene Veranda steigen, nicht ein einziges Mal. Plötzlich fühlte sie sich hohl, als wäre ihr Inneres nicht mehr vorhanden, und sie musste den Impuls bekämpfen, das Kanu zum Ufer zu wenden und heimzukehren. Doch sie war nun einmal gegangen, basta. Sie wollte keine zweite Becky werden. Aber was sollte sie tun? Sie wusste nur, dass sie flussabwärts unterwegs war, sonst nichts. Im Moment war es wohl am besten, wenn sie aufhörte, sich Gedanken zu machen und nach Sandbänken Ausschau hielt. Dreißig gab es davon in diesem Fluss. Außerdem Felsen, ziemlich große. Nicht, dass sie etwa Angst hatte. Sie wusste, wie sie mit einem Kanu umgehen musste.

Sie besaß einen Beutel voller Arzneien und einen Verstand, mit dem sie heilen konnte. Überdies hatte sie den Talisman ihrer Mutter, der seit Hunderten von Generationen in ihrer Familie weitergereicht worden war. Sicher würde sie ihn dort, wo sie landete, als Glücksbringer brauchen. Sobald es anfinge, dunkel zu werden, würde sie an Land gehen und in den nächsten Ort laufen und den Leuten sagen, dass sie ihre Krankheiten und Beschwerden kurieren konnte. Sie würde ihnen erzählen, wozu sie fähig war: Sie kannte Mittel gegen Menstruationsschmerzen; sie wusste, wie man Kopfläuse loswurde, ein Geschwür öffnete und Ohrenschmerzen linderte. Sie konnte ein Baby entbinden. Sie wusste, welche Pflanzen essbar und welche giftig waren. Sie konnte Fieber senken und ein gebrochenes Glied richten. Sie mochte jung sein, doch sie war eine Heilerin. Sie würde ihren Weg gehen, sich durchsetzen und nie wieder von jemandem Befehle entgegennehmen müssen. Niemals!

Als die ersten kalten Regentropfen zu fallen begannen, war der Himmel noch klar, nur ein bisschen dunstig. Aber sie hörte das Grollen von Donner in der Ferne, und sie wusste, dass das Wetter im Frühjahr innerhalb von Minuten umschlagen konnte. Sie paddelte schneller und hielt dabei auf beiden Seiten des Flusses nach einer guten Anlegestelle Ausschau. Vielleicht würde sie es nicht mehr bis zu einer Ortschaft schaffen, wenn der Regen stärker würde. Vom Sund zogen rasch schwarze Wolken auf, deshalb paddelte sie, so geschwind sie konnte.

Es half alles nichts. Nach fünf Minuten war es über ihr total schwarz. Donner erfüllte die Luft und gezackte Blitze zuckten am Himmel auf. Während der Regen niederprasselte, wehte ein wilder, nasser Wind und wirbelte Wellen auf, die gegen den Einbaum klatschten, hineinschwappten und Morgans Stiefel durchweichten. Sie tastete mit den Füßen nach ihrem Medizinbeutel – wenn sie ihn an den Fluss verlor, hatte sie alles verloren –, zog ihn zu sich heran und hielt ihn fest.

Durch die Bahnen grauen Regens sah sie etwas in der Mitte des Flusses aufragen. Sie konnte nicht erkennen, was es war, und wollte es nicht erst herausfinden, wenn sie dagegenkrachte. Das Kanu war robust und stabil – sie und Pa und Mam hatten es gemeinsam gebaut –, aber eine hinterhältige Bö konnte es an die Felsen schleudern. Mit aller Geschicklichkeit und Kraft, die sie aufbringen konnte, paddelte sie näher ans Ufer. Sie hatte keine Ahnung, wo sie war, konnte durch den Wasservorhang, der vom zornigen Himmel herabströmte, nichts sehen. Doch anlegen musste sie. Grunzend vor Anstrengung paddelte sie rückwärts, sodass das Boot ins Kreiseln geriet. Mit aller Mühe verhinderte sie, dass es trudelte. Schwer atmend und mit einem lautlosen »Bitte, bitte, bitte« schwang sie das Paddel heftig von einer Seite zur anderen. Sie wollte nicht sterben, nicht, bevor sie etwas ganz allein vollbracht hatte.

Als sie den Aufprall spürte, versuchte sie zu erkennen, wo sie gelandet war. Na ja, *gelandet* eigentlich nicht, eher gestrandet, hängen geblieben in einem Gewirr aus Flussgräsern und Binsen. Als Erstes nahm sie den Medizinbeutel und hängte ihn sich um, damit er in Sicherheit war. Eines von Pas guten Jagdmessern befand sich ebenfalls darin. Sie stieg aus dem Kanu und zog es, bis zur Taille durch das wirbelnde Wasser und den Schlamm watend, hinter sich her.

Das Boot war so schwer und sie so müde … und sie fror, dass ihr die Zähne klapperten. Wenn sie es bloß bis zum Ufer schaffte, wäre sie außer Gefahr. Das betete sie sich ständig vor, während sie einen Fuß vor den anderen setzte, sich zwang, das Kanu weiterzuschleppen, obgleich ihre Arme sich anfühlten, als würden sie ihr gleich vom Körper fallen. Gerade als sie sicher war, nicht einen Schritt mehr tun zu können, tauchte vor ihr eine Stange auf. Sie packte sie und merkte, dass sie gezogen wurde. Oh Gott, was für ein gutes Gefühl! Aus dem Regen ertönte eine Stimme: »Ich hab das Kanu. Ich mache es fest. Lass es los. Lass los!« Sie erkannte eine Gestalt, die von Kopf bis Fuß in Ölzeug gekleidet war. Fragen stellte sie nicht, sie ließ einfach los und hievte sich auf die Böschung. Nie war sie so froh gewesen, festen Boden unter sich zu spüren. Sie rutschte auf Händen und Knien, und es kostete sie große Mühe, sich aufrecht hinzustellen, doch sie tat es, damit sie ihrem Retter helfen konnte, das Boot ans Ufer zu ziehen, um es dort an einen Baum zu binden. Sie gaben ein gutes Team ab, wie sie sich da gemeinsam abrackerten. Als das Kanu richtig befestigt war, merkte Morgan, dass sie schluchzte. Tränen strömten aus ihren Augen, doch ihr Gesicht war so nass vom Unwetter, dass das auch nichts mehr ausmachte.

»Danke, Mister«, sagte sie mit bemüht fester Stimme. »Ich weiß nicht, was Sie bei diesem Sturm hierher geführt hat, aber auf jeden Fall haben Sie mir das Leben gerettet.«

»Ich habe dich von dem Ausguck auf meinem Dach gesehen«, sagte der Fremde, und Morgan wurde mit einem Schlag klar, dass es sich um eine Frau handelte. »Ich glaubte jedenfalls, dich zu sehen. Der Wind trieb den Regen wie einen Riesenvorhang hin und her. Ich sah dich, ich sah dich nicht, ich sah dich wieder. Schließlich sagte ich mir: Steig da runter, Gracie, mein Mädel. Falls es ein Gespenst ist, wirst du es schon früh genug merken. Und falls das Unwetter eine arme Seele erwischt hat, kommst du sicher in den Himmel, wenn du sie rettest.« Schallendes Gelächter.

Morgan starrte sie an. Eine Frau, eine Dame aus der Stadt, hatte den Mut, sich mit einer Stange hier herunter zu bemühen, um sie aus dem tosenden Fluss zu ziehen. »Nun, gut, dass Sie das getan haben, Mrs –«

Die Frau ergriff ihren Arm und führte sie weg vom Ufer. »Doktor. Dr. Grace Chapman aus Chester, Connecticut, zu deinen Diensten. Und du bist –?«

»Morgan Wellburn. Ich komme von den Hügeln oberhalb von East Haddam.«

»Die Hügel oberhalb von Haddam … warte mal. Da lebte doch immer eine indianische Heilerfamilie. Kennst du sie?«

»Das kann man wohl sagen. Es ist meine Familie. Wir leben immer noch dort.«

Die Ärztin schritt flott aus; Morgan musste sich anstrengen, um an ihrer Seite zu bleiben, vor allem, weil der Regen nach wie vor auf sie einpeitschte. »Gib Acht auf die großen Wurzeln hier. Wenn wir rechts abbiegen, ist da ein Pfad ... egal«, rief die Ärztin jetzt, um das Heulen des Sturms zu übertönen. »Es tut mir Leid. Du bist völlig durchnässt. Kümmere dich nicht um die Richtung! Halt dich an meinem Mantel fest. Wir schaffen es, keine Angst!«

Morgan tat, wie ihr geheißen, duckte sich gegen den beißenden Regen und folgte ohne ein weiteres Wort. Auf einmal, so plötzlich, wie er aufgekommen war, änderte sich der Wind, blies die Wolken in zackige Fetzen, und der Mond wurde sichtbar. Der Regen hörte auf.

Die Ärztin blieb stehen, um Morgan ins Gesicht zu schauen. Morgan erwiderte den Blick, und ihr gefiel, was sie sah. Ihre Retterin wirkte ein bisschen jünger als Mam oder weniger verbraucht und hatte das dichte, wellige Haar zu einem lockeren Knoten geschlungen. Sie war eine große Frau, größer noch als Morgan. Sie sah stark und freundlich aus. Morgan fand sie schön. »Du siehst ganz erledigt aus. Schaffen wir dich nach Hause ... Es ist nicht weit, nur quer über die Wiese ... Und trockne dich ab, damit du dir nicht den Tod holst. Wie lange hast du gegen den Fluss angekämpft, bevor ich dich entdeckte?«

»Weiß nicht. Ich weiß nicht mal, wann ich losgefahren bin. Ich war so wütend –« Tränen stiegen ihr in Augen und Kehle.

»Na, das hätte ich mir denken können. Das muss ja ein schöner Streit gewesen sein. Egal, du brauchst mir nichts zu erzählen. Komm, weiter geht's. Nur noch ein paar Schritte.«

Es war recht dunkel, aber Dr. Grace schritt sicher aus. Endlich leuchtete ein helles Fenster wie ein Signalfeuer in der Finsternis. »Das ist mein Haus«, sagte Dr. Grace. »Nichts

Ausgefallenes, doch es gehört mir allein.« Im Mondlicht erschien Morgan das Haus riesig: ein großer, quadratischer Grundriss, zwei Geschosse, obenauf ein Ausguck, eingefasst von einem schwarzen Eisengeländer.

»Nun komm. Du kannst ein, zwei Tage bei mir bleiben. So lange wird es dauern, bis du ganz trocken bist. Und dann sehen wir weiter.« Wieder lachte ihre neue Freundin. Sie lachte anscheinend viel, dachte Morgan. Es gefiel ihr.

Während sie einen Weg entlanggingen, der aus flach in die Erde eingelassenen Steinen bestand, merkte Morgan, dass sie etwas empfand, das sich wie Glück anfühlte. Eine Ärztin! Immer hatte sie sich gewünscht, einer zu begegnen, und hier war sie, zog sie aus dem Wasser wie ein guter Geist und lud sie in ihr Haus ein.

Die Ärztin geleitete sie in einen kleinen Raum mit steinernen Wänden, an denen sich Regale und hölzerne Haken reihten. Nachdem sie ihren nassen Mantel und Hut aufgehängt hatte, nahm sie einen Rock und einen dicken Schal von zwei Haken und reichte sie Morgan.

»Wahrscheinlich sind sie zu groß, aber sie sind warm und trocken, und das ist alles, was im Moment zählt, oder?« Sie griff sich ein Handtuch von einem weiteren Haken und wischte sich damit den Regen vom Gesicht. »Hier, trockne dich ab. Wenn du aus den nassen Sachen raus bist, geh durch die Tür dort drüben. Sie führt in die Küche; da werde ich ein bisschen schöne, heiße Suppe aufwärmen. Die wird gegen die Kälte helfen!«

Morgan war froh darüber, ihre nassen Kleider loszuwerden. Den Medizinbeutel hängte sie zum Trocknen an einen Haken, aber die tropfnassen Sachen? Sie legte sie auf den Fußboden, fuhr sich mit dem Handtuch über den Körper und zog die trockenen Kleidungsstücke an. Als sie in die große, warme Küche kam, stieg ihr das kräftige Aroma von Rindfleischsuppe in die Nase, gemischt mit dem schwächeren Duft der getrockneten Kräuter, die von den Deckenbalken herabhingen. Die Ärztin, in eine weite Schürze gehüllt, schnitt gerade Brot.

»Ich wette, du hast Hunger.«

»Und wie.«

»Dann setz dich an den Tisch und lass dich von mir bedienen.«

»Dr. Chapman …«

»Jeder nennt mich Dr. Grace.«

»Dr. Grace, was soll ich mit meinen nassen Sachen anfangen? Sie bilden schon eine regelrechte Pfütze da draußen.«

»Ach, mach dir nichts draus, lass sie einfach liegen. Der Fußboden hat einen Abfluss – praktisch, nicht? Meine Putzfrau wird sie morgen wieder tragbar machen. Nimm Platz und sieh zu, dass du etwas Warmes hinunterbringst. Ich möchte ein bisschen Farbe auf deinen Wangen sehen.«

Nie hatte irgendwas so köstlich geschmeckt wie diese dunkle Suppe, in der reichlich Gerste und Pilze und Grünzeug und Fleischbrocken schwammen. Morgan versuchte, höflich zu sein, doch das Essen war so lecker und ihr Magen so leer, dass sie es nicht schnell genug herunterschlingen konnte. Irgendwie wusste sie, dass sie bei Dr. Grace, die natürlich und umgänglich war und ebenfalls mit großem Appetit aß, nicht so sehr auf ihre Manieren achten musste.

»So, du stammst also aus der Heilerfamilie oberhalb von East Haddam. Bist du auch Heilerin?«

»Ja.«

Ein plötzlich ernsthafter Blick trat unter den geschwungenen Brauen hervor. »Gut, dass ich dich aus dem Fluss gezogen habe. An Heiler kommt man nicht leicht ran heutzutage. Diese Männer der Medizin, die sind so verliebt in ihre neumodische Bazillentheorie, dass sie keinen Platz mehr für die ärztliche Kunst lassen. Mich bezeichnen sie als Quacksalberin, musst du wissen. Eine *Quacksalberin.* Ich bin ihnen nicht wissenschaftlich genug, um eine richtige Ärztin zu sein. Hast du jemals so was gehört? Oh, hier. Nimm noch eine Scheibe. Da ist Pfirsichmarmelade von letztem Sommer. Und wen ich mich nicht irre, ist in der Speisekammer noch eine halbe Pie ...«

»Erzählen Sie mir mehr darüber? Wie es ist, Ärztin zu sein? Mein Pa, der hat immer gesagt, es seien die Damen gewesen, die ihm im Großen Krieg das Leben gerettet hätten. Er hörte auch von weiblichen Ärzten, hat aber nie einen zu Gesicht bekommen. Ach, der wird sich freuen, wenn ich ihm erzähle ...« Ihre Stimme wurde dünn, als ihr klar wurde, dass sie von zu Hause weggelaufen war und ihrem Daddy gar nichts erzählen würde.

Dr. Grace streckte ihre Hand aus und legte sie über die Morgans, nur für einen Moment. »Es klingt, als wäre dein Vater ein vernünftiger Mann. Und was ist mit seiner Tochter? Was um alles in der Welt hast du mitten in einem Gewitter auf dem Fluss gemacht?«

»Ich ... ich hatte einen Streit mit meiner Mam.«

»Oh. Na, damit kenne ich mich aus.«

»Wieso? Haben Sie auch eine Tochter?«

Dr. Grace lachte, aber nicht so, als fände sie das, was Morgan gefragt hatte, witzig. »Nein, das nicht, doch ich hatte eine Mutter, und das kommt ja aufs selbe raus, oder? Ich bin eine Bürgerkriegswitwe; mein Mann ist sehr jung gestorben, und ich habe nie daran gedacht, wieder zu heiraten. Zuerst hatte ich keine Zeit dazu, und dann war ich plötzlich zu alt, um noch Kinder zu kriegen. Und ich wollte auf keinen Fall irgend so einen alten Witwer heiraten, der eine Frau sucht, die seine Kleinen versorgt und für ihn kocht und putzt. Oh nein, nicht Grace Chapman! Tut mir Leid. Ich rede zu viel, ich gebe es zu. Und du musst mächtig müde sein und willst sicher schlafen.« Sie machte Anstalten, sich vom Tisch zu erheben.

»Nein, wirklich Dr. Grace ich höre Ihnen sehr gern zu. Und

ich könnte bestimmt kein Auge zutun. Mir geht zu viel im Kopf herum.«

»Das Gefühl kenne ich. Ich bleibe oft wach und denke nach, manchmal über Dinge, die ich nicht ändern kann.« Sie lächelte Morgan an. »Dein Vater hat gesagt, die Pflegerinnen hätten ihm das Leben gerettet? Das glaube ich gern. Ich denke oft, mein Mann hätte nicht sterben müssen, wenn er die richtige Pflege gehabt hätte. In den Feldlazaretten sind mehr Männer gestorben als auf dem Schlachtfeld, wusstest du das?«

»Genau das hat Pa auch immer gesagt.«

Ein Schnauben. »Nun, dein Pa hatte Recht. Die mit ihren heroischen Dosen Quecksilber! Macht ja nichts, wenn es den Patienten umbringt, und es hat im Krieg eine Menge umgebracht, lass dir das gesagt sein! Aber egal, der Doktor hat seine Pflicht getan, heißt es dann.« Weiters Schnauben. »Hast du je von Sam'l Thompson gehört?«

»Nein«, sagte Morgan. »Von dem habe ich nie gehört.«

»Er hatte eine Behandlungsmethode, die sehr ähnlich war wie das, was deine Leute schon seit Ewigkeiten tun ...« Morgan spürte, wie ihr die Augen zufielen, und riss sie auf. Dr. Grace bemerkte es. »Ich erzähle dir morgen von Sam Thompson, wie wär's? Es ist Zeit für dich, ins Bett zu gehen. Ärztliche Anordnung. Morgen unterhalten wir uns. Vielleicht könnte ich eine Heilerin in meiner Praxis gebrauchen. Mal sehn. Aber jetzt erst mal die Treppe hoch mit dir.«

Das Bett war weich und die Laken dufteten nach frischer Luft. Morgan kuschelte sich in die Daunendecke und versuchte, ihre Gedanken zu ordnen. Eine Ärztin, eine echte Ärztin, und nett war sie außerdem. Eine, die sagte, womöglich brauche sie eine Heilerin. Der Ort hieße Chester, hatte sie gesagt. Das klang hübsch, warm und freundlich. Ob es in einem Ort namens Chester, wo eine Frau Arzt sein konnte, wohl einen Platz für Morgan Wellburn gab? Und dann war sie plötzlich eingeschlafen.

Zweiter Teil

Morgan Wellburn
Dr. Grace Chapman
Silas Grisham

6

Oktober 1882

Wie herrlich das war, in Dr. Graces großem Haus zu leben! Wie angenehm, in einem Schaukelstuhl auf der Veranda zu sitzen – so anders als die Veranda und die Schaukelstühle vor dem kleinen Haus auf der Lichtung –, eine Tasse Tee zu schlürfen und auf die Rasenflächen und Weiden und Feldblumen und massigen alten Bäume des Anwesens zu schauen. In ein paar Tagen war Allerheiligen, und bald würde es Blätter regnen und der Wind rau werden, aber noch war Herbst, Altweibersommer, warm und golden. Das Gras vorm Haus, kurz gehalten von zwei ältlichen Schafen, war noch grün.

Morgan war sehr zufrieden hier. Es stimmte, sie hatte quälende Träume, in denen sie wegrannte und sich versteckte und sich in Acht nehmen musste vor namenlosen Leuten, die hinter ihr her waren, sodass ihr Herz, wenn sie aufwachte, rasch pochte. Doch nach wenigen Minuten waren die Träume verblichen. Sobald sie die Augen aufschlug und sich in dem hübschen kleinen Zimmer umsah, das ganz allein ihr gehörte – ein Zimmer mit zwei Fenstern, einer Kommode und einem schmalen Himmelbett mit einer eigenen blaurot gemusterten Steppdecke –, überflutete sie Entzücken. Sie war nicht dazu bestimmt gewesen, ihr ganzes Leben auf einer öden Lichtung im Wald zu verbringen, warum sonst hatten ihre Eltern sie zur Schule geschickt? Sie wusste, dass sie sie im Stich gelassen hatte, indem sie einfach durchgebrannt war, aber sie würden schon zurechtkommen. War Annis Wellburn nicht bis nach Springsfield in Massachusetts berühmt als Geburtshelferin? Und ihr Vater war ein guter Jäger. Und sie mussten sie nicht mehr ernähren und kleiden, das war doch auch eine Ersparnis, oder? Es würde ihnen gut gehen, selbst ohne Beckys »Wunder«.

Jedenfalls liebte sie dieses Haus mit seinen schönen Möbeln, die nach Wachs und Zitronenöl rochen, den schweren Brokatvorhängen, der Teekanne und den Schalen aus Silber, die Mrs Wainwright jede Woche polierte. Es war ein Haus voller Wunder: der riesige Spiegel in Dr. Graces Schlafzimmer! Die Standuhr mit ihrem glänzenden, hin- und herschwingenden Pendel und dem Schlüssel zum Aufziehen auf der Rückseite! Die silbernen Löffel und die feine Leinenbettwäsche und die Spitzengardinen und die Kerzenhalter aus Messing!

Morgan musste lachen, wenn sie daran dachte, wie Lizzie sich aufgespielt hatte, weil die Bushnells einen türkischen Teppich in ihrem Salon und dazu passendes geblümtes Geschirr hatten. Dr. Grace besaß drei verschiedene Garnituren Geschirr, jede mit kleinen Tellern und großen Tellern und Tassen und Untertassen und Suppenschüsseln und Dessertschälchen. Es nahm schier kein Ende, das Porzellan von Dr. Grace. Reverend Bushnells langweiliges kleines Pfarrhaus, das ihr einst so riesig und elegant erschien, war nichts im Vergleich zu Dr. Graces großem, weißem Haus an der Liberty Street. Vier Acre Land dahinter, genug für einen kleinen Obstgarten und einen Küchengarten, dazu Blumen und natürlich ein Garten für Heilkräuter. Dieser Kräutergarten unterstand jetzt Morgan ... Wie hatte Dr. Grace es genannt? Domäne, genau. Der Kräutergarten sei jetzt Morgans Domäne, darauf hatte Dr. Grace beharrt, da Morgan ihr Leben lang mit Heilkräutern gearbeitet habe. »Du kannst mir dann sagen, was wir noch brauchen, oder was weg kann. Dafür bist du nun zuständig, Morgan.«

Morgan schaukelte und nippte und winkte dem Fahrer eines vorbeirasselnden Heuwagens zu. Das Haus stand auf festen, quadratischen Grundmauern nicht weit entfernt von der Straße, überschattet von zwei alten Weymouthskiefern zu beiden Seiten der Eingangstür und einem kleinen Ahornhain. Hinten befanden sich ein Kutschhaus, daran anschließend eine alte Außenküche und Ställe für die Hühner und Gänse. Sie hatten alles, was sie benötigten, an Ort und Stelle, bis auf eine Kuh. Milch und Käse kauften sie daher auf der Bailey-Farm ein Stück die Straße hinunter. Natürlich wurde Dr. Grace oft in Naturalien bezahlt, ebenso wie Annis. Viele Leute hatten kein Geld; dann nähten sie Dr. Grace zum Beispiel Vorhänge oder belieferten sie zwei Monate lang mit frischen Eiern oder einem Schwein oder neuen Hufen für Patsy, dem Pferd.

Da das Haus an der Straße zur Fähre nach Hadlyme lag, verging kaum eine halbe Stunde, ohne dass jemand auf einem Wagen oder in einer Kutsche oder auf dem Pferd vorbeikam. Jeder winkte, denn jeder kannte Dr. Grace. Allmählich kannten sie auch Morgan Wellburn, deshalb winkten sie jetzt auch ihr zu. Das gefiel ihr ungemein. Ihr war gar nicht klar gewesen, wie allein die Wellburns da oben auf ihrem winzigen, entlegenen Grundstück waren. Sie hatte nicht gemerkt, wie einsam sie ihr Leben lang gewesen war. Doch das war nun anders, und sie führte jetzt ein ganz neues Leben.

Tagelang hatte sich aus einem niedrig hängenden, trüben Himmel ein Regen ergossen, der das durch die Fenster einfallende Licht schmutzig aussehen ließ. Die Patienten, die zu Dr. Grace kamen, hatten vor Nässe getropft und genörgelt und über Rheumatismus und Katarrh geklagt. Das Wartezimmer im vorderen Teil des Hauses war von Hustengeräuschen erfüllt gewesen. Heute aber war das Licht klarer und heller, und der Himmel wölbte sich weiß und glatt wie ein Ei über Morgans Kopf. Tief atmete sie die Morgenluft ein. Da stieg ihr plötzlich der Geruch nach Verbranntem in die Nase. Ach, du liebe Güte! Sie hatte Heiltränke zum Kochen auf den Herd gesetzt, zwei große Töpfe voll, und sie über ihren Tagträumen völlig vergessen. Sie rannte ins Haus, den langen Flur entlang und in die Küche. Und siehe da, die Mixtur aus schwarzen Holunderbeeren war übergekocht, und der dicke Sirup verbrannte auf der heißen Herdplatte. Schnell nahm Morgan die Zange, schob den großen Topf nach hinten und sah nach, wie viel übergelaufen war. Nicht viel. Das war eine Erleichterung.

Sirup aus schwarzen Holunderbeeren war sehr gut gegen Grippe, und Dr. Grace hatte ihr gesagt, dass die Grippesaison nicht mehr fern sei. »Von Dezember bis März«, meinte Dr. Grace. »Dann schlägt sie zu. Ich weiß nicht, warum – keiner weiß das –, aber wir wissen, dass es so ist. Und wir werden literweise Holunderbeersirup brauchen, deshalb kannst du schon jetzt anfangen, welchen zu kochen.« Annis hatte gegen Grippe immer Schlangenöl oder Schafgarbentee genommen, doch wenn Dr. Grace Holunderbeersirup sagte, wollte Morgan gern von ihr lernen. Schließlich war Dr. Grace eine richtige Ärztin.

Sie schrubbte noch den übergeflossenen Sirup vom Herd, als Mrs Wainwright zur Hintertür hereinkam, ihre Schürze anlegte und die Nase rümpfte. »Was hast du mit meinem schönen, sauberen Herd angestellt?«, maulte sie. »Eins von deinen Zaubermitteln zusammengebraut, wie? Es riecht schrecklich. Wieso Dr. Grace meine Küche benutzt, um dieses Gepansche zuzubereiten, ist mir schleierhaft. Die Außenküche hinten im Garten würde doch ausreichen; und dort kann man keinen Schaden anrichten. Aber wer hört schon auf mich!« All dies, während sie flink in der Küche herumfuhrwerkte, Schüsseln und Löffel hervorholte und in Fässer schaute, um zu überprüfen, ob sie hatte, was sie benötigte.

Morgan hatte eine Weile gebraucht, sich an Mrs Wainwrights Klagetiraden zu gewöhnen. Inzwischen wusste sie, dass sie nichts zu bedeuten hatten. Die Haushälterin wollte sie damit lediglich wissen lassen, dass sie sich auf ihrem Terrain befand und sich besser in Acht nahm.

»Die Holunderbeeren sind nur übergekocht«, sagte Morgan. »Und wenn Sie im Winter die Grippe kriegen, wird Ihnen der Geruch wie der süßeste Lavendelduft vorkommen.«

»Ich doch nicht! Ich sorge dafür, dass ich wohlgenährt und gesund bleibe.«

Mehr als wohlgenährt, dachte Morgan, Mrs Wainwrights üppige Proportionen und ihr Dreifachkinn betrachtend.

»Und was kocht *hier*?«

»Heidelbeeren und Weißdornbeeren.«

»Die werde ich auch brauchen können. Im Winter setzt mir der Rheumatismus ganz scheußlich zu. Nun, pass gut auf, Morgan. Gib Acht auf den Topf, damit mein Herd nicht ruiniert wird.« Sie fing an, geschäftig in der Küche hin und her zu eilen und den großen eisernen Herd mit mehr Holz zu beladen, um den Ofen anzuheizen. Es war Montag, und der Montag war sowohl Wasch- als auch Brotbacktag. Wenn der Herd ordentlich heiß war, würde sie Wasser für die Wäsche erhitzen und den Ofen zum Backen benutzen. Morgan schob ihre Töpfe mit den Beerenmixturen ganz nach hinten auf die Herdplatte, wo sie vor sich hin sieden und dann abkühlen konnten.

»Soll ich Ihnen mit dem Teig helfen, Mrs Wainwright?«

»Nein, meine Liebe, das schaffe ich schon. Ach, da kommt ja der Alte Ledermann, Gott segne ihn. Er wird was zu essen wollen. In der Speisekammer ist noch ein bisschen Vermont-Käse und ein kleiner Laib Brot von letzter Woche, und ein paar Äpfel könntest du ihm auch geben, obgleich wir sie weiß Gott für eine Pie verwenden könnten, aber ich stoße ja doch nur auf taube Ohren ...«

Die Stimme der Haushälterin folgte Morgan wie eine sich

aufdröselnde Klangspule. Morgan legte die Lebensmittel in einen Korb. Sie freute sich darauf, endlich dem Alten Ledermann zu begegnen. Sie hatte so viele Geschichten über ihn gehört, ihn aber bis zum heutigen Tag nie kennen gelernt. Und da kam er auch schon den Weg zur Hintertür entlang, ganz in Leder gekleidet, wie man es ihr gesagt hatte. Er starrte sie finster an wie ein wildes Tier, argwöhnisch und bereit, jederzeit wegzulaufen.

»Hallo, mein Freund, und willkommen.« Dr. Grace war so leise aus dem Haus getreten, dass ihre Stimme Morgan aufschreckte. Der Alte Ledermann erwiderte nichts, reichte Dr. Grace jedoch eine Blume, die er in ihrem Garten gepflückt haben musste. Niemand sonst hatte so große Rudbeckien. Dr. Grace dankte ihm, als hätte er ihr einen Diamanten geschenkt. Morgan schob ihm den Korb hin. Er langte nach dem Brot und dem Käse, die er in seinen Lederbeutel steckte, und dann nach den Äpfeln. Ohne auch nur ein anerkennendes Nicken drehte er sich um und ging zum hinteren Tor hinaus.

»Ich möchte wissen, woher er kommt«, sagte Morgan. »Und was hat ihn wohl zum Vagabunden gemacht?«

»Das fragen wir uns alle, Morgan. Arme, verlorene Seele; das Mindeste, was wir tun können, ist, ihm zu essen zu geben.«

Morgan seufzte. Das war auch ein Grund, Chester zu lieben, dachte sie, einen Ort, der einen völlig Fremden ins Herz schloss. Sie war so froh, hier gelandet zu sein!

Ein Reiter kam ums Haus galoppiert. Es war einer der Männer aus Otis Marshalls Werkzeugfabrik, schweißbedeckt. »Dr. Grace! Kommen Sie schnell! Mrs Marshall geht es sehr schlecht. Sie ist bei Bradleys unten am Cove. Beim Treffen des Gartenvereins!«

»Blutet sie?«

Der Mann wurde rot, nickte aber bejahend.

»Wir sind gleich da.« Er galoppierte davon, und Dr. Grace

rannte ins Haus, um ihre Arzttasche zu holen, wobei sie sagte: »Morgan, spann Patsy vor den Buggy. Du kommst mit.«

Morgan lief, wie ihr geheißen. Sie fuhr zu gern in die Stadt. Sie kletterten in den Buggy, Dr. Grace ließ die Peitsche knallen, und die brave alte Mähre trabte los, die Straße zu den Bradleys entlang. »Die alten Narren sind die schlimmsten«, schnaubte Dr. Grace. »Otis Marshall sollte zufrieden sein mit seinen beiden Töchtern und aufhören, unbedingt einen Sohn haben zu wollen! Dies ist Eleanors dritte Fehlgeburt in ebenso vielen Jahren. Aber kümmert es ihn? Männer und ihr Verlangen nach einem Erben!« Sie schüttelte den Kopf.

Morgan wusste, wer Otis Marshall war, ein bedeutender Mann nämlich, Schatzmeister der Landwirtschaftlich-Technischen Gesellschaft von Chester. Im letzten Monat, am 27. und 28. September, hatten die Mitglieder im Rathaus ihre alljährliche Ausstellung präsentiert. Auch Morgan war dort gewesen, nachdem sie ihre Pennys für den Eintritt, der zehn Cents kostete, gespart hatte. Die Ausstellung war wunderbar. Auch die Nachbarorte hatten dazu beigetragen. Otis und seine Frau Eleanor waren während dieser Messetage fein herausgeputzt von Raum zu Raum gerauscht und hatten alle begrüßt und mit ihnen geplaudert. Sie waren natürlich sehr reich, aber nichtsdestotrotz sehr nett, fand Morgan. Als Dr. Grace sie den Marshalls vorgestellt hatte – »Meine neue Kollegin Miss Morgan Wellburn« –, hatten sie ihr die Hand geschüttelt und gesagt, sie freuten sich, ihre Bekanntschaft zu machen, und nie auch nur eine Frage gestellt, um herauszufinden, wo sie wohl vom Himmel gefallen war.

Otis war alt, so alt wie Dr. Grace und glatzköpfig wie eine Eule, Eleanor dagegen eine dralle, freundliche junge Frau von knapp fünfunddreißig. Sie war seine zweite Frau; seine erste war im Kindbett gestorben, nachdem sie zehn Jahre darauf gewartet hatte, schwanger zu werden. Und diese zweite Frau hatte nun Schwierigkeiten. Morgan hatte Otis über den Sohn, den er unbedingt haben musste, reden hören – »Warum habe ich sonst so hart gearbeitet, um das Geschäft aufzubauen?«

Sich gut an ihrem Sitz festhaltend, während sie etwas zu scharf eine Kurve nahmen, rief Morgan: »Wieso sind manche Menschen so furchtbar erpicht auf männliche Babys?«

»Nun, Morgan, weißt du denn nicht, dass eine Frau vielerorts keinen eigenen Besitz haben darf? Sie kann ihren Vater nicht beerben.« »Aber warum? Mir scheint –« Morgan hielt inne, als Dr. Grace eine weitere Kurve nahm, diesmal noch schärfer. Einen kurzen Moment lang kippte der Buggy zur Seite und fuhr nur noch auf einem Rad, dann legte die alte Patsy Tempo zu, und er richtete sich wieder auf.

»Ja? Dir scheint ...?«, sagte Dr. Grace, als hätten sie nicht eben fast einen Unfall gehabt. Jeder brachte sich in Sicherheit, wenn sie durch die Stadt fuhr. Ein paar Leute hatten sich schon darüber beschwert, aber, so hatte sie zu Morgan gemeint: »Ich sagte bloß: ›Und, soll ich auch langsam fahren, wenn ich Ihrer Familie zur Hilfe komme?‹ Da haben sie den Mund gehalten.«

»Mir scheint, bei den Indianern ist das anders. Es sind die Frauen in der Familie, die die Kraft zu heilen erben, direkt von Bird, und sie war eine Frau und *moigu* ... Schamanin, Sie wissen ja«, sagte Morgan. »Mädchen konnten keine Krieger werden, doch sie waren wichtig.« Sie überlegte einen Moment und fügte dann hinzu: »Wir kriegen schließlich die Kinder, oder? Finden Sie nicht, wir sollten über den Männern stehen?«

Dr. Grace lachte und bog in die gewundene Hauptstraße ein. Vor sich sahen sie das große Gebäude der Bradleys, neben dem Holz aufgestapelt war und eine Gruppe von Arbeitern redete und gestikulierte. Daniel Bradley war dabei, es von einem Versammlungsort in ein Mietshaus umzubauen, eine Maßnahme, die im Ort nicht populär war. Vorläufig aber hielt der Gartenverein hier immer noch seine Treffen ab. Dr.

Grace schnalzte, und Patsy trabte vor das Gebäude und blieb stehen.

»Irgendwann einmal, Morgan, das habe ich jedenfalls gelesen, beteten die Menschen weibliche Götter an, weil Schwangerschaft ein Rätsel und ein Wunder war. Doch sobald sie herausfanden, dass auch Männer ihren Anteil daran haben –!« Wieder lachte sie. »Ich habe als Frau und Ärztin eine Menge Ärger gehabt, Morgan. Aber allmählich wird es besser, und ich wette, dass es in fünfzig Jahren Hunderte von Ärztinnen gibt – vielleicht Tausende!«

Und ich werde eine davon sein, dachte Morgan bei sich, froh über diese Vorstellung.

Dr. Grace eilte in das Gebäude, wobei sie meinte, sie wäre entweder gleich zurück oder würde Eleanor mitbringen. »Bleib du hier, Morgan. Dann brauche ich Patsy nicht erst anzubinden. Sie kann auf dem Gras an der Straße weiden.«

Morgan stieg aus, um sich die Beine zu vertreten und das Pferd zu kraulen. »Gutes altes Mädchen«, sagte sie leise. »Braves altes Mädchen.« Das Pferd schien sie zu verstehen. Es hob den Kopf und schmiegte sich an Morgans Hals, und Morgan kicherte. Die Sonne schien jetzt hell, nicht heiß und feucht wie den ganzen Sommer über, sondern sanft und golden. Es würde ein wunderschöner Tag werden, was anscheinend ganz Chester wusste, denn der Cove füllte sich rasch mit Wagen und Spaziergängern. Kinder spielten auf der Straße, jagten lachend einem Ball, einem Hund oder einander nach.

Während Morgan zuschaute, wechselte der Tonfall der Kleinen zu einem neckenden Singsang. Morgan sah eine Frau – nein, eher ein Mädchen – die Straße entlangkommen. Ihr Gang war unbeholfen und seltsam vertraut. Es war etwas Besonderes an der Art und Weise, wie sie ihren Kopf hielt. Natürlich. Sie erinnerte Morgan an Becky. Als sie näher kam, merkte Morgan, dass das Mädchen mit sich selbst redete. Oder mit einer unsichtbaren Person. Sie hatte bereits ein paar geflüsterte Worte über die »irre Mariah« gehört, doch niemand schien sagen zu wollen, was mit ihr los war. »Sie ist verrückt«, war alles, was sie aus Mrs Wainwright herausbekam, die im Allgemeinen bei keinem Thema zu bremsen war.

Die Kinder schrien: »Irre Mariah! Haus in Flammen! Hast nicht alle beisammen! Irre Mariah!« und folgten ihr. Anscheinend sah und hörte sie sie nicht, sodass die Kinder dichter an sie heranrückten. Eines von ihnen bückte sich, hob einen Stein auf und schleuderte ihn nach ihr. Er traf sie in den Rücken, und Mariah drehte sich um, das Gesicht wutverzerrt. »Hört auf!«, rief sie. Die Kinder lachten und fingen jetzt alle an, Steine aufzusammeln und sie damit zu bewerfen. Das Mädchen rannte nicht weg; sie stand still und schlang die Arme um sich – als ob sie das schützen würde.

Morgan überlegte nicht lange. Sie lief auf Mariah zu, blieb vor ihr stehen und schrie die Kinder an: »Was macht ihr denn da? Wie könnt ihr so grausam zu einer Behinderten sein?«

Eine Minute war die Gruppe sprachlos. Dann wagte sich ein Junge hervor: »Bisse ihre Mutter? Ihre Schwester?«

»Sind wir nicht alle Gottes Kinder?«, sagte Morgan, erstaunt über ihre eigenen Worte. »Macht, dass ihr fortkommt. Los, schert euch weg und lasst die arme Seele in Ruhe, hört ihr? Sie kann nichts dafür, wie sie ist!«

Sie zogen ab. Morgan war überrascht und erfreut. Dann noch einmal überrascht, als Mariah sich umwandte, sie anspuckte und Flüche und Ausdrücke hervorstieß, die Morgan erst ein- oder zweimal in ihrem Leben vernommen hatte, und zwar von betrunkenen Männern. »Geh weg, Squaw!«, schrie Mariah. »Bevor ich dir die Augen auskratze!« Sie drehte sich um und rannte, nach Morgan tretend, an ihr vorbei.

Morgan rieb sich die Wade, wo Mariahs Fuß gelandet war, und dachte: *Genau wie Becky.* Aber Mam sagte immer, der Anführer der Geister, die von Becky Besitz ergriffen hatten, sei sehr zornig – ein toter Verwandter vielleicht, der nicht ordentlich bestattet worden war. Morgan hatte geglaubt, ihre Familie sei besonders anfällig für Geister, manche gut, manche böse. Als sie den Tratsch über die irre Mariah hörte, hatte sie daher nicht erwartet, jemandem zu begegnen, der Becky so ähnlich war. Konnte eine weiße Familie, eine englische Familie, von Pequot-Geistern heimgesucht werden? Recht unwahrscheinlich. Allmählich dämmerte ihr, dass es womöglich gar keine Geister waren … wenigstens nicht nur.

Sie merkte nicht, wie sehr sie in Gedanken vertieft war, bis sie eine Hand auf ihrer Schulter spürte.

»Komm«, sagte Dr. Grace, »ich habe Eleanor in ihrem Buggy nach Hause geschickt. Wenn sie ruhig im Bett liegen bleibt, verliert sie dieses Kind vielleicht nicht.« Sie stiegen in ihren Wagen und schnalzten, sodass das Pferd in einen Trab heimwärts verfiel. »Was geht dir im Kopf herum, Morgan?«, fragte Dr. Grace plötzlich. »Irgendwas beschäftigt dich, das ist deutlich zu sehen.«

»Das Mädchen … das Mädchen, das sie die irre Mariah nennen …« Und Morgan berichtete Dr. Grace, was passiert war.

Als sie innehielt, zog Dr. Grace ein Gesicht und sagte: »Manche Menschen sind einfach dumm und wissen nicht, dass man vor Kindern nicht über solche Dinge redet. Was Mariah betrifft … ach du liebe Güte, das ist eine traurige Geschichte. Als sie jünger war, war sie so normal wie du und ich, Morgan. Auf einmal fing sie an, sich vor bestimmten Dingen zu fürchten, Dinge zu hören, die sonst niemand hörte … ich weiß nicht, wie ich es dir beschreiben soll.«

»Das brauchen Sie nicht«, sagte Morgan langsam. Sollte sie von Becky erzählen? Sie entschied sich dafür. »Meine Schwester … Sie ist wie diese Mariah. Aber wissen Sie, die Leute dachten, sie hört Engel. Sie kamen von meilenweit her, damit sie sie berührte und ihnen sagte, was sie tun sollten.«

»Von dem Mädchen habe ich gehört. Deine Schwester, sagst du? Das ist sehr interessant, Morgan. Wenn es dir nichts ausmacht, hätte ich gern, dass du mir alles über sie erzählst, damit ich es aufschreiben kann. Wirst du das tun?«

»Natürlich. Aber ...« Morgan zögerte. »Glauben Sie, dass meine Schwester Engelsstimmen gehört hat?«

»Kann sein«, meinte Dr. Grace. »Sie kann alles Mögliche gehört haben. Woher sollen wir das wissen? Es klingt allerdings sehr nach dieser Geisteskrankheit, die sie Dementis praecox nennen ... Ach nein, es ist ... ich habe kürzlich gelesen, dass es einen neuen Namen dafür gibt. *Schizophrenie.*«

Eine Geisteskrankheit. Sie hatten Becky nie für krank gehalten. Doch plötzlich wurde Morgan klar, dass es stimmen konnte. Wenn Becky Engel hörte, hörte sie auch erschreckende Dinge, Dinge, die sie veranlassten, sich auf einen zu stürzen und einen zu beschimpfen oder in der Ecke zu hocken und vor sich hin zu wispern. Ab und zu war sie dann wieder die alte Becky, die sie früher gewesen war. »Glauben Sie, meine Schwester hat diese Dementis prekocks? Oder diese andere Sache?«

»Das kann ich nicht beurteilen, ohne sie zu sehen oder mehr über sie zu wissen. Aber es könnte wohl sein. Ich bin ziemlich sicher, dass die arme Mariah davon befallen ist. Als Mädchen habe ich in Philadelphia mehrere Patienten gesehen und auch in Boston und in Syracuse, die Mariah sehr ähnelten, und die hatten *Dementis praecox.*«

»Ich bin in dem Glauben aufgewachsen, dass meine Familienangehörigen von Geistern heimgesucht werden, und dass wir die Macht haben, mit ihnen zu reden oder sie wenigstens zu hören, wenn sie sprechen. In letzter Zeit sind mir da Zweifel gekommen, aber trotzdem ... Ich hatte einen Ur-Ur-Ur –, ach, ich weiß nicht, wie viele Urs, – Großvater, der zitterte und bebte, wenn ein Geist in ihn fuhr. Und seine Schwester redete auch mit den Geistern und ging schließlich ganz weg, um bei ihnen zu leben. Und dann Quare Auntie ...«

»Wer?«

»So wurde sie genannt, doch sie hatte auch einen richtigen Namen. Ihren christlichen Namen kenne ich nicht, aber in der Sprache der Alten hieß sie Small Sparrow. Sie lebte im Wald und sprach mit den Geistern. Ab und zu kam sie zu uns nach Hause, um sich was zu essen zu holen oder die Zukunft vorauszusagen. Sie war furchtbar hässlich, dürr und zerkratzt, ihr Haar dreckig und verfilzt und verknotet. Ich glaubte, dass Quare Auntie hexen konnte und die Kraft zu heilen hatte. Mam sagte immer, dass viele in ihrer Familie die Fähigkeit zu hexen und zu heilen hatten.« Morgans Stimme wurde leiser. Wie sie sich so über Zauberkräfte reden hörte, klang es plötzlich ... sie wusste nicht, wie es klang, doch sie war sicher, dass Dr. Grace niemals daran glauben würde. »Wissen Sie das bestimmt mit dieser Dementia prekocks? dass es eine Krankheit ist?«

»Also, eigentlich ... Niemand weiß das bestimmt, und niemand weiß, wo es herkommt. Aber es gibt genügend Leute, die es beobachtet haben ...«

»Mit anderen Worten, es könnten auch Geister sein.«

Dr. Grace lachte. »Ich schätze, es könnten ebenso gut Geister sein wie irgendwas anderes. Ja, da hast du wohl Recht.«

Geschickt bog die Ärztin in den Hof vor dem Pferdestall ein und rief Patsy ein »Brr!« zu. Während sie die Stute in den Stall führten, fiel es Morgan auf einmal wieder ein. »Hat Mrs Marshall geblutet?«, fragte sie.

Dr. Grace schaute grimmig drein. »Ja. Ich hoffe, es wird nicht wieder eine Fehlgeburt. Zwei hat sie immerhin ausgetragen.«

»Ich könnte ihr was geben«, sagte Morgan. »Damit sie das Baby behält. Es klappt immer.«

Nachdem Dr. Grace das Pferd in die Box geschoben hatte,

schloss sie das Tor, drehte sich zu Morgan um und betrachtete sie. Dann meinte sie: »Wieso nicht? Ja, wieso nicht? Bin ich nicht diejenige, die immer darüber meckert, dass die so genannten Schulmediziner anderen Ideen keine Chance einräumen? Sie haben unsere Hygienebewegung kaputtgemacht, Morgan, über unsere merkwürdigen Vorstellungen gespottet. Wir haben nämlich gesagt, die Leute sollten regelmäßig baden, sich viel bewegen, an die frische Luft gehen und ihre Furcht vor abendlicher Kühle, Feuchtigkeit und Zug ablegen ... Sie haben unsere Ideen bekämpft wie die Teufel, und dann haben sie sie gestohlen, und jetzt streichen sie den ganzen Verdienst dafür ein!« Sie lachte. »Nun, ich will nicht daran schuld sein, dass sich ein guter Gedanke nicht durchsetzt, nur weil er nicht von mir stammt. Aber lass uns Eleanor Marshall sagen, wenn wir ihr dein Gebräu geben, es sei ein Tonikum. Dann kann uns keiner der Hexerei bezichtigen.«

Dr. Grace sagte das, als sei es ein Witz, doch Morgan dachte bei sich: Wer weiß denn, ob es nicht welche ist ... und wenn schon, wenn sie wirkt?

7

Juni 1883

Der kleine Will Bryant, der auf Dr. Graces Untersuchungstisch lag, schrie Zeter und Mordio – und wer wollte es ihm verdenken? Er war einen Baum hochgeklettert, um seine Katze zu retten, und auf einen Ast gekrochen, ohne daran zu denken, dass ein Zweig, der stark genug für eine elfpfündige Katze war, das Gewicht eines Neunjährigen womöglich nicht aushielt. Und so waren sie mit einem gewaltigen Krach alle abgestürzt, Ast, Katze und Retter. Die Katze war davongesprungen, ohne sich auch nur umzublicken, der arme

Will dagegen hatte ein gebrochenes Bein und konnte nicht mehr aufstehen. Seine älteren Brüder hatten ihn vor fünf Minuten hereingetragen. Will, weiß wie ein Laken, schrie bei jedem Schritt auf, den sie durch das mit Frauen und Kindern voll gestopfte Wartezimmer gingen.

Morgan kam aus den Praxisräumen – sie war dafür zuständig, die Patienten hereinzubitten – und sah mit einem Blick, dass hier ein Notfall vorlag. Deshalb sagte sie zu den anderen Wartenden: »Ich glaube, wir nehmen Will am besten gleich dran.«

»Mach dir keine Sorgen, Morgan«, meinte Sarah Cromwell, die wegen ihrer allmonatlichen Krämpfe hier war. »Wir können warten. Sieht aus, als sei sein Bein gebrochen, oder?«

»Ja, stimmt.« Manchmal musste man sich fragen, wieso diese Frauen überhaupt einen Arzt aufsuchten. Die meisten von ihnen waren medizinisch selbst recht beschlagen, wenn es sich um nichts allzu Kompliziertes oder Ausgefallenes handelte. Aber sie liebten Dr. Grace; wegen jeder Kleinigkeit kamen sie zu ihr. Ihre Patienten waren überwiegend Frauen und deren Kinder. Schwangere Frauen. Frauen, die schwanger werden wollten. Frauen, die schwanger waren und es nicht sein wollten. Kinder mit gebrochenen Knochen oder schlimmen Wunden an den Füßen, weil sie barfuß herumliefen. Gesunde Babys. Kranke Babys. Es war immer laut im Wartezimmer; man schrie und flüsterte und tratschte.

Sarah Cromwell sagte: »Ich würde ein ganzes Jahr auf Dr. Grace warten. Sie hat mein Leben verändert, wirklich wahr, als sie meinte, der Allopath würde meine Ohnmachtsanfälle vielleicht nicht richtig behandeln. ›Machen Sie die Fenster auf, Sarah‹, sagt Dr. Grace, ›und trinken Sie Rinderbrühe. Sie brauchen was Aufbauendes, nichts, wovon Sie bluten.‹ Und sie marschierte doch tatsächlich runter in meine Küche und bestellte gegrillte Leber und frisches Gemüse für mich. Und schon am nächsten Tag ging es mir besser!« Ein beifälliges Gemurmel erhob sich; das war jedes Mal der Fall, wenn Sarah ihre Geschichte erzählte, also ungefähr jedes Mal, wenn sie die Ärztin aufsuchte. »Anämisch, das war ich nämlich, und durch die viele Bluterei wurde es nur noch schlimmer.«

Eine andere Frau stimmte ein. Sie sei zu einem regulären Doktor gegangen, weil ... nun ja, um die Wahrheit zu sagen, weil alle ihre Freundinnen dort hingingen. Es war wegen ihrer Krämpfe, die in manchen Monaten so stark waren, dass sie nicht mal aus dem Bett kam. Aber nach ein oder zwei Abführungen – »Für Abführungen schwärmen sie besonders, was, Sarah?« – war sie geradewegs zu Dr. Grace zurückgekehrt.

Nun meldete sich die alte Mrs Foster zu Wort. »Ingwertee ist am besten gegen Krämpfe.«

»Gut und schön, aber altmodisch, Mrs Foster, wenn ich mal so sagen darf. Miss Morgan hier, die hat mir ihre eigene Medizin gegeben, Krebswurzel nennt sich die, und ich war gleich wieder auf den Beinen. Sie wissen doch, was man über indianische Heiler sagt –«

In diesem Moment rief Dr. Grace nach Morgan, damit diese den kleinen Will festhielt, während sie den gebrochenen Knochen richtete. Morgan war froh darüber. Sie wollte nicht, dass irgendjemand sich zu eingehend erkundigte, wo sie die Heilkunst erlernt hatte, und so vielleicht herausfand, dass sie das Mädchen kannte, das mit den Engeln sprach. Jeder in Chester hatte von Becky gehört, so schien es, obgleich man nicht wusste, wie sie hieß oder wo genau sie lebte. Irgendwo in der Nähe von East Haddam, das war alles, was sie wussten, noch oberhalb von Goodspeed's Hall. Morgan wollte nicht, dass jemand glaubte, sie besitze Zauberkraft. Die Leute sahen sie eh schon an, als hätte sie etwas Besonderes an sich. Sie wusste, dass sie die Kraft zu heilen hatte, doch das war keine Zauberei. Es war lediglich das, was sie von ihrer Mutter gelernt hatte, und eine natürliche, angeborene Fähigkeit. Die Indianerstämme hatten die meisten ihrer Arzneien seit

Ewigkeiten verwendet, das hatte Mam ihr jedenfalls immer erzählt. Die Kräuter und sonstigen Pflanzen, aus denen sie Medizin machte, wuchsen hier überall in der Gegend, und jeder konnte sie sammeln. Aber anscheinend wussten nicht viele, wie sie zu benutzen waren. Sie wandten sich mit ihren Schwierigkeiten lieber an einen Experten.

Morgan hatte Will, als seine Brüder ihn hereinbrachten, sofort etwas gegen seine Schmerzen gegeben. Sehr gut ging es ihm immer noch nicht, doch zumindest hatte sich sein Geheul zu einem Stöhnen abgeschwächt, sodass man wenigstens seine eigenen Gedanken hören konnte. Morgan hockte sich hinter ihn, packte seine Schultern und flüsterte ihm ins Ohr: »Jetzt wird es ein bisschen wehtun, Will. Hier ist ein Stück Leder, darauf kannst du beißen. Dr. Grace ist sehr geschickt darin, Knochen zu richten, das weißt du ja, also wird es ganz schnell gehen. Dann wollen wir mal.« Sie verstärkte ihren Griff und nickte Dr. Grace zu. Einer seiner Brüder hielt Wills Bein oberhalb des Knies. »Halt es jetzt gut fest, Sam«, sagte Dr. Grace, »und dann *ziehen* wir.«

Während sie das Wort aussprach, tat sie es. Will öffnete den Mund, um vor Schmerzen aufzuschreien, aber Dr. Grace meinte-»Gut so«, und Morgan flüsterte Will zu: »Schon vorbei.«

»Schon vorbei?«, fragte der Junge verblüfft.

»Stimmt genau. Jetzt wird Dr. Grace dein Bein schienen und fest verbinden, dann kannst du heimgehen.«

»Morgan, mach eine Flasche Belladonna-Mixtur zurecht, die kann Will mit nach Hause nehmen.«

»Ich habe gerade welche frisch gemacht«, sagte Morgan und lief zur Vorratskammer, wo sie ein Arzneiregal hatten. Alle Kräuter und sonstigen Pflanzen, die sie benötigte, um das herzustellen, was Mrs Wainwright nach wie vor »Morgans Gepansche« nannte, stammten aus dem Garten gleich hinter dem Haus. Sie goss eine Portion des Schmerzmittels für Will ab und stöpselte die Flasche fest zu. Ein paar Schlucke davon dürften den Schmerz einschläfern ... und Will ebenfalls.

Als sie aus der Vorratskammer trat, sah Morgan Si Grisham, der eben seiner Mutter aus dem Kutschwagen half. Die arme Mrs Grisham sah gar nicht gut aus und humpelte. Während sie näher kamen, erkannte Morgan, dass Mrs Grisham ein großes, entzündetes Mal auf der Wange und ein zugeschwollenes Auge hatte. Morgan wartete einen Moment darauf, vielleicht Silas' Blick aufzufangen – sie hatten sich in letzter Zeit ziemlich angefreundet –, doch seine Aufmerksamkeit galt ganz seiner Ma. Er runzelte besorgt die Stirn.

Sobald die Bryant-Jungen gegangen waren, wandte Morgan sich an Dr. Grace: »Mrs Grisham hat sich schon wieder verletzt. Richtig schlimm diesmal.« Dr. Graces Lippen wurden schmal und sie stieß einen scharfen Seufzer aus. »Sie fällt anscheinend ständig die Treppen runter und stößt sich an irgendwelchen Sachen«, fügte Morgan hinzu. Sie fand, dass Amelia Grishams viele Unfälle etwas Merkwürdiges an sich hatten, und wusste, dass Dr. Grace ebenso dachte. Aber trotz all ihrer Anspielungen äußerte sich Dr. Grace nie darüber.

»Ich nehme erst Mary Bardwell dran. Sie kommt bald nieder und ist kerngesund. Das dauert nur eine Minute. Und dann bringst du mir Mrs Grisham.« Während sie den Namen von Silas' Ma aussprach, wurde ihr Tonfall grimmig. Morgan war neugieriger als je zuvor, folgte jedoch der Anweisung. Als sie Mary Bardwell hereinbat, schenkte die Frau ihr ein strahlendes Lächeln. Morgan hatte es vor fünf Monaten geschafft, eine Fehlgeburt bei ihr zu verhindern. Wieder im Wartezimmer, sagte Morgan: »Mrs Grisham, Sie möchte Dr. Grace als Nächste sehen.« Keine einzige Frau im Raum drehte sich nach der verletzten Frau um, obwohl sie sie alle kannten.

Silas flüsterte seiner Mutter etwas zu und folgte Morgan. »Oh Gott«, sagte er leise. »Diesmal ist sie wirklich schlimm verletzt. Er – sie – ihr Bein ist verrenkt. Es ist unter ihrem

Rock ganz geschwollen. Das weiß ich, weil ich den einen Stiefel nicht über den Fuß gekriegt habe. Sie trägt einen Hauspantoffel.«

»Warte, bis ich sie zu Dr. Grace bringe«, sagte Morgan, gegen den Drang ankämpfend, ihm die Hand auf den Arm zu legen, gegen den noch stärkeren Drang ankämpfend, ihn in die Arme zu schließen und zu trösten. Sie war heimlich verliebt in Silas Grisham, aber sie würde sterben, wenn er davon erfuhr. Sie hatten sich auf einer Wiese getroffen, wo sie nachsehen wollte, welche Pflanzen in der Gegend von Chester wuchsen. Silas war an jenem Tag auf der Suche nach Fossilien gewesen. Er schwärmte einfach für Naturgeschichte, erzählte er ihr. Er studierte in Deep River Jura bei Richter Jenkins, weil sein Vater meinte, er solle Rechtsanwalt werden, statt am Amboss zu stehen. Jered Grisham war der Hufschmied des Ortes. Aber Si war gar nicht erpicht auf die Juristerei, verriet er ihr; viel lieber würde er das tun, was sie tat: herausfinden, welche Pflanzen wofür gut waren, kleine Zeichnungen von ihnen anfertigen und sie beschreiben, damit man sie wieder erkennen konnte. In Wahrheit wünschte er sich eigentlich, um die Welt zu reisen und Pflanzen und Tiere zu entdecken, die in Connecticut noch nie jemand gesehen hatte. Wie Charles Darwin, sagte er, und sie hatte zustimmend genickt, obgleich sie keine Ahnung hatte, wer Mr Darwin war.

Morgan fand Silas wunderbar, so anders als die anderen jungen Männer, die bloß ihre Muskeln spielen ließen und angaben und überhaupt nichts im Kopf hatten. Sie hoffte, er würde berühmt werden und viele neue Pflanzen entdecken.

Jetzt sah sie, dass Mary Bardwell ging. »Bringen wir deine Ma zu Dr. Grace, Silas. Und dann gehen wir in die Küche. Du siehst ein bisschen krank aus. Ich geb dir was, um dein Blut zu stärken.«

»Hast du nicht was, das einem Mann den Mut stärkt, Morgan?«, fragte er verbittert. »Ach, egal, vergiss, was ich gesagt habe. Ich bringe Ma rein, dann treffen wir uns in der Küche.«

Mrs Wainwright war heimgegangen, um ihrem Mann Essen zu kochen, deshalb hatten sie die ganze Küche für sich. Morgan machte Silas eine Rinderbrühe, an der er ohne Appetit nippte. Schließlich setzte er sie mit einem Knall auf dem Holztisch ab.

»Ich bin siebzehn, Morgan!«, verkündete er, als wüsste sie das nicht bereits. »Siebzehn. Ein erwachsener Mann. Ich sollte doch in der Lage sein – ich müsste – wieso kann ich nicht –« Er hielt inne und hieb mit der Faust auf den Tisch.

»Silas, was ist los? Ich habe dich noch nie so verstört erlebt.«

»Ich kann es dir nicht sagen. Ich möchte ja, aber ich kann nicht.« Er begann, in der großen Küche auf und ab zu laufen, die Hände in den Hosentaschen vergraben. Während Morgan ihn beobachtete, war sie zwischen Sorge und Bewunderung hin- und hergerissen. Er war der bestaussehende Junge, den sie kannte: groß und schlank mit einem hageren, interessanten Gesicht, tief liegenden Augen, deren Winkel sich kräuselten, wenn er lächelte, und seidigen, dunklen Haaren mit einer Locke, die ihm immer über das eine Auge fiel. Er hatte die Angewohnheit, den Kopf ein wenig zurückzuwerfen, damit das Haar ihm nicht mehr in die Stirn hing, doch nach einer Minute war es stets wieder am alten Platz. Meistens trug er eine Brille, und manche neckten ihn, indem sie ihn Vierauge nannten. Das erzürnte Morgan; es erinnerte sie an die Beschimpfungen, die sie ihr Leben lang erdulden musste. Aber Silas meinte, es berühre ihn nicht. »Ich habe schon vor langer Zeit gelernt, meine Gefühle für mich zu behalten. So kann mich wenigstens niemand verletzen.« Nun, im Moment verbarg er sie nicht.

»Was immer es ist, Si, du weißt, dass ich es keinem erzähle.«

»Das weiß ich. Es ist nicht so –« Er tat einen tiefen Atemzug, der voller Qual war. »Oh Gott, Morgan, er verprügelt sie ständig. Immer wieder schlägt er sie, und sie kriecht vor ihm und bittet ihn um *Verzeihung!* Es ist so schrecklich, Morgan. Diesmal hat er sie doch tatsächlich die Kellertreppe runtergeworfen. Ich bin auf ihn los. Aber er hat mich einfach hochgehoben, als wäre ich ein Kätzchen –« Silas' Stimme brach, und er wandte, hörbar schluckend, den Kopf ab,«- und gesagt: ›Pass auf, was du tust, Junge, oder du bist als Nächster dran.‹ Dann ließ er mich fallen, Morgan. Mein eigener Vater ließ mich fallen, als wäre ich ein Stück Müll, und lachte mich aus. Ich hätte mir einen Feuerbock aus dem Kamin gegriffen und ihn damit geschlagen, aber die arme Ma rief, sie könne nicht aufstehen. Ihr Bein war verrenkt. Ich musste mich um sie kümmern, ich *musste!*«

Morgan packte ihn bei den Armen. »Natürlich musstest du das. Natürlich!« Er sah aus, als würde er gleich hier auf Mrs Wainwrights sauberem Küchenfußboden zusammenbrechen. »Du hast das Richtige getan, Silas, und jetzt kümmert sich Dr. Grace um sie.« »Was nützt das schon? Er verprügelt sie jedes Mal, wenn er ungehalten ist. ›Ungehalten‹, so nennt er das. Alles Mögliche kann ihn aufbringen. Wenn das Fleisch nicht ganz durchgebraten ist oder sie ihn ›komisch anguckt‹. Und wenn sie schwanger ist, wird er noch wüster.« Si beugte den Kopf, doch sie sah Tränen in seinen Augen. »Ich glaube, ihre Fehlgeburten kommen daher, dass er sie so herumstößt. Er ist ein Vieh, Morgan, und ich hätte ihn umbringen sollen. Dann könnte er ihr nie wieder wehtun!«

»So was darfst du gar nicht denken, Si.« Morgan war entsetzt, wenn auch, ehrlich gesagt, nicht allzu überrascht. Amelia Grisham hatte bei weitem zu viele »Unfälle«. Sie behauptete immer, es liege an ihrer Unbeholfenheit. Niemand auf der ganzen Welt, dachte Morgan, konnte *derartig* unbeholfen sein. Morgan wusste auch, dass Mrs Grisham im Laufe der Jahre mehrere Fehlgeburten gehabt hatte. Jeder wusste das.

Silas war ein Einzelkind, und jeder in der Stadt hatte Jered Grisham poltern hören, das sei aber mal eine armselige Sorte Frau, die anscheinend kein Baby austragen konnte. »Hat er dich je … du weißt schon … geschlagen?«, fragte sie Silas.

Er ließ die Schultern hängen. »Ja«, sagte er. »Und hast du zurückgeschlagen?«

»Einmal. Einmal habe ich einen Eimer nach ihm geworfen – ihn sogar getroffen –, da hat er mich tüchtig vermöbelt. Ich war zehn, und Dr. Grace kam zu uns, um mich zu verarzten. Er begrüßte sie und schüttelte ihr die Hand und erzählte ihr, eine Bande von Jungens habe sich auf mich gestürzt, ohne irgendeinen Grund, nur weil ich eine Brille trug. Ich entsinne mich, wie sie sehr laut sagte, dann solle man vielleicht den Wachtmeister rufen und ihm die Namen der Jungen nennen. Na ja, Pa stotterte ein, zwei Minuten rum, bis Dr. Grace aufstand, ihn anschaute und meinte: ›Jered, hören Sie mir gut zu, denn ich sage Ihnen dies nur ein einziges Mal. Ich möchte den Jungen nie wieder in diesem Zustand sehen, verstehen Sie mich? Falls doch, müsste die Sache nämlich womöglich einem Richter in Hartford oder Middletown übergeben werden. Wissen Sie, was ich meine?‹ Und Pa sagte: ›Sie denken, Sie können so mit mir reden, weil Sie Ärztin sind.‹ Und sie sagte:›Und Sie wissen doch, dass einer Ärztin immer geglaubt wird. Stimmt's nicht, Jered?‹ Seitdem hat er mich in Ruhe gelassen. Aber ich wünschte, er wäre hinter mir her statt ständig hinter Ma. Sie hält es nicht mehr aus! Und ich auch nicht!«

»Es gibt eine Menge Männer, die so sind, Silas. Dein Pa ist nicht der einzige. Meine Mam … sie war Heilerin, weißt du … sie hatte drei oder vier Patientinnen, deren Männer sie misshandelten. Sie sagte ihnen immer, sie sollten sie verlassen, die Kinder nehmen und sich oben im Wald verstecken. Wie unsere Familie.«

»Deine Familie hat sich im Wald versteck? Warum?«

Ach, du liebe Güte. Sie hatte es stets sorgfältig vermieden, über ihre Herkunft zu sprechen, und nun plapperte sie so drauflos.

»Das ist eine lange Geschichte. Ich erzähle sie dir nächstes Mal.«

»Aber –«

»Aber jetzt müssen wir an deine Ma denken. Warum geht sie nicht fort?«

»Ich weiß es nicht!« Seine Hände waren zu Fäusten geballt. »Ich habe immer wieder darüber nachgedacht und komme nicht dahinter. Sie sagt dauernd, ich solle fortgehen.«

»Wieso tust du es nicht?« Ihr Herz fing an, heftig zu klopfen. Wenn er Chester verließe, würde sie sterben.

Er schaute sie entsetzt an. »Und sie mit ihm allein lassen? Das könnte ich nicht!«

»Deine Mutter ist nicht so hilflos, wie du vielleicht denkst …«, sagte Morgan nach einer Weile. Dann erzählte sie ihm, was Dr. Grace ihr erzählt hatte.

Amelia Grisham ließ sich rezeptfreie Abortivmittel schicken, die sie nach Anzeigen in der Zeitung bestellte. Regulativ der Weiblichkeit. Menstruationstropfen. Der Freund jeder Frau. Gravid-Pillen gegen Amenorrhöe. »›Obgleich vollkommen harmlos auch für die Zartesten, sind Damen dringend aufgefordert, ihren Zustand nicht falsch einzuschätzen, da FEHLGEBURT DIE SICHERE FOLGE WÄRE‹«, zitierte Morgan. »Sie dürfen nicht offen sagen, wofür die Pillen sind, weißt du. Abtreibungen sind nämlich verboten, das meint jedenfalls Dr. Grace. Diese Frau, die da draußen auf dem Lande bei Killingworth wohnte, die nahm Abtreibungen vor, und jeder wusste es. Dann ist ein Mädchen gestorben, und sie wurde verhaftet und in Hartford vor Gericht gestellt.«

»Nun ja, wenn Gott ein Baby macht, sollten wir vielleicht nicht dazwischenfunken«, sagte Silas.

Was für Unschuldslämmer Männer doch waren, dachte Morgan. »Du hast ja keine Ahnung«, erklärte sie geduldig,

»wie viele Damen in aller Stille ihrer Schwangerschaft ein Ende machen – und wie oft. Dr. Grace meint, sie würde wetten, dass auf zehn Lebendgeburten mindestens eine Abtreibung kommt, nur hier in der Gegend. Dr. Grace sagt, deine Mutter habe sogar mal ein Abtreibungsinstrument bestellt, aber da hat Dr. Grace sie ausgeschimpft. Sie hätte sich damit umbringen können, weißt du. Glaubst du, sie hätte es weggeworfen? O nein, sie hat es einer anderen Frau gegeben. Die mächtig froh darüber war, sollte ich wohl hinzufügen.«

»Also gut, sie beendet ihre Schwangerschaften selbst. Aber was soll ich unternehmen wegen … *ihm?* Was kann man überhaupt unternehmen?«, stöhnte Silas und vergrub den Kopf in seinen Händen.

»Mach dir keine Sorgen, wir denken uns schon was aus«, besänftigte Morgan ihn. Eine Idee begann, in ihrem Kopf Gestalt anzunehmen.

Nach dem Ende der Sprechstunden, gegen drei Uhr nachmittags, setzte Dr. Grace ihre Haube auf, zog ihre Handschuhe an und verkündete, sie fahre ein wenig mit dem Buggy spazieren. »Ich bin vor dem Abendessen zurück«, sagte sie. Etwas an ihrem Gesichtsausdruck veranlasste Morgan, keine Fragen zu stellen, doch sie war ziemlich sicher, dass die Sache was mit Silas' Mutter zu tun hatte.

Es war fast dunkel, als Silas zu Morgan zurückkehrte. Er sei zu Fuß gelaufen, berichtete er, weil sein Vater ihr Pferd gesattelt habe und Gott weiß wohin galoppiert sei. Si war außer Atem und noch erregter als vorher.

»Dr. Grace hat versucht, ihn zur Vernunft zu bringen. Sie hat ihn heute Nachmittag in der Schmiede aufgesucht, und ich nehme an, sie hat ihm die Hölle heiß gemacht. Als er nämlich zum Abendessen heimkam, war er in Rage. Er packte Ma und verdrehte ihr den Arm hinter dem Rücken, so heftig, dass ich was knacksen hörte. Sie musste ihm versprechen, nie wieder zu ›dieser so genannten Ärztin‹ zu gehen. Ich sah, dass er ihr den Arm gebrochen hatte, deshalb fragte ich, als er fortgehen wollte: ›Was ist mit dem gebrochenen Arm, Pa? Du kannst sie doch nicht mit einem gebrochenen Arm allein lassen!‹ ›Ach nein? Wer soll mich daran hindern? Sie hat genau das bekommen, was sie verdient, weil sie diese alte Jungfer, diese Quacksalberin, gegen mich aufgehetzt hat!‹ Und dann sagte er: ›Bei Gott, du wirst zu einem *richtigen* Arzt gehen‹ – entschuldige, Morgan, aber das waren seine Worte – ›zu Wissenschaftlern, die wissen, was ein Mann von den Weibern erdulden muss!‹ Und weg war er.«

Dr. Grace schnaubte immer, wenn jemand die angeblich wissenschaftliche Medizin erwähnte. »Seit wann«, sagte sie gern, »ist das Heilen eine Ware, die man je nach der ›Menge‹ des Heilens in Rechnung stellt? Der reinste Unsinn! Entweder dem Patienten geht es besser oder nicht.« Sie verabscheute den Gedanken, dass ein Arzt umso mehr Geld verlangen konnte, je mehr er verordnete. »Das ist die so genannte Radikalmethode, Morgan, und die hat mir nie eingeleuchtet. Sie verwenden einfach das stärkste Mittel, das sie in die Finger kriegen, und weißt du, was das ist? Kalomel! Während des Großen Krieges müssen sie hundert Tonnen Kalomel verbraucht haben – große Dosen für akute Fälle, kleine Dosen für chronische. Ganz egal, wie der einzelne Fall lag!« Mittlerweile war Dr. Grace dann immer ganz rot im Gesicht geworden. »Es gibt nur ein Problem bei Kalomel«, sagte sie verbittert. »Es bringt die Leute um!« Nein, Dr. Grace hielt nicht viel von der wissenschaftlichen Medizin, und als Quacksalberin bezeichnet zu werden, gefiel ihr noch weniger.

Nun, vielleicht würde Jered Grisham seine Frau morgen zwingen, einen »richtigen« Doktor aufzusuchen, doch heute Abend konnte ihr zumindest jemand helfen, dem sie nicht gleichgültig war. Morgan erhob sich aus dem Schaukelstuhl, um ihren Medizinbeutel zu holen. »Ich werde den Arm deiner Mutter richten.«

»Nein, bloß nicht; wenn er nun zurückkommt? Ich würde es mir nie verzeihen«, meinte er, nach ihrer Hand greifend, »wenn dir meinetwegen etwas passiert.« Wie ihr Herz bei diesen Worten hüpfte! »Sag mir, was ich tun soll, dann tue ich es, damit ihr Arm in Ordnung kommt. Morgen, wenn er weg ist, kannst du sie vielleicht besuchen.«

»Natürlich.« Sie erklärte ihm langsam und deutlich, wie er den Arm richten und verbinden musste, damit er nicht krumm zusammenwuchs. Dann gab sie ihm ein Fläschchen mit einem Schmerzmittel. »Aber bevor du anfängst, lass sie einen tüchtigen Schluck Whisky trinken. Und sag ihr, dass ich gleich morgen früh rüberkomme.«

Am nächsten Tag stand Morgan munter und zeitig an der Hintertür der Grishams. Sie wusste, dass der Schmied bei Tagesanbruch in seine Werkstatt ging, um seine Feuer zu schüren. Schon bald würden die Farmer ihm dann ihre Pferde zum Beschlagen und ihre Werkzeuge zum Reparieren bringen. Später waren es die Hausfrauen mit Töpfen und Pfannen, die geflickt werden mussten, oder mit einem Auftrag für einen Eisenhaken. Bis zur Mittagszeit, wenn sie längst fort wäre, würde er beschäftigt sein.

Silas' Ma hatte Todesangst; das war klar zu erkennen. Immer wieder schaute sie sich um, um sich zu vergewissern, dass ihr Mann nicht zur Hintertür hereingeschlichen kam. Sie erzählte Morgan, dass sie ihm gesagt hatte, sie würde nie in eine Männerpraxis gehen. »Na gut, wenn du nicht zu einem Allopathen gehen willst, behandelst du dich verdammt noch mal mit Pillen aus dem Laden«, hatte er gemeint. »Ich weiß, wie sehr Dr. Grace diese Art von Medikamenten hasst«, sagte Mrs Grisham zu Morgan. »Aber was soll ich machen? Wenn er bestimmt: keine Dr. Grace mehr, dann wird es eben keine Dr. Grace mehr für mich geben.« Tränen rannen ihr aus den Augen.

Während Amelia redete, untersuchte Morgan den Arm, um sicherzugehen, dass er richtig heilen würde. Silas hatte gute Arbeit geleistet, und das sagte sie seiner Mutter auch. »Hör zu, Morgan«, sagte Mrs Grisham, immer noch weinend, »bitte erzähl niemandem davon. Und versuche nicht, das Gesetz zu bemühen. Du siehst ja, was geschieht, wenn jemand helfen will. Für mich gibt es keine Hilfe. Anscheinend kann ich nichts richtig machen. Ich weiß nicht, wieso. Als kleines Mädchen war ich ganz fix, habe meine Buchstaben schneller gelernt als sonst wer in der Klasse. Aber jetzt ... ich weiß einfach nicht ... anscheinend kann ich mich auf nichts mehr konzentrieren.«

Morgan meinte: »Mit Ihrer Konzentration ist alles in Ordnung, Mrs Grisham, wirklich. Achten Sie nicht auf das, was Ihr Mann sagt. Er versucht nur, Sie dazu zu bringen, dass Sie an Ihrem eigenen Verstand zweifeln. Also ...« Sie hielt inne. Konnte sie dieser Frau trauen? Mrs Grisham war aufgeweckt und freundlich, doch ihrem Ehemann gegenüber wurde sie hilflos und verängstigt. Trotzdem ... sie war eine intelligente Frau. Morgan wusste, dass sie Lehrerin gewesen war, bevor Jered Grisham ihr so rasant und mitreißend den Hof gemacht hatte. Sie war nach wie vor hübsch, wenn sie auch reichlich spitz und verhärmt aussah. Nun, sie war Silas' Mutter, und Morgan hätte alles dafür getan, dass Silas noch einmal ihre Hand nahm und sie zärtlich anlächelte.

»Hören Sie, Mrs Grisham. In meiner Familie gibt es viele Schamanen, viele Hexen. Und ich habe einen Talisman, ein Amulett ...« Sie langte unter ihre Bluse. »Es ist seit Ewigkeiten im Besitz meiner Familie. Es hat magische Kräfte. Eine meiner Ururgroßmütter war eine *moigu* – das ist das indianische Wort für Zauberdoktor –, und ihr gehörte dieses Amulett.« Sie senkte die Stimme. »Ich kann damit einen Menschen aufspüren. Ich kenne die Beschwörungsformeln. Ich weiß, wie man aus indianischem Tabak eine Opfergabe macht … Er wächst hier in der Gegend, wissen Sie. Ich könnte ihn an einen geheimen Ort bringen, ein bisschen davon verbrennen und ihn verfluchen. Ihren Mann.« Mrs Grisham wurde noch blasser und griff nach Morgans Hand, um sie zu umklammern, doch sie sagte kein Wort.

»Oder«, vertraute Morgan Silas' Ma an, während diese ihr, kaum atmend, in die Augen starrte, »ich kann etwas Graberde holen und hierher bringen. Oder Sie geben mir etwas, das er direkt auf der Haut trägt, und ich bringe es auf den Friedhof. Das ist wohl am einfachsten. Ein Nachthemd vielleicht.«

Mrs Grisham sah einen Moment lang entsetzt aus und dann so hoffnungsvoll, das es Herz zerbrechend war. Plötzlich aber verschloss sich ihr Gesicht und wurde völlig ausdruckslos, als der Klang von Schritten zu hören war.

»Entschuldige mich«, flüsterte sie. Sie erhob sich von ihrem Stuhl und begann, sich emsig mit der Vorbereitung des Essens für ihren Mann zu beschäftigen, obwohl es noch längst nicht Mittagessenzeit war. Morgan hatte großes Mitleid mit ihr.

Als der Schmied ins Zimmer trat, war sie beeindruckt davon, wie massig der Mann war. Er hatte schwellende Muskeln und dieselben tief liegenden Augen wie Silas, nur dass seine hinterhältig wie die einer Schlange dreinschauten.

»Und wer bist du?«, fragte er, sie dreist von Kopf bis Fuß taxierend.

»Eine Freundin von Silas aus der Stadt, Mr Grisham.«

»Ganz schön groß für eine Frau, wie? Wo ist Silas denn?«

»Bei Richter Jenkins, Jered, wie immer um diese Tageszeit«, sagte Mrs Grisham.

»Gut, gut.« Der würde keinen falschen Ton von sich geben, dachte Morgan. Vielleicht glaubte er, sie würde gleich gehen. Na, das würde sie nicht. Sie hatte das Gefühl, dass Amelia, sobald sich die Tür hinter ihr geschlossen hätte, seine große, fleischige Hand zu spüren kriegen würde. Morgan juckte es, seinen dicken Hals zwischen die Finger zu bekommen. »Ich bin nur vorbeigekommen, um mich zu vergewissern, dass meine kleine Amelia auf dem Weg der Besserung ist.« Er griff nach ihrem Arm und drückte ihn, sodass sie aufjaulte vor Schmerz. »Geht ihr noch nicht so gut, wie ich sehe«, sagte er. »Vielleicht hörst du auf mich und gehst nächstes Mal zu einem richtigen Doktor.« Mit falschem Lächeln wandte er sich Morgan zu. »Sie ist die tollpatschigste Frau weit und breit, das schwöre ich. Fällt schon um, wenn man nur Pieps sagt.«

Morgan verzog keine Miene, obwohl es sie so sehr gelüstete, ihn zu töten, dass sie schmeckte, wie ihr eine Mischung aus Blut und Galle in die Kehle stieg. Es war erschreckend.

Rasch entschuldigte sie sich und ging. Ihr Plan hatte jetzt endgültige Gestalt angenommen. Auf dem Weg nach draußen trat sie an die Wäscheleine und nahm ein weites Hemd ab. Sie wusste, dass es seins war, nicht nur aufgrund der Größe, sondern auch, weil es Tausende von winzigen Brandspuren aufwies – von der Esse wahrscheinlich. Sie rollte das Hemd zusammen und klemmte es sich unter den Arm. Sie würde es auf den Friedhof bringen, ohne irgendjemandem etwas zu sagen. Sie würde Jered Grisham mit einem Fluch belegen, den er so bald nicht vergessen sollte!

8

Juli 1883

Grace lehnte sich gegen den Türpfosten, die Hitze der Nachmittagssonne auf ihrem Gesicht genießend, obwohl Damen eigentlich keiner Sommersprosse oder leichten Bräunung erlauben durften, ihre lilienweiße Haut zu beflecken. Nach dem Leben, das sie geführt hatte, war sie wohl keine Dame, schätzte sie. Aber das machte nichts. Ärztin zu sein bedeutete, dass sie von zahlreichen Vorschriften der feinen

Gesellschaft befreit war. Es war komischerweise so ähnlich, wie geschlechtslos zu sein. Und wenn man bedachte …

Sie war dabei, einzudösen, und das wollte sie nicht. Ihre Sprechstunde war zu Ende – im Sommer, wenn die Kinder herumtoben und auf Bäume klettern und schwimmen und sich dabei verletzen konnten, war das Wartezimmer stets brechend voll –, doch sie musste noch aufräumen. Sie war schläfrig; in den frühen Morgenstunden hatte sie ein Klopfen an der Tür geweckt – der verzweifelte Vater eines kranken Babys –, und sie war bei Tagesanbruch zurückgekommen.

Sie öffnete die Augen und versuchte, ihren Blick auf Morgan zu konzentrieren, die neben ihr auf der Veranda Bananenblätter zerstieß. »Jered Grisham hat hohes Fieber«, berichtete Grace der jüngeren Frau. »Hat ihn plötzlich erwischt und will nicht sinken. Er phantasiert, ist so krank, dass er es nicht bemerkt, wenn ich ihn besuche. Amelia traut sonst niemandem. Sie sagt, wenn er die Augen aufmacht und wieder er selbst zu sein scheint, soll ich aufspringen und wegrennen.« Sie lachte kurz auf. »Na, sie sollte wissen, dass ich das nicht tun werde. Ich habe keine Angst vor Jered Grisham – vor allem nicht, wenn er so aussieht wie jetzt. Er ist schwach wie ein neugeborenes Kind. Wenn er nicht so ein Ochse von Mann wäre, würde ich meinen, er läge im Sterben.«

Morgan wich das Blut aus dem Gesicht; sie sah aus wie der Tod. Was um Himmels willen war los? Das Mädchen war in letzter Zeit abends oft ausgegangen, weil sie, wie sie meinte, frische Luft brauchte, Bewegung brauchte, sich die Sterne anschauen wollte. Grace kümmerte es nicht, wenn Morgan im Dunklen poussierte – sie hatte gesehen, welche Kuhaugen sie dem jungen Silas machte –, aber irgendwie glaubte sie nicht, dass es die Romantik war, die Morgan nachts ins Freie trieb. Nein, das war etwas anderes. Doch was?

Endlich sprach Morgan. »Im Sterben?«, fragte sie mit schwacher Stimme.

»Ich habe diese Krankheit schon vorher erlebt, und immer im Sommer. Aber gewöhnlich befällt sie Kinder. Manchmal verursacht sie Lähmungen. In Essex gibt es ein Mädchen, das im Rollstuhl sitzen muss. Es hat ihre Beine getroffen. Ich muss sagen, ich habe sie noch nie so schnell oder so heftig eintreten sehen.« Sie beobachtete Morgans Gesicht. Ja, das Mädchen war verstört, definitiv. »Hat Silas dir erzählt, dass sein Vater krank ist?«

»Nein. Na ja, er hat was erwähnt, gestern, dass sein Pa sich mit Fieber hinlegen musste. Aber nicht, dass er phantasiert oder dergleichen ...« Morgan redete sehr schnell. Grace kam zu dem Schluss, sie würde eine Menge dafür geben, die Gedanken der jungen Frau lesen zu können. »Mein Pa hat auch gekränkelt«, fuhr Morgan rasch fort. Falls sie glaubte, Grace merkte nicht, dass sie das Thema wechselte, hatte sie sich getäuscht. »Er war stark und geschickt, aber manchmal wurde er plötzlich krank, Kopfschmerzen, nehme ich an. So sehr Ma und ich ihn auch verarzteten, wir mussten einfach warten, bis es wieder besser wurde. Das Schlimmste war, wenn ihm sein rcchtes Bein wehtat. Die Rebellen haben ihn erwischt, als er im Großen Krieg kämpfte.«

»›Der Große Krieg!‹ So würde ich es nicht nennen! Es war ein Bürgerkrieg, Morgan, und das bedeutet: Bruder gegen Bruder. Eine furchtbare Sache. Oh ja, die jungen Männer hielten ihn für ein großes Abenteuer. Und wir anderen zuerst auch, muss ich zugeben. Was für ein Anblick das war, all diese schmucken jungen Leute, so begierig darauf, sich in ihre Uniformen zu werfen und für die Konföderation zu kämpfen.«

»Die Konföderation? Aber –«

»Ich lebte unten im Süden, als der erste Schuss fiel. Ich hatte gerade geheiratet ...«

»Geheiratet?« Morgans erstaunte Miene war direkt komisch.

»Ja, geheiratet. Ich weiß, dass ich dir älter vorkomme als Gott, doch einst war ich ein hübsches junges Ding und sehr glücklich verheiratet mit Jedadiah Chapman, dem Sohn von Reverend und Mrs Curtis Chapman aus Memphis, Tennessee. Jed war zu Besuch bei einem Cousin in Philadelphia, weißt du, und die Familie des Cousins war mit der meinigen befreundet. Ich hieß damals Grace Henderson, lebte in Philadelphia als Tochter von Dr. John und Emmy, als Schwester von John Thomas, war achtzehn Jahre alt und voller Leben. Jed und ich saßen bei einer Dinnerparty nebeneinander ...« Sie lachte. »Tatsächlich fand diese Party im Hause meiner Eltern statt. Meine Mutter hatte beschlossen, uns zusammenzubringen, um ›zu sehen, was passiert‹. Die arme Mama, sie wollte mich unbedingt in den sicheren Hafen der Ehe lotsen, denn Papa nahm mich immer mit ins Krankenhaus. Dort ging ich mit ihm auf Visite, und er erklärte mir, was ich wissen wollte. Also alles!« Morgan wischte sich die Hände ab und setzte sich zu Grace auf die Bank. »Ich schreckte nicht mal vor dem Anblick von Blut zurück – geschweige denn, dass ich in Ohnmacht fiel, wie es sich für ein anständiges junges Mädchen gehört hätte. Es war also dringend notwendig, dass ich mich verlobte, bevor mein Ruf für alle Zeiten ruiniert war!«

»Als brave und gehorsame Tochter«, fuhr Grace mit einem kleinen Lächeln fort, »tat ich meiner Mutter den Gefallen, mich in Jed Chapman zu verlieben. Als wir aber sagten, wir wollten bis Weihnachten verheiratet und noch vor Neujahr in Memphis sein, weinte sie. ›Mutter, das hast du dir doch immer für mich gewünscht!‹, protestierte ich. ›Aber ich dachte ja nie, dass dich dein Ehemann uns wegnehmen würde, ganz bis nach Tennessee!‹ Mama sprach Tennessee aus, als wäre es der Name einer Krankheit.

Wie dem auch sei. Im Januar 1862 ließen sich Mr und Mrs Jedadiah Chapman in Memphis nieder, in dem großen Backsteinhaus seiner Eltern. Ein Ort voller wunderschöner Dinge:

Porzellanfigurinen, vergoldete Spiegel, kunstvoll geschnitzte Mahagonimöbel aus England, prächtige Teppiche und Samtvorhänge, sogar ein reich verziertes Ebenholzklavier, auf dem die Damen spielten. Aber wenige Bücher. Das fiel mir gleich auf, und kein Bach für das Piano, nur leichte Melodien zum Singen und Tanzen. Meine Schwiegermutter Mary Martha und Jeds Schwestern Sally und Cissie waren hübsch und stets elegant gekleidet. Sie waren der Typ Frau, der, wie ich wusste, meiner Mutter gefallen hätte. Sie waren sittsam und kicherten und klatschten gern. Ein- oder zweimal, als ich es wagte, von den Krankenhausvisiten mit meinem Vater zu sprechen, wurde ich angefleht, damit aufzuhören, ›oder unsere Mutter, Grace, wird bei Gott tot umfallen!‹ Tatsächlich wedelte Mama Chapman schon energisch mit ihrem Fächer und rief einen der Diener herbei, um sich ein Glas Portwein für ihre Nerven bringen zu lassen!

Es war eine ganz andere Welt als die, in der ich aufgewachsen war, Morgan. Aber ich liebte Jed so sehr, dass es schien, als ob sonst nichts zählte. Doch dann, bereit, in die Schlacht zu ziehen, verpflichtete er sich plötzlich bei der Kompanie von Israel Fellowes. Ich glaube nicht, dass wir zu der Zeit länger als zwei Wochen in Memphis waren. Es herrschte damals ein solches Kriegsfieber, eine solche patriotische Inbrunst. Alle jungen Männer wollten für die Konföderation und für ihr Land kämpfen. Viele der reichen Plantagenbesitzer des Südens stellten private Militärkompanien auf, die sie selbst ausstatteten und ausbildeten. Fellowes' Followers nannte sich Jeds Gruppe, und sie starben förmlich vor Ungeduld, an die Front zu ziehen. Und dann starben sie wirklich, und Jed war einer der Ersten ... Doch das geschah natürlich viel später.

General Grant war den Tennessee River hochgesegelt und kam am sechsten Februar 1862, nur vier Meilen von Fort Henry entfernt, ganz in unsere Nähe. Natürlich schloss sich Jeds Kompanie in aller Eile den Truppen von General A. S.

Johnston an, die entsendet wurden, um das Fort zu verteidigen.

Ich blieb zu Hause mit den anderen Frauen – meiner Schwiegermutter, zwei Schwägerinnen, die gemeinsam kaum Hirn genug für eine hatten – das fand ich jedenfalls –, und den Sklaven. Ich wusste nicht, was ich tun sollte, denn ich hasste es, müßig zu sein. In Jeds Familie galten, anders als in der meinen, eine gute Ausbildung und ein wacher Verstand als eine Art Absonderlichkeit, die vor dem Blick der Öffentlichkeit verborgen werden musste. Bei Dinnerpartys und Bällen brachte man mich immer zum Schweigen und erklärte dann, Yankee-Frauen seien so ungewöhnlich, nicht wahr? Nun, da Jed weg war, hatte ich niemanden, mit dem ich reden konnte, niemanden, der mich umarmte, niemanden, der mir in die Augen schaute und mir sagte, dass ich ihm die ganze Welt bedeute ... niemanden, der mich liebte, den ich liebte.

Es gab nichts zu tun, außer andere Klatschtanten zu besuchen, die Schneiderin kommen zu lassen oder Teegesellschaften zu geben. Allerdings forschten wir in der Zeitung immer eifrig nach Neuigkeiten aus dem Krieg. Deshalb wusste ich, wann die meisten Truppen von Fort Henry abgezogen wurden, das damit einem gegnerischen Angriff offen stand.

In den nächsten zehn Tagen unternahmen die Rebellen nichts, um Grants Vormarsch aufzuhalten. Sie beschlossen sogar, auch Fort Donelson preiszugeben. Alle Höhergestellten flohen nachts per Boot; nur General Buckner blieb mit 11 500 Soldaten dort. Buckner fragte Grant nach seinen Bedingungen, und Grants Antwort – eine Überraschung, da die beiden in West Point Freunde gewesen waren – lautete: gar keine, nur ›bedingungslose und sofortige Kapitulation‹. Zu jedermanns Bestürzung willigte Buckner ein, und Grants Truppen wurden 11 500 Soldaten, 40 Kanonen und, was am wichtigsten war, Lebensmittel übergeben. Es war verdammt schwer, den Truppen Proviant zukommen zu lassen, wenn sie unterwegs waren – *das* wussten selbst ein paar Frauen in einem Herrenhaus in Memphis.

Du kannst dir wohl vorstellen, wie glücklich und erleichtert ich war, als endlich ein Brief von Jed eintraf, der sich in Mufreesboro aufhielt. Ich weiß immer noch jedes einzelne Wort auswendig. ›Meine geliebte Frau‹, begann er, ›ich schreibe dir mit dem Wunsch, ich hätte bessere Nachrichten für dich. Wir sind bei General Johnston und hoffen, uns in ein, zwei Tagen in Corinth mit Beauregards Truppen zu vereinigen. Wir sind nicht glücklich über die Kapitulation und Preisgabe zweier unserer Forts. Ich wünschte, ich verstünde besser, was sich die Generäle dabei denken, doch das wird mir kaum beschieden sein, da ich noch keinem von Angesicht zu Angesicht begegnet bin …‹ Diesen Teil habe ich allen laut vorgelesen. Als ich anfing fortzufahren, sah ich seine Liebesworte und murmelte, der Rest sei eher persönlicher Natur. Woraufhin meine Schwägerinnen kicherten und meine Schwiegermutter heftig mit dem Fächer wedelte.

Nun, da wir wussten, wo Fellowes' Followers waren, griffen wir jeden Tag nach der Zeitung. Wir lasen einander laut vor und spürten den Ereignissen auf einer großen Karte von Tennessee nach, die Jeds Vater uns mitgebracht hatte. Als Grant sechs Divisionen nach Shiloh entsandte, rückten Johnstons Jungs, darunter auch mein Jed, gegen die Unionstruppen vor. Ich markierte seinen Weg mit einem Bleistift und betete für meinen Mann … Langweilt dich dieses ganze Kriegsgerede, Morgan?«, fragte Grace. Sie hatte vergessen, an wie viel sie sich erinnerte. Alles flutete in ihr Gedächtnis zurück.

»Nein, nein! Pa hat mir auch oft Geschichten erzählt, aber die handelten natürlich alle von den dreckigen Rebellen. Oh, tut mir Leid, ich meinte bloß, es ist interessant, die andere Seite zu hören. Das Seltsame ist, dass sie ziemlich gleich klingt«, sagte Morgan.

»Ich glaube, wenn man nass und hungrig ist und friert und jede Minute um sein Leben fürchtet, ist es egal, auf welcher Seite man ist. Es ist das Gleiche. Nun gut. Jedenfalls ging die Union am siebten April in die Offensive – sie hatten zusätzliche Truppen – und um vier Uhr nachmittags waren Johnstons Männer auf dem Rückzug – sehr schlechte Nachrichten für uns zu Hause wartende Frauen. Am selben Tag wurde eine Insel im Mississippi von der Union eingenommen, Morgan. Du musst wissen, das bedeutete, dass der Fluss bis fast nach Memphis offen war. Nun, ein solches Jammern und Wehklagen wie im Chapman'schen Haushalt an diesem Abend hast du noch nie gehört …

Was mich betraf, so hatte ich es gründlich satt. Ich hatte gelesen, dass oben im Norden Frauen tatsächlich ihr Heim verließen – sogar ihre Kinder, wenn sie welche hatten –, um verwundete und kranke Soldaten zu pflegen. Aber nicht in Memphis, nicht in diesem Haus! In diesem Haus herrschten Panik und Hysterie.

›Lieber Gott, was soll jetzt aus uns werden, Mr Chapman?‹, weinte meine Schwiegermutter. ›Was wird aus uns?‹ Worauf er nicht antwortete, nur murmelte: ›Nur ruhig, Mutter, nur ruhig.‹ Das brachte Sally und Cissie in Fahrt. ›Man wird uns vergewaltigen, das wird aus uns, Mama!‹ ›Man wird uns umbringen! Grants Männer werden die Tür einschlagen und geradewegs hier hereinkommen und uns totschießen und dann alles stehlen, was im Haus ist. Du weißt doch, wie die Yankees sind. Ach so, außer dir, Grace.‹« Sie schnaubte verächtlich bei der Erinnerung. »Und dann folgten Schreie: ›Mein Silber!‹, ›Mein Schmuck!‹, ›Meine Aussteuer!‹ Letzteres stammte von Cissie, die beabsichtigte, Abel Carter zu heiraten, wenn er aus dem Krieg zurückkehrte. Falls er aus dem Krieg zurückkehrte, dachte ich, falls überhaupt jemand zurückkehrte. Ich jedenfalls hatte nicht vor, schwermütig herumzusitzen und zu heulen.

Ich ging eine ganze Weile in mich. Schließlich war ich eine Frau aus dem Norden, oder etwa nicht? Und hier hockte ich nun, strickte Socken und hörte zu, wie alberne Weibsbilder hysterisch wurden! Was konnte ich sonst tun? Und dann fiel es mir ein. Ich konnte mich nach Shiloh aufmachen und Jed suchen. Wenn ich ihn gefunden hätte, könnte ich mich darauf konzentrieren, verwundete Soldaten zu pflegen. Ich wusste beinahe so viel wie ein Arzt. Ich könnte eine große Hilfe sein.

Nachdem der Beschluss gefasst war, vergeudete ich keine Zeit. Ich brach noch in derselben Nacht auf, sobald alle im Haus fest schliefen.«

»Hatten Sie keine Angst?«, fragte Morgan. »Eine Frau ganz allein bei Nacht, mitten im Krieg?«

Grace stockte, während ihr Gesicht einen belustigten Ausdruck annahm. »Nun ja, Morgan, ich ging nicht direkt als Frau allein in die Dunkelheit. Ich säbelte mir die Haare bis eben über die Ohren ab, um auszusehen wie ein Junge. Da ich groß war und eine einigermaßen dunkle Stimme hatte, glaubte ich, ich könnte als Jüngling durchgehen, der noch nicht ganz über den Stimmbruch hinaus ist.«

»Das war aber mutig!«, meinte Morgan bewundernd.

»Kann schon sein. Obwohl ich damals nicht in solchen Begriffen dachte. Ich wusste nur, dass ich *irgendetwas* Sinnvolles tun musste, und dies war die einzige Möglichkeit. Aus Jeds Garderobe grub ich Reitkleidung und einen breitkrempigen Hut aus. Ich hatte kleine Brüste, die ich mit einem Leinenstreifen leicht flach an den Körper binden konnte. Ein weiteres Band um die Taille, und die Hosen passten. ›Kein schlecht aussehender junger Mann‹, fand ich und salutierte mir selbst. ›Wie geht es Ihnen, Sir?‹, fragte ich mein Spiegelbild, wobei ich versuchte, Jeds Südstaatenakzent zu imitieren. Ich war höchst zufrieden mit mir, das kann ich dir sagen! Ich grinste den Jüngling im Spiegel an und taufte ihn Beau. Ich würde Jeds Bruder Beau sein.

Auf dem Weg nach draußen knarrten die Stufen ein bisschen, und mein Herz fing an zu rasen, doch niemand rührte sich. Weiter ging es durch die Küche, durch die Hintertür. Ich war froh, dass ich vom Kleiderständer in der Halle ein Cape mitgenommen hatte. Es war ein wenig kühl. Mit jedem Schritt, den ich in der Dunkelheit tat, fühlte ich mich sicherer, und als ich im Stall ankam, war ich bereit für ein Abenteuer. Tatsächlich fühlte ich mich genau wie ein junger Mann, wie ich mir da ein schönes Ross aussuchte, es sattelte und davonritt in Richtung Shiloh.

Als ich dort eintraf, stellte ich jedoch fest, dass Johnstons Armee nordwärts nach Virginia marschiert war. Aber der Boden in Shiloh war bedeckt mit Verwundeten, Sterbenden und Toten. Der Gestank war grauenvoll; selbst das Pferd bäumte sich auf und wollte weg. Ich band es an einen Baum und wanderte umher in der Hoffnung, nicht jenes geliebte Gesicht zu erblicken, die blauen Augen getrübt vom Fieber ... oder schlimmer. Wenn ich ein Stöhnen vernahm, blieb ich stehen, um zu sehen, ob ich etwas tun konnte. Aber ich hatte nichts bei mir außer den Kleidern, die ich am Leib trug, nicht mal eine Wasserflasche. Ich hörte Stimmen und lauschte, begierig, etwaige Neuigkeiten über Johnstons Jungs zu erfahren. Ein Soldat, zu jung, um wie die meisten anderen einen Bart zu haben, lag tot da, einen kleinen Hund in den Armen. Zwei Verwundete versuchten, den Hund dazu zu bewegen, sein Herrchen zu verlassen. Während ich zuschaute, lockten sie das Tier zu sich, doch es winselte nur und jaulte und lief zurück zu dem Leichnam, in dessen leblose Arme es sich schmiegte. Ich wollte weinen, durfte aber nicht. Hätte ich meinen Gefühlen nachgegeben, so wäre das Spiel sicher aus gewesen.

Ich hatte drei riesige Zelte bemerkt, die, wie mir schien, als Lazarett dienten. Ich ging auf das erste zu, holte tief Atem und trat ein. Es war voller Verletzter. Ein schrecklicher Geruch hing in der Luft, die von Ächzen und Schreien erfüllt war.

Die meisten Patienten hatte man auf den nackten Erdboden gelegt, da es nur wenige Feldbetten gab, die den Delirierenden und Sterbenden vorbehalten waren. Die Beleuchtung war schwach, aber nach ein, zwei Minuten erkannte ich zwei oder drei Frauen, die Köpfe in Turbane gehüllt, die Kleider von Schürzen bedeckt, die mit Schmutz, Blut und Gott weiß was sonst noch befleckt waren. Sie gingen von Mann zu Mann, um nachzusehen, was getan werden konnte. Nun, das wollte ich auch. Ich schlenderte durch das Zelt und schaute mir jeden Patienten an. Die Hände hatte ich hinter dem Rücken gefaltet, eine Imitation meines geliebten Vaters, wenn er seine Visiten machte, weil ich versuchte auszusehen, als ob ich Arzt wäre und hierher gehörte.

Als ich mich einem der Feldbetten näherte, legte eine der Frauen gerade eine schmutzige Decke über einen amputierten Arm. Ich eilte zu ihr. ›Bitte, Ma'am‹, sagte ich mit möglichst barscher Stimme, ›eine offene Wunde dürfen Sie nur mit sauberen Tüchern und sauberen Verbänden abdecken.‹

Mir schlug das Herz bis zum Hals, kann ich dir sagen, während ich darauf wartete, von ihr entlarvt zu werden. Doch sie neigte nur den Kopf und sagte: ›Es tut mir Leid, Doktor. Aber wir sind furchtbar knapp mit Wasser zum Waschen.‹

Ich war begeistert! Es funktionierte! Mit Leidenschaft übernahm ich meine Rolle. ›Heißes Wasser ist knapp? Bei all den Flüssen und Bächen?‹

›Wir haben weder Gefäße, um es abzukochen, noch Sklaven, die es uns holen. Und wenn wir in der Stadt um Hilfe bitten, spucken sie uns an. Sie halten alle Frauen hier für … Soldatenliebchen. Wir können lediglich dafür sorgen, dass jeder Mann einen Schluck Wasser und Brandy bekommt und ein Fleckchen, auf dem er liegen kann. Es gibt keinerlei Arzneimittel, nicht seit der Blockade der Föderalisten. Wir tun, was wir können, doch was wir brauchen, sind mehr Ärzte. Sie schickt der Himmel.‹

›Ich bin noch keiner, sagte ich. ›Aber vielleicht kann ich helfen. Wo geht es in den nächsten Ort?‹

Sie zeigte mir den Weg, und ich stieg auf mein Pferd und ritt los. Ich ging von Haus zu Haus und von Laden zu Laden, erbettelte mir große Töpfe und alten Stoff für Verbandszeug und galoppierte erst zurück, als ich so beladen war, dass ich nichts mehr tragen konnte. Die Städter hatten versprochen, so viele Feldbetten zu uns herauszubringen, wie sie auftreiben konnten. Beim Reiten dachte ich nach. Alle hatten mich für einen Doktor gehalten ... und ein Doktor würde ich bleiben. Wer wollte etwas dagegen sagen? Ich wusste genug, um mich wie ein richtiger Arzt zu benehmen. Ich wusste genug, um zu erkennen, dass die Amputation, die ich im Zelt gesehen hatte, sehr schlecht ausgeführt worden war. Die Wunde war bereits infiziert. Ich würde heiße Tücher darauf legen und versuchen, den Eiter herauszuziehen, doch nach dem fiebrigen Zustand des Mannes zu urteilen, war es vermutlich schon zu spät. Angesichts des Schmutzes, der dort überall herrschte, hätte es mich nicht überrascht zu erfahren, dass irgendein dummer Chirurg den Arm mit einer dreckigen Axt abgehackt hatte. Oder mit dem Schwert, mit dem der Soldat andere getötet hatte. Es war dieselbe Ignoranz, gegen die mein Vater in seinem Krankenhaus immer wieder kämpfte. Was ich in diesem Zelt gesehen hatte, brachte mein Blut in Wallung. Dort starben Männer, nicht am Schlachtgeschehen, sondern an falscher oder aufgrund gar keiner Behandlung. Und jetzt noch die blödsinnige Blockade, die Arzneimittel zur Kriegskonterbande erklärte! Es war eine Sünde!

Als ich wieder ins Zelt trat, wurde ich herzlich und erleichtert von den erschöpften Freiwilligen begrüßt. Es war noch jemand da, ein Chirurg, der sich ebenfalls freiwillig gemeldet hatte und sich als Charles Gillis vorstellte. Plötzlich war ich mir meiner Verkleidung nicht mehr so sicher und sehr nervös, als ich mit ihm redete. Er schien mich als männliches Wesen jedoch völlig zu akzeptieren. Er dankte mir überschwänglich für das dringend benötigte Versorgungsmaterial. ›Wir brauchen alles, was wir kriegen können, obwohl ich nicht sicher bin, wie viel es nützt‹, sagte er. ›Viele leiden an Unterkühlung oder Ruhr und an Mumps, Diphtherie, Windpocken …‹

Ich traute meinen Ohren nicht. ›Kinderkrankheiten!‹, rief ich aus. Er lächelte gequält. ›Ja. So viele unserer Südstaatenjungs kommen aus den entlegensten ländlichen Gegenden, die Sie sich vorstellen können. Sie sind diesen Kinderkrankheiten, die jetzt durch alle Ränge wüten, nie zuvor ausgesetzt gewesen. Das bedeutet, dass sie eine Zeit lang nicht kämpfen können, aber zumindest sterben sie nicht. Was all die Todesfälle verursacht, von denen es viel zu viele gibt, sind Schmutz und unhygienische Zustände. Ganz zu schweigen von den Amputationen‹, schloss er mit einer Grimasse.

›Chirurgen wollen immer schneiden; dazu sind sie ausgebildet.‹ Ich musste mir auf die Zunge beißen, weil ich fast ›sagt mein Vater‹ hinzugefügt hätte. Ich musste daran denken, dass *ich* der Arzt war.

›Stimmt‹, meinte er. ›Ich bin selbst Chirurg. Aber nur zu schneiden, weil es schnell geht und weniger Aufwand verlangt, als eine Infektion zu versorgen –! Das läuft meiner Meinung nach auf Mord hinaus. Doch es ist ja niemand da, dem ich meine Meinung sagen kann – bis auf Sie jetzt.‹ Er lachte. Er erinnerte mich an Jed – nicht in seinem Aussehen, obwohl auch er eine Brille trug, die seinen Blick weicher machte –, sondern in seiner munteren, gut gelaunten Art. Er sagte: ›Wissen Sie, Doktor – ach, ich weiß ja nicht mal Ihren Namen!‹

›Chapman. Beau Chapman.‹ Ich schaute ihm offen in die Augen, obgleich mir das Lügen zu schaffen machte.

›Dr. Chapman, Sie sind die Antwort auf unsere Gebete. Nein, kümmern Sie sich nicht um die Jungs dort drüben. Die werden sich alle erholen. Sie haben die Masern! Und diese hier haben blutige Füße vom Marschieren und Kämpfen ohne

Schuhe. Der da wurde von seinem eigenen Pferd niedergetrampelt, das sich vor der Kanone erschreckte. Aber hier ist einer, um den ich mir Sorgen mache. Er wurde ins Knie geschossen, und irgendein Idiot hat amputiert, statt die Kugel herauszuholen. Und nun sehen Sie, was passiert ist. Sein Bein ist entzündet und geschwollen, bis hoch zur Leistengegend – *was ist los?*‹

Ich hatte unabsichtlich ein Geräusch von mir gegeben, während ich den Patienten anstarrte. Der Mann mit dem amputierten Bein war mein geliebter, mein wunderschöner Jed. Jetzt allerdings nicht mehr wunderschön. Er war mit Läusen übersät und stank zum Himmel; seine Augen waren geöffnet, doch ihr Blick ging ins Leere. Und ich durfte nichts sagen, nichts tun, das mich verraten hätte. Ich wäre am liebsten auf die Knie gesunken, hätte meinen Liebling in die Arme geschlossen und meinen Kummer laut herausgeweint. Aber ich konnte nicht!

›Mein M – mein Bruder!‹, schrie ich, froh, dass mein armes, von Schwindel befallenes Gehirn noch funktionierte. ›Es ist mein Bruder Jed!‹ Ich hatte das Gefühl, ungehindert weinen zu können – selbst der tapferste Mann durfte um seinen Bruder weinen –, kniete mich neben ihn und sagte: ›Dr. Gillis, heißes Wasser und irgendein sauberes Tuch, bitte.‹ Ich weiß nicht, wie lange Gillis dafür brauchte; für mich stand die Zeit still. Jed versuchte zu sprechen, doch ihm gelang nur ein heiseres Flüstern. ›Hier, Brandy!‹, rief ich. ›Schnell!‹ Ich benetzte seine Lippen mit Brandy, goss ihm ein wenig davon in den Mund und beobachtete voller Dankbarkeit, wie er ihn hinunterschluckte.

Als Gillis mit einem dampfenden Stück nassen Tuchs zurückkehrte, wusch ich Jed das Gesicht. Tränen liefen mir die Wangen hinab, und wieder und wieder betete ich: ›Oh Gott, bitte, Gott!‹ ›Ich hasse diesen Krieg!‹, schrie ich, Jeds Hand haltend, und wünschte mir, er möge die Augen öffnen und sehen, dass seine Liebste zu ihm gekommen war. Aber er war nicht bei sich, und während ich noch neben ihm kniete, wurde sein Atem immer mühsamer, und ich schaute entsetzt zu, wie er mehr und mehr nach Luft rang. Schließlich musste ich mit ansehen, wie er starb, ohne im Stande zu sein, ihm zu helfen oder sein Leiden zu erleichtern. Da warf ich den Kopf in den Nacken und heulte vor Kummer, und niemand machte eine Bemerkung darüber oder fand das seltsam. Als ich endlich in der Lage war, mit Jammern und Weinen innezuhalten, wurde mir bewusst, dass Dr. Gillis und ein weiterer Chirurg neben mir standen.

›Es tut mir Leid ...‹, sagte der andere Mann.

Gillis erklärte: ›Wir müssen Ihren ... Bruder ins Freie bringen. Es gibt Männer, die seinen Platz hier drinnen brauchen.‹ Seine braunen Augen blickten sanft hinter der glitzernden Brille hervor.

›Natürlich‹, sagte ich. Natürlich. Denn Jed war tot. *Tot*. Und mein Leben hatte sich für alle Zeiten verändert.

Ich weiß nicht, woher ich die Kraft genommen habe«, meinte Grace zu Morgan, die sich keinen Zentimeter gerührt hatte, so gefesselt war sie, die Augen nass vor mitfühlenden Tränen. »Ich half mit, ihn zu begraben, das weiß ich noch, und ich nahm seine Brille – die habe ich heute noch – und seine Bibel an mich. Jemand hatte seine Taschenuhr samt Kette und seine guten Lederstiefel gestohlen. Es gab nichts, was ich sonst noch tun wollte, außer diesen Ort zu verlassen und heimzukehren. Und damit meinte ich nicht Memphis, Tennessee, das kann ich dir sagen. Ich war entschlossen, zu meinen eigenen Eltern in Philadelphia zurückzukehren oder bei dem Versuch zu sterben.«

»Haben Sie sich immer noch als Arzt und als Mann ausgegeben?«

»Oh ja, natürlich. Ich folgte Johnstons Armee nordwärts, Richtung Virginia. Irgendjemand in Shiloh hatte mein Pferd mitgenommen, also lief ich erst mal zu Fuß. Dann sah ich ein Pferd auf einem Feld und bestieg es. Ich ritt mit den versprengten Linien, die sich nach Osten auf Pittsburg Landing zu bewegten. Die Männer waren sicher, sie würden die vorrückenden Unionstruppen geradewegs in den Fluss drängen und den Tagessieg davontragen. Mittlerweile war die zweite Aprilwoche gekommen. Nicht lange, und General Buell traf mit frischen Truppen ein und vertrieb die Südstaatler. Als sie sich nach Corinth zurückzogen, folgte ich ihnen nicht. Ich hatte unterwegs bessere Kleidungsstücke aufgelesen – von Toten, Morgan. Das tat jeder. Man musste es tun, wenn man überleben wollte, und ich wollte überleben. Ich trug eine Wildlederjacke, eine lederne Hose und einen Hut und hätte von überallher stammen können. Deshalb ließ ich den Südstaatenakzent fallen, den ich mir für die Rebellen zugelegt hatte, und bewegte mich durch die Linien der Union hindurch nach Norden, nach meinem richtigen Bruder fragend, JohnThornas Henderson von der Fifth Pennsyivania. Ich verwandelte mich in den Chirurgen George Henderson und schloss mich den ersten Unionstruppen an, auf die ich stieß.

Virginia war wunderschön, Morgan, mit seinen weiten, friedlichen Farmen, und Hafer und Weizen wuchsen, als hätte es nie einen Krieg gegeben. Keine Sümpfe und zerfurchten, unpassierbaren Straßen mehr. Nein, wohlgenutzte Landstraßen in hervorragendem Zustand. Die Unionsarmee nahm Vieh mit und ließ die Pferde und Rinder unterwegs auf den Feldern nach Futter suchen. Wir nahmen uns, was es an Obst und Gemüse gab, und das war reichlich. Ab und zu hielten wir an, um das Gelände zu erkunden und festzustellen, was mit der Armee der Rebellen geschah. Sonst zogen wir einfach immer weiter und ließen die Kranken und Verwundeten mit Medizin und Essensvorräten zurück. So manches Mal war ich in Versuchung, bei ihnen zu bleiben und sie zu pflegen, doch ich wollte lebend nach Hause gelangen. Also tat ich mein Bestes, solange ich dort war, und musste damit zufrieden sein.

Überall am Wegesrand waren Tote und Halbtote. Jedes erdenkliche Gebäude musste als Hospital dienen. Ich versorgte Soldaten in Ställen, Kirchen, Lagerhäusern, Schulen, Gerichten. Wir bemühten uns alle sehr, sie zu retten, aber die meisten starben trotzdem. Nach einer Weile musste man sich innerlich abhärten, sonst hätte man das Gefühl gehabt, vor Kummer selbst sterben zu müssen.

Im Juli trafen wir in Savage's Station auf das Feldlazarett der Union. McClellan hatte dort sein Hauptquartier, deshalb war es ein wichtiger Ort, belebt und geschäftig. Norfolk und Portsmouth – das sind Städte in Virginia, musst du wissen – waren bereits ohne Blutvergießen gefallen, und der größte Teil Virginias war Unionsterritorium.«

Grace hörte einen Moment auf zu reden, während sie die Ereignisse im Geiste vor sich sah. Es war lange, lange her, seit sie sich gestattet hatte, in Gedanken bei ihnen zu verweilen. Sie hatte alles in sich vergraben, dort, wo auch die Liebe zu Jed Chapman vergraben war.

»Savage's Station bestand nur aus einem kleinen Haus, das war alles. Die Verwundeten und Kranken lagen unter den Bäumen auf der Erde oder in einem der zwanzig großen Zelte, die im Garten aufgeschlagen worden waren. Dr. John Swinburne war für die medizinische Versorgung zuständig. Ich stellte mich natürlich als Dr. George Henderson vor, Freiwilliger und Chirurg, und bot meine Hilfe an.

›Schön, dass Sie hier sind, junger Mann, sagte Swinburne, ›obwohl wir Sie vor ein paar Wochen noch besser hätten gebrauchen können. Zufällig erwarten wir bereits Unterstützung. Dr. Albert Baunot aus Pittsburgh, Pennsylvania, ist mit einem Trupp von Chirurgen und Krankenschwestern auf dem Weg hierher. Doch denen werden Sie sicher auch willkommen sein. Wir haben nie genügend Ärzte.‹

Oh, Morgan, ich sage dir, mein Mut sank. Ich hatte Dr. Baunot kennen gelernt, als er Vaters Krankenhaus in Philadelphia besuchte. Das war nicht nur eine beiläufige Begegnung gewesen, Guten Tag und Auf Wiedersehen, sondern zwei- oder dreimal. Er und Vater waren von ihrem Medizinstudium her befreundet, und Dr. Baunot hatte mehrmals bei uns zu Hause gegessen. Würde er mich erkennen und meine Sachen packen lassen? Oder, schlimmer noch, meine dürftige Verkleidung sofort durchschauen und mich zur Zielscheibe des allgemeinen Spottes machen? Nun, ich schätzte, es gab kein Zurück mehr. Es war ein Risiko, das ich eingehen musste. Also lächelte ich und sagte, ich würde mich sehr darauf freuen, Dr. Baunot kennen zu lernen, und fragte, wo ich in der Zwischenzeit gebraucht würde. Die Antwort war: überall.

Ich arbeitete wirklich schwer, Morgan, und nicht nur als Arzt. Wir alle sprangen ein und taten, was getan werden musste, vom Wäschewaschen über die Nahrungssuche und das Tierefüttern bis zur Chirurgie und zum Verlesen der Bestattungsrituale. Da es wenige Arzneien gab, nahmen wir Zuflucht zu alten Hausmitteln. Hartriegelrinde gegen Fieber. Amberbaumrinde, mit Milch aufgekocht, gegen die Ruhr. Stechpalmenrinde zum Kauen gegen Husten.

In Savage's Station sah ich auch die berühmte Mrs John Harris bei der Arbeit als Pflegerin, beim Briefeschreiben und Verrichten vieler guter Taten für die kranken und sterbenden Soldaten. Sie liebten sie, Morgan, und keine Menschenseele konnte sie beschuldigen, ein Soldatenflittchen zu sein!«

»Aber Dr. Baunot! Was geschah mit ihm? Oh bitte, spannen Sie mich nicht auf die Folter!«

»Ach ja, Dr. Baunot. Nun, er kam angestürmt mit seinen Pferden und seinem Proviant und seinen Krankenschwestern und Begleitern und hatte keine Minute Zeit, in meine Richtung zu gucken. Einmal dachte ich, das Spiel sei aus. Ich war gerade mit der Schulter eines Mannes beschäftigt – er hatte sich mehrere Kugeln eingefangen, und ich entfernte sie so vorsichtig, wie ich konnte, und säuberte die Wunden. Als ich sie eben verband, kam Dr. Baunot vorbei. Er blieb stehen, um mir zuzuschauen, ging weiter und hielt dann erneut inne, und ich sagte mir: *Jetzt passiert es.*

Er wirbelte herum und fixierte mich. Ich sage dir, der Schweiß tröpfelte mir den Rücken hinab, und mein Herz pochte wie wild. Trotzdem sah ich ihm direkt ins Auge. Ich war sicher, er würde mit dem Finger auf mich zeigen und mich als medizinischen Hochstapler bloßstellen und, schlimmer noch, als Frau, die versuchte, als Mann durchzugehen. Aber er starrte mich nur an und schüttelte dann den Kopf, als wollte er sagen: *Nein, nein, das bilde ich mir bloß ein.* ›Entschuldigung‹, meinte er. ›Machen Sie weiter, Doktor, machen Sie weiter. Ordentliche Arbeit übrigens.‹ Und ging weg. Da wusste ich, dass ich mir keine Sorgen machen musste; ich würde sie alle zum Narren halten. Ich lachte innerlich auf und war voller Erleichterung, doch ich wagte nicht, sie zu zeigen. Es war allerdings ein bisschen knapp gewesen, sodass mir unbehaglich zu Mute war und ich unter dem Vorwand, ich müsse meinen Bruder finden, ein paar Tage später aufbrach.

Aber es war etwas Wichtiges mit mir geschehen, Morgan. Ich war erwachsen geworden. Nichts treibt einem die Unschuld so schnell aus wie ein Krieg. Und am allerwichtigsten war, dass ich wusste, ich würde Medizin studieren, wenn ich erst zu Hause war. Ich wusste, ich musste Ärztin werden, eine richtige Ärztin, denn dafür war ich geboren.«

»Oh, Dr. Grace«, sagte Morgan mit glänzenden Augen. »Glauben Sie, ich könnte auch eine werden?«

»Ja, natürlich könntest du das. Warum nicht? Du bist sehr gut darin – begabt, denke ich.«

»Bin ich das? Wirklich? Oh, dass Sie das sagen, Dr. Grace! Das ändert die Sache völlig! Warten Sie nur, bis ich es Silas erzähle!«

»Ich bin sicher, er wird sich freuen, dass du Vertrauen zu ihm hast«, meinte Grace trocken. Und bei sich fügte sie hinzu: *Ich hoffe, du erzählst ihm auch, was du jede Nacht so Rätselhaftes tust, bevor du dich in echte Schwierigkeiten bringst.*

Morgan hatte ihr Geheimnis gut bewahrt, doch man brauchte kein Genie zu sein, um sich auszumalen, dass ein Mädchen, das mit Schamanen und Hexen und Geisterbeschwörern aufgewachsen war, nicht jede Nacht unterwegs war, nur um spazieren zu gehen und sich die Sternbilder anzuschauen. Nein, sie vollbrachte irgendeinen Zauber, da war Grace sich sicher. Aber welche *Art* von Zauber? Das war die Frage.

9

August 1883

»Pa liegt im Sterben«, sagte Silas.

»Im Sterben?« Morgan wurde der Mund trocken, doch ihre Stimme blieb ausdruckslos. »Aber … ich dachte … hatte er nicht bloß Fieber?«

»Es wird immer schlimmer. Erinnerst du dich, dass er auf einmal seine Beine nicht mehr bewegen konnte? Doch jetzt ist es … Manchmal hört man seinen Atem stocken, dann denkt man: *Das war's.* Und dann macht er plötzlich so ein komisches Geräusch und fängt wieder an zu atmen. Gruselig ist das.«

Morgan hatte eine aufmerksame Miene aufgesetzt, aber in Wirklichkeit hörte sie nicht zu. Sie schrumpfte innerlich. Es hatte geklappt. Es hatte tatsächlich geklappt. Sie hatte es geschafft. Nur, dass ihr jetzt gar nicht wohl dabei war. Es war eine Sache, einen Fluch auszusprechen, aber eine andere, sich anhören zu müssen, dass Mr Grisham sich nicht mehr rühren und kaum noch atmen konnte, und zu wissen, dass das alles ihre Schuld war.

Trotzdem, sie hatte auch vor ihrem Treffen mit Silas heute Abend gewusst, dass es schlecht stand. Dr. Grace ging jeden Tag, zweimal täglich, zu Jered Grisham, um zu sehen, was sie für ihn tun konnte. Gelegentlich nahm sie Morgan mit.

An diesem Morgen hatte Dr. Grace gefragt: »Ist irgendwas in deinem Medizinbeutel, das einen Zauber bei ihm bewirkt? Nichts, was ich unternehme, hilft ihm.« Sie hatte tatsächlich das Wort Zauber benutzt. Morgan war es kalt den Rücken hinuntergelaufen. Sie fand es schrecklich, ein solches Geheimnis zu haben, und wünschte, sie könnte Dr. Grace um Hilfe bitten, wagte es jedoch nicht. Mam hatte sie gewarnt. Mam hatte stets gesagt: »Sprich keine Flüche aus, wenn du nicht genau weißt, was passiert.« *Aber ich musste ja schlauer sein,* dachte Morgan und wand sich. Sie war so böse auf Mr Grisham gewesen, und was hatte sie damit angerichtet! Sie wusste nicht, wie sie den Fluch wieder von ihm nehmen sollte. Sie wünschte, sie könnte die Zeit zurückdrehen und zu jenem Tag umkehren, an dem sie sein Hemd von der Wäscheleine genommen hatte. Sie würde es schön dort hängen lassen!

Aber sie konnte es nicht ungeschehen machen, und dies war nun die Folge davon. Sie würde ihr Gedächtnis nach einer Möglichkeit durchforsten müssen, den Bann zu brechen. Sobald sie nach Hause käme, gelobte sie sich. Erst mal jedoch war es ein schöner Abend und der Himmel wurde an den Rändern allmählich dunkelblau. Ein blasser Stern war bereits sichtbar. Und sie war hier mit Silas. Mit ihm zusammen zu sein, bedeutete ihr alles. Jede Minute, die sie gemeinsam verbrachten, war kostbar. Die Wiese, über die sie spazierten, duftete süß und ein klein wenig nach Erde. Jedes Lebewesen trug schwer an seiner eigenen Reife. Dies war der Teil des Sommers, den sie am liebsten mochte, bevor Ende August wechselhaftes Wetter heraufzog, dessen schwüle Hitze sich wie eine feuchte Decke über die Landschaft legte. Silas hielt ihre Hand, und alle paar Sekunden wandte er sich zu ihr und schenkte ihr sein ganz spezielles Lächeln. Daher wusste sie, dass auch er aufgehört hatte, an seinen Vater zu denken.

Sie brannte vor Verlangen nach ihm. Sie konnte es kaum erwarten. Sie wollte rennen, rennen, rennen, hin zu ihrem Geheimplatz, und im Laufen die Kleider abwerfen. Aber Silas zog das Warten gern in die Länge. Er meinte, es verlängere das Vergnügen. Also trödelten sie, blieben stehen, um ein Pferd zu tätscheln, einen Strauß Rudbeckien zu pflücken, eine Familie von Kardinalvögeln bei der Futtersuche zu bewundern. Morgan fieberte vor Vorfreude. Ihr Ziel war ein Espenhain und der Teich gleich hinter den Espen. Das war ihr ganz eigenes, privates Fleckchen, wo sie sicher waren, ungestört zu sein. Der Teich war klein und von Schmuckschildkröten bevölkert, sodass niemand in ihm angelte und kein Kind ihn zum Baden benutzte. Sie hatten hier nie eine andere lebende Seele gesehen oder auch nur die Spur von ihr. Beim ersten Mal hatten sie sich in einem Wald hoher, wogender Gräser geliebt. Inzwischen waren sie so oft hergekommen, dass das Gras dort, wo sie gern lagen, nahe am Wasser, ganz platt gedrückt war. Zum Glück gab es ein Stück vom Ufer entfernt noch genügend hoch gewachsene Pflanzen, um sie vor etwaigen Passanten zu verbergen.

Auf dem Weg dorthin schien Silas ruhig und gelassen. Doch sobald sie ihren Platz erreicht hatten, sobald er sicher war, dass sie außer Sichtweite waren, veränderte er sich. Er packte sie und küsste sie heftig, drängte sich in ihren Mund, drückte sie eng an sich, damit sie seine Erregung spürte, zog an ihren Röcken, knöpfte seine Hose auf, all das begleitet von raschem Atmen und Seufzern des Entzückens. Wenn ihre Kleider abgestreift waren und er ihre nackte Haut berühren konnte, wurden seine Augen glasig vor Verlangen, und er warf seine Kleidungsstücke ab, damit auch sie ihn berührte. Einander umklammernd und küssend und streichelnd und stöhnend sanken sie auf die Knie, und dann drehte er sie auf den Rücken, stieß zuerst seine Finger in sie und dann seinen steifen, heißen Schwanz. Sie schrie laut auf und presste seine Gesäßbacken an sich, um ihn noch näher, noch tiefer in sich zu haben. Sie verlor sich so sehr in ihren eigenen Schwindel erregenden Empfindungen, dass sie kaum wusste, wer da an ihren Brustwarzen saugte, ihren Bauch küsste, jenes große, steife Ding in sie stieß. Sie wusste nur ja, ja, ja, dass sie es wollte, es wollte, es *jetzt* wollte. Sie kannte keine Scham, auch nicht, als sie sich ausrufen hörte: »Stoß fester zu, fester!« Auch nicht, als sie sich um mehr betteln hörte. Sie fühlte, wie Silas sich in ihr versteifte und anschwoll und sich sehr schnell zu bewegen begann. Eine Minute später kam er mit dem Aufschrei: »Mein Gott! Mein Gott!«, und brach schwer atmend und lächelnd über ihr zusammen.

Vor Silas hatten sich nicht viele Männer für sie interessiert. Vielleicht war das gut so. Denn nun war sie hier, ohne Ehering am Finger, nicht mal ein Eheversprechen, und ihr wurde heiß am ganzen Körper, wenn Silas sie nur anfasste; sie wandte ihm den Kopf zu und öffnete wie ein hungriger Vogel ihren Mund seinen Küssen, während ihre Gedanken weit weg flogen und ein Fieber zwischen ihren Beinen aufstieg. Was hatte sie bloß, dass sie diese Sache so gern tat, sich danach sehnte, den ganzen Tag daran dachte?

Sie glaubte, Silas zu lieben, doch was wäre, wenn sie nur eine Dirne war? Es konnte natürlich auch sein, dass Silas sie nicht liebte. Vom ersten Kuss an hatte er sie gewollt, *es* gewollt, unbedingt. Er würde alles sagen, ihr alles Mögliche erzählen, nur um ihn in sie zu stecken. Sie wusste das. Aber was war mit ihr? War sie schlecht oder nicht?

Heute war Silas besonders lieb, küsste sie auf den Hals, die Lippen, die Nasenspitze, murmelte, wie süß sie sei, wie reizend, wie wunderbar. Wie konnte sie auch nur einen Moment denken, es sei etwas Schlechtes daran, ihn zu lieben?

Morgan platzte heraus: »Ich glaube, es ist an der Zeit, dass ich dich bitte, mir einen Besuch abzustatten, Silas. Kein Mensch weiß, dass wir ... auch nur befreundet sind.«

»Na ja ... ich weiß nicht recht, Morgan. Vielleicht sollten wir die Dinge nicht überstürzen.«

»Was soll denn das heißen?«

Er wich ihrem Blick aus und rückte von ihr ab, wobei er so tat, als hätte er einen Krampf und müsste sich ausstrecken. »Was?«, beharrte Morgan.

»Na ja, Pa ist ständig hinter mir her, ich solle mich weiterbilden und so ...«

»Ist ja nicht verkehrt«, meinte Morgan. Nach einer Weile fügte sie hinzu: »Das ist doch nicht alles.«

»Na ja ... Verdammt noch mal, Morgan, guck mich nicht so an! Ich bin es schließlich nicht, der sagt, du seist ein Halbblut, und niemand wisse, woher du eigentlich kommst!«

Morgan wurde eiskalt. »Dr. Grace weiß, wo ich herkomme.«

»Ach Morgan, ich weiß, dass es dumm ist. Aber andererseits ... man kann ihm keinen Vorwurf machen, oder? Er ist mein Pa und ich bin sein einziges Kind. Man kann ihm nicht vorwerfen, dass er findet, ich solle mir ein nettes, reiches Mädchen suchen, das mir eine schöne Anwaltskanzlei kauft, wo ich an einem großen Mahagonischreibtisch sitzen und Schlips und Kragen tragen kann und nicht vor jedem Hinz und Kunz einen Kratzfuß machen muss, der ein paar Groschen übrig hat. Ach, Morgan, tut mir Leid, dass ich überhaupt was gesagt habe. Wende dich nicht ab von mir. Ich erzähle dir bloß, was Pa meint. Das ist doch nicht das, was ich empfinde, Morgan, Liebste.«

Er beugte sich nieder und gab ihr einen zärtlichen Kuss, aber sie war immer noch abgekühlt durch jenes Wort: Halbblut. Es rumorte ihr im Kopf herum – rumorte in ihrem Magen, um die Wahrheit zu sagen. Was war denn mit seinem Hass auf seinen Pa passiert? Wieso zitierte er plötzlich den Vater, der seine Frau und seinen Sohn einschüchterte, wie es ihm passte?

»Tut mir Leid, dass ich Halbblut gesagt habe«, flüsterte er ihr ins Ohr. »Das ist Pas Wort. Ich hasse es.« Er schmiegte sich an sie, drückte sie an sich, streichelte ihr über Rücken und Schenkel und sagte ihr, wie schön sie sei, wie weich ihre Haut, wie süß ihr Mund. Sie spürte, wie er wieder hart wurde, wie sie dahinschmolz. Es war so herrlich, alles zu vergessen außer dem Gefühl ihrer beider sich begegnender und vereinigender Körper.

Als sie endlich erschöpft dalagen, hatte sie ihm schon fast verziehen. Sie fragte sich, wie viele Leute in der Stadt sie wohl als Halbblut betrachteten. Würde das je aufhören?

»Morgan?«

»Mmmm?«

»Du liebst mich doch, nicht?«

»Natürlich liebe ich dich. Ich wäre nicht hier ... nicht so ... wenn ich dich nicht liebte.«

»Also ... ich muss dir was erzählen, Morgan, aber du darfst es nicht weitersagen. Versprochen?« Sie nickte. Beide setzten sich im Gras auf und zogen ihre Sachen über. Eine ernsthafte Angelegenheit erforderte Bekleidung. »Hör zu, Morgan. Es tut mir nicht besonders Leid, dass mein Pa im Sterben liegt. Es tut mir Leid, dass er leiden muss. Dr. Grace hat zu Ma gesagt, er ersticke langsam, und das muss furchtbar sein. Aber er hatte nie ein freundliches Wort für mich, und du weißt, wie er meine Ma behandelt. Ich glaube, es ist Gottes Wille, dass es ihn umgeworfen hat. Und wenn Gott ihn sterben lassen will, braucht es mir auch nicht Leid zu tun.«

Über genau dasselbe hatte sie gerade nachgedacht! Sie war so froh über seine Worte, dass es ihr herausrutschte: »Nicht Gottes Wille, Si.«

»Was meinst du damit?«

Sollte sie? Er hatte ihr etwas eingestanden. Er vertraute ihr; sie musste ihm ebenfalls vertrauen. Darum ging es doch in der Liebe: um Vertrauen. »Ich war es«, platzte sie heraus.

»Was? Wovon redest du?«

»Ich war bei euch, habe deiner Ma was gebracht, als er ganz plötzlich nach Hause kam. Ich sah, wie verängstigt sie war, wie sie vor ihm katzbuckelte, und ich sah, wie gefühllos er sie anschaute. So würde ich keinen Wolf angucken, Silas. In meiner Familie wissen wir, was man mit so einem Mann tun muss.« Er packte ihre Hand mit festem Griff und lauschte mit großen Augen. »Ich habe eins von seinen Hemden von der Wäscheleine genommen und bin damit auf den Friedhof gegangen. Dort habe ich es in sechs Stücke zerrissen und die Stücke einzeln vergraben. Dann habe ich Tabak verbrannt – indianischen Tabak, weißt du, das ist die einzige Sorte, mit der es funktioniert – und noch ein paar Flüche ausgesprochen, nur um ganz sicher zu sein.«

Sie hatte nicht genau gewusst, was sie erwartete – aber bestimmt nicht, so grob hochgezerrt zu werden. »Zieh deine Sachen an. Alle. Bring mich dahin«, sagte er mit strenger Stimme. »Ich will, dass du es mir zeigst.«

»Silas?« Die Schärfe seines Tons gefiel ihr nicht.

»Los! In wenigen Minuten wird es dunkel, und ich möchte sehen, wo du deinen indianischen Zauber praktiziert hast!«

Durch ein Kieferngehölz krachend, eilten sie zu dem alten Friedhof. Es war nahezu stockfinster, als sie dort ankamen, – und überall lasteten schwere Schatten. Sie sah, dass Silas sich fürchtete. Was war das Christentum für eine Religion, dass seine Gläubigen vor ihren eigenen toten Angehörigen Angst hatten? Unglaublich! Sie mussten sich hinkauern, um die dunklen Stellen zu finden, wo sie den Tabak verbrannt hatte. Sie konnte Silas' Züge nicht mehr deutlich erkennen, deshalb war ihr nicht klar, wie er jetzt über das Ganze dachte.

Aber dunkel oder nicht, sie erinnerte sich genau, wo sie die Hemdfetzen vergraben hatte, und grub einen Ärmel für ihn aus. »Als ich deiner Ma erzählte, dass ich es tun könnte, hättest du ihr Gesicht sehen sollen! Es leuchtete richtig auf!«

»Du bist eine verdammte Lügnerin!« Sein Gesicht war dem ihren so nahe, dass sie seinen Speichel spürte.

Sie wich zurück. »Das stimmt nicht! Ich lüge nicht!«

»Nun, diesmal lügst du, und ich will, dass du den Fluch zurücknimmst! Nimm ihn zurück! Nimm ihn weg!« Er packte sie an den Schultern und rüttelte sie. »Es ist gottlos, was du da tust! Es ist gegen die Kirche, gegen Jesus – gegen Gott! Es ist ... *Satanismus!*«

»Satan! Satan hat mit meiner Religion nichts zu tun.«

»Religion! Du nennst diesen heidnischen Kram *Religion?* Er ist böse, schlichtweg böse! Pa hatte Recht, ihr Indianer seid nichts weiter als Wilde!«

Morgan streckte die Hand nach ihm aus, doch er schüttelte sie ab. Sie flehte ihn an um Verständnis, sagte, sie wisse, dass er und seine Mutter seinen Vater hassten. Während er sprach, fing sie an zu weinen. »Dein Pa hat deine Mutter verprügelt, Silas. Er hat sie die Kellertreppe runtergeworfen. Er hat sie gegen die Wand geknallt. Er hat ihr einen Arm und ein Bein gebrochen. Was ich für deine Mutter getan habe, sollte helfen!«

»Nimm ihn weg! Den Fluch, oder was immer es ist! Mach ihn rückgängig, und zwar *jetzt!*«

Sie konnte kaum klar denken, solche Angst hatte sie vor ihm. Er war schrecklich wütend, und sie erkannte, dass sie sich ihm nie hätte anvertrauen dürfen. Immer noch weinend sagte sie: »Ich weiß nicht genau, ob ich einen Fluch rückgängig machen kann, Silas. Ich habe nur gelernt, ihn auszusprechen. Aber ich werde –«

Aus der Dunkelheit traf ein Schlag ihr Gesicht, der sie taumeln ließ. Sie stolperte über einen Stein und fiel zu Boden. Sie spürte die Hitze seines Körpers, als er sich über sie beugte, schwer atmend vor Zorn. Sie duckte sich und hielt schützend die Arme vors Gesicht. Doch es folgte kein weiterer Schlag, und sie hörte, wie er zurücktrat.

Sie erhob sich. Die ganze eine Seite ihres Kopfes tat weh und in ihrem Ohr war ein merkwürdiges Klingeln. Sie konnte immer noch nicht glauben, was er getan hatte. Der liebe, sanfte Silas, der Botanik studieren wollte. *Genau wie sein Pa.* Vorsichtig zog sich Morgan von ihm zurück; sie konnte jetzt sehen, wo er stand, eine dunklere Gestalt vor dem dunkelblauen Himmel.

»Ich gehe«, sagte sie zu ihm, die strengste Stimme ihrer Mutter imitierend. »Ich gehe nach Hause, und du solltest lieber nicht hinter mir herkommen, Silas Grisham. Denk daran, dass ich Flüche und andere Zaubersprüche kenne, und halte dich auf Abstand.«

Bei diesen Worten drehte sie sich um und bahnte sich ihren Weg aus dem Friedhof. Ihr Herz raste. Sie ging leise, auf seine Schritte lauschend. Plötzlich kam er angerannt, und seine Arme schlossen sich um sie und hielten sie fest. Sie schrie, doch dann merkte sie, dass er zitterte, und dass seine sie umschlingenden Arme sie nicht am Gehen hindern wollten. Er klammerte sich an sie – Trost suchend! – und weinte, sodass seine Tränen ihren Nacken benetzten. Sie wandte sich zu ihm, schmiegte sich in seine verzweifelte Umarmung.

»Es tut mir Leid, es tut mir Leid. Ich weiß nicht, was über mich gekommen ist. Es tut mir so Leid. Ich liebe dich. Ich liebe dich. Verlass mich nicht. Bitte verlass mich nicht. Ich werde es nie wieder tun, niemals.«

Sie war so erleichtert, so glücklich. Sie bot ihm ihre Lippen, und er nahm sie wie ein Rasender, saugte an ihnen und biss sie und zerrte an ihren Kleidern. Gemeinsam sanken sie erneut auf den Erdboden. *Er liebt mich,* dachte Morgan. *Das war nur eine Verrücktheit, die da passiert ist.* Er liebte sie, und das war alles, was zählte.

10

April 1884

Sie war eine Pequot – wunderschön, braun und hoch gewachsen, ihre Lederkleidung von reinem, blendendem Weiß, ebenso wie der große Vogel, der auf ihrem Kopf hockte. Sie war hinter Morgan her. *Aber wieso?*, dachte Morgan. *Was habe ich getan, dass sie mit solch grimmiger Entschlossenheit auf mich zuschreitet?* Morgan versuchte, rückwärts zu gehen, doch sie hatte vergessen, wie man das macht … wie seltsam! Und als sie sich umdrehte, um zu fliehen, schaffte sie auch das nicht. Ihr brach am ganzen Körper der Schweiß aus, und sie stand erstarrt da, während die Frau sich ihr näherte. Morgan konnte erkennen, dass sie zornig war.

Jäh wachte sie auf, mit klopfendem Herzen und Schweiß zwischen den Schulterblättern und unter den Brüsten. Es war nicht das erste Mal, dass sie von der Indianerin mit dem weißen Vogel geträumt hatte. Morgan wusste, wer sie war: ihre Urururururgroßmutter Bird. Bestimmt. Wer sonst konnte sie sein? Seitdem Jered Grisham im letzten Sommer gestorben war, hatte Bird sie häufig in ihren Träumen besucht. Sie wollte Morgan eine Botschaft übermitteln, und Morgan glaubte zu wissen, wie sie lautete: *Du hast die Zauberkraft deiner Vorfahren missbraucht, die dir bei deiner Geburt gegeben wurde.*

Jetzt öffnete Morgan die Augen. Einen Moment lang wusste sie nicht, wo sie war. Die Morgensonne schien nicht durch ihr Schlafzimmerfenster. Überhaupt war sie gar nicht in ihrem Zimmer im Obergeschoss, sondern zusammengerollt in dem großen Schaukelstuhl aus Boston im vorderen Salon, und draußen war es dunkel. Seit zwei Tagen war sie allein zu Hause. Dr. Grace hatte vor, fast eine Woche in Boston zuzubringen, wo sie sich mit einem ihrer Arztkollegen beriet, der wollte, dass sie sich eine neue Operationsmethode ansah und Vorträge anhörte, wovon die auch handeln mochten.

Morgan war daheim geblieben, um sich um die Patienten zu kümmern, und sie war sehr stolz, dass Dr. Grace ihr so vertraute. Allerdings war es anstrengend. Sie hatte sich nur für eine Minute zum Ausruhen in den Schaukelstuhl gesetzt, nachdem der letzte Patient des Nachmittags gegangen war. Sie musste sofort eingeschlafen sein.

Als sie den Traum zum ersten Mal gehabt hatte, hatte Morgan Bird mit lauter Stimme versprochen, keine Zauberei mehr anzuwenden. Trotzdem erschien ihr die Ahnfrau immer wieder, seit beinahe einem Jahr. Was wollte sie denn noch? Morgan war bereit, nahezu alles zu unternehmen, damit Bird wieder heimkehrte in die Welt der Geister, doch was sollte sie tun? Sie konnte Jered Grisham nicht von den Toten zurückholen.

Sie erinnerte sich nicht gern daran, wie Mr Grisham gestorben war, furchtbar, außer Stande zu schlucken und dann außer Stande zu atmen. Sie war jeden Tag mit Dr. Grace dort gewesen, an seinem Bett. Sie beobachtete, wie er sich mühte, Luft zu holen. Sie sah, wie seine Augen vor Angst und Schmerz hervorquollen, und spürte, wie sich ihre eigenen Eingeweide verflüssigten vor Entsetzen. Er verdiente es, Qualen auszustehen, versuchte sie sich zu beschwichtigen. Doch so einen schrecklichen, langsamen Tod verursacht zu haben, auch bei einem bösen Menschen wie ihm ...! Nein, nein, nie wieder würde sie so etwas probieren.

Es half nichts, dass Dr. Grace alles völlig natürlich fand. »Sie kommt nicht oft vor, diese Krankheit, aber sie kommt vor. Man kann nichts dagegen tun, nur beten. Und das hilft, wie ich festgestellt habe, auch nicht viel.« Die Ärztin grübelte noch eine Weile über die plötzlichen Fieberanfälle nach, die Chester heimgesucht hatten, überwiegend Kinder, und zwar ungefähr zur selben Zeit, als Jered Grisham darüber zu klagen begann. »War das vor oder nach dem Kirchenpicknick, Morgan?«, hatte Dr. Grace gefragt. Morgan wusste, dass es danach gewesen war, denn sie erinnerte sich sehr gut an das Picknick am Waterhouse Pond. Sie und Silas hatten sich in den Wald geschlichen, um ein abgeschiedenes Plätzchen zu finden, und waren fast von einer Gruppe Kinder auf Schatzsuche entdeckt worden.

»Nach dem Picknick«, sagte sie zu Dr. Grace, und die Ärztin meinte: »Sehr interessant.« Warum, erläuterte sie jedoch nicht. Morgan fand, Silas sollte ihr dankbar dafür sein, dass sie ihn und seine Ma von Jered Grishams grauenhafter Tyrannei befreit hatte. Na ja, vielleicht nicht dankbar. Stattdessen aber war er in letzter Zeit abweisend und merkwürdig. Sie wusste, dass er bedrückt war. Er hatte das Jurastudium aufgeben und die Schmiede übernehmen müssen, damit seine Mutter nicht verhungerte. Und sie wusste, dass er ihr auch dafür die Schuld gab.

Nicht, dass sie das alles an ihren Spaziergängen in den Wald gehindert hätte. Eigentlich war Silas eher noch erpichter auf ihre Zusammenkünfte. Oft kam er mitten am Tage, nachdem er den Gehilfen allein am Feuer gelassen hatte, und bat sie, mit ihm zu kommen. »Silas, wir haben Patienten, das siehst du doch«, sagte sie dann. Und er erwiderte: »Wir können ja einfach quer über die Straße zum Pferdestall laufen. Das dauert nicht lange, ich schwöre es.« Einmal gab sie ihm tatsächlich nach unter dem Vorwand, sie habe eine Darmgrippe. Aber sie schämte sich so, Dr. Grace angelogen zu haben, dass sie beim nächsten Mal sagte: »Nein, Si, und frag mich nie wieder. Ich will nämlich nicht, Punktum. Nicht, wenn Patienten hier sind.«

Sie versuchte zu begreifen, wie es sein konnte, dass er sie immerzu wollte und sich dann umdrehte und sie hasserfüllt anschaute. Die Sache mit seinem kranken Vater durfte sie nicht zur Sprache bringen. Sie wollte, dass er sie verstand.

Doch jedes Mal verzerrte sich sein Gesicht und nahm einen gemeinen, hässlichen Ausdruck an. Deshalb kam sie nie mit ihm ins Reine, wenn sie auch ständig daran dachte. Und davon träumte. Zwangsläufig fragte sie sich, ob Silas seiner Ma von dem Fluch erzählt hatte. Amelia war höflich zu Morgan, aber nie mehr so warmherzig wie früher.

Einmal wurde Morgan schwanger, doch natürlich wusste sie, was zu unternehmen war. Silas war sehr böse, als sie ihm sagte, dass sie guter Hoffnung sei, und offensichtlich erleichtert, als sie es loswurde. Er, der immer gemeint hatte, was Gott gab, solle man behalten. Sie wünschte, sie könnte mit Mam über die ganze Angelegenheit sprechen. Annis Wellburn würde wissen, worum es wirklich ging. Ihre Mutter hatte stets die Fähigkeit gehabt, irgendwelches Blabla zu durchschauen. Doch Mam war nicht hier und Morgan würde nicht zu dem Haus in den Hügeln zurückkehren. Sie wusste sehr wohl, dass ihr Silas' Betragen nicht gefiel, kein bisschen. Wenn sie es zuließ, hörte sie sich selbst sagen: *Trenn dich von ihm. Er meint es nicht gut mit dir*. Das war ihr klar. Aber es war so angenehm, sich wie eine normale junge Frau vorzukommen, um die ein junger Mann wirbt. Nach all den Jahren als Außenseiterin war sie nicht willens, das Gefühl, wie andere Mädchen begehrt zu werden, so schnell aufzugeben. Und zu ihrem größten Verdruss genoss sie die andere Seite ebenso sehr wie er. Sobald sie ihn erblickte, war sie bereit. »Als ob du immer läufig wärst«, pflegte er lachend zu sagen. »Na, ich beklage mich nicht, bestimmt nicht, wenn ich hier auf Erden den Himmel gefunden habe.«

Oh Gott, er würde bald hier sein und an der Küchentür kratzen. Er hatte ihr Bett erst kurz vor Tagesanbruch verlassen, und auch dann hatte sie ihn praktisch hinausschubsen müssen. Es war, als legte er es darauf an, erwischt zu werden. Doch falls jemand sie beide sah, dachte Morgan mit Bitterkeit, wäre sie es, die man verunglimpfen und meiden würde, nicht Silas Grisham. Sie gelobte sich, dass sie ihn, wenn er nicht vorsichtiger wäre, einfach nicht einlassen würde. Aber sie wusste, dass das prahlerisches, dummes Geschwätz war. Sie würde ihm nie widerstehen können.

Dr. Grace hatte ihr vor ihrem Aufbruch nach Boston gesagt, sie wolle, dass Morgan bei ihr in der Praxis bliebe und ihre Partnerin würde. Sie meinte, sie wolle Morgan Medizin studieren lassen, damit sie ihren Doktortitel erhielte. Man stelle sich vor, Dr. Morgan Wellburn zu sein! Es ließ ihr Herz vor Glück schwellen. Sie hatte vorgehabt, Silas die gute Nachricht mitzuteilen, sobald sie ihn sah. Wenn sie erst einmal Ärztin war, wäre sie reich genug, um ihm ein ordentliches Geschäft zu kaufen. Er verabscheute die Schmiede, verabscheute die schwere Arbeit und die Hitze und den Schmutz. Er würde sich freuen zu erfahren, dass er vielleicht bald davon befreit wurde. Doch da Dr. Grace weg war und das Haus ganz ihnen gehörte, hatte er nur eines im Kopf, und das war nicht Konversation. Also wusste er immer noch nichts.

Sie aß den von Mrs Wainwright übrig gelassenen Eintopf und schnitt sich gerade ein Stück Biskuitkuchen ab, als sie ein lautes Klopfen hörte, das ganz und gar nicht nach Sis vorsichtigem Gekratze und Gescharre klang. Ein sehr nervös wirkender Otis Marshall stand vor der Tür. »Es ist so weit, Miss Morgan. Eleanor hat gesagt, ich soll Sie sofort holen.« Morgan packte schnell ihren Medizinbeutel, wusch sich Hände und Gesicht und griff nach einem Wollschal. Der Buggy wartete schon. Sie kletterte hinein, und das Pferd trabte fast unverzüglich los.

Es war eine schwere Geburt. Der Kopf des Kindes war zu groß für Eleanors schmales Becken, und sie hatte fürchterliche Schmerzen, obgleich sie sich redlich bemühte, nicht zu schreien. Als die arme Frau allmählich schwächer wurde und nach Luft rang, wurde Morgan klar, dass sie diesmal etwas anderes ausprobieren musste. Sie gab Eleanor ein starkes Mittel, um den Schmerz zu lindern und forderte sie dann auf, aus dem Bett zu steigen und sich hinzuhocken.

»Wie eine Indianersquaw?«, fragte Eleanor beleidigt. »Ach, du meine Güte, Morgan, tut mir Leid. Du hast mich bloß überrascht.« »Wie eine Indianerin. Das macht die Entbindung leichter, ich verspreche es Ihnen.«

Keine Stunde später presste Eleanor unter halb schmerzerfülltem, halb triumphierendem Kreischen und Schreien den Kopf ihres Kindes ins Freie, und einen Moment darauf hatte Morgan den ganzen Körper in den Händen. Die Dellen in seinem weichen Schädel waren blut- und schleimverschmiert, doch es war ein wunderschöner Junge. Sie hielt ihn mit dem Kopf nach unten, um die Flüssigkeit aus seinen Nasenlöchern abfließen zu lassen, gab ihm dann einen Klaps, und er fing an, laut loszuquäken.

Beim Klang dieses Geschreis kam Otis hereingestürzt. »Was im Namen des Allmächtigen machst du da auf dem Fußboden, Eleanor?«, rief er.

»Scheren Sie sich nicht darum«, sagte Morgan munter. »Helfen Sie ihr ins Bett. Dann stelle ich Sie Ihrem Sohn vor.«

»Ein Sohn! Gott sei gepriesen!«

»Otis, bitte. Hilf mir auf, Schatz. Ich bin zu schwach, um allein hochzukommen.«

»Ach, meine liebste Eleanor, selbstverständlich. Hier, mein Engel, hier, ich decke dich schön zu. So. Und nun, Miss Morgan, Otis Junior, wenn Sie gestatten.«

»Aber wir haben uns doch auf Henry geeinigt, Schatz ... Ach, egal. Dann heißt er eben Otis junior.«

»Otis Henry«, sagte der frisch gebackene Vater würdevoll. »Otis Henry Marshall.«

Bis Morgan zu Hause war, wusste ganz Chester, wo sie die Nacht über gewesen war, und dass Eleanor Marshall endlich einen Erben produziert hatte. Morgan war so müde, dass ihr fast die Augen zufielen. Der Gedanke an ihr Bett war wie eine goldene Verheißung.

Benommen stieg sie die Treppe hoch, schälte sich aus ihren Kleidern und sank ins Bett. Falls Silas anklopfte, würde sie ihn nicht hören. Er würde böse auf sie sein. Nun, was soll's, dachte sie, und schlief ein.

Als sie aufwachte, kletterte sie aus dem Bett, streckte sich ausgiebig und war sehr zufrieden mit sich selbst. Sie hatte das riesige Baby erfolgreich zur Welt gebracht und obendrein der Mutter das Leben gerettet. Otis Marshall hatte ihr die Hand geküsst und sie eine Heldin genannt, und das war sie auch! In der kühlen Morgenluft ein wenig zitternd, wusch und kleidete sie sich sorgfältig. Sie würde Ärztin sein, eine richtige Ärztin. Dr. Morgan würde ihren guten blauen Rock anziehen und die weiße Hemdbluse mit dem blauen Kragen. Dr. Morgan würde blank polierte, ordentlich zugeknöpfte Stiefel tragen. Und dann würde Dr. Morgan in die Küche hinuntergehen und sich Speck mit Eiern und ungefähr ein Pfund Toast machen. Sie war heißhungrig!

Am selben Abend, es war schon nach Mitternacht, wurde Morgan von hysterischem Geschrei vorm Haus geweckt. Sie öffnete ein Fenster, beugte sich hinaus und rief: »Hier bin ich! Was ist los?« darauf die verzweifelte Antwort: »Kommen Sie schnell! Klein-Otis stirbt! Sie müssen was unternehmen!«

Silas lag flach auf dem Rücken in Morgans Bett und schnarchte laut. Morgan sprang aus dem Bett und in ihre Kleider. Dann schüttelte sie ihn. »Silas! Wach auf! Es ist schon bald Morgen und ich muss zu den Marshalls. Sobald ich weg bin, gehst du. Silas, hörst du? Wag ja nicht einzuschlafen, hörst du?« Silas grunzte und wälzte sich schlaftrunken herum. Voller Abscheu wandte sie sich ab, griff nach ihrem Medizinbeutel und rannte die Treppe hinab.

Sie kletterte hinter Otis aufs Pferd und hielt sich an seinem

Gürtel fest, während er losgaloppierte. Beim Reiten rief er ihr die Neuigkeiten zu. Eine seiner Schwestern hatte Klein-Otis heute Morgen versehentlich mit einer Nadel gestochen, und er blutete und blutete aus einer winzigen Wunde. Sie benutzten Spinnweben, wie Morgan es ihnen beigebracht hatte, und schließlich hörte es auf. Aber jetzt wurde er immer schwächer, dabei war nichts passiert, überhaupt nichts. Zwar war er aus dem Bett gefallen, als seine Mutter ihm den Rücken zudrehte, aber dabei konnte er sich nicht verletzt haben, denn er war auf einem Kissenstapel gelandet. »Er schrie furchtbar laut, und auf einmal hörte er auf zu schreien und sah ganz komisch aus. Zu Hause sind sie alle hysterisch. Doch ich habe zu ihnen gesagt, Morgan hat heilende Hände. Sie bringt ihn schon wieder in Ordnung. Stimmt's nicht, Miss Morgan?«

Die Wahrheit war, dass sie es nicht wusste. Dr. Grace würde erst morgen früh zurück sein. Morgan wünschte, sie wäre bereits hier. Aber es hatte keinen Sinn, sich das Unmögliche zu wünschen. Sie musste tun, was in ihrer Macht stand. Sie könnte dem Baby Sassafras geben, der bekanntlich das Blut kühlte – oder auch das Gegenteil bewirkte. Nichts war gewiss. Die Medizin, die bei einem Menschen anschlug, konnte für einen anderen schlecht sein, das wusste jeder. Manchmal kam es auch darauf an, ob der Mond zu- oder abnahm. Vage erinnerte sie sich, etwas über so genannte »Bluter« gehört zu haben. Doch sie entsann sich beim besten Willen nicht, was das gewesen war, oder was man dagegen tun konnte.

Klein-Otis sah gar nicht gut aus. Seine Haut hatte einen gräulichen Ton, und seine zarten Glieder waren schlaff und reglos, teilweise geschwollen und voller blauer Flecken. Brust und Rücken wiesen ebenfalls Prellungen auf, obwohl er auf einen weichen Stapel Daunenkissen gefallen war. Morgan war mit ihrem Latein am Ende. Nichts, was ihre Mutter oder Dr. Grace sie gelehrt hatten, konnte diesem Kind helfen. Es blutete nicht mehr, sah aber trotzdem so aus. Der Junge siechte dahin, Minute für Minute. Die einzige Ursache dafür, die sie sich vorstellen konnte, war ein Fluch. Aber wer sollte ein neugeborenes Kind verfluchen, das von seinen Eltern so ungeduldig erwartet worden war?

Da kam ihr plötzlich ein Gedanke. Wenn sie nun einen bösen Zauber mit sich brachte? Nein, das konnte nicht sein. Sie *wollte* nicht, dass es so war. Sie legte das Baby in warmes Wasser und dann in kaltes. Sie massierte seine armen kleinen Gliedmaßen, was ihn zum Heulen und Schreien veranlasste, und schaute die ganze Zeit zu, wie er immer schwächer wurde. Schließlich starb er. Mit Tränen in den Augen wandte sie sich den Eltern zu, um es ihnen mitzuteilen.

In der hysterischen Frau, die Morgan eine dreckige Wilde nannte und mit Fäusten auf sie einschlug, war kaum noch die freundliche Eleanor Marshall wieder zu erkennen. »Babys umbringen, das ist alles, was ihr könnt! Unschuldige Babys umbringen!« Otis zog Eleanor weg und hielt sie fest. Er sagte gar nichts, ließ sie einfach zetern und kreischen. Morgan war schockiert und verletzt, doch sie fand nicht die Kraft, sich zu behaupten. Sie schlich sich aus dem Haus der Marshalls und ging langsam die Straße entlang heimwärts. Ein paar Minuten später galoppierte Otis Marshall, unterwegs in die Stadt, sie knapp verfehlend, an ihr vorbei. Als sie zu Hause ankam, stand dort bereits eine brüllende und johlende Menschenmenge. Ein paar Leute schleuderten Steine nach ihr, von denen sie einer an der Schulter traf. »Babymörderin!«, hörte sie. »Indianerhexe!« »Squaw!« »Halbblut!«

Wo waren all die, denen sie geholfen hatte, seit sie hier war? Sie hatte Rheumatismus gelindert und Kinder entbunden und Knochen gerichtet und Fieber gesenkt. Und jetzt war sie eine Squaw und eine Hexe? Gestern waren sie noch in die Praxis gekommen und hatten geduldig darauf gewartet, dass sie sich um sie kümmerte. Heute waren sie bereit, sie zu steinigen.

Nichts in ihrem Leben hatte sie je so verletzt. Sie ging ins Haus und saß die ganze Nacht weinend im vorderen Salon im Schaukelstuhl. Es dauerte lange, bis der Mob des Geschreis überdrüssig war und selbst nach Hause aufbrach.

Am nächsten Morgen spannte Morgan, die immer noch schrecklich traurig war und sich verraten fühlte, das Pferd vor den Buggy und fuhr zum Schiffsanlegeplatz, um Dr. Grace abzuholen. Gewöhnlich fand sie die geschäftige Szenerie am Pier faszinierend: Seeleute, die Waren abluden, gut gekleidete Passagiere, die ankamen, andere, die sich vor der Abfahrt verabschiedeten. Aber heute war sie von einer vagen Furcht erfüllt. Sie hatte wieder von ihrer Ahne geträumt, konnte sich jedoch nicht an den Traum erinnern.

Dr. Grace musste etwas an ihrer Haltung aufgefallen sein, denn sowie sie sich sahen, fragte sie: »Was ist los, Morgan?« Morgan öffnete den Mund und fing an zu weinen. Dr. Grace griff nach ihrer Hand und drückte sie. »Ich lenke den Buggy«, sagte sie, »und du erzählst mir die ganze Geschichte.«

Es war solch ein Trost, von den traurigen Ereignissen zu berichten. Morgan war gerade bei dem Teil angelangt, wo Klein-Otis immer schwächer wurde und anscheinend nichts dagegen zu tun war, als sie in die weite Kurve bogen, die zum Cove führte. Dort hatte sich mitten auf der Straße vor Silas' Schmiede eine große Menschenmenge versammelt. Morgan hörte auf zu sprechen. Angst ergriff sie.

Amelia Grisham, die blass, aber entschlossen aussah, trat vor den Buggy und zwang die beiden anzuhalten. »Dr. Grace, Sie sind ein feiner Mensch, und wir lieben Sie. Aber Sie müssen sich diese Wilde vom Hals schaffen, bevor sie uns alle umbringt«, verkündete sie, das Gesicht in grimmige Falten gelegt.

»Was soll das? Haben wir nicht schon viele Babys kurz nach der Geburt sterben sehen, und keiner wusste, warum?« Dr. Graces Stimme zeigte keine besondere Gemütsbewegung.

»Diesmal ist es anders. Ich *weiß* es.« Amelia kniff die Lippen zusammen. »Mehr kann ich nicht sagen. Hier hören unschuldige Kinder zu. Aber diese Frau ist eine Hexe. Seien Sie gewarnt.« »Ach, Unsinn!«, schnauzte Dr. Grace, die Geduld verlierend. »Und schämen Sie sich, Amelia Grisham, solche Dummheiten zu verbreiten!« Sie schnalzte und das Pferd lief los. Während sie weiterfuhren, ertönten Rufe wie »Hexe!«, »Squaw!« und sogar »Tochter Satans!«

»Morgan, ich rate dir, gar nicht hinzuhören. Sie sind alle erregt, weil Ameha sie aufgehetzt hat. Du weißt doch, dass man es in New England immer noch liebt, hinter jedem Busch eine Hexe zu entdecken.« Sie sprach leichthin, als ob das überhaupt nichts wäre, Morgan dagegen war am Boden zerstört. Wie schnell sie sich alle ihr gegenüber gewandelt hatten! Es war beängstigend. Und Silas ... wo war Silas gewesen, als seine Mutter sie beschimpfte?

Morgan brauchte keine Patienten mehr zu empfangen. »Nur ein paar Tage, bis sich dieses Geschwätz gelegt hat«, sagte Dr. Grace. Morgan verbrachte den Tag oben mit dem Versuch zu lesen, doch sie konnte nicht. Sie vermochte den Gedanken, die ihr im Kopf umherschwirrten, keinen Einhalt zu gebieten. Und um die Wahrheit zu sagen, schaute sie in Wirklichkeit aus dem Fenster, um zu sehen, ob Silas die Straße entlangkam. Es war fast dunkel, als sie ihn anreiten hörte. Mittlerweile saß sie, in einen Schal gehüllt, auf der Veranda. Der Abend war schön und recht warm, aber sie fror bis auf die Knochen.

»'N Abend, Morgan«, sagte Silas. Er trat nicht auf sie zu, sondern blieb am Rande der Veranda bei der Treppe stehen, als wäre er bereit, Reißaus zu nehmen beim ersten Anzeichen von ... was?, fragte sie sich.

»Guten Abend, Silas.«

»Äh ... tut mir Leid ... was passiert ist.« Er hielt inne, wartete vielleicht darauf, dass sie sagte, es sei schon in Ordnung. Aber nichts war in Ordnung, und sie würde nichts sagen, bevor sie wusste, was er wollte. »Meine Mutter … sie … na ja, sie weiß Bescheid über … du weißt schon.«

Morgan vermutete, dass er mit »du weißt schon« den Fluch auf dem Friedhof meinte. »Das wusste deine Mutter die ganze Zeit, Silas. Ich habe ihr genau gesagt, was ich tun könnte. Sie sagte zwar nicht: ›Los, tu es‹, doch eine Wilde hat sie mich auch nicht genannt.«

»Ach, Morgan …« Seine Stimme verklang und er veränderte seine Haltung. »Weißt du, mit den Leuten ist nicht zu reden, wenn sie sich erst mal eine Meinung gebildet haben. Und über dich haben sie sich alle eine Meinung gebildet.«

»Und du glaubst ihnen.«

»Nein, ich glaube ihnen nicht … jedenfalls nicht alles. Aber, Morgan«, fügte er mit lauter werdender Stimme hinzu, »du hast Kräfte, die normale Menschen nicht haben. Ich habe schon überlegt, ob du mich wohl verhext hast, weil ich immer solche Sehnsucht nach dir habe.« Er begann zu flüstern. »Jetzt zum Beispiel, genau in dieser Minute, würde ich dich gern von der Veranda holen und in den Pferdestall tragen und –«

»Ja, ich weiß, was du möchtest«, meinte Morgan kühl. »Und ich möchte es auch.«

»Na dann«, sagte Silas in völlig verändertem Ton, »lass uns gehen, Morgan. Ich brenne vor Verlangen nach dir.«

»Das weiß ich. Aber Silas, sag mir, liebst du mich? Würdest du mich jemals heiraten?«

»Na ja … im Moment muss ich … wie soll ich das Ma beibringen, so, wie sie über dich denkt? Sei vernünftig, Morgan, damit müssen wir warten. Wir können uns ja trotzdem treffen …«

»Bei Nacht, im Dunklen?« Merkwürdig, wie weit weg sie sich von ihm fühlte und von dem, was er sagte.

»Nun … bis sich alle beruhigt haben … Komm her, Morgan, ich sterbe vor Verlangen nach dir. Es fühlt sich genauso an wie eine von den Eisenstangen in der Schmiede.« Seine Stimme klang erstickt vor Lust.

Morgan erhob sich von ihrem Schaukelstuhl und ging zu ihm. Sofort schlossen sich seine Arme um sie, eine Hand auf ihrem Gesäß, sie an sich drückend, die andere nach ihrer Brust tastend. Sein offener Mund presste sich drängend auf den ihren und er stöhnte leise. Morgan empfand nichts. Sie stieß ihn von sich und sagte: »Nein, Silas.«

Er, heiser: »Was meinst du damit – nein?«

»Ich meine nein. Nicht mehr, Silas. Nicht mehr. Du hast mich die ganze Zeit zum Narren gehalten. Das erkenne ich jetzt. Du liebst mich nicht!«

»Um Himmels willen, Morgan! Das ist jetzt dein zweiter Mord. Was ist, wenn ich dich eines Tages ärgere? Verfluchst du mich dann auch?«

»Bestimmt, wenn du weiter so redest«, sagte Morgan. Sie war nicht allzu überrascht, als er ihr eine Ohrfeige gab. Sie schenkte ihm ein eisiges Lächeln und sagte leise: »Wie der Vater, so der Sohn.« Ein Geräusch entwich seiner Kehle. Sie spürte, wie er gegen den Drang ankämpfte, sie erneut zu schlagen, und dachte: *Los doch, Silas, los doch. Ich werde dafür sorgen, dass du leidest.* Einen Augenblick später wirbelte er herum und sprang von der Veranda.

Morgan ging mit brennenden Wangen und wehem Herzen ins Haus. Es gab hier keinen Platz für sie. Dr. Grace, auf dem Weg ins Bett, stand am Fuß der Treppe.

»Silas?«, fragte sie, und Morgan sagte, in Tränen ausbrechend: »Da sehen Sie mal, wie schnell sie mich als nichtsnutziges Halbblut betrachten! Das haben sie hinter ihrem süßen Lächeln und Dankeschön doch schon immer getan. Im Grunde ihres Herzens haben sie gedacht: ›Natürlich kann sie zaubern, sie ist schließlich eine Wilde. Sie ist ja keine richtige Christin. Sie ist nicht wirklich eine von uns. Also muss sie böse sein, stimmt's? Eine Hexe!‹ Ich habe alles getan, was ich konnte, um Mrs Marshalls Baby zu retten! Es kam völlig gesund zur Welt! Ich habe ihm nichts getan!«

»Das weiß ich. Ich bin sicher, dass du alles versucht hast. Babys sterben nun mal, Morgan, ohne dass irgendeine Medizin ihnen helfen kann. Mach dir deswegen keine Sorgen, hörst du? In ein, zwei Wochen hat sich dieser Sturm im Wasserglas gelegt und die ganze Sache ist vergessen.«

»Vergessen?«, sagte Morgan. »Vergessen? Nicht von mir!« Sie drehte sich um und lief den Flur entlang durch die Küche hinaus auf die Straße, Dr. Graces Rufe ignorierend. Sie musste weg von hier, weg von all dem Hass, weg von *ihm.* Weg, so weit weg wie möglich!

11

April und Anfang Mai 1884

Als sie zu müde war, um sich auch nur einen Zentimeter weiterzubewegen, setzte sich Morgan unter den nächsten Baum neben der Straße. Sie hatte keine Ahnung, wo sie sich befand, und es war ihr auch egal. Sie war so wütend auf ganz Chester, vor allem auf den Feigling Silas Grisham, dass sie kaum wusste, welche Richtung sie eingeschlagen hatte, aber sie vermutete, dass sie auf dem Weg nach Deep River war. Das war ihr nur recht. Jeder Ort außer Chester war ihr recht. Sie war froh, dass sie den Wollschal umhatte; die Nacht war kalt und feucht. Sie wickelte den Schal fest um sich und lehnte sich an die raue Baumrinde. Sie war sicher, dass sie kein Auge zutun würde.

Da hatte sie sich geirrt. Als sie aufwachte, brach bereits der Morgen an. Der Himmel leuchtete dunstig-hell. Sie hatte wieder mal von Bird geträumt, ein Traum voller Warnungen und Bitten. Aber so sehr sie es auch versuchte, die Details fielen ihr nicht ein und verblassten, bis sie sich an nichts mehr erinnern konnte außer einen Geruch. Und selbst den wusste sie nicht einzuordnen. Tiefer im Wald stieß sie auf einen Bach, wo sie sich das Gesicht wusch und das Haar benetzte, um es zu glätten. Ohne Spiegel und Bürste konnte sie es nicht hochstecken, deshalb flocht sie es zu einem dicken Zopf. Die Leute dachten, so trügen Indianersquaws ihr Haar. Morgan wusste es besser, weil Annis ihr erzählt hatte, dass Pequot-Frauen ihr Haar zurückbanden, sodass es wie ein Pferdeschwanz aussah, oder es offen trugen.

Der Tag war kühl und windstill; nur wenige dünne Wolken zogen über den Himmel – gutes Wetter zum Laufen. Sie bahnte sich ihren Weg durch den Wald und pflückte Pilze zum Frühstück. Wie gern hätte sie eine Tasse Tee gehabt! Wie gern hätte sie sich unter der Steppdecke in ihrem Zimmer verkrochen! Wenn sie doch nur die Uhr auf letzte Woche zurückstellen könnte, als sie noch glaubte, sie würde eine richtige Ärztin werden und vielleicht sogar Silas Grisham heiraten! Wenn sie Menschen verfluchen und zaubern konnte, wie sie alle dachten, warum war sie dann hier, wanderte im Wald umher und versuchte rauszukriegen, was sie mit sich anfangen sollte, während die anderen sich sicher und bequem in ihrem behaglichen Leben eingerichtet hatten?

Was sollte sie tun? Es wäre leicht, einfach umzukehren, nach Hause zu gehen und so zu tun, als wäre nichts geschehen. Dr. Grace hatte wahrscheinlich Recht: Der Aufruhr wäre vergessen, sobald sich der nächste Skandal abzeichnete. Sie hätte Dr. Grace als Beschützerin; niemand würde es wagen, sie *allzu* schlecht zu behandeln. Aber wollte sie so leben? Vorsichtig sein, immer höflich und mit angespannten Nerven, weil sie darauf wartete, dass irgendjemand sich entsann und die Tode zur Sprache brachte? Nein, befand Morgan, das wollte sie nicht. Sie musste weg aus Chester. Tränen traten ihr in die Augen bei dem Gedanken, Dr. Grace und das schöne

Haus und Mrs Wainwright und das alles zu verlassen. Dr. Grace war ihr eine zweite Mutter geworden. Wenn sie *diese* Mutter verließ, gab es keinen Zorn, der ihr dabei als Antrieb diente. Nur eine große Leere, eine Lücke.

Sinnlos, sich selbst zum Weinen zu bringen, dachte Morgan und drängte die Tränen zurück. Sie würde tun, was getan werden musste. Als Erstes würde sie nach Chester gehen und Dr. Grace ihren Entschluss mitteilen. Sie brauchte ihren Medizinbeutel, und Dr. Grace hätte bestimmt nichts dagegen, dass sie ein, zwei Kleider einpackte und ein paar weitere Besitztümer: ihre hübschen Nachthemden und den Handspiegel und die Haarbürste aus Zinn, die sie letzte Weihnachten bekommen hatte.

Sie wusste nicht genau, wohin die Pfade führten, die durch den Wald verliefen, kannte nicht einmal alle der viel befahrenen Straßen. Sie folgte einer Straße, die sie wieder zu erkennen glaubte, doch nach einer Weile roch sie den Fluss nicht mehr. Also wandte sie sich nach Osten, der Sonne zu. Plötzlich fiel ihr ihr Kanu ein. Sie würde es auf Lecks oder verrottete Stellen überprüfen müssen. Sie hatte bisher noch gar nicht daran gedacht; aber welche bessere Möglichkeit gab es, eine andere Ortschaft zu erreichen?

Wenig später wurde ihr klar, dass sie zu weit gelaufen war, denn sie konnte zwar den Fluss riechen, war jedoch an keinem der ihr vertrauten Häuser außerhalb Chesters vorbeigekommen. Sie musste flussabwärts in Richtung Deep River gegangen sein. Sie hörte die Geräusche eines mächtigen Tumults: Geschrei und Kirchenglocken, die Sturm läuteten, als ginge die Welt ihrem Ende entgegen. Und dann stieg ihr ein Hauch in die Nase von … wovon? … gebratenem Fleisch? Nicht ganz. Es war ein Geruch, von dem ihr sehr unbehaglich wurde – war es derselbe wie in ihrem Traum? Am Ortsrand erblickte sie drei vierzehn- oder fünfzehnjährige Mädchen, die, dicht aneinander gedrängt, aufgeregt schnatterten.

»Verzeihung. Was ist passiert?«

»Oh Miss, es ist schrecklich, einfach schrecklich!«

»Eins von den großen Booten –«

»Dampfer, Maggie, nicht Boot. Einer von den großen Dampfern ist in die Luft geflogen.«

»In die Luft geflogen? Aber … wie das?«

Das Mädchen, das wusste, dass es sich um einen Dampfer handelte, sagte: »Der Kessel ist explodiert. Das Schiff wollte eben anlegen, und die Passagiere waren draußen an Deck, und ihre Verwandten erwarteten sie am Kai, und auf einmal: bumm! Plötzlich stand alles in Flammen!«

»Die Leute verbrennen und schreien … oh, es ist entsetzlich! Und alle rennen umher und heulen und weinen!«

»Dann werde ich hingehen und gucken, ob ich helfen kann«, meinte Morgan. »Da drüben?« Sie zeigte nach Osten.

»Ja, Miss. Aber sie werden Sie nicht ranlassen. Das wissen wir, weil wir es auch versucht haben. Sie scheuchten uns weg und sagten, wir sollten nach Hause zu unserer Mama gehen.«

Morgan schaute dem Mädchen offen in die Augen. Sie sah intelligent aus, klein und blond und vernünftig. »Wolltet ihr nur dorthin, um zu gaffen und zu tratschen? Oder dachtet ihr, ihr könntet vielleicht helfen?«

»Also, *ich* wollte schon gucken, ob ich etwas tun könnte. Doch sie –«

»Sie ließen dich nicht, ich weiß. Aber ich bin … Ärztin. Dr. Wellburn. Ich bin sicher, sie werden es mich versuchen lassen. Führ mich hin, dann sage ich, du bist meine Gehilfin. Ihr anderen … euch würde es bestimmt den Magen umdrehen. Wollt ihr trotzdem mitkommen?«

Sie verneinten dankend. Morgan wandte sich der Blonden zu, und gemeinsam gingen sie rasch auf die Anlegestelle von Deep River zu.

»Ich heiße Jane Morgan«, sagte das Mädchen.

Morgan lachte. »Und ich heiße Morgan Wellburn. Da sollten wir ja ein richtig gutes Team abgeben, wenn wir beide denselben Namen haben.«

Unterwegs trafen sie immer wieder Leute, die versucht hatten, in die Nähe des Unfallorts zu kommen, sowie solche, die es geschafft hatten und sich angeekelt abwenden mussten. Menschen irrten umher, ohne zu wissen, wohin sie gehen oder was sie tun sollten. Morgan hielt bei jeder kleinen Gruppe an und stellte Fragen, bis sie sich ausmalen konnte, was vor ihr lag.

Als sie den Namen des Dampfers vernahm, lief es ihr kalt den Rücken hinunter. *Water Bird*, das Schwesterschiff von *Water Witch* und *Water Queen*, das von Hartford nach Brooklyn und New York fuhr. Das musste die Botschaft jenes Traums gewesen sein, den sie heute Morgen so schnell vergessen hatte. Sie sollte die beschädigte *Water Bird* finden. War das nicht ihr eigener Name in der Sprache der Alten? Eine Art sprudelndes Gefühl stieg in ihrer Brust hoch. Irgendwie hing ihre Zukunft davon ab, dass sie jetzt hier und nirgendwo anders war.

Sie erfuhr, dass mindestens vier Seeleute und etliche Passagiere schwere Verbrennungen erlitten hatten. »Der Doktor sagt, es sei hoffnungslos«, berichtete ihr ein atemloser Matrose. »Er trägt Butter und Schweineschmalz auf, doch es geht ihnen immer schlechter, und sie schreien nur noch, dass sie sterben wollen. Es ist schrecklich, schrecklich!«

Während sie sich dem Hafen näherten, wurde der Geruch stärker. Inzwischen wusste Morgan natürlich, wo er herrührte: von verbranntem menschlichem Fleisch. Sie erschauerte. Blitzartig trat ihr ein Bild aus dem Traum der letzten Nacht vor Augen … schwelende Flammen … das Schimmern von Wasser … Und dieser Geruch. Aha. Die Geister sprachen also wirklich mit ihr, wenn auch auf andere Weise als mit Becky. *Davon muss ich Dr. Grace erzählen,* dachte sie. Aber dann fiel ihr ein, dass sie beabsichtigte, Dr.

Grace zu verlassen, und sie fühlte sich plötzlich sehr einsam. Zusammen mit Jane Morgan drängte sie sich durch die Menschenmenge. Man hatte die Patienten auf den Kai gelegt, und ein gequält aussehender Mann mit kurzem Bart kniete neben einem von ihnen und rief nach mehr Fett, und zwar rasch! Morgan wusste genau, dass Verbrennungen möglichst mit Essig oder, falls es keinen gab, mit kaltem Wasser behandelt werden mussten. Aus Schlamm ließen sich gute Packungen machen, bis etwas Besseres zur Verfügung stand. Dem Arzt schien nicht klar zu sein, dass sich das Heilmittel, das er benötigte, direkt unter seinem Knie befand. Dank der Rufe »Ich bin Ärztin, Ärztin« und »Doktor im Anmarsch!« gelangten Morgan und ihre Gehilfin auf den Kai. Morgan fragte, wo sie den Kapitän des Schiffs finden könne, und jemand zeigte auf einen großen, blonden Mann mit lockigem Haar. »Captain Walter Prentiss«, informierte man sie.

Morgan packte Jane bei der Hand und marschierte geradewegs auf ihn zu.

»Ich bin Heilerin«, sagte sie, nachdem er auf sie aufmerksam geworden war. »Ich praktiziere gemeinsam mit Dr. Grace Chapman drüben in Chester. Morgan Wellburn ist mein Name, und ich weiß, was man bei schweren Verbrennungen unternimmt.«

»Gott sei dank«, meinte Captain Prentiss inbrünstig. »Dr. Bolton sagt nämlich, er habe alles getan, was er kann. Was brauchen Sie, Miss Wellburn?«

»Bananenblätter, eine Menge, und Ulmenrinde. Und Essig. Und weichen, sehr leichten Stoff für Verbände.«

»Sie bekommen alles, was Sie benötigen«, sagte der Kapitän. Er wandte sich einer kleinen Gruppe von Matrosen zu. »Ihr da ...«, bellte er. »Diese Dame ist Ärztin. Ihr holt, was sie euch aufträgt.«

»Jawohl, Sir.« Sie gab ihre Anweisungen und sie zogen los.

Auf einmal war Morgan vollkommen ruhig. Sie ging zwischen den armen leidenden Seelen hindurch, die dort auf der Mole lagen, und machte sich im Geiste Notizen über ihre Verbrennungen. Sie hatte noch nie dergleichen gesehen, nicht bei einem Lebenden. Sie krempelte die Ärmel hoch und kniete sich hin, um sie zu untersuchen. Böse Brandwunden, Verbrühungen, an manchen Stellen fast gar keine Haut mehr. Sie stürzte sich sofort in die Arbeit, bat um warmes Wasser, in dem sie etwas von der Ulmenrinde einweichte – sie und die Bananenblätter waren wie durch Zauberhand plötzlich da. Die Mischung verband sich schnell zu einer klebrigen Masse, mit der sie die schlimmsten Verbrennungen abdecken wollte. Oberflächliche Wunden würde sie mit kaltem Wasser und anschließend Essig auswaschen. Aus Bananenblättern machte sie Breiumschläge. Jane war an ihrer Seite und befolgte ihre Instruktionen. Stöhnen und Schreie erfüllten die Luft, doch Morgan hörte sie kaum. Sie hatte eine Aufgabe zu erfüllen, sodass alles um sie herum, außer dem, was zu tun war, in den Hintergrund trat.

Bei einem Mann, der sich erbärmlich wand und ächzte, war das halbe Gesicht verkohlt: Sie konnte sich kaum überwinden, es anzuschauen, doch sobald sie es tat, wusste sie, dass er verloren war. Sie brauchte ein wirkungsvolles Schmerzmittel. »Jane, bitte den Kapitän um starken Schnaps, den stärksten, den er hat.« Das Mädchen rannte los und kehrte mit einer Flasche zurück. Beruhigende Worte murmelnd, goss Morgan dem Patienten den Whisky in die Kehle, dann mehr und noch mehr. Nach wenigen Minuten wurde sein Stöhnen ein bisschen leiser und sie rückte von ihm ab. Mehr konnte sie nicht für ihn tun. Jane, nach wie vor an ihrer Seite, war bei seinem Anblick ziemlich bleich geworden. Morgan kam der Gedanke, das Mädchen könne womöglich in Ohnmacht fallen, wenn sie nicht bald hier wegkäme.

»Jane Morgan, du bist eine große Hilfe gewesen, aber ich möchte, dass du jetzt nach Hause gehst. Ruh Dich aus.«

»Wenn Sie sicher sind, dass Sie mich nicht mehr brauchen.«

»Du bist ein braves Mädchen, Jane, und du hast mehr geholfen, als du ahnst. Los, geh jetzt.«

Danach war Morgan völlig mit den Patienten beschäftigt, denen sie Beistand leisten musste. Sie kniete sich neben sie und bewegte sich auf Knien vom einen zum anderen. »Essig«, orderte sie, und man drückte ihr einen Krug in die Hand. »Tuch.« Sämtliche Brandwunden wurden mit Essig eingerieben, woraufhin die Unfallopfer vor Schmerz zuckten und aufschrien. Doch sie wusste, dass es die Heilung beschleunigen würde.

»Bringen Sie mir einen Eimer kaltes Wasser. Sie können es aus dem Hafenbecken nehmen.« Plötzlich fiel ihr ein, wie sehr Dr. Grace immer auf Sauberkeit bestanden hatte, wenn es um offene Wunden ging. Es gab nicht viele Wunden, die offener waren als schlimme Verbrennungen. War das Hafenwasser sauber genug. Oh, wie sie wünschte, dass Dr. Grace hier wäre!

»Kaltes Wasser? Wofür denn das?« Die schneidende Stimme, die irgendwo über und hinter ihr erklang, gehörte einem Mann. Es war der Arzt, der auf sie herabschaute, als wäre sie eine Erscheinung.

»Die Verbrennungen, Sir.«

»Ach für – das ist nicht die richtige Behandlung für Brandwunden, Miss …«

»Doktor«, sagte sie mit solchem Nachdruck, dass er ein wenig zurückwich.

»Verzeihen Sie, Miss – äh, Frau Doktor. Aber Sie müssen doch wissen, dass Verbrennungen –«

»Sehr gut auf kaltes Wasser oder Essig ansprechen und nicht auf Butter oder irgendein anderes Fett. Fett macht es nur noch schlimmer.«

»Und wo haben Sie *das* gelernt?«

Jetzt kam es auch nicht mehr darauf an. »Auf dem Geneva

Medical College«, log sie mit großen, ernsthaft blickenden Augen. Dort hatte Dr. Grace studiert.

»Also, bei allem Respekt vorm Geneva Medical College, das ist absoluter Uns–«

Nun trat Captain Prentiss herbei. »Doc, Sie meinten doch, Sie hätten alles getan, was Sie konnten. Diese junge Frau scheint ganz gut Bescheid zu wissen. Ich würde sagen, wir lassen sie einen Versuch wagen. Besser, als wenn sie alle sterben.«

Der Arzt grummelte missmutig vor sich hin und stapfte davon.

»Kein angenehmer Mensch«, bemerkte der Kapitän. »Aber achten Sie gar nicht auf ihn. Sie machen Ihre Sache sehr gut. Ich habe noch nie eine so unermüdliche junge Dame gesehen ...«

Und er blieb bei ihr, erledigte die niedrigsten Arbeiten, rannte hin und her und forderte seine Mannschaft zum Mithelfen auf. Er sagte seinen Männern, es würde ihnen besser gehen, wenn sie sich beschäftigten, als wenn sie herumständen und über das Geschehene nachdächten. Er hielt Morgan die klebrige Masse auf einem flachen Stück Holz hin, sodass sie sie abschaben und die schlimmsten Verbrennungen damit abdecken konnte. Er schleppte Wasser und Essig. Und er reichte Morgan die Bananenblattumschläge, wenn sie welche benötigte. Endlich waren sie fertig – zumindest fürs Erste. Morgan erhob sich von den Knien und ging auf und ab, um das Kribbeln aus ihren Beinen zu vertreiben. Der Kapitän lief neben ihr her.

»Sie sind sehr schnell mit Ihren Händen«, sagte er bewundernd. »Genau wie meine Tochter. Verity hieß sie.«

»Wo ist sie?«, fragte Morgan.

»Bei den Engeln. Sie ist vor einigen Jahren an den Masern gestorben. Dieses Jahr wäre sie zwanzig geworden ... ungefähr Ihr Alter, schätze ich.«

Fast wäre ihr herausgerutscht, dass sie erst sechzehn war. Aber dann fiel ihr ein, dass sie mit sechzehn noch kein Medizinstudium abgeschlossen haben könnte. Also sagte sie nichts, gab lediglich ein Geräusch von sich, das sich als Zustimmung deuten ließ. Es war ein Schock für sie, als sie sich umdrehte und nach Osten schaute. Der Abendstern stand in einsamer Pracht bereits hell am Himmel. Der Kapitän ließ Laternen bringen. Seine Männer zündeten sie an und stellten sie neben die Unfallopfer, jeweils eine neben den Kopf und eine neben die Füße. Ein paar Breipackungen mussten erneuert werden, und einer der Passagiere, ein älterer Mann, der, wie der Kapitän berichtete, versucht hatte, die Schwachen und Alten aus dem plötzlichen Inferno zu retten, hatte den Geist aufgegeben.

»Er wird ganz gewiss in den Himmel kommen«, meinte der Kapitän, nahm seine Mütze ab und verneigte sich kurz. »Wissen Sie, Morgan, diese Brandwunden sind schlimmer als die meisten, denn wenn ein Kessel explodiert, sind nicht nur die Flammen gefährlich, sondern auch der heiße Dampf. Ehrlich gesagt, ich glaube, der Dampf richtet mehr Schaden an.«

Er meinte, Morgan solle in die Stadt gehen und sich ein Bett zum Übernachten suchen, aber sie wollte ihre Patienten nicht im Stich lassen. Ein Schlückchen Brandy aus einer schmalen Lederflasche, die er bei sich trug, und etwas Brot und Käse nahm sie jedoch gerne an. Dann lehnte sie sich an einen Pfosten auf dem Kai. Die Nacht war erfüllt von den Geräuschen der Leidenden, doch viele von ihnen konnten schlafen, wenn auch unruhig. Morgan erinnerte sich an Pas Kriegsgeschichten und auch an die Erzählungen von Dr. Grace und begann zu singen. Sie sang »Greensleeves« und »Barbry Allen« und »Black Is the Color« und dann wieder »Greensleeves«. Die Matrosen in ihrer Nähe, die die Lieder kannten, fielen mit ein. Irgendwann schlief sie zwischen zwei Worten ein und wusste von nichts mehr, bis am nächsten Morgen die Sonne aufging.

Sie träumte, dass Dr. Grace sich über sie beugte und sie mit einer Decke zudeckte.

Sie erwachte schlagartig: ein neuer Tag, und zwar ein nebliger. Tatsächlich lag sie unter einer Decke. Sie hatte sie einfach in ihren Traum einbezogen. Sie fragte sich, was sie aufgeweckt hatte, und vernahm dann ein mühsames Atmen. Sofort auf den Beinen, ließ sie den Blick über ihre zwölf verbliebenen Patienten schweifen. Das Geräusch stammte von dem jungen Mann, der so viel von seinem Gesicht eingebüßt hatte. Während sie sich den Weg zu ihm bahnte, hörte er auf zu atmen. Einfach so. Als sie ihn untersuchte, sah sie, dass sich seine Nase und wahrscheinlich auch seine Kehle bei dem Versuch, die Wunden zu heilen, verschlossen hatte. Er war erstickt, der Ärmste.

Morgan nahm seine beiden versengten Hände in die ihren und weinte um ihn. Er war irgendjemandes Sohn, vielleicht jemandes Bruder oder Liebster, und konnte, seinem Aussehen nach zu urteilen, nicht älter als siebzehn geworden sein.

Jemand kniete sich neben sie und legte ihr leicht die Hand auf die Schulter. Als sie sich umwandte und Dr. Grace erblickte, weinte sie noch heftiger. Dr. Grace zog Morgan an sich und ließ sie weinen, bis sie so erschöpft war, dass sie nur noch wimmern konnte.

»Wie haben Sie mich bloß gefunden?«, fragte Morgan, sich die nassen Augen mit dem Ärmel abwischend.

»Die halbe Stadt hat nach dir gesucht, Morgan, aber keiner hatte eine Ahnung, in welche Richtung du gegangen warst. Sie haben alles Mögliche nach dir abgeklappert, wie man in Memphis zu sagen pflegte. Ich war halb außer mir vor Sorge. Aber als ich von dem Schiffsunglück hörte, musst ich herkommen, um zu helfen. Und hier finde ich dich nun, wo du das tust, was du so gut kannst.«

Über eine Woche blieb Dr. Grace mit Morgan in Deep River. Sie nahmen sich ein Zimmer in einem Gasthaus, wo ihnen auch die Mahlzeiten serviert wurden. Zunächst mussten sie die Verwundeten von dem zugigen Kai schaffen. Es war fast schon Mai und die Bäume trugen bereits Knospen, aber nachts wurde es immer noch kalt, und es regnete häufig. Die Unfallopfer mussten in eine geschützte Umgebung verlegt werden. »Morgan Wellburn hat bis auf zwei alle der verbrannten Männer gerettet«, sagte Dr. Grace zum Kapitän. »Jetzt dürfen die Überlebenden nicht an Unterkühlung sterben. Versuchen Sie, einen Saal zu finden – eine Scheune tut's auch –, wo Platz genug ist, um ein Lazarett einzurichten.«

Er entdeckte einen ehemaligen Stall, der schon baufällig war, aber noch vier Wände und ein Dach hatte. Die braven Bürger von Deep River brachten Leinenzeug und Decken und Schals und Gefäße verschiedenster Art. Viele von den Frauen boten sich als Pflegerinnen an, darunter die junge Jane Morgan. Bald war eine kleine Krankenstation entstanden, die erfüllt war vom Klang weiblicher Stimmen. Der Kapitän kam oft, um sich zu erkundigen, ob sie etwas brauchten, oder trug einen riesigen Korb mit belegten Broten, eingemachtem Gemüse und so weiter bei sich. Captain Prentiss war ein einfallsreicher Mann mit schnellem Verstand, und Morgan bemerkte zwangsläufig, dass er Dr. Grace sehr gefiel. Doch all sein Lächeln und seine Aufmerksamkeit schienen Morgan zu gelten, die jung genug war, um seine Tochter zu sein. Jünger! Sie vermutete, dass er sein totes Kind vermisste.

Die Zeit verstrich in geschäftigem Allerlei, und bevor sie sich versahen, ging es den Patienten so gut, dass sie sich gefahrlos nach Hause begeben konnten. Die Mannschaftsmitglieder, die verletzt worden waren, wollten mit dem Kapitän mitreisen, sobald der Kessel repariert wäre, doch er lehnte ab. »Beim nächsten Mal, Leute. Ich halte euch eure Plätze frei. Jetzt müsst ihr erst mal heim und euch auskurieren.«

Neue Matrosen wurden gefunden, neue Fracht wurde verladen, und eines schönen Nachmittags kam der Kapitän in die mittlerweile leere Krankenstation, wo Morgan und Jane und Dr. Grace die letzten Aufräumarbeiten erledigten. »Morgen fahren wir ab«, sagte er zu Morgan. »Sie haben hier Wunder bewirkt, Dr. Morgan. Was immer Sie sich wünschen, ich gebe es Ihnen.«

Sie zögerte keine Sekunde. »Wo immer Sie hinfahren, nehmen Sie mich mit.«

Ein breites Lächeln erstrahlte auf seinem wettergegerbten Gesicht. »Ich steuere den Hafen von Brooklyn an und nehme Sie mit Vergnügen mit.«

Morgan drehte sich zu Dr. Grace um, die aussah, als wäre sie geohrfeigt worden. »Ach, Dr. Grace, es ist nicht so, dass ich Sie nicht liebe. Das wissen Sie doch. Es tut mir wirklich Leid. Aber ich habe viel nachgedacht. Lassen Sie uns nach Hause fahren, dann erzähle ich Ihnen alles. Ich glaube, wenn ich Ihnen sage, was ich mir überlegt habe, werden Sie mir zustimmen, dass ich hier weg muss.«

Dr. Grace wandte den Kopf ab, doch nicht schnell genug, um vor Morgan zu verbergen, dass sie Tränen in den Augen hatte. Es kam sie sehr hart an, Dr. Grace wehzutun, die so viel für sie getan hatte. »Und falls Sie nicht zustimmen, bleibe ich noch ein bisschen«, fügte Morgan hinzu.

»Meine liebe Morgan, natürlich werde ich dich anhören. Und da ich dich ja kenne, bin ich sicher, dass ich verstehen werde, warum du meinst, dass du weg musst.«

Und selbst wenn Sie es nicht verstünden, würden Sie nie ein Wort sagen, oder?, dachte Morgan. *Sie würden nie etwas sagen, um mich zu halten, wenn ich weiterziehen will.* Im selben Moment wurde ihr klar, dass das große, weiße Haus in Chester inzwischen ihr eigentliches Zuhause war, und dass sie – falls sie das je wünschte – dorthin zurückkehren konnte. Dieser Gedanke half ihr, weil er ihr das Weggehen erleichterte.

Morgan umarmte Dr. Grace fest. »Danke«, flüsterte sie

und sagte dann, zum Kapitän gewandt: »Ich fahre jetzt nach Hause. Aber morgen früh können Sie hier reisefertig mit mir rechnen.«

Und reisen würde sie, mit erhobenem Kopf, geradewegs auf den Long Island Sound zu und den Hafen von Brooklyn und wer weiß, wohin noch.

12

Mai 1884

Die Fahrt nach Brooklyn dauerte gewöhnlich etwas weniger als einen Tag und eine Nacht – »Dreiundzwanzig Stunden«, informierte Captain Prentiss sie in seiner präzisen Art. Wenn man ihn nach der Uhrzeit fragte, gab er sogar die Minute und die Sekunde an. Jedenfalls wollte er sie wissen lassen, dass sie diesmal ein bisschen langsamer waren und es länger dauern konnte als dreiundzwanzig Stunden. »Ich bin jetzt doch ein wenig vorsichtig«, erklärte er. »Wenn Ihnen mal ein Kessel explodiert ist, Morgan, mein Mädchen, dann fahren Sie nie mehr auf einem Schiff, ohne sich zu fragen, ob es wohl noch mal passiert.«

»Aber Unfälle kommen doch immer vor, Captain«, meinte sie. »Wenn wir jedem einzelnen Beachtung schenkten, könnten wir uns gar nicht mehr bewegen. Wir dächten immer, es geschieht wieder.«

»Es stimmt, Morgan, dass das Leben einen Mann vorsichtig macht. Aber einen solchen Mann wollen Sie doch am Steuer Ihres Schiffs haben, oder? Ich bin sicher, dass der reparierte Kessel hält, und dass ich, was der *Water Bird* auch passiert, immer die Segel hissen und sie gefahrlos ans Ufer bringen kann. Aber die Passagiere, das verstehen Sie doch wohl, die sind vielleicht ein wenig nervös. Deshalb fahre ich langsamer als sonst – wir haben sowieso schon große Verspätung. Da machen ein paar Stunden mehr auch nichts aus. Ich bin nur froh, dass ich keine verderbliche Ware geladen habe. Ananas zum Beispiel, die wäre inzwischen verfault.«

»Ananas!«, wiederholte Morgan beeindruckt.

»Ja, gewiss«, sagte der Kapitän stolz. »Manchmal fahren wir in die Karibik und holen dort Ananas und Orangen und Zuckerrohr. Der Hafen von Brooklyn, Morgan, ist das Zentrum des Obsthandels. Sie werden es sehen, wenn wir hinkommen. Da gibt es alles, aus der ganzen Welt. Zitronen, Weintrauben, Bananen, Feigen und Datteln. Alle möglichen Nusssorten ... ah, und Orangen. Köstlich!«

Morgan hatte noch nie eine Orange gegessen. Sie fand es schade, dass sie nicht Teil der gegenwärtigen Fracht waren, denn sie war sicher, wenn sie gesagt hätte, sie hätte gerne eine, hätte sie sie bekommen. Der Kapitän war ihr sehr zugetan, obgleich er das nicht äußerte. Sie wusste es aber auch so. Er sah genauso aus wie Silas, wenn er in besonderer Eile war, sich mit ihr in das Gras am Teich zu legen. Ein Mann in seinem Alter! Morgan konnte es kaum glauben, doch sie wusste, dass es sich so verhielt.

»Auf dieser Reise haben wir nur Holz und Schiefer aus Vermont dabei und eine Ladung Sandstein aus unserem guten Connecticut ...«

Morgan machte eine leichte Bewegung und die Hand des Kapitäns fiel von ihrer Schulter. Mit seinen Locken und dem adretten Bärtchen war er ein nett aussehender alter Mann. Sein gelbes Haar fand sie wunderschön, aber er war zu alt. Seine Tochter, die gestorben war, wäre jetzt zwanzig – vier Jahre älter als Morgan genau in dieser Minute. Vielleicht sollte sie ihm ihr wahres Alter verraten.

»Es ist eine schwere Last, die wir mit uns führen, und ich möchte, dass meine Passagiere sich keine Sorgen machen. Deshalb fahren wir ein kleines bisschen langsamer als sonst.« Dreimal hatte er nun dasselbe gesagt. Das würde sie wahnsinnig machen, wenn sie ständig damit konfrontiert wäre.

Also würden sie anderthalb Tage auf dem Wasser sein, bevor sie in den Hafen von Brooklyn einliefen. Morgan hatte zwiespältige Gefühle, was die Länge der Zeit betraf. Einerseits brannte sie darauf zu sehen, wie Brooklyn war – größer als Deep River oder East Haddam, das wusste sie, obwohl auch in East Haddam Dutzende von Schiffen anlegten. Manchmal vier oder fünf gleichzeitig! Daher schätzte sie, dass sie im Hafen von Brooklyn mindestens zehn Schiffe auf einmal erblicken würde. Sie konnte ihre Ungeduld kaum zügeln. Man stelle sich vor, zehn riesige Dampfer wie dieser, alle am selben Ort! Captain Prentiss hatte ihr erzählt, dass Brooklyn eine sehr große und schöne Stadt sei, in der es viele Häuser mit sechs Stockwerken gebe. Das musste sie sehen, um es zu glauben! Das war ja höher als die höchste Scheune.

Andererseits genoss sie, so erpicht sie auch darauf war, ihr Ziel zu erreichen, das Leben auf einem großen Flussdampfer. Es war luxuriöser und eleganter als alles, was sie bisher zu Gesicht bekommen hatte – bis auf die Goodspeed Hall vielleicht. Ihr Zimmer – Kabine nannte es der Kapitän – war weitaus vornehmer als irgendeines in Chester oder Deep River oder sogar Middletown oder Hartford. Auf jeden Fall war es prächtiger als irgendetwas in Dr. Graces Haus. Morgan entsann sich, wie beeindruckt sie von dem »Reichtum« der Ärztin gewesen war, als sie es das erste Mal betreten hatte. Sie dachte, jenes Haus sei das A und O an Eleganz. Sicher, es war ein wunderbares, ein schönes Haus – und sie würde nie ein schlechtes Wort über Dr. Graces Sachen sagen, sie war reizend. Aber du meine Güte, die Kabinen auf der *Water Bird* waren himmlisch! Es gab einunddreißig, alle in unterschiedlicher Größe, von denen manche ineinander übergingen, sodass eine ganze Familie einschließlich Großmutter zusammen reisen konnte. Captain Prentiss erzählte ihr, dass jede Kabine in einer anderen Farbe eingerichtet sei. Ihre war in Altrosa gehalten. Sie war mit einem dicken Brüsseler Teppich und Samttapeten und Vorhängen aus Satinbrokatell ausgestattet. Rosenholzstühle standen darin, ein eingebautes Bett mit Rüschenvorhängen, Tische aus Rosenholz mit Marmorplatten – und all das wurde jeden einzelnen Tag poliert und gewachst und abgewischt. In ihrer Kabine kam sie sich selbst wie eine Schönheit vor. Sie fühlte sich wie eine Prinzessin.

Der Kapitän schlug vor, sie solle mit ihm das Schiff besichtigen, wenn er Zeit hätte. »Ich spiele den Fremdenführer für Sie, Morgan.« Natürlich sagte sie ja. Sie war nie zuvor auf einem Dampfer gewesen, und würde wohl sobald auch keinen mehr betreten. Sie wollte alles sehen, was es zu sehen gab.

Er liebte es, mit der *Water Bird* zu prahlen, wenn er Morgan erzählte, dass das Skelett des Schiffes aus bester Weißeiche, Kastanie, Robinie und Zeder konstruiert war und Binnenkiele, Beplankung und Decke aus erstklassigen Hölzern von Weißeiche, Gelbkiefer und Weymouthskiefer bestanden. Nichts davon sagte Morgan sehr viel, doch sie bewunderte alles in höchsten Tönen, weil es wirklich beeindruckend klang.

»Die Bolzen und Schrauben sind nur vom Feinsten – Kupfer, verzinktes Eisenblech – und sie ist das schnellste Schiff auf dieser Route«, meinte er. »Hier, schauen Sie sich diese Armatur an, wie schön sie geschmiedet ist.« Als er seine Hand um ihren Ellbogen legte, musste sie den Kopf abwenden, damit er ihre Belustigung nicht sah. Bis zum Essen wusste Morgan, dass die *Water Bird* 272 Fuß lang und 27 Fuß breit und ihr Frachtraum 8 Fuß tief war, und dass sie 865 Tonnen mitführen konnte.

Bevor der Kessel explodiert war, berichtete ihr Captain Prentiss, hatten sie in allen großen Hotels entlang dem Fluss gehalten: am Griswold Inn in Essex und natürlich am Gelston House in Goodspeed's Landing. Das einzige, das Morgan noch zu Gesicht bekam, war das letzte am Connecticut River, Fenwick Hall in Saybrook Point, wo sie acht Passagiere aufnahmen.

»Jetzt, wo wir keine Passagiere mehr in Greenwich von Bord lassen müssen, die mit der Kutsche nach New York weiterfahren, nehme ich Sie bis in den Hafen von Brooklyn mit. Und dort«, sagte er lächelnd, »werden Sie einen Anblick erleben, den Sie nie vergessen.«

»Was für einen, Captain?«

»Finden Sie nicht, Morgan, da wir doch so gute Freunde geworden sind, dass Sie mich Walter nennen sollten? Das ist der Name, den mir meine Mutter und mein Vater am Tag meiner Geburt gaben, und ich würde mich mächtig freuen, ihn aus Ihrem Mund zu hören.«

»Natürlich, Walter, wenn es Ihnen angenehm ist.« Sie wartete ab, ob er auf ihre Frage antworten würde, und als er das nicht tat, fragte sie erneut: »Was ist das für ein Anblick, der so unvergesslich ist?«

»Anblick? Ach so, im Hafen von Brooklyn. Sie bezeichnen es als achtes Weltwunder ... Sie kennen ja sicher die anderen sieben ...« Nein, die kannte sie nicht. Sie musste sich bei der nächsten Gelegenheit eine Enzyklopädie besorgen und nachschlagen. Dr. Grace hatte sie stets dazu ermuntert, denn sie sagte: »Ich könnte es dir zwar auch erzählen, aber nichts haftet besser im Gedächtnis als etwas, das man selbst gelernt hat.« Sie bezweifelte, dass der Kapitän eine umfassende Enzyklopädie an Bord hatte, also machte sie eine möglichst schlaue Miene und nickte. Sie versuchte zu raten, was das »Weltwunder« sein konnte, doch der Kapitän meinte, er würde es ihr nicht sagen, das verderbe ihr nur die Überraschung.

Im Salon wurde ein phantastisches Abendessen serviert, das aus kaltem Roastbeef und frischem Fisch mit Backkartoffel und einer Beilage bestand, die sie noch nie gekostet hatte. Eingelegte Holzäpfel waren es, würzig und nahrhaft.

Sie schmeckten ihr so gut, dass sie sich immer wieder welche nachbestellte, bis sie merkte, dass aller Augen auf sie gerichtet waren. Die anderen fragten sich vermutlich, wie viele eingelegte Holzäpfel sich so eine junge Frau eigentlich in den Mund stopfen konnte. Mit brennenden Wangen tat Morgan so, als untersuchte sie den, der auf ihrem Teller lag, und sagte dann freundlich: »Ich bin in Verlegenheit. Die ganze Zeit versuche ich schon zu erraten, welche Gewürze hierfür verwendet wurden.« Sofort war der ganze Tisch in ein Streitgespräch darüber vertieft, was es wohl außer Nelken und Ingwer und Piment sein mochte. Zu ihrer großen Erleichterung achtete niemand mehr auf sie, und sie aß ihren Teller leer.

Wenn sie allein ausgehen wollte, so dachte sie, würde sie sich anpassen und das richtige Benehmen zulegen müssen und durfte nicht zu viel Aufmerksamkeit auf sich lenken. Es schien, als rümpfte die feine Gesellschaft über jedes Verhalten die Nase, das zu begierig und enthusiastisch wirkte. Offenbar kam es darauf an, eher gelangweilt auszusehen, als hätte man bereits alles erblickt und getan und gekostet, was es zu erblicken, zu tun und zu kosten gab. Das würde sie schon schaffen. Dazu musste sie nur quer über den Tisch auf eine moderne junge Frau schauen, die Molly genannt wurde, obwohl sie eigentlich Mary heiß. Molly war blass und schlank, und sie schob das Essen auf ihrem Teller hin und her und aß kaum einen Bissen. Sie sagte: »Ach ja?« und »Tatsächlich?« zu allem, was geäußert wurde. Vielleicht durften junge Frauen keine eigene Meinung haben; nun ja, das würde sie sich noch überlegen, beschloss Morgan. Es würde ihr sehr schwer fallen, ihre Meinung für sich zu behalten.

Nach dem Essen, als sie und der Kapitän plaudernd an Deck standen, die sanfte Brise genossen und zuschauten, wie sich die weißen Gischtwellen an beiden Seiten des Bugs brachen, während er das Wasser durchschnitt, fragte sie ihn. »Captain Prentiss, beim Essen haben mich alle angestarrt. Ich nehme an, es lag daran, dass ich so gierig nach den Holzäpfeln schien. Aber sie schmeckten so gut, und ich wusste nicht, dass das als schlechtes Benehmen gilt.«

»Ganz und gar nicht, liebe Morgan. Schlechtes Benehmen? Es war ein Kompliment für denjenigen, der sie zubereitet hat. Außerdem dachte ich«, fügte er hinzu, sich näher zu ihr beugend, »dass Sie mich Walter nennen wollten.«

»Tut mir Leid – Walter. Aber dieses Mädchen, diese Molly – sie hat gegessen wie ein Spatz und sie ist aus New York.«

Er schnaubte. »Moderne Mädchen mögen ja glauben, dass Hungern stilvoll ist. Ich glaube es nicht. Wollen Sie meinen Rat hören, Morgan?«

»Ich würde ihn sehr zu schätzen wissen.«

»Bleiben Sie so bezaubernd, wie Sie sind.«

Morgan war sprachlos. Sie fand keine Worte. Schlimmer noch, sie spürte, dass sie heftig errötete. Vielleicht sah er es im Dunkeln nicht.

»Es tut mir Leid, wenn ich Ihnen zu nahe getreten bin«, sagte er nach einer Weile.

»Nein, nein. Nicht zu nahe getreten. Aber ...«

»Aber Sie wünschen meine Aufmerksamkeit nicht. Ich verstehe. Ich bin seit sechs Jahren verwitwet, Morgan, und mächtig einsam. Mir hat das Eheleben sehr gut gefallen, und es ist schwer für mich, seit meine liebe Frau –« Er unterbrach sich, und Morgan, von Mitgefühl überwältigt, wandte sich zu ihm, legte ihm eine Hand auf den Arm und sagte: »Es tut mir Leid, dass Sie Kummer haben.«

Im nächsten Moment hatte er sie in eine kraftvolle Umarmung gezogen und seinen Mund auf den ihren gepresst. Zunächst verblüfft, stellte Morgan fest, dass sie auf seinen glühenden Kuss reagierte und es zuließ, dass ihr Körper sich an seinen schmiegte, es zuließ, dass ihre Lippen sich öffneten. Es war ein schönes Gefühl, die Nähe, die Leidenschaft. Sie war ganz allein auf der Welt und unterwegs ins Unbekannte. Es wäre so einfach, dem Kapitän ein Jawort zu geben. Ehefrau zu werden, umsorgt und geliebt.

Und eingesperrt. Gefangen. Der Erwartung ausgesetzt mich »richtig« zu verhalten. Ans Haus gefesselt. Voller Panik stieß sie ihn von sich.

»Meine liebe Morgan. Ich bitte Sie demütig um Vergebung. Aber Sie haben doch sicher bemerkt ... Sie wissen, wie sehr ich Sie bewundere. Sie haben solchen Elan ...« Er trat einen Schritt zurück und hielt die Hände mit den Handflächen nach oben, als wollte er sagen: *Sehen Sie, ich halte Abstand.* »Verzeihen Sie mir, ich habe Sie einfach immer mehr ins Herz geschlossen. Ich würde Ihre Situation nie ... Sie sahen so entzückend aus, wie Sie dastanden, so hoch gewachsen und dunkel und stark, wie eine Gallionsfigur ... Ich habe mich hinreißen lassen. Versprechen Sie mir, dass wir noch Freunde sind?«

»Natürlich«, sagte Morgan. »Aber nur Freunde, ich bin zu jung zum Heiraten und –«

»Und?«

»Nichts«, sagte sie mit einem kurzen Gedanken an Silas. Er verursachte ihr solches Herzweh, dass sie ihn gleich verdrängte. »Ich bin noch nicht bereit, an so etwas wie Ehe zu denken, das ist alles.«

»Ich hoffe, Sie schreiben mir, wenn Sie eine Wohnung gefunden haben. Ich würde Sie auf einer meiner Reisen nach New York oder Brooklyn gerne besuchen. Fänden Sie das annehmbar? Ich möchte mich vergewissern, dass es Ihnen gut geht, eine junge Frau ganz allein ist schließlich ...«

»Machen Sie sich keine Sorgen um mich, Captain Prentiss. Ich bin Ärztin und Hebamme. Ich werde keine Schwierigkeiten haben, mich durchzuschlagen, das versichere ich Ihnen.«

Er wandte sich von ihr ab. Sie hatte ihn verletzt. Schon wieder. Sie musste lernen, taktvoller zu sein, und fragte sich, ob ihr das wohl je gelänge. Nach einer Weile meinte er, es sei

Zeit, schlafen zu gehen, »weil ich vorhabe, Sie morgen früh aufzuwecken, damit Sie das achte Weltwunder sehen können.« Sie war froh, als sie hörte, dass er so gelassen wie immer klang.

Wie er es versprochen hatte, klopfte Walter Prentiss kurz nach Tagesanbruch an ihre Kabinentür und rief: »Wir laufen in den Hafen ein, Morgan, beeilen Sie sich.«

Sie war bereits gewaschen und angekleidet, da sie, voller Aufregung und Vorfreude auf das, was vor ihr lag, schon vor Sonnenaufgang erwacht war. Sie wusste, dass es etwas Gutes sein würde, denn in ihren Träumen hatte sie Bird gesehen. Die Ahne hatte ihr zugenickt und der Vogel hatte mit den Flügeln geflattert, wenn er auch auf Birds Kopf sitzen blieb. Bestimmt bedeutete das, dass sie das Richtige tat.

Morgan eilte an Deck und schnappte nach Luft. Es war erstaunlich: zwei hohe, graue, steinerne Türme mit riesigen gotischen Bögen, die wie zwei gewaltige, schwebende Kirchen aussahen. Zwischen ihnen zog sich eine Straße dahin, auf der sich Pferde und Kutschen und Wagen entlangbewegten. Mitten durch die Luft! Es war atemberaubend.

Hinter ihr lachte Walter Prentiss leise. »Nun, meine liebe Morgan, das sind das großartige New York und die Brooklyn Bridge. Ist das nicht ein wunderbarer Anblick?«

Morgan konnte nicht antworten. Das großartige New York und die Brooklyn Bridge waren nämlich nicht die einzigen Wunder. Es gab so viel zu betrachten, zu beiden Seiten des Schiffs. Hohe Gebäude – so viele, so dicht beieinander! –, die sich bis ans Ufer drängten. Es schien, als könnten sie jeden Moment ins Wasser kippen. Hundert Schornsteine bliesen ihre schwarzen Rauchfahnen in den Himmel. Der Fluss selbst war voll von Fahrzeugen aller Art. Sie drehte den Kopf hin und her, um alles in sich aufzunehmen. Kleine Boote zogen Rauch ausstoßend und tutend Lastkähne hinter sich her. Segelschiffe, die prächtigen Segel eingerollt, machten sich zum Anlegen bereit. Dampfer wie die *Water Bird* fuhren in alle Richtungen. Die Raddampfer, sagte der Kapitän, seien Fähren, die einen für zwei Cents von New York nach Brooklyn und zurück beförderten. Er wies sie auch auf andere Schiffe hin: kalifornische Clipper und Ostindienfahrer und auf der New Yorker Seite Schleppkähne, die den ganzen Weg vom Erie-Kanal hierher zurückgelegt hatten. Flink wie Käfer auf einem Waldboden flitzten zwischen all den großen Schiffen die kleinen Fahrzeuge umher – Ruderboote und Flachboote und Skullboote. Wieso sie nicht aneinander stießen und zerbrachen, war Morgan schleierhaft.

Die Brooklyn Bridge! Sie war über ihnen und verdunkelte den Himmel! Während das Schiff ruhig darunter herfuhr, verrenkte sie sich den Hals und gaffte und rannte von einer Seite des Decks zur anderen, wobei sie »Schauen Sie hier!« und »Schauen Sie dort!« rief.

Als sie unter der Brücke durch waren, drehte sie sich um, um sie zu betrachten, und sah, dass Menschen darauf gingen. *Sobald wir landen, mache ich auf der Brooklyn Bridge einen Spaziergang über den Fluss,* gelobte sie sich. Erstaunlich war gar kein Wort dafür!

»Ich sehe, dass Ihnen der Hafen von Brooklyn gefällt«, sagte Captain Prentiss. Liebevoll blickte er auf sie hinab. Es amüsierte ihn, dass sie alles so aufregend fand. Sollte es doch! Sie scherte sich keinen Deut darum. Sie liebte diesen Ort schon jetzt! Sie liebte den Fluss und die Brücke und die hoch aufragenden Gebäude und die Tausende von Menschen, die sich in alle möglichen Richtungen durch die zu den Piers führenden Straßen zwängten.

»Ein bisschen anders als Deep River, wie? Und dort draußen, Morgan, auf Bedloe's Island, wollen die Franzosen eine mächtige Statue errichten, eine Dame, habe ich gehört, die ein Symbol für die Freiheit sein soll. Und sehen Sie, da drüben? Sehen Sie all die Kanonen? Das ist Staten Island, wo man bereit ist, New York und Brooklyn zu verteidigen, sollte ein Feind den Angriff wagen.«

»Wer sollte wohl New York und Brooklyn angreifen?«, fragte Morgan verwundert.

Der Kapitän lachte herzlich. »Das frage ich mich auch, Morgan. Aber wir müssen immer mit dem Schlimmsten rechnen, oder?« Langsam begann die *Water Bird* ihr Anlegemanöver am Pier 1, dem ersten der gewaltigen Kais, und Morgan erkannte die Männer mit den Haken, die sich neben dem Schiff sammelten. »Hafenarbeiter«, erklärte der Kapitän. »Sie wollen abladen.«

»Sind wir in Brooklyn?« Sie musste ganz sicher sein. Es war schwer zu unterscheiden, welches Brooklyn und welches New York war, so ähnlich sahen beide für sie aus.

»Ja, sind wir. Das Viertel dort oberhalb des Hafens auf den Felsen heißt Brooklyn Heights. Es ist eine recht angenehme Gegend, glaube ich, und man hat mir berichtet, dass es da viele Pensionen für junge berufstätige Männer und Frauen gibt. Wenn Sie eine Stunde oder so warten wollen, begleite ich Sie gern –«

Eine Stunde? Unmöglich, so lange zu warten. Ihre Füße tanzten förmlich vor Ungeduld, von Bord und in die Straßen von Brooklyn Heights zu gehen.

»Nein. Nein. Vielen Dank für alles, Captain, aber ich kann es nicht erwarten, mich auf den Weg zu machen!«

Der Tag war so hell, klar und strahlend, dass sie das Gefühl hatte, sie könnte vom Schiff aus direkt auf die Straße schweben. So viel Leben! So viele Menschen! Wie ihr das gefiel! Sie *liebte es!* Endlich hatte sie den Ort gefunden, wo sie hingehörte. Dessen war sie sich sicher. Und hier, das gelobte sie sich, würde sie bleiben.

13

1884 und 1891

Mit offenem Mund gaffend und über die eigenen Füße stolpernd, bahnte Morgan sich ihren Weg durch die Menge am Fuße der Fulton Street. Es war ein Wunder, dass sie nicht von einem der zahlreichen beladenen Karren oder einem Botenjungen, der zur Fähre rannte, gerammt wurde. Jedermann war fürchterlich in Eile. Von allen Seiten wurde sie gestoßen und geschoben und angerempelt. Offenkundig war dies nicht der richtige Zeitpunkt, um Sehenswürdigkeiten zu betrachten. Die Leute hier in Brooklyn sprachen ein merkwürdiges Englisch und viele sprachen auch gar kein Englisch. Wie in aller Welt sollte sie sich in einer so hektischen, überbevölkerten Gegend zurechtfinden? Sie sagte: »Entschuldigung«, in der Hoffnung, jemanden nach der State Street fragen zu können, wo es laut Captain Prentiss Unterkünfte geben sollte, doch die Menschen hasteten so schnell dahin, dass sie sie nicht hörten. Oder sich nicht um sie kümmerten. Keiner hielt inne und keiner blieb stehen. Schließlich pflanzte sie sich vor einem Jungen auf, der einen Lastkarren zog, und sagte sehr laut: »Bitte.«

»Ja, Miss?« Er hielt an, war aber auf dem Sprung, so bald wie möglich weiterzulaufen.

»Wo ist die State Street, bitte schön?«

»Ganz unten am anderen Ende. Folgen Sie der Fulton und gehen Sie nach Süden ... da lang«, zeigte er mit dem Daumen. »Dann sehen Sie sie schon.« Und weg war er.

Mit seinen vielen Fußgängern und dem Lärm, der hier herrschte, wirkte der Hang vor ihr wie ein gigantischer Ameisenhaufen. Aber dort hinauf ging es zur State Street, und so schritt sie bergan, was ihr nicht das Mindeste ausmachte. Sie war an Hügel gewöhnt, und außerdem gab es so viel zu sehen. Endlich machte die Straße eine Kurve und wurde ebener, und da sie jetzt ganz oben angekommen war, nahm sie an, dass dies Brooklyn Heights sein müsse. Die Fahrbahn war gesäumt von Läden und Geschäften und wies jede Menge Verkehr auf – Lastkarren, Kutschen, Droschken. Alle möglichen Vehikel bewegten sich rasch in beide Richtungen. Sie blieb stehen, um einen älteren, freundlich wirkenden Mann zu fragen, ob die State Street dort hinten liege, und erhielt die Auskunft: »Ja, genau, nur ein, zwei Blocks hinter dem Rathaus.« Das pompöse weiße Gebäude, dessen goldene Kuppel alles überragte, musste das Rathaus sein. Sie war auf dem richtigen Weg.

Brooklyn Heights war hübsch mit seinen vielen Bäumen, doch die Häuser hier sahen anders aus als alle, die sie bisher gesehen hatte. Es waren viereckige Kästen, drei oder vier Stockwerke hoch, jeweils zu zweit oder dritt in einer Reihe und alle gleich. Bei den meisten führte eine lange Treppe zur Eingangstür. Wieso um alles in der Welt, fragte sie sich, war der Eingang nicht auf einer Ebene mit der Straße wie bei normalen Leuten? Und jedes Haus war mit verschnörkelten schwarzen Eisengeländern und -zäunen geschmückt. Aber nicht mit Gärten.

Als sie an einem Kindermädchen vorbeikam, das in einer Art Bett auf Rädern ein Baby vor sich herschob, erkundigte sie sich erneut, ob dies der richtige Weg zur State Street sei.

»Haargenau. Sind nur noch zwei Blocks.« Das Mädchen beäugte ihre Tasche und ihren Medizinbeutel. »Sie suchen wohl eine Pension, wie?«

»Stimmt«, sagte Morgan. »Bin gerade erst in Brooklyn angekommen.« Das Kindermädchen lächelte und meinte: »Na, das überrascht mich nicht. Passen Sie auf, wenn Sie zur State Street kommen, wenden Sie sich nach rechts in Richtung Wasser. Halten Sie Ausschau nach dem Laden in Nummer zwölf. Die Hauswirtin ist eine Freundin von mir, Catherine Enright. Sagen Sie ihr, Maureen schickt Sie.« Ihre Freundlichkeit wärmte Morgan, die sich allmählich recht klein und verloren fühlte, das Herz. Die Stadt war so riesig und so fremd, dass sie ganz benommen war, gleichzeitig aber fasziniert. Sie unterschied sich so sehr von East Haddam oder Chester. Die Straßen bestanden aus behauenen Steinen und gingen weiter und weiter – Haus um Haus ohne Ende. So viele Karren und Kutschen und Reiter flitzten vorbei, und die Hufe der Pferde schlugen Funken auf dem Pflaster.

In die State Street einbiegend, begann sie ihren Abwärtsmarsch auf den Hafen zu. Am Fuße des Hügels sah sie schon den Wald aus Masten. *Hier gehe ich nun,* sagte sie bei sich, verlagerte ihre Tasche von der rechten in die linke Hand und fing an, nach Nummer zwölf auszuschauen. Zu ihrem Kummer fehlten oft Hausnummern oder ergaben manchmal keinen Sinn. In einem Block hatte sie zwei Häuser mit einer »58« gesehen, beide auf gegenüberliegenden Straßenseiten. Die darauf folgende Nummer war die 43.

Reihenhäuser mit langen Treppen und gusseisernen Geländern waren hier ziemlich in Mode, merkte sie. Sie gefielen ihr. Zwischen den Wohnhäusern befanden sich verschiedene Geschäfte. Sie warf einen Blick in eine Art Büro, in dem, hinter einem verstaubten Fenster undeutlich zu erkennen, Männer an Schreibtischen saßen. Als Nächstes kamen eine Pension und eine Tischlerei. Sie zögerte, sich dort nach Catherine Enright zu erkundigen, denn sie wollte nicht für ein Bauerntrampel gehalten werden. Unten nahe dem Fuße des Hügels waren die einzigen Betriebe Kneipen – und wie viele! Mehrere Fahrzeuge waren an ihr vorbeigefahren, sodass sie in den Rinnstein ausweichen musste, in dem schmutziges Wasser floss. Sie kam an einer Schmiede vorbei und wandte den Blick ab, weil sie sie an Silas erinnerte und an alles, was sie zurückgelassen hatte. Sie wollte nicht erinnert werden; sie würde ein ganz neues Leben beginnen. Sie würde etwas aus sich machen und nicht von einem Jungen träumen.

Ihre Tasche war ihr recht schwer geworden. Sie hatte das Gefühl, schon einen langen Weg hinter sich zu haben, ohne dass Nummer 12 in Sicht war, und fragte sich allmählich, ob sie sich wohl verlaufen hatte. Dann, fast am Ende, entdeckte sie einen Lebensmittelladen mit einem großen Schaufenster. Hinter der Theke sah sie eine dralle junge Frau mit dunklem Haar, das zu einer Art Knoten hoch gesteckt war. Ob das Catherine Enright war? Sie hoffte es sehr. Auf einem Schild an der Tür stand GEÖFFNET, doch sie war schüchtern und zögerte trotzdem. Die Frau blickte auf und winkte sie nach drinnen. Erleichtert öffnete Morgan die Tür und fragte: »Ist dies Nummer zwölf?«

»Ja, Ma'am. Catherine Enright zu Ihren Diensten. Sie sind neu hier, oder?« Sie hatte denselben Akzent wie das Kindermädchen. »Ganz neu«, meinte Morgan mit leichtem Lachen. »Ich bin gerade aus dem Dampfer von Deep River, Connecticut, gestiegen. Eine Frau, ein Kindermädchen, war so nett, mir Ihre Adresse zu geben ... Maureen hieß sie.«

»Nun, das war recht von ihr. Stellen Sie Ihr Gepäck ab, Miss, und sagen Sie mir, wie ich Ihnen helfen kann.«

»Ich brauche ein Zimmer. Zum Wohnen.«

»Ach ja? Zufällig habe ich oben ein Zimmer frei. Eben heute Morgen ist Lizzie Coyle, die Näherin, über den Fluss nach Manhattan gezogen. Würde Miss – hm ...«

»Wellburn. Morgan Wellburn.«

»Morgan, sieh an. Wie in der Geschichte von König Arthur.«

»Ja.« Morgan lächelte erfreut. »Genau. Ich sollte eigentlich ein Junge werden, und als ich keiner war, meinte mein Vater: Nennen wir sie trotzdem Morgan.«

»Man stelle sich vor! Und so ein hübscher Name. Aber ... war Morgan le Fay nicht eine Hexe?« Catherine Enrights Augen blitzten schalkhaft. »Ich weiß nicht, ob ich an eine Hexe vermieten sollte, Miss Morgan.«

»Morgan le Fay war eine gute Hexe ... und gute Hexen sind in meiner Familie üblich.«

»Was Sie nicht sagen!« Mrs Enright sah eher ehrfürchtig als verängstigt drein, wenn sie sich auch bekreuzigte.

»Ich bin zum Teil Indianerin«, meinte Morgan. »Und meine Mutter hat mir erzählt, dass sie direkt von zwei *moigu* abstammt ... Schamanen.«

»Und Sie, Miss Morgan? Wollen Sie mir weismachen, dass Sie auch eine, wieheißtdasgleich, Moyguh sind?«

Morgan lachte. »Eigentlich nicht. Ich habe zwei Jahre mit einer Ärztin praktiziert.«

»Einer Ärztin, sieh an! Kennen Sie sich mit Geburtshilfe aus?«

»Natürlich.«

»Gelobt sei der Herr. Wir haben in dieser Gegend keine Hebamme mehr, seit Maggie Malone an der Schwindsucht gestorben ist. Und die kleine Annie Carrigan, die ist bald so weit. Sie wohnt direkt um die Ecke in der Furman Street, über der Kneipe. Also können Sie sich geradewegs an die Arbeit machen, denke ich. Ja, Sie werden das schon schaffen. Kommen Sie mit.« Sie drehte das Schild an der Ladentür um, auf dessen anderer Seite BIN GLEICH ZURÜCK stand, und band ihre Schürze ab. Dann öffnete sie eine Tür zum hinteren Teil des Gebäudes und bedeutete Morgan, sie möge ihr folgen.

Während sie die drei Treppen hochstiegen, redete Catherine Enright. »Ich bin eine verwitwete Frau, wissen Sie, obwohl ich erst achtundzwanzig bin. Der verdammte Mumps, ausgerechnet, hat mir meinen Mann genommen. Können Sie sich das vorstellen, Mädchen? Und dabei war er so ein großer, starker Kerl, keinen einzigen Tag krank. Es ging ihm schon besser, wissen Sie, aber auf einmal hat sein Herz versagt. Und wegen dem plötzlichen Kummer hatte ich eine Fehlgeburt. Daher habe ich jetzt nicht mal ein Kind, das mir Gesellschaft leistet.«

Sie hatte das oberste Stockwerk erreicht, und Morgan war ein wenig außer Atem, nicht aber Catherine Enright. Die Tür zu einem kleinen Raum unter dem Dach aufreißend, fuhr sie mit ihrer Geschichte fort. »Eine Menge Kerle bemühen sich um mich, wissen Sie – schließlich habe ich ein Geschäft und etwas Geld beiseite gelegt. Aber bisher habe ich noch nicht den Richtigen kennen gelernt. Also warte ich ab. Und wie gefällt es Ihnen? Ist ein bisschen klein, aber sehen Sie, es hat zwei Fenster, und auf dem Bett ist eine neue Decke, und in diese Truhe wird das, was Sie da haben, gut hineinpassen, glauben Sie nicht?«

Morgan mochte sie, mochte sie sehr. »Nun, Mrs Enright …«

»Cat. So nennt man mich. Cat Enright, und ich würde mich freuen, wenn Sie das auch tun.«

»Ja. Ma'am. Das Zimmer gefällt mir, Cat. Ich nehme es.«

»Das freut mich aber. Kommen Sie doch wieder mit runter, dann mach ich uns ein Tässchen. Und während wir unseren Tee trinken, können Sie mir erzählen, wie Sie von dort oben in Connecticut in Brooklyn Heights gelandet sind.«

Doch der Kessel stand kaum auf dem Herd, als ein kleines Mädchen in den Laden gerannt kam und sagte: »Cat, Cat, Mum kriegt es, gleich jetzt!«

»Ach, wirklich? Schau mal, Mary Clare, diese Dame ist neu in unserem Viertel, und was glaubst du wohl, sie ist Hebamme! Ist das nicht großartig?«

Und schon wurde Morgan zur Furman Street gescheucht, in die drei kleinen Zimmer der Familie Carrigan. Noch am selben Abend entband sie das Baby, ein schönes, großes Mädchen. Vier oder fünf Frauen standen dabei um das Bett herum und kommentierten das Geschehen. Sie staunten darüber, wie oft Morgan sich die Hände wusch, etwas, das Dr. Grace ihr beigebracht hatte. Und sie erklärte ihnen, dass Kindbettfieber durch schmutzige Hände und Instrumente verursacht werden konnte. Sie schnalzten mit der Zunge und nickten, sagten jedoch: »Das ist ja kaum zu glauben.« Allerdings mussten sie einräumen, dass Morgan Feingefühl besaß. Sie hatte geschickte Hände und wusste, wie man ein Kind aus dem Mutterleib lockte. Als das Kind, das Maeve heißen sollte, an der Brust seiner Mutter lag, wartete auf dem Küchentisch der Nachbarin nebenan ein Essen auf Morgan. Sie lernte viele Leute kennen an diesem Abend, denn es sprach sich schnell herum, dass das Carrigan-Baby von einer neuen Hebamme entbunden worden war, die bei Cat Enright wohnte. Sie kam erst kurz vor Mitternacht ins Bett. Und sie war so erschöpft, dass sie bis zum nächsten Nachmittag durchschlief.

Bald kannte Morgan alle in ihrem Block – besonders die anderen Mieter in der State Street Nummer 12. Anne Cushing, Witwe, Bridgit McNulty, eine siebzehnjährige Waise, die tagsüber in einem großen Haus in der Orange Street arbeitete, und Timothy Mahon, den lahmen Buchdrucker. Sie spazierte umher, um sich mit der unmittelbaren Nachbarschaft vertraut zu machen. An der Ecke Furman/State war eine Kneipe, ebenso wie an der Ecke Columbia/State. Weiter hinten in der Furman Street gab es noch zwei Kneipen. Überall im Viertel wurde eine Menge gezecht und es kam oft zu lärmenden Schlägereien. Manche der Männer gingen, wenn sie betrunken waren, nach Hause und verprügelten ihre Frauen und Kinder. Morgan wusste es, weil sie die Frauen und Kinder verarztete, die in der Nähe wohnten. Ihre Patienten erzählten ihren Freunden von ihr, und bald war sie in der ganzen Arbeiterschaft von Brooklyn Heights, Cobble Hill und besonders Irishtown gleich neben der Marinewerft von Brooklyn bekannt, wo sich kleine Holzhäuser in schäbigen, ausgefahrenen Straßen voller Abwässer drängten.

Sie verlangte sehr wenig von diesen armen Leuten, manchmal gar nichts, und oft bestand ihre Bezahlung in Laibern selbst gebackenen Brotes oder einer handgenähten Schürze oder auch nur einem Versprechen. Ihre Patienten sahen zu ihr auf; sie dachten, sie vollbringe Wunder, doch das lag nur daran, dass sie Heilpraktiken kannte, von denen die meisten von ihnen noch nie gehört hatten. Trotzdem machte es ihnen nichts aus, dass ihre Methoden merkwürdig waren. Sie wussten nur, dass das, was Morgan Wellburn für sie tat, wirkte, und dass sie neben ihrer Heilkunst noch etwas viel Wichtigeres besaß – ein gutes Herz.

Das erste Mal sah Morgan Della Blessing an der Straßenecke nahe Cats Haus. Das Kind stützte sich auf eine behelfsmäßige Krücke, streckte die freie Hand aus und sagte: »Einen Penny für ein kleines, verkrüppeltes Mädchen.« Sie hatte große, feuchte Augen, gerahmt von dichten, gebogenen Wimpern. Der Rest ihres Gesichts war unter Schichten von Schmutz versteckt. Was die Farbe ihrer Haare betraf, so konnte man nur raten. Sie waren dreckig und verfilzt und wimmelten von Kopfläusen.

Morgan griff natürlich in ihre Tasche und gab dem Kind drei Cents. Sie wurde mit einem strahlenden Lächeln belohnt. »Oh danke schön, meine Dame. Danke.«

»Wie alt bist du, Kind?« Sie war ein winziges Ding, aber oft hemmte auch die Unterernährung das Wachstum. Trotzdem, als sie »Drei« antwortete, war das ein Schock. Sie war ja noch ein richtiges Baby. Wer konnte so ein kleines Ding ganz allein draußen betteln lassen?

Beim Abendessen an Cat Enrights Tisch erkundigte Morgan sich nach ihr. »Ich entsinne mich nicht, sie schon mal gesehen zu haben.«

Ein kurzes Schweigen folgte. Dann sagte Cat: »Das ist Della Blessing. Die Blessings wohnten früher am Columbia Place, und eines Tages waren sie weg. Und jetzt sind sie wieder aufgetaucht wie Falschgeld.«

»Das kleine Mädchen hat so viele blaue Flecken und verschorfte Wunden«, bemerkte Morgan. »Sie muss oft hinfallen.«

Blicke wurde gewechselt, und Cat schnaubte und sagte: »Hinfallen, ach ja? Unwahrscheinlich! Ihre Geschwister werden sie tüchtig rumstoßen. Es ist eine Schande, aber was soll man machen?«

»Warum unternehmen denn ihre Eltern nichts?«

»Ach, Morgan, du weißt doch, wie das ist. Ihr Dad arbeitet im Hafen, und oftmals hat er auch gar keine Arbeit. Und ihre Mutter macht Heimarbeit, den ganzen Tag und die halbe Nacht. Meistens sind sie einfach zu erschöpft, um irgendwas mitzukriegen. Sie hat einen Klumpfuß, die arme Kleine, und die anderen Kinder, die machen sich nur über sie lustig, und schlagen sie und schubsen sie rum.«

Bridgit McNulty, ein farbloses kleines Geschöpf, das normalerweise kaum ein Wort sagte, platzte heraus: »Und wer hilft ihr? Das möchte ich gern mal wissen! Das sollte hier doch das Gelobte Land sein, wo jeder reich ist! Einen Haufen Lügen haben sie uns erzählt! Da ist sie nun, erst drei Jahre alt, halb verhungert, und keiner wäscht ihr auch nur das Gesicht, während sie auf ihrem einen gesunden Bein dasteht und um Pennys bettelt!« Dann wurde sie scharlachrot und starrte grimmig auf ihren Teller. Sanft sagte Morgan: »Ich kümmere mich um ihre Schnittwunden und Blutergüsse, und vielleicht gelingt es mir ja, sie zu waschen, wenn ich dabei bin. Würdest du ihr denn Brot und Käse und einen Happen Fleisch von einem von uns bringen, Bridgie?«

Das Mädchen errötete noch stärker, nickte aber. »Das tue ich.«

Nun legten sich alle am Tisch ins Zeug und meinten, sie würden auch gern etwas beisteuern. Ob ein Penny helfen würde? Oder ein altes Hemd mit ein paar Flicken? Die Menschen konnten gut sein, dachte Morgan. Es war nur schade, dass sie dazu gedrängt und angespornt werden mussten.

Die Blessings lebten in der Furman Street, nicht weit von der State Street Nummer 12. Es war eine typische überbevölkerte Arme-Leute-Straße, in der zu viele Menschen in zu kleine Wohnungen gepfercht waren. Es gab nicht genügend Arbeit im Hafen und viel zu viele verlockende Kneipen. Morgan hatte dort eine Menge Patienten. Da sie als Ärztin, Heilerin, Pflegerin und Hebamme gerufen wurde, sah sie alles, was in jenen ärmlichen Haushalten vor sich ging. Sie sah, wie schwer jeder arbeitete – auch Kinder –, und dennoch schien es nie genug zu essen, nie Mußestunden zu geben. Die Kleinen waren alle so blass und dünn und die Frauen eigentlich immer schwanger oder beim Stillen.

Morgan wusste, dass eine Frau die Zahl ihrer Kinder begrenzen kann. Annis hatte ihr erzählt, dass die Frauen ihres Stammes früher nie mehr als zwei oder drei hatten. »Und wenn du denkst, es ist Zufall, dass es nur dich und Becky gibt«, hatte sie hinzugefügt, »dann hast du dich geirrt.« Aber wenn Morgan ihren verbrauchtesten Patientinnen vorhielt, weniger Babys zu kriegen, könne ihr Leben ein bisschen erleichtern, lachten sie sie entweder aus, weil sie so naiv sei, oder sagten, was Gott ihnen gebe, nähmen sie hin. Die traurige Wahrheit war, dass offensichtlich nur eins von vier Kindern überlebte, sodass manche meinten, es sei eigentlich egal, wie viele sie zur Welt brachten.

In den nächsten drei Jahren sorgten Morgan und ihre Mitbewohner dafür, dass Klein-Della genug zu essen hatte – falls ihre Geschwister sie nicht bestahlen. Tim Mahon, der Drucker und ein geschickter Schreiner, machte Della eine Krücke, die unter der Achselhöhle gepolstert war, sodass sie dort nicht immer wund war und blutete. Dellas Mutter Rose kam einmal zu ihnen, um sich zu bedanken. Man erkannte sofort, dass das Kind genau aussah wie seine Mutter, bis hin zur Blässe ihrer Haut. Doch Rose hatte etwas Geistesabwesendes an sich. Zum Beispiel gab Morgan ihr Medizin mit, und sie vergaß, sie zu nehmen. Sie schien nie zu wissen, wo sich ihre Kinder aufhielten. Cat Enright sagte, das käme vom Trinken – »Die süffelt heimlich. Jede Wette.« Aber Morgan glaubte, dass es an ihrer Unterernährung lag; die Frau war klapperdürr.

Säuferin oder nicht, die arme Rose Blessing war vom Unglück verfolgt. Sie wurde mehrmals schwanger und erlitt Fehlgeburten mit heftigen Blutungen. Oft war sie so krank, dass sie ihre Heimarbeit nicht erledigen konnte. Ihr Ehemann Conor kam bei einer Schlägerei im Hafen um. Die drei älteren Kinder starben an Diphtherie. Dann kam Della eines Tages mit tränenüberströmten Wangen in den Lebensmittelladen gehumpelt und fragte nach »Doktor Morgan«. Eine der Frauen auf der Straße schickte ihren Sohn los, Morgan zu holen – sie sah gerade nach einem Patienten mit einer eiternden Wunde –, die gleich angerannt kam und wissen wollte, was los war.

»Wir müssen auf die andere Seite des Flusses unter die Große Brücke ziehen, weil es dort Arbeit gibt«, sagte Della. »Aber ich will nicht! Ich werde Sie oder Tom oder Bridgie nie wieder sehen, niemals! Was soll ich tun? Alle werden mich rumschubsen und auslachen und Hinkebein nennen!« Und wieder brach sie in Tränen aus.

Morgan gefiel die Sache auch nicht, zumal Rose erneut schwanger war. »Conors Abschiedsgeschenk an mich«, hatte sie, ein seltener Versuch, humorvoll zu sein, gesagt. Es ging ihr nicht gut, und sie war bei weitem zu dünn. Doch was sollte man machen? Zumindest würde Rose mit ihrer Freundin Toan zusammenwohnen, ebenfalls Witwe mit zwei Kindern. Die Zeiten waren miserabel. Gemeinsam mochten sich zwei Frauen und ihre Sprösslinge vielleicht durchschlagen. Also zogen sie um.

Einen Monat vor dem errechneten Geburtsdatum, erreichte Morgan die Nachricht, dass Rose, blutend und fiebernd, nach

Mrs Wellburn verlangte. Morgan wusste, dass Rose kein schönes Zuhause hatte, doch auf das, was sie vorfand, war sie nicht vorbereitet. Das große Bauwerk stand direkt unter den steinernen Zinnen der Brücke. Sie trat in ein von grässlichem Gestank erfülltes Dunkel. Bis auf ein paar Minuten um die Mittagszeit drang nie Sonnenlicht in das Gebäude. Sie musste nach jemandem rufen, der ihr den Weg zeigte, und kurz darauf kam ein Kind mit einer Fackel angerannt. Während der Junge sie führte, erklärte er, ihre einzige Beleuchtung sei das elektrische Licht, das nachts auf der Großen Brücke und auf den Straßen angeschaltet wurde. Sie fühlte sich wie ein Maulwurf, als sie sich durch die pechschwarzen, engen Flure tastete. Nach ein paar Minuten hatten sich ihre Augen jedoch auf die Finsternis eingestellt und sie erkannte einige Details. Als das Kind mit seiner Fackel einen Kerzenstummel entzündete, sah sie, dass sie sich in einem winzigen Raum mit einem kleinen Herd und einer Nähmaschine unter einem Fenster, einem Tisch und einem wackeligen Stuhl sowie einer alten, in einer Ecke auf eine Stoffkiste gelegten Matratze befand. Auf der Matratze lag Rose Blessing. Sie schenkte Morgan ein mattes Lächeln. Plötzlich packte etwas Morgan an den Beinen, sodass sie fast gestürzt wäre. Es war Della, Klein-Della, die aussah, als sei sie am Verhungern, die Wangen eingefallen, die Augen in tiefen Höhlen.

Es kostete Morgan Mühe, vor Entsetzen über diesen Ort nicht aufzuschreien, aber sie behielt ihre Empfindungen und ihre Stimme unter Kontrolle. Sich neben Rose kauernd, sagte sie zu Della: »Nun mach dir keine Sorgen, ich werde mich schon um deine Ma kümmern.«

Rose hatte kein hohes Fieber, war jedoch schwach vor Hunger und blutete immer noch von ihrer Fehlgeburt. Morgan wollte Wasser zum Kochen aufsetzen, aber es waren keine Kohlen da. »Die Miete kostet fünf Dollar und ein Eimer Kohlen zwölf Cents«, informierte Della sie. »In einem guten Monat verdient Ma, wenn sie sehr hart arbeitet, neunzehn Dollar.«

»Wenn ich Weißnäherin wäre«, flüsterte Rose, »könnte ich mehr verdienen. Aber ich bin immer krank, und es ist schwer, wenn man tagelang nichts zu essen hat.«

Während sie Rose wusch und sich bemühte, es ihr bequem zu machen, erfuhr Morgan weitere Einzelheiten und wurde mit jedem Wort wütender. Alle, die in diesem furchtbaren Haus wohnten, schliefen am Tage und verrichteten nachts Heimarbeit, um die Brückenbeleuchtung zu nutzen. Es ersparte ihnen die Ausgabe für Kerzen. Sie nähten Kittelschürzen, ein Dutzend für einen Dollar; »das ist eine schwierige, harte Arbeit, und man muss vierzehn Stunden am Stück nähen, um pro Tag ein Dutzend fertig zu kriegen. Joan schafft es, aber sie ist kräftig.« Es kam selten vor, dass Rose es an einem Tag auf einen ganzen Dollar brachte. Meistens waren es nur sechsundsechzig Cents.

Morgan schickte den kleinen Jungen – einen Sohn von Joan, wie sie feststellte – los, damit er Brot und Bier kaufte. »Sieh zu, dass du ein paar Äpfel ergatterst«, ordnete sie an. »Brot, Käse, Kartoffeln, Tee, Kohlen. Hol Kohlen. Und beeil dich, bitte.« Sie gab ihm zwei Dollar in der Hoffnung, dass er nicht damit durchbrennen würde. Doch das tat er nicht. Sie fühlte sich so schuldbewusst, ihm das zugetraut zu haben, dass sie ihm, als er mit seinen Einkäufen beladen zurückkehrte, einen Apfel ganz für ihn allein schenkte.

Rose liefen Tränen über die Wangen, während Morgan sie löffelweise mit Tee und dann mit in Bier eingeweichtem Brot fütterte. Rose hatte die meisten ihrer Zähne verloren, und ihr Zahnfleisch war wund und entzündet. »Ich glaube, der Fluss ist der beste Platz für die, die Ruhe finden wollen«, sagte sie mit schwacher Stimme. »So ein Leben wie dies, das ist kein Leben.«

»Ich werde Ihnen helfen, Rose«, meinte Morgan. »Sie dürfen nicht aufgeben. Sie müssen an Klein-Della denken.«

»Nehmen Sie sie. Mit mir ist es aus.«

»Ma, sag das nicht!«, schrie Della. »Sag das nicht!« Aber Roses Kopf war zur Seite gesunken und sie wurde ohnmächtig.

»Mit Ihnen ist es nicht aus, noch nicht«, sagte Morgan grimmig. Sie schüttelte Rose und beförderte sie halb ziehend, halb tragend nach draußen und auf die Straße, Della, die schneller humpelte, als man sich hätte vorstellen können, gleich hinter sich. Morgan ging direkt zur Poliklinik Hester Street.

Es war Sonnabend, der »hebräische Feiertag«, und das bedeutete, dass hier großer Andrang herrschte. Eine lange Schlange zog sich durch das Treppenhaus bis auf die Straße hinab. Zunächst wollte Morgan warten, bis sie an der Reihe waren. Doch Rose, die sich ein wenig erholt hatte und selbst ein Stück gelaufen war, klappte allmählich wieder zusammen und hatte furchtbar glasige Augen. Sie durften keine Zeit verlieren.

»Mir nach, Della«, sagte Morgan, packte Rose fest um die Taille und begann, sich an der Schlange der Patienten vorbeizuzwängen, wobei sie rief: »Ich bin Ärztin! Bitte lassen Sie mich durch! Die Frau hier stirbt.« Wie durch ein Wunder schafften sie es alle drei, nach oben zu gelangen, ohne dass jemand gestolpert und die Treppe hinuntergefallen wäre.

Trotz der Menschenmenge, die sich auf den Bänken des Wartezimmers drängte, war es hier friedlich. Die Bänke waren in unterschiedlichen Farben gestrichen. In einer durch ein Geländer abgetrennten Ecke auf der anderen Seite des Raums – am Ausgabeschalter – saß der Dienst habende Arzt mit einem Packen Zettel in den Farben der Bänke. Morgan war schon mal hier gewesen, daher wusste sie, dass rot chirurgisch bedeutete, blau internistisch, gelb Augen/Ohren, grau Frauen- und Kinderkrankheiten und grün Zähne. Die Zettel waren nummeriert und die jeweiligen Zahlen wurden aufgerufen. Von denen, die Geld hatten, wurde eine Gebühr von zehn Cents erhoben; alle anderen behandelte man gratis.

Morgan, in deren Arm Rose schlaff wie eine Stoffpuppe hing, stand als Zweite in der Schlange. Der Mann vor ihr wurde um zehn Cents gebeten. »Der Staat sollte dafür zahlen, dass wir am Leben bleiben, aber wirklich!«, brüllte er. »Die sind weiß Gott die reinsten Blutsauger!« Von den Bänken ertönte verhaltenes Lachen, aber er angelte das Geld aus einer Tasche, sprach mit dem Doktor und erhielt einen grünen Zettel.

Morgan musste Della bitten, zwei Fünfer aus ihrer Geldbörse zu klauben, und sie bekamen einen grauen Zettel. Sie schleppte Rose zu den grauen Bänken und setzte sich dankbar hin. Bei all ihrer Magerheit und Schwäche war Rose Blessing doch eine schwere Last, und Morgan war sich nicht sicher, wie lange sie die Kranke noch hätte aufrecht halten können. Eine Viertelstunde später wurden sie und ihre Schützlinge in das Behandlungszimmer gebeten.

Der spärlich möblierte Raum enthielt einen Tisch, hinter dem der Arzt saß, zwei oder drei Holzstühle und verschiedene Instrumente in der Nähe eines Waschtisches. Eine Krankenschwester mit steifer, weißer, gerüschter Haube und gestärkter weißer Schürze stand daneben. Einige Strähnen ihrer blonden Haare waren unter der Haube hervorgerutscht, ihre Kleidung war zerknittert, und Morgan bemerkte, dass ihre Schürzentasche eingerissen war. Aber ihre Augen blickten intelligent und aufmerksam, als sie das merkwürdige Trio betrachtete. Auch der Arzt taxierte sie, allerdings mit unmissverständlicher Gereiztheit. Morgan konnte sich denken, was er dachte. Wieso brachte sie ihm diese Frau, die so offenkundig an der Schwelle des Todes stand, erst jetzt? Er nahm einen Federhalter zur Hand, bedeutete den dreien, sich zu setzen und wollte gerade die Krankengeschichte aufnehmen, als eine zweite Schwester ihren Kopf zur Tür hereinsteckte und fragte: »Doktor, könnten Sie mal? Notfall. Sieht aus wie eine durchtrennte Arterie. Arbeitsunfall.«

»Schwester Apple wird sich um die Patientin kümmern«, sagte der Arzt und ging aus dem Zimmer.

»Wenn *dies* kein Notfall ist«, meinte Schwester Apple streng, »dann weiß ich auch nicht. Wie dem auch sei … Name?«

Morgan nannte ihr Roses Namen, Alter und Nationalität, die laut Della englisch war. »Ich wüsste nicht, wo sie geboren ist. Du, Della?«

»Ich hab sie über Liverpool reden hören.«

»Das reicht. Am wichtigsten ist eigentlich, woran sie leidet.«

»Unterernährung«, sagte Morgan. »Zu viele Schwangerschaften. Zu viel Arbeit und zu wenig Hoffnung. Sie sollten die entsetzliche Unterkunft sehen, in der sie leben müssen. Nein, Sie sollten sie nicht sehen. Sie dürfte gar nicht existieren.«

Schwester Apple lächelte. »Da bin ich absolut Ihrer Meinung. Aber wir müssen aufschreiben, was ihr fehlt.«

»Und Sie können nicht gut ›Hoffnung‹ schreiben. Ich weiß.«

Della, die geschwiegen, ihr Gespräch jedoch aufmerksam verfolgt hatte, fiel plötzlich ein: »Ma trinkt wieder. Sie versucht, es sein zu lassen, aber sie sagt, es betäubt den Schmerz.«

»Ich glaube nicht, dass der Genever Schuld am Zustand deiner Mutter ist, Kind«, sagte die Schwester freundlich. Dann wandte sie sich erneut an Morgan.

»Sie hatte gerade eine Fehlgeburt«, beantwortete Morgan die unausgesprochene Frage. »Es war nicht die erste … und ich glaube, sie hat eine Menge Blut verloren.« Sie erzählte der Schwester die ganze Geschichte: wie sie Rose Blessing kennen gelernt und dass Della heute nach ihr geschickt hatte. »Ich bin so schnell gekommen, wie ich konnte, und habe Rose so vorgefunden, wie Sie sie jetzt sehen. Della ist ein braves Kind. Sie leidet auch Hunger und sie hat Probleme beim Gehen. Bis ich heute hier angekommen bin ...«

Schwester Apple nickte lebhaft. »Ist natürlich nicht Ihre Schuld. Es ist die übliche blinde Ignoranz der Behörden. Wie die Stadt New York es zulassen kann, dass ihre Bürger hungern und sterben, und nichts unternimmt –!« Schwester Apples Gesicht rötete sich vor Entrüstung. »Eines Tages werden sich die Unterdrückten dieser Erde, all diejenigen, die nicht beachtet und nicht gehört werden, erheben und die überrennen, die sie nicht sehen wollen.« Plötzlich hielt sie betroffen inne und sagte: »Ach, du liebe Güte. Entschuldigen Sie. Die Arbeit in dieser Poliklinik ist eine Lektion in Sachen vergessene Menschen. Und ... ich neige dazu ... mich über gewisse Ungerechtigkeiten schrecklich zu empören. Ich bitte Sie um Verzeihung.«

»Nein, nein«, sagte Morgan. »Ich bin ganz Ihrer Meinung. Ich bin Ärztin und Hebamme, überwiegend für arme Immigranten. Ich habe mich auch schon gefragt, warum es all dieses unnötige Leid geben muss, das ich sehe.«

»Was mich am meisten ärgert«, sagte die Schwester, während sie Rose flink untersuchte und sich dabei auf einem Block Notizen machte, »ist meine Machtlosigkeit. Sicher, ich kann Kranke pflegen, ich kann manche körperlichen Schmerzen lindern. Aber wenn ich Leben verändern will, muss ich aufs College gehen und Sozialarbeiterin werden.«

»Aufs College!«

»In meinem Alter? Na ja. Vierundzwanzig ist doch noch nicht so alt.«

Morgan, die dreiundzwanzig war und wusste, dass sie als alte Jungfer galt, lächelte. »Überhaupt nicht. Ich habe nur großen Respekt vor einer Frau, die sich die Zeit nimmt, zu studieren. Und es ist interessant, jemanden kennen zu lernen, der die Dinge so sieht wie ich. Meine Patienten sagen entweder, alles sei Gottes Wille, oder sie hätten eben kein Glück. Und sie zucken die Achseln und denken, so, wie es ist, muss es bleiben. Was die Reichen betrifft, die sagen, arme Leute habe es immer gegeben. Und dann zucken sie die Achseln und wenden sich ab.«

Schwester Apple schenkte ihr ein Lächeln, das erste, seit Morgan den Raum betreten hatte. Es offenbarte zwei unerwartete Grübchen und machte sie fast hübsch. »Sie sollten mal in mein Viertel kommen. Es ist voller Menschen mit ungewöhnlichen Ideen. *Irgendwo* ist dort immer eine Zusammenkunft von Menschen, die Missstände abschaffen wollen. Ich selbst gehöre zu einer Gruppe, die gegen den Mädchenhandel kämpft.« Auf Morgans erstaunten Blick hin nickte sie. »Oh ja. Junge Einwanderermädchen kommen her, um ein neues Leben zu beginnen, und die Schakale hier schwatzen ihnen Knebelverträge auf ... und Schlimmeres. Was soll so ein Mädchen auch tun, um genug zum Leben zu verdienen? Wir sind gut dran, Sie und ich. Wir haben etwas gelernt und man bringt uns ein gewisses Maß an Respekt entgegen. Aber schauen Sie sich diese arme Frau hier an, die zum Hungern gezwungen ist, weil sie anständig bleiben wollte.« Zu Della, die ganz Ohr war, sagte sie: »Mach dir nur keine Sorgen, wir tun alles, damit es deiner Mama wieder besser geht.« Und zu Morgan: »Die Gruppe, der ich angehöre, wurde von einer Frau gegründet, die Sozialarbeiterin und Sozialistin ist. Solche Leute wohnen in meinem Viertel.«

Morgan hatte keine Ahnung, was eine Sozialistin ist, und schämte sich, nachzufragen. Sie war sehr beeindruckt von Schwester Apples Weltklugheit und Wissen. Dabei war sie nur ein Jahr älter als sie selbst. *Ich muss noch viel lernen,* dachte Morgan.

»Was für ein Viertel ist das?«

»Greenwich Village. Sind Sie da mal gewesen?«

Morgan errötete. »Ich kenne Brooklyn kaum.«

»Kommen Sie doch morgen mit mir Mittag essen. Ich sage Ihnen, wie Sie fahren müssen. Oder besser noch, ich hole Sie an der Endstation der Straßenbahn in Manhattan ab, und dann laufen wir oder nehmen eine Droschke. Wir werden ins Brevoort gehen. Da ist das Essen reichlich und preiswert. Und ich zeige Ihnen die Sehenswürdigkeiten. Ich muss Sie aber warnen: bei manchem wird sich Ihnen der Magen umdrehen. Es gibt dort Bordelle und vulgäre Tanzsalons und wüste Bars, und auf den Straßen lungern betrunkene Männer herum, sogar tagsüber. Aber auch ganze Sippen aus Italien und Frankreich und Spanien ziehen zu.« Ihr Tonfall war lebhaft, selbst während sie auf Dellas Beinen und ihrem Rücken Wunden abtupfte und säuberte. »Armes Kind, du fällst sicher oft hin. Ja«, fuhr sie, zu Morgan gewandt fort, »im Village gehen große Veränderungen vor sich. Künstler ziehen zu. Und unter starkem Verkehr werden wir nie zu leiden haben, weil es so viele unebene Straßen und kleine Gassen und unvermittelte Sackgassen gibt. Und all die Minettas – Minetta Lane, Minetta Court, Minetta – ach, ist ja egal. Na, da kommt er endlich. Der Doktor. Oh, ich heiße übrigens Adelaide, Adelaide Apple.«

»Morgan Wellburn.«

»Erfreut, Ihre Bekanntschaft zu machen, Morgan Wellburn. Nun … möchten Sie Greenwich Village und meine Freunde kennen lernen?«

»Gewiss! Ich bin … ich stamme aus einem kleinen Nest in Connecticut, und … ich freue mich darauf, Sie im Village zu besuchen und neue Erfahrungen zu machen.«

»Ich glaube, es wird Sie interessieren«, sagte Adelaide Apple. »Mehr noch, ich glaube, wir werden gute Freundinnen, Sie und ich.«

14

1891, Greenwich Village

Das Wetter war schön geworden und Adelaide strahlte. Als sie heute Morgen das Geplätscher von Regen geweckt hatte, war sie aus dem Bett gesprungen, um aus dem Fenster zu schauen. Es würde sich aufklären; es musste sich aufklären. Sie wollte, dass es ein schöner Tag würde. Und siehe da, als sie um 11 Uhr die Straßenbahnhaltestelle erreichte, schien die Sonne hell, und alle Pfützen dampften. Morgan wartete bereits auf sie. Eine neue Freundin. Addies Herz hüpfte.

»Was möchten Sie sich ansehen?«, fragte sie, sobald sie einander begrüßt hatten. Morgan sagte: »Was immer mich Ihrer Meinung nach interessieren könnte. Alles!«

»Oh, es gibt so viel zu sehen! Dann kommen Sie. Passen Sie auf, wo Sie hintreten.«

»Ich habe gehört«, sagte Morgan, während sie in Richtung Westen losmarschierten, »dass Greenwich Village zu einem Zufluchtsort für Künstler, Schriftsteller und andere Freidenker wird. Kriegen wir die heute auch zu sehen?«

»Wahrscheinlich nicht da, wo wir hingehen«, meinte Adelaide. »Es sei denn, Sie sind besonders darauf aus. Ich kann sie führen, wohin Sie wollen.«

»Nein, nein. Es ist Ihr Viertel. Ich habe mich nur gefragt, wie man sie erkennt.«

»Na ja … viele haben lange Haare, sehr lange. Und sie sind komisch gekleidet. Irgendein altes Gewand irgendwo übergeworfen. Aber vermutlich bekommen wir nicht viele Bohemiens zu sehen … so werden sie genannt, ich weiß auch nicht, warum. Sie wohnen am liebsten in bestimmten Straßen … sogar in bestimmten Gebäuden. Eines heißt das Haus der Genies, weil jeder Mann, der dort seine Unterkunft hat, irgendein Künstler oder Schriftsteller ist.«

»Das Haus der Genies? Und wer hat es so genannt?« Morgan blickte amüsiert drein.

»Wieso ... ich weiß nicht. Ich glaube, sie selbst.«

»Natürlich«, meinte Morgan trocken, und beide lachten. »Wir sollten auch in ein Haus ziehen«, bemerkte sie, »und es das Haus der Medizin nennen!«

In diesem Moment fragte sich Adelaide: *Warum nicht?* »Wo wohnen Sie jetzt?«

»In Cat Enrights Pension in der State Street in Brooklyn Heights«, berichtete Morgan ihr. »Aber ich muss zugeben, dass ich mich in meinem kleinen Zimmer allmählich beengt fühle. Ich habe Cat sehr gern, die anderen Mieter auch, und es ist günstig gelegen. Trotzdem ... ein winziges Zimmer für eine solche Riesin wie mich!«

»Die Amazonen waren auch groß«, sagte Adelaide. »Und sie haben ihre Welt beherrscht.«

»Oh, danke für Ihre freundlichen Worte. Ich hoffe, ich habe nicht nach Selbstmitleid geklungen. Meine Patienten legen immer den Kopf in den Nacken und schauen zu mir hoch und sagen: ›Meine Güte, Sie sind aber groß!‹ Eigentlich macht es mir nichts aus. Es ist sogar nützlich, denn sie wagen es nicht, einer Großen wie mir nicht zu gehorchen.«

»Oh, aber Sie würden doch nie – ach so. Das war ironisch gemeint. Ich fürchte, dafür habe ich kein gutes Ohr.«

»Mit Ihren Ohren ist alles in Ordnung, Adelaide. Sie verstehen sehr gut, was Ihre Patienten brauchen.«

Adelaide spürte, wie sie rot wurde; das war ihr Fluch. »Ich habe auch eine beengte Wohnung«, sagte sie, das Thema wechselnd. »Und ich habe in letzter Zeit daran gedacht ... ein Haus zu kaufen.«

»Ein ganzes Haus? Ist das nicht sehr teuer?«

»Ich habe Geld, eine ganze Menge. Mein Gott, ich hoffe, Sie halten mich nicht für eine Angeberin. Meine Großmutter hat mir testamentarisch viel Geld hinterlassen.«

»Ein Haus! Was für ein Traum! Meine Großmutter hat mir nur ein Amulett vererbt.«

Addie wollte nicht genauer nachfragen, was Morgan damit meinte. Vielleicht war es wieder ein Scherz; sie wusste es nicht. »Wenn sich zwei Leute gemeinsam ein Haus kaufen und die Kosten teilen würden …«, hub sie an und schalt sich dann selbst. Dass Morgan Wellburn ihr so gut gefiel, musste nicht heißen, dass es Morgan mit ihr ebenso ging.

Erneut wechselte Adelaide das Thema. »Vor ein paar Jahren war es noch sehr still hier. Es war wirklich wie ein Dorf, klein und friedlich. Doch jetzt …« Doch jetzt waren die Straßen bevölkert mit Schwärmen von Neuankömmlingen, Immigranten – Deutsche und Iren, Italiener und Spanier –, die ihre großen, lärmenden Familien mitbrachten, die starken Düfte unbekannter Speisen und ein regelrechtes Sprachgewirr. Aus einst eleganten Privathäusern waren Mietskasernen geworden, aus deren Fenstern zerlumpte Wäsche hing und sich Frauen beugten, die Ellbogen auf die Fensterbank gestützt, und hinabschauten in die Straßen, wo es von Handkarren, Hausierern und Horden von Kindern wimmelte.

»Dies war mal ein anständiges Viertel«, sagte Addie, wobei sie die Stimme hob, um sich Gehör zu verschaffen, während sie sich durch die Menschenmenge am nördlichen Rand des Washington Square drängten. »Hier tauschten wohlhabende Familien ihre Visitenkarten aus und benahmen sich manierlich.« Sie lachte. »Und jetzt haben wir die lauten Ausländer. Wir haben …« Sie breitete die Arme aus. »Wir haben Gasthäuser, Ateliers für hungernde Künstler, Biergärten! Es gibt welche, die den Niedergang von Greenwich Village beklagen, aber ich sehe neue Ideen hereinströmen, und die üblichen Regeln sind hier unten außer Kraft!« Sie lächelte breit. »Ist das nicht wundervoll?«

Morgan, die schweigend eine Szene nach der anderen betrachtet hatte, brach in Gelächter aus. »Adelaide, Sie haben mich ja schön zum Narren gehalten! Ich dachte, Sie wären eine von denen, die den Verfall dieser Gegend bedauern. Und nun loben Sie ihn! Das gefällt mir. Erzählen Sie doch bitte weiter.«

Addie, der durch diese Reaktion ganz warm ums Herz wurde, griff nach Morgans Hand, drückte sie und zog dann genauso schnell ihre Hand wieder weg. Sie hatte früher im Internat eine sehr enge Freundschaft mit einem Mädchen gehabt, die schlecht ausgegangen war. Seitdem war sie vorsichtig.

Als sie vierzehn war, wusste Adelaide Apple, dass sie besser nicht in den Spiegel schaute. Sie war nicht hübsch. Ihre Mama sah sie oft an, schüttelte traurig den Kopf und seufzte, wie schade es sei, dass Addie nach den Apples und nicht nach den Bernsteins gekommen war. »Aber das macht nichts, Liebling, du hast deine Erbschaft – und natürlich Intelligenz. Dir wird es schon gut gehen, keine Angst.« Aber Addie wusste, dass Schönheit alles war, und dass es ihr nie gut gehen würde.

Welch ein Wunder, als Bonnie Metzger sie – die unscheinbare, pummelige Addie – zu ihrer besten Freundin auserkor. Bonnie war zierlich und lebhaft. Sie waren beide neu in der zehnten Klasse der Goodman School für Junge Damen, eines Internats in Westchester County. Bei der ersten Versammlung saßen sie nebeneinander, und Bonnie wisperte ihr die ganzen vielen Ansprachen hindurch Bemerkungen zu: Die Direktorin ähnelte einer Bulldogge. Wann sollten sie sich bloß vergnügen bei all der Arbeit, die sie zu tun hatten? Glaubte Addie, dass der Lateinlehrer an seinem Latein gestorben war, weil es doch eine tote Sprache war? Fand Addie nicht auch, dass Mr Goodman furchtbar gut aussah?

Nie zuvor hatte jemand sie nach ihrer Meinung befragt; nie hatte ein anderes Mädchen mit ihr geflüstert und gekichert. Was für ein herrliches, warmes Gefühl das war! Adelaide war hingerissen. Von dieser ersten Begegnung an war sie Bonnie Metzger ergeben.

Ein, zwei Monate lang waren sie unzertrennlich. Bei den Mahlzeiten saßen die Mädchen zu acht am Tisch, Addie und Bonnie stets nebeneinander. »Ich bin auf dich angewiesen, Addie«, sagte Bonnie zu ihr. »Du weißt, wie man eine Sache anpackt.« Oft schickte sie Addie zur Ausgabetheke, um noch mehr Nachtisch oder zusätzliche Servietten zu holen, »denn auf dich hören sie, Addie.« So war es nicht nur beim Essen. Bonnie schickte Addie auch immer zur Direktorin, damit sie besondere Vergünstigungen erbat. Und Addie ging gern, strahlend vor Glück.

Gemeinsam machten sie ihre Schularbeiten in der Bibliothek und gingen dann nach oben, meistens in Bonnies Zimmer, wo sie redeten und redeten. Das heißt, eigentlich redete und redete Bonnie. Addie saß zufrieden da und lauschte, während sie Bonnies lange, dichte, dunkle Locken bürstete. Sie liebte es, wenn sich das Haar um ihre Finger kräuselte, liebte das genießerische Lächeln auf Bonnie Metzgers Gesicht. Immer wieder sagte Bonnie: »Niemand kriegt die Knoten so gut raus, ohne mir wehzutun, niemand außer dir, Addie.«

Addie erzählte Bonnie, wie enttäuscht ihre Mama über ihr Aussehen war. Sie erzählte Bonnie, dass ihr Vater ein Kind im Hause lästig fand, und dass sie deshalb auf der Goodman School war. Eines Abends gestand sie Bonnie, dass sie nie zuvor eine gute Freundin gehabt hatte. Und in ihrem Enthusiasmus sagte sie: »Ich liebe dich, Bonnie. Ich liebe dich mehr als meine Eltern!« Und sie schlang ihre Arme um Bonnie und küsste sie.

Auf einmal saß Bonnie bei Tisch nicht mehr neben ihr, bat sie nicht mehr um Hilfe in Geometrie oder Latein. Sie beschwatzte Adelaide nicht mehr, »schon mal mit meinem Aufsatz anzufangen; ich habe nie so gute Ideen wie du!« Sie ignorierte Adelaide und beantwortete keinen von Addies Zetteln, auf denen diese fragte, was sie denn getan habe. Bonnie begann, Hand in Hand mit Emma Diamond zu gehen, die dumm und hochnäsig, aber hinreißend war. Jetzt flüsterten und kicherten die beiden miteinander. Oft sahen sie zu Addie herüber und kicherten dann noch lauter. Adelaide, die förmlich in Unglück ertrank, war immer kurz vorm Weinen. Sie verlor ihren Appetit und stocherte im Essen herum.

Als sie eines Tages mit gesenktem Kopf die Treppe hochstieg, stieß sie mit jemandem zusammen. »Ach Gott«, sagte sie, »tut mir schrecklich Leid –« Als sie aufschaute, war es Emma Diamond, die sie angrinste und nicht beiseite trat.

»Du bist so tollpatschig, Adelaide Apple. Kein Wunder, dass deine Mutter deinen Anblick nicht ertragen kann! Kein Wunder, dass dein Vater dich nicht im Haus haben will! Kein Wunder, dass Bonnie nicht wollte, dass du sie küsst!« Emma sprach mit leiser Stimme, damit kein anderer sie hören konnte. Dann trat sie beiseite und lief lachend die Treppe hinab, wobei sie Addie absichtlich schubste. Noch jemand lachte. Es war Bonnie, dicht hinter Emma. Der Klang ihres Gelächters erfüllte das Treppenhaus.

Etwas überflutete Addie; es fühlte sich wie eine erste heiße und dann eiskalte Woge an. Bonnie Metzger hatte einer anderen alle ihre Geheimnisse verraten! Sie hatte ihr von dem Kuss erzählt, dem Zeichen von Addies Liebe! Für Bonnie war er grässlich und belustigend gewesen! Das war zu viel, zu furchtbar, zu demütigend! Adelaide fing an zu zittern und dann fing sie an zu schreien. Ein Weinkrampf schüttelte sie, dem sie keinen Einhalt gebieten konnte. Oh, dieser Verrat … wie lächerlich sie sich gemacht hatte … es war unerträglich.

»Ihr!«, kreischte sie. »Ihr beiden! Du, Bonnie, und du, Emma! Ihr seid hassenswert! Ihr seid schrecklich!« Weit unter ihr wirbelten zwei Köpfe gleichzeitig herum, zwei verschwommene Gesichter wandten sich ihr zu.

Laut weinend rannte Addie den Rest der Stufen in ihr Zimmer und knallte die Tür hinter sich zu. Oh, wie schrecklich, wie schrecklich! Sie warf sich aufs Bett und trommelte in hilfloser Wut mit den Fäusten geräuschlos auf die Steppdecke ein. Nach einer Weile klopfte jemand an ihre Tür, und sie vernahm Stimmen, darunter auch Bonnies. Sie reagierte nicht. Sie hörte nicht, dass die Tür geöffnet wurde. Sie spürte eine Hand auf ihrem Kopf und drehte sich um. Bonnie beugte sich über sie und sagte: »Bitte, Addie, Mrs Goodman meint, du wirst krank davon. Bitte beruhige dich.«

Zwischen geschwollenen Lidern hindurch blickte Addie auf zu ihrer Peinigerin, der einstigen geliebten Freundin. Bonnies krause Locken und volle, dunkle Lippen erschienen ihr jetzt nicht mehr schön, sondern böse und hässlich. Addie setzte sich auf, packte eine Hand voll von Bonnie Metzgers Haar und riss daran, so fest sie konnte, schüttelte Bonnies Kopf hin und her. »Du abscheuliches Mädchen! Du Verräterin!«, kreischte sie. Bonnie, so nahm sie undeutlich war, schrie ebenfalls.

Jemand löste ihre Hände aus Bonnies Haaren. Die Direktorin rief den im Ort praktizierenden Arzt, der in Notfällen in die Schule kam. Er hieß Dr. Hurd und verkündete, Adelaide leide an Hysterie – »typisch für weibliche Wesen, die ihr Gehirn überfordert haben«, erklärte er. Addie wusste, dass sie nicht hysterisch war. Ihr Gehirn war nicht durch zu viel Denken überfordert worden, wie Dr. Hurd glaubte. Trotzdem wurde sie nach Hause geschickt. Man sagte ihr, sie dürfe im folgenden Quartal wieder kommen, falls sie Mr und Mrs Goodman versprach, sich von nun an wie eine richtige junge Dame zu benehmen und ihren Hang zur Hysterie zu kontrollieren.

Natürlich hatte sie sich geweigert, an diesen grauenhaften Ort zurückzukehren. Wie konnte sie das, wo sie dort öffentlich gedemütigt worden war? Ihre Mama begriff überhaupt nichts – »Mein armes Kind, du musst den Kopf hochtragen und ihnen trotzen, dann wagen sie es nicht, schlecht von dir zu denken!« –, doch Papa meinte: »Wir engagieren einen Privatlehrer, und basta. Man sollte sie nicht zwingen, wenn sie kein Talent dafür hat, sich in Gesellschaft zu bewegen.«

Addie wusste, dass sie eine Schwäche für Frauen hatte und sie damit manchmal abschreckte. Ihr war klar, dass sie sehr vorsichtig sein musste, wenn sie Morgan Wellburn nicht vor den Kopf stoßen wollte. Sie war sehr eingenommen von Morgan, die so groß und imposant wirkte, so exotisch aussah, so vernünftig war. Wenn sie doch so sein könnte; dann wäre sie eine Anführerin und nicht immer bloß Mitläuferin.

»Kommen Sie, ich will Ihnen die Bleecker Street zeigen. Die Bleecker Street«, fügte sie hinzu, »ist wirklich eine große Schande. Noch vor einer Generation war sie eine stolze und vornehme Straße, müssen Sie wissen, und voller eleganter Wohnhäuser. Und jetzt ... aber kommen Sie, Sie werden schon sehen.«

Die Bleecker Street wirkte tatsächlich Furcht erregend, sogar im hellen Tageslicht: schmutzig, überbevölkert, schäbig. An der Ecke Bleecker/Thompson kamen sie kaum durch das Gewühl der Handkarren und ihrer Kunden, die sich drängten und schoben, um ganz nach vorn zu gelangen. Alles schrie aus vollem Halse. Morgan staunte und sagte, so etwas gebe es in Brooklyn Heights nicht. »Hier kann man alles kaufen«, wunderte sie sich, während sie die Szenerie betrachtete. »Essen ... Kleidung ... Bettzeug ... Töpfe ... alles und jedes.«

»Ein Stück weiter werden – äh – Dinge feilgeboten, die nicht so appetitlich sind«, meinte Addie. »Kommen Sie, sehen Sie selbst.« Morgan bekam große Augen, als sie einen Tanzsalon nach dem anderen passierten, auch Bordelle, wo dick mit Rouge und Puder geschminkte Mädchen sich an Mauern und Laternenpfosten räkelten, Zigarillos rauchten, dabei so wenig wie möglich anhatten und jedem vorbeigehenden Mann dreiste Blicke zuwarfen. In jedem zweiten Gebäude befand sich ein Kuriositätenkabinett mit Schildern, die »gepfefferte französische Sensationen« oder »Geheimnisse des Serails« verhießen. In einer Gasse zwischen zwei Kneipen stieß sich ein Mann mit verdrecktem Gesicht und zerlumpten Kleidern – eigentlich noch ein Junge, unter zwanzig – gerade eine Nadel in den Arm. Morgan war verblüfft über diesen Anblick, und Addie musste erklären: »Vermutlich ein Morphiumsüchtiger. Es gibt viele davon, fürchte ich.« Während sie weiterspazierten, wurden sie von mehreren Händlern angesprochen, Männern, Frauen, kleinen Jungen und Mädchen, die ihnen Schnürsenkel oder Orangen oder Blumen oder Zahnstocher verkaufen wollten. Morgan blieb stehen und gab einem kleinen Mädchen einen Penny für Streichhölzer.

»Es ist entsetzlich«, bemerkte sie, »dass Menschen so leben müssen. Wir waren auch arm, aber ich bin zur Schule gegangen. Diese Kinder hier, fürchte ich …«

»Sind für die anständige Gesellschaft verloren? Ja, sicher. Aber wissen Sie, die meisten von ihnen sind mit neunzehn oder zwanzig sowieso tot. Ja, es ist schrecklich«, stimmte Adelaide zu, als sie Morgans Gesichtsausdruck sah. »Seien Sie vorsichtig«, fügte sie in ganz verändertem Ton hinzu. »Sehen Sie die Jungen da an der Ecke? Wahrscheinlich Taschendiebe. Passen Sie gut auf Ihre Tasche auf … aha. Da haben wir's.«

Ein plötzlicher Tumult an der Ecke veranlasste sie, hinüberzueilen und nachzusehen, was los war. Eine alte Frau lag stöhnend auf der Straße, während ein Junge von neun oder zehn mit einem Fahrrad auf sie einschrie, sie sei ihm direkt vors Rad gelaufen und habe es beschädigt.

»Das habe ich schon mal erlebt«, sagte Addie. »Wenn jetzt alle stehen bleiben und glotzen, räumen seine kleinen Freunde ihnen die Taschen aus … *Hey! Du da drüben mit der grünen Mütze! Ich sehe genau, was du machst!«* Der Junge mit der grünen Mütze stürzte auf die nächste Straße zu. Der rundliche Gentleman, hinter dem er gestanden hatte, drehte sich um, klopfte auf seine Taschen und rief laut nach der Polizei. Jeder

der Umstehenden hatte sich nach ihnen umgewandt, und Addie spürte, wie ihr die Farbe ins Gesicht stieg. Sie errötete so leicht, was ihr sehr zuwider war – besonders vor einer neuen Freundin. Was war nur über sie gekommen, dass sie so geschrien hatte?

»Gut gemacht!«, rief Morgan. »Die Geldbörse des Herrn hat er wohl gekriegt, aber Sie haben ihn so erschreckt, dass er weggerannt ist. Nun beraubt er wenigstens sonst niemanden mehr. Schnell reagiert, Adelaide!«

Weitere Verlegenheit blieb Addie durch das Klagen der auf der Straße liegenden Frau erspart. »Und was ist mit mir? Alle wollen sehen, was los ist, aber keiner hilft einer armen alten Frau, die von einem Tunichtgut angefahren wurde!«

Morgan warf Addie einen amüsierten Blick zu, und gemeinsam liefen sie hin und hoben die Frau auf. »Nun beruhigen Sie sich, Mutter«, sagte Morgan mit fester Stimme. »Ich bin Ärztin und meine Freundin hier ist Krankenschwester. Sie sind in guten Händen.« Rasch überprüfte sie die leichten Prellungen und verkündete kurz darauf, der Frau fehle weiter nichts. Addie wischte sie mit einem sauberen Taschentuch ab. Sie hörte, wie in der Menge gemurmelt wurde: »Ne Frau und Doktor … man stelle sich vor … haste so was schon mal gesehen?« Sie schaute die Menschen offen an, stolz, in Gesellschaft einer solch kompetenten Person zu sein.

Dann gingen sie weiter, jetzt noch kameradschaftlicher gestimmt als zuvor. »Wir sind ein gutes Gespann, Adelaide«, sagte Morgan. »Es ist wirklich angenehm, in Gegenwart einer Frau zu sein, die nicht meint, sie müsse beim Anblick von Blut oder auch nur Schmutz gleich aufkreischen und quietschen.« Erfreut erwiderte Adelaide: »Und ich fürchtete schon, es wäre ein schrecklicher Fehler gewesen, Sie hierher mitzunehmen und Ihnen die Kehrseite des Lebens zu zeigen.«

»Ganz und gar nicht. Dies ist zwar neu für mich, aber wissen Sie, ich behandle überwiegend arme Leute, von denen viele auch ein solch erbärmliches Leben führen. Die Frau zum Beispiel, die ich in die Poliklinik gebracht habe, Rose Blessing und ihre kleine Tochter. Ich frage mich, wie lange sie noch durchhalten. Ich habe Angst um sie, und ich weiß, dass es noch Hunderte …«

»Tausende«, korrigierte Addie.

»Aber Sie sind immer auf dem Sprung zu helfen«, meinte Morgan. »Es hat mir gefallen, wie Sie hinter dem jungen Dieb hergerufen haben. Ich war sicher, Sie würden hinter ihm herrennen und ihn in den Schwitzkasten nehmen.«

Sie lächelten einander an, doch Addie war verwirrt. Morgan hielt sie für stark und tapfer, Eigenschaften, die sie auch Morgan zuschrieb. So hatte sie sich selbst nie gesehen. Dabei stimmte es, wenn ein soziales Thema oder eine Angelegenheit zur Sprache kam, bei der es um Gerechtigkeit ging, verlor sie ganz schnell ihre Schüchternheit. *Was weiß man schon?*, dachte sie. *Dass ich das nie selbst begriffen habe.*

»Ich würde gern mitkommen zu einer Ihrer Zusammenkünfte«, sagte Morgan. »Zu der Gruppe, die gegen den Mädchenhandel kämpft.«

»Die Gesellschaft zum Schutz junger Frauen?«

»Ja. Würden Sie mich mitnehmen? Glauben Sie, ich könnte beitreten?«

Addie umklammerte Morgans Hände, und diesmal war es ihr egal; sie würde nicht aufgeben. »Ob ich das tun würde? Ich wäre entzückt. Wir können jedes neue Mitglied gebrauchen.« Ihr Herz schlug höher vor Freude. Sie waren ein gutes Gespann, tatsächlich. Das hatte Morgan gesagt. Vielleicht konnten sie Freundinnen bleiben. Vielleicht musste sie nie mehr einsam sein!

Dritter Teil

Morgan Wellburn
Dr. med. Alexander Becker
Birdie Grace Becker
Adelaide Appie

15

Juli 1904, New York City

Morgan war so überstürzt aus dem Haus geeilt, dass sie nur hoffen konnte, alles dabeizuhaben. Während sie eines der Geschäfte in der Fulton Street passierte, warf sie einen Blick auf ihr Spiegelbild im Fenster. Sie sah gut aus, fand sie, richtig modern sogar. Der Gibson-Girl-Look war sehr beliebt, und warum sollte sich ausgerechnet Morgan Wellburn gegen den letzten Schrei wehren? Sie hatte eine Hemdbluse an und einen langen Rock mit breitem Gürtel um die Taille. Ihr Haar war zu der populären Hochfrisur aufgesteckt, und natürlich trug sie Hut und Handschuhe. Ihr alter Medizinbeutel wirkte ein bisschen deplatziert, aber ohne ihn ging es nicht. Sie trug auch immer noch das Muschelamulett von ihrer Mutter zwischen den Brüsten. Es sollte Glück bringen; das konnte sie nur hoffen. In jedem Fall war es eine Antiquität.

Sie war zufrieden mit ihrem Aussehen, doch … sie wurde nicht jünger! Sechsunddreißig dieses Jahr, ein fortgeschrittenes Alter für eine unverheiratete Frau. Sie war längst zu dem Schluss gekommen, dass ihr das nichts ausmachte. Ihre Erfahrungen mit Silas, schon so lange her, hatten sie eine Lektion gelehrt. Sie würde sich nie wieder in eine Situation bringen, in der sie insgeheim verachtet wurde. Sie wusste, dass sie zu groß, zu dunkelhäutig, zu kräftig war, eine kühne

Nase und einen direkten Blick hatte, den viele Männer beunruhigend fanden. Auf eine Menge Verehrer wirkte sie ganz einfach einschüchternd. Nun, sei's drum. Sie war eine angesehene Ärztin, vor allem in den ärmeren Bezirken, obgleich sie im *Brooklyn Eagle Directory* als Krankenschwester verzeichnet war. Sie sollte wirklich Medizin studieren, wie Dr. Grace ihr ständig vorhielt. Doch dafür hatte sie keine Zeit; sie war immer so beschäftigt. Überhaupt, was für einen Unterschied würde es schon machen, wenn sie zur Universität ginge? Keiner ihrer Patienten wollte ihr Abschlusszeugnis sehen. Sie nahm die Straßenbahn über die Brücke und genoss die Brise, die durch den offenen Waggon wehte. Der Blick über den Hafen faszinierte sie auch nach all den Jahren immer noch. Vergeblich versuchte sie, ihre zerdrückten Kleider zu glätten. Der hohe Kragen ihrer Hemdbluse wurde allmählich schlaff von der Hitze, und sie spürte, dass sich im Nacken ein paar lange Haarsträhnen aus den Kämmen gelöst hatten. Was machte das schon?, fragte sie sich, während sie zwei Kämme herauszog und versuchte, ihre so adrette Frisur wiederherzustellen. Sie war zu einer Entbindung unterwegs, nicht zu einem eleganten Ball. Eine Nachricht von Addie, die lautete, in der Ludlow Street 45 gebe es eine schwierige Geburt, hatte sie hinaus in die Mittagshitze geführt.

In Manhattan stieg sie aus der Straßenbahn und rannte fast die Ludlow Street entlang. Ihr Ziel war ein Mietshaus und sie nahm wie gewöhnlich zwei Stufen auf einmal. Warum mussten alle Notfälle im vierten Stock sein? Als sie oben ankam, schwitzte sie am ganzen Körper und war ein wenig außer Atem. Sie schaute sich in dem schäbigen Hausflur um. Jemand hatte eine Tür einen Spaltbreit geöffnet und sie hörte eine vertraute Stimme: Adelaides. Sie ging hin, steckte den Kopf durch die Tür und rief: »Addie?«

Ihre Freundin kam aus dem hinteren Zimmer angelaufen. Es gab nur zwei Räume, und beide waren dunkel und –

nach den Insektenschwärmen im Vorderzimmer zu urteilen – schmutzig.

»Morgan! Endlich! Bin ich froh, dass du da bist. Das arme Mädchen, sie müht sich so, aber das Baby will einfach nicht zur Welt kommen. Steißgeburt, glaube ich. Ich habe ihren Bauch betastet und bin nicht ganz sicher, aber ich denke, es liegt auch noch verkehrt herum.« Jetzt konnte Morgan das hohe Wimmern aus dem Nebenzimmer hören. »Die Wehen dauerten schon fast vierundzwanzig Stunden.« Morgan vernahm ein schwaches Husten. »Sie ist völlig erschöpft, das arme Ding«, sagte Addie. »Und das Baby ist auch müde, glaube ich. Als ich eben horchte, kam mir sein Herzschlag schwächer vor.«

»Ihr Husten gefällt mir auch nicht. Vielleicht hat sie die Schwindsucht.«

»Genau das dachte ich auch, Morgan. Sie ist ganz und gar nicht kräftig, und ich fürchte …«

Morgan legte der Freundin eine Hand auf die Schulter. Als ob Addie nicht schon in ihrem regulären Job genug zu tun hatte, kam sie jeden Samstag als Freiwillige in die Poliklinik Hester Street auf der Lower East Side, an die sich die ärmsten Immigranten wandten. Die Poliklinik musste sie zu der Frau nach Hause geschickt haben – wenn man diese schreckliche Bruchbude ein Zuhause nennen konnte.

»Gemeinsam werden wir dafür sorgen, dass sie überlebt. Haben wir das nicht immer geschafft?«

Dreizehn Jahre nach ihrer ersten Begegnung arbeiteten sie nach wie vor zusammen, falls nötig, waren die besten Freundinnen und stolze Besitzerinnen eines wunderschönen Hauses in Brooklyn Heights.

»Warum gehen wir nicht rein und du schaust sie dir an?« Addie pustete sich ein paar Haarsträhnen aus den Augen, aber sie hingen ihr gleich wieder drin. Immer fiel ihre Hochfrisur auseinander, ständig gingen von ihrer Bluse die Knöpfe ab, und die Säume ihrer Röcke lösten sich und schlappten auf den Boden. Sie war sehr hellhaarig, so blond, dass ihre Augen beinahe wimpernlos wirkten, eine stämmige, dralle kleine Frau, von der viele Menschen glaubten, sie könne keinen klaren Gedanken fassen. Sie irrten sich, wie Morgan sehr wohl wusste. Adelaide Apple war äußerst intelligent und tüchtig und stets bereit, gegen soziale Ungerechtigkeit zu kämpfen. Wenn ihr etwas fehlte, dann war es Humor. Ihr Verstand hatte keine spielerische Seite, und das vermisste Morgan gelegentlich. Aber Addie war die Güte in Person. Morgan hatte ihre Entscheidung, ein Haus zu kaufen und zusammen mit ihr darin zu wohnen, nie bereut. Bestimmt würde keine von ihnen je heiraten.

Als Morgan ins Schlafzimmer trat, blieb sie bestürzt stehen. Ein Mann, sehr blond, sehr elegant, saß neben dem Bett, hielt die Hand der Frau und versuchte, sie zu beruhigen. In Morgan kochte die Wut hoch. Ach so! Der Vater des Kindes! Sie kannten keine Scham, überhaupt keine Scham! Sie gehörte der Gesellschaft zum Schutz junger Frauen an und hatte zu viele Szenen wie diese erlebt. Ein reicher Mann, wahrscheinlich verheiratet, der ein armes Einwanderermädchen verführte und schwängerte! »Sie werden nicht benötigt, Sir. Ich bin Ärztin und kümmere mich um sie.«

Bei diesen Worten begann Adelaide, die eben ein Handtuch befeuchtete, um es der Frau auf die Stirn zu legen, zu lachen. »Morgan, darf ich dir Dr. Becker vorstellen? Dr. Alexander Becker. Alex, dies ist meine Freundin Morgan Wellburn, von der ich Ihnen erzählt habe.«

Jetzt war Morgan zur Abwechslung mal sprachlos. Ein Doktor! Schnell ordnete sie ihre Gedanken und Annahmen neu. Ein Doktor – das war etwas anderes. Sie wollte sich gerade bei ihm entschuldigen, doch als er den Kopf wandte, blickte sie in die strahlendsten blauen Augen, die sie je gesehen hatte. Ihr Herz fing an, etwas schneller zu pochen, und sie befahl sich, damit aufzuhören, so töricht zu sein. Sie bat ihn um Verzeihung, wobei sie ein wenig stotterte, und bereitete sich dann auf die Entbindung vor, indem sie mehrere Fragen stellte. Innerlich sprudelte sie über. Endlich war es geschehen. Nach all den Freiern und Verehrern, nach Herzeleid und manchmal auch Verzweiflung war es endlich so weit. Hier war der Mann, für den sie geschaffen war. Sie konnte ihn nicht noch einmal ansehen, obgleich sie es so gerne wollte. Sie waren füreinander bestimmt, das wusste sie. Doch wie sollte sie es anstellen, dass er das erkannte?

Alex Becker hatte sich stets als einen Mann betrachtet, der seine Gedanken und Gefühle unter Kontrolle hatte. Und doch war er soeben in einen Zustand völliger Betäubung gefallen. Nur wegen einer hoch gewachsenen Frau mit pechschwarzem Haar, Augen, so tief und unergründlich wie das Meer, und einem Blick, der ihn durchbohrt hatte.

Er musst sie kennen lernen – in jeder Hinsicht. Er musste sie halten – erfahren, was hinter jenem kühlen, durchdringenden Blick steckte – ihre Gedanken und ihr Herz kennen lernen – musste ... musste ... Bei Gott, er hatte Gedanken wie ein schwärmerischer Schuljunge! Er war vierunddreißig, ein reicher Mann, der nach dem Heimgang seiner Eltern noch reicher sein würde, ein angesehener Arzt. Er war nicht der Typ für Liebe auf den ersten Blick. Er war überhaupt nicht der Typ, der sich verliebte. Es war lächerlich, und er war überzeugt davon, dass er sich in einer Minute wieder normal fühlen würde.

»Natürlich, ja«, murmelte er. »Adelaides Freundin. Morgan.« Sein Mund war trocken, seine Stimme ein Krächzen.

»Morgan Wellburn. Hebamme«, sagte sie.

Wellburn. Ein englischer Name. Doch sie sah nicht aus wie eine Engländerin. Sie sah aus wie ... er wusste nicht, wie sie aussah. Er hatte noch nie eine Frau wie sie zu Gesicht bekommen. Sie war groß und breitschultrig, ihr Haar glänzend und pechschwarz. Vielleicht hatte sie chinesisches Blut in den Adern oder arabisches oder persisches, mit diesen hohen Wangenknochen und der stolzen Nase. Er hielt sie für das schönste Geschöpf, das er je erblickt hatte. *Morgan Wellburn. Hebamme.*

Er sagte noch etwas, etwas darüber, wie Adelaide sie immer gepriesen hatte, irgendetwas, damit sie ihm weiterhin in die Augen schaute. daraufhin errötete sie, wurde ganz Hebamme und fragte ihn nach Einzelheiten über die arme Margaret. Die Patientin lag erschöpft auf dem schmalen Bett, während ihr Uterus wieder und wieder kontrahierte, vergeblich. Das Baby hatte sich völlig falsch herum gedreht, in eine Querlage. Er erklärte, er habe es mit einer Zangenentbindung versucht, mit allen möglichen Manipulationen, Adelaide desgleichen. Nichts hatte geholfen. Einer von beiden würde sterben, Mutter oder Kind, es sei denn, sie könnte etwas dagegen unternehmen. Er erhob sich von seinem Stuhl neben dem Bett und bot Morgan Wellburn mit einer Verbeugung seinen Platz an. Dicht hinter ihr stehend, sagte er: »Bitte. Tun Sie, was Sie können. Wir haben leider nur sehr wenig ausrichten können.«

Alex beobachtete die Hebamme, die ihre Ärmel aufkrempelte und gleich zur Sache kam – kein Getue, keine künstlichen Posen. Nach ihrem Verhalten zu urteilen, hatte sie seine Anwesenheit vergessen. Sie war energisch und selbstsicher, und sie hatte gute Hände, stark und geschickt – die Hände eines Chirurgen, dachte er. Natürlich würde es einer Frau nie gestattet sein, Chirurgin zu werden. Bewundernd schaute er zu, wie sie Mutter und Fötus untersuchte. Sie war äußerst kompetent.

Er hatte sich lange mit dieser schwierigen Querlage abgemüht … und dann war sie eingetreten und hatte *ihn* aus dem Zimmer schicken wollen. Das hatte ihn überrascht und verblüfft. Adelaide hatte gelacht, vermutlich über seinen Gesichtsausdruck: Er war daran gewöhnt, dass er die Befehle gab. Als er sich dann umdrehte und Morgans Blick begegnete, versetzte es ihm einen solchen Stoß, dass er beinahe laut aufgestöhnt hätte. *Dies ist eine richtige Frau,* dachte er. *Eine Frau, die ich lieben könnte.* Ohne dass ein Wort gesprochen wurde, spürte er, dass zwischen ihnen etwas geschah. Er hätte darauf gewettet.

Ganz der Sohn von Max Becker, dachte Alex mit einiger Bitterkeit. Maximilian Becker, Erbe der Becker'schen Handelsgesellschaft, berüchtigter Lebemann, Bonvivant, Casanova. Sein Vater verspielte und verhurte das Familienvermögen. Es war allgemein bekannt, dass Max Becker seine Hände nicht in den Taschen und seinen Schwanz nicht in der Hose behalten konnte. Alex' Mutter stellte sich blind für das, was jeder in der Stadt wusste: dass Max eine Geliebte nach der anderen hatte und oft dabei beobachtet wurde, wie er Varietesängerinnen, Schauspielerinnen und anderen Halbweltdamen den Hof machte.

Alex ähnelte seinem Vater äußerlich sehr und war sich dessen unangenehm bewusst. Er und Max waren gut aussehende Männer. Papa hatte allerdings im Laufe der Jahre zu viele Flaschen Portwein geleert, sodass man ihm jetzt, mit fünfundfünfzig, an seinen blutunterlaufenen Augen, einem rapide wachsenden Wanst und dem Doppelkinn seine Ausschweifungen anmerkte. Statt Sport zu treiben oder eine Diät zu machen, ließ sich sein Vater seine Anzüge so schneidern, dass sie den immer dicker werdenden Bauch verbargen. Nach außen hin war er Präsident der Becker Trading Company, In- und Export. In Wirklichkeit hielt er sich selten in den Büros der Firma auf. Alex hatte das Geschäft übernehmen sollen, von dem er jedoch wenig verstand und das ihn noch weniger interessierte. Er hatte verbissen dafür gekämpft, Medizin studieren zu dürfen. Zum Glück war dieses eine Mal Mama auf seiner Seite gewesen.

Morgan Wellburn hatte die Patientin – sie hieß Margaret – beruhigt. Sie strich dem Mädchen sanft über den Leib und sprach mit leiser, beschwichtigender Stimme. Allmählich schlossen sich Margarets Augen. »So ist es gut«, sagte die Hebamme. »Ich möchte, dass Sie sich ein bisschen ausruhen, und dann probieren wir etwas anderes aus. Aber im Moment sind Sie zu erschöpft. Machen Sie also eine Pause – kommen Sie zur Ruhe – schlafen Sie ... So ist es recht, so ist es gut.«

Er hätte es nicht für möglich gehalten, doch innerhalb von Minuten war Margaret eingeschlafen, bewegten sich ihre Augen hinter den Lidern rasch hin und her.

Morgan drehte sich auf dem Hocker um und streckte sich. »Die Wehen haben aufgehört. Der Körper weiß, wann er seine Anstrengungen einstellen muss. Aber wir hören nicht genug auf unseren Körper.« Dann wandte sie sich wieder ihm zu. »Sie sind Arzt für Geburtshilfe?«, fragte sie.

»Allgemeinmediziner«, informierte er sie. »Wenn ich auf die Lower East Side komme, bin ich allerdings meist als Gynäkologe und Geburtshelfer tätig.«

»Alex ist ein Engel, Morgan. Er kommt jede Woche in die Poliklinik Hester Street und führt bei Frauen, die kein Kind mehr wollen, Abtreibungen durch«, brachte Addie vor. »Er verlangt nichts für seine Dienste.«

Alex warf ihr einen flehenden Blick zu. Addie sollte ihn lieber nicht mit zu viel Lob überhäufen. Das war ihm peinlich. »In vielen Fällen haben ihre Männer sie verlassen«, sagte er zu Morgan. »Wie kann ein Mann das einer Frau antun, die er einmal so sehr liebte, dass er sie geheiratet hat? Einfach sie und die Kinder im Stich lassen? Wir wissen doch, was dann passiert. Die Kinder kommen in ein Waisenhaus, und die Frau –?« Er breitete die Arme aus. »Ich finde ein solches Verhalten unverzeihlich.«

»Ja, es ist wirklich traurig. Das Problem besteht darin, dass die Männer zuerst auswandern und jahrelang allein leben, während sie das Geld für die Überfahrt der Frau verdienen«, meinte Morgan Wellburn. »Sie verlieben sich in eine andere«, fügte sie hinzu und errötete. Er fragte sich, ob ihr Erröten bedeutete, dass sie einen dieser unglücklichen Emigranten zum Geliebten hatte. Die Vorstellung machte ihn – was? Wütend? Nein. Eifersüchtig. *Eifersüchtig*. Er konnte kaum fassen, wie lächerlich er sich machte. »Von dieser Art Liebe halte ich nichts«, sagte er scharf und wurde nun seinerseits rot. »Na ja, vielleicht verlieben sie sich wirklich«, murmelte er. »Egal. Jedenfalls denken sie nicht an die Konsequenzen. Mrs Wellburn, Sie glauben nicht, wie viele Frauen allein gelassen werden und für sich selbst sorgen müssen. Die *Forward*, die jüdische Zeitung, druckt Bilder von Männern ab, die ihre Familien verlassen haben. Sie füllen die gesamte Titelseite des Blattes. Also tue ich, was ich kann.«

»Ihre Patientinnen sind Ihnen sicher sehr dankbar.«

»Sie lieben ihn«, sagte Adelaide. »Seine Privatpatienten genauso. Übrigens, Morgan, Alex ist Arzt am Bellevue, nicht am Mount Sinai, wie zu erwarten wäre. Obgleich er aus einer wohlhabenden Familie stammt, kümmert er sich lieber um die Armen dieser Stadt. Ist das nicht vortrefflich?«

»Adelaide, ich muss Sie bitten, endlich aufzuhören«, protestierte Alex, ein wenig lachend. Zu Morgan gewandt sagte er: »Adelaide macht gern etwas her von mir. Sie dürfen ihr gar keine Aufmerksamkeit schenken.«

»Oh, aber ich bin immer aufmerksam.« Ihr Ton war undurchschaubar, doch sie lächelte. »Sie sind Arzt im Bellevue? Ein wunderbares Krankenhaus, wo immer Neues ausprobiert wird, wie ich gehört habe.«

»Er arbeitet Tag und Nacht, Morgan. Und Nacht und Tag. Wir wundern uns alle, dass er noch lebt.« Das war wieder Adelaide, doch Adelaide war ihm egal. Sein Blick kehrte zu Morgan Wellburn zurück. Diese hellen Augen, so überraschend, bei ihrem bronzefarbenen Teint. Sie sah exotisch aus wie eine persische Prinzessin. *Um Gottes willen,* sagte er sich ungeduldig, *hör auf mit dem Unsinn. Denk dran, dass du Arzt und hier bei einer Patientin bist.* Er musste auf andere Gedanken kommen.

Also sprach er über das Bellevue – dass ein Arzt dort jedes medizinische Problem auf der Welt zu sehen bekam. Es sei der ideale Platz für einen frisch gebackenen Doktor; ideal, weil ein Arzt sich dort in fast allem erproben konnte. Er war mit Begeisterung bei der Sache, ging in seinem Beruf auf und fand ihn unendlich faszinierend. Aber das war nicht der wahre Grund dafür, dass er so viel arbeitete, jeden Hilferuf beantwortete. Er wollte keine Zeit haben zu grübeln, nachdem er jedes Gefühl – Liebe, Lust, sogar Freundschaft – aus seinem Leben verdrängt hatte.

Zum Teil war seine Arbeitswut auch ein Mittel, seiner Mutter zu entfliehen. Hester Wollheim Becker, Hettie für ihre Freundinnen und *maman* – ausgesprochen wie im Französischen und in der christlichen Oberschicht – für ihren Sohn. Sie waren stets uneins, er und seine Mutter. Sie wünschte, dass er heiratete, sich betrug, wie es sich gehörte. Sie wollte, dass er einen Sohn und Erben produzierte und ihr eine Schwiegertochter verschaffte, die sie herumkommandieren konnte. Ständig lag sie ihm deswegen in den Ohren. Es war sowieso Hetties großer Fehler, dass sie von nichts ablassen konnte. Sobald sie sich etwas in den Kopf gesetzt hatte, ritt sie immer wieder darauf herum und formulierte ihre Argumente so lange neu, bis sie ihren Opponenten aus dem Zimmer getrieben hatte. Alex' Überlebensstrategie bestand darin, dass er noch weiter ging: aus dem Haus nämlich, um seine Dienste ehrenamtlich anzubieten und sich in seiner Praxis zu vergraben.

Die Beckers bewohnten zwölf Räume, das gesamte fünfte Stockwerk eines neuen, großen, luxuriösen Gebäudes am Riverside Drive nahe der 100th Street. Es besaß eine Eingangshalle, die so gewaltig und mit Marmorstatuen angefüllt war, dass Alex fand, sie könne mit dem Parthenon konkurrieren. Er verachtete den überladenen Stil, so elegant er auch sein mochte. Ihr altes Haus an der unteren Fifth Avenue hatte Alex geliebt, aber für die Reichen waren Apartments der letzte Schrei. Also musste seine *maman* natürlich eines haben. Ihr gefiel, was immer gerade die neueste Mode war, und sie hielt stets Ausschau nach dem, was die anderen in ihren Kreisen taten, damit sie sie übertrumpfen konnte.

Warum blieb er bloß bei seinen unangenehmen Eltern wohnen, als wäre er ein pflichtbewusster und liebender Sohn? Vermutlich aus Trägheit. Er wurde dort in jeder Hinsicht versorgt. Immer gab es ein sauberes Hemd, frisches Bettzeug, reichlich zu essen, gute Bücher, Personal, das alles holte und brachte. Er musste sich über nichts Gedanken machen. Mittlerweile war er so weit, dass er nur ungern über sein Gefühlsleben nachdachte. Falls er sexuelle Bedürfnisse verspürte, hatte er in New York eine Menge erstklassiger Häuser zur Auswahl, die einem Mann offen standen, der zu anspruchsvoll für die billigen Absteigen im Süden Manhattans war. Beziehungen mit Gefühl benötigte er nicht. Er hatte all seine Emotionen beiseite geschoben, sie im Dachboden seines Geistes verstaut, wo sie, wie er annahm, Spinnweben ansetzten.

Margaret regte sich und stöhnte. Morgan Wellburn ergriff die Initiative.

»Ich brauche euch beide«, sagte sie. »Wir werden Margaret aufrecht hinstellen. Margaret, alles wird gut, das verspreche ich. So ...« Sie drängte die Frau aufzustehen. »So ist es recht. Gut. Dr. Becker und Schwester Apple werden Sie stützen, jeder auf einer Seite. Denken Sie an nichts weiter als an Ihr Kind, das bald zur Welt kommen wird. Machen Sie sich keine Sorgen. Wir halten Sie fest.«

Sie taten, wie von Morgan geheißen, während sie mit einem Strom beruhigender Worte fortfuhr. »Und jetzt helfen wir Ihnen, hin- und herzuschwingen. Haben Sie keine Angst. Dadurch wird sich das Baby umdrehen.«

So etwas hatte Alex noch nie gehört. Er betrachtete es als kompletten Unsinn, hielt aber den Mund. Sie schien ihrer Sache so sicher. Er und Adelaide schwangen Margaret sanft hin und her, und wenig später half Margaret ihnen dabei. Er staunte. Er hatte geglaubt, sie sei am Ende ihrer Kräfte, doch sie hatte sogar zu wimmern aufgehört. Ihre Augen waren geschlossen, während sie sich wiegte, und er vernahm ihr tiefes, schweres Atmen. Und die ganze Zeit über hockte Morgan auf den Knien, manipulierte den Fötus und redete mit ihm, ermunterte ihn, sich umzudrehen, drehen, ja, so ist es richtig, ja, genau, so ist es gut.

Er war so davon in Anspruch genommen, die Szene zu studieren, dass er hochschreckte, als die Hebamme sagte: »Da! Ich glaube, jetzt ist es in der richtigen Position.« Fast im selben Moment schrie Margaret auf und begann laut zu ächzen, während ihre Gebärmutter kontrahierte. Das letzte Stadium der Wehen hatte eingesetzt, bei Gott. Mit ihren seltsamen Methoden hatte die Hebamme es geschafft, das Baby in die richtige Position zu manövrieren. Er hatte nie dergleichen gesehen.

»Schnell! Legt sie aufs Bett!« Sie gehorchten ohne Frage, er und Addie. Margaret schrie, als der Kopf des Kindes sichtbar wurde. Dann rutschte in einem Schwall das Neugeborene heraus, so rasch, so schlüpfrig, dass Alex und Morgan es beide festhalten mussten.

»Er ist ein ungeduldiger kleiner Kerl, wie?« Morgan reinigte den Mund des Kindes, saugte seine Nasenlöcher aus und hielt es mit dem Kopf nach unten. Innerhalb von Sekunden begann es zu quäken. »Mein Baby«, sagte Margaret. Tränen strömten ihr aus den Augen, doch ein Lächeln erhellte ihr Gesicht. »Geben Sie ihn mir.«

»Er hat ein paar blaue Flecken, Margaret, weil er so eine anstrengende Reise hinter sich hat. Aber es geht ihm gut. Hören Sie nur, wie er nach seiner Mutter schreit«, sagte Morgan.

Margaret bedankte sich weinend. »Ich war sicher, dass wir beide sterben würden. Gott segne Sie, Hebamme. Gott segne Sie.«

»Ich bin froh, dass ich helfen konnte. Sparen Sie sich Ihre Segenswünsche lieber für Ihren Sohn. Jetzt passen Sie bitte gut auf. Ich werde Ihnen eine Putzfrau schicken, die hier sauber macht. Danach müssen Sie die Wohnung aber selbst sauber halten, wenn Ihr Kind seinen ersten Geburtstag erleben soll. Verstehen Sie?«

»Ja, Ma'am.«

»Kochen Sie alles Wasser immer ab«, sagte Morgan. »Waschen Sie Ihre Hände, wenn sie auch nur ein kleines bisschen schmutzig sind. Und trinken Sie reichlich Bier. Das wird Ihnen die Milch einschießen lassen.«

Adelaide eilte geschäftig hin und her, spähte in Schränke und durchsuchte Regale. »Hier ist nichts zu essen«, verkündete sie. »Ich laufe los und besorge was.« Als Alex ihr Geld reichte, nahm sie es ohne Kommentar. Sie hatten Ähnliches schon oft getan.

Nachdem Addie weg war, herrschte eine solche Stille, dass Alex das Gefühl hatte, sprechen zu müssen. »Mrs Wellburn …«

»Bitte nennen Sie mich Morgan.«

»Morgan. Ich habe so etwas – Ihre Technik – noch nie gesehen. Sie hat Wunder bewirkt. Wo um alles in der Welt haben Sie die gelernt?«

»Von meiner Mutter«, war die kryptische Antwort. Sie lächelte ihn an.

»Bitte scherzen Sie nicht mit mir. Ich möchte lernen, wie man das macht. So viele Säuglinge müssen sterben.«

»Es wird mir eine Freude sein, Sie zu unterweisen. Aber

ich habe es wirklich von meiner Mutter gelernt und die von ihrer, und so weiter bis hin zum Anbeginn der Zeiten, sagte sie immer. Meine Mutter stammt zum Teil von Indianern ab, und bei denen macht man das so.«

»Indianer?«

»Ja, Pequot. Früher beherrschten sie den Großteil von Connecticut, wo ich herkomme. Heute natürlich ...« Sie zuckte resigniert die Achseln.

Er starrte sie an. Was für ein verblüffender Tag dies geworden war! Morgan wirkte ein bisschen zerzaust; ihr tintenschwarzes Haar hatte sich aus der sorgfältig aufgesteckten Hochfrisur gelöst, doch ihm erschien sie wunderschön. Indianerin. Natürlich! So sah sie aus. Und sie kannte uralte Entbindungsmethoden, die fortschrittlicher waren als alles, was er während seines Medizinstudiums gelernt hatte. Er wollte sie wieder sehen. Nein, er *musste* sie wieder sehen.

»Werden Sie mir beibringen, was Sie über Geburtshilfe wissen? Und vielleicht ... auch andere Dinge?« Sie schauten einander lange an, dann streckte er seine Hand aus. Sie ergriff sie und er verspürte etwas ... Elektrisches zwischen ihnen. Er konnte ihre Hand kaum loslassen. So hatte er nicht empfunden seit – hatte er *jemals* so empfunden?

»Sie müssen mir sagen, wann es Ihnen passt, dann bringe ich Ihnen bei, was meine Mutter mich gelehrt hat. Sie hat mich ganz allein zur Welt gebracht, unter einem Baum, im Hocken. Im Hocken geht es am allerbesten. Wenn die Mutter nicht schon, wie heute, zu erschöpft ist.«

»Sie sind eine sehr ungewöhnliche Frau«, sagte Alex.

»Ich nehme an, Sie meinen das als Kompliment, und danke Ihnen. Aber, Dr. Becker ...«

»Ja?«

»Würden Sie mir vielleicht meine Hand zurückgeben? Außerdem würde ich gerne etwas über Ihren eigenen Werdegang erfahren.« Er lockerte seinen Griff und spürte, wie ihm die

Hitze ins Gesicht stieg. Er benahm sich töricht und schien doch machtlos dagegen zu sein. Er murmelte eine Entschuldigung, während sie geschickt das Thema wechselte. »Haben Sie Kinder?«

»Keine Kinder«, erwiderte er kurz und trat unwillkürlich einen Schritt zurück. »Ich bin nicht verheiratet.«

»Oh. Es – es tut mir Leid. Ich wollte nicht indiskret sein.«

»Sie sind nicht indiskret. Es ist – es ist nur ein Thema, über das ich nicht gerne rede. Ich war verheiratet – vor Jahren. Es – es ist schlecht ausgegangen, das ist alles ...« Er wandte den Kopf ab und versuchte, die Erinnerung zu verdrängen. Aber natürlich kam sie ihm trotzdem.

Er war erst achtzehn gewesen, ein Junge eigentlich noch, ganz Geschlecht und kein Hirn. Sie war eine wunderschöne Blondine mit sanften Locken und sanftem Blick und sanften, üppigen Brüsten. Er begehrte sie so heftig, dass er glaubte, er müsse platzen. Sie hieß Daisy Belmont, und seine Eltern waren ganz erpicht auf die Verbindung, weil ihr Vater ein entfernter Verwandter der August Belmonts und daher in der besten Gesellschaft akzeptiert war. Daisy war siebzehn, ein Jahr jünger als er und nicht die Intelligenteste. Sie bildete sich ein, verliebt zu sein; das erweckte den Neid ihrer Freundinnen, und er sah sehr gut aus. Und war sehr überzeugend.

»Ich liebe dich«, hatte er ihr gesagt, »ich bete dich an. Ich vergöttere dich. Wenn wir verheiratet sind, stelle ich ein Dutzend Dienstmädchen ein, sodass du keinen Finger mehr zu rühren brauchst. Du wirst den ganzen Tag im Bett liegen und darauf warten, dass ich zu dir nach Hause komme.« Das brachte Daisy zum Kichern. Alles, was er zu ihr sagte, brachte sie zum Kichern. Sie war entschieden geistlos, aber sehr willig, die Beine für ihn zu spreizen. Sobald er ihr die Jungfräulichkeit genommen hatte, war sie nur noch Begierde. Er musste ihr nur erzählen, wie sehr er sie liebte. Also log er weiter drauflos, und sie schliefen bei jeder sich bietenden Gelegenheit miteinander. Auf einmal war sie unerwarteterweise schwanger.

Er dachte, seine *maman* würde vor Verdruss sterben. »Warum sind Männer bloß so abscheulich?«, fragte sie, angeekelt die Nase rümpfend. »Sogar du, Alex. Und ich war der Meinung, ich hätte dich zu einem Gentleman erzogen.« Alex senkte den Kopf, während er ihre Tiraden über sich ergehen ließ; er konnte ihr nicht in die Augen schauen. Schon damals wusste er von den ständigen Frauengeschichten seines Vaters, und es war ihm peinlich mit anzusehen, dass seine Mutter so tat, als existierten sie nicht. Nun, zumindest sagte sie nicht: »Du bist ganz wie dein Vater!«

Die Hochzeit wurde in aller Eile geplant, und sie heirateten, bevor die Schande der Braut sichtbar wurde. Sechs Monate nach der Zeremonie starb Daisy Belmont Becker an Komplikationen bei der Geburt, ebenso das Baby, ein kleiner Junge. Alex gab sich die Schuld an ihrem Tod. Er hatte sie um seines eigenen Vergnügens willen verführt. Er hatte ihr schmeichelhafte Lügen aufgetischt, nur um zwischen ihre Beine zu gelangen. Er war genau wie sein Vater, ein Wüstling und Schurke ohne Gefühl für das schwächere Geschlecht. Um sich zu befriedigen, hatte er ein unschuldiges Mädchen in ihr frühes Grab gebracht. Und sein Kind dazu, seinen Sohn. Er schwor sich, nie wieder zuzulassen, dass seine niedrigeren Instinkte die Oberhand über ihn gewannen. Nie wieder würde er sich so verhalten wie sein Vater. Er würde sich von anständigen Frauen fern halten, und was die Ehe betraf – *niemals!*

Maman, die ihm nicht hatte verzeihen können, dass er Daisy »verdarb«, konnte ihm jetzt nicht verzeihen, dass er sich weigerte, noch einmal zu heiraten. »Du solltest dich schämen, ein Mann in deinem Alter und noch Junggeselle. Dabei siehst du so gut aus, dass dich jede Frau nehmen würde. Du solltest dir etwas aufbauen! Heiraten, eine Frau haben, Kinder kriegen für deinen Vater und mich. Ich wünsche mir einen Enkel, bevor ich sterbe.« Da sie erst neunundfünfzig und noch jugendlich war, ihr Haar kein bisschen grau – na ja, ein bisschen vielleicht doch –, brachte diese Anrufung ihres nahenden Todes Alex immer zum Lachen, obwohl er seine Mutter ganz und gar nicht komisch fand.

Durch jene Todesfälle hatte sich sein Leben dauerhaft verändert. Die Medizin wurde sein Ein und Alles. Er hatte sich daran gewöhnt, nichts mehr zu empfinden. Und heute, als er sich umdrehte und dieser seltsamen Frau in die Augen blickte und ihre intensive Ausstrahlung wie einen Schlag in den Solarplexus verspürte, erschütterte es ihn.

Sie redete mit ihm. »Ich habe gefragt, wie Sie und Adelaide sich kennen gelernt haben.«

»Wir arbeiten seit Jahren zusammen. Hat sie mich Ihnen gegenüber nie erwähnt?«

»Doch, natürlich. Der engelhafte Doktor?« Sie warf ihm einen belustigten Blick zu. »Der wunderbare Mensch, der jeden Samstag seine Zeit opfert, um ihren armen Unglücklichen zu helfen? Über den habe ich eine Menge gehört.« Sie setzte sich hin und bedeutete ihm, dasselbe zu tun. »Aber nicht namentlich.«

»Und doch«, sagte Alex, »hat sie jeden einzelnen Samstag, seit sie und ich den Einwandererfrauen zu ihren Abtreibungen verhelfen, von Ihnen gesprochen. Mit vollem Namen.«

Sie schaute fragend drein. »Warum sie wohl Ihren Namen nie erwähnt hat?«

Er glaubte zu wissen, warum. Er mochte Adelaide; er billigte alles, für das sie eintrat. Sie war solide und intelligent, arbeitete hart und besaß ein ausgeprägtes soziales Gewissen. Es war nichts Unklares an ihr; das gefiel ihm. Sie waren in vielen Dingen einer Meinung … und sie glichen sich insofern, als sie sich gefühlsmäßig von anderen fern hielten. Natürlich hatte er trotz seines Schwurs, sich nie wieder sexuelle Empfindungen zu gestatten, nicht immer gegen seine Natur ankämpfen können. Manchmal hatte er im Laufe der Jahre für kurze Zeit die eine oder andere Frau begehrt. Addie jedoch nie, nicht einmal für einen flüchtigen Moment. Er hatte nie eine auch nur im entferntesten sexuelle Ausstrahlung von ihr verspürt. Und ihr Verhalten ihm gegenüber war zwar freundschaftlich, man könnte sogar sagen, intim, hatte aber nie etwas Kokettes.

Er zweifelte nicht daran, dass sie eine Lesbierin war. Und jetzt, da er die beiden zusammen gesehen hatte, war er überzeugt davon, dass Adelaide in Morgan Wellburn verliebt war. Es lief ihm kalt den Rücken hinab: Und wenn nun Morgan Wellburn auch –? Nein, das konnte nicht sein. Das hätte er gemerkt.

In diesem Augenblick kam Adelaide mit einem großen Korb voller Brot und Käse und anderer Lebensmittel hereingehastet.

»Der Junge wird gleich mit einem Krug Bier hier sein.«

»Addie, Morgan und ich haben uns gefragt, wieso Sie nie den Namen des wunderbaren Arztes erwähnt haben, der umsonst Abtreibungen vornimmt?« Er lächelte, um seinen Worten die Spitze zu nehmen.

»Des wun…? Oh. Sie meinen sich. Warum? Ich – ich dachte, ich hätte Ihren Namen genannt. Vielleicht hielt ich es nicht für notwendig. Ich weiß es nicht. Ich entsinne mich nicht. Wie albern von mir … ich kann wirklich nicht sagen, wieso …«

Addie war so durcheinander, dass Alex es grausam gefunden hätte, weiter auf der Sache herumzureiten. Als er Morgan anschaute, trafen sich ihre Blicke. Er hätte um sein Leben gewettet, dass sie dasselbe dachte wie er. Es war Zeit für ihn zu gehen. Er arbeitete an einem wichtigen Beitrag für eine medizinische Zeitschrift. Aber erst …

»Mrs Wellburn, ich weiß, dass ich warten sollte, bis Sie mich einladen, doch ich bin nicht gewillt zu warten. Es wäre mir eine Ehre«, fuhr er fort und machte eine knappe Verbeugung vor ihr, »wenn Sie mir erlauben würden, Sie zu besuchen.«

Sie errötete und lächelte ihn an. Er konnte sein erfreutes Grinsen nicht verbergen, da er ihre Antwort bereits kannte.

»Besuchen! Wozu denn das? Morgan hat keine Zeit!« Als sich beide umdrehten und Addie einen erstaunten Blick zuwarfen, wurde ihr klar, was sie gesagt hatte, und sie färbte sich scharlachrot. Sie begann, hektisch hin- und herzuräumen, legte das Brot erst hierhin, dann dorthin, dann wieder an die alte Stelle. Dabei schaute sie keinen von ihnen an.

In besonders ruhigem, beiläufigem Ton meinte Alex: »Ich hoffe, Morgan hat ein paar Stunden für mich übrig, damit ich Ihnen beiden einmal abends meinen Respekt erweisen kann.«

Und Morgan sagte ebenso gelassen: »Natürlich. Wir werden uns freuen, Sie bei uns zu empfangen, nicht wahr, Addie?«

»Selbstverständlich. Oh, selbstverständlich.«

»Warum kommen Sie nicht am Mittwoch zum Abendessen? Es wird nichts Ausgefallenes geben, aber wir sind beide passable Köchinnen. Und vielleicht macht Adelaide Ihnen zu Ehren ihren berühmten Pudding«, sagte Morgan. Sie konnten ihre Blicke nicht voneinander lösen.

»Natürlich, natürlich, wie dumm von mir. Ich weiß nicht, was –«, stammelte Adelaide und fuhrwerkte in dem winzigen Zimmer herum, die helle Haut immer noch fleckig vor Aufregung. Alex riss seinen Blick von Morgan und überlegte, was er sagen könnte, um Adelaide zu beruhigen. Schließlich hielt sie in ihrem geschäftigen Gebaren inne und schaute ihn an. Ihre Augen waren trübe vor Schmerz. »Sie sind herzlich willkommen, Alex«, sagte sie. »Natürlich.«

»Danke Ihnen beiden für das köstliche Essen.« Alex nahm seine Serviette vom Schoß und legte sie auf den Tisch. Das sollte das Ende der Mahlzeit signalisieren, dachte er.

Aber Addie war auf liebenswürdige Weise unnachgiebig.

»Noch ein bisschen Dessert, Alex? Ich weiß, dass es Ihnen geschmeckt hat. Nein? Dann etwas heißen Tee. Ich setze einen frischen Kessel auf.«

»Addie, es ist eigentlich viel zu warm für Tee, findest du nicht?« Morgans Stimme war sanft; trotzdem errötete Adelaide, als ob sie ausgezankt worden wäre.

»Natürlich. Ich – ich bin zu hartnäckig. Das ist ein großer Fehler von mir, hat meine Mutter jedenfalls immer gesagt. Es tut mir Leid, Alex. Ich –«

»Vielleicht«, unterbrach Alex sie, »könnten wir zum Hafen hinunterschlendern, wo sicher eine kühle Brise weht.«

»Ich würde gern spazieren gehen«, meinte Morgan. »Ich bin ziemlich … überhitzt.«

Sie fächelte sich mit einem großen japanischen Papierfächer Luft zu und erzählte Alex, dass er ihr vor Jahren von einem Schiffskapitän und Freund von ihr geschenkt worden sei. »Er hat mich hierher gebracht, nach Brooklyn Heights.«

»Dafür bin ich ihm ewig dankbar. Kamen Sie mit Ihrer Familie?«

»Nein, nein, ganz allein. Ich habe in einer Pension nicht weit von hier gewohnt, bis ich Addie kennen lernte. Es war ihre Idee, dass wir uns zusammen ein Haus kaufen sollten, und wie gewöhnlich hatte sie Recht.«

»Es ist ein sehr schönes Haus.« Clinton Street Nummer 3 hatte vier Stockwerke und war aus Ziegeln erbaut. Über die Sandsteinstufen mit dem massiven Eisengeländer gelangte man in den ersten Stock mit den Salons. Schmuck, nicht elegant, doch mit einer sehr hübschen Haustür, einer Doppeltür aus Glas mit einem Bogenfenster darüber. Links von der breiten Sandsteintreppe befand sich ein weiterer Eingang, der ins Erdgeschoss führte, in dessen vorderen Räumen Morgan Patienten empfing. Hinter ihrer Praxis lagen Küche und Esszimmer. In einem winzigen Hofgarten zogen Morgan und Addie Blumen, und Morgan pflanzte ihre Heilkräuter an.

»Als wir übers Kaufen redeten, haben wir uns zuerst in Manhattan und am Prospect Park umgesehen. Aber mir wurde bald klar, dass ich in der Nähe meiner Patienten bleiben musste. Außerdem …« Morgen schenkte ihm ein kurzes Lächeln und spielte mit ihrem Teelöffel. »Ich hatte mich an die provinzielle Ruhe in Brooklyn Heights gewöhnt.«

»Also hielten wir in der Clinton Street Ausschau, die ja als Ärztestraße bekannt ist«, warf Addie ein. Sie bemühte sich sehr, den unvermeidlichen Moment hinauszuzögern, in dem Morgan und er allein wären, dachte Alex. »Morgan gefiel der Gedanke, dass hier schon vor hundert Jahren Ärzte praktizierten.«

»Bis wir feststellten, dass sie im Volksmund Mörderstraße hieß wegen all der Frauen, die dort durch die Hand von Ärzten umgekommen waren.« Ihr Blick zur Seite traf den seinen.

»Trotzdem, hier sind Sie nun …«

»Trotzdem …« Das Schweigen zog sich in die Länge, und Alex versuchte, sich ein neues Thema von allgemeinem Interesse auszudenken. Sie hatten bereits Addies Hauptberuf als Sozialarbeiterin auf Ellis Island erörtert und freundschaftlich über ihre Anliegen diskutiert. »Ich weiß gar nicht, woher du die Zeit nimmst, das alles zu schaffen«, hatte Morgan die Freundin geneckt. Und Adelaide hatte geantwortet: »Lieber eine Karriere als einen Ehemann.« Das war ein peinlicher Moment gewesen.

Alex erhob sich und schob seinen Stuhl sorgfältig unter den Tisch. »Was meinen die Damen? Ein Spaziergang am Wasser?« Immer wieder trafen sich ihre Blicke und hafteten aneinander. Aber er musste geduldig und gentlemanlike sein und durfte Adelaide Apple nicht verletzen. »Addie? Kommen Sie mit?«

»Nein, danke. Der Abwasch muss gemacht werden. Ach Gott, ich meinte nicht … Nein, ich bleibe wirklich lieber hier und räume auf.« Addie war ziemlich rosig im Gesicht geworden. »Wirklich. Ihr beiden …« Ihre Stimme brach ein wenig. »Geht nur, ihr beiden.«

Endlich waren sie draußen, in der schwülen Hitze der Abenddämmerung, allein. Zusammen. Alex war nervös wie ein Junge, der sich mit seinem ersten Schatz verabredet hat. Er wollte drauflosstürmen, sie in die Arme nehmen, ihr seine Gefühle offenbaren und sie herausfordern, die ihren zu leugnen. Doch wenn er das tat, würde Morgan womöglich schreien und weglaufen. Er verzehrte sich danach, sie zu küssen. Bevor der Abend vorüber war, *würde* er sie küssen, ohne sich um die Konsequenzen zu scheren.

»Arme Addie«, sagte er. Falls Morgan ihn fragte, was er damit meinte, würde er sie vielleicht doch nicht küssen.

»Ja. Arme Addie. Aber ich verstehe nicht ganz, warum sie so aus der Fassung ist.«

Enttäuscht sagte er: »Ach nein?« Sie gingen los. Er hatte keine Ahnung, wohin, und es war ihm auch völlig egal, solange sie an seiner Seite war.

»Oh, ich meinte nicht –« Morgan holte tief Luft. »Doch, ich weiß, warum sie aus der Fassung ist – sie spürt … dass etwas geschieht. Aber wieso *derartig* durcheinander? Es haben mich früher auch schon Männer besucht.«

»Sie weiß, dass dies etwas anderes ist«, sagte Alex.

Ihr Gesicht schimmerte im abnehmenden Licht. Einen Moment lang antwortete sie nicht, und er merkte, wie er die Luft anhielt. »Ja, das ist es wohl«, sagte sie schließlich. »Dies ist etwas anderes.« Genug, dachte Alex. Er blieb stehen und sie ebenfalls. Sie standen einander gegenüber und versuchten, sich in die Augen zu sehen. Aber es war zu dunkel geworden. Er griff nach ihr, zog sie an sich und legte seine Wange an die ihre. Ein leises, unwillkürliches Stöhnen entrang sich seiner Kehle und er packte sie fester.

Morgan drehte den Kopf und suchte seinen Mund mit dem ihren. Sie schlang die Arme um seinen Hals und zog seinen

Kopf zu sich herab, um den Kuss zu vertiefen. Für einen Augenblick löste sie sich von ihm und hob dann mit einem winzigen Seufzer ihren Mund wieder hungrig dem seinen entgegen. Sie küssten und küssten sich, pressten ihre Körper immer enger aneinander. Sie gaben Geräusche von sich, halbe Worte, nannten sich beim Namen. Er begehrte sie – so drängend, dass er sogar daran dachte, sich irgendwo mit ihr ins weiche Gras zu legen, *jetzt*.

Mein Gott, sie hatten keinen zusammenhängenden Satz geäußert, seit sie »Dies ist etwas anderes« gesagt hatte. Er hob den Kopf, rang nach Luft und sagte atemlos: »Wir müssen darüber reden.«

Morgan lachte, ein entzückendes Glucksen. Er fand es schade, dass er sie in der samtigen Dunkelheit kaum sehen konnte. »Lieber Alex«, meinte sie. »ich glaube nicht, dass wir reden müssen. Dies ist ... genau das, was es ist.«

»Ich glaube, ich bin in dich verliebt«, sagte er. »Glaubst du mir das?«

»Ja, oh ja. Ich glaube es dir.«

»Und du liebst mich.« Plötzlich war er sich sicher.

»Ja.«

»Du weißt doch, dass das unmöglich ist, oder? Du weißt, dass es so was nicht gibt, nicht geben *kann*.« Er umschlang immer noch ihre Taille.

Ihre Stimme ertönte ruhig aus der Nacht. »Ich weiß. Aber es ist passiert.«

»Komm mit. Ich habe eine eigene Praxis in Manhattan. Ich möchte ... ich muss ...« Er hielt inne. Nicht zu fassen, welche Worte aus seinem Mund kamen. Ihre feurigen Umarmungen, kaum zu fassen. Doch in seinen Adern sprudelte das reine Glück wie Champagner. »Ich bin verliebt«, sagte er freudig.

»Ja. Verliebt«, stimmte sie zu. »Ich möchte dich lieben, Alex. Nimm mich mit zu dir.« Sie trat auf ihn zu, so nahe, wie sie konnte, so nahe, dass sie sich an Ort und Stelle hätten lieben können, wären sie nicht bekleidet gewesen. Ihr Duft war Schwindel erregend. Ihr Mund war Satin. »Ich werde dein Haar lösen und mich darin einwickeln«, sagte er. »Und dann –«

»Nimm mich mit, Alex. Nimm mich mit zu dir und liebe mich.«

So geschah es. Sie nahmen eine Droschke, in der sie sittsam und schweigend nebeneinander saßen. Alex hatte das Gefühl, kaum atmen zu können, und er war sicher, dass es Morgan genauso ging. Er hatte das Gefühl, alles von ihr zu wissen und jeden ihrer Gedanken zu kennen. Er stellte sich vor, dass sie auf irgendeine seltsame, urirdische Weise miteinander verbunden waren. Und es half nichts, wenn er sich sagte: *Hör auf, so zu denken! Das ist Unsinn! Du und diese Frau – diese wunderschöne, mysteriöse, vertraute Frau –, ihr kennt euch kaum.* Es gab etwas zwischen ihnen ... etwas Elektrisierendes ... Magnetisches ... Er wusste nicht, was es war, aber es existierte.

Als er sie beim Ellbogen fasste, um sie die Treppe zu seinem Gebäude hochzuführen, spürte er, wie sein Arm vor Erwartung zitterte. Er hoffte, sie merkte es nicht. Nach wie vor seine Manieren wahrend, geleitete er sie in den Hausflur, schloss die Tür zu seinen Praxisräumen auf und ließ sie voran hineingehen. Dann warf er die Tür zu und griff nach ihr. Doch sie war schon dicht bei ihm, die Lippen ihm entgegengehoben. Er küsste sie und begann, sie zu entkleiden, wobei er sich mit den ungewohnten Verschlüssen abmühte. Morgan nahm seine Hände weg und fing an, rasch, ohne Zögern, ihre Kleider abzustreifen, während er dastand und ihr zuschaute. Sie wandte den Blick kein einziges Mal von ihm und hielt nicht inne, bis sie ganz nackt war.

Mit einem Seufzer drückte Alex sie an sich, küsste ihre Augen, ihre Nase, ihr Haar, ihre Schultern, ihre Brüste – ihre wunderschönen Brüste –, ihren Bauch. Er fiel auf die Knie und huldigte ihr. Leise sagte sie: »Alex, bitte. Zieh dich aus; ich möchte dich lieben.«

Sie liebten sich auf dem dicken türkischen Teppich, zu schnell, weil er so lange gewartet hatte. Irgendwann legten sie sich auf das weiche Ledersofa, das er mit einem Laken bedeckte, und liebten sich erneut, langsam und innig. Sie war köstlich, sanft, seiden, samtig, alles an ihr, und er befand sich in einem Delirium von Liebe und Lust, Zärtlichkeit und Verlangen. Nichts an ihr war Heuchelei oder Falschheit; sie begegnete jedem seiner Stöße ungeduldig, beantwortete sein Liebesgeflüster, reagierte auf jede Bewegung und jeden Wechsel. Lange Zeit blieben sie vereint, ohne sich zu rühren, blickten einander in die Augen, küssten sich sanft. Sie waren wie zwei Körper ohne Gedanken, die es nach Erlösung drängte. Er hatte noch nie eine Frau wie sie gekannt. Und er wusste so sicher, wie er je etwas gewusst hatte, dass er nie mehr eine andere Frau lieben würde, nicht, so lange er lebte.

16

September 1905

»Hör zu, Clara«, sagte Adelaide zum zehnten Mal. »Und sieh her. Schau auf meinen Mund!« Sie zeigte auf ihre Lippen und sagte langsam und deutlich: »Wasser. Möchten Sie ein Glas Wasser?«

Clara verzerrte das Gesicht, konzentrierte sich, so sehr sie konnte, und sprach ihr nach: »Wasen Meckten Sie Klas Wasen« Sie lächelte, zufrieden mit sich selbst.

Addie seufzte. Das Mädchen hatte kein Talent für Sprachen. Eigentlich hatte sie auch kein Talent dafür, amerikanische Sitten zu erlernen. Immer noch wollte sie die Kochtöpfe auf den Tisch stellen, statt sie in Geschirr umzufüllen. Wenn Mrs Mulligan, ihre neue und hoch geschätzte Putzfrau, die Töpfe zurückstellte und Clara zeigte, wie man richtig servierte, meinte diese, jedermann könne doch einfach mit dem Löffel zulangen. Sie warf das Besteck in einem Haufen auf den Tisch, von dem man sich bedienen sollte. Egal, wie oft Agnes Mulligan sie in der Kunst des Tischdeckens unterwies, alles verflüchtigte sich sofort aus Claras hübschem Kopf.

»Ich sprecke gut?«, fragte Clara mit Grübchen in den Wangen. »Ich schon besser?«

Sie war ein reizendes Kind, das unbedingt gefallen wollte. Addie erwiderte ihr Lächeln und beschloss, Clara keine weitere Lektion in Aussprache zu erteilen. »Schon viel besser«, stimmte sie zu. »Nun lass uns mal erörtern ... darüber reden, was geschieht, wenn unsere Gäste eintreffen.

»Geeste«, sagte Clara. »Mister Backer und Missus Backer und Doktor Backen«

»Genau. Dr. Becker und seine Eltern.« Addie gestattete sich einen Moment der Überlegung, wieso aus Becker *Backer*, aus Apfel dagegen *Epfel* wurde. Wenn Clara beide Vokale aussprechen konnte, warum dann nicht an der richtigen Stelle? Adelaide war froh, dass sie keine Lehrerin geworden war; das hätte sie mit Sicherheit in den Wahnsinn getrieben.

»Geeste is serr wichtik«, wagte Clara sich vor.

»Unsere Gäste sind sehr wichtig, ja«, pflichtete Adelaide bei, die Stellen betonend, die Clara immer falsch aussprach. Aber es war hoffnungslos. Clara hörte den Unterschied nicht. Während Addie Clara betrachtete, fragte sie sich, warum sie sich um alles in der Welt dieses Mädchen und keines anderen erbarmt hatte. Auf Ellis Island sah sie so viele, die verloren und verängstigt und der Willkür jedes bösen Menschen ausgeliefert waren. Nie hatte sie jemanden mit zu sich nach Hause genommen. Lag es daran, dass dieses Mädchen so hübsch und so gefällig war? Addie mochte nicht glauben, dass es ... diese andere Sache war. Ihre eigenen schrecklichen Sehnsüchte. Aber nein. Sie hatte nie auch nur Claras Hand ergriffen, um ihr zu zeigen, wie man etwas anfasste; das überließ sie Mulligan.

Clara war jetzt seit drei Wochen bei ihnen und schien, das musste Adelaide zugeben, recht beschränkt. Morgan meinte, das Problem sei die Sprache. Clara konnte nur wenig Englisch und Morgan überhaupt kein Russisch. Doch selbst Addie, die fließend Russisch sprach, hatte Schwierigkeiten, Clara etwas begreiflich zu machen.

Addie war Clara auf Ellis Island begegnet, wo sie für das Mädchen dolmetschen sollte. Das Dolmetschen war eine der Tätigkeiten, für die die Women's Immigrant Aid sie bezahlte. Addie war ihre Repräsentantin auf Ellis Island, wo sie sich mit den zahlreichen Schwierigkeiten und Problemen herumschlug, die die Neueinwanderer belasteten. Sie war eine von rund zwei Dutzend Männern und Frauen, die dort eine der sozialen Hilfsorganisationen vertraten. Sie übersetzten, sorgten dafür, dass diejenigen, die sie benötigten, medizinische Behandlung erhielten, erklärten, was geschah und was als Nächstes geschehen würde. Sie sandten Telegramme, hielten Hände, besänftigten, beruhigten – was immer notwendig war, versuchten sie zu beschaffen.

Der Inspektor, der nach Adelaide geschickt hatte, damit sie sich Clara Optakeroffs annahm, war am Ende seiner Geduld. Offensichtlich war der künftige Ehemann des Mädchens gekommen, um sie abzuholen, und statt zu lächeln und glücklich zu sein, wie man es von ihr erwartete, war Clara verzweifelt. »Sie tobt und wütet«, sagte der Inspektor verdrießlich. »Sie behauptet steif und fest, dieser Mann sei nicht ihr Zukünftiger.« Jeder hielt die junge Frau für hysterisch und wollte sie entweder dem bärtigen jungen Mann übergeben, der beharrlich meinte: »Sie woll meine Wrau werden«, oder sie zurück nach Russland schicken. Doch als das Mädchen

Addies Hände umklammerte und in rasend schnellem Russisch auf sie eindrang: *Ich lüge nicht, meine Mutter hat mir beigebracht, nie zu lügen, dieser Mann ist nicht der Mann auf dem Bild, ich schwöre es, meine Dame, bitte lassen Sie nicht zu, dass er mich mitnimmt* …, war Addie sich sicher, dass sie die Wahrheit sagte.

»Ich kümmere mich darum«, versprach sie und ließ die junge Frau mit einem Glas Tee Platz nehmen. Ihr die Hand tätschelnd, meinte sie: »Beruhige dich und erzähl mir alles. Ich höre dir zu. Zeig mir das Bild von deinem Zukünftigen.«

Das Mädchen brach erneut in Tränen aus. Sie hatte das Foto – braunes Bild nannte sie es – verloren, doch sie erinnerte sich gut daran, wie er aussah. Er war ganz blond und hatte abstehende Ohren. Sie bog ihre eigenen kleinen Ohren nach vorn, um Addie zu demonstrieren, was sie meinte. »Helle Augen«, sagte sie immer wieder. »Bitte, glauben Sie mir, meine Dame. Ich weiß nicht, wer dieser Mann ist, der mich mitnehmen will. Aber ich gehe nicht mit ihm, und wenn Sie mich nach Jekaterinoslaw zurückschicken, wird mein Vater mich schlagen. Er hat zu viele Töchter.« Und sie brach wieder in Tränen aus.

Addie musterte den Kerl, der draußen vor dem Zaun wartete. Er war dunkelhaarig, hatte einen Bart und sah grimmig aus. Clara sagte, sie fürchte sich vor ihm. *Nun*, dachte Addie, *ich fürchte mich auch vor ihm*. Aber warum sollte er Anspruch auf eine völlig Fremde erheben? Die Aufseherin meinte, er sei von einer Hühnerfarm im westlichen New Jersey hergekommen. Das war ein weiter Weg, um eine Unbekannte abzuholen.

Sie hätte zum Inspektor gehen und ihm sagen können, dass sie Clara glaubte. Man würde den Mann fortschicken, das Mädchen auf das nächste Schiff nach Europa verfrachten, und der Fall wäre erledigt. Aber Addies Neugier war geweckt. Das Mädchen war so reizend, so allein, so verängstigt. Sie ließ

Clara ein weiteres Glas Tee bringen, warf ein Stück Zucker hinein und befahl ihr, sich nicht von der Stelle zu rühren. »In ein, zwei Minuten bin ich wieder da.«

Durch den Zaun winkte sie den Bärtigen zu sich heran. »Wie heißen Sie?«, fragte sie auf Russisch.

Er sah verblüfft aus. »Kiril«, erwiderte er und kniff dann die Lippen fest zusammen. Kein Nachname?, wunderte sich Addie. Und wieso nicht? »Passen Sie auf«, sagte sie zu ihm, »ich weiß, dass Sie nicht der Mann sind, den Clara erwartet hat. Wenn Sie mir nicht erzählen wollen, was los ist, in Ordnung. Aber Sie werden Clara nicht von dieser Insel mitnehmen ... Wie ist ihr Nachname? Wissen Sie das überhaupt?«

Er musste einen Zettel zu Rate ziehen. »Optakeroff.«

»Sie wollen sie heiraten und entsinnen sich nicht mal an ihren Namen? Eigentlich sehen Sie intelligenter aus. Los jetzt, raus mit der Wahrheit, und zwar schnell. Ich bin eine viel beschäftigte Frau.«

Er errötete, blickte sie finster an, wandte sich zum Gehen, entschied sich dann jedoch anders und kam zurück. »Gut«, sagte er, immer noch auf Russisch. »Ich bin nicht der Mann, den sie erwartet hat. Der Richtige heißt Oleg Sawtschuk. Wir arbeiten beide auf der Farm. Als Oleg das Foto von ihr sah, gefiel sie ihm nicht.«

»Ist Ihr Freund Oleg vielleicht blind? Sie ist ein sehr hübsches Mädchen.«

»Ja, das finde ich auch. Aber Oleg, der mag es, wenn sie dick und blond sind. Wie seine Mama. Und sie ist ja sehr zierlich und dunkelhaarig. Oleg hat das Foto auf den Fußboden geworfen. Ich habe es aufgehoben und zu ihm gesagt: ›Du willst sie nicht? Dann nehme ich sie.‹ Aber er sagte: ›Nein, Geschäft ist Geschäft.‹«

»Wo ist er denn dann?«

»Oleg, müssen Sie wissen, der ist ein bisschen geizig. Er wollte sich seinen Tageslohn nicht entgehen lassen.«

Addie betrachtete den jungen Mann, der ihr jetzt nicht mehr so grimmig vorkam. Unter dem dichten Bart sah er recht gut aus. Und seine Ohren standen nicht ab. Vielleicht sollte sie Clara zureden, ihn als Ersatz zu akzeptieren. Warum sollte ein junges Mädchen, ganz allein in einem fremden Land, mit einem Mann leben, dem ihr Äußeres nicht gefiel, und der überdies ein Pfennigfuchser war? Sie wollte eben etwas zu Kiril sagen, als er fortfuhr.

»Ich fand das Foto hübsch, und jetzt, wo ich sie gesehen habe, finde ich sie noch hübscher«, meinte er. »Sie hat Grübchen. Ich – Oleg mag Grübchen. Und sie ist zwar zierlich, aber nicht mager, sie ist gut gepolstert. Wir – er – wir mögen gut gepolsterte Frauen.« Er errötete. »Ich bringe sie zu ihm, dann wird sie ihm schon gefallen.«

Was sollte das Ich-er-wir-Gerede, fragte sich Adelaide. Laut spekulierte sie, warum ein so schwer arbeitender Mann wie Kiril bereit war, auf einen Tageslohn zu verzichten. Aus Freundschaft? Sie sei der Meinung, dass es womöglich um etwas anderes ging. Ob Kiril ihr wohl erzählen würde, was das war?

»Wieso nicht, meine Dame? Tun Freunde sich denn nicht mal gegenseitig einen Gefallen?« Er war nun richtig rot geworden und schaute finsterer drein denn je. »Warum vertrauen Sie mir nicht? Warum sollte ich Sie anlügen?«

»Genau das frage ich mich auch, Kiril … Mr … äh –«

»Horoschewski, Kiril Horoschewski.« Er starrte ihr ohne zu blinzeln in die Augen. Aber er täuschte sie nicht. Irgendetwas war faul, und sie würde nicht gestatten, dass Clara Optakeroff Ellis Island verließ, bevor sie wusste, was es war.

Er trat ein Stück vom Zaun zurück und lief mit hinter dem Rücken verschränkten Armen hin und her. Dabei murmelte er vor sich hin, erwog offenbar, was zu tun sei. Nach ein paar Minuten kehrte er zurück und räusperte sich.

»Ich – er – wir –« Da war es wieder, dachte Addie, das Ich

und Er und Wir. »Sie war Oleg versprochen. Deshalb will er sie mir nicht ganz überlassen. Also werden wir beide für sie sorgen.« Kampflustig schaute er Addie an.

»Aha«, sagte sie. »Sie werden also beide für sie sorgen und Sie werden auch beide –?« Sie vermutete, dass sie jetzt wusste, was sie planten.

»Wir werden beide ihre Ehemänner sein«, platzte er nach einer Weile heraus.

Adelaide warf ihm einen kühlen Blick zu. »Ist das in Russland üblich?«, fragte sie unschuldig.

»Na ja – nein, nicht direkt. Aber manchmal, hoch oben in der Steppe oder tief in den Wäldern … manchmal doch. Ich habe da schon Geschichten gehört. In Barnes, New Jersey, gibt es keine russischen Frauen, meine Dame, begreifen Sie? Keine einzige. In New Jersey gibt es nur Hühner. Wir werden sehr gut für sie sorgen!«

»Ich verstehe«, sagte Adelaide in ruhigem Ton. »Sie wollen sie sich teilen. Eine Nacht schläft sie in Ihrem Bett und die andere Nacht schläft sie in Olegs Bett. Haben Sie das vor?«

Er murmelte etwas und trat einen Schritt zurück, um den Abstand zwischen ihnen zu vergrößern, als könnte sie durch den Zaun hindurch nach ihm greifen. »Ich finde sie sehr hübsch«, meinte er. »Ich werde dafür sorgen …«

»Ich verstehe. Arbeiten noch mehr Russen auf der Farm, noch mehr junge Männer?« Er nickte. »Ich verstehe«, sagte Adelaide, wobei sie ihre Stimme nicht erhob. »Und bald, so nehme ich an, werden Sie und Oleg sie nächteweise an Ihre Freunde verkaufen.«

»Nein, meine Dame!«

Adelaide stellte sich ganz dicht an den Zaun. »Kiril Horoschewski«, sagte sie mit leiser, aber schneidender Stimme, »Clara wird nicht mit Ihnen gehen. Ich werde es nicht zulassen. Niemals. Und wenn Sie nach ihr suchen, rufe ich die Polizei, verstanden?«

»Aber meine Dame –«

»Jetzt hören Sie mal gut zu, junger Mann.« Adelaide stotterte und sprach die russischen Worte falsch aus, weil sie so wütend war. »Dies ist ein sechzehnjähriges Mädchen, keine Kuh oder Maschine, die vom einen zum anderen gereicht oder gegen eine Schüssel Borschtsch getauscht wird! Machen Sie, dass Sie wegkommen, und lassen Sie sich nie wieder blicken!‹

Er flüchtete. Männer!

Später erzählte sie Morgan, sie wisse gar nicht, was in sie gefahren sei. »Manchmal bin ich von mir selbst überrascht.«

Nachdem sie ihn fortgeschickt hatte, hatte Addie sich umgedreht, und war dorthin zurückgekehrt, wo Clara Optakeroff an ihrem Tee nippte. »Du kommst mit mir, Clara«, sagte sie, noch ganz benommen vor Zorn. Sie fasste Clara bei der Hand, ging mit ihr zum Inspektor und erklärte: »Es war der falsche Mann. Ich habe ihn weggeschickt.«

Als der Inspektor anfing, dann müsse Clara mit dem nächsten Schiff zurückfahren, unterbrach Addie ihn. »Ich habe beschlossen, diese Frau einzustellen.«

»Sie, Miss Apple?«

»Ich, Mr McLaren. Sie ist ein hübsches kleines Ding. Sie wird ein gutes Stubenmädchen abgeben.« Später, als sie mit Clara zu Hause war und Morgan die ganze Angelegenheit erläuterte, musste sie kichern. »Stubenmädchen!«, sagte sie. »Wirklich das Letzte, was wir brauchen!«

Und Stubenmädchen zu sein, war so ungefähr das Letzte, was Clara zu Stande brachte, dachte Addie. Sie und Clara saßen am Esszimmertisch, Clara mit im Schoß gefalteten Händen. Mit ihrem herzförmigen Gesicht, den feinen Zügen und den dunklen, um den Kopf geflochtenen Haaren war die Kleine tatsächlich zu reizend. Ihre vollen roten Lippen luden geradezu zum Küssen ein … egal. Wie lange sollte es bloß noch dauern, bis sie gelernt hatte, wie sie ihren »Geesten« eine Tasse Tee anbot?

Morgan hatte von der Esszimmertür her zugesehen, wie Addie versuchte, die Unbelehrbare zu belehren. Ihr war nicht ganz klar, warum ihre gewöhnlich so vernünftige Freundin vor ein paar Wochen eines Abends mit diesem wunderschönen kleinen Geschöpf im Schlepptau aufgetaucht war. Addie hatte irgendetwas von Stubenmädchen gesagt, doch das war lächerlich. Sie kamen gut zurecht, sie beide und Mulligan. Und sie waren mehrmals ihr Budget durchgegangen, um sich zu vergewissern, dass sie sich Mulligan leisten konnten. Sie brauchten kein Stubenmädchen. Trotzdem, dachte Morgan, nachdem Clara nun einmal hier war, wäre es wundervoll, wenn sie wirklich genug lernte, um eine Hilfe zu sein. Heute hatte Morgan das Gefühl, jede Hilfe zu benötigen, die sie kriegen konnte. Sie wusste selbst nicht genau, warum sie Alex' Eltern zum Tee eingeladen hatte – es sei denn, aus schierem Starrsinn.

Alex' Eltern mochten sie nicht. Falls sie überhaupt je einen Gedanken an sie verschwendeten. Das eine Mal, als sie ihnen begegnet war, in der Oper, zwischen dem ersten und zweiten Akt von *La Bohème,* waren sie so distanziert gewesen, dass sie kaum zur Kenntnis nahmen, wie Alex sie vorstellte. Dann hatten sie sich Alex zugewandt und mit ihm geplaudert. Morgan war überhaupt nicht in das Gespräch einbezogen worden. Sie musste dastehen, neben Alex, und versuchen, eine freundliche und interessierte Miene beizubehalten, während seine Mutter und sein Vater sie ignorierten.

Sie merkte, dass ihm die Sache peinlich war. Aber sobald er anfing zu erklären, wurde ihr der Grund für seine Verlegenheit klar. »Sie wissen nichts von mir.« Ihr ganzer Körper wurde kalt, als ob plötzlich alles Blut aus ihm gewichen wäre. »Du hast ihnen nie von mir erzählt. Du hast nicht mal meinen Namen erwähnt.«

Er antwortete nicht sofort. Sie schritten, Sekt schlürfend, gemessen im Foyer auf und ab, wobei sie sorgfältig vermieden, einander anzuschauen. Schließlich sagte er: »Morgan, du verstehst nicht, wie das ist in alteingesessenen jüdischen Familien wie meiner –«

Diese Bemerkung war ebenso vertraut wie verletzend. Sie unterbrach ihn: »Nein, Alex, du bist es, der nichts versteht. Du verstehst nichts von Halbblutindianerinnen wie mir.« Sie senkte die Stimme und wandte sich ihm zu. »Wir schlafen nicht mit Männern, die sich unserer schämen.«

Dann blieb sie stehen, raffte ihre Röcke und lief die teppichbelegten Stufen hinab. Er kam natürlich hinterhergerannt und folgte ihr nach draußen, wo es schneite. Er schwor ihr seine Liebe und beteuerte, er schäme sich nicht für sie. Er sagte, es seien seine Eltern, derer er sich schämte. Sie zitterten beide vor Kälte. Auf seinem Schnurrbart glitzerten Tröpfchen geschmolzenen Schnees. Sie weinte, was sie selbst erstaunte. Sie hatte nicht gedacht, dass sie wegen einer so alltäglichen Beleidigung noch Tränen vergießen könnte. Er zog sie in seine Arme, murmelte in ihr feuchtes Haar, küsste sie auf den Hals, direkt unter dem Ohr. Am Ende waren sie nach drinnen geeilt, um ihre Mäntel und Hüte zu holen. Dann hatten sie sich in eine Droschke gestürzt, einander sofort umschlungen und ungestüm geküsst. In seiner Praxis in der 23rd Street hatten sie sich auf seinem unebenen Ledersofa wild geliebt. Es war sehr aufregend, sehr leidenschaftlich gewesen. Selbst jetzt noch, da sie sich jenes Abends entsann, schauderte ihr vor Entzücken.

Ins Esszimmer tretend, sagte sie zu Addie: »Wie steht's?«

»Ganz gut«, erwiderte Addie tapfer. Morgan betrachtete ihre Freundin. Adelaide hatte sich heute solche Mühe mit ihrer Frisur und ihrer Kleidung gegeben, aber sie sah bereits aus, als begänne sie, sich aufzulösen. Der Versuch, Clara zum Verstehen zu bewegen, bewirkte so etwas natürlich leicht.

»Ich schlage vor, wir vergessen den Unterricht erst einmal und lassen Agnes servieren«, sagte Morgan.

»Nein, nein«, entgegnete Adelaide bestimmt. »Clara wird es schon schaffen. Oder, Clara?«

»Ja, meine Dame.« Clara zeigte ihre hübschen Grübchen. »Ich jetzt gehe zu Küken?«

Der verblüffte Ausdruck auf Addies Gesicht war zu komisch.

»Wohin? Ach so. In die Küche. Nein, Clara. Heute möchte ich, dass du die Gäste empfängst.«

»Wie bitte?«

»Ach, du liebe Güte. Die Gäste empfangen.« Addie wechselte ins Russische und sprach sehr schnell. Auf Englisch sagte sie in belehrendem Ton: »Guten Tag. Bitte treten Sie ein.« Clara wiederholte: »Guten Tack, bitte träten ein.«

»Sehr gut.«

In diesem Moment vernahmen sie den Türklopfer und wandten sich in Richtung der Haustür. Niemand rührte sich, bis Morgan meinte: »Clara, unsere Gäste sind da.«

Es dauerte eine Weile, bis Clara begriff, was man von ihr erwartete, und davonhastete. Sie hörten, wie sich die Tür öffnete; sie hörten Alex' Stimme und dann – nichts.

»Morgan, sieh dich nur an«, sagte Adelaide. »Du ringst ja die Hände.«

Es stimmte. Sie hielt inne und erwiderte: »Wie ich diesen Nachmittag fürchte.«

»Mein armer Liebling. Du hättest sie nicht einladen sollen.«

»Ich weiß. Aber sie haben mich so wütend gemacht ... Egal, ich glaube, wir sollten lieber Clara erlösen.« Beide liefen hinaus und sahen, dass die immer wieder knicksende Clara offenbar vergessen hatte, was sie sagen sollte. Morgan eilte ihr zur Hilfe, indem sie munter sagte: »Guten Tag. Willkommen. Treten Sie doch bitte ein.«

»Bitte träten ein«, sprach Clara ihr nach, der plötzlich ihr Text wieder einfiel. Höchst zufrieden mit sich, lächelte sie die Beckers an. Hester Becker lächelte kühl, während ihre eine

Augenbraue in die Höhe schoss. *Wie furchtbar gewöhnlich!*, schien die hoch gezogene Braue zu sagen. Morgan bemerkte auch, wie Hettie alles registrierte, während sie durch den Flur in den Salon gingen, und dass ihre Lippen sich geringschätzig schürzten. Was für ein verdammter Snob die Frau war!

Morgan brachte es nicht über sich, zu Alex hinüberzuschauen, obgleich sie spürte, dass er sie ansah. Sie konnte den Blick einfach nicht von seiner Mutter wenden. Die Frau war so hübsch, von so delikater Zartheit und so zierlich. Sie war etliche Zentimeter kleiner als Morgan, hatte eine winzige, eingeschnürte Taille und kleine Hände. Die Feder auf ihrem Hut bog sich bis unter ihr niedliches Kinn. Als sie endlich alle im Salon waren – es schien eine meilenweite Reise zu sein – wandte sie sich Morgan zu und sagte: »Nun begegnen wir uns also wieder, Miss – äh. Und wissen Sie was, ich hatte völlig vergessen, wie enorm groß Sie sind.« Sie gab ein trillerndes, silberhelles Lachen von sich. »Neben ihr fühle ich mich richtig winzig, Alex. Und Sie sind –?« Sie drehte sich abrupt zu Addie um.

»Adelaide Apple. Morgan und ich bewohnen dieses Haus gemeinsam.«

»Ich verstehe.«

Hastig sagte Alex: »Mama, setz dich doch bitte hierher.«

»Nur, wenn du dich neben mich setzt, liebster Sohn.«

»Natürlich, wenn du es wünschst.« Er warf Morgan einen Verständnis heischenden Blick zu, doch deren Blut begann schon zu kochen. Es würde noch schlimmer werden, als sie es sich ausgemalt hatte.

Alex' Vater Max verbeugte sich einigermaßen höflich vor Morgan und Addie, und Morgan bemerkte, dass sein Blick auf der kleinen Russin verweilte. Clara, die dies ebenfalls bemerkte, lächelte glücklich. Ach, du liebe Güte. Morgan schickte Clara in die Küche, damit sie den Tee holte. Zum Glück war Addie so geistesgegenwärtig mitzugehen, um sich zu vergewissern, dass sie wirklich den Tee und nicht die eingelegten Holzäpfel hereinbrachte. Ein recht unzusammenhängendes Gespräch begann, das ausschließlich von Hettie Becker ausging.

»Morgan. Ist das nicht eigentlich ein Nachname?«

»Der Familienname meines Vaters. Mein Vater gab ihn mir.«

»Und Sie sind aus –?«

»Connecticut, *maman*«, sagte Alex etwas scharf. »Das habe ich dir schon mehrfach erzählt.«

»Nun, wir kennen ja niemanden in Connecticut, liebster Alex, obwohl es in Middletown einen ganz wunderbaren Schneider gibt. Er hat für die Wollheims gearbeitet, du entsinnst dich doch, Max.« Sie wartete die Antwort ihres Gatten nicht ab, was vernünftig war, da er zurückgelehnt mit geschlossenen Augen dasaß. »Wir haben alte Freunde, die dort ihre Familie besuchen …«, sagte Hettie. »In Middletown – die Stadt, wo sich die Wesleyan University befindet«, erläuterte sie Morgan. Morgans »Ich weiß« wurde ignoriert.

»Wie *hieß* er denn bloß?«, fuhr Hettie fort. »Max, du erinnerst dich, ein guter deutscher Name.«

Er öffnete die Augen. Leuchtend blau, genau wie die von Alex, nur ohne deren Wärme. »Wieso zum Teufel sollte ich mich an den Namen eines Schneiders erinnern, Hettie?«

Das ignorierte sie ebenfalls. »Wrubel«, sagte sie. »So heißt er. Miss – äh, kennen Sie Mr Wrubel, den Schneider? Nur die feinsten Leute gehen zu ihm. Er soll wunderbar sein, habe ich gehört. Nein? Na ja, natürlich nicht.« Mehr klingendes Gelächter. »Ich meine, ich weiß ja nicht mal, ob Sie überhaupt je in Middletown waren.« Sie warf Morgan einen durchdringenden Blick zu, und Morgan wurde plötzlich klar, dass sie nicht zu Mrs Beckers Zufriedenheit gekleidet war. Sie trug einen von den neuen, kürzeren Röcken, einen so genannten Gesundheitsrock. Er zeigte ihre Fesseln, und das billigte Alex' Mutter anscheinend nicht.

Gewandt brachte Hettie die Sprache auf ihre Anreise von Manhattan. »Dies ist mein erster Besuch in Brooklyn, wissen Sie. Normalerweise haben wir keinen Grund hierher zu kommen. So viele ungepflasterte Straßen! In New York sind wir nicht so primitiv. Als wir aus der Fähre stiegen, habe ich meinen Augen nicht getraut. Die Atlantic Avenue ist ein zerfurchter Feldweg! Zum Glück gab es dort mehrere Pferdedroschken, sodass ich mir wegen des Staubs keine Sorgen zu machen brauchte. Wie schaffen Sie das bloß?«

Morgan hoffte, dass sie lächelte. Ihr Gesicht fühlte sich steif an. »Ich nehme meistens die Straßenbahn über die Große Brücke.«

»Ach …«, sagte Hettie. »Die Straßenbahn.« Aus ihrem Ton wurde deutlich, dass auch »Straßenbahn« etwas für die Unterschicht war. »Ich habe gehört, dass in Brooklyn mehr Menschen leben als in New York. Sehr interessant. Aber Sie haben hier keine großen Häuser wie wir. Sie haben doch sicher von ihnen gehört, oder? Apartmentgebäude nennt man sie. Wir wohnen in einem am Riverside Drive. Sie sind der letzte Schrei, müssen Sie wissen.«

Hettie schaute sich im Zimmer um, das Morgan bis zu diesem Moment mit seinem türkischen Teppich und den zueinander passenden Sofas, die sich vor dem Kamin gegenüberstanden, fürchterlich elegant erschienen war. Plötzlich sorgte sie sich, es könne womöglich … kahl wirken. Weder sie noch Adelaide hatten ein Haus gewollt, das mit Rüschen überladen und voller orientalischer Vorleger war, und in dem die Bilder von der Decke bis zum Fußboden hingen. Sie wussten, dass dies der populäre Einrichtungsstil war, doch er gefiel ihnen nicht. Im Salon gab es keine Samtvorhänge mit Goldtroddeln, nur die ursprünglichen Fensterläden. Zwei Sofas und zwei Sessel mit pflaumenblauer Polsterung. Zwei oder drei Gemälde, die sie bei einer Auktion entdeckt hatten. Mit Hetties Augen gesehen allerdings, fragte sich Morgan … und dann meinte Hettie: »Ja, dies ist ein nettes kleines Haus, recht hübsche Details. Es wird prachtvoll aussehen, wenn Sie mit der Einrichtung fertig sind.«

Nun kam Clara herein, biss sich auf die Unterlippe und konzentrierte sich angestrengt auf das Tragen des Teetabletts. Bei ihrem Wiedererscheinen erwachte Max Becker, der, in seinen Sessel geräkelt, aus dem Fenster gestarrt hatte, zu neuem Leben. Er setzte sich auf, strich sich über den blonden Schnurrbart und glättete seine Krawatte. Als Clara eine Tasse Tee einschenkte und sie ihm reichte, zitterte ihre Hand so sehr, dass der Tee in die Untertasse schwappte. Er legte seine Hand über ihre und half ihr, sie auf dem Teetisch vor ihm abzustellen. »So, mein liebes Kind, so ist es recht«, sagte er. Morgan fand, dass er dem Mädchen viel zu nahe war, und dass seine Hand zu lange auf der ihren ruhte, als dass es Zufall hätte sein können. Doch in diesem Moment stellte Hettie Becker ihr wieder eine ihrer ärgerlichen Fragen, sodass sie ihre Aufmerksamkeit von Max abwenden musste.

Die Teestunde verlief unangenehm. Obwohl Morgan versuchte, höflich zu sein, wurde die Situation immer schwieriger. Sie wünschte, dass Alex etwas beigesteuert hätte, um das Thema zu wechseln, aber er leistete offenbar lieber seiner Mutter Vorschub, indem er »Genau« und »Ja, ja« murmelte und es Morgan überließ, ganz allein mit der Frau fertig zu werden. Was Adelaide betraf, so existierte sie nicht. Hettie richtete keinen einzigen Satz an Addie. Was für eine widerwärtige, unverschämte Person!

Überdies verhielt sich auch Alex' Vater ganz abscheulich. Er flirtete offen mit der kleinen Clara, machte ihr Komplimente über ihr gutes Englisch und bat sie, mit ihm ans Fenster zu treten und ihm »die Sehenswürdigkeiten« zu zeigen. Es gab keine »Sehenswürdigkeiten« in der Clinton Street, nur Häuser. Was hatte der Mann vor?

»Clara, bitte gieß uns noch etwas mehr Tee ein«, sagte Morgan schärfer als beabsichtigt. Als die beiden sich vom Fenster umwandten, glühten die Wangen des Mädchens rosa vor Vergnügen. Sich wieder in seinen Sessel werfend, die langen Beine mit den Stiefeln ausgestreckt, sodass sie Clara fast berührten, fuhr sich Max Becker mit den Händen über sein dichtes, welliges Haar. Unter den Wimpern hervor schaute er das Kind an.

»Clara ist erst kürzlich in unser Land gekommen«, sagte Morgan mit ihrer liebreizendsten Stimme. »Sie versteht nur wenig Englisch, und selbst das missversteht sie oft.«

»Tatsächlich?«, murmelte Max Becker und sah noch interessierter aus.

»Sie ist ein hübsches, kleines Ding«, meinte Hettie. »Aber man muss sie ständig im Auge behalten, wissen Sie, diese ausländischen Dienstmädchen ... besonders diese Orientalinnen.« Erneut ließ sie ihr silberhelles Lachen erklingen. »Sie geraten gern in ... andere Umstände, wenn Sie wissen, was ich meine.« Morgan warf der Frau einen strengen Blick zu, aber vergeblich. »Und wenn das passiert«, fuhr Hettie fort, als stünde Clara nicht daneben und lauschte auf jedes Wort, »muss das Mädchen natürlich sofort gehen.«

»Ganz und gar nicht«, informierte Morgan sie mit Vergnügen. »Sollte so etwas passieren, würde ich dem Mädchen einfach Weiberwurz geben, dann wäre sie es schnell los.«

Alle Farbe wich aus Hetties Gesicht. Sie nahm eine Serviette und fing an, sich wie wild Luft damit zuzufächeln. »Ach du liebe Güte, ach Gott. Los? Sie wird es los? Wie soll das vor sich gehen?« Sie sah so aus, als ob sie es eigentlich gar nicht wissen wollte, doch das war Morgan egal.

»Ein Aufguss aus Weiberwurz führt die Menses herbei, verstehen Sie, Mrs Becker?«

Sie dachte, die Frau würde in Ohnmacht fallen. Sogar ihr gleichgültiger Ehemann erhob sich halb aus seinem Sessel und fragte: »Hettie, meine Liebe, geht es dir gut?«

Sich zusammenreißend, sagte Hettie. »Dürfte ich mich erkundigen, Miss äh, woher Sie so viel über solch unnatürliche medizinische Praktiken wissen?«

»Nicht unnatürlich, Mrs äh«, erwiderte Morgan absichtlich. »Ich stamme zufällig von einer Algonkin – Hexe ab.« Sie lächelte. »In meiner Familie wissen wir recht gut, wie man einer Frau hilft, schwanger zu werden, und wie man eine Schwangerschaft abbricht, was wesentlich rationeller ist, als wenn ein Doktor eine Abtreibung durchführt –«

Sie spürte, wie sich Blicke in sie bohrten, und als sie sich umdrehte, starrten Addie und Alex sie beide an. *Nein, nein, bitte, hör auf,* flehten sie wortlos. Alex schüttelte ganz leicht den Kopf und rollte mit den Augen. Sie wollte eben erwähnen, wie sie ihn kennen gelernt hatte, als ihr plötzlich, als könnte sie seine Gedanken lesen, klar wurde, dass er seinen Eltern nie erzählt hatte, dass er umsonst in der Poliklinik arbeitete . *Er hat* Angst, *es ihnen zu sagen!*, dachte Morgan und wandte voller Verachtung und Trauer den Blick von ihm ab.

Hastig machte sich Alex daran, *maman* – wie Morgan diese Affektiertheit hasste! – von Adelaides Tätigkeit als Sozialarbeiterin zu berichten. Hettie, erfreut darüber, das Thema wechseln zu können, heuchelte Interesse. »Bitte erzählen Sie uns doch, was Sie tun, Miss Apple. Ich kenne gar keine Sozialarbeiter, daher bin ich völlig unwissend.«

Addie schaute nervös zu Morgan hinüber und setzte zu ihrer Geschichte über die arme kleine Clara auf Ellis Island an. »Sie hat sich so aufgeregt, dass die Inspektoren dachten, etwas stimme nicht mit ihr«, sagte sie. »Sie können sich nicht vorstellen, wie wenig sie berücksichtigen, wie sich ein Fremder fühlt, der in ein Land kommt, dessen Sprache er nicht kennt. Wenn jemand etwas nicht versteht, vermuten die Inspektoren gleich, er müsse schwachsinnig sein. Sie haben mit Clara einen Test durchgeführt, den sie natürlich nicht bestand ...«

»Nicht bestand? Und trotzdem ist sie hier.« Hettie guckte Clara an, als ob diese sich in ein Insekt verwandelt hätte.

»Ja, aber, Mrs Becker, der Test ist Unsinn«, sagte Addie. »Ich habe die Inspektoren aufgefordert, denselben Test zu machen wie Clara. Einer von ihnen ging darauf ein, und raten Sie mal, was geschah?«

»Ich kann es mir nicht denken«, murmelte Hettie.

Addie lachte fröhlich. »Er hat auch nicht bestanden.«

Hettie Becker fand die Geschichte nicht amüsant. »Kein Wunder, dass sie all das Pack ins Land lassen!«, sagte sie. »Orientalen aus Russland und Polen und Litauen! Wirklich! Gesindel, alle miteinander! Überdies«, meinte sie, zu Morgan gewandt, »halte ich nichts von Heilpraktikern. Es tut mir Leid, Ihnen das zu sagen. Für mich muss es ein richtiger, europäisch ausgebildeter Mediziner mit einem ordentlichen wissenschaftlichen Hintergrund sein. Hebammen sind sicher angebracht dort, wo sie hingehen, aber wirklich –! Ein Haushalt, der für Sünde und Schande eintritt –!« Sie stand auf, Alex' Protest ignorierend, und verkündete: »Es ist Zeit, dass wir gehen, Alexander. Maximillian. *Maximillian.*«

»Ja, meine Liebe«, sagte Max und erhob sich lustlos von seinem Platz.

Als seine Frau und sein Sohn draußen auf der Schwelle standen, zögerte Max, zog Morgan beiseite und erkundigte sich stammelnd nach äh, hm, dem Abbruch von Schwangerschaften. Ob sie das oft tue, und ob er – das heißt, ob sie –?

Ärgerlich fragte Morgan schließlich: »Was wollen Sie wissen, Mr Becker?« Sie hatte sie alle gründlich satt.

»Verstehen Sie, ich möchte nicht so laut sprechen. Ja. Nun, eigentlich ... Sollte ... eine Freundin sich in einer peinlichen Situation befinden, könnte ich sie dann zu Ihnen schicken?«

Ach so, jetzt war ihr alles klar. »Sie müssen sich nicht die Mühe machen, sie ganz über die Brücke bis zu mir zu schicken«, sagte sie ziemlich schroff. »Ihr eigener Sohn kann diesen Dienst verrichten. Er ist jeden Samstag in der Poliklinik Hester Street. Und tut dort genau das!« Die Tür hinter ihm schließend, brach sie in Tränen aus.

Adelaide wollte sie trösten, doch Morgan schob sie weg. »Wir sind unterschiedlicher, als ich gedacht habe!«, sagte sie. »Hast du gesehen, wie Alex sich ihr gebeugt hat? Dieser dummen, snobistischen Frau!«

Sanft meinte Addie: »Sie ist seine Mutter, Morgan.«

»Ja, sie ist meine Mutter, und es kommt vor, dass ich mich schäme, es zuzugeben.« Alex war, nachdem er seine Eltern in eine Droschke verfrachtet hatte, zurückgekehrt. »Gott, was für eine Erleichterung, dass sie weg sind! Ich bin sicher, du stimmst mir zu, Mor–« Er hielt inne und starrte sie an. »Morgan? Was ist los? Hat mein Vater etwas Unverschämtes zu dir gesagt? Wenn ja, dann –«

»Nein, nein, nein. Er wollte nur wissen, ob ich seinen Freundinnen notfalls Weiberwurz geben würde.«

»Dieser Schuft! Er besitzt weder Selbstbeherrschung noch Geschmack. Ich entschuldige mich demütigst für ihn.«

»Nicht notwendig«, sagte Morgan. Ihr war, als fühlte sie gar nichts mehr. Alex fand offenbar nichts Schlimmes am Verhalten seiner Eltern heute Nachmittag – an den Beleidigungen seiner Mutter, der offenen Begierde seines Vaters. Für ihn bedeutete das nichts. Nun, für *sie* bedeutete es etwas. Sie war von kalter Wut erfüllt.

»Alex, deine Mutter …« Tränen schossen ihr in die Augen. Sie hielt inne, bis sie sich wieder gesammelt hatte. »Deine Mutter, Alex, hat Clara beleidigt. Dann hat sie ihr Volk, ihr Herkunftsland beleidigt. Sie hat eine ihrer Gastgeberinnen völlig ignoriert …« »Ach, Morgan, das macht nichts. Sie waren hier, um dich kennen zu lernen«, warf Addie ein.

»Nein, Addie! Ich will nicht, dass du für eine alberne, dumme, ignorante, snobistische, herablassende Frau nach Entschuldigungen suchst. Ihr Benehmen dir gegenüber – war mir und auch der armen, kleinen Clara gegenüber – war … unhaltbar, unverzeihlich und unentschuldbar.«

Leichthin sagte Alex: »Alles richtig, mein Liebling, aber redundant.«

»Oh! Du findest meine Empörung komisch! Und warum auch nicht? Ich bin ja noch weniger als eine Orientalin aus Russland, stimmt's? Ich bin eine halbe Squaw, das Niedrigste überhaupt!«

»MORGAN!«

Zwei entsetzte Stimmen, ein gemeinsamer Ausruf. »Es geht nicht, dass wir zusammen sind, Alex«, sagte sie mit Tränen in den Augen. »Wir kommen aus verschiedenen Welten. Du wirst meine nie verstehen, und Gott weiß, dass ich deine nie, aber auch *niemals* verstehen werde!«

»Morgan, bitte, beruhige dich.« Alex nahm ihre Hand. »Ich stimme völlig mit dir überein und –«

»Wirklich? Tust du das wirklich? Hasst du deine Eltern? Ich hasse sie nämlich, aus ganzem Herzen! Hast du gesehen, wie sie uns behandelt hat, deine *maman*? Gehört, wie gönnerhaft sie war? Sie ist eine grässliche Person! Und dein Vater hat sich bei Claras Anblick die Lippen geleckt! Wie dumm ich war, zu glauben, wir könnten jemals … Daraus wird doch nie etwas! Ich habe meine Lektion gelernt, endlich. Ich will dich nie wieder sehen!«

Alex erbleichte und gab ihre Hand frei. »Das meinst du doch nicht ernst, Morgan. Das kannst du nicht ernst meinen.«

»Oh doch.«

»Bitte, liebste Morgan, du bist überreizt. Ich weiß, dass sie ganz schrecklich waren, aber das ist bedeutungslos, weil ich –«

»Bedeutungslos für dich vielleicht, Alex. Aber nicht für mich. Bitte gehe jetzt.«

»Wir sprechen morgen Abend miteinander.«

»Morgan, bitte.«

Sie hatte ihren Zorn inzwischen zu heißer Glut entfacht.

Wenn alles andere dabei mit in Flammen aufging, sei's drum!

»Ich meine es ernst, Alex. Es ist aus. Bitte versuche nicht, mich zu treffen oder zu sprechen.« Als Addie unwillkürlich aufschrie, wirbelte sie herum und blitzte die Freundin wütend an, und Addie schrak zurück. Dann wandte sich Morgan ihm zu. Sie fühlte sich unbeugsam und entschlossen, wie eine Kriegerin. »Leb wohl, Alex!«

Sie wusste nicht, was sie erwartet hatte, sicher aber nicht, dass er sie ohne eine weiteres Wort verließ. Doch genau das geschah. Im einen Moment stand er noch im Hauseingang und schaute sie flehend an, im nächsten hatte er sich umgedreht und war, die Tür hinter sich zuschlagend, gegangen.

17

Dezember 1906

»Wie lange ist es her«, fragte Dr. Grace, »dass du das Schiff nach Chester genommen und mich besucht hast? Eine ganze Weile«, antwortete sie sich selbst. »Viel zu lange.«

Mit einem Plumps setzte sie ihre Teetasse ab.

Morgan blickte die ältere Frau liebevoll an.

Es war noch nicht einmal ein Jahr her, dachte sie, doch Dr. Grace kam in die Jahre, und für sie war zweifellos jeder versäumte Moment bedeutsam. Tatsächlich, plötzlich erschien ihr Dr. Grace alt.

Ihr Haar war fast weiß und die Porzellanhaut wurde langsam faltig. Sie sah aus wie immer, aber … eingefallen, kleiner. Wie alt *war* sie eigentlich? Wenn sie selbst 1861 siebzehn gewesen war … Morgan versuchte sich im Kopfrechnen, gab dann auf und nahm, versteckt in ihrem Schoß unter dem Küchentisch, die Finger zur Hilfe. Grace Chapman war zweiundsechzig. Kein gar so hohes Alter; bestimmt hatte sie noch viele Jahre vor sich.

»Und wie lange ist es her«, konterte Morgan, »dass Sie zum letzten Mal in Brooklyn waren? Damals war es noch eine separate Stadt, oder? Das ist sieben – nein, acht – nein, sieben Jahre her. Ich wette, Sie sind seit 1896 nicht hier gewesen.«

»So lange kann es nicht her sein. Wir haben uns *Onkel Toms Hütte* angesehen, in der Brooklyn Academy of Music in der … wie heißt noch mal diese Geschäftsstraße?«

»Montague.«

»Ja, Montague, genau. Und ich entsinne mich, dass euer Rathaus kurz davor bei einem Brand seine Kuppel samt Glocke und Uhr verloren hatte.«

»Nun, Dr. Grace, dieser Brand war 1895. Und inzwischen heißt es Bezirksrathaus, nachdem wir Greater New York eingemeindet wurden«, sagte Morgan. »Also ist es über zehn Jahre her! Schämen Sie sich!« Sie lachte.

»Ich weiß, ich weiß. Ich will ja immer kommen. Aber jedes Mal, wenn ich schon reisefertig bin, passiert einem meiner Patienten irgendwas.« Sie schaute sich in der Küche um. »Wie ich sehe, hast du in diesem Haus eine Menge verändert. Das hier ist alles der letzte Schrei, nehme ich an.«

Morgan nickte, während sie sich an die große, altmodische Küche in Chester erinnerte, wo bei ihrem letzten Besuch alles noch genauso ausgesehen hatte wie damals, als sie sie zum ersten Mal betreten hatte. Und jetzt wahrscheinlich immer noch so aussah.

»Mrs Mulligan hat sich immer über den Herd beklagt, also beschlossen wir, ihn zu ersetzen. Und als wir erst mal dabei waren …« Sie lachte. »Irgendwann fing Timothy, der Vorarbeiter, an, Vorschläge zu machen, indem er sich ganz unauffällig an mich ranmachte und sagte: ›Miss, wenn wir schon dabei sind, was halten Sie denn von größeren Fenstern? Die würden doch viel besser den Sonnenschein reinlassen, oder?‹« Sie imitierte seinen irischen Akzent. »›Und wäre es nicht großartig, wenn man den neuen Herd genau auf die alte Feuerstelle stellen und die schönen alten Ziegel behalten würde … oder was würden Sie zu neuen Küchenschränken sagen statt dieser offenen Borde, wie? Oh, und so eine wunderbare Abzugshaube aus Kupfer … und einen schönen, langen Arbeitstisch mit Marmorplatte, auf dem Sie Ihren Teig ausrollen können .‹ Timothy war ein Überredungskünstler. Er malte die herrlichsten Bilder von einer modernen Küche. Und wir sagten dann immer: ›Oh, Timothy, was für eine gute Idee!‹ Schließlich dachten wir, bei dem Durcheinander, das die Männer sowieso schon angerichtet hatten, und weil sie nun schon mal hier waren und wir gut mit ihnen auskamen, warum nicht? Also haben wir jetzt einen feinen Kohleherd und drei Öfen, darunter einen Warmhalteofen. Wir haben sogar einen großen Heißwasserbehälter, den Sie nicht sehen können, weil Tim ihn in einen Schrank eingebaut hat. Aber der Rest des Hauses …«

»Der Rest des Hauses ist wunderhübsch. Ihr habt elektrischen Strom, wie ich sehe. Wie angenehm, keine Lampen mehr putzen und anzünden zu müssen. Und ich, ich benutze in Chester immer noch Kerosin.« Dr. Grace hielt ihre Hände hoch und betrachtete sie kummervoll, als wären sie von Ruß geschwärzt. »Es ist herrlich warm hier in der Küche. Kein Vor-dem-Feuer-Hocken mehr, wo man vorne versengt wird und hinten friert!« Sie lachte und fügte hinzu: »Ganz Brooklyn wirkt verändert. Ich habe über die neue Brücke gestaunt. Wie heißt sie?«

»Manhattan Bridge«, sagte Addie.

»Und so viele neue Häuser! Bald wird Brooklyn völlig zugebaut sein.«

Adelaide lachte. »Das glaube ich nicht. Nicht weit von hier ist Brooklyn noch offenes Weideland. Möchten Sie hinfahren und es sich anschauen?«

»Mir Weideland anschauen? Himmel, nein, davon sehe ich dort, wo ich herkomme, reichlich! Ich würde gern die großen Sehenswürdigkeiten der Stadt besichtigen, wenn es euch recht ist.« Sie nippte an ihrem Tee und nahm sich einen der Zuckerkringel von dem Teller, der in der Mitte des Tisches stand. »Meine Güte, das ist ja ein köstliches Teegebäck. Ihr habe es wohl nicht selbst gebacken, Morgan, Adelaide?«

Addie lachte. »Ich bestimmt nicht, Dr. Chapman. Weder Morgan noch ich haben mehr viel Zeit für die Küche. Dies sind russische Kekse, von Clara, die ein wahres Genie im Backen ist.«

Die drei Frauen drehten sich zu dem Mädchen um, das ein Stück entfernt von ihnen auf einem Stuhl am Küchenfenster saß und hinausstarrte. Sie war so still, dass Morgan ihre Anwesenheit fast vergessen hatte. Beim Klang ihres Namens wandte sich Clara um und lächelte matt. Seit einer Woche war sie jetzt schon so grämlich und verschlossen. Morgan fand das allmählich lästig. Sie verabscheute Schmollen, konnte es nicht ertragen. Addie, die Großherzige, meinte: »Ach, das arme Kind, denk doch nur, ganz allein in einem fremden Land. Wir sollten wie Schwestern für sie sein.« Und dann tröstete und hätschelte sie Clara, bürstete ihr abends sogar die Haare. Kein Wunder, dass sie sich nicht wie eine bezahlte Haushaltshilfe aufführte! Sie wurde eher wie ein Ehrengast behandelt.

»Du musst eine doppelte Dosis mütterlicher Gefühle haben, Addie, bei dem Getue, das du um Clara machst, und wie du dich um mich kümmerst«, hatte Morgan erst gestern bemerkt.

Addie hatte ein kurzes, nicht belustigtes Lachen hervorgestoßen und Morgan von der Seite einen so kummervollen Blick zugeworfen, dass es Morgan sofort Leid tat, etwas geäußert zu haben. War Addie traurig, weil sie keine Kinder hatte? Sie meinte immer, sie interessierte sich überhaupt nicht für

Männer oder Liebe oder Romanzen oder Ehe, nur für ihre Arbeit. Dennoch …

Bevor Morgan etwas sagen konnte, war der Gesichtsausdruck verflogen und Addie wieder ganz die Alte. »Das ist nicht mütterlich, meine liebe Morgan, das ist meine soziale Einstellung.«

»Als ich das letzte Mal hier war«, erkundigte sich jetzt Dr. Grace, »war Adelaide dabei, dich zu überreden, dass du Medizin studierst, Morgan. Wieso hast du das nicht getan?«

»Ich wollte ja. Aber wie Sie selbst vorhin sagten, jedes Mal, wenn ich kurz davor war, brauchte mich irgendein Patient. Eines Tages tue ich es wirklich. Sobald ich Zeit habe. Bis dahin … also, meine Patienten finden, dass ich ebenso gut bin wie eine richtige Ärztin. Schließlich habe ich ja auch bei der besten Ärztin der Welt gelernt!«

Dr. Grace neigte den Kopf. »Du bist sehr beschäftigt?«

»Ich bin zu beschäftigt damit, diese armen Frauen und ihre Kinder zu retten, die eine gefühllose Stadtverwaltung an Hunger und Entbehrung sterben lässt. Erinnern Sie sich, dass ich Ihnen von Della, dem kleinen verkrüppelten Mädchen, und ihrer Mutter erzählt habe? Ich habe sie im Auge behalten, sie einmal im Monat besucht. Und jedes Mal, egal, wie viel ich zu essen mitbrachte, waren sie dünner und schwächer. Eines Sonntags habe ich sie dann tot vorgefunden, alle beide, das Kind in die Arme der Mutter geschmiegt. Erfroren. Nicht genug Geld für Kohlen, nehme ich an. In Wahrheit habe ich von Anfang an nur wenig für sie tun können. Bei vielen meiner Patienten ist es ähnlich. Warum muss es die Armen und Hilflosen so hart treffen?« Ihre Stimme war mit jedem Satz lauter geworden, und als sie geendet hatte, holte sie tief Luft. »Entschuldigen Sie bitte. Ich rege mich darüber auf, dass ich so ohnmächtig bin.«

»Und richtige Macht wirst du nie haben. Erst, wenn du deinen Doktortitel hast.«

»Viele meiner Vorfahren waren als Ärzte anerkannt und keiner von ihnen hatte einen Doktortitel«, sagte Morgan. »Meine eigene Mutter –«

»Hast du sie je besucht?«

»Ich weiß nicht mal, ob sie noch lebt«, erwiderte Morgan. »Einmal hatte ich schon meine Reisetasche gepackt und wollte fahren ...« Natürlich hatte ein Traum sie dazu veranlasst, ein Traum, in dem jene Indianerin, Bird, ihre Hände rang und sich langsam in Nebel auflöste, während Morgan verzweifelt versuchte, sie festzuhalten. Und als sie aufwachte, war ihr klar geworden, dass Bird das Gesicht ihrer Mutter gehabt hatte. Bestimmt war das eine Botschaft. Deshalb hatte sie noch am selben Tag die Reise antreten wollen. Aber bis sie sich angekleidet hatte und hinuntergegangen war und beim Frühstück munter mit Addie geplaudert hatte, war der Traum verblasst, und das Gefühl von Dringlichkeit wollte sich nicht wieder einstellen. »Ich dachte, ich müsste hinfahren, um nachzusehen. Und dann ... Ich weiß auch nicht. Es hat sich irgendwie nie ergeben. Ich weiß, ich sollte hinfahren. Ich sollte mich zumindest vergewissern, dass sie noch am Leben ist. Ich sollte Lebewohl sagen. Ich habe ihr nie Lebewohl gesagt, weil ich so wütend auf sie war. Ich habe meinem Vater nie Lebewohl gesagt ...« Zu ihrem Erstaunen füllten sich ihre Augen mit Tränen.

Die Klingel an der Hintertür läutete, und Clara sprang von ihrem Stuhl auf, um zu öffnen, alle Anzeichen von Apathie wie weggeblasen. Natürlich. Sie war mit Jammermiene herumgelaufen, weil sie auf eine Nachricht von *ihm* wartete. An der Tür stand ein Junge mit einem gefalteten Zettel in der Hand, und als er sagte: »Miss Optak – Opakt –«, wurde Claras Gesichtsausdruck gleich fröhlicher.

»Bin ich!«, rief sie, schnappte sich den Zettel und drückte ihn an ihren Busen.

Der Junge wartete einen Moment darauf, dass sie ihm eine

Münze für seine Mühe gab, doch Clara machte ihm einfach die Tür vor der Nase zu und rannte aus der Küche. Sie hörten, wie sie die Treppe hinauf in ihr kleines Zimmer unter dem Dach hastete.

»Ein Mann«, sagten alle drei Frauen gleichzeitig und lachten. »Ich möchte wissen, welcher?«, überlegte Addie.

Sie meinte, welcher von den zahlreichen jungen Männern – den Botenjungen, den Bauarbeitern, den Tischlern, den Lebensmittelverkäufern, den beiden Brüdern, die nebenan wohnten –, die bei Claras Anblick unverzüglich hingerissen waren. Sie war ein reizendes kleines Ding, und da ihr Englisch nach wie vor schlecht war, sprach sie wenig. Das wirkte, so hatte Morgan zwangsläufig bemerkt, aber durchaus nicht abschreckend. Ihr Erröten und Schweigen, die kurzen Blicke unter den dichten, dunklen Wimpern hervor schienen die Glut nur noch mehr zu entfachen.

Morgan wusste, dass Clara in jemanden verliebt war, den sie sorgfältig vor ihnen geheim hielt. Für jedermann mit Augen im Kopf war klar, dass keiner der Jungen, so ansehnlich oder schmeichlerisch und galant er auch sein mochte, Eindruck auf Clara gemacht hatte. Sie war von einem jungen Mann nach dem anderen umworben worden, und keinen von ihnen hatte sie auch nur auf eine Tasse Tee in die Küche gebeten. Aber *irgendjemanden* gab es. Morgan kannte die Anzeichen. Clara schmachtete, sie blies Trübsal, sie verfiel in düstere Stimmung und blickte finster drein wie eine Gewitterwolke. Dann wurde an der Hintertür eine Nachricht abgegeben – so wie heute –, und eine wunderbare Verwandlung fand statt. Auf einmal war sie nur noch Sonnenschein und Musik.

In letzter Zeit war Morgan zu der Überzeugung gelangt, dass sie wusste, wer der mysteriöse Jemand war, und das verärgerte sie sehr. Die Umstände machten es ihr sehr schwer, etwas zu unternehmen, was sie noch mehr ärgerte.

»Morgan hat mir schon vor Wochen erzählt, dass Clara verliebt ist«, berichtete Addie Dr. Grace. »Und Morgan sollte es ja wissen.«

»Was meinst du damit?«, fragte Morgan und spürte, wie ihre Wangen zu brennen begannen.

»Du weißt, was ich meine. Morgan ist selbst verliebt, Dr. Grace. Aber sie will es nicht zugeben.«

»Ich bin nicht verliebt«, sagte Morgan bestimmt. Sie wusste, dass ihr Gesicht scharlachrot war.

»Da sehen Sie, wovon ich rede, Dr. Grace.«

»Ist er denn so fürchterlich?«, neckte Dr. Grace. »So unpassend?« Morgan schluckte. Es war erstaunlich, wie weh es nach all den Monaten immer noch tat. »Adelaide meint Dr. Alexander Becker.«

»Ein Arzt! Also nicht unpassend. Dann aber fürchterlich? Hässlich? Ein Trinker?«

Morgan warf Addie einen bösen Blick zu, den diese unbeeindruckt erwiderte. Morgan wusste, Addie verstand nicht, warum sie sich nach wie vor weigerte, Alex zu sehen. Ehrlich gesagt, wusste sie es selbst nicht. Der schiere Eigensinn musste es sein und halsstarriger Stolz. Jedes Mal, wenn sie an ihre harten Worte von damals dachte, hätte sie am liebsten geweint. Oh, sie war mächtig aufgebracht gewesen, selbstgerecht und lächerlich. Was sie alles zu ihm gesagt hatte! Ja, seine *maman* war ein grässliches Weib, das sich gern als die Überlegene aufspielte, aber war das Alex' Schuld? Sie hatte ihn nicht vergessen, sosehr sie sich auch beschäftigte, um nicht ständig an ihn denken zu müssen.

Irgendeine Geschichte musste sie Dr. Grace erzählen. »Er kommt aus einer sehr reichen Familie, deutsche Juden, die sogar andere Juden aus Russland und Polen verachten – Ostgesindel oder Orientalen nennen sie sie. Sie können sich also vorstellen, was sie von dem Halbblut Morgan Wellburn halten.« Sie versuchte ein Lächeln. »Ich habe eingesehen, dass eine solche Verbindung nie gut gehen kann. Also habe ich sie beendet.«

»Sie hat ihn fortgeschickt, Dr. Grace, obgleich er sie um Verständnis anflehte.«

»Wirklich, Morgan? Du hast dich geweigert, seine Bitten um Verständnis anzuhören? Du hast hochmütig auf deinem Standpunkt verharrt, bis du schließlich, als die Flut verebbt war, merktest, dass du gestrandet und ganz allein warst?« Die Stimme der Ärztin war zwar freundlich, hatte jedoch einen sarkastischen Unterton. Konnte es sein, so fragte sich Morgan, dass Dr. Grace einst in derselben Position gewesen war?

»Ja, Dr. Grace. Ja, ich habe mich geweigert, und ich war am Ende allein und habe mich gewundert, wie es dazu kommen konnte.«

»Oh, Morgan«, warf Addie voller Eifer ein. »Du kannst dich immer noch mit ihm versöhnen, wenn du willst.« Sie wandte sich an Dr. Grace. »Er schreibt ihr. Er kommt vorbei. Und immer weigert sie sich, ihn zu empfangen.«

»Morgan, mein liebes Mädchen, willst du nicht einen Rat von einer alten Frau annehmen? Steig von deinem hohen Ross herunter und hör dir an, was der Mann zu sagen hat.«

Errötend meinte Morgan: »Ich weiß gar nicht, warum du so erpicht darauf bist, dass ich mich mit Alex treffe, Addie. Erst gefiel es dir überhaupt nicht, dass wir zusammen waren.«

»Es tut mir Leid, wenn dir das so vorgekommen ist«, entgegnete Addie tapfer. »Ich kannte ihn ja schon lange vor dir. Und ich habe ihn natürlich stets als Freund betrachtet, als einen guten und rücksichtsvollen Menschen. Vielleicht – vielleicht wollte ich keine Veränderung in unserem Leben. Aber dass ich mich einmal schlecht benommen habe, ist kein Grund für dich, dasselbe zu tun!«

»Gut gesagt, Adelaide!«, meinte Dr. Grace und griff erneut nach einem Keks. »Doch ich muss zugeben, das sieht Morgan ähnlich. Wissen Sie, Morgan läuft weg, wenn es schwierig wird. Läuft weg und fängt neu an.« Dr. Grace tätschelte Morgans Hand, um ihren Worten die Schärfe zu nehmen. »Das ist eine alte Angewohnheit, Adelaide. Ich bin nicht sicher, ob sie sie ablegen kann.«

»Jedenfalls«, sagte Morgan in einem Ton, der keine weitere Diskussion zuließ, »ob ich nun auch nur im Entferntesten verliebt bin oder nicht, ich benehme mich nicht wie Clara. Die schon wieder auf dem Weg nach unten ist, wie ich höre, und ganz sicher auf dem Weg nach draußen.«

Und siehe da, Clara kam in die Küche getänzelt und sang etwas auf Russisch. Sie hatte sich ein anderes Kleid angezogen, im selben Blau wie ihre Augen – die vor freudiger Erwartung funkelten. Ihr Gesicht war gewaschen und ihr Haar frisch gebürstet. Morgan glaubte, den Nelkenduft des Toilettenwassers zu riechen, das sie dem Mädchen zum siebzehnten Geburtstag geschenkt hatte.

»Ich geh aus jetzt«, sagte sie. »Ich spazieren.« Während sie sprach, wickelte sie sich in den blauen Wollumhang, der ein Geschenk von Addie war, und schwebte hinaus. Sie hörten die Vordertür zuknallen.

»Das muss Liebe sein!«, lachte Dr. Grace. »Zumindest hoffe ich es. Die junge Frau ist nämlich schwanger oder ich bin wirklich alt und senil geworden.«

Schwanger! Morgan saß ganz still da und schämte sich. Wie hatte ihr das entgehen können? Vielleicht stimmte es auch gar nicht? Nein, wenn Dr. Grace meinte, dass Clara schwanger war, dann war sie es.

»Oh, dieser verkommene Schuft!«, explodierte sie. »Ich dachte doch, ich hätte ihn gesehen, etliche Male, wenn ich aus dem Zug stieg. Und nachdem ich ihn gesehen hatte, sah ich dann immer auch Clara. Nie beide zusammen. Dafür ist er viel zu gerissen!« Sie ballte die Fäuste. »Ich habe sie jedes Mal deswegen zur Rede gestellt, aber sie leugnet nur. Sie tut so, als verstünde sie mich nicht, oder fängt an zu weinen. Addie, du weißt, dass man nicht mit ihr sprechen kann, wenn sie weint. Aber jetzt bin ich mir meiner Sache sicher. Natürlich ist er es. Er ist wahrhaftig ein Lump!«

»Wer, Morgan? Um Gottes willen, wen meinst du?«

»Max natürlich. Maximillian Becker!«

»Alex' ... *Vater*?« Addie wurde bleich.

»Oh, Addie, du bist manchmal schrecklich naiv. Ja, Max, Alex' Vater. Weißt du nicht mehr, wie er mit ihr geschäkert hat bei ihrem Besuch?«

»Aber das ist über ein Jahr her ... Du denkst, das geht seitdem so?«

»Allerdings.«

»Aber Morgan, was sollten wir *unternehmen*?«

»Unternehmen? Ich weiß nicht. Oder vielleicht doch. Wo ist mein Mantel?«

»Morgan! Wir haben Gesellschaft! Wohin gehst du?«

»Zu Max Becker, um ihm meine Meinung zu sagen!« Sie eilte hinaus in den Flur. Dann hielt sie inne, die Hand bereits auf dem Türknauf. Eine gute Idee, ihn bei sich zu Hause aufzusuchen, doch natürlich würde er nicht da sein. Er würde sich mit dem törichten Kind treffen, sie in ein gemietetes Zimmer mitnehmen, ihr süße Worte ins Ohr flüstern, während er ihr gierig die Kleider vom Leib streifte. Es war ekelhaft. Der Mann war alt genug, um Claras Großvater zu sein! Ob er wusste, dass sie schwanger war? Du liebe Güte, wusste sie es? Was glaubte sie wohl, würde geschehen?

Morgan ging zurück in die Küche und hängte ihren Mantel an den Hutständer. »Was sage ich denn? Selbstverständlich sind sie jetzt irgendwo zusammen. Ich kann nichts unternehmen.« Sie ließ sich schwer auf den Küchenstuhl fallen. »Ich muss damit warten. Oh, ich bete nur, dass sie dieses – dieses Kind der Liebe nicht behalten will in der Hoffnung, dass Max sie *heiratet*!« Sie wandte sich Dr. Grace zu und fing an, die ganze Geschichte zu erzählen.

Die Dezemberluft war schneidend, zwickte sie in die Nase und erzeugte bei jedem erregten Atemzug große Wolken weißen Dampfes. In Morgans Kopf wirbelten die Gedanken. Warum war sie hier draußen in der Eiseskälte, statt in der Küche mit Addie und Dr. Grace am Feuer zu sitzen, Kaffee zu trinken und zu plaudern, welches Stück sie sich heute Abend anschauen sollten? Sie wusste, warum. Dr. Graces gestrige Bemerkung, Morgan laufe vor Schwierigkeiten davon, hatte sie getroffen. Tat sie das wirklich? Nun, diesmal würde sie es nicht tun. Sie würde Alex berichten, was sein Vater getan hatte, und ihn um Hilfe bitten. Egal, was er für sie empfand, das konnte er nicht abschlagen. Oder? Bestimmt nicht. Es war einige Wochen her, dass er ihr geschrieben hatte, und sie dachte, er habe endlich aufgegeben. Wenn er sie nun kalt anstarrte und sagte: »Miss Wellburn, ich hatte den Eindruck, dass Sie nie mehr mit mir zu sprechen wünschten«? Doch sie musste etwas unternehmen; sie konnte nicht ständig weglaufen. Im Moment musste sie sich bewegen, damit ihre Füße nicht auf der Clinton Street festfroren.

Nach kurzer Unentschlossenheit begann sie, rasch in Richtung Brücke auszuschreiten. Auf der Zugfahrt über den East River schaute sie aus dem Fenster auf den Hafen, auf dem es selbst mitten im Winter geschäftig zuging, und hinüber auf die gewaltige Freiheitsstatue, die ihre Fackeln hoch über Bedloe Island erhob. Sie schaute und sah doch nicht, denn in ihrem Kopf herrschte ein wahrer Tumult. An der Endstation stieg sie in die Straßenbahn nach Norden um und lief über die 23rd Street zu dem Haus, wo Alex Becker seine Privatpraxis hatte.

Sobald sie gegenüber dem Gebäude angekommen war, merkte sie jedoch, dass sie sich nicht rühren konnte. Als sie zu einem erleuchteten Fenster aufblickte, sah sie tatsächlich seinen blonden Schopf, der sich über Akten oder ein Buch beugte. Sie kannte seine Praxisräume nur allzu gut. Er saß an seinem Schreibtisch, einem riesigen Rollpult aus Eiche mit Dutzenden von Schubladen und kleinen Fächern. Er liebte dieses Möbelstück. Hettie spottete natürlich darüber; es war altmodisch und nicht gut genug für ihren Sohn, den Arzt. Aber ihn kümmerte es nicht, was seine Mutter dachte. Sie fanden Hettie beide –

Morgan bremste sich. Es gab kein »sie beide«. Sie hatte ihn fortgeschickt; es war aus zwischen ihnen. Wieso war sie hergekommen? Um ihm zu erzählen, dass sein Vater ein unschuldiges Mädchen verführt und geschwängert hatte?

Sie wusste, dass war nicht der Grund. Sie war hergekommen, weil sie Alex vermisste. Sie liebte ihn immer noch. Sie war so von Sehnsucht erfüllt, dass sie kaum aufrecht stehen konnte. Die Wut auf Max war von einem Schwall des Verlangens überflutet worden. Sie näherte sich der Treppe vor dem Haus, stieg langsam die Stufen hoch. Würde Alex sie willkommen heißen? Monatelang hatte er Briefe geschickt, in denen er sie anflehte, ihn zu empfangen, nur mit ihm zu reden. Er konnte sich nicht so schnell verändert haben. Oder?

Und dann stellte sie sich vor, dass sich eine andere Frau auf dem durchgeknöpften Ledersofa räkelte, die Knie bedeckt von Alex' alter Steppdecke, und vielleicht in einer seiner medizinischen Zeitschriften blätterte, oder ihm bei der Arbeit zusah und daran dachte, dass sie sich im nächsten Moment ruhig erheben, ihre Kleider ablegen und dabei leise seinen Namen rufen würde. Und wenn er sich dann umdrehte und »Ja?« sagte, dass in seinen Augen die Glut aufflammte und er aufsprang und in seiner Ungeduld, zu ihr zu gelangen, den Sessel umkippte.

Nein!, dachte Morgan. Sie würde es nicht ertragen, wenn er eine andere gefunden hätte, die ihren Platz einnahm. Mit pochendem Herzen rannte sie die steinernen Stufen hinab, fort von dem Haus und fort von Alex, als ob Höllenhunde hinter ihr her wären. Sodass sie sein Gesicht am Fenster nicht mehr sah und nicht wusste, dass er in Hemdsärmeln nach unten eilte, zu spät, um zu erkennen, in welche Richtung sie gegangen war.

18

März 1907

Adelaide beendete ihren Versuch, den Bericht zu verfassen, an dem sie gerade arbeitete. Sie legte den Federhalter nieder, seufzte und stieß sich von ihrem Schreibtisch ab. Jetzt, da sie Aufseherin war, hatte sie jeden Tag weiß Gott mehr als genug zu tun, um sich auch noch um Clara Optakeroff zu sorgen. Sie und Morgan hatten versucht, mit dem Mädchen zu reden. Morgan ließ Clara wissen, dass sie das Baby nicht bekommen musste. Beide sagten, sie würden sich um das Problem und auch um sie kümmern. Clara lehnte ab. Die alberne Kleine glaubte den Schmeicheleien des abscheulichen alten Mannes. Wahrscheinlich war sie nicht mal seine einzige Geliebte. Bestimmt nicht – der alte Schurke ging vermutlich mit noch drei oder vier hübschen jungen Dingern ins Bett, die seinen blumigen Komplimenten ebenfalls glaubten. Was war nur los mit den Frauen, wunderte Adelaide sich, dass sie sich in zügellose Geschöpfe – und Schlimmeres – verwandelten, sobald ihnen ein gut aussehender Mann die Hand küsste und ihnen vorschwärmte, wie schön sie seien? Und wenn sie nachgaben, was bekamen sie? Ein behaartes Scheusal, das ein monströses, hässliches Ding in sie hineinstieß, wieder und wieder, sodass sie vor Schmerz schrien, und das dann noch darüber lachte.

Sie hatte es einmal gesehen, als sie noch ein Kind war. Sie hatte ihr Kindermädchen Hilda gesucht, und als sie die Tür zu Hildas Zimmer öffnete, spielte sich dort genau das ab. Hilda und ihr Verehrer Hans auf dem Bett, er auf den Knien, ihre Beine über seinen Schultern. Er schob etwas Großes und Dunkles in sie, lachte und sie schrie. Addie entsann sich nicht, ob sie gewimmert hatte, doch das musste sie wohl. Hilda hatte ihr nämlich ein böses Gesicht zugewandt und gerufen: »Raus hier! Mach, dass du rauskommst, du grässliches Kind!« Hilda, die immer gesagt hatte, sie liebe ihre kleine Adelaide!

Natürlich wusste Addie mittlerweile, dass Hilda das Stoßen und Drängen genossen hatte, doch sie selbst hatte es nie gereizt. Wie viel süßer es war, sich in die Wärme und Weichheit eines Frauenkörpers zu schmiegen, die Hand um eine Brust mit seidiger Haut und einer steifen, bereitwilligen Brustwarze zu legen!

Sie bremste sich in ihren Gedanken und bat Gott unverzüglich um Vergebung. Es war falsch, das wusste sie. Es war gegen die Natur, wonach sie begehrte. Jede Nacht sank sie auf die Knie und betete ungestüm zu Gott, er möge sie von ihren unnatürlichen Gedanken und Gelüsten befreien. Aber Gott erhörte sie nicht; vielleicht wollte Er von den Gebeten einer solchen Sünderin nichts wissen. Nur einmal hatte sie nachgegeben, als sie noch in der Grove Street wohnte, bevor sie Morgan Wellburn kennen lernte.

Theodora war wesentlich älter als Adelaide, eine hoch gewachsene, schlaksige Tänzerin, die Hosen trug und Zigarillos rauchte. Sie war eine faszinierende Person. Sie schere sich den Teufel darum, was die anderen dachten, behauptete sie, und interessierte sich nur fürs Vergnügen. Sie war gut zu Adelaide, sanft und liebevoll, und pries Addies runde Hüften und große Brüste und milchweiße Haut. Es hatte so gut getan, als das Verlangen zwischen ihren Beinen endlich gestillt wurde, sie Wonne und Erlösung empfand. Sie hatte geglaubt, dass sie verliebt sei und Teddy sie auch liebe. Dann war Adelaide eines Abends nach Hause gekommen – es waren die Jahre, in denen sie im Bellevue arbeitete – und hatte in Teddys Wohnung eine unbekannte junge Frau angetroffen. Teddy forderte Addie auf, einen Dreier zu probieren, und erklärte, erst wolle sie der Mann sein, und dann könnten sie sich abwechseln. Sie zog irgendwelche Gerätschaften aus Leder hervor, prall gefüllt wie Würste, nur mit Riemen. Adelaide starrte die Lederdinger angeekelt an und fragte, ob sie etwa in sie hineingeschoben werden sollten. Teddy lachte und sagte: »Natürlich, du Dummerchen.« Adelaide hatte sich umgedreht und die Wohnung verlassen und war nie zurückgekehrt, nicht mal, um ihre Sachen zu holen. Den Namen der Unbekannten hatte sie nie herausgefunden.

Das war das einzige Mal, dass sie nachgab, und sie hatte ihre Lektion gelernt. Sie wusste, dass sie jene Gefühle bekämpfen musste. Nicht lange danach hatte sie Morgan kennen gelernt und sich in sie verliebt. Sie hatte gehofft, dass Morgan sie womöglich auch lieben würde. Morgan war groß, wie Teddy, und sehr selbstständig. Doch bald entdeckte sie, dass Morgan Männer mochte. Nachdem Morgan Alex Becker den Laufpass gegeben hatte, hoffte Addie, dass sie vielleicht …, aber das war natürlich albern. Morgan konnte ihre Natur ebenso wenig verleugnen wie Adelaide die ihre. Sie hätte nicht im Traum daran gedacht, ihre Leidenschaft für Morgan zu offenbaren. Sie vermutete, dass Morgan sie abstoßend finden würde. Also hielt sie ihren geheimen Kummer vor aller Welt verborgen.

Jemand steckte seinen Kopf durch die Tür. »Aufseherin! Sie werden in der Gewahrsamsabteilung gebraucht.«

»Komme schon.« Addie stand auf und versuchte, ihre Röcke zu glätten. Sie trug eine lange, schwarze Schürze, die sie als Aufseherin kennzeichnete, eine Autoritätsperson, die für sämtliche Einwandererfrauen und -kinder und alles, was mit ihnen passierte, verantwortlich war. Manche Aufseherinnen wirkten steif und förmlich und immer wie aus dem

Ei gepellt. Addie dagegen war ganz sie selbst, eher unordentlich, und verlor ihre Haarnadeln beim Gehen. Sie liebte ihren Beruf. Sieben lange Jahre hatte sie darauf gewartet, endlich Aufseherin zu werden. Nachdem sie 1900 ihren Abschluss als Sozialarbeiterin gemacht hatte, wurde sie gleich für die Women's Immigrant Aid Society tätig. Die Neuankömmlinge, die sie jeden Samstag in der Poliklinik zu Gesicht bekam, hatten ihr Herz so bewegt, dass sie unbedingt für die Einwanderungsbehörde auf Ellis Island arbeiten wollte, wo jeden Tag, einschließlich sonntags, fünf- bis siebentausend arme, verwirrte Immigranten ins Land strömten.

Es gab hier zweiundzwanzig Sozialarbeiter, und wegen Adelaides Vorgeschichte als Krankenschwester und ihres ausgeprägten Interesses an Geisteskrankheiten war sie bald diejenige, die von den anderen bei der Untersuchung psychisch Behinderter oder Geisteskranker zu Rate gezogen wurde. Man führte einfache Tests, meistens in Bildform, mit ihnen durch, die nach Addies Meinung weit gehend sinnlos waren. Man denke nur daran, wie falsch sie Clara bei ihrer Einreise diagnostiziert hatten! Nun, Clara war nicht die Intelligenteste, aber weder schwachsinnig noch behindert, nur verängstigt und unwissend.

Jedenfalls war Miss Apple allen Inspektoren und Ärzten auf Ellis Island bald wohl bekannt, und sie fand ihre Tätigkeit interessant und erfüllend. Doch sie erkannte schon früh, dass dringend Aufseherinnen benötigt wurden. Vor drei Jahren hatten die Horden von unvorbereiteten, des Englischen nicht mächtigen Immigrantinnen allmählich die Flure verstopft. Es handelte sich zumeist um Frauen, die samt Kindern ihren Ehemännern in das Gelobte Land folgten; und ledige, auf einen Ehemann hoffende Mädchen oder Witwen. Es wurde unumgänglich, die »Sklavenhändler« im Auge zu behalten – aalglatte Kerle, die an den Piers von Manhattan darauf warteten, dass die Schiffe sich leerten, und Ausschau hielten nach Mädchen oder Frauen, die allein und verloren wirkten.

Adelaide hatte sich an die Einwanderungs- und Einbürgerungsbehörde gewandt und sich um eine Stelle als Aufseherin beworben. Man stelle sich ihr Erstaunen vor, als sie erfuhr, eine solche Position gebe es nicht. Miss Apple könne sich wohl nicht gut für eine Stelle bewerben, die nicht existierte, oder? Doch der Andrang der Immigranten wurde immer größer und dieses Jahr war endlich der Posten der Aufseherin geschaffen worden. Adelaide war eine der Ersten, die sich bewarben. Laut Stellenbeschreibung musste sie »in Gewahrsam befindlichen Frauen und Kindern Hilfe und Unterstützung erteilen, falls notwendig«, und das bedeutete, wie sie schnell herausfand, alles. Jeden Tag hörte sie eine andere traurige Geschichte, focht einen weiteren Kampf für jemanden aus, beruhigte und beschwichtigte unglückliche Angehörige. Ihr Anfangsgehalt betrug $ 720 jährlich und würde, wenn sie sich bewährte, im zweiten oder dritten Jahr auf $ 840 steigen. Gearbeitet wurde von Sonnenaufgang bis Sonnenuntergang und die Insel war natürlich sieben Tage in der Woche geöffnet. Jeder hatte einen freien Tag; bei Adelaide war es der Samstag, an dem sie in der Poliklinik Hester Street ihre pflegerischen Kenntnisse erweiterte.

Sie eilte in die Gewahrsamsabteilung. Jedes Mal, wenn sie hierher geholt wurde, wusste sie, dass ein ernsthaftes Problem vorlag. Alle Frauen und Kinder mussten mindestens ein, zwei Tage in Gewahrsam bleiben; das ließ sich nicht verhindern. In New York liefen so viele Schiffe aus Europa ein, dass sie oft tagelang im Hafen warten mussten, bis auf Ellis Island Platz für ihre Passagiere war. Die Zwischendeckspassagiere warteten, bis sie auf einen Kahn oder eine Fähre verfrachtet wurden, und standen dann da und warteten weiter, ohne Essen oder Wasser, manchmal im Regen oder bei sengender Hitze. Sobald sie auf der Insel gelandet waren, mussten sie sich vor dem Haupteingang anstellen und dort unter dem gewaltigen metallenen Vordach wieder warten.

Und im Warteraum mussten sie erneut ausharren, bis ihre Nummer aufgerufen wurde. Nach so vielen Tagen auf See unter fürchterlichen Bedingungen, nach so viel Hoffnung und so wenig Schlaf war das für viele zu viel. Die Aufseherinnen mussten sich oft mit Hysterikern und Schlimmerem befassen.

Worum also ging es heute? Addie marschierte rasch in die Gewahrsamsabteilung, einen hellen, sonnigen Raum mit weiß gefliestem Fußboden und großen venezianischen Fenstern. Natürlich war er überfüllt. Gleich auf der anderen Seite des Flurs war die Ausreiseabteilung, sodass die noch in Gewahrsam Befindlichen sehnsüchtige Blicke auf die Entlassenen werfen konnten. Wer das wohl geplant hatte, fragte sie sich oft. Sie fand es über alle Maßen grausam. Aber schließlich war sie keine Architektin – wie man ihr jedes Mal sagte, wenn sie sich zu dieser Anordnung äußerte.

Ein schneller, forschender Blick, und Addie wusste, wo sie gebraucht wurde. Drei Immigrantinnen – eine von ihnen nicht älter als neun oder zehn, schätzte sie –, drängten sich um einen Tisch. Sie waren aus Russland oder der Ukraine, das sah sie an den dreieckigen Kopftüchern und Schals, die sie trugen. Ein ungeduldig wirkender Inspektor stand neben ihnen. Sobald er Adelaides ansichtig wurde, rief er: »Ach, da sind Sie ja endlich, Aufseherin!«, als ob sie getrödelt hätte. Die Art und Weise, in der die ältere Frau in der Dreiergruppe dem Klang seiner Stimme folgte – nicht nur mit den Augen, sondern mit dem ganzen Kopf –, erregte ihre Aufmerksamkeit. Sie war also blind. Hatte niemand dieser Familie erzählt, dass die blinde alte Dame als solche erkannt und wahrscheinlich zurückgeschickt werden würde?

Als Addie näher trat, sah sie, dass die »alte Dame« nicht älter als vierzig war. Und ihr schwarzer Schal trug die Kreidemarkierung – ein großes, weißes Kreuz –, welches zeigte, dass die Beamten oben an der Treppe gleich gesehen hatten, was los war. Die Neuankömmlinge merkten nicht, dass einer der neben der Treppe postierten Männer ein Arzt war, der aufmerksam auf alles achtete, was ungewöhnlich war. Addie malte sich aus, wie die Frau, auf beiden Seiten von einer Tochter gestützt – was Argwohn erweckte – die Treppe hochgestiegen war und sich nach Art der Blinden einem Geräusch zugewandt und damit sofort verraten hatte. Die ganze Familie, Mama, eine Tochter um die zwanzig und das Mädchen, das zitternd dasaß, die Augen weit aufgerissen vor Angst, schaute sie erwartungsvoll an.

Der Inspektor, froh darüber, das Trio los zu sein, reichte Addie eine Karte mit aufgedruckten Informationen: Anja Holub, einundvierzig, Tochter Malka, einundzwanzig, und Tochter Tanja, zehn, aus Kiew in der Ukraine. Sie waren seit zwei Tagen in Gewahrsam und harrten der Befragung. Diese Befragung sollte in einer Stunde stattfinden, und man brauchte dafür einen Dolmetscher. Addie, die wusste, wie häufig die überarbeiteten und erschöpften Inspektoren sich irrten, was die geistigen Fähigkeiten von Immigranten betraf, sagte sich: *Mal sehen.*

»Hallo«, grüßte sie freundlich auf Englisch und blickte dabei die ältere Tochter an, die ihr für die Gruppe zuständig schien. Die junge Frau starrte sie kampflustig, aber verständnislos an. Man konnte jedoch nie genau wissen, was diese Mädchen verstanden. Addie entsann sich nur zu gut eines Tages, als ein junger Mann den letzten Punkt der Inspektion vor seiner Entlassung erreicht hatte. Er war mit dem Schiff aus Deutschland gekommen. Der Inspektor fragte ihn auf Deutsch, wie viel Geld er bei sich habe, und der junge Mann verstand ihn nicht. Der Inspektor versuchte es mit Italienisch, dann mit Jiddisch. Nichts. Er ließ Addie holen, die dafür bekannt war, dass sie viele Sprachen sprach. Sie versuchte es mit Russisch, Polnisch und ein paar Brocken Tschechisch.

Schließlich platzte der junge Mann frustriert und verzweifelt heraus: »Spricht denn hier niemand Englisch?«

Sie wusste also, dass sie hartnäckig sein musste. »Ich bin Aufseherin Apple und hier, um Ihnen zu helfen.« Die drei Gesichter waren ihr zugewandt, aber keine antwortete.

»Können Sie überhaupt kein Englisch?«, fuhr sie fort. Keine Reaktion. »Also«, sagte sie auf Russisch, »keine Silbe in der Sprache dieses Landes? Dann will ich Ihnen Ihr erstes englisches Wort beibringen. *Hallo.* Das sagt man zur Begrüßung. Verstehen Sie?«

Jetzt äußerte sich die ältere Schwester Malka auf Russisch. »Wie lange wollen Sie uns hier noch gefangen halten? Haben wir deshalb unsere Heimat verlassen, unser schönes Backsteinhaus? Warum sind wir so gerannt, um dem Zar und den verdammten Kosaken zu entfliehen? Für das hier?!«

Wie gereizt sie war!, dachte Addie verärgert. Aber dann rief sie sich ins Gedächtnis, dass diese Frauen, eine von ihnen blind, ganz allein von weither angereist waren, zuerst per Zug und dann in die stinkenden, stickigen Räume des Zwischendecks gepfercht, und schon wer weiß wie lange auf ihre Befragung warteten.

»Es tut mir Leid, dass Sie in Gewahrsam waren. Hat man Sie nicht gewarnt, dass die Ärzte Blindheit und andere Behinderungen registrieren?« Mit sanfterer Stimme fügte sie hinzu: »Wer in die Vereinigten Staaten kommt und nicht arbeiten kann, wird zurückgeschickt.«

Wütend sagte Malka: »Schauen Sie uns an. Wir sind eine Familie. Wir werden für unsere Mutter sorgen. Ich bin einundzwanzig Jahre alt und kann Bücher führen. Ich habe zwei Schwestern, die schon in Amerika sind, vierundzwanzig und siebenundzwanzig. Eine ist Sekretärin, die andere Buchhalterin. Mein Vater ist auch hier. Er ist Kürschner. Er hat eine schöne Wohnung in der Bronx mit genug Platz für uns alle. Warum sollte meine Mutter arbeiten müssen?«

»Wenn bereits drei Familienmitglieder im Land sind, wieso sind Sie dann auf Ellis Island? Wieso sind Sie Zwischendeckpassagiere? Wenn Sie zweiter Klasse gefahren wären«, erklärte Addie, »wären Sie in Castle Garden an Land gegangen und jetzt schon mit dem Rest Ihrer Familie vereint.«

Die junge Frau machte eine Geste des Abscheus. »Fragen Sie mich nicht«, knirschte sie. »Wir sind mit dem Zug nach Paris und dann mit dem Schiff nach England gefahren. In England meinte meine Mutter, die reinste Pfennigfuchserin: ›Warum sollten wir gutes Geld für die zweite Klasse vergeuden, wenn wir auch im Zwischendeck reisen können? Die Überfahrt dauert nicht lange und ihr Mädchen seid kräftig. Und das Geld können wir immer gebrauchen.‹ Wir *brauchten* das Geld aber nicht«, fuhr Malka so aufgebracht fort, dass ihre kleine Schwester anfing zu weinen. »Ach, sei still, Tanja«, schnauzte sie. »Mama weiß, was sie tut, was sie jedes Mal tut, wenn es darum geht, einen Rubel zu sparen!« Sie hielt inne, atemlos vor Empörung. »Aber nein, sie muss alles so billig wie möglich kriegen! Geld bedeutet ihr alles, alles!« Dann lächelte sie seltsam und fügte hinzu: »Vielleicht sollten wir die Mama nach Kiew zurückschicken lassen, das wäre ihr eine Lehre!«

Das kleine Mädchen brach in panische Tränen aus und umklammerte den Arm ihrer Mutter. Diese schüttelte sie ärgerlich ab und wandte den Kopf zu Malka. »Dir bedeutet Geld nichts ... solang es das Geld von jemand anderem ist. Dein Papa wird sich freuen, dass ich ihm so viel Fahrtkosten erspart habe ...«

Malka schnaubte höhnisch. »Papa wird sich nicht freuen, wenn sie dich nicht ins Gelobte Land lassen, Mama.«

Während sie noch stritten, wurde die Kleine immer verzweifelter und flehte sie an, doch bitte aufzuhören.

Schließlich sagte Adelaide laut auf Russisch: »Genug jetzt! Was geschehen ist, ist geschehen. Es hat keinen Sinn, deswegen zu zanken! Lassen Sie uns zur Befragung gehen, dann erkläre ich denen die ganze Sache. Sie werden ins Gelobte Land eingelassen, das verspreche ich Ihnen. Geben Sie mir die Adresse Ihres Vaters; ich schicke ihm ein Telegramm, damit er sie abholen kann.«

Die Befragung verlief gut, und bald hastete Adelaide schon zurück in ihr Büro, um zu sehen, wo sie sonst noch benötigt wurde. Sie kam am großen Saal vorbei, wo den ganzen Tag lang durch eine kunstvoll angeordnete Reihe von Metallsperren eine endlose Prozession Bündel, Truhen, Kisten tragender Menschen geschleust wurde, Schritt für Schritt ... vorbei am ersten Prüfbeamten, dann am nächsten, vorbei an den aufmerksamen Amtsärzten, den Kontrolleuren und Schreibern. Es war eine tagtägliche Karawane, die sich manchmal über fünf Kilometer erstreckte. Der Inspektor stand oberhalb der Menge hinter einem Holzpult. Er fragte die Ankömmlinge nach ihren Namen, versuchte, ihn zu buchstabieren, fragte, wie man ihn buchstabiere. Wenn er ihn falsch buchstabierte, hatte man in seinem neuen Leben einen falschen Namen oder sogar einen nagelneuen Namen am Hals.

Den ganzen Tag lang wartete diese Parade, rückte langsam vorwärts, hielt wieder an. Die menschliche Hoffnung, dachte Adelaide, ist grenzenlos. Denn es musste ja Hoffnung gewesen sein, die sie mit ihrer dürftigen Habe und den übereinander getragenen Kleidungsstücken hierher geführt hatte, wo sie an ihrem Aussehen gleich als *Grienies,* Greenhorns, erkannt wurden. Ein Inspektor hatte ihr erzählt, dass in diesem Jahr an einem einzigen Tag einundzwanzigtausend Immigranten im Hafen von New York eingetroffen waren. Es war unglaublich. Wenn das so weiterging, würde New York City bald aus allen Nähten platzen.

Adelaide schritt den Korridor entlang auf ihr Büro zu. Auf halbem Weg hörte sie den Ruf: »Aufseherin! Sie werden am Zaun benötigt.« Mit einem Seufzer marschierte sie zurück dorthin, wo die Einwanderer ihre Reise beendeten: an den Metallzaun, wo Ehemann, Bruder oder sonstige Angehörige warteten. Als sie näher kam, erkannte sie das Stimmengewirr als jiddisches. Eine junge Frau – hübsch, aber mit einem hässlichen Scheitel, der Perücke, die orthodoxe Jüdinnen trugen, damit fremde Männer sie nicht verlangend ansahen – schrie auf einen stattlichen jungen Mann auf der anderen Seite des Zauns ein. Er war groß, sauber gekleidet, das dunkle Haar sorgfältig gebürstet, und sein Gesicht glänzte frisch rasiert.

Die Frau, die ihre zwei Kleinen, einen Jungen und ein Mädchen, vielleicht vier und fünf Jahre alt, beide mit rotblonden Haaren, eng an sich gepresst hielt, rief: »Niemals, verstehst du mich, Moishe? Nie! Eher fahre ich zurück!«

»Du bist meine Frau. Ich habe anderthalb Jahre lang auf dem Zuschneidetisch in der Schneiderwerkstatt geschlafen, damit ich dich nachkommen lassen konnte! Hör auf mit den Verrücktheiten und komm! Wir haben eine schöne Wohnung, zwei Zimmer.«

»Gott vergebe dir, dass du ein Goi geworden bist!«, schrie die Frau. »Kinder, guckt den Mann ja nicht an. Das kann nicht euer Vater sein, euer Vater ist Jude mit einem richtigen Bart! Das hier … das ist ein Yankee, ein Goi! Also guckt ihn gar nicht an!«

»Wenn deine Kinder irgendwas angucken sollten, dann dich, Blume! Eine Bauersfrau mit Bauernkleidern und hässlicher Perücke! In diesem Land schneiden sich die Frauen das Haar nicht ab, Blume. Sie tragen es ganz offen auf der Straße!«

Die junge Frau brach in Tränen aus und rannte weg von ihm, wobei sie gegen Adelaide stieß. Addie fing an, ihr auf Jiddisch zuzureden, sie solle es nicht so schwer nehmen. »Es ist schwierig; ich weiß, dass es schwierig ist. Ich erlebe so etwas jeden Tag«, sagte sie. »Ihrem Mann gefällt Amerika und Amerika ist ganz anders als Ihr *Schtetl* …«

Bei diesen Worten begann Blume zu jammern: »Mein *Schtetl*! Meine Mutter, meinen Vater, meine Schwestern! Ich habe sie für immer verlassen, und wofür? Dieser Mann ist ein Fremder für mich!« Sie schaute Adelaide an und ihr kamen neue Tränen. »Was soll ich nur tun? Ich will nicht bei ihm bleiben! Ich will zu meiner Mutter!«

»So etwas geschieht alle Tage«, log Adelaide. »Wirklich, jeden Tag. Es ist eine große Veränderung. Aber Sie werden sehen, dass er innerlich derselbe geblieben ist. Er liebt Sie. Er hat hart gearbeitet, um Sie und Ihre wunderhübschen Kinder nachzuholen.« Blume strahlte bei diesen Worten, obgleich sie nach wie vor weinte. »Es ist sehr schwer, alles zurückzulassen und in ein unbekanntes Land zu kommen«, fuhr Adelaide fort, »doch Sie werden es hier sehr gut haben. Keine Pogrome. Keine Kosaken. Ihre Kinder können zur Schule gehen, und es kostet nichts. Die Polizei verprügelt Sie nicht. Sie hilft Ihnen.«

»Wirklich?«

»Ich bin auch Jüdin, und mein Vater und meine Mutter sind als Einwanderer in dieses Land gekommen«, sagte Adelaide munter, wobei sie sich nicht die Mühe machte zu erwähnen, dass diese Einwanderung vor geraumer Zeit stattgefunden hatte. Aber sie war Jüdin, und ihre Eltern waren eingewandert, wenn auch mit besserer Ausbildung und mehr Geld. »Schauen Sie doch, Ihre Kinder möchten zu ihrem *Tati*. Sie möchten ihr neues Zuhause sehen. Sie sollten ihm zumindest eine Chance geben.«

Der junge Mann hatte sich von seinem Platz am Zaun nicht weggerührt. Er starrte seine Frau an, ziemlich sehnsüchtig, fand Addie. Und Blume warf gegen ihren Willen immer wieder Blicke in seine Richtung.

»Gehen Sie nur, warum denn nicht? Sagen Sie ihm, dass Sie um der Kinder und ihrer Liebe willen sein neues Leben ausprobieren werden.«

Schließlich trat Blume an den Zaun. Durch eine Öffnung

fassten sich Mann und Frau bei der Hand. Nachdem sie miteinander gesprochen hatten, drehte Blume sich um und meinte: »Danke, meine Dame. Ich werde es versuchen, und dann werden wir weitersehen.« Doch jetzt lächelte sie.

Auch Adelaide lächelte, als sie sich zum Gehen wandte. Sie hatte große Freude an ihrer Arbeit. Sie wusste nie, was in der nächsten Minute passieren würde. Wenn sie endlich heimkam in die Clinton Street, war sie meistens so müde, dass sie kaum einen Bissen essen oder die Augen zum Lesen offen halten konnte. Aber das war gut so, denn dann schlief sie ein, sobald ihr Kopf aufs Kissen sank, und musste sich nicht mit Gedanken an ihre gottlosen Begierden herumquälen.

19

Am selben Abend

Sie aßen in der Küche im sanften Schein des elektrischen Lüsters. Für März war es warm draußen, sodass sie die Hintertür geöffnet hatten, um frische Luft hereinzulassen. Mulligans Fleischpastete war lecker wie gewöhnlich. Trotz der Aufgüsse, die Morgan ihr verabreichte, litt Mulligan unter Rheumatismus. Wegen ihrer armen, schmerzenden Knie wurde sie allmählich etwas langsamer beim Schrubben und Putzen, aber sie waren übereingekommen, dass sie so lange bleiben sollte, wie sie wollte. Auf Mulligans Kochkünste mochten sie nicht verzichten.

»Ein interessanter Tag auf der Insel, Addie?«, fragte sie, während sie einen Mund voll Fleisch, Möhren, Kartoffeln und Teigkruste auf die Gabel nahm.

»Wie immer. Ich musste dabei helfen, eine Wahnsinnige zurückzuschicken, nach Sizilien, glaube ich. Ihr Zukünftiger hatte sie bei einem Schwager bestellt – bestellt, Morgan, wie eine Rinderhälfte! –, nachdem er ihr Foto gesehen hatte. Na ja, sie ist ein bemerkenswert schönes Mädchen, aber total verrückt. Sie beißt.«

»Ach, du liebe Güte. Hat sie dich gebissen?«

»Nein, das nicht. Ich bin anscheinend im Stande, die geistig Behinderten, die bei uns ankommen, zu beruhigen.« Sie hielt inne, aß einen großen Happen Pastete und fuhr dann fort: »Natürlich haben manche Inspektoren nicht die geringste Phantasie und begreifen nicht, dass ein stupider Gesichtsausdruck womöglich von einer Unkenntnis der englischen Sprache herrührt.« Sie lachte. »Du würdest staunen, wie viele Menschen nur lauter und langsamer mit den armen Einwanderern sprechen, als ob sie taub wären und nicht einfach in einem fremden Land.«

»Dieses Mädchen … wie war sie? Ich meine, ihr Betragen, ihr allgemeines Verhalten?«

»Nervös. Schreckhaft, würde ich sagen. Und dann vergaß sie auf einmal völlig ihre Umgebung und murmelte vor sich hin. Es war seltsam … auf der Fähre zurück zur Insel benahm sie sich oft, als ob sie ein Gespräch führte, mit unterschiedlichen Gesichtsausdrücken und Gesten. Dabei war niemand in der Nähe außer mir, und ich weiß, dass sie nicht mit mir sprach.«

»Ja …«, sagte Morgan, ihre Gabel auf halbem Wege zum Mund vergessend. »Das hat sie auch nicht getan. Sie hat mit ihren Stimmen gesprochen.«

»Mit ihren Stimmen?«

»Oder Geistern. Manche sagen Geister, andere Stimmen.« Morgan wurde sich plötzlich des wachsenden Interesses ihrer Freundin bewusst. Sie hatte Adelaide nie von Becky oder von Quare Auntie erzählt, auch nicht von ihren sonstigen Vorfahren, die Dinge gehört hatten, die kein normaler Mensch hören konnte. Sie hatte niemandem davon erzählt.

»In Chester gab es mal so ein Mädchen«, sagte sie. »Sie

wurde die irre Mariah genannt, und Dr. Grace meinte, sie habe eine Krankheit namens *Dementia praecox*. Sie hatte noch einen anderen Namen, den ein französischer Arzt ihr gegeben hatte –« Sie hielt inne, weil sie das Gefühl hatte, dass sie zu viel redete. »Ist ja auch egal. Das arme Mädchen, muss sie zurück nach Europa?«

»Das ist Vorschrift, und ich glaube, zu Recht.« Addie erhob sich, um einen frischen Laib Brot aufzuschneiden. »Wie war dein Tag, Morgan?«

»Anstrengend! Ich war den ganzen Tag weg, ab dem frühen Vormittag, weil Elizabeth Murray mit ihrem fünften Kind in den Wehen lag. Ich dachte, es würde schnell gehen – die anderen sind alle rausgeflutscht wie geschmiert –, aber diesmal wollte das Kind nicht kommen. Nach drei ergebnislosen Stunden hörten ihre Wehen auf. Wir waren beide inzwischen ziemlich müde, und ich fing an, meine Sachen zusammenzupacken, und meinte zu Elizabeth, es könnten Vorwehen gewesen sein. Dann setzten die Wehen ganz plötzlich wieder ein und wurden furchtbar schmerzhaft. Als ich ihren Bauch betastete, konnte ich nicht sagen, wie herum das Baby lag. Ich dachte sogar, es könnten Zwillinge sein, weil ich sicher war, dass ich zwei Köpfe ertastet hatte. Bei dieser Vorstellung wurde Elizabeth ganz aufgeregt. Sie verlieh ihr so viel neue Kraft, dass sie mit aller Macht presste.«

Morgan hielt inne, legte ihr Butterbrot auf den Tisch und nahm ein Glas Ale in die Hand. »Als es endlich zur Welt kam, hat es die arme Frau fast entzweigerissen. Und es hat nicht mal lange genug gelebt, um seinen ersten Schrei zu tun«, sagte Morgan. »Das war auch gut so. Es war … na ja, verbunden mit der Hälfte eines zweiten Kindes, der oberen Hälfte. Die Köpfe hatte sie einander zugewandt, die Arme eng umeinander geschlungen, Nase an Nase, sodass sie nicht atmen konnten.«

Addie wurde blass und legte die Hand aufs Herz.

»Aber Addie, das ist schon öfter vorgekommen. Es gibt viele Geschichten über siamesische Zwillinge. In East Haddam gab es mal welche, so hieß es jedenfalls, die durch ein Häutchen an der Hüfte miteinander verbunden waren. Ich war damals noch ein Kind. Die Mutter flehte die Hebamme an, das Häutchen zu durchtrennen, aber als sie das tat, sind beide Babys gestorben. Es scheint, als hätten sie mindestens ein Organ gemeinsam gehabt. Ich habe noch mehr Geschichten über Missgeburten von völlig normalen Eltern gehört. Die meisten Leute glauben derartige Geschichten nicht, aber Dr. Grace hat mir erzählt, dass sie mal ein Kind mit zwei Köpfen entbunden hat …«

»Zwei Köpfe …! Brrr!«

»Sie meinte, es sei eine Sünde wider Gott und die Natur, das arme, kleine Ding zu töten. Doch sie hat ihm nicht den lebensnotwendigen Klaps gegeben und es mit dem Gesicht nach unten gelegt, sodass es gar nicht erst atmen konnte. Jedenfalls … du kannst dir wohl vorstellen, wie erschöpft ich nach diesem Tag war. Die arme Elizabeth war ganz außer sich, weil sie dachte, sie sei für irgendeine Sünde bestraft worden. Und als ich dann nach Hause kam, war kein Feuer im Kamin, kein Licht an, und unser Essen stand noch kalt in der Speisekammer – kurz gesagt, keine Clara. Ich rief nach ihr und hörte ein schwaches Stöhnen. Also bin ich in ihr Zimmer hochgelaufen und habe sie fest schlafend im Bett vorgefunden. Ich beschloss, sie schlafen zu lassen.« Morgan nippte an ihrem Ale und streckte sich gähnend. In diesem Moment ertönte ein solcher Schrei aus dem Obergeschoss, dass sie ihr Glas fallen ließ und das Bier sich auf den Fußboden ergoss. Weder sie noch Addie sagten ein Wort. Sie ignorierten die Pfütze und hasteten beide auf die Treppe zu.

Schwitzend und sich in Qualen windend, schluchzte Clara und weinte nach ihrer Mutter. In dem winzigen Raum unter dem Dach war es drückend heiß, obwohl das Fenster offen stand. Addie ging gleich eine Schüssel Wasser und ein sauberes Tuch holen, das Morgan in das Wasser tauchte, auswrang und Clara auf die Stirn legte.

»Ich weiß, ich weiß, du hast schreckliche Schmerzen. Du musst mir sagen, was los ist.«

Das Mädchen jammerte nur laut. »Mama! Rette mich! Hilf mir! Oh, warum hat Gott mir das angetan?«

»Das war nicht Gott, glaube ich«, bemerkte Morgan.

»Stimmt«, sagte Addie, bückte sich und hob etwas vom Teppich auf. »Guck dir das an.« Das war eine leere Packung Dr. Belchers Kur für Frauen.

»Aha«, meinte Morgan. »Hast du dir diese Menstruationspillen gekauft, Clara?«

»Nein! So was kaufe ich nicht! Max – Max mir sagen, ich nehmen, und alles wieder in Ordnung.«

»Soso. Wann war das, Clara?« Morgan musste die Stimme erheben, um das Gestöhne und Gewimmer des Mädchens zu übertönen. »Wann hat Max dir die Packung gegeben?«

»Heute.«

»Heute! Und du hast den ganzen verdammten Inhalt geschluckt?« »Ich nehmen alles. Max mir sagen …«

»Verfluchter Kerl!«, knirschte Morgan. »Weiß er denn nicht, wie gefährlich die Dinger sind?«

»Vielleicht war es ihm egal, was mit ihr passiert«, meinte Addie. Morgan schloss die Augen, seufzte und sagte: »Ich erzähle dir, was ich weiß, wenn wir wieder unten sind. Gott weiß, welchen Schaden das dumme Ding sich zugefügt hat.« Sie kannten sich beide aus mit all den »Menstruationstropfen«, »Regel-Pillen« und andern Abortiva, die jedermann per Post zur Verfügung standen. Diese hier enthielten vermutlich in erster Linie Aloe und Schwarzen Nieswurz. Schwarzer Nieswurz, in vorsichtig bemessenen Dosen verabreicht, brachte tatsächlich oft die Menses in Gang, aber eine ganze Flasche davon zu nehmen …!

»Wir werden ihr ein Brechmittel geben müssen«, sagte Morgan. »Wenn sie genug erbricht, überlebt sie vielleicht.«

»Arme Clara«, meinte Adelaide, worauf Morgan schnaubte. »Versuch, still zu liegen, Clara«, sagte sie. »Sonst verschlimmerst du die Blutungen nur.«

Addie wechselte die blutdurchtränkten Handtücher unter Clara gegen neue aus und fragte: »Du Dummerchen, wieso hast du dich nicht an uns gewandt? Wir hätten dir doch geholfen, genau wie beim letzten Mal.« Clara war im vorigen Herbst schon mal schwanger gewesen, und Morgan hatte ihr Weiberwurz und amerikanische Blaubeere verabreicht ... aber sorgfältig dosiert. Zu Pulver zermahlen, so hatte sie erklärt, würde es seine Wirkung tun. Sie hatte einen Tee daraus gemacht, und der hatte gewirkt – ohne so viel Blut und Schmerzen wie diesmal.

»Ich schäme mich«, schluchzte Clara. Das sollte sie tatsächlich! Sie wollte kein Wort gegen »meinen Mex«, wie sie ihn nannte, hören. Sie behauptete, Max sei ihre große Liebe, nie könne sie einen anderen lieben. Sehr schön, und das kam nun bei ihrer so genannten Liebe heraus. Eine Schwangerschaft und der stümperhafte Versuch einer Abtreibung.

Eine Stunde später hatten sie die Blutung endlich unter Kontrolle und Clara verfiel in einen unruhigen Schlaf. Die zwei Frauen gingen nach unten. »Es gibt noch Pudding«, sagte Morgan, »den lasse ich mir nicht entgehen.«

Nachdem sich die beiden wieder an den Tisch gesetzt hatten, berichtete Morgan Addie, was sie wusste. Max hatte vor Monaten in einem Hotel im Süden Manhattans, dem Broadway Central, ein Zimmer gemietet.

»Da haben sie sich also getroffen!«, murmelte Addie. Dorthin gingen sie, um sich zu lieben, wann immer sich eine Gelegenheit bot. Als Clara feststellte, dass sie ein zweites Mal schwanger war, hatte sie zu Max gesagt, diesmal wolle sie das Kind behalten.

»Und er –?«, half Addie nach.

Morgan lachte. »Was glaubst du wohl? Du kennst doch Max Becker. Er hat ihr auf der Kommode Geld dagelassen und sich aus dem Staub gemacht. Nicht mal ein Briefchen, in dem er ihr Lebewohl sagte! Sie hat die ganze Packung eingenommen, um ihn zu bestrafen, kannst du dir das vorstellen? Oh, wie sich manche Menschen selbst belügen können!«

»Armes Kind!«, seufzte Addie. »Unerwiderte Liebe ist das Schlimmste ... habe ich jedenfalls gehört ... *Morgan?«,* fügte sie in verändertem Ton hinzu, sodass Morgan sich wachsam aufrichtete.

»Ja?«

»Ich finde, wir sollten Alex Becker aufsuchen. Nun warte mal eine Minute und fang nicht schon an, den Kopf zu schütteln, bevor ich ausgeredet habe. Er ist Arzt und wird sich verpflichtet fühlen, zu helfen. Schließlich wäre dies sein ... oh, mein Gott, sein Bruder oder seine Schwester gewesen!«

*»Halb*bruder oder -schwester«, sagte Morgan mit verkniffenen Lippen. »Und die Antwort ist Nein. Ich behandle Clara selbst. Sobald es ihr besser geht, können wir entscheiden, was mit ihr geschehen soll.« Ohne Addie anzusehen, verließ sie die Küche.

Es war ein herrlicher Tag rund drei Wochen später – ein Hauch von Frühling inmitten von kaltgrauen, regnerischen Tagen. Morgan ging mit einem Gefühl der Erleichterung aus dem Haus. Der Himmel war von zarten Wolken gesäumt und die Krokusse streckten in jedem Vorgarten von Brooklyn Heights ihre Köpfe heraus. Die Bäume trugen einen Schleier aus noch nicht ganz offenen frühlingsgrünen Blättern und der süße Duft frischen Grases erfüllte die Luft. Clara war endlich wieder ganz genesen, bis auf ihren Liebeskummer. Morgan fragte sich oft, ob das Mädchen je darüber hinwegkommen würde. Es war Mitleid erregend zu sehen, wie sie sich nach einem Mann verzehrte, der vor ihr nach Chicago geflohen war. Ständig traten ihr Tränen in die Augen und sie blies häufig Trübsal. Aber als Morgan ging, polierte Clara unter Mulligans aufmerksamem Blick das Silber in der Anrichte. Es war seit Wochen die erste Arbeit, die sie erledigte.

Es tat gut, sich zu bewegen, dachte Morgan, die Beine zu strecken und die süße, frische Luft zu riechen. Genau der richtige Tag für einen Marsch über die Brooklyn Bridge. Claras verzweifelte Liebe zu jenem entsetzlichen Menschen wirkte auf alle im Haus schier erstickend. Morgan ließ sich Zeit auf dem überfüllten Gehweg, schaute über den Hafen mit seinem geschäftigen Treiben und wurde gewahr, wie sehr er sich seit ihrem ersten Blick auf ihn vom Deck der *Water Bird* verändert hatte. Der Wald aus hohen Masten lichtete sich mit jedem Jahr, da immer mehr Dampfer die Schifffahrt übernahmen.

Vor ein paar Jahren, kurz vor der Jahrhundertwende, hatte eine Zeitschrift eine wundervolle Zeichnung abgedruckt, auf der der Künstler New York in hundert Jahren, also 1999, darstellte. Keine Masten mehr, nur noch Ozeanriesen mit rauchenden Schornsteinen, und am Himmel große, lange Luftschiffe mit zwei Tragflächen. Hohe, elegante Gebäude säumten die Insel wie unzählige Schachfiguren und über die beiden Flüsse spannte sich mindestens ein Dutzend gewaltiger Brücken. Ihre altvertraute Brooklyn Bridge, viel größer als die anderen, nahm den Vordergrund des Bildes ein. Morgan fragte sich, ob es das wohl je geben würde, ein New York voller Luftschiffe und Wolkenkratzer. Ohne es beabsichtigt zu haben, fand sie sich, nachdem sie gelaufen und gelaufen war, wie durch Zauberhand irgendwie vor dem Gebäude in der 23rd Street wieder, in dem Alex seine Praxis hatte und seine Aufsätze verfasste. *Und seine Freundinnen liebt,* sagte eine garstige kleine Stimme in ihrem Kopf. Sie ignorierte den Gedanken. Sie vermutete, dass er nach wie vor Arzt im Bellevue war, wo sie von jeder Art von Medizin und modernen Geräten das Allerneueste hatten. Oft mussten die Leute nicht einmal dafür bezahlen. Für Ärzte war das Beste am Bellevue, dass es ein Krankenhaus war, das Patienten mit chronischen Krankheiten aufnahm. Alex war stets ein Doktor mit Gewissen und Herz gewesen; daran erinnerte sie sich – unter anderem. Er war immer bereit, den Armen, den Einwanderern, den Ungebildeten, den Abergläubischen und Verängstigten zu helfen. Allen begegnete er mit derselben Freundlichkeit. Er war wirklich ein ungewöhnlicher Mensch, und sie vermisste ihn so sehr, dass ihr buchstäblich das Herz in der Brust wehtat.

Und hier stand sie nun zum zweiten Mal seiner Wohnung gegenüber. So nah und doch so fern. Sie wäre so gern die Treppe hochgestiegen und hätte geläutet, wagte es jedoch nicht. Und sie fand Clara Mitleid erregend! *Schau dich doch selbst an*, schalt sie sich im Stillen, *wie du vor Alex' Tür schmachtest und Angst hast, bei ihm zu klingeln*. Sie sollte lieber gehen. Vermutlich wollte er sie überhaupt nicht sehen; vermutlich hasste er sie.

Dann rief sie sich ins Gedächtnis zurück, was sein verkommener Vater einem unschuldigen Mädchen angetan, wie er es für immer ruiniert hatte. Erfüllt von angenehmem, gerechtem Zorn, erklomm sie die Stufen und läutete. Als Alex selbst in Hemdsärmeln mit zerzausten Haaren und vor Müdigkeit trüben Augen an die Tür kam, brach Morgan zu ihrem Entsetzen unvermittelt in Tränen aus.

Er vergeudete keine Minute, sondern zog sie nach drinnen, schloss die Tür mit einem Fußtritt und nahm sie in die Arme. Er hielt sie fest umschlungen, küsste ihr die Tränen fort, küsste dann ihre Kehle und ihre Nase und legte dann endlich, endlich seinen Mund auf den ihren. Sie klammerte sich an ihn wie eine Ertrinkende, und vielleicht war sie das auch. Ihr schwindelte und sie konnte nicht atmen. Sie wusste kaum, wo sie sich befand, außer, dass sie zu Hause war. Endlich war sie dort, wohin sie gehörte. Sie spürte seine wachsende Erregung, presste sich enger an ihn, stöhnte ein wenig und schlang ihm die Arme um den Hals.

Schließlich lösten sie sich voneinander, beide schwer atmend, und schauten sich in die Augen. »Du hast dich nicht verändert«, murmelte Alex. »Gott sei Dank. Du hast dich nicht verändert.«

»Du dich auch nicht.«

»Mein Gott, es tut so gut, dich zu sehen, dich zu umarmen. Ich habe Angst, dich loszulassen, weil du dich dann womöglich in Luft auflöst. Aber ich muss etwas wissen ... warum bist du gekommen? Warum heute, heute Morgen, wo ich erst letzte Nacht von dir geträumt habe? Ich habe davon geträumt, dass ich dich liebte ...« Sein Blick wurde verhangen und Morgan stockte der Atem. »Was ich auch tun werde, gleich ...« Er fuhr ihr über Wange, Kinn und Kehle, und wo seine Finger sie berührten, erschauerte sie. Ihr Verlangen nach ihm war so groß, dass sie kaum an sich halten konnte.

»Aber lass uns doch nicht im Flur stehen bleiben, sonst verursachen wir noch einen Skandal«, sagte er, griff nach ihrer Hand und zog sie in seine Räumlichkeiten. Immer noch ihre Hand haltend, stand er da und schaute sie an. Einen Moment vorher war er so leidenschaftlich gewesen. Worauf wartete er? »Warum bist du gekommen, Morgan?«

»Das ist eine lange Geschichte.« Sie hob ihm flehend die Lippen entgegen.

»Erzähl mir die Geschichte. Ich möchte keine Überraschungen mehr erleben, Morgan Wellburn. Wir werden uns wie gesittete Leute aufs Sofa setzen und du erzählst mir alles. Und dann ...«Seine Stimme wurde heiser. »Und dann gehe ich mit dir zu Bett und huldige deiner Schönheit mit allem, was ich habe.« Sie warf ihm einen Blick zu, der ihn vor Freude auflachen ließ.

Und so setzten sie sich in geziemendem Abstand voneinander hin, wobei das Feuer zwischen ihnen fast greifbar war, und sie berichtete ihm von Max und Clara Optakeroff. »Es tut mir Leid, Alex, dass ich dir diese schmutzige Geschichte erzählen muss.«

»Pfui Teufel! Wenn du wüsstest, wie ich diesen Menschen verachte. Meine Mutter zieht es vor, seine kleinen Sünden zu ignorieren. Sie tut so, als existierten sie überhaupt nicht. Er ist ihr lieber Max, der immer ›im Büro‹ zu tun hat. Dabei weiß jeder, dass sein ›Büro‹ das Bett ist, in das er eine junge Frau gerade locken kann. Meistens hat er fünf oder sechs gleichzeitig.«

»Zusammen?«

»Nein, nein. Aber, so viel ich weiß, könnte er sich auch mit allen auf einmal vergnügen. Er ist zu allem fähig. Du sagst also, dass er ein Zimmer im Broadway Central gemietet und Clara ziemlich oft getroffen hat ... da fragt man sich ja, was für besondere Talente sie wohl besitzt. Tut mir Leid, Morgan. Es sollte sich nicht anhören, als ob – er ekelt mich einfach an. Ich schäme mich dafür, dass er mein Vater ist. Ganz ehrlich, ich hasse ihn.«

»Warum wohnst du dann bei ihm?«, fragte Morgan.

»Tue ich ja nicht. Ich wohne hier. In meiner Praxis. Tatsächlich habe ich gerade rausgekriegt, dass dieses Haus zum Verkauf steht, und ich denke daran, es zu kaufen.«

»Um darin zu wohnen?«

»Vielleicht.« Er warf ihr einen nachdenklichen Blick zu. »Aber erst, wenn – Das ist ja jetzt egal. Wir haben eine Menge Zeit, um Pläne für die Zukunft zu schmieden. Ich bin zum Leiter der Abteilung für Innere Medizin am Bellevue ernannt worden, musst du wissen.«

Ihr Herz hüpfte vor Stolz. »Wirklich? Das ist ja wunderbar. Und du hast es wahrhaftig verdient. Man kann ihnen nur zu ihrer ausgezeichneten Wahl gratulieren. Oh, Alex, ich freue mich so für dich! Es ist doch genau das, was du wolltest!«

Er lächelte breit. »Das stimmt. Mir fehlte nichts mehr zu meinem Glück. Nein, warte, du fehltest mir zu meinem Glück. Und jetzt habe ich dich endlich wieder. Wir werden gemeinsam entscheiden, was mit Clara geschehen soll. Gibt es sonst noch etwas, meine süße Morgan?«

»Nur ... nur, dass ich dich sehr vermisst habe und gleich wieder gehe, wenn du nicht sofort mit mir schläfst.«

»Keine Sorge«, sagte er, stand auf und streckte ihr die Hand entgegen. »Ich habe nicht vor, auch nur das kleinste bisschen Zeit zu verschwenden!«

Später, als sie einander erschöpft und glücklich in den Armen lagen, meinte er: »Heirate mich, Morgan. Die Jahre vergehen so schnell und wir sollen sie nicht vergeuden. Wir sind beide zu lange allein gewesen.«

»Aber das würden deine Eltern niemals erlauben.«

»Meine Eltern! Zum Teufel mit meinen Eltern! Es kommt nicht darauf an, was meine Eltern von dir denken.«

»Wirklich nicht?«

»Wirklich nicht.« Er küsste sie auf den Scheitel. »Ich muss dich haben oder ich sterbe!«

Glücklicher, als sie es sich je erträumt hatte, küsste sie ihn aufs Kinn und sagte: »Wenn man bedenkt, dass die Frauen in meiner Familie seit Ewigkeiten Heilerinnen gewesen sind, wie könnte ich dich da sterben lassen?«

20

Juni 1910

Bird stand ganz still und schaute Morgan lautlos weinend an; dicke Tränen liefen ihr über die Wangen. Der weiße Vogel saß reglos auf ihrem Kopf. Morgan fiel auf, dass sie das Muschelamulett trug, das über so viele Generationen weitergereicht worden war, und einen ledernen Medizinbeutel um die Schulter geschlungen hatte. Bird winkte Morgan, doch Morgan war völlig erstarrt, unfähig, sich zu rühren. Sie begann ebenfalls zu weinen. Jäh wachte sie auf, die Wangen nass von Tränen. Alex, ein kleines, in eine Decke gewickeltes Bündel wiegend, beugte sich besorgt über sie. »Was ist los, Liebling? Hast du Schmerzen?«

»Nein. Es ist nichts«, sagte Morgan. »Ein Traum. Ich habe ihn schon vergessen«, log sie. Der Traum setzte sich in ihr fest und wirkte auch dann noch nach, als sie die Arme nach ihrem Wunder ausstreckte – ihrer eigenen, neugeborenen Tochter, der drei Monate alten Birdie Marlene Becker. Sofort sperrte das Baby sein rosa Mündchen weit auf. Morgan und Alex lachten.

»In Ordnung, Kleines, nur keine Sorge. Mama wird dich füttern«, gurrte Morgan. Sie konnte nicht fassen, wie heiß und innig sie dieses Kind liebte, ihre rosige und weiße Birdie mit den großen rauchfarbenen Kulleraugen. Alex meinte, sie könnten diese Farbe behalten oder einfach braun werden. Sie hatte eine winzige Nase und ein winziges Kinn und seidiges, rotgoldenes Haar. *Sie sieht genau aus wie Becky,* war Morgans erster Gedanke beim Anblick des Neugeborenen gewesen. Aber sie wies diesen Gedanken von sich. Auszusehen wie Becky bedeutete nicht – und dann wies sie auch den Gedanken von sich.

Morgan hatte dem Baby seinen Rufnamen gegeben und Alex die anderen beiden. Marlene hieß sie nach Alex' Großmutter väterlicherseits. Ihren Rufnamen trug sie zu Ehren jener indianischen Hexe, die vor langer Zeit gelebt hatte, der Ahne, die Morgan, davon war sie überzeugt, in ihren Träumen aufsuchte, um ihr wichtige Botschaften zu übermitteln. Hettie dachte, Birdie sei nach *ihrer* Mutter Bertha benannt worden. Sie ließen sie in dem Glauben, da Alex gesagt hatte, indianische Traditionen verstehe sie sowieso nicht.

Nach ein paar Minuten beugte sich Alex hinab, küsste sie

und meinte, er komme zu spät zur Visite, wenn er seine beiden Mädchen noch länger betrachtete. Morgan erwiderte den Kuss, aber der Traum verfolgte sie immer noch. Selbst als das Baby gierig saugte, die kleinen Finger ihre Brust kneteten, sann sie über seine Bedeutung nach. Die Tränen, die lockende Geste ... es musste ein Zeichen dafür sein, dass Annis im Sterben lag. Bird war gekommen, um ihr zu sagen, sie solle eine Reise antreten, bevor es zu spät sei. Morgan sollte so viel ruhen, wie möglich, weil sie für eine Erstgebärende ziemlich alt war, doch sie wusste mit Gewissheit, was sie zu tun hatte. Sie musste ihre Tochter nehmen und sich auf die Lichtung oberhalb East Haddams begeben, wo sie geboren war, um ihrer Mutter Lebewohl zu sagen. Plötzlich brannten Tränen in Morgans Augen. Es war so viele Jahre her, zu viele Jahre. Annis wusste nicht einmal, dass sie eine Enkelin hatte!

Alex war absolut gegen ihren Plan. Sie saßen am Esszimmertisch und nahmen ihr Abendessen zu sich. Er hatte ihr aufmerksam zugehört, aber Morgan sah das Nein schon kommen, als sie erst halb fertig war. »Du bist nicht kräftig genug«, argumentierte er. »Und wie willst du dort ganz hinauf in die Hügel gelangen mit einem Wickelkind?«

»Ich gehe zu Fuß«, erwiderte sie schnell. »Wie ich es immer getan habe. Oh, Alex, bitte schau mich nicht so an. Ich bin wirklich kräftig genug. Ich muss einfach hin. Meine Mutter liegt im Sterben. Ich weiß es, ich spüre es mit jeder Faser meines Herzens.«

»Ich begreife das überhaupt nicht. Ich dachte, du machst dir nichts aus deiner Familie.«

»Ich – ich habe versucht, sie zu vergessen, Alex. Als ich nach Brooklyn kam, wollte ich ein neues Leben beginnen, in dem nichts aus der Vergangenheit an mir haften sollte. Aber ich habe festgestellt, dass die Vergangenheit an einem haftet, ob man will oder nicht.«

»Warum bist du dir auf einmal so sicher, dass deine Mutter im Sterben liegt? Es ist doch keine Nachricht aus Connecticut eingetroffen. Oder?«

»Du weißt doch«, warf Addie mit einem feinen Lächeln ein, »dass deine Frau von Hexen abstammt. Sie hat so ihre Methoden, wie sie Sachen erfährt.«

Alex lachte, als hätte Addie einen Scherz gemacht. Er hörte abrupt damit auf, als er sah, dass die zwei Frauen es völlig ernst meinten.

»Alex, Liebling, ich schwöre dir, dass ich weiß, was ich tue. Ich habe dir nie die ganze Geschichte erzählt ...«

»Mir scheint, du hast mir *gar* nichts erzählt, meine Liebe.«

Sie holte tief Luft. »Nachdem ich meine Mutter besucht habe, erzähle ich sie dir. Ich erzähle dir alles.« Fast alles, fügte sie innerlich hinzu. »Du weißt doch, dass ich ... na ja, ich bin weggelaufen von zu Hause. Damals hatte ich meine Gründe, aber heute ist mir klar, dass es grausam war. Vielleicht war es sogar unnötig. Aber zu der Zeit hatte ich das Gefühl, es sei das Einzige, was ich tun konnte.«

»Sie waren doch nicht gewalttätig gegen dich, oder?«

»Nein, nein, nein. Es ist eine lange und komplizierte Geschichte. Wenn ich meine Mutter besucht habe ...«

Alex verzog das Gesicht zu einem Lächeln. »Ja, ich weiß, dann erzählst du mir alles. Na gut. Wenn du fahren musst, musst du wohl fahren. Aber schick mir bitte ein Telegramm, damit ich weiß, dass du gut angekommen bist.«

Sie und das Baby reisten auf einem Schiff, das sich als der letzte der großen Dampfer auf dem Connecticut River herausstellte, der *Hartford*. Es verkehrt immer noch zwischen New York und Hartfort, nur nicht mehr so häufig wie früher. Das Schiff war bei weitem nicht voll besetzt, sodass Morgan sich mit dem Kapitän unterhalten konnte, der ihr traurig berichtete: »Ich glaube nicht, dass wir noch lange in Betrieb sein werden, nicht für Passagiere. Die Eisenbahnen fahren ja jetzt überall hin, wissen Sie, Mrs Becker. Und die Leute wollen immer das Neueste.« Er seufzte tief. »Außerdem hatten wir dauernd Unfälle. Die *Connecticut*, ruiniert durch eine Kesselexplosion ... die *City of Lawrence*, untergegangen vor Block Island ... die *Victory*, die *Silver Star*, verbrannt. Von den großen Schiffen wie diesem sind nur noch zwei unterwegs, die *Hartford* und die *Middletown*.« Ein weiterer schwerer Seufzer. »Kann wohl sein, dass dies Ihre letzte Fahrt auf dem Connecticut mit einem Dampfer ist, Mrs Becker.«

»Nun, dann werde ich sie mir gut merken, Captain. Ich werde alles aufschreiben, damit ich es meiner Tochter erzählen kann, wenn sie älter ist.«

Als sie in East Haddam landeten, freute sich Morgan, dass die Goodspeed Hall noch stand und das Hotel Gelston ebenfalls. Der junge Mann in der Gemischtwarenhandlung kannte das Wellburn-Haus nicht, als sie sich erkundigte. Er fragte andere, doch niemand entsann sich genau, wo es war ... Seit Ewigkeiten sei keiner da oben gewesen, sagte man ihr. Eigentlich war man sich ziemlich sicher, dass die ganze Familie tot war.

»Na, da irren Sie sich! Das sind sie nicht«, schnauzte Morgan. Dann bat sie den Mann um Verzeihung. Er war jung, jünger als sie; wie sollte er also wissen, dass er mit Morgan Wellburn sprach, die weggelaufen war, als sie noch keine fünfzehn war? Sie band ihren Schal zu einer Schlinge, legte Birdie hinein und wanderte aus der Stadt, wobei sie versuchte, sich an den alten Fußweg zu erinnern. Und siehe da, als sie zu dem Feld gelangte, wo die Ausläufer der Hügel begannen, strebte sie auf eine Ulme zu, und da war der Pfad, auf dem sie immer durch die Wälder gestreift war. Das Bergsteigen fiel ihr nicht so leicht wie früher, als sie ein Kind war – sie geriet sogar richtig außer Atem –, doch sie stellte mit Entzücken fest, dass sie keine Biegung des nahezu unsichtbaren Weges vergessen hatte. Plötzlich stieß sie auf einen Baum, in den sie und die dicke Lizzie vor Jahren ihre Initialen geritzt hatten. *Jetzt ist es nicht mehr weit*, dachte sie. Aber es war weiter, als sie geglaubt hatte.

Auf einer kleinen Lichtung, wo jemand Bäume zum Verfeuern gefällt hatte, hielt sie an und setzte sich hin. Sie stillte das Baby, lehnte sich an einen Baumstumpf und entsann sich der alten Zeiten. Als sie fertig war, wechselte sie die Windel des Kindes und zog ihre hoch geknöpften Schuhe und ihre Strümpfe aus. Sie wickelte sie zu einem ordentlichen Bündel und legte sie zusammen mit ihrem Hut unter eine Baumwurzel. Auf dem Rückweg würde sie die Sachen wieder mitnehmen. Sie löste die Nadel aus ihrem Haar und band es mit einem ihrer Strümpfe nach hinten. So. Jetzt ging es ihr schon viel besser – und sie konnte ungehinderter über Baumstämme und Felsen klettern. Während sie ihren Aufstieg fortsetzte, wurde der Hügel ziemlich steil, und sie geriet außer Atem. Es war nicht mehr weit, aber ihr war so warm, dass sie wusste, wenn sie sich nicht ihrer Stadtkleider entledigte, würde sie tot umfallen, bevor sie ankam. Also fing sie an, ein Kleidungsstück nach dem anderen abzulegen, bis sie nur noch Leibchen und Pantalons trug. Sie waren recht kühl, da sie aus Batist bestanden, und eigentlich auch sehr hübsch mit den blauen Satinbändern, die durch die Lochstickerei gefädelt waren. Bluse und Rock rollte sie zu einem kleinen Bündel zusammen und klemmte es sich unter einen Arm. Birdie war seltsam zufrieden und ruhig und schaute sich mit großen, rauchfarbenen, ernsten Augen um.

Als Morgan endlich die Lichtung erreichte, sah sie, dass der Ort völlig verödet war. Alle Sträucher waren überwuchert, und auf den staubigen Vorplatz, wo einst so viele Füße jede Pflanze zertreten hatten, war Gras vorgedrungen. Keine Tierfelle wurden gegerbt, kein Kessel stand auf dem Feuer, keine Wäsche hing zum Trocknen über den Büschen. Nichts Menschliches war zu hören oder zu riechen. Wo war ihre Mutter? Morgan erklomm die drei Stufen zur Veranda und fiel durch ein verrottetes Dielenbrett. Sie hatte sich den Knöchel verstaucht, ein schlechtes Omen, dachte sie. Ihr Herz klopfte in banger Erwartung.

»Mama?«, rief sie, überrascht darüber, wie ihre Stimme zitterte. »Mam? Bist du da?‹

Auf Zehenspitzen ging sie in die Hütte. Und stand regungslos da, während ihr der Atem stockte. Ja, ihre Mutter war da, doch seit langem tot – ein Leichnam auf einer schmalen Pritsche. In Wahrheit ein Skelett, bei dem noch etwas lederne Haut an den ausgestreckten Beinen haftete. Die Arme waren säuberlich über den Brustkorb gefaltet. Nur noch Knochen.

Morgan stand über dem Skelett ihrer Mutter, wiegte ihre Tochter und ließ ihre Tränen die Wangen hinabrollen. Wer, so fragte sie sich, hatte die Leiche so ordentlich hingelegt – und dann wusste sie es. Sie wandte den Kopf in dem Gefühl, dass sie beobachtet wurde. Becky. Natürlich Becky. Ihre Schwester musste nach wie vor irgendwo in der Nähe sein, vielleicht draußen im Wald, vielleicht näher …

Morgan trat auf die Veranda hinaus und rief Beckys Namen, erhielt aber keine Antwort. Annis längst tot. Und ihr Daddy auch, zweifellos. Die Tränen wollten nicht aufhören. Sie hatte zu lange gewartet. War es das, was der Traum ihr hatte sagen wollen?

Sie lief vor dem Haus auf und ab und weinte um alles, was für alle Zeiten verloren war. Es war niemand mehr am Leben, der sagen konnte: »Ich entsinne mich noch daran, wie du ein Baby warst, Morgan. Ich entsinne mich, wie du gelernt hast, ein Kaninchen zu häuten. Ich entsinne mich, wie ich dir Geschichten erzählt habe.« Ihre ganze Kindheit war auf einmal weg, verschwunden. Jetzt war sie wirklich allein.

Sie ging auf der Lichtung herum in der Hoffnung, ein Anzeichen für das Grab ihres Vaters zu finden, sah jedoch nichts. Sie hatte sich willentlich von ihrer Familie getrennt, und nun gab es keine Wiedergutmachung mehr, keine Möglichkeit, Annis um Verzeihung zu bitten, gar nichts. Nur eine verrückte Schwester, die sich irgendwo versteckte. Bestimmt ganz in der Nähe, wo sie zwischen den von Weinranken umwucherten Bäumen hindurchspähte und sie und ihr Baby beobachtete. Das verriet ihr ein Schauer, der ihr über den Rücken kroch.

Dann vernahm sie ein Scharren und Knacken im Unterholz, und aus dem Dickicht kam ein dürres, verdrecktes altes Weib, dem die Hälfte seiner Zähne fehlte, das um sie herumtanzte und rief, die Hütte sei ein Spukhaus, in dem nur Hexen wohnen könnten. »Aber die alte Hexe ist tot, wenn sie auch immer noch mit Becky spricht. Oh ja, Becky weiß Bescheid«, schrie sie und lachte gackernd. Es war erstaunlich, wie sehr ihr Äußeres und ihre Stimme – sogar ihr Lachen – dem von Quare Auntie glichen. »Sie sollten lieber gehen, Miss. Es ist gefährlich hier. Viele Geister, viele, viele Geister.« Ihre Stimme klang plötzlich traurig und – beinahe – normal.

»Was ist passiert mit Mam, Becky? Was ist mit der alten Hexe passiert?«

»Tot, tot, tot. Becky sorgt für sie.«

»Ja, das habe ich gesehen. Aber ... wie ist sie gestorben? War sie krank? Und wann ist sie gestorben? Ist es lange her?« Es war sinnlos. Becky antwortete nicht, trat lediglich einen Schritt zurück von Morgan und ihren Fragen.

»Ich geh nich' mehr in das Spukhaus. Becky geht nich' mehr in das Spuckhaus ... zu viele Geister.« Sie formte mit den Armen ein Kreuz, »um die Hexengeister abzuwehren. Sie kommen, weißt du, sie reden mit Becky«, geiferte sie.

Morgan war sehr betrübt, dass dieses arme, verrückte Geschöpf alles war, was ihr von ihrer Familie blieb. Doch plötzlich wachte Birdie, die friedlich in ihrem Tragetuch geschlafen hatte, auf und begann zu schreien, und Morgan wurde klar, dass das nicht stimmte. Birdie war jetzt ihre Familie. Birdie und ihr geliebter Alex und auch Adelaide Apple. Als Becky das weinende Baby hörte, zog sie sich erschrocken zurück und lächelte dann zu Morgans Erstaunen.

»Ein Baby. Du hast ein Baby, Morgan«, sagte sie.

Morgan war so überrascht, dass sie gar nicht wusste, was sie erwidern oder tun sollte. Während sie stumm dastand, kam Becky näher und warf einen neugierigen Blick auf das rosige, kleine Gesicht. Birdie guckte hoch zu dieser Erscheinung und hörte auf zu jammern. Morgan wagte kaum zu atmen, doch sie war auf der Hut und bereit, schnell fortzulaufen, falls Becky sich in den Kopf setzen sollte, dass dies gar kein Baby war, sondern etwas Böses, das vernichtet werden musste. Zum ersten Mal schaute Becky Morgan direkt in die Augen.

»Wie heißt das Baby?«, fragte sie in völlig normalemTonfall.

»Birdie.«

»Birdie. Ma sagte immer, unsere Oma habe nach irgendeinem Vogel geheißen ... Ich auch ...« Beckys Stimme wurde leiser und verklang. Gerührt und voller Hoffnung streckte Morgan die Hand aus und legte sie Becky auf die Schulter.

Beckys Reaktion erfolgte unverzüglich. Sie riss sich los, schrie und fluchte und drohte, sie beide umzubringen. »Becky hat ein Messer, ein scharfes Messer. Oh ja, das hat sie. Sie hat schon andere Leute damit erstochen. Sie wird euch auch erstechen. Du wirst schon sehen. Ich schneide dir das Herz raus und esse es, du Hexe«, knurrte sie. Tatsächlich war auf einmal ein Messer aufgetaucht – wo Becky es in ihren Lumpen verborgen gehabt hatte, war Morgan schleierhaft.

»Bleib mir vom Leibe, bleib mir vom Leibe!« Schimpfend und das Messer schwenkend, zog Becky sich von der Lichtung zurück und verschwand im Wald.

Morgan setzte sich unter einen Baum. Ihre Beine zitterten. Sie legte Birdie an ihre Brust, und allmählich normalisierte sich ihr Herzschlag wieder. Arme Becky, arme, wahnsinnige

Kreatur. Wenn man bedachte, dass die Leute geglaubt hatten, sie habe Kontakt zu Engeln … Becky war schlichtweg verrückt. Sie hatte *dementia praecox*. Ihre Schwester war ebenso krank, wie es ihre Tante gewesen war. Das waren schon zwei in der Familie, von denen Morgan wusste … wie viele es wohl sonst noch gab? Sie erschauerte und drückte ihre Tochter enger an sich. Was wäre, wenn dieser fürchterliche Fluch auch Birdie treffen sollte!

»Keine Sorge, mein Kleines«, sagte sie zu dem winzigen Gesicht. »Ich werde nicht zulassen, dass du wahnsinnig wirst. Bis du erwachsen bist, wird die Wissenschaft sicherlich ein Mittel gegen diese schrecklichen Geisteskrankheiten gefunden haben. Ich lasse nicht zu, dass dir so etwas widerfährt, das verspreche ich«, wiederholte sie inbrünstig, während sich ihre Augen mit Tränen füllten.

Ein paar Minuten später verließen sie die Lichtung. Morgan sagte ihrer Mutter schweigend Lebewohl. Und ihrem Pa. Ihrer Schwester ebenfalls. Ihr war klar, dass sie Becky nie wieder sehen oder auch nur jemals an diesen Ort zurückkehren würde.

»Wir machen uns nie bewusst«, flüsterte sie dem Baby zu, als sie zum Abstieg in Richtung Fluss aufbrach, »dass es für immer sein könnte, wenn wir einen Ort oder bestimmte Menschen verlassen. Wir meinen immer, es ergebe sich noch mal eine Gelegenheit. Aber oft machen wir uns damit etwas vor.«

Auf ihrem Rückweg durch den Wald sammelte sie ihren Hut, ihre Handschuhe und Schuhe wieder ein. Als sie zwischen den Bäumen die ersten Dächer von East Haddam erblickte, blieb sie stehen, um dem Baby die Windel zu wechseln und sich anzukleiden. Sie schüttelte Staub und Blätter von ihren Schuhen und zog sie an. Bei ihrem Haar konnte sie nichts ausrichten, deshalb steckte sie es einfach unter den Hut und hoffte, es würde niemandem auffallen.

Sie stellte fest, dass man im Gelston Haus Abendessen servierte, das sie mit großem Appetit aß. Sie war völlig ausgehungert und nie zuvor hatte ein Hühnchen ihr so gut geschmeckt. Sie leerte auch den ganzen Brotkorb und trank zwei Gläser Ale. Das Mädchen, das sie bediente, sagte, als sie sich nach Droschken erkundigte, gleich auf der anderen Seite des Flusses könne man welche mieten. Sie würden Morgan überall hinbringen, wohin sie wollte.

»Birdie«, meinte Morgan, »weißt du was? Wir werden Dr. Grace besuchen. Sie ist mir wahrscheinlich mehr Mutter gewesen als meine richtige Mutter. Du wirst sie lieb haben.«

Die Fähre brauchte nur wenige Minuten, um ans andere Ufer zu gelangen, wo Morgan nach dem Weg zum Mietstall fragte. Der Droschkenkutscher schien nicht erstaunt darüber, dass sie bereit war, so viel Geld für eine Fahrt zu Dr. Grace Chapman in Chester auszugeben. Als sie sich dem Haus näherten, sagte er: »Ich hoffe, Sie finden alle wohlauf.« Sie wollte ihn nicht fragen, was er damit meinte. Außerdem sah sie, als die Droschke in die Einfahrt bog, dass sämtliche Vorhänge zugezogen waren. Irgendetwas stimmte nicht. Ihr Herz begann vor Angst zu hämmern.

Ein hübsches junges Mädchen öffnete die Tür. Sie gehörte nicht zum Dienstpersonal, das erkannte Morgan an ihrer Kleidung. Das Mädchen starrte sie an, und Morgan konnte sich ungefähr vorstellen, wie verstaubt und erschöpft von der Reise sie aussehen musste. »Kann ich Ihnen helfen, Ma'am?«

»Ich bin Morgan Well – Morgan Becker. Eine Freundin von Dr. Grace aus Brooklyn in New York City. Ich – sie erwartet mich nicht, aber ich war ganz in der Nähe zu Besuch bei meiner Familie, und –«

»Bitte treten Sie ein, Mrs Becker. Sie hat gehofft, dass Sie kommen würden. Möchten Sie mir das Baby geben? Dann können Sie sich ein wenig frisch machen, wenn Sie wollen.«

»Nein, danke, es geht auch so. Aber wer sind Sie?«, fragte Morgan.

Das Mädchen knickste.

»Ich bin Margaret Grisham. Jeder nennt mich Peggy. Wir wechseln uns ab bei Dr. Grace.« Sie verfiel in ein Flüstern. »Sie ist sehr krank, müssen Sie wissen. Sie liegt im Sterben.«

»Im Sterben! Das kann doch nicht sein!«

»Der Arzt sagt, es hat keinen Sinn ... Dr. Walker, der auch hier in der Straße wohnt. Dr. Grace hat die Auszehrung. Aber sie freut sich bestimmt, Sie zu sehen.«

Dr. Grace war ausgemerkelt, ihr Körper zeichnete sich kaum unter dem dünnen Laken ab. Aus Morgans Augen begannen die Tränen zu fließen. Sie dachte, sie hätte kein Geräusch verursacht, doch Dr. Grace öffnete die Augen, wandte langsam den Kopf und lächelte.

»Morgan«, sagte sie mit papierdünner Stimme. »Ich habe gehofft, dass du kommen würdest, und nun bist du da. Was hältst du da im Arm? Dein Baby, deine Tochter? Lass mich sie anschauen.« Mit abgezehrter Hand berührte sie den Kopf des Kindes. »Rotes Haar. Muss sie von der Seite deines Mannes haben.« Ein geflüstertes Lachen.

Morgan musste lächeln. »Nicht unbedingt. Ich ... ich hatte eine Schwester mit roten Haaren.«

»Ach ja, ich entsinne mich. Nun, meine Kleine, du bist eine Schönheit, und du hast Glück gehabt bei der Wahl deiner Eltern.« Als sie aufblickte und Morgans Tränen bemerkte, sagte sie leise: »Es tut mir Leid, Morgan. Ich wollte dich nicht zum Weinen bringen. Bitte sei nicht traurig.«

»Ich kann nichts dafür. Ich werde gleich nach unten gehen und Ihnen einen Tee aufbrühen, damit Sie Ihr Essen besser bei sich behalten. Sie müssen ein bisschen zunehmen. Und dann mache ich Ihnen einen Eierpunsch und –«

»Es ist nichts, was sich beheben lässt, Morgan. Das weiß ich.«

»Es gibt nichts, was sich nicht beheben lässt«, beharrte Morgan und weinte noch heftiger.

»Tut mir Leid, liebe Morgan, aber wenn der Herr einen ruft, dann folgt man. Und mich ruft er mit sehr lauter Stimme.« Erneut das papierdünne Lachen. »Wie findest du Silas' Tochter?«

»Silas' – oh. Ach du meine Güte, das ist mir irgendwie gar nicht in den Sinn gekommen. Sie ist reizend.«

»Er hat drei, musst du wissen. Drei Mädchen. Seine Frau ist wieder schwanger, obwohl sie es nicht sein sollte. Doch er möchte gern einen Sohn. Männer.«

Sie lächelten einander an.

Dr. Grace schloss die Augen, und Morgan dachte schon, sie sei eingeschlafen, aber kurz darauf sagte sie: »Schreibtischschublade, Morgan. Mein Testament. Hol es. Mir wird die Luft knapp.«

Morgan fand das Testament und zog den Schaukelstuhl neben das Bett. Birdie schlief tief und fest, und sie legte sie in einen Sessel am Fenster. Das Testament hätte nicht einfacher sein können. Dr. Grace vermachte ihr Haus mit allem, was darin war, einschließlich ihrer Arztpraxis, Mrs Morgan Wellburn Becker, Hebamme in Brooklyn, New York.

»Oh, Dr. Grace! Alles! Das ist zu viel!« Sie hatte nicht geglaubt, dass sie heute noch mehr Tränen vergießen könnte, doch sie kamen in Strömen aus ihr herausgeflossen.

»... und ich hoffe, du nimmst es an. Du bist so eine gute Ärztin. Diese Stadt könnte dich gebrauchen.«

»Ich wünschte, das wäre möglich, Dr. Grace. Aber ich kann Alex nicht allein lassen, und er ist Leiter der Abteilung für Innere Medizin am Bellevue ...«

»Nein, natürlich nicht. Dann verkauf alles.« Dr. Grace hielt inne und rang nach Luft. »Studiere Medizin. Werde eine richtige Ärztin.«

»Oh, was für ein Traum!« Morgan atmete tief ein. »Aber was soll mit Alex und Birdie werden, wenn ich zur Universität gehe?«

»Tu es einfach, Morgan. Du musst es einfach tun.« Dr. Graces Stimme wurde plötzlich kräftiger und ihre Augen blitzten Morgan an. »Es sind nur zwei Jahre. Deine Lehrzeit hast du weiß Gott hinter dir. Die hast du reichlich absolviert. Sie werden dich nehmen. Versprich es mir. Komm, Morgan, gib einer Sterbenden dein Wort.«

»Das ist unfair, und Sie wissen es.« Morgan sah ein Lächeln um Dr. Graces Mund zucken.

»Da hast du verdammt Recht. Noch bin ich nicht tot. Also ... versprochen?«

»Versprochen. Ich werde Ärztin. Ja, ich verspreche es.«

»Gut«, sagte Dr. Grace. Sie schloss die Augen und schlief sofort ein.

Morgan blieb die ganze Nacht über in Dr. Graces Zimmer. Die Hand ihrer Freundin, die sie in der ihren hielt, war dünn und leicht wie ein verwelktes Blatt. Endlich verstand sie, was Bird ihr im Traum hatte mitteilen wollen.

Irgendwann stillte sie Birdie und wechselte die Windel, wobei sie auf Zehenspitzen durch den Raum schlich, der nur von einer Kerze erhellt war. Dann rollte sie sich im Sessel zusammen, das herrliche warme Gewicht des Babys neben sich. Als das erste Morgenlicht schräg durch die Fensterläden fiel, öffnete sie die Augen und dachte an Bird. Doch so sehr sie es auch versuchte, sie konnte sich an keinen Zipfel eines Traums erinnern. Dann fiel ihr ein, dass Bird immer kam, um ihr etwas zu sagen, und sie eilte zum Bett. Sie beugte sich tief über Dr. Grace, um zu sehen, ob sie sich bewegte.

»Gut geschlafen?« Wie leise und dünn die Stimme der Ärztin auch war, so fuhr Morgan doch mit einem erschreckten Aufschrei hoch.

»Ja. Und Sie?«

»Alles ist jetzt ... ein Wachtraum ...«

Morgan kamen die Tränen und sie ließ sie fließen.

»Morgan ...«

Morgans Stimme war tränenerstickt. »Ja?«

»Ich liebe dich. Wie ... mein eigenes Kind.«

Morgan begann zu schluchzen. Warum benahm sie sich so? Es gab so viel, das sie Dr. Grace sagen wollte, so viele wichtige Dinge, und alles, was sie tun konnte, war weinen! »Ich«, schaffte sie schließlich hervorzuwürgen, »Sie auch. Ich liebe Sie ... oh! Gehen Sie noch nicht, Dr. Grace. Noch nicht!«

Der Ärztin fiel das Atmen immer schwerer. »Ich muss«, flüsterte sie. »Ich bedauere nichts ... gutes Leben ... besonders ...« Eine lange Pause folgte. Morgan war sich sicher, dass Dr. Grace aufgehört hatte zu atmen. Dann sagte sie: »Du.«

Morgan weinte hemmungslos. »Warten Sie, Dr. Grace. Warten Sie. Ich möchte Ihnen etwas sagen. Ich gebe Birdie Ihren Namen: Birdie Grace Becker.«

Vom Bett her kam keine Antwort, nur ein ganz schwaches Lächeln.

Dann erschlaffte das geliebte Gesicht, und Morgan wusste, dass die Lebensgeister Grace Chapman verlassen hatten. Wie wunderbar, dachte sie, dass Lächeln das Letzte war, was Dr. Grace in ihrem Leben getan hat. Sie fing an, in harten, würgenden Schluchzern zu weinen.

Etwas später kam eine andere junge Frau an die Tür. Sie war überrascht, eine Fremde weinend auf Dr. Graces Bettkante vorzufinden.

»Ach, du meine Güte. Ist Dr. Grace –?« Ihre Augen füllten sich mit Tränen und flossen über.

Morgan wandte dem Mädchen ein nasses Gesicht zu und nickte. »Vor ein paar Minuten«, sagte sie. »Sie ist friedlich und mit einem Lächeln gegangen. Ich bin Morgan Wellburn, eine alte Freundin.«

»Morgan. Oh ja, von Ihnen hat sie oft gesprochen. Sie sind auch Ärztin.«

»Bald«, erwiderte Morgan, nicht nur der jungen Frau. »Sehr bald.«

21

1913-1914

25. August 1913

Liebe Miss Apple,

bitte, liebe Miss Apple, ich bin hier Gefangene bei Mrs Smith. Ich nicht leiden Arbeit auf Farm. Ist nichts schön. Sehr heiß. Schweine und Kühe und Dreck. Liebe Miss Apple, ich bitte mich heimholen. Ich betrage gut das verspreche ich. Ich vergesse Max Becker das verspreche ich. Ich arbeite tüchtig für Sie. Bitte liebe Miss Apple.

Liebe Grüße von Clara Optakeroff

Mit leichtem Kopfschütteln reichte Addie den Brief an Morgan weiter. »Clara«, erklärte sie. »Sie ist gar nicht glücklich bei den Smiths und fleht mich an, sie zurückzuholen. Ich muss sagen, ihre Handschrift hat sich um einiges verbessert, wenn auch ihre Grammatik immer noch viel zu wünschen übrig lässt.«

»Wir wussten ja schon aus Mrs Smiths Briefen, dass sie nicht glücklich ist.«

»Mrs Smith klang auch nicht allzu glücklich«, warf Alex ein. »Denkt ihr dasselbe wie ich?«, fragte Morgan.

»Das ideale Kindermädchen!«, rief Addie. »Das würde doch alle unsere Probleme lösen, oder?«

»Ich bin nicht so sicher, dass Clara das ideale Kindermädchen ist«, meinte Alex. »Immer noch ein bisschen hinter den Jungens her, nicht?« Claras Affäre mit seinem Vater erwähnte er nicht. Sie war kein Thema, das einer von ihnen je zur Sprache brachte.

»Ich denke, sie hat ihre Lektion gelernt«, sagte Addie. »Und sie verspricht, sich zu benehmen. Ich glaube ihr«, schloss sie bestimmt.

Morgan und Alex tauschten einen Blick. Beiden war klar, dass Addie sich danach verzehrte, Clara »heimzuholen«. Morgan hingegen war sich nicht so sicher. Egal, was Clara gelobte, sie wusste aus eigener Erfahrung, dass es nicht so leicht war, einen Mann zu vergessen, in den man verliebt gewesen war – nicht mal nach zwei Jahren. Hatte Clara sich wirklich geändert? Sie bezweifelte es. Morgan hatte es gründlich satt, über Clara, über Max, über die ganze abscheuliche Situation nachzudenken.

Sie hatten Clara fortgeschickt, statt sie zu feuern – was Alex empfohlen hatte –, hauptsächlich Addie zu Gefallen, die sich trotz allem nach wie vor verantwortlich für das Mädchen fühlte. Sie schlug vor, ihr auf einer schönen Farm auf dem Lande eine Stellung zu besorgen, wo sie vor »Versuchungen« – womit sie natürlich Max meinte – gefeit wäre. Vielleicht würde sie dort vergessen. Vielleicht würde sie einen netten jungen Mann zum Heiraten kennen lernen. Also erwähnte Alex Abner und Sadie Smith, entfernte Verwandte seiner *maman*, die in der Nähe von Albany einen auf Milchwirtschaft spezialisierten Bauernhof besaßen. Sie waren brave Bürger mit dreizehnjährigen Zwillingssöhnen. Das Farmhaus selbst, meinte Alex, sei weiträumig und behaglich. Als man Kontakt mit Sadie Smith aufnahm, schwor sie, dass sie furchtbar gern ein Ganztagsdienstmädchen hätte, und versprach, Clara in allen Haushaltsangelegenheiten zu unterrichten. Es hatte sich alles sehr zuverlässig und solide und einfach angehört.

Und nun bettelte Clara darum, zurückkehren zu dürfen. Das Problem war, dass sie sie im Moment zufällig brauchten.

»Ich bin in Versuchung«, sagte Morgan und nahm sich noch einmal Claras Brief vor. »Wir brauchen ein Kindermädchen, wenn ich in Geneva bin.« Selbst jetzt noch musste sie sich kneifen, um es fassen zu können. Sie war auf dem Geneva Medical College angenommen worden und würde dank Dr.

Grace am 6. Oktober ihr Studium beginnen. Noch ein Jahr, dann war sie Dr. med. Morgan Wellburn Becker. *Dr. med.!*

Nach dem Begräbnis von Dr. Grace – fast ganz Chester war auf dem Friedhof gewesen – waren Morgan, Alex und Adelaide zur Verlesung des Testaments in ihr Haus zurückgekehrt. Haus und Praxis und die gesamte Einrichtung waren Morgan hinterlassen worden, genau, wie Dr. Grace es gesagt hatte. John, der Bruder der Ärztin, war im Bürgerkrieg gefallen, und andere nahe Angehörige gab es nicht. Morgan suchte sich ein paar Lieblingsstücke für das Haus in der Clinton Street aus: eine kleine Bronzebüste, einen mit weinrotem Samt bezogenen Sessel und ein Gemälde von Philadelphia in vergoldetem Rahmen. Dann bot sie voller Bedauern und Traurigkeit das Haus zum Verkauf an. Sie freute sich sehr, als Silas Grisham, inzwischen ein vermögender Geschäftsmann und Landbesitzer in Chester, es erwarb. Er zahlte sogar den Preis, den sie verlangte, ohne zu feilschen, was – so meinte der Anwalt – ein kleines Wunder war.

»Sie müssen ein Familiengeheimnis kennen«, scherzte er. »Ich kenne Si Grisham seit Jahren, und ich habe noch nie erlebt, dass er für irgendetwas den geforderten Preis gezahlt hätte.« Morgan hatte lediglich gesagt: »Wir sind alte Freunde, Mr Pritchett. Daran liegt es wohl.«

Sie dachte an den korpulenten und rotgesichtigen Silas. Wenn er nicht auf seine Ernährung achtete, würde ihn der Schlag treffen, noch bevor er fünfzig war, fürchtete sie. Er war nicht im Stande, ihrem Blick zu begegnen, selbst nach all den Jahren nicht. Aber mit seinem Geld bezahlte sie die Studiengebühren in Geneva. Das war doch irgendwie ausgleichende Gerechtigkeit, oder?

Adelaide war immer noch mit dem Sortieren der Post beschäftigt. »Guck dir das an«, sagte sie. »Ein Brief von Sadie Smith, an dich. Ihrer und Claras müssen gleichzeitig aufgegeben worden sein.« Sie reichte ihn Morgan.

Morgan erbrach das Siegel und entfaltete das einzelne Blatt Papier. »Ach, du liebe Güte«, meinte sie und fing an zu lachen. »Es scheint, dass man uns die Entscheidung schon abgenommen hat.« Sie streckte den beiden anderen den Brief hin.

Sonntag, der 24. August 1913

Meine liebe Mrs Becker,

Ich bedaure, Ihnen mitteilen zu müssen, dass wir Clara nicht mehr gebrauchen können. Sie sollte wirklich heiraten, aber sie weigert sich; warum, ist mir völlig schleierhaft. Einige unserer stattlichsten Junggesellen haben ihr den Hof gemacht. Außerdem sind meine Söhne mittlerweile älter geworden, wissen Sie, sodass sie sie ablenkt und in Versuchung führt. Ich fürchte, sie begreift nicht, wie ungestüm junge Männer sein können. Ich werde ihr ihren Lohn geben abzüglich des Fahrgelds und sie Ihnen am 1. September mit dem Schiff von Albany schicken.

Mit besten Grüßen, Sadie Smith

Alex hatte seiner *maman* nicht das Geringste erzählt; wie also hatte sie davon erfahren? Sie hatte auch einen Brief bekommen, vermutete er. Jedenfalls saß seine Mutter am Sonntag nach Erhalt von Sadie Smiths Brief bei ihnen zu Hause in der Clinton Street im vorderen Salon, fächelte sich heftig Luft zu und erklärte, sie sei kurz davor, wegen ihrer angespannten Nerven in Ohnmacht zu fallen.

Ganz pflichbewusster Sohn, ließ Alex ein Glas kalte Limonade bringen und fühlte seiner Mutter den Puls. Insgeheim fand er, sie sehe aus wie das blühende Leben. Sicher hatte sie große Sorgfalt auf ihre Frisur und die Wahl ihres Kleides verwendet, das weiß, kunstvoll gefältelt und gerafft und sehr schmal geschnitten war. Er bemerkte, wie sie in dem engen Rock trippeln musste, und wunderte sich wieder einmal über die Bereitschaft von Frauen, ihre Körper in was immer für die letzte Mode gehalten werden mochte zu zwängen, ganz gleich, wie unbequem es war.

Aber wie immer blieb ihm wenig Zeit für Überlegungen. Seine *maman* hatte eine Menge zu sagen und vergeudete keine Minute, um damit anzufangen.

»Ich muss mich ganz energisch deiner Wahl dieses orientalischen Fratzes als Kindermädchen für meine Enkelin widersetzen, die, wenn du dich gütigst erinnerst, nach meiner eigenen Mutter benannt ist!« Sie tupfte sich eine imaginäre Träne weg.

»Das war nicht allein meine Entscheidung, *maman*. Wir fanden alle, dass es im Moment das bestmögliche Arrangement ist ...«

»Nun, dann irrt ihr euch eben alle, Alexander. Denk daran, dass dieses Flittchen sich um nichts schert, außer um seine eigenen selbstsüchtigen Wünsche. Sadie hatte die schockierendsten Geschichten ... aber das tut jetzt nichts zur Sache. Ich muss darauf bestehen, Alex, dass du mich anhörst. Lass diese schamlose Person nicht in dein Haus, oder du wirst es bereuen!«

Eine halbe Stunde lang ging es so weiter. Alex hörte nur halb zu. Er langweilte sich und war verärgert. Morgan wäre besser damit fertig geworden. Wo war seine Frau, wenn er sie brauchte? Dabei wusste er sehr wohl, wo sie war. Bei ihren Patienten, denen sie mitteilte, dass sie in einem Jahr wieder bei ihnen wäre und sich in der Zwischenzeit Elizabeth McGuire, eine sehr tüchtige Hebamme aus der Nachbarschaft, um sie kümmern würde.

Also ließ er seine Mutter weiterreden, ohne richtig zuzuhören. Schließlich hielt sie mit einem Gesichtsausdruck inne, der besagte: »So. Ich habe dir alles gesagt, was du wissen musst.«

Alex zog seine Taschenuhr hervor. »Ich würde gern mit dir plaudern, *maman*, doch ich muss in einer Viertelstunde im

Krankenhaus sein. Warum teilst du dir nicht die Droschke mit mir?« Und ohne auf eine Antwort zu warten, erhob er sich und hielt ihr die Hand hin.

Sie warf ihm einen Blick zu, bei dem Milch hätte gerinnen können, stand aber auf und sagte: »Das letzte Wort ist noch nicht gesprochen, Alexander.«

Er dachte, ohne es auszusprechen: Dessen bin ich mir absolut sicher, *maman*.

15. September 1913

Mein lieber Alex,

da du mich am Telefon nicht sprechen willst und mir meine Nerven eine Reise nach Brooklyn nicht erlauben, sehe ich mich gezwungen, zur Feder zu greifen. Ich möchte, dass du deine früheren Einwände noch einmal überdenkst und mir Birdie schickst, damit sie bei mir lebt, während ihre Mutter in der Ferne ihren Studien nachgeht. Ihren Studien nachgeht, als wäre sie jung und unverheiratet, nicht deine Frau und Birdies Mutter und außerdem, wenn ich mal so sagen darf, schon etwas angejahrt. Der Kleinen würde es gut tun, bei ihren Großeltern zu wohnen, wohin sie unter diesen Umständen auch gehört, und du kannst sicher sein, dass ich ihr ordentliches Betragen und gute Manieren beibringen werde. Ein Nein als Antwort akzeptiere ich nicht, Alex, diesmal nicht.

Ich verbleibe deine liebende und besorgte Mama.

Kindermädchen nannten sie sie. *Nicht mehr lange,* dachte Clara, nicht, wenn es nach ihr ging. Und es würde nach ihr gehen. Hettie, die alte Hexe, hasste sie; das war ihr klar. Die alte Hexe wollte sie aus dem Weg haben, wollte nicht, dass sie für die vergötterte Birdie sorgte. Ha! Clara Optakeroff war keine Närrin. Hettie Becker machte sich überhaupt nichts aus

Birdie; sie war nicht mal nett zu der Kleinen. Sie zog und zerrte an ihr herum wie ein Kind, das mit einer Puppe spielt. Und wenn Birdie weinte oder wütend wurde, starrte die alte Hexe sie ganz schrecklich an. Wenn Alex sehen könnte, wie seine Mama seine kleine Tochter behandelte, würde er sie fortschicken.

Aber zu etwas war sie doch gut, Baba Hettie, denn sie brachte Max mit. Man hatte Max nicht erzählt, dass Clara wieder in der Clinton Street lebte. Als er zum ersten Mal auf Besuch kam und sie erblickte, traten ihm die Augen aus den Höhlen. Sie bemerkte, dass seine Hände zitterten, blieb jedoch ganz Dame und reserviert.

»Guten Tag, Mr Becker. Hier ist Ihre Enkelin, die Sie begrüßen möchte. Sag hallo zu deinem Großvater, Birdie«, hatte Clara mit fast korrekter Aussprache gesagt. Sie vermochte durchaus richtig zu sprechen. Bald würde ihr Englisch perfekt sein.

Max konnte den Blick nicht von ihr wenden. Sie beugte sich neben ihm nach vorn unter dem Vorwand, auf dem Teppich etwas entdeckt zu haben, und hörte, wie er tief einatmete, während er in den Ausschnitt ihres Kleides spähte. Als sie sich aufrichtete, schaute sie ihm direkt in die Augen und reckte dabei die Schultern ein winziges bisschen, um die Schwellung ihrer Brüste zur Geltung zu bringen. Da schwoll noch etwas anderes, das sah sie genau. Am liebsten hätte sie laut gelacht, aber dazu war sie zu schlau. Sie tat, als hätte sie nichts bemerkt, warf ihm unter den Wimpern hervor einen Blick zu, einen Blick, der ihn früher verrückt gemacht hätte, und rauschte aus dem Zimmer. Allerdings musste sie gleich wieder zurückgehen, weil sie Birdie vergessen hatte. Doch sie hatte bekommen, was sie wollte. Max wirkte benommen. Er leckte sich die Lippen und strich mit dem Finger über seinen Schnurrbart, wie er es immer tat, wenn er sie begehrte. Sie würde ein leichtes Spiel mit ihm haben, das wusste sie.

Bald würde er sie holen und sie würden zusammen durchbrennen.

Nun war sie seit drei Monaten hier und er hatte noch nicht nach ihr schicken lassen. Er war sehr höflich, hielt ihre Hand vielleicht ein wenig länger als notwendig, erwiderte ihren Blick vielleicht etwas zu lange. Aber sonst nichts. Sie hätte schreien mögen. Sie konnte nicht ewig warten! Zwischen ihren Beinen brodelte ein Vulkan. Bald würde sie eine alte Jungfer sein, und Adelaide meinte bereits, sie solle nach einem Ehemann Ausschau halten. Sie wollte keinen Ehemann. Sie wollte ihren Max mit seinen endlosen Zärtlichkeiten und seinem endlosen Geld.

Clara war raffiniert. Sie würde Max eifersüchtig machen. Sie hatte einen Verehrer, einen jungen Mann mit dichtem schwarzem Haar und schneller Zunge. Sie hatte ihn an ihrem freien Tag beim Einkaufen in der 14th Street in New York kennen gelernt. Er hieß Harold Green und klimperte Lieder auf dem Klavier. Aber er arbeitete an einem eigenen Musical, einem Stück für die Bühne. Er war verrückt nach Clara, das sagte er ihr ständig. Sie lud ihn ein, sie zu besuchen, was Miss Apple riesig freute. Clara bat Harold immer dann zu kommen, wenn sie wusste, dass Max und die alte Hexe ihre kleine Enkelin besuchen würden. Einmal stellte sie ihn ihnen vor, und oh, sie hätte am liebsten losgelacht! Er war so komisch, der Ausdruck auf Max' Gesicht. Sein Blick hätte töten können. Also interessierte er sich noch für sie, liebte sie noch! Sie würde ihn für sich allein haben, ja, das würde sie; jetzt war sie sich ganz sicher!

28. Dezember 1913

Meine liebste Morgan,

wir vermissen dich alle schrecklich. Es scheint mir gar nicht recht, dass du nicht einmal über Weihnachten nach

Hause kommen konntest. Ich weiß, es ist wichtig für dich, deinen Doktortitel zu erwerben, doch seien wir ehrlich: von dem, was sie am Geneva Medical College unterrichten, weißt du schon einen großen Teil – und vielleicht eine Menge mehr, was du, wenn du wolltest, ihnen beibringen könntest. Sechzehn Wochen! Es kommt mir so lange vor. Wenigstens wirst du von Februar bis April bei uns zu Hause sein. Und dann, im Juli, bist du eine richtige Ärztin, die sich für nichts mehr rechtfertigen muss. Wir werden dich wieder ständig hier haben, und ich kann dich jede Nacht in den Armen halten. Bis dahin, mein Liebling, denk immer an deinen sehnsüchtig dich liebenden

Alex

Es war zu still. Das spürte Adelaide in dem Moment, als sie die Haustür aufschloss. Das Haus fühlte sich ... leer an. Doch das konnte nicht sein, nicht an einem Samstagnachmittag. Mrs Mulligan, das wusste sie, war heute zu Hause bei ihrem kranken Mann. »Clara!«, rief sie. »Birdie! Wo seid ihr?«

Kein Geräusch antwortete ihr. Merkwürdig. Sie war früh aus der Poliklinik nach Hause gekommen. Vermutlich machten sie einen Spaziergang; das Wetter war schön. Sie lief nach oben, um ihre Tasche abzulegen und die Schuhe zu wechseln, und stieg dann eine Treppe höher, um nach Clara zu schauen. Die Tür zu Claras Zimmer stand offen und auf dem Bett lag jemand.

Addie stieß einen leisen Schrei aus; dann schnappte sie nach Luft. Es war Max Becker, splitterfasernackt, mit weit offenen Augen, die Pupillen starr und wässrig. Man musste keine Krankenschwester sein, dachte Addie, um zu erkennen, dass er tot war.

Ein, zwei Minuten blieb sie seltsam ruhig und ungerührt. Und plötzlich fiel ihr auf, dass Birdie und Clara ja nicht da waren. Was sollte sie tun? Die Polizei rufen? Alex im Krankenhaus anrufen? Hettie Becker anrufen? Nein, nein, auf keinen Fall. Sie musste Birdie finden, Birdie und Clara. Sie musste nachdenken, überlegen, wohin sie gegangen sein könnten.

Während sie noch schwankte, läutete es. Mit rasendem Herzen galoppierte sie die beiden Treppen hinab und öffnete die Tür. Es war Mrs Scott, die Köchin aus der Nummer 5, und Gott sei Dank hatte sie Birdie bei sich.

Birdie fing sofort an zu reden. »Addie, wo warst du? Ich wollte, dass du kommst. Clara ist weggerannt.« Sie streckte die Arme aus und Addie nahm sie dankbar entgegen.

»Das Mädchen, das Sie da haben, diese Clara, hat das Kind bei mir abgegeben. Für fünf Minuten, sagte sie, aber das war vor einer Stunde. Stimmt was nicht?«

»Doch, doch«, log Addie. »Ich wusste nur nicht, wo Birdie war. Aber jetzt, wo sie hier ist, ist alles in Ordnung. Vielen Dank, Mrs Scott. Wo ist Clara hingegangen, hat sie das gesagt?«

Mrs Scott rümpfte die Nase und meinte: »Die doch nicht! Die tut doch immer so vornehm. Vielleicht hat sie sich mit ihrem Musikerfreund getroffen, der sie manchmal besucht. Unsere Ginny, die ihre Augen überall hat, sagt, sie hätte Clara mit einem Gepäckstück zur Hintertür rauslaufen sehen. Ich weiß nichts davon. Ich habe zu arbeiten.«

»Nun, dann danke ich Ihnen noch mal, dass Sie auf Birdie aufgepasst haben. Jetzt ist sie ja bei mir und Sie können wieder an Ihre Arbeit gehen, Mrs Scott.« Addie schloss die Tür ohne weitere Umstände. Mrs Scott hatte nämlich versucht, an Addie vorbei ins Haus zu spähen, weil sie unbedingt wissen wollte, was los war.

Addie ging mit Birdie in die Küche hinunter und gab ihr Milch und Kekse. Sie hatte gerade beschlossen, Alex im Krankenhaus anzurufen, als er, ebenfalls früher als sonst, nach Hause kam. Addie verließ eilig das Wohnzimmer, wo Birdie sich auf dem Vorleger vor dem Kamin zusammengerollt hatte und fest schlief. »Gott sei Dank, Alex«, flüsterte sie. »Birdie schläft.«

»Wo zum Teufel ist Clara?«, fragte Alex.

»Pssst. Komm mit. Es hat einen … Unfall gegeben.«

Er musste ihrem Tonfall etwas angehört haben, denn er sagte nichts mehr und folgte ihr nur die Treppen hinauf. Als er seinen Vater wie eine Stoffpuppe auf dem Bett liegen sah, erbleichte er und wurde dann rot. »Die alten Narren sind die schlimmsten, Addie!«, knurrte er mit belegter Stimme. Er kniete sich hin, um den Leichnam zu untersuchen.

»Aber … was, glaubst du, ist passiert?«

»Dasselbe, was du glaubst, Adelaide. Dass mein Vater hierher kam, um mit Klein-Clara zu turteln, dass sie in ihr Zimmer gegangen sind, und dass er vor Überanstrengung einen Herzinfarkt bekommen hat. Oh, mein Gott! Mein Vater ist in Claras Armen gestorben!« Alex blickte zu Addie auf. »Und Birdie? Meine Kleine war dabei, hier im Haus!«

»Nein, das war sie zum Glück nicht. Clara hat sie nebenan abgeliefert. Birdie wusste nicht mal, dass er hier war. Sie hat nichts gesehen.«

Alex vergrub eine Weile sein Gesicht in den Händen, stand dann auf und riss sich zusammen. »Ich habe ihn gewarnt. Ich habe ihm gesagt, dass er beim Essen und Trinken Acht geben muss. Er hatte immer einen ziemlich roten Kopf, entsinnst du dich, Addie? Er sah schon seit einem Jahr nicht gut aus. Ich habe ihm gesagt, er solle vorsichtig sein. Aber hat er auf mich gehört?

Nein, er musste seine sexuellen Abenteuer haben mit Frauen, die jung genug waren, um seine Töchter zu sein! Oh Gott! Nun egal. Wir müssen ihn ankleiden und nach unten bringen … in den hinteren Salon, denke ich … auf ein Sofa, wo er sich hingelegt hat – hm –, um ein Nickerchen zu machen. Und du hast ihn gefunden, Addie. Du wolltest ihn aufwecken und hast ihn so vorgefunden. Und ich«, schloss er mit Grabesstimme, »werde *maman* informieren.«

Er bewegte sich schnell. Adelaide schaute bewundernd zu. Männer schienen im Stande, ihre Gefühle in verschiedene Kästchen zu packen und diese Kästchen beliebig zu öffnen und zu schließen. Es war schon bewundernswert.

Gemeinsam erledigten sie alles. Als sie fertig waren, sah Max einigermaßen aus wie ein Mann, der auf dem Sofa ein Nickerchen gehalten hatte und ruhig im Schlaf gestorben war.

»Kein Wort von ihr?«, fragte Alex, und Adelaide wusste, dass »sie« Clara war. »Keine Ahnung, wo sie sein könnte?«

»Nein. Ginny von nebenan scheint allerdings der Meinung zu sein, dass sie sich an ihren Beau, den Klavierspieler, gewandt hat.« Sie hielt inne und fügte dann hinzu: »Ich glaube nicht, dass sie zurückkommt.«

»Vermutlich nicht. Obgleich sie ihn weiß Gott nicht umgebracht hat, so schuldig sie sich auch fühlen mag. Er hatte immer einen Hang zur Selbstzerstörung.« Alex seufzte und ging nach unten, um seine Mutter anzurufen.

7. JANUAR 1914. MRS ALEXANDER BECKER, 22 WILSON STREET, GENEVA, NY. MAX LETZTE NACHT GESTORBEN STOP HERZINFARKT STOP BEISETZUNG HEUTE STOP DU MUSST NICHT DABEI SEIN STOP SORGE DICH NICHT UND STUDIERE RUHIG WEITER STOP HIER ALLES IN ORDNUNG STOP DEIN ALEX

6. April 1914

Liebe Morgan,

du bist erst seit einer Woche wieder zurück an der Universität, aber es kommt mir vor wie ein Jahr. Du hast uns ziemlich verwöhnt damit, dass du fast drei Monate hier warst – wenn du auch die meiste Zeit in der Bibliothek verbracht hast. Birdie fragte natürlich dauernd nach dir, akzeptiert es aber, wenn wir ihr sagen, dass Mama auf der Doktorschule ist. Deinen Briefen lauscht sie begeistert, und besonders freut sie sich, wenn du sie erwähnst oder sie grüßen lässt. Und du wirst froh sein darüber, wie gut sie mit Brenda McMurphy zurechtkommt, die ein fröhliches Mädchen mit der Geduld einer Heiligen ist. Die Mulligans scheinen alle freundlich zu sein. Brenda ist die Tochter von Mulligans Schwester Joan, deshalb hat sie wohl von Natur aus ein ausgeglichenes Temperament. Birdie selbst ist eine wahre Wonne, ausgelassen und lebhaft. Du solltest mal hören, wie sie Mulligans irischen Akzent imitiert! Ich sollte nicht darüber lachen, aber ich kann nicht anders.

Ich weiß nicht, woher du die Zeit nimmst, jeden Tag einen Brief zu schreiben, aber wir sind alle dankbar dafür. Birdie »schreibt« dir auch gerade einen.

Hettie murrt natürlich nach wie vor, dass du zu Hause bei Mann und Kind sein solltest, statt dich »in der Wildnis von New York herumzutreiben und vorzugeben, dass du Ärztin werden willst«. Alex und ich treten stets für dich ein und finden es wunderbar, dass du tust, was Dr. Grace sich gewünscht hat.Was du selbst dir gewünscht hast, und was wir, die wir dich alle lieben, dir wünschen.

Pass gut auf dich auf. Und denke daran, ich bin wie immer

deine ergebene Freundin Adelaide

Morgan legte ihre Ausgabe von *Grundlagen und Techniken der Chirurgie* beiseite und gähnte. Im Unterricht wurden gerade die unterschiedlichen Formen von Leistenbruch und Syphilis behandelt … igitt! Jedenfalls war der Maiabend lau und die Stunde spät, sodass die Worte allmählich ineinander flossen. Würde sie jemals Chirurgin sein wollen? Sie glaubte nicht. Sobald sie diesen Frühjahrskurs beendet hatte, würde sie mit ein bisschen Glück Allgemeinmedizinerin sein. Das genügte. Dr. med. Morgan W. Becker, das sah sehr zufrieden stellend aus. Wenn sie sich bei den Vorlesungen langweilte, was öfter vorkam, als sie ihren Dozenten gegenüber zugegeben hätte, ertappte sie sich häufig dabei, wie sie es immer wieder vor sich hinkritzelte. Während Professor Van Anden sich ausführlich über *materia medica* verbreitete, hatte sie eine ganze Seite voll geschrieben. Sie konnte ihm kaum zuhören, so ein verknöcherter Kerl war er. Sie kannte mehr Methoden, um Schmerzen zu mildern und Krankheiten zu heilen als er!

In *materia medica* sollten den Studenten die allerneuesten Arzneien zur Linderung von Schmerzen und Krankheiten nahe gebracht werden. Nirgends wurden aber die Mittel erwähnt, die sie seit Jahren benutzte. Kräuterheilkunde wurde geringschätzig als »Volksmedizin« abgetan, gut genug für Bauersfrauen und dergleichen, von einem Arzt jedoch nicht in Erwägung zu ziehen. Sie hatte versucht, ihre eigenen Erfahrungen einzubringen, und war höflich gebeten worden, davon abzusehen. Der Professor lächelte zwar freundlich, meinte aber, Mrs Becker sei ja schließlich am Geneva Medical College, um etwas dazuzulernen, oder? Er war sehr beleidigend gewesen! Doch sie verbarg ihren Ärger. Er unterrichtete nur den einen Kurs, der über beide Semester ging. Sie war beinahe fertig. Und, das musste sie einräumen, es gab wirklich eine Menge zu lernen und viel Interessantes.

Von allen angebotenen Kursen – Chemie, Chirurgie, Anatomie, Physiologie und Pathologie, Innere Medizin, *materia medica* und Geburtshilfe – hatte sie Chemie am liebsten. Zumindest lernte sie hier etwas Neues. Besonders gefielen ihr die Vorlesungen über die Analyse von Giften, Weinen und Arzneimitteln. Professor McDermott hatte eine Menge Erfahrung mit kriminalistischen Untersuchungen – man stelle sich vor! Ein Arzt, der den größten Teil seiner Zeit bei der Polizei verbrachte, wo er sich mit grässlichen Morden und mysteriösen Leichen befassen musste. Es war fast, als lausche man Sherlock Holmes selbst – so spannend!

Sie hatte sich vorgenommen, ihre Dissertation über forensische Medizin zu schreiben. Als jedoch Alex ihren Brief erhielt, in dem sie ihm diese Absicht ankündigte, schrieb er ihr unverzüglich zurück: »Das ist ein höchst faszinierendes Thema,

Liebling, aber denke daran, dass du deine Dissertation nicht nur verfassen, sondern auch präsentieren musst! Das heißt, und ich kann dies gar nicht genug betonen, dass du sie vor dem Kuratorium verteidigen musst. Warum wählst du nicht ein Thema, mit dem du gründlich vertraut bist? Dürfte ich vorschlagen, dass du verschiedene Entbindungstechniken erörterst?

Darüber weißt du mehr, so wage ich zu behaupten, als die meisten Professoren.«

Sie hatte seinen Rat dankbar angenommen. Tatsächlich verbrachten sie viele Stunden zusammen, als sie im Frühjahr zu Hause war, um ihre Arbeit auszuformulieren. Sie war recht stolz darauf. Sie konnte es kaum abwarten, sie zu präsentieren und alle Fragen zu beantworten. Alex und sie hatten gelacht, wenn sie daran dachten, wie viele dieser ältlichen, konservativen Ärzte wohl auf ihre Beschreibung von im Hocken gebärenden Frauen reagieren mochten. Aber sie hatte die Naturwissenschaft – das Gesetz der Schwerkraft höchstpersönlich – auf ihrer Seite. Sie würden ihr ihren Titel verleihen müssen. Außerdem konnte es nicht mehr lange dauern, bis jedes Krankenhaus in New York diese Technik verwendete! Das glaubte sie jedenfalls. Alex hatte eine Augenbraue hochgezogen und gesagt: »Ärzte sind keine Revolutionäre, Liebling. Aber du solltest versuchen, sie zu lehren. Das musst du einfach!« Und das würde sie auch tun. Sie hatte nie aufgegeben, nur weil etwas schwierig war.

Erster Juli 1914

Mein liebster Alex,

hurra! Ich habe es geschafft! Ich habe alle Prüfungen bestanden und meine Dissertation erfolgreich verteidigt, was mehrere Stunden dauerte. Meinen Doktortitel der Medizin werde ich am 10. Juli bei der alljährlichen Verleihung der akademischen Grade am Literatur-College

erhalten. Ihr seid alle herzlichst dazu eingeladen. Ich kann kaum fassen, dass es Wirklichkeit geworden ist! Nun kann ich jeden Patienten empfangen, kann in einem Krankenhaus arbeiten und werde als »Ärztin« statt als »Krankenschwester« geführt. Oh, wie ich wünschte, dass Dr. Grace noch am Leben wäre! Vielleicht guckt sie ja vom Himmel auf mich nieder und lächelt mir zu. Irgendwie habe ich das Gefühl, dass sie das tut.
Nachdem das Studium jetzt abgeschlossen ist, werde ich übermorgen in den Zug nach New York steigen, und dann können wir alle gemeinsam zur Titelverleihung wieder hierher fahren. Ach, mein liebster Alex, ich kann es kaum abwarten, dich in die Arme zu nehmen, deinen süßen Mund zu küssen und deinen süßen Körper zu halten. Es ist zu lange her. Ich liebe dich so sehr. Du bist alles für mich. Aber bald sehe ich dich ja wieder. Gib Birdie und Addie einen Kuss von mir.
Auf ewig alles Liebe von deiner

Dr. med. Morgan Wellburn Becker

22

Oktober 1918

Noch nie in seinem Leben, dachte Alex, war er so müde, so vollkommen erschöpft gewesen. Er richtete sich von seiner im Bett liegenden Patientin auf und streckte den schmerzenden Rücken. Er sah schon seit einer Weile nur noch verschwommen. Seine Augen fühlten sich trocken und geschwollen an; das waren sie vermutlich auch. Er hatte seit über vierundzwanzig Stunden nicht geschlafen. Gewöhnlich fing er um sieben Uhr an, machte seine Visiten und kümmerte sich um die Patienten bis sechs Uhr abends, machte dann ein Nickerchen von ein, zwei Stunden und begann von neuem. Gestern

Abend war er einer von nur wenigen Dienst habenden Ärzten gewesen, hatte deshalb die Stationen weiterhin versorgt, und sein Nickerchen war ausgefallen. Er wusste nicht, wie lange er noch durchhalten konnte. Wenn er sich nicht bald eine Pause gönnte, würde er womöglich einen schrecklichen Fehler machen, fürchtete er, etwas übersehen oder jemanden vernachlässigen, der hätte gerettet werden können. Ob wohl *irgendjemand* am Ende dieses Alptraums noch am Leben wäre? Das wusste Gott allein.

Er beugte sich über das nächste Bett: eine junge Frau schwanger, den Kopf im Fieber hin und her werfend, stöhnend, die Lippen aufgesprungen und blutig. So hatte Morgan ausgesehen in jener Nacht, als er sicher gewesen war, sie zu verlieren. Nie würde er das vergessen. Sie war seit zwei Tagen krank gewesen und das Fieber kletterte ständig, trotz der Abreibungen mit Alkohol. Sie schien vor seinen Augen zu schrumpfen. Er war nach Hause gekommen, um ein paar Stunden auszuruhen, und hatte sie mit Schüttelfrost in ihrem gemeinsamen Bett vorgefunden. Also war er dort geblieben, um für sie zu sorgen, obgleich er wusste, dass er im Krankenhaus dringend benötigt wurde. Die Menschen starben ihnen unter den Händen weg. Aber wie konnte er seine Frau, seine Geliebte, allein lassen? Er saß auf der Bettkante, die Augen voller Tränen des Entsetzens, hielt ihre Hand, ihre heiße trockene Hand, die ihn versengte, und betete schweigend zu einem Gott, an den er kaum glaubte. Was für ein Gott würde zulassen, dass Hunderttausende Unschuldiger auf diese Weise an der Grippe starben? Und alle medizinischen Experten waren hilflos angesichts der Epidemie.

Während er Morgan betrachtete, war ihr Fieber auf 40 Grad gestiegen, und sie reagierte nicht mehr auf seine Stimme. Er spürte den kalten Hauch des Todes. Er fiel neben ihrem Bett auf die Knie und betete zu Gott, er möge sie verschonen. Wie konnte er ohne sie leben? Sie bedeutete ihm alles. Er hatte so lange auf sie gewartet. Sie waren das perfekte Paar, immer noch leidenschaftlich verliebt, immer noch begierig danach, über alles miteinander zu reden. Und sie hatten ein wundervolles Kind, intelligent, lebhaft und wissbegierig, genau wie seine Mutter. Überdies eine Schönheit mit ihrem kupferfarbenen Haar und den meergrünen Augen. Bei dem Gedanken, dass Birdie ohne ihre Mutter würde leben müssen, strömten ihm erneut die Tränen aus den Augen. Es war nicht fair, dass ein Kind ohne die Liebe einer Mutter aufwachsen musste. Es war nicht gerecht! Er presste Morgans schlaffe Hand an seine Lippen und wünschte sich inständig, es möge ihr besser gehen.

Als er aufwachte, war es Morgen, und er befand sich in derselben Position. Er war eingeschlafen, auf den Knien, mit dem Kopf auf dem Bett. Doch die Hand, die er immer noch hielt, war nicht mehr glühend heiß. Sein Herzschlag setzte für einen Moment aus. War sie –? Nein, Gott sei Dank. Sie atmete gleichmäßig; sie schlief. Morgan war genesen! Das war zwei Wochen her, und sie praktizierte schon wieder fleißig wie vor ihrer Grippe. Nein, noch fleißiger, denn ihre Patienten waren alle furchtbar nervös wegen der schrecklichen Seuche und drängten sich in ihrem Wartezimmer, auch wenn sie gar nicht krank waren. Alex glaubte, sie kämen nur, um von Morgan zu hören, dass es ihr besser ging, dass sie überlebt hatte. Es war ihm schon längst aufgefallen, dass Morgan oft wenig mehr tat, als mit ihren Patienten zu sprechen. Als er ihr das einmal gesagt hatte, hatte sie ihn sanft korrigiert. »Nein, Liebling, ich tue oft wenig mehr als zuhören. Mehr ist manchmal gar nicht nötig.« Tatsächlich wurde ihm diese Wahrheit allmählich selbst klar. So viele Tote, und doch war seine Familie bisher verschont geblieben. *Bisher.*

Aus seinen Gedanken aufschreckend, bemerkte er, dass er immer noch auf seine Patientin schaute. Er hatte vergessen, was er für diese arme junge Frau tun wollte. Was konnte er überhaupt tun? Eine Epidemie wie diese hatte es noch nie gegeben, niemals. Man bezeichnete sie als Spanische Grippe, aber sie brachte überall auf der Welt Menschen um. Wirklich furchtbar war, dass nichts sie aufhalten konnte. *Nichts.*

Wenn er sich doch nur hinlegen, ein paar Minuten die Augen schließen könnte, würde er vielleicht einen klareren Kopf bekommen und könnte seine verwirrten Gedanken ordnen. Aber ausruhen, das ging nicht. Hier waren zu viele Sterbende und zu wenig Ärzte. Man war immer von der Angst beherrscht, dass einen, wenn man sich nur einen Moment entspannte, nur ein bisschen in seiner Wachsamkeit nachließ, die Krankheit selbst befallen würde. Und wenn alle Ärzte stürben, wer sollte sich dann um die anderen kümmern?

Drei Ärzte am Bellevue, alles Freunde von Alex, hatte sie bereits dahingerafft. Dutzende von Krankenschwestern ebenfalls. Heute folgte ihm eine der vielen Freiwilligen, die gekommen waren, um zu tun, was sie konnten, und wartete auf seine Anweisungen. Vor einer Woche war Mrs Mabel Crandall, die berühmte – oder berüchtigte – Bordellwirtin mit sechs von ihren Mädchen aufgekreuzt und hatte ihre Hilfe angeboten. Früher hätte man sie vielleicht verschmäht, aber jetzt nicht. Alex war Mrs Crandall mehrmals begegnet, als er noch bei seinen Eltern wohnte. Vor einer Million Jahren, so schien es ihm. Ja, das hatte er nicht vergessen, wie es manchmal in den frühen Morgenstunden diskret an der Tür klopfte und ihm ein Junge einen gefalteten Zettel überreichte, auf dem stand, er möge doch bitte Mr Becker abholen. Max liebte es, mit zwei oder drei von Mrs Crandalls Mädchen gleichzeitig zu turteln und dabei den besten Champagner zu trinken. Oft übermannten ihn dann der Wein oder die Frauen – das erfuhr Alex nie –, und er kippte um. Er hatte dem Boten dann nur schweigend zugenickt – dieser hatte meistens eine Droschke mitgebracht – und war in das Freudenhaus gefahren, um seinen ehebrecherischen Vater heimzuholen.

Die heutige Schwester war also eine Prostituierte namens Molly. Ihr flammend rotes Haar hatte sie unter einem Schal versteckt, und ihren kurvenreichen Körper verhüllten ein hässliches Kleid und eine voluminöse Schürze. »Doktor«, sagte sie, während er zum nächsten Bett gehen wollte. »Sie ist tot.«

Er drehte sich um. »So schnell«, murmelte er. »So still. Arme Frau. Armes ungeborenes Baby. Ob ihr Ehemann wohl aufzutreiben ist?« Womöglich lag er in einem anderen Bett im selben Krankenhaus. Womöglich war er auch schon gestorben. Man konnte sich gar nicht auf dem Laufenden halten.

Vom anderen Ende der Station ertönte ein heiserer Schrei: »Schwester! Schwester!«

»Gehen Sie, Molly. Schauen Sie nach, ob Sie irgendetwas für den armen Teufel tun können.« Sie hastete davon und Alex setzte seine Runde fort. Fast nach jedem Schritt machte er Halt, denn zwischen den einzelnen Betten war kaum Platz. Die Räume waren überfüllt. Dutzende von Rabbis und Priestern und Kaplanen irrten umher und versuchten, zu den Sterbenden zu gelangen, bevor es zu spät war.

Am Ende der Bettenreihe zog Mabel Crandall selbst, das Haar zu einem ordentlichen Knoten hoch gesteckt, in einem mattgrauen Kleid und fleckenlos sauberer Schürze, die baumwollene Gesichtsmaske sicher an Ort und Stelle, einer verschiedenen Patientin gerade das Laken über den Kopf.

»Wieder eine dahin, Doktor«, sagte sie und schaute zu ihm auf. »Was für eine Sünde. Ein junges Mädchen, kaum sechzehn, schätze ich. So frisch und hübsch und auf einmal ... das Leben abgeschnitten, einfach so!«

Alex mochte Mabel Crandall. Sie wurde niemals hysterisch und beseitigte bereitwillig und ohne sich zu beklagen die schlimmsten Schweinereien. Zu seiner Überraschung stellte er fest, dass sie eine intelligente und interessante Frau war, die alles, was man ihr sagte, gleich beim ersten Mal begriff.

Alex ballte die Fäuste. »Verdammt – ich dachte, ich würde

mich daran gewöhnen – an das Sterben. Aber es geht nicht. So viele sinnlose Tode und keiner, der dagegen etwas ausrichten kann. Das ist also die Allmacht der medizinischen Wissenschaft! Es sollte uns nachdenklich stimmen!«

»Ach, Dr. Becker, seien Sie nicht so hart gegen sich. Sie müssen bestimmt nicht nachdenklich gestimmt werden. Sie sind immer sehr fürsorglich. Das ist mir aufgefallen. Sie haben eine sanfte Hand und ein sanftes Auftreten. Da sind wenigstens die letzten Worte freundlich, die die armen Wesen hören.«

Aus irgendeinem Grund ging es Alex daraufhin besser, und er dankte ihr und machte sich zur nächsten Station auf in der Hoffnung, dass er sie bei seiner Rückkehr später in der Nacht nicht tot vorfinden würde. Das war schon oft vorgekommen. Was für ein Gräuel, diese Krankheit!

Er schritt den Flur entlang und hielt nach Ungewöhnlichem Ausschau. Im Nacken und Rücken waren seine Muskeln so verspannt, dass sie wehtaten. Er musste sich wirklich eine Pause gönnen. Wenn er vor Erschöpfung umfiel, war er als Arzt nicht mehr von Nutzen. Das Bellevue konnte im Moment keinen weiteren Patienten gebrauchen. Er ging langsam, denn auch der Flur war mit Behelfsbetten vollgestellt. Verstorbene Patienten wurden in leere Laborräume gebracht, sodass ihre Angehörigen sie dort identifizieren und zur Beisetzung mitnehmen konnten. Zwei männliche Freiwillige in Hemdsärmeln trugen eben einen von ihnen weg.

Während er die nächste Station betrat, wurde Alex von zwei Frauen, beladen mit sauberen Laken und Handtüchern, überholt. Sämtliche Wäscherinnen waren in Panik verfallen und hatten, wie die World es formulierte, »ihre Waschzuber im Stich gelassen«. Für ein Krankenhaus war es schrecklich, keine saubere Wäsche zu haben, und mitten in einer Epidemie? Undenkbar!

Jeder hatte seine eigene Meinung, wie der Ausbreitung der

Krankheit zu begegnen war: die Fenster öffnen, die Fenster schließen, Wärme, Kälte, nackt herumlaufen, sich dick vermummen. Alle New Yorker sollten eine Gesichtsmaske tragen. Alex machte sich die Mühe nie. Er war überzeugt davon, dass die Masken nicht mehr bewirkten als Billy Sundays Gebete. Der Prediger war mutig, das musste man ihm lassen. Trotz einer städtischen Verordnung gegen öffentliche Zusammenkünfte hielt er in einem Zelt im Nordteil Manhattans Gottesdienste ab, weil er meinte, er würde die Seuche niederbeten. Die Leute kamen zu Hunderten und fielen zu Hunderten tot um. Direkt dort, im Zelt, unter den Augen von Billy Sundays und des Herrn! Gebete schienen also auch nichts zu nützen.

Aber saubere Wäsche, das wusste man, die war unerlässlich. Wenn die Kranken in den Hospitälern in ihrem Bettzeug erbrachen und schwitzten und starben, musste dieses Bettzeug abgezogen und in so heißem Wasser wie möglich gewaschen werden. Deshalb segne Gott Miss Lillian Wald und ihre Leute im Henry Street Settlement House. Als Miss Lillian vom Massenstreik der Wäscherinnen hörte, kam sie und stattete die Wäscherei des Bellevue mit Hauswirtschaftslehrerinnen und -schülerinnen des Lehrercollege an der Columbia University aus. Ihre Leute waren überall, wo man hinsah, unermüdlich bei der Arbeit. Alex fand es erstaunlich, dass so viele bereit waren, den Tod zu riskieren, und das ohne jede Entschädigung.

Dieser Gedanke veranlasste ihn zu einem wortlosen Dankeschön dafür, dass er noch am Leben war. Bisher, fügte er schweigend hinzu. Die Hybris hatte schon so manchen Helden umgebracht; er sollte sich nicht erlauben, sich als etwas Besonderes zu fühlen. Während er seinen langsamen Marsch durch die Station wieder aufnahm, sah er Fritz Hartmann, einen ziemlich alten Arzt, den er kannte, und der hier von Bett zu Bett humpelte. Viele Ärzte im Ruhestand – die Lahmen, die beinahe Tauben oder Blinde – waren in ihren Beruf zurückgekehrt, um zu helfen.

Hinter ihm trat ein Freiwilliger durch die Tür und verkündete: »1832 neue Fälle heute. 2651 gestern. Aber in Newark haben sie die Kinos wieder geöffnet! Was meinen Sie dazu?«

Alex drehte sich um und sagte: »Ich meine, dass sie ins Kino gehen und dort sterben werden.«

»Na ja«, antwortete der Mann, »sie zeigen Chaplin in *Gewehr über.* Da sterben sie vielleicht wenigstens lachend.«

Alex fand diesen Einwurf nicht amüsant. Er entsann sich all der Rekruten, die zu ihren Schiffen marschiert und unterwegs gestorben waren. Ende letzten Monats war der Unterstaatssekretär der Marine nach einer Reise nach Übersee, wo er sich über den Krieg informierte, im New Yorker Hafen gelandet und hatte vom Truppentransporter *Leviathan* in das Haus seiner Mutter in der East 65th Street getragen werden müssen. Jetzt fragte sich Alex, ob der junge Mr Roosevelt wohl überlebt hatte. Die Matrosen von der Marinewerft in Brooklyn hatten es nicht. Dreißig von ihnen wurden vor einer Woche gleichzeitig ins Bellevue eingeliefert, die meisten zyanotisch, blau auf Grund verstopfter Lungen, und alle miteinander in den letzten Zügen liegend. War es eine Woche her? Womöglich länger. Es war im September gewesen, dachte er. Und welchen Monat hatten sie jetzt?

Er wandte sich an den Freiwilligen und fragte: »Welches Datum haben wir?«

»Den dreiundzwanzigsten Oktober, wieso?« Der Mann sah ihn einigermaßen verwundert an.

»Ach, du liebe Güte«, sagte Alex. »Ich bin wirklich nicht mehr auf dem Laufenden.«

Eine Pflegerin, die auf ihn zugeeilt kam, hielt inne und legte ihm eine Hand auf den Arm. »Sie sehen ganz erledigt aus, Doktor. Vielleicht sollten Sie sich eine Minute ausruhen.«

»Ja, ja, sollte ich vielleicht. Danke, danke.«

»Soll ich Sie begleiten?«

»Nein, danke.« Er betrachtete sie, während sie weiterging. Sie war offensichtlich eine wohlerzogene Frau aus gutem Hause. Trotzdem hatte sie sich mitten in diese Pestilenz begeben. Jemand hatte ihm erzählt, dass jeden Tag wunderschön gekleidete Damen der Gesellschaft vor Lord and Taylor's oder Tiffany's auf der Fifth Avenue standen und Handzettel verteilten, auf denen um Freiwillige geworben wurde. Andere hatten sich als Pflegerinnen in den Krankenhäusern angeboten. Eine von ihnen kannte er zu seinem größten Erstaunen sehr gut. Hester Becker, ja, seine eigene egoistische *maman*, hatte sich tatsächlich auch gemeldet. Er war sehr stolz auf sie, und wenn diese entsetzliche Epidemie endlich vorbei wäre, würde er ihr das sagen.

Von links erklang eine schwache Stimme: »Schwester! Bitte!« Jeder auf der Station war anderweitig beschäftigt, deshalb eilte Alex zu dem Patienten, doch bis er an seinem Bett stand, war der Mann tot. Er neigte einen Moment den Kopf und versuchte, das Stöhnen und Schreien um ihn herum auszublenden, um die arme Seele nur ein kurzes Weilchen zu betrauern. Aber schon zupfte ihn eine andere, traurig dreinblickende Pflegerin am Ärmel und sagte: »Dr. Becker? Ich habe ein Telegramm für Sie.« Sein Herzschlag beschleunigte sich. Von zu Hause? War jemand erkrankt? Nachdem er sich gerade selbst beglückwünscht hatte! Er nahm das gelbe Blatt Papier entgegen, zunächst unfähig, es anzuschauen. Dann hielt er die Luft an, entfaltete es und las die Nachricht. Seine Mutter war an der Grippe gestorben, während sie am Mt. Sinai als Krankenschwester arbeitete. Der Absender, ein Dr. Aronson, äußerte sein Bedauern. Wieder neigte Alex den Kopf zu einer Art wortlosem Gebet. Das jüdische Gesetz schrieb vor, dass sie morgen beerdigt werden musste, doch er wusste, dass sich überall die Toten häuften. Es gab keinen Bestattungsunternehmer irgendeiner Religion, der nicht für Wochen ausgebucht wäre. Früher oder später würde er sich um den Leichnam seiner Mutter kümmern müssen, die sich zu guter Letzt doch noch um andere gekümmert hatte.

Er sollte wirklich Morgan anrufen und ihr von *maman* berichten. Er rief mindestens einmal täglich zu Hause an, um etwaige Ängste zu zerstreuen. Aber er hatte seine Familie seit Tagen nicht gesehen, und Birdie, die erst acht Jahre alt war, musste dauernd beschwichtigt werden. Sie hatte schreckliche Angst, und wer wollte ihr das vorwerfen? Sie hatte schon die Krankheit ihrer Mutter miterlebt. Ihre Schule war geschlossen und sie durfte ihre Freundinnen nicht besuchen. Sie träumte jede Nacht schlecht, hatte Morgan ihm erzählt, und wachte schreiend und weinend auf. Seit Morgan krank gewesen war, ließ das Kind die Mutter nicht aus den Augen. »Und sie fragt alle zehn Minuten nach dir«, hatte Morgan berichtet. »Wo ist Pa? Warum kommt er nicht mehr nach Hause? Ist er auch krank? Ich versuche, sie zu beruhigen, aber an ihrem Blick erkenne ich, dass sie mir nur halb glaubt.« An dem einen Abend, als er es geschafft hatte, nach Hause zu gehen und seine Tochter zu sehen, hatte er Birdie auf den Schoß genommen, um ihr aus ihrem Lieblingsbuch vorzulesen, doch vor Erschöpfung war er fest eingeschlafen. Als sie ihn nicht aufwecken konnte, hatte die arme Kleine gedacht, ihr Vater sei tot.

Er trat zu einem Wandtelefon neben der Notaufnahme und betätigte die Kurbel, aber keine muntere Stimme fragte ihn: »Die Nummer, bitte.« Natürlich nicht. Wusste er nicht, dass in den Vermittlungen Tausende, ein Viertel insgesamt, erkrankt waren? Er legte den Hörer auf die Gabel zurück und schlief, an den Apparat gelehnt, fast im Stehen ein.

Nachdem er sich gezwungen hatte, die Augen zu öffnen, wankte er zurück auf die Station, gerade rechtzeitig, um zu sehen, wie Dr. Hartmann kurz vor ihm zusammenbrach. Der arme alte Mann, so ein Ende hatte er nicht verdient. Tränen brannten Alex in den Augen. Im Namen Gottes, würde das jemals aufhören? Oder würde die Seuche einfach weiterwüten, links und rechts Tote hinterlassen, immer mehr, bis niemand mehr übrig war?

Schließlich gestand er sich ein, dass er nach Hause gehen und ein wenig schlafen musste. Hatte er in all diesen Wochen endloser Arbeit einen einzigen Menschen gerettet? Die Antwort war ein erschreckendes Nein. Warum also beharrte er darauf, hier zu bleiben und langsam den Verstand zu verlieren? Er stolperte aus dem Krankenhaus und versuchte, eine Droschke herbeizuwinken. Eine sauste leer an ihm vorbei. Hatte der Kutscher Angst, weil er den weißen Kittel sah und wusste, dass Alex im Hospital mitten unter Verseuchten gewesen war? Andere Droschken waren nicht in Sicht. Er hatte gerade beschlossen, wieder hineinzugehen, sich auf einem Behelfsbett zusammenzurollen und zu schlafen, als ein Sanitätswagen vom Bellevue anhielt. Der Fahrer fragte, ob er Dr. Becker irgendwohin mitnehmen könne.

»In nördliche oder südliche Richtung?«, erkundigte Alex sich. Er wollte nicht, dass der Wagen einen Umweg machte.

»Nach Süden und dann über die Große Brücke nach Brooklyn. Zehn neue Fälle, sehr schlimm, in Brooklyn Heights.«

»Ja. Nehmen Sie mich mit. Ich wohne da.« *Und bitte,* dachte Alex, sein Herz hämmernd vor Furcht, *holen Sie niemanden aus meinem Haus in der Clinton Street ab. Bitte. Bitte.*

Als er die Augen aufschlug, saß er nicht neben dem Ambulanzfahrer. Er stand auch nicht auf der Straße vor ihrem Haus. Einen Moment lang verspürte er schiere Panik. Er wusste nicht, wo er war, und er wusste nicht, wie er dorthin gekommen war. Dann ging das Gefühl vorüber. Er war oben in seinem Bett, zu Hause. Es war Tag; das merkte er, obgleich die Fensterläden fest geschlossen waren. Er lag auf mehreren weichen Kissen und fühlte sich ... wie fühlte er sich? Schwach. Leer. Sehr müde.

Er sollte doch im Krankenhaus sein und sich um die Patienten kümmern. Er sollte sofort aufstehen. Aber als er versuchte, die Bettdecke hochzuschlagen, mit der er zugedeckt war, stellte er fest, dass er nicht die Kraft dazu hatte. Er versuchte, sich aufzusetzen, wovon ihm schwindelig wurde, sodass er sich wieder hinlegte. Wie lange war er schon hier? War er krank gewesen? Welcher Tag war heute?

Die Tür öffnete sich, und Morgan, das Gesicht angespannt und wachsam, trat mit einem beladenen Tablett ein. Als sich ihre Blicke trafen, lächelte sie so breit und strahlend, dass ihm ganz warm ums Herz wurde.

»Du bist wach! Endlich! Ich habe mir solche Sorgen gemacht!« Sie stellte das Tablett auf einem Tisch ab und setzte sich zu ihm auf die Bettkante, beugte sich vor, um ihn auf die Stirn, auf die Nase und schließlich auf die Lippen zu küssen. »Ich hatte solche Angst, dich zu verlieren«, flüsterte sie. Sie strahlte ihn an. »Aber letzte Nacht hatte ich einen Traum, und als ich heute Morgen aufwachte, wusste ich, dass es dir gut gehen würde.«

»Was für einen Traum?«

»Das erzähle ich dir, wenn du wieder ganz gesund bist. Hast du Hunger, Liebling?«

»Einen Bärenhunger.«

Sie lachte ein wenig. »Kein Wunder. Du hast seit drei Tagen keinen Bissen gegessen. Wir haben dir Wasser angeboten, und das hast du getrunken.«

»Ich habe drei Tage geschlafen?«

»So sieht es aus. Erschöpfung. Zuerst war ich sicher, dass du an Grippe erkrankt warst, aber du hattest kein Fieber oder sonstige Symptome. Allerdings sahst du furchtbar aus.« Sie erhob sich und ging dorthin, wo sie das Tablett abgestellt hatte. »Kaffee«, erklärte sie. »Und ein paar Rosinenbrötchen.

Da kannst du mal sehen, dass ich wusste, es geht dir besser. Ich habe zwei Tassen mitgebracht.«

Sie hielt ihm die Tasse hin, sodass er daran nippen konnte, zupfte dann ein Rosinenbrötchen in Stücke und fütterte ihn. »Wie ein kleines Vögelchen«, bemerkte sie mit so zärtlicher Stimme, dass ihm Tränen in die Augen traten. Um seine Schwäche zu verbergen, sagte er: »Die Epidemie ... was gibt es Neues?«

»Ich weiß nur das, was ich in der Zeitung lese, doch sie scheint sich nicht mehr so schnell auszubreiten.«

»Gott sei Dank! Das musste ja irgendwann passieren. Obwohl ich mich eine Zeit lang gefragt habe –«

Morgan nahm seine Hand und küsste sie sanft. »Es tut mir so Leid wegen Hettie, Alex. Wenn ich auch zugeben muss, dass sie für eine ruhmreiche Sache gestorben ist. Und ich bin so dankbar, dass unsere kleine Familie ...«

»Sei still«, sagte Alex. »Das *ajin hora* darf nicht hören, dass du dich selbst beglückwünscht.«

»Das *ajin hora*?«

»Böses Auge auf Jiddisch.«

»Aha! Der Wissenschaftler Dr. Becker und seine hochwissenschaftliche Familie glauben also an das böse Auge! Und dabei hat deine *maman* so auf mich und mein unzivilisiertes indianisches Wesen herabgeschaut!« Sie lächelte ironisch, dass sie nur scherzte.

Oh Gott, welches Glück er doch hatte! Er lebte; seine Frau, sein Kind und ihre liebe Freundin Adelaide waren alle der Gefahr entronnen!

»Morgan, Liebste, sobald ich wieder auf den Beinen bin, sollten wir eine Urlaubsreise machen – vielleicht nach Europa«, sagte er.

»Urlaub? Eine Reise? Das meinst du doch nicht ernst, Alex. Irgendetwas hält dich immer davon ab, mal auszuspannen.«

»Diesmal nicht. Aber ...« Ihm kam plötzlich ein Gedanke.

»Was ist, wenn du nicht weg kannst? Deine Tätigkeit hat sich verändert, seit du deinen Titel hast. Was ist mit all den Gutachten, die du abgeben musst? Was ist mit deinen Verpflichtungen in der Geburtshilfe-Abteilung vom Brooklyn Caledonia Hospital? Du weißt ja, dass du einem Baby nicht sagen kannst, es solle geduldig warten, bis du aus den Ferien zurück bist.«

»Irgendjemand hat doch mal gesagt: ›Arzt, heil dich selbst.‹« Sie tätschelte seine Hand. »Ich schaffe es schon, mich frei zu machen, wenn das bedeutete, dass du dich dann mal ausruhst. Ich verspreche dir eins, Liebling: Wenn du dir die Zeit für eine Reise nimmst – und ich glaube, du hast sie bitter nötig –, dann tue ich es auch.«

»Welcher Tag ist heute?«, fragte Alex.

»Der sechsundzwanzigste Oktober 1918.«

»Also, du hast mein Versprechen, dass die Beckers bis Januar 1919 ihre Reise angetreten haben.«

»Wir werden sehen, Liebster«, sagte sie und beugte sich nieder, um ihn zu küssen. »Wir werden sehen.«

Vierter Teil

Dr. med. Morgan Becker
Adelaide Apple
Birdie Grace Becker

23

Januar 1921

Selbst wenn man sich durch das Zugfenster die Dörfer und Farmen und verschneiten Felder anguckte, selbst wenn man versuchte, sie abzumalen, wurde das Ganze nach einer Weile langweilig, fand Birdie. Als Mama und Pa ihr gesagt hatten, sie würden eine Zugfahrt machen – bis nach Montreal in Kanada! –, war sie so aufgeregt gewesen, dass sie es kaum abwarten konnte einzusteigen. Sie hatten noch nie gemeinsam eine Reise unternommen. Mama hatte gemeint, das sei seit Jahren überfällig, und dann gelächelt und eine Augenbraue hochgezogen. Daran erkannte man, dass sie scherzte. Mama lachte nicht oft aus vollem Halse wie Pa.

Auf dem Weg vom New Yorker Bahnhof Grand Central nach Kanada war es spannend gewesen, auf einem eigenen Plüschsessel direkt am Fenster zu sitzen, mit einem kleinen Tisch ganz für sie allein, den sie herunter und zur Seite klappen konnte, wenn sie wollte. Es gefiel ihr, zuzuschauen, wie die verschneite Landschaft vorbeisauste. Kleine Orte durchfuhren sie so schnell, dass die Häuser ineinander verschwammen. Einmal, ganz weit draußen auf dem Lande, wo kein Haus in Sicht war, nur eine entfernte Rauchfahne, die senkrecht in die Luft stieg, sah sie drei Kinder, die gegen die Kälte dick in Mäntel und Schals vermummt waren. Sie standen neben den Gleisen und winkten den Leuten im Zug zu. Birdie winkte zurück.

Wo immer sie durchkamen oder an einem Bahnhof anhielten, sah man Weihnachtsdekoration, mit Schmuck behängte Bäume, Kerzen, Kränze mit riesigen roten Schleifen. Sogar in den Zugwaggons hingen Lametta und Bilder vom Weihnachtsmann mit seinem Sack voller Spielzeug.

Auf der Fahrt nach Montreal war ihr alles neu und wunderbar vorgekommen. Jetzt auf dem Rückweg dagegen sah irgendwie alles gleich aus. Wie viele kahle Bäume konnte man schon betrachten? Sie hätte gerne eine Freundin zum Reden gehabt. Pa hatte eine Zeit lang Karten mit ihr gespielt, dann aber gemeint, er sei müde und habe wirklich ein kleines Nickerchen nötig. Mama sagte, Pa sei erschöpft und brauche mehr als ein kleines Nickerchen – »Ein Monat in Italien wäre schon eher das Richtige.« Er erwiderte nur: »Sei froh, dass Ed Cordier im Krankenhaus für mich einspringen konnte und diese Reise überhaupt möglich war.« Mama, in ihre medizinische Zeitschrift vertieft, hatte gesagt, Birdie solle selbst ein Buch lesen, ihre Nancy-Drew-Detektivgeschichte. Aber auch von Nancy Drew hatte Birdie die Nase voll. Wozu sollte es gut sein, Ferien in einem Hotel zu machen, das wie ein Schloss aussah – ein Château –, wenn es dort keine anderen Mädchen in ihrem Alter gab? Sie wünschte, sie wären zu Hause in New York. Doch das würde noch einen ganzen Tag dauern.

Zumindest war es beinahe an der Zeit, in den Speisewagen zu gehen, zum Essen. Sie liebte den Speisewagen. Pa auch. Jedes Mal, wenn sie in einem Restaurant waren, setzte sich Pa neben sie an den Tisch und Mama gegenüber. Das tat er im Speisewagen ebenfalls. Sie liebte Pa. Er war wunderbar und stattlich und der beste Vater auf der ganzen Welt, und sie war fest entschlossen, so zu werden wie er. Natürlich würde ihr kein Schnurrbart wachsen. »*Hoffe* ich wenigstens!«, sagte

Pa und tat so, als könnte das durchaus geschehen. Aber sie wollte sein wie er, wenn sie gross war, witzig und immer zum Spaßen aufgelegt. In letzter Zeit war Pa oft müde. Manchmal schlief er mitten in einem Cribbage-Spiel ein. Doch sie liebte ihn trotzdem, genau wie früher.

Pa zog seine goldene Uhr aus der Westentasche und meinte: »Ach, sieh mal an. Birdies Lieblingstageszeit. Essenszeit.« Pa scherzte immer mit ihr.

Sie erhoben sich alle und gingen in den Speisewagen. Der Oberkellner verbeugte sich vor ihnen und sagte: »Guten Abend, Dr. Becker ... und Dr. Becker ... und Miss Becker.« Birdie genoss es, angekündigt zu werden. Er führte sie zu ihrem Lieblingstisch auf der Flussseite des Zuges.

Der Kellner reichte jedem von ihnen eine der schweren, wunderschön gedruckten Speisekarten. »Das Essen im Zug ist nicht so üppig wie im Fond du Lac, aber wirklich recht gut, findest du nicht, Birdie?« Pa behandelte sie stets, als wäre sie, nun ja, nicht ganz, aber doch so gut wie erwachsen. Mama und Addie liebten sie, hielten sie aber noch für ein bloßes Kind. Sie war beinahe elf, eine junge Dame, fand Birdie. Pa fand das auch, das merkte sie.

»Eigentlich ziehe ich Mulligans Küche vor«, erwiderte Birdie, seinen Tonfall imitierend, sodass ihre Eltern beide lachten. »Sie ist so gut für mich.« Mulligan häufte Birdie immer den Teller voll mit Sachen, die ihrer Meinung nach »gut für das Kind« waren – grässliche Sachen manchmal, etwas Leber, igitt.

»Wie hat dir eigentlich«, fragte Pa, sie nun seinerseits ein wenig nachmachend, »das Hotel Fond du Lac gefallen? Hast du dich amüsiert?«

»Es ist schwierig, sich zu amüsieren, Pa, wenn da keine Leute in meinem Alter sind.«

»Birdie, wie undankbar! Bist du nicht Schlittschuh gelaufen und hast Schlittenfahrten gemacht und uns zu allen Tanztees begleitet?« Mama warf ihr einen Blick zu. »Wenn du ständig so ein finsteres Gesicht ziehst, friert es vielleicht noch mal an dir fest, und dann siehst du immer so aus. Das würde dir bestimmt nicht gefallen.«

»Ach, Mama! So was glauben doch nur Babys.«

Pa gähnte und entschuldigte sich, indem er sagte: »Oh, wie sich unser fortgeschrittenes Alter wieder bemerkbar macht! Da kommt endlich das Essen«, fügte er hinzu. Der dunkelhäutige Kellner kam auf sie zugeschaukelt. Birdie beobachtete ihn zu gern; es kam ihr wie ein Wunder vor, dass die Kellner nie etwas verschütteten oder fallen ließen, obgleich der Zug dauernd ein bisschen zur einen oder anderen Seite zu ruckeln schien. Mit Schwung setzte er ein mit einer Silberhaube abgedecktes Gericht vor Birdie ab. Nachdem er Mama und Pa bedient hatte, entfernte er die Haube, und da war das Essen, dampfend heiß. Sie hatten alle Beef Wellington und eine Flasche Rotwein bestellt; allerdings war Birdie nur ein Schlückchen Wein in einem Glas Wasser gestattet.

»Soll ich das Fleisch für dich schneiden, mein Schatz?«, fragte Pa, und sie nickte. Sie schaute zu, wie er das Fleisch und die Kruste säuberlich in Stücke schnitt – und er witzelte immer darüber, wie nützlich seine Erfahrung als Chirurg am Essenstisch sei. Er sah so gut aus, viel besser als die Väter ihrer Schulfreundinnen. Was machte es da schon, dass er wesentlich älter war? Hatte er ihr nicht erklärt, dass Männer und Frauen wie guter Wein mit den Jahren nur noch besser würden? Sie wusste, wie alt er war, und das war *wirklich* alt. Neunundvierzig. Fast fünfzig also, und fünfzig Jahre waren ein halbes Jahrhundert. Aber sein Haar und sein Schnurrbart waren nicht grau, sondern hellblond, und er war nicht im Mindesten kahl wie der Vater ihrer Freundin Jeanette. Er war schlank und wirkte in seinem Tweedanzug sehr elegant, fand sie. Mama sah ebenfalls gut aus; »eine prachtvolle Erscheinung« hatte Jeanettes Vater sie genannt. Ihr Gesicht war nicht faltig oder so, und sie hatte lediglich eine weiße Strähne im Haar. »Das ist das Stinktier in mir«, scherzte sie. Birdie hasste diesen Scherz.

Mama hatte sich kürzlich einen Pagenkopf schneiden lassen, der sehr modern wirkte. Heute trug sie ein rotes Kleid mit dem Hüftgürtel. Es hatte die neue, kurze Länge, und Mama meinte, es sei aber auch Zeit, dass die Frauen von den Unterröcken, langen Röcken und Korsetts erlöst wurden, die sie daran hinderten, schnell auszuschreiten. Außerdem trug sie einen dazu passenden glockigen Hut und die Brillantohrstecker, die Pa ihr geschenkt hatte. Sie war wirklich wunderschön; das erkannte Birdie auch daran, dass andere Passagiere sich umdrehten und sie anstarrten. Die Mädchen in der Schule meinten, Mama sehe aus wie ein Vamp, worauf Birdie ihnen antwortete, ihre Mutter sei kein Vamp, sondern Ärztin.

Pa reichte ihr ihren Teller, und Birdie sagte: »Oh, Pa, es ist perfekt geschnitten.«

»Tut dein Pa überhaupt irgendwas auf der Welt, das nicht perfekt ist?«, neckte Mama.

»Nein!«

»Und deinem Pa gefällt es, dass du Daddys kleines Mädchen bist, mein Schatz«, sagte er. »Du weißt, deine Mutter hat mich so lange warten lassen, bevor sie mich heiratete, dass ich nie damit gerechnet habe, Vater zu werden.« Er umarmte und drückte sie, und sie kuschelte sich glücklich an ihn.

Mama schnitt sich selbst ein Stück Fleisch ab. »Ich bin auch viel lieber mit meinem Vater zum Fallenstellen und Fischen losgezogen, als bei meiner Mam zu Hause zu bleiben. Ich bin überall mit ihm hingegangen, wenn ich konnte. Und trotzdem, hier bin ich nun, eine Ärztin – Heilerin und Hebamme, genau wie meine eigene Mutter. Also schätze ich, du bist verdammt, Birdie, verdammt zu einer Zukunft in der Medizin.«

»Das stimmt, Mama. Weil Pa Arzt ist.« Ihre Mutter lachte, aber Birdie dachte, sie hätte sie womöglich verletzt. »Und du auch«, fügte sie hinzu. »Ebenso wie alle Frauen in deiner Familie, seit Ewigkeiten. Erzähl mir, wie deine Mutter dir das Heilen beigebracht hat.« Sie liebte diese Geschichten aus alten Tagen und konnte ihre Mutter nicht oft dazu bewegen, sie zu erzählen.

»Ach, Birdie, das hast du doch schon alles gehört. Aber warte mal –« Sie grub in ihrer Handtasche, die rot war und einen glitzernden Knipsverschluss hatte, und zog etwas hervor, das sie auf ihre Handfläche legte. Es war ein blasslila Anhänger, länglich wie ein Röhrchen. »Das ist mein Amulett. Ich habe es immer bei mir. Früher habe ich es an einer Schnur um den Hals getragen. Es symbolisiert die Kraft zu heilen, mit der so viele Frauen in meiner Familie geboren werden. Es ist ein Wampum, indianisches Geld, das mit der Hand aus einer Muschelschale, wahrscheinlich von einer essbaren Muschel, geformt wurde. Siehst du? Es ist nicht flach; es ist ein Zylinder. Jemand hat ein magisches Zeichen hineingeritzt; also wurde es nicht als Zahlungsmittel benutzt. Meine Mutter hat mir dieses Amulett gegeben, als ich zwölf wurde und ein junge Frau geworden war.« Mama starrte in die Ferne. »Ich entsinne mich, wie ich damals in der Nacht der Frühlingstagundnachtgleiche nackt im Garten herumgelaufen bin. Der nackte weibliche Körper, so sagte mir meine Mutter, symbolisiere die Fruchtbarkeit der Natur und garantiere uns eine gute Ernte.«

»Oh Mama!« Birdie schaute sich um und hoffte, dass niemand gehört hatte, wie ihre Mutter übers Nacktsein redete. Mama war zuzutrauen, dass sie über alles sprach, und das vor allen Leuten. Das war manchmal furchtbar peinlich.

Ihre Mutter wusste, was ihr zu schaffen machte, und lachte. »Als ich ein Mädchen war, galt es als ganz natürlich, bei bestimmten Zeremonien nackt zu sein. Schließlich kommen wir auch nackt auf die Welt.« Mama betrachtete den Anhänger in ihrer Hand und sagte: »Meine Mutter hat mir erzählt, dass dieses Amulett früher Bird gehörte, meiner Urururuoma.«

»Bird. Das ist ja wie mein Name.« Sie freute sich, dass jemand aus so ferner Vergangenheit hieß wie sie.

»Ich habe dich nach ihr benannt, weil es dir Glück bringen sollte. Erinnerst du dich nicht, dass ich dir das erzählt habe? Naja, du warst damals noch ganz winzig. Die erste Bird war Ärztin, Heilerin. Eine große Heilerin, eine *moigu*.« Das Wort hörte sich so komisch an, dass Birdie kicherte. Ihre Mutter setze ihre Doktormiene auf, die ziemlich streng war. »Es ist ein Algonkin-Ausdruck, Birdie, ein indianischer Ausdruck.« Jetzt lächelte Mama und ihre Augen lächelten auch. »Er bedeutet Hexe«, flüsterte sie.

»Oooh, eine Hexe, wie aufregend! War sie das, Mama? Eine Hexe? Wirklich?«

»Also, Morgan«, sagte Pa. »Du kennst doch Birdies Phantasie. Sie war keine richtige Hexe, mein Schatz, eher eine Medizinfrau«, fügte er, zu Birdie gewandt, hinzu. »Sie hat Menschen geheilt.« Mama überließ ihr das Amulett für eine Minute und wollte es dann wiederhaben. »Ich habe es die ganze Zeit in der Hand gehalten, als ich grippekrank war. Als es mir besser ging und ich wieder richtig bei Sinnen war, habe ich es sofort in dein Bett gelegt, unter dein Kopfkissen, Birdie. Um die bösen Geister fern zu halten.«

»Du meinst, dieser kleine Anhänger hat mich vor der Grippe beschützt?« Birdie prüfte Pas Gesichtsausdruck und erkannte daran, dass er die Geschichte nicht so ganz glaubte. Na ja, dann würde sie sie auch nicht glauben. »Ach, Mama, das alte Ding kann doch nicht zaubern. Außerdem gibt es in Wirklichkeit keine Zauberei, nur im Märchen.«

»Tatsächlich? Und wenn ich dir nun erzähle, dass ich es Pa unters Kopfkissen gelegt habe, als er drei Tage und Nächte schlief und uns solche Angst gemacht hat? Was hat Pa denn da beschützt?«

»Die Wissenschaft«, sagte Birdie, überzeugt, dass das eine sehr gute Antwort war.

»Na, du bist wirklich Daddys Tochter«, meinte Mama, aber sie lächelte. »Ich weiß, dass sie euch in der Schule, im Geschichtsunterricht, beibringen, dass die Indianer Wilde waren und es verdienten, ausgelöscht zu werden. Doch sie irren sich. Die indianischen Völker waren sehr sauber und gesund und wussten, wie man Krankheiten behandelt. Die englischen Siedler, das waren diejenigen, die Hilfe brauchten. Sie kamen zu den Indianern und wollten von ihnen lernen.«

Mama schaute einen Moment lang in die Ferne. Sie sah irgendwie traurig aus. »Birdie, manchmal benutzen die Leute das Wort Squaw als Beleidigung. Aber im Stamm meiner Großmutter waren die Frauen den Männern gleichgestellt und konnten allseits respektierte Heilerinnen werden. Es war nicht so, wie es heute ist, wo wir angeblich so modern und fortschrittlich sind – und ich trotzdem solche Schwierigkeiten habe, in einem Krankenhaus zu praktizieren.« Ihr Gesicht hatte sich rosa gefärbt.

»Warum, Mama?« Birdie wusste vage, dass Mama mit einigen Ärzten im Streit lag, und dass die Ärzte immer gewannen.

»Weil Männer nicht glauben wollen, dass eine Frau ein ebenso guter Doktor sein kann wie ein Mann. Viele Männer – Pa gehört natürlich nicht dazu – sind der Meinung, Frauen seien nicht so intelligent wie Männer. Oder sie seien nicht so viel wert wie Männer. Bis vor ein paar Monaten durfte ich nicht mal den Präsidenten der Vereinigten Staaten wählen. In all den Jahren, seit dieses Land gegründet wurde, galten Frauen, obwohl sie Seite an Seite mit ihren Männern arbeiteten und kämpften – und auch hungerten und starben! –, als zu minderwertig, um das Wahlrecht zu haben. Sogar jetzt kann eine Frau noch nicht –«

»Morgan, Liebes«, murmelte Pa, »dies ist vielleicht weder die Zeit noch der Ort für politische Polemik.« Er versuchte, ein Lächeln zu verbergen.

»Wage es ja nicht, dich über mich lustig zu machen, Alex

Becker«, sagte Mama. Pa langte über den Tisch, um nach ihrer Hand zu greifen. Igitt, dachte Birdie entsetzt, nun fangen sie wieder mit dem Geturtel an.

»Darf ich zurück auf meinen Platz gehen und spielen?«

Als Birdie bei ihrem Platz war, sah sie gegenüber ein kleines Mädchen, das neben seiner Mutter saß und mürrisch dreinblickte. »Langweilst du dich auch?«, fragte sie, und das andere Mädchen schaute auf und grinste. »Und ob!«, sagte sie. »Hast du eine Puppe mit?« Natürlich hatte Birdie das – obgleich sie eigentlich langsam zu alt für Puppen wurde, fand sie –, und sie kamen überein, Krankenhaus zu spielen.

Das andere Mädchen, Ida, kam aus Schenectady – ein komischer Name für eine Stadt. Von New York City hatte sie schon gehört, aber dorthin würde man sie erst mitnehmen, wenn sie sechzehn wäre, wegen all der Schlechtigkeit, die es da gab.

»Also«, meinte Birdie, »ich wohne da … in Brooklyn, aber das ist praktisch dasselbe … und ich habe noch nie irgendwelche Schlechtigkeit gesehen.«

Als sie Idas Mutter fragten, war sie einverstanden, dass Ida mit Birdie spielte. »Wo sind denn deine Eltern?«

»Im Speisewagen, bei Nachtisch und Wein.«

»Ich hoffe, sie kommen bald zurück.«

Darauf sagte Birdie das, was die Leute immer freundlicher stimmte: »Meine Mutter und mein Vater sind beides Ärzte.«

»Ärzte! Beide! Wie ungewöhnlich!« Birdie merkte genau, dass Idas Mutter sie jetzt für die passende Spielgefährtin ihrer Tochter hielt. Also holten sie ihre Puppen hervor – beide hatten eine mit flachsblonden Zöpfen und großen blauen Augen –, setzten sich auf ihren Platz und taten so, als ob sie mitten in einer Grippeepidemie wären. Die Puppen waren so schrecklich krank, und es war Aufgabe der Mädchen, sie zu retten.

Als Pa und Mama zurückkehrten, setzten sie sich ebenfalls

und beobachteten das Spiel eine Weile. Dann baten sie darum, Ida vorgestellt zu werden, und beugten sich vor, um Idas Mutter Guten Tag zu sagen.

»Sagt mal, Mädchen«, meinte Mama mit hochgezogenen Augenbrauen. »Seid ihr beide *Krankenschwestern*?«

»Ja, Mama, na klar!«

»Ärzte sind Männer«, erläuterte Ida.

»Ich bin eine Frau und ich bin Ärztin.«

Birdie und Ida starrten sie an. »Das weiß ich, Mama. Aber Ärzte sind Männer und Frauen sind Krankenschwestern.«

»Wenn du meinst.« Birdie sah, dass ihre Eltern einen Blick wechselten. Doch sie und Ida waren zu vertieft in ihre Epidemie; rechts und links starben die Patienten und sie hatten keine Zeit für müßiges Geschwätz. Birdie erinnerte sich gut an die Grippe, obwohl sie schon eine ganze Weile zurücklag und sie damals erst acht war. Vier Kinder in ihrer Klasse am Packer Collegiate Institute waren daran gestorben. Bei etlichen ihrer Freundinnen waren es Vater oder Mutter oder ein Großelternteil, die daran starben. Ida hatte ihre Großmutter auch verloren. Sie spielten eine ganze Weile, die Köpfe eng zusammengesteckt, dann meinte Ida, sie habe Durst. Also zogen sie los zum Trinkwasserbrunnen. Das war eines der lustigen Dinge beim Zugfahren, auf den Knopf zu drücken und den kleinen, spitz zulaufenden Becher unter den Wasserstrahl zu halten, wenn es auch ein bisschen schwer fiel, nichts zu verschütten, weil der Zug so ruckelte. Birdie füllte einen Pappbecher, nahm einen Schluck und gab ihn dann Ida. Kichernd reichten sie ihn hin und her. Es war ein nettes Spielchen und sie vergossen nicht einen Tropfen.

Auf dem Rückweg vom Trinkwasserbrunnen teilte Ida Birdie unter dem Siegel der Verschwiegenheit mit, dass sie sich nicht besonders wohl fühle. Sie hatte einen steifen Hals und ihr war ziemlich heiß.

»Du siehst wirklich rot aus«, verkündete Birdie. »Vielleicht hast du Fieber. Vielleicht solltest du es deiner Mama erzählen.«

»Oh nein, bitte sag nichts. Ich lege mich einfach hin; ich bin müde. Aber ich will nicht, dass meine Mutter was erfährt. Sie hat immer solche Angst vor Krankheiten, und ich will nicht, dass sie sich Sorgen macht.«

»In Ordnung, ich verrate nichts, auch nicht meinen Eltern.«

»Wir sind sowieso bald in Schenectady. Ich erkenne die Häuser schon. Es hat Spaß gemacht, mit dir zu spielen. Mach's gut, Birdie.«

»Wiedersehen, Ida. Hoffentlich –«, sie senkte die Stimme zu einem Flüstern, »– geht es dir bald besser« Und sie verabschiedeten sich, beide kichernd.

Ungefähr eine Woche später bekam Birdie überall rote Flecken und durfte nicht zur Schule gehen. Sie hatte die Masern. Alle anderen in ihrer Klasse hatten sie schon gehabt, deshalb freute sie sich darüber.

»Ich bin gar nicht sicher, ob ich dich gesund pflegen sollte, Birdie. Indianer hatten solche Krankheiten nicht, musst du wissen, von Masern oder Pocken oder Diphtherie haben sie noch nicht mal was gehört«, scherzte Mama. Dann erzählte sie ihr, sie habe zwar Indianerblut in sich, sei aber in Connecticut mit Kindern zur Schule gegangen, die Masern und Keuchhusten und Windpocken kriegten, und habe das alles auch gehabt. »Ich werde immer für dich da sein, mein Sonnenschein.« Birdie hatte es gern, wenn Mama sie Sonnenschein nannte – wegen ihrer rotblonden Haare. Mama meinte, rotes Haar liege in ihrer Familie.

Ein paar Tage darauf bekam Pa schrecklich hohes Fieber. Er hatte ebenfalls die Masern. »Mein Gott«, sagte er, »wie peinlich, ein Mann in meinem Alter mit einer Kinderkrankheit. Ich kann gar nicht glauben, dass ich davon als Kind verschont geblieben bin. Wahrscheinlich billigte meine Mutter die Masern nicht, sodass sie sich nicht in unsere Wohnung trauten.« Er lachte, meinte aber, er bekomme davon Kopfschmerzen, und die Augen täten ihm weh.

Pa musste bei heruntergelassenen Jalousien im Bett liegen, weil Mama fürchtete, er könne erblinden. Er hatte sehr hohes Fieber. Mama war furchtbar besorgt und nahm ihre Mahlzeiten bei ihm in ihrem gemeinsamen Zimmer ein. Birdie sollte ein braves Mädchen sein, in ihrem Zimmer bleiben und leise spielen und ihre Schularbeiten machen. Aber sie lauschte jedem Gespräch. Einmal hörte sie, wie Mama zu Addie sagte, Pa sei in letzter Zeit immer so schnell erschöpft gewesen. »Und als ich ihm geraten habe, Lebertran zu schlucken und viel Leber zu essen, um sein Blut zu kräftigen, hat er mich bloß ausgelacht. Und jetzt hat er Lungenentzündung.«

»Seit der Epidemie ist er nicht mehr der alte. Die hat ihn wirklich zermürbt«, stimmte Addie zu.

Dieses Gerede machte Birdie Angst. Sie mochte es nicht hören und ging auf Zehenspitzen zu Pa ins Zimmer und an sein Bett. Er schien zu schlafen, doch sobald sie neben ihm war, öffnete er die Augen und schenkte ihr ein schwaches Lächeln. »Hallo, mein Liebling«, sagte er mit ganz dünner Stimme, die ihr ebenfalls Angst machte.

»Pa, es geht dir doch bald wieder besser, oder?«

»Natürlich, mein Schatz. Natürlich. Aber im Moment … schlafen …« Und seine Augen schlossen sich erneut. Blinzelnd drängte Birdie ihre brennenden Tränen zurück und lief mit rasch pochendem Herzen aus dem Zimmer.

In der nächsten Nacht starb er. Sie hörte Mama weinen und kam angelaufen. Pa sah aus, als schliefe er, aber Mama sagte: »Er ist von uns gegangen, Birdie!« Sie umarmte Birdie ganz fest, doch Birdie riss sich los und rannte den Flur entlang in ihr Zimmer. Sie konnte nicht Pa meinen, Pa war Arzt. Ärzte starben nicht. Ärzte machten Menschen gesund. Sie wartete, bis der Doktor vom Bellevue gegangen war. Als er die Treppe hinunterstieg, leise mit ihrer Mutter flüsternd, lief sie zu Pas Zimmer, nur um sich zu vergewissern. Die Tür war abgeschlossen. Da wusste sie, dass es stimmte.

Sie stürzte die Treppe hinab, ohne sich darum zu scheren, dass sie eigentlich schlafen sollte, ohne sich darum zu scheren, dass sie nicht im Nachthemd herumlaufen sollte. »Warum ist Pas Tür abgeschlossen? Warum hast du seine Tür abgeschlossen? Er kann nicht tot sein! Er ist Arzt!« Sie schluchzte so heftig, dass sie kaum sprechen konnte. Als sie in den vorderen Salon rannte, sah sie ihre Mutter mit gesenktem Kopf weinend dastehen, Addies Arm um ihre Schulter gelegt. Birdie hatte gar nicht so schreien wollen, aber sie musste laut gerufen haben, weil beide zusammenfuhren und sie anstarrten, als wäre sie ein Gespenst.

Mama streckte die Arme aus. »Oh Birdie, mein allerliebstes Kind, komm zu Mama.« Es konnte nicht wahr sein, doch es war wahr. Pa war tot, kein Pa mehr, niemals, nie wieder! Nein! Sie lief nicht zu ihrer Mutter. Sie blieb mitten im Salon stehen, die Hände zu Fäusten geballt, und schrie und schrie und schrie.

Birdie saß zwischen Addie und ihrer Mutter auf dem Rücksitz der schwarzen Kutsche. Sie umklammerte Addies Hand. Sie war sehr böse auf ihre Mutter, obgleich sie nicht hätte sagen können, warum. Sie wollte nicht, dass ihre Mutter sie berührte. Sie konnte nicht aufhören zu weinen, und später erinnerte sie sich an nichts von der Trauerfeier außer der schneidenden Kälte auf dem Friedhof und dem schrecklichen Geräusch der Erdklumpen, die auf den Sarg geworfen wurden. Wumm. Wumm. Wumm. Es war ein Geräusch, das sie nie vergessen würde.

Auf dem Rückweg schloss sie, eingelullt von dem langsamen Klipp-Klapp der Pferdehufe, die Augen. Addie und Mama unterhielten sich leise und gedämpft.

»Die Masern! Wie konnte mir eine so alberne Krankheit meinen Alex nehmen?«

»Morgan, Morgan, beruhige dich. Du weißt, dass er nicht an den Masern gestorben ist. Du hast selbst gesagt, dass er seit 1918 nicht mehr derselbe war. Und das stimmt auch. Er ist damals rapide gealtert und immer schnell müde geworden.«

»Eine Kinderkrankheit!«

»Nein, Morgan. Sein Körper war so geschwächt, dass er nicht mehr dagegen ankämpfen konnte.«

»Die Masern! Die haben mein Volk umgebracht, dezimiert. Und jetzt meinen Ehemann!« Ihre Mutter begann zu schluchzen, laute, abgehackte, würgende Geräusche von sich zu geben.

Birdie ließ sich tiefer in die Sitzkissen sinken, wollte verschwinden, einschlafen und beim Aufwachen feststellen, dass alles nur ein böser Traum war. Sie hatte die Krankheit an Pa weitergegeben, eine Krankheit, die ihn tötete. Es war alles ihre Schuld. Sie hatte sich im Zug bei Ida angesteckt und Pa sich bei ihr. Von ihr hatte er die Masern und war daran gestorben. Es war alles ihre Schuld, nur ihre Schuld.

Addie mochte sagen, sie seien nicht die Todesursache gewesen, aber Birdie wusste es besser. Bis zum Ende ihrer Tage würde sie mit dem Wissen leben müssen, dass sie ihren Vater mit den Masern angesteckt und die Krankheit ihn getötet hatte. Sie hatte ihren eigenen Vater umgebracht.

24

November 1921

Morgan guckte in den Spiegel ihrer Frisierkommode. Meistens warf sie einen Blick in den Flurspiegel, wenn sie ausgehfertig war – angeblich, um den Sitz ihrer Haare, ihres Kleides zu überprüfen –, doch eigentlich sah sie gar nichts. Seit Alex'

Tod hatte sie in Wirklichkeit nur in sich hineingeschaut, auf ihren Kummer. Heute Abend bemerkte sie plötzlich ihr Gesicht, und ihr fielen die Ringe unter den Augen, die strengen Falten um ihren Mund auf. Was sie im Spiegel sah, war ihre Mutter. Sie war eine alte Frau geworden! Na ja, vielleicht nicht alt, noch nicht. Aber auf dem besten Wege dazu. Und das schlaffe Fleisch unter ihrem Kinn! Zu ihrer eigenen Überraschung gefiel ihr das gar nicht. Sie fing an, in der Schublade der Frisierkommode herumzukramen auf der Suche … wonach? Rouge? Lippenstift? Ja, tatsächlich. Sie hielt nach etwas Ausschau, mit dem sie sich verschönern konnte. Sie wollte nicht wie ein altes Weib aussehen, das mit dreiundfünfzig mit dem Leben abgeschlossen hatte.

Sich im Spiegel beäugend, dachte sie: *Aha, es macht dir also wieder etwas aus, wie du aussiehst*. Das war vermutlich gut so. Zum ersten Mal seit langer Zeit fragte sie sich, ob ein beliebiger Fremder sie wohl für eine hübsche Frau halten würde. Das Problem war nur, dass es niemanden gab, der ihr antwortete.

Birdie kam in ihr Zimmer – ohne anzuklopfen, wie gewöhnlich; es gab Manieren, die dem Mädchen einfach nicht beizubringen waren – und begann sofort, sich zu beklagen.

»Mutter, du gehst schon *wieder* weg?« Sie warf sich in Morgans Boudoirsessel und seufzte tief.

Morgan verkniff sich ein Lächeln. Was für eine kleine Schauspielerin ihre Tochter war! Woher sie das wohl hatte? Womöglich von Max, der ganz sicher an jedem Tag seines Ehelebens Theater gespielt hatte. Schließlich war er Birdies Großvater. Morgan hoffte nur, dass das Kind nicht seine Libido geerbt hatte. Libido, was für ein vornehmes Wort für den alten Wüstling. Sie vermied es sorgsam, an Becky zu denken, die auch eine sehr gute Schauspielerin gewesen war. Morgan versuchte, überhaupt nicht an Becky zu denken, weil Birdie ihr zum Erschrecken ähnlich sah. Sie war zierlich gebaut und hatte porzellanweiße Haut, grüne Augen und eine phantastische, kupferfarbene, dichte Mähne. Genau wie Becky. Aber sie war nicht genau wie Becky. Das durfte nicht sein. Das wäre eine Strafe, die weit über alles hinausging, was sie verdienten. Morgan hielt inne und fühlte sich ertappt: Strafe? Strafe wofür? Sie dachte ja schon wie eine Christin. Oder eine Jüdin.

»Ich gehe aus, wie ich bereits gestern erwähnte, weil die öffentliche Versammlung zum Thema Geburtenkontrolle, die letzten Sonntag verhindert wurde, heute Abend stattfindet. Ich bin fest entschlossen, Margaret Sanger sprechen zu hören. Du kennst ja deine Tante Addie und mich. Uns können *noch* so viele dumme Polizisten nicht aufhalten.« Sie fischte in der Schublade herum und brachte schließlich einen Lippenstift zum Vorschein, den sie auftrug. Das leuchtende Scharlachrot auf ihrem Mund erschien ihr sehr auffallend. »Hoffentlich kommen wir rein. Das letzte Mal hatten wir sogar Sitzplätze.«

Am vorigen Sonntag hatten sich Morgan und Addie durch die Meute gedrängt, sich »Verzeihung!« und »Entschuldigen Sie!« rufend einen Weg zwischen den anderen Frauen hindurch gebahnt. Sie konnten sich kaum rühren inmitten der Tausenden von potenziellen Zuhörerinnen, die die Straße vor dem Rathaus bevölkerten. Sobald sie drinnen waren, entdeckten sie in der letzten Reihe die beiden offenbar letzten Plätze und setzten sich, ein wenig außer Atem und voller Erwartung. Obgleich es schon spät war, zeigte sich noch niemand auf dem Podium. Als sie sich umschauten, sahen sie, dass der Saal ringsum von Polizisten umstellt war. Keiner schien zu wissen, was los war.

Diese Großveranstaltung zum Thema »Geburtenkontrolle: Ist sie moralisch?« sollte der stolze Höhepunkt der ersten Konferenz der Amerikanischen Liga für Geburtenkontrolle sein. Wo war Mrs Sanger? Sie warteten und warteten, doch

Margaret Sanger tauchte nicht auf. Und die Polizisten liefen herum und sagten den Leuten, heute Abend finde keine Versammlung statt. Was war geschehen?

Eine Frau kam atemlos herein und fragte Addie: »Kann ich mich noch dazwischenquetschen? Oh, ich fasse es nicht, was da passiert ist.« Voller Abscheu und zugleich hochgestimmt informierte sie die beiden darüber, was sich ereignet hatte.

Als Margaret Sanger vor dem Theater eingetroffen war, hatten ihr an der Tür zwei stämmige Polizisten den Weg versperrt. »Die Versammlung heute Abend findet nicht statt«, teilten sie ihr mit.

»Auf wessen Befehl?«, fragte Mrs Sanger. »Wir sind die Redner. Mr Harold Cox ist extra aus England angereist, und Sie kennen ja wohl Mary Shaw, die berühmte Broadway – Schauspielerin. Und ich bin Margaret Sanger.«

»Ja, Ma'am, wir wissen, wer Sie sind.«

»Wer hat Ihnen diese Anweisungen gegeben?«

»Können wir Ihnen nicht sagen, Ma'am.«

»Also ist sie über die Straße marschiert und hat bei der Polizeizentrale angerufen«, berichtete ihnen ihre neue Freundin. »Dort sagte man ihr jedoch, die Zentrale habe derartige Anweisungen nicht erteilt, und es tue ihnen Leid, aber der Polizeipräsident sei nicht zu erreichen.

Na, da war sie erst mal mit ihrem Latein am Ende, das kann ich Ihnen sagen. Aber sie ist gewitzt, diese Mrs Sanger. Ich habe gesehen, wie sie nach einer Möglichkeit Ausschau hielt, hereinzukommen. Ich selbst bin schnell reingeflitzt, als ein Polizist sich umdrehte, und durch die – ah, da ist sie ja! Was habe ich Ihnen gesagt? Die lässt sich nicht unterkriegen!«

Ja, da war sie, winzig klein und schmuck anzuschauen, dabei aber mit ihrem geraden Rücken und hoch erhobenen Kopf Stärke ausstrahlend, und drängte sich durch die Menschenmasse zum Fuß des Podiums. Was war sie für eine attraktive Frau mit ihrem herzförmigen Gesicht und der Wolke rotbrauner Haare! Ein Begrüßungsgebrüll erhob sich aus der Menge. Als sie das Podium erreicht hatte, stellte sich ein Polizist mit gekreuzten Armen wie eine menschliche Mauer vor die Treppe und versperrte ihr den Weg. Plötzlich kam ein Mann aus dem Publikum angerannt, packte Mrs Sanger und hob sie auf die Bühne. Es passierte so schnell, dass der Polizist nichts ausrichten konnte. Dann sprang der Mann zu ihr hinauf und schrie aus vollem Halse: »Hier ist sie! Hier ist Mrs Sanger!«

Viele Zuhörer, die nicht mitbekommen hatten, was geschehen war, und des Wartens überdrüssig waren, hatten bereits angefangen, sich aus dem Saal zu drängen. Beim Klang ihres Namens drehten sie sich jedoch um, und Mrs Sanger rief: »Warten Sie! Gehen Sie nicht fort! Wir werden diese Veranstaltung abhalten.« Nun, *daraufhin* toste der Beifall wie ein Gewitter. Morgan fand sich stehend wieder, Addie gleich neben sich, und beide klatschten und riefen aus vollem Halse Hurra. Die Leute begannen, wieder hereinzuströmen und wollten zurück auf ihre Plätze; ihnen folgten alle, die sich von der Straße irgendwie noch hatten einen Weg in den Saal bahnen können. Es war das reinste Chaos, aber ein freudig erregtes Chaos. Addie sah aus, als hätte sie soeben einen Blick in den Himmel geworfen. Sie vergötterte Mrs Sanger.

Oben auf dem Podium versuchte Mrs Sanger in ihrer Ansprache fortzufahren. »Meine Damen und Herren. Sie haben alles gesehen –« Da sprangen zwei Beamte in Uniform auf das Podium, nahmen sie in ihre Mitte und befahlen ihr aufzuhören. Das Publikum zischte und buhte, und aus verschiedenen Teilen des Saals erklang der Ruf: »Wo ist Ihr Haftbefehl? Wessen wird sie angeklagt?«

An diesem Punkt kam Harold Cox, ein ehemaliges Mitglied des britischen Parlaments und ein großer Befürworter der Geburtenkontrolle, der hier sprechen sollte, vorn auf die Bühne und bedeutete den Zuhörern, ruhig zu sein. Dann sagte er: »Ich bin quer über den Atlantik gereist –« Doch plötzlich wurde er von einem Polizisten zu seinem Sitz auf dem Podium zurückgezerrt. Viele der vorgesehenen Redner erhoben sich von ihren Stühlen auf dem Podium und versuchten zu sprechen. Jedem wurde mittendrin das Wort von der Polizei abgeschnitten, während das Publikum protestierend brüllte und johlte.

Ein zweites Polizeikommando drang durch die Hintertür ein, und der Captain befahl den Beamten auf der Bühne, Margaret Sanger festzunehmen. Alle, die dagegen protestierten, sollten ebenfalls verhaftet werden. Es war unglaublich. Hier, in den Vereinigten Staaten von Amerika! Morgan, Addie und die dritte Frau starrten einander an und fragten: »Was hat sie denn verbrochen? Es ist doch kein Gesetz übertreten worden.«

Das Publikum tobte, und irgendjemand fing an, »My county 'tis of thee« zu singen. Alle fielen ein und sangen lauthals, während die Polizisten Mrs Sanger und die übrigen Redner nach draußen trieben. Die immer noch singende Menschenmenge folgte und versammelte sich um den Streifenwagen. Mrs Sanger weigerte sich einzusteigen und meinte, sie würde zu Fuß zum Revier gehen.

Wieder folgten ihr alle ... Tausende von singenden, buhenden, zischenden, der Polizei Beleidigungen zurufenden Menschen.

»Oh, das war ein Anblick«, sagte Morgan, »dieser Marsch zum Polizeirevier. Und weißt du was, der Richter musste sie laufen lassen. Sie konnten sie nicht verhaften, weil sie nichts Illegales getan hatte. In diesem Land, Birdie, haben wir das Recht, unsere freie Meinung zu äußern.«

»Wieso war dann die Polizei da? Wer hat sie geschickt?«

»Die katholische Kirche. Nein, stimmt nicht. Es ist nicht die gesamte Kirche. Es ist ein Mann, Erzbischof Patrick J. Hayes.« Ihre Stimme klang gehässig. »Er will nicht, dass die Frauen in seiner Diözese etwas über Geburtenkontrolle erfahren. Vielleicht hat er als ihr religiöses Oberhaupt ja ein Recht dazu. Aber uns alle daran hindern, uns anzuhören, was Mrs Sanger zu sagen hat – das ist nicht recht!!!«

Morgan studierte ihr Spiegelbild. Nicht schlecht. Das Erzählen hatte ihre Wangen rosig gefärbt. »Warum kommst du heute Abend nicht mit uns, Schatz? Wir gehen ins Park Hotel am Columbus Circle. Du kannst miterleben, wie Geschichte gemacht wird. Hättest du nicht Lust dazu?«

»Igitt!«, sagte Birdie. »Vorträge? Politik? Langweilig!«

Morgan hatte nichts anderes erwartet. Sie wusste, dass Birdies zwei Hauptinteressen im Moment ihr eigenes Spiegelbild und der Schauspielklub am Packer Collegiate Institute waren. Wieso sie ihre Zeit damit verschwendete, auf einer Bühne zu posieren, wenn sie etwas über wichtige aktuelle Themen erfahren konnte, war Morgan schleierhaft. Aber schließlich war sie noch nicht mal zwölf Jahre alt. Lass ihr Zeit, sagte sich Morgan, während sie einen weiteren Blick in den Spiegel warf.

Puder und Rouge erzeugten den beabsichtigten Effekt. Was sie sah, zauberte ein Lächeln auf ihr Gesicht. Sie dachte: »Eigentlich bin ich recht hübsch, oder?« Ein wenig überrascht stellte sie fest, dass sie sich darauf freute, wieder mal auszugehen und am Leben teilzunehmen. Als Alex so plötzlich gestorben war, war sie sicher gewesen, dass sie nie wieder an etwas Vergnügen finden, nie wieder lächeln würde. Die Zeit heilte also doch. Sie spürte immer noch eine große Leere, und oft füllten sich ihre Augen ohne ersichtlichen Grund mit Tränen. Doch bis auf gelegentliche Erinnerungen, die sie anfallartig überkamen, schmerzte sein Verlust allmählich weniger.

Morgan und Addie brachen früh auf. Diese zweite Versammlung würde bestimmt eine ungeheure Menschenmenge anlocken. Die Zeitungen hatten ausführlich über die erste berichtet. In gewisser Weise, fanden sie beide, war der Vorfall womöglich das Beste, was der Bewegung für Geburtenkontrolle passieren konnte. Fast jede Zeitung in der Stadt hatte in ihrem Leitartikel die katholische Kirche und die Polizei attackiert. Die Tatsache, dass der Erzbischof in seinem religiösen Eifer die Bill of Rights ignoriert hatte, brachte dem Anliegen Unterstützung selbst von Seiten der Ultrakonservativen ein. Aus dem Thema »Rechte der Frauen oder Geburtenkontrolle« war somit das Thema »freie Meinungsäußerung« geworden. Sehr pfiffig von der Sanger fand Morgan.

Sie fuhren mit der U-Bahn zum Columbus Circle, wobei sie zweimal umsteigen mussten. Unterwegs teilten sich beide die Abendzeitung und diskutierten über alles, was ihre Aufmerksamkeit erregte. Der Schuldspruch im Fall Sacco und Vanzetti sei eine verdammte Schande, stimmten sie überein. Und der Ku-Klux-Clan müsste verboten werden – oder, so Morgan »seine Anhänger gelyncht, einer nach dem anderen. Sollen sie doch mal zu spüren kriegen, wie sich das anfühlt.« Mehrere Leute im Waggon drehten sich um und starrten sie an. Sie starrte einfach zurück. Dies war ja wohl ein freies Land, oder? Adelaide hatte *Scaramouche* von Rafael Sabatini gelesen und konnte es gar nicht genug loben. Sie beschlossen, sich Karten für die neue Sigmund-Romberg-Show zu besorgen, an deren Titel sie sich beide nicht erinnern konnten; bis die junge Frau, die neben Adelaide saß, ihnen zur Hilfe kam: *Blossom Time.*

Es stellte sich heraus, dass diese Frau, Edna, ebenfalls zum Columbus Circle unterwegs war, um sich den Vortrag anzuhören. Also redeten sie während der restlichen Fahrt über Margret Sanger und ihre Mission. Addie war eine begeisterte Anhängerin von ihr und gab das auch offen zu. »Ich bin bereit, dieser Sache mein Leben zu widmen«, erklärte sie. »Mrs Sanger hat nicht nur theoretisch völlig Recht, sondern auch genügend praktische Erfahrung. Sie war Krankenschwester, wissen Sie«, sagte sie zu Edna, die das nicht gewusst hatte. »Und sie hat jahrelang auf der Lower East Side gearbeitet. Sie hat *gesehen*, wie das viele Kinderkriegen die Frauen verschlissen und es den Familien unmöglich gemacht hat, ein menschenwürdiges Leben zu führen.«

»Ich habe es miterlebt«, stimmte Edna zu. »Meine Mutter war eine von diesen Frauen. Sie ist schließlich bei der Geburt meines jüngsten Bruders gestorben. Ich habe seither für alle meine Geschwister gesorgt und nie eine Chance auf Ausbildung gehabt.«

»Sie Ärmste, das ist schrecklich. Aber wie gut, dass Sie sich der Bewegung anschließen und für andere Frauen kämpfen«, sagte Addie. »Ich bin sicher, wir werden im Stande sein, die Dinge zu verändern.«

»Nun komm aber, Addie, du weißt doch, wie groß die Macht der römisch-katholischen Kirche in der Stadt und im Staat New York ist. Eigentlich überall im Land. Obgleich ich zugeben muss, dass es nicht nur die Katholiken sind. Das ganze Land rückt immer mehr nach rechts, wird immer konservativer. Wenn das so bleibt, und ich fürchte, das wird es, erhalten wir nie das Recht auf Geburtenkontrolle!«

Adelaine meinte: »Da hast du wohl Recht, Morgan. Du würdest dich wundern über das derzeitige ›rechte‹ Gerede auf Ellis Island. Man ist extrem schlecht auf Anarchisten zu sprechen, man will sie nicht ins Land lassen, sie einsperren ... und weswegen? Wegen ihrer politischen Überzeugungen! Wurde dieses Land nicht gegründet, um Menschen die Freiheit zu geben, das zu glauben, was sie wollen? Ich sage euch, meine Lieben, manchmal beschleichen mich ganz komische Gefühle, wenn ich an das Thema Einwanderung denke. Ich glaube, sie wollen sie abschaffen.«

»Sie abschaffen? Das können sie nicht! Dieses Land besteht doch nur aus Einwanderern!«, rief Edna.

»Bis auf meine Vorfahren«, sagte Morgan stolz. »Ich bin zum Teil Indianerin.«

»Ach, wirklich? Und Ihre Freundin arbeitet auf Ellis Island. Was für interessante Sitznachbarinnen ich mir heute Abend ausgesucht habe!«

Sie hatten Recht damit gehabt, großen Andrang zu erwarten. So viele Frauen waren erschienen, um Mrs Sanger persönlich zu hören, dass der gesamte Columbus Circle und die umliegenden Straßen von Menschen verstopft waren. Es war schwierig, überhaupt vorwärts zu kommen, und schon fünf Minuten nach ihrer Ankunft hatten Morgan und Addie die junge Edna in der Menge verloren. Dann drang das Gerücht zu ihnen, dass der Saal bereits voll besetzt sei. Dunkelblaue Uniformen begannen aufzutauchen, genau wie beim letzten Mal. Ein Polizist trat auf sie zu und sagte: »Also, meine Damen, es gibt keine Plätze mehr. Gehen Sie schön nach Hause. Es hat keinen Sinn, hier rumzustehen und den Verkehr aufzuhalten.«

»Komm, Addie«, meinte Morgan. »Er hat Recht. Die Zeitungen werden über den Andrang berichten – hier müssen ja Tausende von Frauen sein –, und ich habe die Blitzlichter der Fotografen gesehen. Sie haben schon Aufnahmen gemacht. Wir können ebenso gut morgen Nachmittag die Zeitungen lesen. Wir kommen doch nie rein.«

Zögernd willigte Addie ein, obwohl sie immer wieder sehnsüchtige Blicke zurück auf die Menge warf, die sich auf den Straßen drängte. An der 59th Street, etwas abseits vom dichtesten Gewühl, blieben sie stehen und wandten sich ein letztes Mal nach dem Spektakel um.

»Oh, Morgan«, seufzte Addie. »Guck dir das an! Guck dir an, wie viele wir sind! Sie kommen nicht ewig gegen uns an. Wir werden siegen! Ich bin sicher, dass wir irgendwann siegen!«

25

Mai 1923

Morgan ging von ihrem Zimmer den Flur entlang zur Treppe, als sie Birdies Stimme hörte. Das war seltsam. Mulligan hatte ihr berichtet, dass Birdie von der Schule zurück und oben sei, aber nicht, dass sie eine Freundin mitgebracht hatte. Immer weiter redete Birdie drauflos; ihre Stimme hob sich mit jedem Satz. Morgan hielt vor der Zimmertür ihrer Tochter an; ihr Herz raste, während sie sich anstrengte zu verstehen, was gesprochen wurde. Sie vernahm nur Birdies Stimme. *Es war niemand bei ihr.* Die Stimme wurde stetig lauter und erregter. Morgan atmete kaum noch.

War heute der Tag, vor dem sie sich stets gefürchtet hatte? Der Tag, an dem der Familienfluch ihre schöne Tochter heimsuchte? *Nein. Bitte nicht. Nicht Beckys Wahnsinn.*

Morgan riss die Tür auf, ohne anzuklopfen, und rief: »Birdie, Birdie, ist alles mit dir in Ordnung?« Ihre Tochter, die, zum Spiegel vorgebeugt, vor ihrer Frisierkommode saß, schreckte hoch und verstummte augenblicklich. Einen Moment starrte sie verdutzt das Spiegelbild ihrer Mutter an, dann fing sie sich und schaute sehr verärgert drein.

»Ob mit mir alles in Ordnung ist? Das siehst du doch? Und jetzt hast du meine Konzentration gestört. Ehrlich, Mutter –!«

»Deine Konzentration?« Morgans Herz hämmerte immer noch vor Angst.

»Das Stück, Mutter, das Stück. Erinnerst du dich nicht? Der Schauspielklub führt Ibsens *Ein Puppenheim* auf und ich spiele die Nora! Ich habe die Hauptrolle!« Prahlerisch trug Birdie einige Zeilen vor – die Morgan wegen des Dröhnens in ihren Ohren nicht verstand. Als sie sich endlich beruhigt hatte, sah sie, dass Birdie ganz gesammelt und unbefangen schien.

War es möglich, dass das Mädchen echtes Talent hatte? Offensichtlich war Birdie jedenfalls theaterbesessen. Sie kaufte sich Stehplatzkarten für sämtliche Matineen, schrieb Briefe an ihre Idole und zitierte ständig aus dem einen oder anderen Stück.

Natürlich, sie war erst dreizehn, um Himmels willen! Manchmal war es nervenaufreibend, Shakespeare mit am Mittagstisch zu haben, manchmal amüsant. Dies war das erste Mal, dass es Anlass zur Besorgnis gab, obgleich Morgan in den letzten Jahren immer wieder die Vorstellung gequält hatte, dass ihre Tochter wahnsinnig werden könnte. Birdie war Becky so ähnlich geworden, dass Morgan sie gelegentlich kaum anschauen konnte, ohne das Schlimmste zu befürchten.

Birdie war mit ihrem dunklen kupferroten Haar, dicht und lockig, den meergrünen Augen mit den dunkelroten Wimpern und ihrem zierlichen, gut geformten Körper eine richtige Schönheit. Morgan überragte ihre zarte Tochter um einiges. Sie war froh und stolz, dass Birdie so hübsch – und intelligent – war, doch oft hatte sie das Gefühl, sie sei ein Wechselbalg. Sie wusste sich nicht recht zu benehmen, so dramatisch und temperamentvoll, wie sie war. Birdie bestand darauf, dass sie keine Ärztin werden, sondern zur Bühne gehen und eine berühmte Schauspielerin werden wollte. Ständig experimentierte sie mit Morgans Schminkutensilien und durchstöberte ihren Kleiderschrank nach Sachen zum Verkleiden.

Außerdem verliebte sie sich andauernd. Nicht in Jungen – das wäre zu normal gewesen –, sondern in Schauspielerinnen und Schauspieler. Hatte sie nach der Matinee von *The Green Hat* nicht verkündet, sie sei verliebt in die Figur, die Michael Arlen gespielt hatte? Verliebt in eine fiktive Person! Für ihre Mutter war Birdie ein Buch mit sieben Siegeln. Doch das Theater liebte sie wirklich, da gab es keinen Zweifel. Erst heute Morgen beim Frühstück hatte sie gesagt, wie verzweifelt sie sich wünschte, *Beggar on Horseback* von Marc Conelly und George Kaufman zu sehen. Und dass sie dafür sterben würde, sich *The Constant Nymph* von Margaret Kennedy anzuschauen. Woraufhin Addie von ihrer Times aufgeblickt und bemerkt hatte: »Verzweifelt und Sterben – und das, bevor du auch nur deine Eier mit Speck aufgegessen hast! Ich mag mir gar nicht ausmalen, wie du leidest, wenn du erst in der Oberstufe bist!«

»Mach dich ruhig über mich lustig, Addie. Wenn ich weltberühmt bin, noch berühmter, als es Sarah Bernhardt je war, und Könige und Königinnen mir zu Füßen liegen, werde ich dir nicht mal eine Eintrittskarte schicken, du wirst schon sehen! Aber Addie, fandest du Paul Robeson in *Alle Kinder Gottes haben Flügel* nicht göttlich? Ich ja, und er sieht so gut aus.«

»Was willst du dir denn nächsten Samstag anschauen?«, fragte Morgan.

»Na ja, jeder sagt, Will Rogers sei zum Schießen komisch – obwohl ich nicht weiß, wieso man schießen sollte –, aber eigentlich möchte ich doch in *The Constant Nymph*. Susan und Jeanette wollen auch hin. Also werden wir uns Lunchpakete mitnehmen und uns für Stehplätze anstellen.«

Addie faltete ihre Zeitung zusammen, stand auf und machte sich zum Gehen fertig. »Das überlassen wir der Jugend, sich anzustellen, dann drei Stunden auf dem obersten Rang zu stehen und hinterher nicht mal entzündete Fußballen zu haben.«

Morgan wusste, dass Birdie theaterversessen war und nichts weiter. Aber sie konnte einfach nicht anders, als ständig nach Anzeichen von Wahnsinn Ausschau zu halten – und jedes Mal, wenn sie glaubte, eines entdeckt zu haben, zu Tode zu erschrecken. Wenn mit Birdie immer noch alles in Ordnung war, nachdem sie das College hinter sich hatte, würde sie aufhören, sich Sorgen zu machen, sagte sich Morgan. Sie konnte sich gar nicht mehr genau daran erinnern, wie es bei Becky gewesen war. Becky musste wohl sechzehn oder siebzehn gewesen sein, als sich die ersten Symptome zeigten, doch Morgan war damals noch so klein gewesen. Bis sie sich Beckys Andersartigkeit richtig bewusst wurde, war sie bereits Teil ihres Alltags geworden. Sie hatte sich in medizinischen Lehrbüchern über Schizophrenie informiert, sodass sie zumindest wusste, worauf sie ihre Aufmerksamkeit richten musste. Vielleicht, so dachte sie jetzt, war sie zu aufmerksam gewesen. Vielleicht sollte sie einfach damit aufhören.

»Tut mir Leid, dass ich dich gestört habe, Liebling. Ich muss in Gedanken noch bei meinen Patienten gewesen sein. Aber es hat so … dramatisch geklungen. Würdest du das Ganze noch mal für mich wiederholen? Ich möchte es gern hören.«

»Gleich jetzt?« Die Freude auf Birdies Gesicht war nicht zu verkennen.

»Sicher, jetzt. Ich setze mich hier aufs Bett und du legst einfach los.«

»Nun … eigentlich bin ich schon am Ende des dritten Aktes – das ist der beste Teil des Stückes. Es ist kein Monolog, weißt du, Mutter. Es ist ein Gespräch … oder ein Streit zwischen diesem Mann, Torvald, und seiner Frau Nora, das bin ich. Er liebt sie, aber er behandelt sie immer, als wäre sie ein Baby oder eine Kretin oder so was. Er ist wirklich blöd! Also … lass mal sehen … los geht's. ›Hast du nicht eben gesagt, du könntest mir die Erziehung der Kinder nicht anvertrauen!‹« Birdies Stimme wurde tiefer, als sie sich in den Ehemann verwandelte. »›In der ersten Erregung! Wie kannst du dem solches Gewicht beimessen?‹ – ›Oh, damit hattest du …‹«, nun war sie wieder Nora, »›durchaus Recht. Ich bin der Aufgabe nicht gewachsen … blablabla … Mich selbst muss ich erziehen … Und deshalb verlasse ich dich jetzt. Ich muss ganz allein auf mich gestellt sein, wenn ich über mich selbst und meine Umgebung Klarheit gewinnen soll … blabla‹ … Torvald: ›Du bist von Sinnen! Das darfst du nicht! Ich verbiete es dir!‹ Nora: ›Von jetzt an hat es keinen Zweck mehr, mir etwas zu verbieten. Ich nehme mit, was mir persönlich gehört. Von dir will ich nichts haben, weder jetzt noch irgendwann!‹« Birdies Stimme schmetterte förmlich; es war richtig faszinierend.

Morgan wurde klar, warum sie vorhin geglaubt hatte, Wut in Birdies Stimme zu hören. Die Figur Nora war wütend. Sie lauschte mit Interesse, während sie daran dachte, wie sehr sich die Verhältnisse doch überall auf der Welt ähnelten – war der Verfasser nicht Skandinavier? Nur allzu oft wurden Frauen bloß als hübsche Spielzeuge betrachtet, und die Männer waren zu begriffsstutzig, um zu erkennen, dass ihre Gattinnen irgendwann dagegen rebellieren würden. Und gegen sie selber ebenfalls. Merkwürdig, dass Birdie sich in eine zornige, schlecht behandelte Frau hineinversetzen konnte, aber keinerlei Interesse für die Strapazen und Leiden erzürnter Frauen im wirklichen Leben zu haben schien.

Birdie hörte auf zu sprechen, und Morgan fiel beschämt auf, dass sie schon vor einigen Minuten aufgehört hatte zu lauschen. Sie applaudierte laut und sagte: »Bravo, Birdie.« Doch in Wahrheit wünschte sie sich, Birdie wäre nicht so von der Schauspielerei besessen. Es kam ihr irgendwie kindisch vor. Das Theater war ja gut und schön; ein gutes Stück bereitete ihr stets Vergnügen, aber es passierten so viele Dinge auf der Welt, bedeutsame Dinge. Nun, Birdie würde darüber hinauswachsen, da war sie sicher.

Morgan stand auf, um zu gehen, und erhaschte dabei mit Schrecken im Spiegel einen Blick auf Birdies Gesicht, das düster vor Enttäuschung war. Aber wieso? Sie hatte doch bestimmt interessiert dreingeschaut und mit großer Begeisterung Beifall geklatscht. Manchmal konnte man es dem Kind nicht recht machen.

Morgan stieg die Treppe hinab, als Adelaide eben ins Haus trat und die Tür mit einem Knall hinter sich schloss. »Ich fasse es nicht! Diese Grausamkeit! Oh, ich kann es einfach nicht glauben!«

»Was? Was? Komm mit mir in die Küche, trink eine Tasse Tee und erzähl mir, was los ist.« Addie war so aufgebracht, dass sie sich nicht setzen konnte, sondern zwischen Ausguss und Herd hin- und herlief.

»Kannst du dir das vorstellen? Eintausendachthundertsechsundneunzig Immigranten – entschuldige, wir nennen sie jetzt ja ›Ausländer‹ – wurden in ihre Heimat zurückgeschickt, weil die Schiffe, auf denen sie unterwegs waren, am 31. August die imaginäre Linie zwischen Fort Wadsworth und Fort Hamilton ein paar Minuten vor Mitternacht passierten. Ein paar Minuten, Morgan! Aber das spielte keine Rolle! Sie wurden der monatlichen Einwandererquote für den August zugerechnet, und die war knapp erfüllt. Die Beamten in der Einwandererbehörde redeten immer wieder über ›das Gesetz‹, als wäre es das offenbarte Wort Gottes. Wer hat noch mal gesagt, das Gesetz sei ein Esel? Da stimme ich zu! Ich stimme voll und ganz zu! All die armen Menschen, so voller Hoffnung und Träume, alle zurückgeschickt, alle! Und das wegen ein, zwei lausiger Minuten! Oh, ich halte es nicht aus; ich glaube, ich verlasse dieses Land und lebe bei den Eskimos!«

»Addie, bitte, komm und setz dich und trink eine schöne Tasse Tee. Es ist nun mal passiert, und du änderst nichts daran, indem du in unserer Küche auf und ab tigerst.«

»Aber es ist so ungerecht!«

»Ja, das stimmt. Doch wer sagt, dass das Leben gerecht ist?«

»Na, zumindest war jeder Reporter aus New York und Brooklyn und Long Island da. Die Geschichte gehört auf die Titelseite der *New York Times.* Wenn sie da nicht steht, Morgan, will ich diese Zeitung nie wieder im Hause sehen!«

»Addie, bitte beruhige dich. Ich kann es dir nicht verübeln, dass du dich aufregst, aber die *Times* boykottieren? Das meinst du doch nicht ernst.« Sie lächelte, um anzudeuten, dass sie scherzte. Zu ihrer Erleichterung lächelte Addie ebenfalls und setzte sich dann vor ihren dampfenden Tee.

»Unser neuer Präsident, der schweigsame Calvin Coolidge, wird vermutlich überhaupt nichts unternehmen. Und ich dachte, niemand könnte schlimmer sein als Warren Harding!«

Sie lachten beide. Morgan machte sich den Stimmungswandel zu Nutze und schlug einen gemeinsamen Urlaub vor. »Es gibt einen neuen Zug mit Salonwagen nach Chicago. Warum fahren wir nicht hin und quartieren uns ein paar Tage im Palmer House ein? Es wäre eine nette Abwechslung. Nein? Wie wär's dann mit Karten für die neuen Ziegfeld Follies? Das würde Birdie gefallen.«

Adelaide wollte nichts davon wissen. »Ich muss aufhören in Ellis Island. Ich kann da nicht mehr arbeiten, wenn die Behörden sich so unmenschlich verhalten. Und gerade jetzt, wo die Immigranten-Hilfsorganisationen sich endlich zusammengetan haben, um etwas Gutes zu Stande zu bringen! Ach, ich mag gar nicht daran denken!«

»Dann lass uns doch erst mal nicht daran denken«, schlug Morgan hoffnungsvoll vor.

»Ich habe nichts dagegen, dass du Urlaub machst. Ich weiß jedenfalls, was ich tun will«, rief Addie leidenschaftlich aus. »Ich will mit Mrs Sanger zusammenarbeiten und die Geburtenkontrolle in diesem Staat legal machen. Gott weiß, dass ich genug Frauen an schlecht ausgeführten Abtreibungen oder zu vielen Geburten habe sterben sehen. Du doch auch, Morgan. Natürlich keine von *deinen* Patientinnen.«

»Oh, Addie, da kommst du doch vom Regen in die Traufe! Was veranlasst dich zu glauben, dass es irgendjemand je schaffen wird, die Geburtenkontrolle zu legalisieren? Du tauschst bloß eine unveränderliche, schreckliche Situation gegen die andere ein. Denk dran, was passiert ist, als Mrs Sanger versuchte, das Gesetz oben in Albany durchzukriegen.«

Addies Schultern sackten zusammen. »Ich weiß, ich weiß. Und dabei hatte sie so viel politische Unterstützung. Sogar von Norman Thomas, entsinnst du dich? Na ja, *das* hat der katholische Bürgermeister im katholischen Albany vereitelt! Die Benutzung des Versammlungssaals im Hotel, wo sie sprechen wollte, zu verbieten! Ihren Auftritt abzusagen und in ein Privathaus zu verlegen! Das war das Ende der Rosenman-Gesetzesvorlage!«

»Also frage ich dich noch mal, warum um alles in der Welt du dich auf eine so sinnlose Tätigkeit stürzen willst? Warum noch mehr Enttäuschungen erleben? Davon hast du doch sicherlich auf Ellis Island genug gehabt.«

»Wegen all der Frauen, die in diesem unserem höchst modernen Lande keine Hilfe kriegen. Und denk an die arme Clara ...«

»Ach ja, die arme Clara.« Letzte Woche war mit der Post ein Brief mit einem so schwachen Stempel eingetroffen, dass man ihn nicht entziffern konnte. Er enthielt zwei kurze Nachrichten. Die erste war die hastig hingekritzelte Notiz »Ich war ein Freunt von ihr und sie sagt wenn ihr was pasiert, sollen Sie es erfahren.« Keine Unterschrift. Die Zweite war ein Zeitungsausschnitt, der besagte, dass Mrs Clara Optakeroff vom Standish Hotel bei einer Entbindung gestorben sei. »Ich möchte wissen«, meinte Morgan, »ob es wohl wirklich eine Entbindung war oder eine verpfuschte Abtrei–«

In diesem Moment kam Birdie hereinspaziert und fing an, in der Platte mit Fleisch herumzustochern, die Mulligan auf dem Holztisch hatte stehen lassen. »Was ist mit Clara?«, fragte sie.

»Eigentlich nichts. Sie ist gestorben, die Ärmste. Du kannst dich doch unmöglich an Clara erinnern. Du warst damals noch so klein.«

»Doch, ich erinnere mich. Sie war hübsch und sie hat gut gerochen«, sagte Birdie. »Und sie hatte ständig Männerbesuch. Einer hat mir mal Bonbons mitgebracht. Allerdings nicht der, mit dem sie durchgebrannt ist.«

Die beiden Frauen wechselten Blicke.

»Birdie, du entsinnst dich bestimmt nicht an viel, du warst viel zu jung.«

»Das stimmt nicht. Ich entsinne mich an eine ganze Menge. Was ist so furchtbar daran, dass ich weiß, dass Clara mit einem Klavierspieler weggelaufen ist? Ich habe sie sogar zusammen gesehen, ein paar Mal, da haben sie sich keuchend und schnaufend auf Claras Bett gewälzt ...«

»Birdie!« Zwei schockierte Stimmen im Gleichklang.

»Ach, ehrlich! Ich bin dreizehn Jahre alt und nicht blöd, wisst ihr!«

»Birdie, Liebes, hör auf, in dem Braten rumzustochern. Das ist unser Abendessen. Wenn du Hunger hast, nimm dir eine Scheibe Brot.« Irgendwas, nur um das Thema zu wechseln, dachte Morgan.

Anscheinend war Addie derselben Ansicht. Sie begann, sich lang und breit über die neu gegründete Amerikanische Liga für Geburtenkontrolle auszulassen, und darüber, dass sie hoffte, in Brooklyn eine Demonstration dafür auf die Beine zu stellen ... »Was meinst du, Birdie?«

»Ich finde das alles Quatsch! Wen kümmert es, wenn Frauen sechs Kinder haben? Wenn sie sie wollen, warum nicht? Ihr seid so damit beschäftigt, auf die Straße zu gehen und zu demonstrieren und alles in Grund und Boden zu verdammen, und was kommt dabei raus? Hmm? Ihr seid ein paar Langweiler! Ehrlich!«

Morgan dachte, sie müsste eigentlich beleidigt sein. Aber sie war froh, dass nicht mehr über Claras Geschlechtsleben gesprochen wurde. Obwohl ... hatte Birdie Clara beim Liebesspiel beobachtet? All die Jahre über davon gewusst und nie ein Wort gesagt? Was sonst noch, fragte sich Morgan, wusste ihre Tochter, wovon sie keine Ahnung hatte? Der Gedanke ließ sie frösteln; ihr Kind wurde eine Fremde für sie.

26

Juni 1924

Das Büro befand sich in heller Aufregung. Mrs Sanger war in der Stadt und wollte vorbeischauen, allerdings erst nach Büroschluss, weil sie so viele Interviews zu geben und Vorträge zu halten hatte. Über ihren Vortrag an der Yale University hatte sogar die *New York Times* berichtet. Jetzt wollte das neue, moderne Magazin *The New Yorker* eine Kurzbiographie über sie bringen. In der Amerikanischen Liga für Geburtenkontrolle schwebten alle auf Wolken.

Addie hatte den ganzen Nachmittag über in einem Zustand höchster Erregung gewartet. Morgan dagegen war schlicht und einfach neugierig. Da sie nur ein- oder zweimal im Monat kam, um bei der Beantwortung der Briefstapel zu helfen, war sie weder für Margaret Sanger noch für die Liga emotional so engagiert wie die anderen. Ihr ging es lediglich darum, für die Frauen in diesem Lande etwas Gutes zu tun. Addie war natürlich Feuer und Flamme. Sie stand hier tatsächlich als Krankenschwester auf der Gehaltsliste. Oft blieb sie bis spätabends, um die Tonnen von Post, die täglich hereingeströmt kamen, beantworten zu helfen.

»Sie haben gesagt, dass sie einige Briefe vielleicht selbst beantwortet«, verkündete Addie, während sie Ausschau nach der Frau hielt, die viele die heilige Margaret nannten. Zehntausend Briefe im Monat überschwemmten das Büro, alle an Mrs Sanger. Sie wurden alle beantwortet, doch im Allgemeinen von ehrenamtlichen Helferinnen wie Morgan oder Addie.

Die beiden jungen Frauen, die direkt vor ihnen an einem Tisch saßen, gingen ebenfalls die Post durch. Morgan hörte zwangsläufig mit, wie sie tratschten.

»Ich habe gehört, dass die Sanger und H. G. Wells ein Liebespaar sind.«

»Das weiß doch jeder. Oder erzählt sich jeder, wer will das wissen? Aber ich habe gehört ... da ist *noch* ein Mann.«

»Ich denke, sie ist mit Noah Soundso verheiratet, der schrecklich reich sein soll.«

»Die Ehe hat Margaret Sanger noch nie daran gehindert, sich auf Romanzen einzulassen.« An dieser Stelle kicherten die beiden. »Ich habe gelesen, dass sie nicht nur was mit H. G. Wells und Hugh de Selincourt hat, sondern auch mit Harold Child und Havelock Ellis.«

Derartiges Gerede über ihr Idol empörte Adelaide. »Liebespaar oder nicht«, sagte sie, tapfer zu ihrer Heldin haltend, »sie arbeitet stets für die Sache ... Oh! Da ist sie ja!«

Margaret Sanger tauchte wie eine Erscheinung im Eingang auf, fand Morgan. Nachdem sie so viele Zeichnungen und Fotos von der Frau gesehen hatte, war es seltsam, sie persönlich und ganz aus der Nähe zu betrachten. Das herzförmige Gesicht und die großen, ausdrucksvollen Augen waren jedoch nicht zu erkennen. Mrs Sangers tizianrotes Haar, dessen Ton fast genau der Farbe ihres Mantels entsprach, war hübsch frisiert. Sie war kleiner, als Morgan erwartet hatte.

»Guten Tag, liebe Freundinnen«, sagte sie freundlich. »Sie können sich gar nicht vorstellen, wie es mich aufmuntert, Sie alle so hart arbeiten zu sehen, damit unser Traum in Erfüllung geht.«

Adelaide, die sonst in Gesellschaft besonders schüchtern war, erhob sich von ihrem Platz am Tisch und meinte: »Oh, Mrs Sanger es ist uns solch eine Freude, Sie persönlich kennen zu lernen! Ich hoffe, es stimmt, dass Sie ein, zwei Briefe selbst beantworten wollen!«

Aus der weiblichen Gefolgschaft hinter Mrs Sanger ertönte ein Gewirr von Vorschlägen und Gegenvorschlägen, von dem Morgan nur Fetzen auffing: »... Keine Zeit ...«, »... warten auf Sie ...«, »... möchte Sie sprechen ...«

Margaret Sanger drehte sich zu ihren Begleiterinnen um und sagte mit beherrschter Stimme, die ruhig klang, aber keinen Widerspruch duldete: »Ich bin immer noch fähig, selbst zu entscheiden.« Dann wandte sie sich Addie zu und fragte: »Haben Sie einen interessanten Brief für mich, Mrs –?«

»Apple. Adelaide Apple. Miss Adelaide Apple.«

Die weit auseinander stehenden Augen waren fest auf Addies Gesicht gerichtet. »Und?«, meinte sie. »Der Brief?«

»Ach, natürlich. Ja, hier habe ich einen.«

Morgan kannte den Brief. Adelaide hatte vorhin laut daraus vorgelesen. Die Verfasserin war ein achtzehnjähriges Mädchen aus dem Süden, die von einem Mann geschwängert worden war, den sie kaum kannte. Er hatte eine Abtreibung für sie arrangiert und sie dann verlassen.

»›Ich brauche einen Rat, und ich weiß, dass Sie mir das Richtige empfehlen werden‹«, las Addie. »›Ich habe jetzt einen neuen Freund, der mich gebeten hat, ihn zu heiraten. Soll ich ihm alles erzählen? Man hat mir beigebracht, dass es eine Sünde ist, zu lügen ...‹«

»Schreiben Sie Folgendes«, sagte Mrs Sanger und trat auf Addie zu. Sie griff nach dem Brief, um ihn selbst in Augenschein zu nehmen. Auf und abgehend diktierte sie: »›Sie dürfen Ihre Beziehung zu dem ersten Jungen, den Sie liebten, jetzt nicht im falschen Licht sehen. Wenn Sie ihn geliebt haben und er Sie, wird Gott Ihnen vergeben ...‹« Sie hielt einen Moment inne und bemerkte dann in ganz verändertem Ton: »Gott wird Ihnen vergeben, aber vielleicht nicht der Mann, der Sie heiraten will. Schreiben Sie das nicht ... fahren Sie folgendermaßen fort: ›Falls Sie annehmen, dass dieses Wissen Ihren neuen Freund empört, so ist mein Ratschlag: Sagen Sie ihm nichts.

Seien Sie selbstbewusst und leichten Herzens.‹ So. Wie klingt das? Geht es so?«

»Wunderbar«, sagte Addie ehrfürchtig.

»Margaret!« Eine Stimme von der Tür her. »Mrs Hale wartet schon seit einer halben Stunde.«

Erneut wurde der gelassene Tonfall ein klein wenig angespannt. »Ich bin sicher, dann macht es Mrs Hale nichts aus, noch eine weitere Minute zu warten.« Die Frau an der Tür machte sich dünn.

Margaret Sanger schaute sich im Raum um und beglückte alle mit einem Lächeln. »Offensichtlich wartet die Schriftstellerin Ruth Hale darauf, mich zu interviewen, deshalb bin ich in Eile. Es war sehr nett, Sie alle kennen zu lernen. Ich bin Ihnen dankbar für Ihre Hilfe. Das sind wir alle.« Dann drehte sie sich um und verschwand aus der Tür.

Ein, zwei Minuten nach ihrem Abgang herrschte absolutes Schweigen. Addies Gesicht war vor Freude rosig angehaucht. »Ach, die junge Frau wird *begeistert* sein, wenn sie den Brief erhält.« Und sie machte sich an die Arbeit, ihn fertig zu formulieren.

»Wartet nur, bis ich meinem Mann erzähle, dass ich ihr tatsächlich begegnet bin!«, sprudelte eine Frau heraus. »Wartet nur, bis ich ihm erzähle, dass sie *hübsch* ist. Er sagt nämlich immer, die einzigen Frauen, die sich für Geburtenkontrolle und Wahlrecht interessieren, seien hässliche alte Weiber.«

Addie trocknete ihren Brief mit Löschpapier, blickte hoch und meinte: »Diesen Tag vergesse ich nie. Niemals. Jetzt weiß ich, warum sie uns nicht aufhalten können. Es liegt an ihr, an der Kraft ihrer Persönlichkeit. Fandest du sie nicht auch wundervoll, Morgan?«

Morgan hatte das, was sie von Margaret Sanger mitgekriegt hatte, nicht allzu sehr gefallen. Eigentlich kannte sie die Frau ja gar nicht, aber ihr schien, dass sie etwas Kaltes, Distanziertes an sich hatte. Und Morgan war nicht entgangen, dass

Mrs Sanger Fremde huldvoll, Untergebene dagegen eher unfreundlich behandelte. Doch warum sollte sie das erwähnen? Es würde Addie nur unglücklich machen.

»Sie sieht sogar noch besser aus als auf Fotos, findest du nicht?«, sagte Morgan, Addies Frage ausweichend. »Willst du nicht gehen, Addie? Ich bin müde.«

Als sie endlich aufbrachen, war es sieben. Sie nahmen den Zug über die Brooklyn Bridge. Das Wetter war schön, deshalb gingen sie den Rest des Heimwegs zu Fuß und genossen die klare Abendluft. Morgan tat wie gewöhnlich der Rücken weh. Sie musste sich bei der Arbeit ständig bücken. »Ich freue mich wirklich auf meinen Drink«, bemerkte sie. »Und dabei bin ich doch nie eine große Trinkerin gewesen. Ob es mir wohl so gut schmeckt, weil es verboten ist?«

»Die Prohibition!«, sagte Addie angewidert. »Mir scheint, die Leute trinken doppelt so viel, seit die Prohibition eingeführt wurde.«

Morgan lachte. »So wie ich zum Beispiel. Na, wenn ich schon zur Säuferin werde, habe ich ja Glück, dass Jane Forsyth uns den Fusel besorgt.« Mrs Forsyth, eine von Morgans Patientinnen, war die reinste Verkörperung ländlicher Rechtschaffenheit, ließ aber gern zu, dass ihr Bruder aus ihrem Keller heraus mit Schnaps handelte – streng geheim natürlich. Jane war diejenige, die ihn »Fusel« nannte.

»Ich für meinen Teil werde eine Coca Cola trinken«, sagte Addie. »Mehr riskiere ich heute nicht. Wer braucht schon einen Drink, nachdem er Margaret Sanger in Fleisch und Blut gesehen hat? Und sie hat mit mir gesprochen. Sie hat mich nach meinem Namen gefragt!« Sie tanzte förmlich die Stufen hinauf.

Die Haustür war nicht abgeschlossen, obgleich Mulligan schon längst weg sein musste. Das bedeutete zu Morgans Erleichterung, dass Birdie zu Hause war, vermutlich oben bei ihren Hausaufgaben. Zumindest hoffte sie inständig, dass es sich so verhielt. In letzter Zeit konnte man nie wissen. Birdie war vierzehn, und ihr größter Ehrgeiz war es, ein »Flapper« zu sein, ein unkonventionelles junges Mädchen. Sie trug sehr kurze Röcke, und Morgan hatte sie ein paar Mal dabei ertappt, dass sie sich die Strümpfe bis zu den Knien heruntergekrempelt hatte. Sie und ihre Freundinnen redeten unablässig über Jungen, wobei sie kicherten und einen Slang benutzten, der sich so rasch veränderte, dass Morgan von zehn Worten keine zwei verstand. Sie sprachen auch übers Schmusen, doch davon hatte Morgan noch nie etwas mitgekriegt. Birdie und ihre Freundinnen gingen regelmäßig in größeren Gruppen zu den Tanztees im St. George Hotel, desgleichen die Jungen aus den Heights. Und dort tanzten sie sehr gesittet, wusste Morgan, denn sie war mehrmals mitgegangen, um zuzuschauen.

»Birdie! Bist du zu Hause, Liebes?«, rief sie die Treppe hoch.

»Klar doch, Schatzi«, ertönte es fröhlich. »Mache Mathe mit Jeanette!«

»Klasse!«, rief Morgan und wurde durch ein lautes Gelächter der Mädchen belohnt. Es kam ihnen wohl komisch vor, jemanden, den sie für ziemlich alt hielten, das Wort »klasse« verwenden zu hören.

»Triffst du dich später noch mit Mr S.?«, fragte Addie in beiläufigem Ton. Morgan ließ sich jedoch nicht täuschen. Addie missbilligte Bill Seely zutiefst. Gott allein wusste, wieso. Er hatte jede Menge Charme und wusste ihn einzusetzen. Er war belesen und von liberaler Gesinnung und kannte immer die neuesten Tanzschritte – na ja, das war kein Wunder, weil er von Beruf Musiker und Musiklehrer war. Oft saß er im vorderen Salon am Klavier und spielte und sang Addies Lieblingssongs von Jerome Kern und den Gershwin – Brüdern. Er hatte eine wunderschöne Stimme – »die kriegt man mit als Waliser«, behauptete er. Aber am nettesten und reizendsten war Bill Seely eigentlich, wenn er sie mit seinen großen, warmen braunen Augen immerzu anschaute und ihr das Gefühl gab, sie sei die einzige Person auf der Welt für ihn oder sogar der Mensch, der ihm am meisten bedeutete.

Es bekümmerte Morgan, dass Addie so verschlossen war, wenn Bill bei ihnen auftauchte, oder wenn auch nur sein Name fiel. Doch sie war nicht so unglücklich darüber, dass sie sich nicht mehr mit ihm traf oder ihre Freundin deswegen zur Rede stellte. Sie wünschte sich, Adelaide würde ebenfalls einen Mann finden, dann wäre sie vielleicht nicht mehr so neidisch auf Morgans Romanze – *wenn* sie überhaupt neidisch war. Morgan war sich nicht sicher.

Sie hatte Bill vor etwa einem halben Jahr bei seiner Schwester kennen gelernt. Die arme Frau, Mavis, war durch die Dummheit eines so genannten *richtigen* Arztes im Kindbett gestorben. Die Entbindung hatte lange gedauert und war schwierig gewesen und die Frau sehr erschöpft, und der Doktor, recht betagt und vergesslich, hatte seine Hände nicht gewaschen. Als sie zu fiebern begann, dachte niemand an Kindbettfieber – auch der Geburtshelfer nicht. Alle gingen davon aus, dass es so etwas nicht mehr gab. Bis eine von Mavis' Freundinnen Morgan hinzugerufen hatte, war es zu spät. Morgan hatte kaum noch Zeit, Mavis' Hand zu ergreifen und zu sagen, dass sie da sei, um zu helfen, als die Ärmste ihren letzten Atemzug tat. Bill befand sich als Mann in der Familie an ihrem Bett. Mavis' Ehemann war bei einem Fabrikunfall ums Leben gekommen. Außer sich vor Schmerz und unter Tränen – seine Frau war auch bei einer schwierigen Entbindung gestorben und ihr gemeinsames Kind mit ihr – meinte Bill, er wisse nicht, was aus dem kleinen Waisenknaben werden sollte. Ob er wohl ganz allein ein Kind aufziehen könnte als Junggeselle und Musiker mit unregelmäßigen Arbeitszeiten? Er glaubte es nicht. Morgan musste ihm zustimmen.

Sofort fiel ihr Mildred Logan ein, eine ihrer Patientinnen,

deren Kind eine Totgeburt gewesen war. Es war das erste Baby gewesen, das sie hatte voll austragen können, und jetzt war sie verzweifelt vor Kummer. Vermutlich würde Mildred den Kleinen gerne aufnehmen, der ohne eigenes Verschulden ganz allein auf der Welt war. Sie hatte noch Milch in den Brüsten, und nicht stillen zu können, tat ihr körperlich und seelisch weh. Morgan erzählte Bill Seely von den Logans und sagte: »Ich könnte ihn gut einpacken und gleich zu ihnen bringen.« Der aufgewühlte Mann war sichtlich erleichtert.

»Das wäre ideal«, meinte er. »Eine Frau ohne Baby und ein Baby ohne Mutter ... Oh, meine arme Mavis, so jung und auf solche Weise zu sterben.« Ohne die geringste Befangenheit wischte er sich die Tränen ab. »Ich bin nur froh, dass unsere Mutter das nicht mehr miterlebt.«

Morgan rief bei den Logans an und sprach mit dem Ehemann. Sowohl er als auch seine Frau waren bereit und mehr als willens, den Säugling aufzunehmen, wie sie es sich gedacht hatte. Morgan ging ins Schlafzimmer zurück und sagte, sie bringe das Kind jetzt in die Columbia Street, und fragte, ob Mr Seely mitkommen und selbst sehen wolle, wo sein Neffe hinkam. Ja, das wollte er gern.

Mit Bill konnte man sich gut unterhalten. Er wusste weitaus mehr über Entbindungen als die meisten Männer und fand es nicht unter seiner Würde, über Kindererziehung zu diskutieren. Sie mochten einander; Morgan hatte das Gefühl, mit einem alten und lieben Freund zusammen zu sein. Als das Baby bei seinen neuen Eltern abgeliefert worden war und sie zurück Richtung Clinton Street gingen, merkte sie, sie wollte nicht, dass Bill Seely aus ihrem Leben verschwand. Deshalb heuerte sie ihn an, Birdie Klavierunterricht zu geben.

Sie schaffte es immer, es so einzurichten, dass sie oben war und Bill »zufällig« abfing, wenn die Stunde vorüber war. Und was konnte dann natürlicher sein, als ihm einen Drink anzubieten?

»Solange das nicht illegal ist, Dr. Becker«, pflegte er augenzwinkernd zu erwidern.

Nach ein, zwei Wochen sittsamen Flirtens – innige Blicke und herzerweichendes Lächeln – kam sie zu dem Schluss, dass sie etwas unternehmen würde, wenn er es nicht tat. Sie wusste nicht, was, aber *irgendetwas*. Sich gegenseitig zu beäugen, war albern. Am nächsten Tag saßen sie nebeneinander auf dem kleinen Sofa für zwei und tranken Schlehenlikör, wobei sich ihre Knie fast berührten, als er sich ohne Vorwarnung zu ihr beugte und sie auf den Mund küsste. Sie war erstaunt über den Sturm von Empfindungen, der über ihren Körper hereinbrach, erstaunt darüber, wie leidenschaftlich sie sich an ihn schmiegte und seine Lippen und seine Zunge willkommen hieß. Als sie sich schließlich voneinander lösten, starrten sie sich verwirrt an.

Morgan sprach als Erste. »Und was nun?«

Bill warf den Kopf in den Nacken und lachte entzückt. »Ich bin sicher, Sie wissen ganz genau, was ... wenn man bedenkt, dass Sie Ärztin sind«, neckte er. »Die einzige Frage, liebe Morgan – ich darf Sie doch beim Vornamen nennen?« Morgan lachte. »Die einzige Frage«, wiederholte er, ergriff ihr Kinn und küsste sie sanft, aber entschlossen auf den Mund, sodass ihr kleine Schauer über den Rücken liefen, »ist: wo und wann?«

Die Frage wurde noch am selben Abend beantwortet: in seiner Wohnung in der Schermerhorn Street, nicht weit entfernt von ihrem Haus. Er entkleidete sie ganz langsam und küsste jeden Körperteil, den er entblößte, bis sie vor Verlangen nach ihm regelrecht zitterte. Dann zog er sich selbst aus, umarmte sie jedoch nicht. Mit einem Lächeln sagte er: »Beweg dich nicht. Schauen wir einander einfach ein bisschen an.« Er war ein wenig kleiner als sie, gut in Form und schön muskulös, mit schwarzen Locken auf der Brust und um seinen Schwanz herum – der zu ihrer Bestürzung riesig war.

»Mach dir nur keine Sorgen, Morgan, Liebling, ich werde langsam und vorsichtig sein. Du wirst dich schon dran gewöhnen.« Dann lachte er, als sie errötete.

Er nahm sie, langsam und vorsichtig, wie er es versprochen hatte. Sie war so überwältigt von Gefühlen, dass sie in den Zipfel des Kopfkissens beißen musste, um nicht aufzuschreien. Sie erreichte einen Höhepunkt nach dem anderen, starrte ihm mit weit offenen Augen in die seinen, während er auf sie herablächelte. »Oh Gott, oh Gott, oh Gott«, stöhnte sie. Dann kam er endlich zum Orgasmus und drückte sie schwer atmend an sich.

»Es hat schon andere Frauen gegeben, die mich gottähnlich fanden. Aber von jetzt reicht auch ›Oh Bill, oh Bill.‹« Sie lachten beide und begannen beinahe sofort, sich erneut zu lieben.

Das war sechs Monate her, und sie waren nach wie vor wild aufeinander. Er war ein phantastischer, unermüdlicher Liebhaber, der sich gern viel Zeit nahm. Er hatte wunderschöne Hände und einen bezaubernden Bariton. Ihn sprechen oder singen oder Liebesworte flüstern zu hören, war ein Vergnügen. Sie bat ihn oft, ihr vorzulesen. Er war ein mitteilsamer, amüsanter Gefährte, und sie mochte ihn sehr. Aber ihn heiraten, wie er gelegentlich vorschlug? Sie war sich gar nicht sicher, ob sie ihre Unabhängigkeit aufgeben wollte.

»Ob ich mich mit Bill treffe?«, antwortete sie Addie. »Lass mich überlegen. Es ist Samstag, also ja, ich treffe mich heute mit Mr Seely. Wahrscheinlich fahren wir nach Harlem, um uns wieder mal Jazz anzuhören.«

»Wann geht ihr in *Abie's Irish Rose*?«

»Nächsten Samstag. Willst du bestimmt nicht mitkommen? Du weißt, dass er Birdie gefragt hat, und sie will mit.«

»Pff. Birdie könnte man einen Einkaufszettel vorlesen, solange man es auf der Bühne tut und Scheinwerfer darauf richtet.«

Morgan musste lachen. Es stimmte. Wenn man ein Kind als theaterbesessen bezeichnen konnte, dann war es Birdie Grace Becker. Sie hatte darum gebettelt, *Abie's Irish Rose* sehen zu dürfen. »Jeder außer uns ist schon drin gewesen, Mama. Es ist das populärste Stück aller Zeiten.« Es hatte vor drei Jahren Premiere gehabt und fürchterliche Kritiken erhalten, war aber trotzdem nach wie vor immer ausverkauft.

»Wir sollten es uns wohl anschauen, bevor es abgesetzt wird«, hatte Morgan zu Bill gesagt, der erwiderte: »Abgesetzt? Sehr unwahrscheinlich! Da gehen wir noch mit unseren Enkeln hin.« Er ließ oft etwas einfließen, das andeutete, sie würden ordentlich verheiratet zusammen alt werden.

»Na ja, Birdie wird es gefallen, egal, wie schlecht es ist«, meinte sie, seine letzte Bemerkung ignorierend. »Ich hoffe wirklich, sie kommt über diesen Theaterblödsinn hinweg. Sie redet ständig davon, dass sie Schauspielerin werden will.«

»Und was wäre so schlimm daran?«, wollte Bill wissen. »Wenn sie gut ist, wird sie ein interessantes Leben führen.«

»Ich will nicht, dass sie ein interessantes Leben führt. Ich will, dass sie erwachsen wird und etwas leistet. Aufs College geht, ihren Abschluss macht, Medizin studiert und sich um andere Menschen kümmert.«

»Genau wie du. Keine schlechte Idee, aber Töchter wünschen sich bekanntlich nie, genau wie Mama zu sein. Hast du immer getan, was deine Mutter wollte?«

»Lass meine Mutter aus dem Spiel«, blaffte sie und entschuldigte sich dann sofort. Bill wusste, dass sie Indianerblut in den Adern hatte – was er wunderbar fand –, doch sie hatte ihm nur wenige Einzelheiten über ihre Kindheit erzählt und wollte, dass es so blieb. Wenn sie anfing, über Annis zu sprechen, würde sie unweigerlich auch Becky erwähnen, und über Becky wollte sie mit niemandem reden. Schon der Gedanke an ihre Schwester ließ ihr vor Angst um Birdie das Blut gefrieren.

Plötzlich merkte Morgan, dass Addie mit ihr schalt und sie überhaupt nicht zugehört hatte. Sie war innerlich meilenweit weg gewesen.

»Fühlst du dich nicht schrecklich, wen du so im Taxi auf Slumbesuch zu den armen Schwarzen fährst und auf sie herabschaust?«

»Addie! Du weißt, dass ich nicht auf Schwarze herabschaue. Außerdem sind die Jazz-Musiker da so fabelhaft – so talentiert –, dass *keiner* auf sie herabschauen könnte. Ihre Musik ist außergewöhnlich ... man möchte aufstehen und tanzen, aber einen Tanz, den man gar nicht kennt. Wir lieben den Cotton Club und Duke Ellington; seine Band spielt dort immer. Bill sagt, er schreibt eine Menge Songs selbst, und sie sind so gut wie irgendwas von Jerome Kern oder George und Ira Gershwin. Warum kommst du nicht mit? Bill lädt dich dauernd ein und du lehnst dauernd ab.«

»Ja, und das tue ich auch diesmal. Ich finde es grässlich, dass diese Clubs voller Weißer aus den reichen Vierteln sind, die zu viel trinken und zu laut reden, während die Schwarzen sich als Musiker das Herz aus dem Leib spielen.«

»Und woher weißt du das, wenn du nie hingehst?« Morgan verkniff sich mit Mühe ein Lächeln.

»Ich lese Zeitung, Morgan. Ich weiß, was los ist. Ich habe in der Klinik Frauen sagen hören, sie wollten rauf nach Harlem, um ›die Nigger zu hören‹.«

»Du weißt doch, dass ich nicht so rede! Wie sollte ich wohl jemanden Nigger nennen, wenn ich es immer so abscheulich fand, Squaw genannt zu werden?«

»Jedenfalls«, versuchte Addie ihre gedankenlosen Worte zu bemänteln, »finde ich Jazz – was für ein Name! – laut und grell und überhaupt nicht schön.«

»Wenn du hören würdest, wie Bessie Smith den Blues singt, würdest du deine Meinung ändern.«

»Den Blues! Und das nennst du Musik?«

In diesem Moment läutete es an der Tür. »Ach, du liebe Güte, hier stehe ich und schwatze, und Bill ist schon da, zweifellos ›todschick in Schale‹, wie Birdie sagen würde. Addie, würdest du ihm aufmachen und ... Lass nur, ich gehe schon.« Es war erstaunlich, wie ihr Herzschlag sich beschleunigte, wenn sie wusste, dass er in der Nähe war, wie sie dem Augenblick entgegenfieberte, in dem er sich zu ihr neigen und seinen Mund auf den ihren legen würde. Dabei war sie nicht in ihn verliebt. Sie wollte sich in niemanden verlieben – nicht mal in Bill Seely, der ihr manchmal leise ins Ohr sang, während er sie liebte. Nicht mal in ihn.

27

Mai 1927

Er war einfach wundervoll. Und so schön. Und so begabt ... absolut wonnig. Birdie beugte sich in ihrem Sitz nach vorn, den Blick fest auf Junius Justice Malone oben auf der Bühne geheftet. Er spielte Robert, den jüngeren Sohn in *The Silver Cord*. Sie saß neben ihrer Mutter und Bill Seely, aber Birdie nahm sie kaum wahr. Ihre Aufmerksamkeit galt ausschließlich Junius Justice Malone. Die Gedanken an ihn beherrschten ihr Leben. Sie konnte einfach nicht aufhören, von ihm zu träumen. Eine Zeit lang hatte sie jedes Bild von ihm ausgeschnitten, das sie in den Beilagen der Zeitung fand, und an der Wand ihres Zimmers über der Frisierkommode befestigt. Ein Foto steckte sie sogar in einen billigen Rahmen und stellte es zusammen mit einer Kerze und einem Glasdöschen aus Venedig auf, das Jeanette ihr geschenkt hatte.

Als ihre Mutter das sah, rümpfte sie die Nase und meinte: »Ein Schrein. Birdie? Für einen Mann, den du überhaupt nicht kennst?« Na ja, damit war ihr die Sache verdorben, ein für alle

Mal. Birdie nahm sämtliche Bilder ab und klebte sie in ein Album, wo niemand sie sehen und sie damit aufziehen konnte. Sie füllten bislang erst ein paar Seiten, aber das war okay. Sie hatte vor, das Album bis ans Ende ihrer Tage zu behalten. Letztes Jahr hatte sie ihn in einem anderen Stück gesehen, bei einer Matinee, und angefangen, ihm kleine Briefchen zu schreiben. Sie schwärmte für ihn, doch das war nicht alles. *Sie würde ihn kennen lernen! Heute Abend! Da hast du's, Mutter!*, dachte sie. Nach heute Abend wäre er kein Mann mehr, den sie überhaupt nicht kannte. Mutter und Bill wollten gleich nach der Vorstellung nach Harlem, ins Ye Olde Nest in der 133rd Street. Dorthin gingen sie häufig. Es war bei alten Leuten sehr beliebt, und Mutter sagte, im Anschluss an die Broadway-Shows sei immer ein ganzer Zug von Taxis in Richtung Norden unterwegs. Irgendjemand Gutes sang dort heute Abend, doch Birdie konnte sich nicht an den Namen erinnern. Sie konnte an nichts mehr denken außer an Junius Justice Malone. Sie hatte ihn so lange von ferne verehrt. Er hatte ihre Briefe auch beantwortet und immer wieder vorgeschlagen, sie solle nach der Aufführung am Samstagabend mal bei ihm reinschauen, dann würde er ihr die Stadt zeigen. Also bat und bettelte sie, bis Bill und Mutter einwilligten, sie zu einer Abendvorstellung mitzunehmen, obgleich sie das Stück schon gesehen hatten.

Sie bildeten sich ein, sie könnten Birdie in ein Taxi setzen und nach Hause schicken, aber das hatten sie sich so gedacht! Sie würde das Taxi wenden und schnurstracks zum Theater zurückfahren lassen. Er wolle sie kennen lernen, hatte er gemeint, sie solle in seine *Garderobe* kommen. Jederzeit. Und jederzeit würde heute Abend sein! Sie hoffte bloß, dass er sich nicht über sie lustig machte. Er hatte geschrieben, dass sie vielleicht in eine Flüsterkneipe gehen und mit der Gang ein bisschen auf den Putz hauen könnten. *Die Gang.* Allein der Gedanke an die Worte ließ ihr Herz wild klopfen. Ihre

Hände waren schon den ganzen Tag schweißnass vor Nervosität, und sie wischte sie ständig mit ihrem Taschentuch ab. Wenn sie sich nun die Hand schüttelten, und ihre wäre ekelhaft feucht, würde sie tot umfallen!

Natürlich wusste er nicht, dass sie noch auf der Highschool war und bei ihrer Mutter und ihrer altjüngferlichen Tante in Brooklyn lebte. In Brooklyn. Allerdings war sie nächsten Monat mit der Schule fertig und wollte im Herbst auf die Syracuse University, um Geisteswissenschaften zu studieren. Eine Studentin war etwas ganz anderes als ein Mädchen auf der Highschool. Oh Gott, was wäre, wenn er einen Blick auf sie würfe und zu dem Schluss käme, sie sei noch ein Kind? Sie würde tot umfallen, auf der Stelle tot umfallen, falls er sie wie ein Baby behandelte und nach Hause schickte. Sie wollte in eine Flüsterkneipe gehen und Schnaps trinken und vielleicht sogar rauchen. »Was ist, wenn er zudringlich wird?«, hatte Jeanette heute Nachmittag gefragt, als sie, auf Birdies Bett liegend, erörterten, was so alles passieren konnte. »Was *machst* du dann, Birdie? Ich weiß, ich würde sterben, ich würde glatt tot umfallen!«

»Was ich mache?«, hatte Birdie verträumt erwidert. »In seiner Umarmung dahinschmelzen, und wenn seine Lippen auf meine treffen, erklingt himmlische Musik.« Na ja, vielleicht auch nicht. Sie wollte nicht, dass er dachte, sie sei leicht zu haben. Dann befahl sie sich, damit aufzuhören, sich Sorgen zu machen. Sie hatte einfach nervöse Zustände, das war alles, weil er so attraktiv und weltmännisch war. Aber sie würde schon klarkommen; sie hatte sich schon zurechtgelegt, wie gelangweilt und modern und erwachsen sie aussehen würde. Deshalb hatte sie auch ihr Lieblingskleid angezogen. Das Hemdchen aus blassgrüner, moirierter Seide war schräg geschnitten und schmiegte sich eng an ihre Brüste und Hüften. Außerdem trug sie seidene Unterwäsche, Hemd und Höschen, sowie Seidenstrümpfe. Niemand würde sie für ein

Schulmädchen halten, besonders nicht, wenn sie ihre Augen mit schwarzem Lidstrich schminkte und den feuerroten Lippenstift auftrug, den sie billig erstanden hatte. Das würde sie im Taxi tun. Jeanette hat ihr die Nägel mit Chen Yu's Passionflower lackiert. Mutter hatte den Nagellack bemerkt, aber zur Abwechslung mal nichts gesagt. Sie war also bereit. Bis auf ihre feuchten Hände!

Plötzlich war Pause. Oh Gott, und sie hatte vom Stück nicht mehr als drei Worte mitgekriegt. Sie gingen hinaus ins Foyer, damit Bill seine Zigarette rauchen konnte, und natürlich fragte Mutter sie, wie ihr das Stück gefalle. »Oh, es ist famos«, sagte sie und lächelte beide breit an. »Ich bin so froh, dass ihr mich mitgenommen habt.«

Ihre Mutter warf ihr einen von diesen Blicken zu, der Birdie das Gefühl gab, sie könne ihre Gedanken lesen. Also riss sie die Augen weit auf und gab den Blick unschuldig zurück. Mutter schaute weg und fing an, über Margaret Sanger zu reden. »Ich habe de facto eine Klinik für Geburtenkontrolle in meiner eigenen Praxis, Bill. Und Mrs Sanger kriegt keine Lizenz für ihre Klinik! Es ist empörend! Sie bekommt nicht mal eine Lizenz für ihre Forschung. Was ist *los* mit den Männern in diesem Land?«

»Es sind nicht die Männer, Morgan«, sagte Bill, nahm einen Zug von seiner Camel und blies große Kringel in die Luft. »Es sind die Politiker. Das ist ein großer Unterschied.« Er lachte.

»Für dich ist alles ein Riesenwitz, Bill Seely.«

»Na ja, die Welt ist komisch und die Menschen sind es auch.«

»Es gibt ziemlich viel, was nicht komisch ist. Nach Harlem hochzufahren ist nicht komisch, und das weißt du auch. Addie hat Recht. Wir haben noch in keinem Nachtclub einen einzigen Schwarzen am Tisch sitzen sehen. Dabei ist es ihr Viertel. Wo sind sie? Sie können sich das nicht leisten! Sie kriegen keine Arbeit! Und was unternehmen die Politiker?«

»Also, Morgan, wenn wir die Neger-Bands hören wollen – und das wollen wir doch, ich zumindest –, müssen wir da eben hingehen. Ich weiß, es ist eine verdammte Schande mit der Rassendiskriminierung, aber du und ich, wir können nicht viel dagegen ausrichten. Denk doch mal so: Wenigstens bringen wir ihnen Geld ein. Und ihre Musik wird immer populärer. Du wirst sehen, bald spielen diese Bands auch in anderen Stadtvierteln und überall.«

Bill war ein Friedensstifter, der stets versuchte, zu besänftigen und die Dinge zu beschönigen. Birdie mochte ihn sehr, wenn es auch peinlich war, dass Mutter nicht richtig verheiratet war. Bill spielte gelegentlich Klavier in einer Flüsterkneipe oder Ähnlichem, was sie ziemlich schick fand. Im Alltagsleben allerdings war er nur Klavierlehrer, der Jungen und Mädchen in den Heights unterrichtete. Er sah nicht gut aus, nicht wie Junius Justice Malone, aber er hatte ein umwerfendes Lächeln. Und er behandelte Birdie wie eine Erwachsene. Das war fabelhaft. Er war kleiner als Mutter, doch das schien ihnen nichts auszumachen. Mir würde es was ausmachen, dachte Birdie. Ich möchte, dass mein Freund größer ist als ich, damit ich zu ihm aufschauen kann, wie es sich gehört.

Sicher, Mutter war reichlich groß für eine Frau. Diese Sorge hatte Birdie zum Glück nicht. Sie maß einen Meter achtundfünfzig, fünf Fuß, zwei Zoll, genau wie in dem Song *Five foot two, eyes of blue …* Heiraten sollte Mutter ihn lieber nicht, dachte Birdie. Die Vorstellung, dass Bill Seely ihr Vater wäre … also, das war einfach zu verrückt. Trotzdem, er war wesentlich netter als die meisten anderen Männer, mit denen Mutter ausgegangen war. Die hatten immer so klebrig süß mit Birdie getan, als ob sie regelrecht für kleine Kinder schwärmten. Sie wusste, dass das bloßes Gewäsch war, denn selbst, wenn sie sich wie das schlimmste Gör aufführte, taten sie noch so, als hätten sie sie gern. Die meisten von ihnen hatte sie gehasst.

Warum musste Mutter sich *überhaupt* mit Männern verabreden? Das hätte sie wirklich gern gewusst. Sie war zu alt, um sich was aus … Sex und dergleichen zu machen. Tante Addie verabredete sich nicht. Niemals. Tante Addie war völlig zufrieden damit, abends zu Hause zu bleiben und Radio zu hören … wenn sie nicht zu ihren Versammlungen ging, natürlich. Manchmal war es peinlich, ihren Mitschülerinnen am Packer zu erklären, dass ihre Mutter einen Freund hatte. So was gehörte sich Birdies Meinung nach nicht für Mütter.

Ein neuer Akt begann. Birdie versuchte angestrengt, dem Stück zu folgen, als sie wieder drinnen auf ihren Plätzen waren. Aber sie konnte nur an ihn denken und daran, was sie sagen würde, und was er sagen würde, und was sie *dann* sagen würde. Ihr Herz klopfte so schnell, dass ihr das Atmen schwer fiel. Sie war furchtbar nervös. Sie klatschte lauter als alle anderen, besonders als Junius Justice Malone sich verbeugte. Ihre Hände brannten. Sie bildete sich ein, dass er das Publikum forschend betrachtete. Vielleicht hielt er nach ihr Ausschau! Am liebsten hätte sie gerufen: »Hier bin ich! Hier!« Doch natürlich wagte sie das nicht. Wenn ihre Mutter auch nur die leiseste *Ahnung* hätte, was los war, würde sie sie umbringen.

Nach der Vorstellung lief alles wie geplant. Drei Blocks vom Theater entfernt sagte sie zum Taxifahrer, sie habe ihre Handschuhe vergessen, und bat ihn umzukehren. Als er sich erbot, auf sie zu warten, schenkte sie ihm ihr strahlendstes Lächeln und gab ihm ein üppiges Trinkgeld. »Nein, nicht nötig. Wirklich nicht. Aber trotzdem recht vielen Dank.«

Sie fragte jemanden, wie sie zu den Garderoben hinter der Bühne käme, und wurde auf die Gasse neben dem Theatergebäude verwiesen.

Das konnte nicht der richtige Weg sein, sagte sie sich und zögerte. Die Gasse war schmal und dunkel, lediglich von einer trübe brennenden Glühbirne auf halber Strecke beleuchtet.

Das Echo ihrer klappernden Absätze und der lange, schwarze Schatten, der ihr voranschritt, ängstigten sie. Es stank nach Katzen und Urin. Sie erreichte eine Tür, über der die Glühbirne glimmte. War das die Bühnentür? Nichts wies darauf hin. Metallstufen führten zu ihr hoch, also stieg sie hinauf, wobei das Metall unter ihrem Tritt laut schepperte. Sie spürte, wie der Lippenstift auf ihrem Mund eintrocknete. Versuchsweise rüttelte sie an der Tür. Zu ihrer Überraschung öffnete sie sich ohne weiteres, und sie trat mitten in ein Gewimmel von Menschen.

Leute rannten hin und her, riefen einander etwas zu, trugen Requisiten und verschoben Kulissen. Sie war hinter der Bühne; das wusste sie von den Stücken, in denen sie in der Schule mitgespielt hatte. Eine raue Stimme fragte: »Kann ich Ihnen helfen, Miss?«

Ein alter Mann mit eingefallenem Mund und weißen Stoppeln auf dem Kinn, der auf einem hohen, hölzernen Hocker saß, hatte sie angesprochen. Hinter ihm standen Stapel von Kisten, manche von ihnen voll gestopft mit Zetteln und Umschlägen. Waren hier ihre Briefe gelandet? »Mr Malone«, antwortete sie dem Alten.

»Erwartet er Sie?« Er taxierte sie von Kopf bis Fuß. Würde er etwa sagen: »Geh nach Hause, Kleines, *dich* empfängt Mr Malone bestimmt nicht.«

»Ja.« Sie räusperte sich. »Ja, er erwartet mich. Er hat gesagt, ich solle in seine Garderobe kommen.«

»Nummer drei«, meinte er, und als sie zögerte, zeigte er mit einer Kopfbewegung auf eine offene Metalltreppe, die im Schatten hinter ihm nach oben führte. »Treppe hoch, erster Stock links.«

Klapp, klapp, klapp. Birdie schleppte sich die wackligen Stufen hoch, voller Angst, dass sie fallen würde, wenn sie hinabschaute. Oben angekommen, blieb sie stehen und sah sich um, bis eine junge Frau, nackt bis auf ein Handtuch, das sie um sich geschlungen hatte, vorbeigelaufen kam und fragte: »Wen suchst du, Schätzchen?«

»Mr Malone.«

Das Mädchen grinste sie an. »Klar doch. Er ist in Nummer drei. Da drüben.«

Auf die Tür waren »Mr Malone« sowie eine verblichene »3« gemalt. Sie zögerte einen Moment, während hinter ihr Leute hin und her rannten. Alle schienen in rasendem Tempo zu sprechen und einander »Liebling« zu nennen. Die Wände wiesen dasselbe Hellgrün auf wie die Klassenzimmer am Packer, nur waren sie hier schmutzig und befleckt. Das einzige Fenster, das sie ausmachen konnte, war getrübt von einer dicken, grauen Schicht ... was? Sie wollte es lieber gar nicht wissen. Ihr Herz hämmerte so laut, dass sie nicht einmal ihr eigenes Klopfen an der Tür hören konnte.

»Es ist offen!«, rief die erregend vertraute Stimme.

Ein wenig zitternd öffnete sie die Tür und trat ein paar Schritte in die Garderobe. Es war ein kleiner, quadratischer Raum, in dem sich im Moment außer ihm und ihr niemand befand. Er saß vor seinem Ankleidetisch, und oh Gott, *er war nackt*. Ihr Herz begann zu rasen; ihre Füße waren am Boden festgenagelt. Sie musste raus hier, doch sie konnte sich nicht rühren. Er warf ein Handtuch in einen Wäschekorb, dann schaute er in den Spiegel, und ihre Blicke trafen sich. Sie sah, wie sich der Ausdruck seiner Augen blitzschnell veränderte: erst war er leer, dann erfreut, dann etwas, das sie nicht benennen konnte. Es ließ sie erschauern vor Erwartung. *Er findet mich hübsch, wirklich richtig hübsch,* wurde ihr klar. Wie herrlich.

Alles schien in Zeitlupe zu passieren: wie ihre Blicke sich trafen, wie er amüsiert grinste, wie er gedehnt sagte: »Lassen Sie mich raten, Sie sind meine eifrige Briefeschreiberin.« Ihr wortloses Nicken. Sein Lachen klang nicht blasiert, sondern eher ... nun ja, glücklich.

Dann stand er auf. Da sie nicht die Augen zu schließen wagte, sah sie zu ihrer Erleichterung, dass er nicht völlig unbekleidet war. Er trug Shorts. Sie hatte noch nie einen Mann in Unterwäsche gesehen und wusste nicht, wo sie hinschauen sollte. Er war sehr muskulös, hatte eine unbehaarte Brust und sogar Muskeln an den Beinen. In Wirklichkeit sah er noch besser aus als auf der Bühne. Sie konnte den Blick nicht von ihm wenden. Sie konnte sich nicht bewegen. Sie konnte kaum atmen.

Er streckte die Hand aus und sagte: »Sie sind wunderschön, Birdie Becker, wissen Sie das? Sie *sind* doch Birdie Becker, die mir die Briefe geschrieben hat, oder?« Sie vermochte nur zu nicken. »Phantastisch«, fuhr er fort. »Es ist mir wirklich ein Vergnügen. Wollen Sie mir nicht die Hand geben?« Er grinste sie an und meinte: »Wissen Sie was, wunderschöne Birdie, Sie gucken mich an wie ein Kaninchen die Schlange. Ach so, verstehe.« Er blickte an sich herab, trat rasch zu einem Haken an der Wand, von dem er einen schäbigen alten Morgenmantel aus Seide nahm, schlüpfte hinein und band sich den Gürtel um die Taille. »In Wahrheit bin ich keine Schlange, wenn Ihnen auch ein paar meiner Freunde das Gegenteil sagen mögen. Und da sind sie ja auch schon …«

Auf einmal war die kleine Garderobe voll mit Menschen und Stimmengewirr und einem Blumenstrauß. Er reichte ihn jemandem namens Rafe, damit der sich darum kümmerte. Seine Freunde nannten ihn JJ.

Birdie war wie gelähmt. Als er ganz beiläufig einen Arm um ihre Schultern legte, dachte sie, sie würde ihn Ohnmacht fallen. Es brannte dort, wo er sie berührt hatte. Er stellte sie den anderen vor. »Meine Damen und Herren, ich möchte, dass ihr euch benehmt, denn das hier ist mein neuer Schwarm. Sie heißt Birdie. Ihre Haarfarbe ist echt, und fragt mich nicht, wie alt sie ist!« Alle lachten – zu ihrer Überraschung auch sie selbst. Er drückte ihre Schulter leicht und murmelte: »Braves

Mädchen. Lach einfach über meine Witze, dann kommen wir schon miteinander klar.«

Wenn da nicht all die Leute gewesen wären, die sie anschauten, hätte sie sich am liebsten gekniffen. Sie hoffte nur, dass sie sich später an jede einzelne Sekunde dieses Abenteuers würde erinnern können. Jeanette würde auf einem vollständigen Bericht bestehen. Und Birdie wollte diesen Abend sowieso ewig in ihrem Herzen und ihren Gedanken bewahren. Jetzt, da er angekleidet war – so halbwegs jedenfalls – und sich all diese wunderschönen Menschen in die Garderobe drängten, war die Situation nicht mehr beängstigend. Sie war aufregend. Jetzt wusste Birdie, was die Leute meinten, wenn sie sagten, sie seien im siebten Himmel.

JJ Malone ließ sie auf einem kleinen Klappstuhl Platz nehmen und sagte: »Rühr dich nicht vom Fleck. Ich muss mich umziehen, aber ich bin schneller fertig, als die Maus ein Loch findet.« Einer der Männer im Zimmer schnaubte und meinte: »Die Maus kennen wir und das Loch auch!« Doch JJ blickte finster drein und bat ihn, »freundlicherweise den Mund zu halten«. Zu Birdie sagte er: »Achte gar nicht auf meine ungehobelten Freunde. Ich bin gleich so weit.«

Er nahm erneut vor dem Spiegel Platz und fuhrt fort, sich die Schminke abzuwischen. Dann verschwand er hinter einem Wandschirm und setzte, während er Kleidungsstücke über die Kante warf, sein Geplänkel mit den anderen fort.

Als er wieder zum Vorschein kam, schrecklich elegant in seiner Abendgarderobe, studierte Birdie ihn. Er war so stattlich, schlank und groß mit dichtem, dunklem Haar und tief liegenden Augen von einem leuchtenden, durchdringenden Blau. Seine Nase war kurz und gerade, sein Mund immer zu einem Lächeln bereit, seine Wangenknochen waren wie gemeißelt. Er hatte ein Grübchen im Kinn und ein Zwinkern in den Augen. Er sah … irgendwie diabolisch aus. Der Gedanke ließ sie ein wenig erschauern.

Aus den Kritiken und Artikeln, die sie ausgeschnitten hatte, wusste sie, dass er bisher den jugendlichen Liebhaber gespielt hatte, jetzt aber zum zweiten Hauptdarsteller aufgerückt war, seiner Rolle in *The Silver Cord.* Birdie war überzeugt davon, dass er eines Tages ebenso berühmt sein würde wie John Barrymore – noch berühmter sogar. Und er war so nett! Alle paar Minuten schaute er sie an, grinste und zwinkerte ihr zu oder sagte etwas, das sie betraf. Er war voller geistreicher und witziger Bemerkungen, über die sich alle kaputtlachten. Immer wieder nippte er an einer schlanken, silbernen Flasche, die er aus seiner hinteren Hosentasche zog. Eine Taschenflasche, eine richtige Taschenflasche! Oh Gott, wie romantisch! Er bot sie ihr an, und sie nahm einen kleinen Schluck, wobei sie sich bemühte, sich nicht zu verschlucken und zu husten, als er ihr wie Feuer die Kehle hinabrann. Jemand erkundigte sich nach dem Namen seines Schwarzhändlers, und er wandte sich zuerst Birdie zu und bat sie, den Namen nicht zu verraten. Sie versprach es und er zwinkerte. Sie fühlte sich – sie wusste gar nicht, wie sie sich fühlte. Überschäumend irgendwie.

Alle fingen an, über Jazz zu reden. JJ fragte sie, ob sie Jazz mochte, und sie war mächtig froh, dass sie die Namen von King Oliver und Duke Ellington und Louis Armstrong kannte und wusste, was der Chicago Style war. Als sie sagte, sie liebe ihn, vor allem den Blues, kam JJ zu ihr herüber und küsste sie auf den Scheitel. Dann sprachen sie über jemanden namens Buster, dessen Stück abgesetzt worden war, ob das nicht eine Schande sei, und jeder lachte und jubelte. Sie hatte keine Ahnung, wer Buster war, oder warum die Absetzung seines Stückes komisch sein sollte, aber was machte das schon? Sie war hier, und sie gehörte dazu, zu der aufregenden Welt der Erwachsenen, wenigstens für eine kurze Weile.

Der Gedanke an das Wort »erwachsen« verursachte ihr plötzlich Unbehagen. Wenn Addie nun nicht so früh zu Bett ging wie sonst? Wenn sie im Haus auf und ab lief, *genau in diesem Moment*, und sich fragte, wo Birdie steckte? Wenn sie nun die Polizei rief? Oh Gott, die Polizei! *Ich muss wirklich bald gehen*, dachte Birdie, *und zusehen, dass ich nach Hause komme. Ich sollte mich einfach ganz beiläufig verabschieden. Sagen, dass ich noch eine Verabredung habe* – das klang erwachsen – und aufbrechen muss. Aber JJ stand neben ihr mit der Hand auf ihrer Schulter, und das wollte sie sich nicht verderben. Dann nahm er die Hand weg, um nach der Flasche zu greifen, nahm noch einen kleinen Schluck daraus, zog Birdie hoch und winkte die anderen zu sich.

»Okay, Leute. Düsen wir in den Punk Angel, bevor alle Tische besetzt sind. Wer kommt mit? Peggy? Andrew und Martha? Los, Leo, du doch auch, gut ... Und natürlich die anbetungswürdige Margarita ...« Er schlüpfte in seine Jacke und überprüfte seine Haare im Spiegel. Birdie stand da wie angewurzelt und dachte: *Was mache ich jetzt? Soll ich warten, bis sie alle aus der Garderobe rausmarschiert sind? Soll ich Mr Malone dafür danken, dass er mich nach der Vorstellung empfangen hat? Soll ich mich von jedem verabschieden oder –?*

»Du kommst doch auch mit, schöne Birdie, oder?«

»Ich? Ach, lieber nicht.«

»Oh doch, lieber doch. Du musst einfach. Jetzt, wo ich dich gefunden habe, darf ich dich nicht wieder verlieren.« Es lief ihr kalt über den Rücken. »Sag ja, los, öffne deinen reizenden Rosenknospenmund und sag, dass du mitkommst.«

Jeder Gedanke an Addie, ihre Mutter, die Polizei, die Uhrzeit verflüchtigte sich. *Deinen reizenden Rosenknospenmund.* Oh Gott, wenn sie das Jeanette erzählte! »Ja, ich komme mit«, sagte sie. »Aber, Mr Malone –«

»Hey! Was soll der Mr-Malone-Quatsch? Meine Freunde nennen mich JJ.« Er legte ihr einen Finger unters Kinn und hob ihr Gesicht an.

»Und ich habe das komische Gefühl«, meinte er nachdenklich, wobei er ihr so tief in die Augen blickte, dass ihr noch ein Schauer über den Rücken lief, »dass wir wirklich sehr gute Freunde werden, du und ich.«

28

November 1930

Addie war müde. Müde bis auf die Knochen. Vielleicht war sie allmählich zu alt, um noch so schwer zu arbeiten. Sie wollte die Tür öffnen und kramte, als sie sie verschlossen fand, in ihrer großen Ledertasche nach dem Haustürschlüssel. Wie sie diese trübseligen grauen Novembertage hasste! Bisher hatte es noch nicht geschneit, nur in eisigen Strömen geregnet, und das reichlich, sodass sie sich fühlte, als wäre sie durch und durch feucht. Besonders missfiel es ihr, im Dunkeln nach Hause zu kommen. Sie konnte den Winter nicht leiden, das war alles. Nun, dagegen war nichts zu machen, denn sie hatte nicht vor, jenen tapferen Seelen – für sie waren sie Pioniere – zu folgen, die in den Süden gingen, um den Staat Florida zu zivilisieren. Vielleicht gelang es ihnen, falls sie es je schafften, sich der Moskitos und Krokodile und Sümpfe zu entledigen. Doch das war nichts für sie, nicht in ihrem Alter. Sie trat in den vorderen Salon und ließ sich dankbar in einen Sessel fallen. Nur einen Moment wollte sie ausruhen, während sie darauf wartete, dass Morgan ihren letzten Patienten empfing und nach oben kam, um mit ihr einen Cocktail zu trinken. Und sie würde nicht einschlafen wie all die anderen Male und sich mit weit offenem Mund schnarchend erwischen lassen. Sie hatte einen langen, anstrengenden Tag in der Klinischen Forschungsstelle für Geburtenkontrolle hinter sich, wo sie mit einer Frau nach der anderen geredet hatte. Die Forschungsstelle sammelte Fallgeschichten für eine wissenschaftliche Studie. Es war harte

Arbeit, weil man sich wirklich auf das, was die Frauen sagten, konzentrieren und auch zwischen den Zeilen lesen musste.

Von der Küche stieg ein köstlicher Duft nach oben. Mulligan hatte einen ihrer Rindfleischeintöpfe gemacht. Addie lief das Wasser im Mund zusammen, und ihr wurde klar, dass sie nicht zu Mittag gegessen hatte. Sie war hungrig, aber sie würde nie ohne Morgan essen, die noch in ihrer Praxis beschäftigt war. Sie liebten beide ihren Cocktail vor dem Dinner und waren Expertinnen im Mixen geworden. Whisky und Wein bewahrten sie versteckt hinter den kunstvoll geschnitzten Türen einer Vitrine auf. Addie wollte heute Abend ein paar Manhattans mixen. Die Schwarzhändler hatten aus Kanada guten Whisky herangeschafft, von dem sie mehrere Flaschen hatten. Sie könnte jetzt wirklich einen Drink gebrauchen, doch sie würde auf Morgan warten.

Es war nicht nur das düstere Novemberwetter, das sie bedrückte. Jeder in der Forschungsstelle war überarbeitet, hauptsächlich deshalb, weil männliche Ärzte sich weigerten, Anordnungen von einer Frau zu befolgen, vor allem einer ohne die »richtigen« Zeugnisse. So ein Unsinn!, dachte Addie, während sie aufstand, um ihren Mantel und Hut in den Flurschrank zu hängen. Dr. Hannah Meyer Stone hatte nur einen Abschluss in Pharmazie, das stimmte, aber etliche Jahre praktischer Erfahrung in der pädiatrischen und gynäkologischen Abteilung des New York Hospital hinter sich. Was machte es also, dass sie nicht »anerkannt« war? Das war Morgan auch nicht, und nach Addies Ansicht praktizierte in der ganzen Stadt New York keine bessere Ärztin als sie.

Jedenfalls waren sie, da nur wenige Männer sich als Freiwillige in einer Klinik für Geburtenkontrolle meldeten, stets knapp dran mit Ärzten. Es gab mittlerweile zwar mehr Ärztinnen, doch die Belegung von Krankenhausbetten wurde ihnen nach wie vor verwehrt. Frauen hatten immer noch einen zweitklassigen Status! Mrs Sanger hatte ganz Recht! Sie arbeitete für das, woran sie glaubte, und tat in ihrem Privatleben genau das, was ihr gefiel. Mehr Macht für sie!

Als Addie sich wieder dem Salon zuwandte, hörte sie Morgans Schritte auf der Hintertreppe.

Morgan begrüßte sie und fragte: »Hat sich die Queen heute tatsächlich blicken lassen? Oder treibt sie sich diesen Monat in Paris rum?« Morgan arbeitete seit Ewigkeiten nicht mehr ehrenamtlich für sie. Sie meinte, Mrs Sanger sei eifersüchtig auf die Fachkenntnis jeder anderen Frau, besonders die von Ärztinnen. Nachdem sich Van der Veldes Buch über Sexualität, Ideal Marriage besser verkaufte als Sangers *Happiness in Marriage* »war die Sache für die Queen gelaufen«, behauptete Morgan. »Es war aber wirklich ihre eigene Schuld. Sanger hat einen Spaten nicht als Grabwerkzeug bezeichnet, sondern als einen runden Gegenstand. Sie war so erpicht darauf, niemandem zu nahe zu treten, dass sie zu guter Letzt überhaupt keine Ratschläge gab. Van der Velde war wenigstens deutlich – und wünschen sich das all diese Frauen nicht am meisten? Dass jemand sich unverblümt äußert? Kein Wunder, dass *Ideal Marriage* das Buch ist, nach dem die Leute greifen, wenn sie nach Informationen über Sexualität suchen!«

»Aber Morgan, wenn Margaret Sanger nicht wäre …«

»Bitte. Verschone mich mit ›wenn Margaret Sanger nicht wäre‹. Es gibt noch mehr Frauen, die sich für die gute Sache einsetzen, Addie, das weißt du ganz genau. Nein, Margaret Sanger ist ein verwöhntes Balg, das lange Zeit die Königin der Bewegung war. Jetzt, wo andere sich dem Kampf angeschlossen haben, befürchtet sie, dass man ihr nicht mehr so viel Aufmerksamkeit schenkt.«

»Ich wünschte«, sagte Addie jetzt, »du würdest nicht immer in diesem Ton von Mrs Sanger sprechen. Das ist so unfair! Sie arbeitet so hart, reist so viel, redet mit so vielen Menschen …«

»Was soll's«, lenkte Morgan ein. »Streiten wir uns nicht über Margaret Sanger. Wichtig ist, dass wir, du und ich, dafür sorgen, dass Frauen Informationen bekommen, wenn sie sie brauchen.« Ohne ein weiteres Wort traten sie in den vorderen Salon, wo Addie emsig begann, ihre Manhattans zu mixen.

Morgan ließ sich in den Sessel fallen. »Du würdest nicht glauben, dass es so was wie ein Lehrbuch über Sexualität gibt, wenn du den ganzen Tag neben mir säßest. Manche meiner Patienten stellen die dümmsten Fragen! ›Stimmt es, das man nicht schwanger wird, wenn man gleich nach dem Geschlechtsverkehr aufsteht und alles raustropfen lässt?‹ Und das von einer verheirateten Frau, die schon sechs Kinder hat ... und nun ist ein siebtes unterwegs. Ich habe versucht, sie von einem Diaphragma zu überzeugen, aber davon wollte sie nichts wissen. Hat Angst, dass es einwächst und sie es nie wieder rauskriegt. Danke, den Drink kann ich gebrauchen.« Sie prosteten einander schweigend zu, nippten und seufzten vor Behagen.

Wenige Augenblicke später steckte Mulligan den Kopf durch die Tür und sagte: »Ich gehe jetzt. Ich habe einen schönen Eintopf auf dem Herd warm gestellt.«

»Danke, Mrs Mulligan. Hoffentlich haben Sie was für Pat mitgenommen.« Pat Mulligan, Agnes Mulligans Ehemann, lag seit Monaten mit der Auszehrung im Bett. Er benötigte alles Nahrhafte, was er kriegen konnte.

»Herzlichen Dank, ja, das habe ich. Pat isst so gern Rindfleisch, und der Himmel weiß, wo wir es bei den Preisen ohne Sie hernehmen sollten.«

»Du bist so gütig zu allen, Morgan«, sagte Addie, nachdem die Haushälterin gegangen war. »Dafür –«

Morgan, die träge in einer Zeitschrift geblättert hatte, schaute auf. »Dafür–?«, hakte sie nach.

»Dafür bewundere ich dich. Und dafür lieben dich deine Patienten.«

»Danke, Addie, es tut gut, das zu hören. Ich lasse mich wirklich zu sehr auf meine Patienten ein – was man, wie Ärzten beigebracht wird, unbedingt vermeiden soll.«

Ein paar Minuten lang schlürften sie in freundschaftlichem Schweigen ihre Cocktails. Dann stand Morgan auf und füllte beide Gläser aus dem Shaker neu auf.

»Lass uns dieses wunderbare Elixier mit nach unten nehmen und von dem guten Rindfleischeintopf essen. Ich bin ein bisschen benebelt«, sagte sie. Sie schaltete das elektrische Licht aus, als sie gingen, und dann stiegen sie die Treppe hinab in die große, warme Küche.

Addie deckte auf, während Morgan das schwere, dunkle Brot in Scheiben schnitt, das sie beide so mochten. Morgan stellte den Teller mit Brot und eine Schüssel Butter auf den runden Tisch. »Oh, schau mal. Ein Brief von Birdie.«

»Gut. Was schreibt sie?«

Morgan überflog die Zeilen, während sie aß. »Wie üblich, Addie, schreibt sie viel und erzählt nichts. Ihre Kurse Blabla, ihre Dozenten Blabla, der Zug, mit dem sie fahren wird, Blabla. Ich kann nicht glauben, dass eine so schöne junge Frau keine Verehrer hat! Keine Freundinnen! Es scheint, als würde sie überhaupt nicht leben!«

Sie reichte Addie die Blätter und hatte Mühe, die Tränen zurückzuhalten. Geschah es womöglich jetzt? Hörte Birdie Stimmen, die sie daran hinderten, Freundschaften zu schließen? Hatten diese Stimmen sie grausam verhöhnt, sodass sie sich nicht verlieben konnte? Von dieser Sorge war Morgan nie ganz frei. Und Birdies Brief klang so falsch; ihr war klar, dass sie irgendetwas verheimlichte.

Sie erinnerte sich an den Abend, als sie *Seltsames Zwischenspiel* sahen, Eugene O'Neills neues Stück. Nur sie drei, Morgan, Addie und Birdie, waren an einem Wochentag ins Theater gegangen. Sie entsann sich daran, weil sie nach der Arbeit meistens zu erschöpft war, sich am Broadway zu amüsieren. Aber Birdie hatte es unbedingt anschauen wollen – sie musste Ferien gehabt haben –, und O'Neill war natürlich immer sehenswert.

Als sie die Besetzungsliste durchging, stieß Morgan auf einen ihr vertrauten Namen. Junius Justice Malone. »Haben wir diesen jungen Mann nicht schon mehrfach gesehen, Birdie? Hast du ihm nicht mal einen Brief geschrieben?«

Birdie wurde tiefrot und stammelte so etwas wie, warte mal, tatsächlich? Ach ja, vielleicht. Sie glaubte, sie hatte ihn nicht abgeschickt, sie erinnerte sich nicht mehr daran. Sie war ja noch ein Kind gewesen und ein bisschen vernarrt in ihn. »Er ist aber *wirklich* gut, Mutter, er wird ständig erwähnt. ›Der junge Mr Malone erledigt seine Aufgabe hervorragend wie immer‹ … und so fort.« Sie schwatzte weiter drauflos, Morgan fand, Birdie verhalte sich, als wäre sie bei etwas Unrechtem ertappt worden. Aber jener Brief war vor Jahren verfasst worden; er sollte sie so lange Zeit später nicht mehr bekümmern.

Dann war der Vorhang aufgegangen; sie ließen sich von dem Stück fesseln, und Morgan vergaß, auf das Gespräch zurückzukommen. Der Handlung entsann sie sich lebhaft, weil sie sie tief beeindruckt hatte. Sam Evans – das war die Figur, die der junge Malone spielte – ist mit Nina verheiratet. Sams Mutter drängt darauf, dass Nina kein Kind von Sam bekommt, weil es in der Familie Fälle von Geisteskrankheit gibt. Also beginnt Nina eine Affäre mit dem Hausarzt und kriegt einen Sohn, Gordon, von ihm. Gordon wächst auf im Hass auf den Arzt und erfährt nie, dass er in Wahrheit sein Vater ist. Das Geheimnis wird nicht gelüftet.

Morgan war von dem Stück fasziniert gewesen. Es erinnerte sie natürlich an Becky. In der Nacht darauf hatte sie zum ersten Mal seit Jahren wieder von Bird geträumt, die sehr ernst dreinblickte und Morgan vor etwas zu warnen schien. War es eine Warnung, dass die bösen Geister sich Birdies, ihrer schönen, strahlenden Tochter, bemächtigen wollten?

»Morgan, um Himmels willen, was ist los mit dir? Du siehst aus wie eine Gewitterwolke.«

»Ich mache mir Sorgen um Becky … Birdie, meine ich.«

»Becky wer? Und warum solltest du dich um Birdie sorgen? Sie macht sich großartig auf dem College und ist zum Medizinstudium an der Cornell University zugelassen, was eine große Ehre ist. Und ihr Praktikum absolviert sie hier in New York – am Bellevue, genau wie ihr Vater. Du müsstest doch sehr glücklich sein.«

»Becky war meine Schwester. Ja, ich hatte eine Schwester, eine ältere Schwester. Birdie gleicht ihr, ist ebenso zierlich und rothaarig und schön.« Morgan hielt die Luft an und atmete dann tief aus. »Meine Schwester Becky war geisteskrank. Sie war wahnsinnig. Dasselbe galt für die Schwester meiner Mutter, meine Tante. Margaret hieß sie, aber alle nannten sie Quare Auntie. Beide lebten im Wald, zu unterschiedlichen Zeiten, wie wilde Tiere, und beide hörten Stimmen, die ihnen schreckliche Dinge einflüsterten. Schizophrenie, Addie. Das weiß ich inzwischen. Dr. Grace hat es mir als Erste gesagt. Bis dahin dachte ich immer, es seien böse Geister. Unsere Familie war dafür bekannt, dass sie mit den Geistern sprach. Ich weiß, es klingt alles furchtbar … primitiv und dumm. Aber mir kam es ganz real vor. Ich akzeptierte sie beide, Quare Auntie und Becky, und ihr merkwürdiges Verhalten auch.

Meine Mutter erzählte mir, dass dieses sonderbare Verhalten in unserer Familie häufiger vorkam, und ein Kriterium für das Volk der Pequot war, nach dem sie ihre Medizinmänner auswählten. Sie erwähnte auch, dass einer unserer Vorfahren die Schüttelkrankheit hatte und mit Schaum vor dem Mund zu Boden fiel. Und wenn er aufwachte, hatte er Visionen. Er war noch ein Junge, aber in seinem Dorf wussten alle, dass er etwas Besonderes war. Sie machten ihn zu ihrem Schamanen. Und einmal erzählte meine Mutter von einem Bruder, den sie sehr geliebt hatte. Er fiel ebenfalls zitternd und zuckend zu Boden und hatte Erscheinungen. Er hasste das jedoch, sagte sie. Er fand es abscheulich, anders zu sein, und als er sechzehn war, brachte er sich um …« Hier hielt Morgan inne.

Schweigend hing sie den Bildern aus ihrer Vergangenheit nach. Dann fügte sie hinzu: »Jetzt weißt du, wieso ich mir echte Sorgen um Birdie mache. Sie ist Teil meiner Familie, und in jeder Generation scheint einer oder eine zum Wahnsinn verdammt zu sein.«

»Oh, Morgan!« Addies Stimme war belegt vor Kummer und Mitgefühl. »Ich bin sicher, dass mit ihr alles in Ordnung ist! Ich habe noch nie eine junge Frau mit so viel gesundem Menschenverstand erlebt. Birdie und verrückt? Nein! Das ist völliger Unsinn!«

»Vielleicht. Aber manchmal –« Morgan zögerte. Sie war nicht bereit, irgendjemandem von ihren Träumen, in denen ihr Birdie erschien, zu erzählen, nicht einmal der lieben Adelaide, ihrer besten Freundin. Wenn sie jemandem von Bird erzählte, würde sie wahrscheinlich abgeholt werden. »Ich habe solche Angst um Birdie, solche Angst!« Die Tränen strömten ihr aus den Augen.

Addie zog ihren Stuhl näher heran und tätschelte Morgan den Rücken. »Nun beruhige dich mal. Schau dir Birdie doch an. Sie macht sich so gut auf dem College. Die besten Noten in allen Fächern, so intelligent ist sie. Schließlich hat sie auch ihren Ehrgeiz aufgegeben, Schauspielerin zu werden. Weißt du, wie erleichtert wir waren? Bitte sorg dich nicht. Birdie ist wahrscheinlich viel zu sehr mit Lernen beschäftigt, um gesellschaftlichen Umgang zu pflegen.«

»Du hast natürlich Recht«, schnüffelte Morgan und lächelte Addie unter Tränen an. »Vermutlich sitzt sie gerade jetzt an ihrem Schreibtisch und lernt.«

Sie wand sich wie eine Schlange, die wunderschönen grünen Augen weit offen und vor Leidenschaft glänzend, ihre Hände auf seinem Arsch, ihn enger an sich pressend. Er spürte, wie er anschwoll und kurz davor war, in sie hineinzuschießen. Deshalb hörte er auf, sich zu bewegen, und sagte sich im Geiste das Einmalsieben vor, das er als Kind nie hatte behalten können. Aber sie war außer Rand und Band. »Nein!«, schrie sie. »Hör nicht auf, hör nicht auf!« Sie fing an, sich mit dem Unterleib an ihm zu reiben. Er versuchte, dagegen anzukämpfen, doch es war zu viel für ihn. Er stieß in sie tiefer und tiefer, lange konnte er nicht mehr warten, und schneller und schneller und schneller und JETZT. Er kam wie ein Stier und das nicht zu knapp, dabei war es nicht das erste Mal heute. Großer Gott, was sie mit ihm anstellte!

Er entspannte sich, drehte sich zur Seite und drückte ihren seidenweichen Körper eng an sich. Sie war wirklich einmalig! Sieht aus wie ein Engel und fickt wie der Teufel. Das sagte er immer zu seinen Freunden, wenn sie ihn einen Kinderschänder nannten. Sieht aus wie ein Schulmädchen, vögelt wie eine Hure.

Er löste sich von ihr und stützte sich auf den Ellenbogen, sodass er ihr mit dem Finger über Gesicht und Kehle und Schulter streichen konnte. Langsam fuhr er über die Rundung ihrer Brust und weiter bis zu der rosigen Brustwarze, die sich sofort versteifte, als er sie berührte.

»Keiner würde glauben, was für eine Wildkatze du im Bett bist, Birdie Becker. Du siehst aus wie die Jungfrau Maria mit deinem aprikosenfarbigen Haar und deiner glatten rosig-weißen Haut«, sagte er. »Nur ich weiß, wie du wirklich bist. Ich *bin* doch der Einzige, oder?«

Er griff fest zu und Birdie schrie auf. »Hey! Du tust mir weh!«, und zog sich verärgert von ihm zurück. »Manchmal wirst du richtig grob, JJ, weißt du das? Und das mag ich nicht. Also nimm dich in Acht.«

»Aber ich bin der Einzige, stimmt doch, oder nicht? Sag's mir.« Er langte erneut nach ihrer Brustwarze und kniff sie.

»Ja, ja, ja. Hör auf damit, ich meine es ernst!« Sie rollte sich vom Bett, stand auf und schaute finster auf ihn hinab.

»Oh, mein strenges kleines Mädchen.« Er kniete sich hin,

griff nach ihr und zog sie wieder aufs Bett, wo sie einen Moment lang so taten, als rängen sie miteinander. Er küsste sie leicht, dann drängender, als er fühlte, dass sein Schwanz sich regte und zum Leben erwachte. Er war in der idealen Position und wollte eben in sie hineingleiten, doch sie spielte nicht mit. Sie stieß ihn weg und erhob sich, weil sie, wie sie sagte, auf die Toilette musste. »Und fang nicht wieder zu trinken an, JJ! Du hast schon eine halbe Flasche Gin intus und es ist erst halb fünf!«

»Na und? Ich muss ja nicht arbeiten. Keiner wartet auf mich. Na gut, in Ordnung, Schätzelchen, ich trinke nichts mehr.«

Aber sobald sie die Badezimmertür hinter sich geschlossen hatte, stand er auf und nahm einen Schluck aus der Flasche, die er in der Schreibtischschublade versteckt hatte. Sie waren in seinem Hotelzimmer, nicht weit entfernt vom Campus. Sie waren sehr vorsichtig. Birdie bestand darauf. Sie wollte nicht vom College geworfen werden. JJ fand, das wäre gar keine schlechte Idee gewesen, doch er wagte nicht, sie zu äußern.

Jedenfalls wollte er heute noch einmal Sex mit ihr haben, bevor sie mit ihrer Streberinnen-Masche loslegte, von wegen Lernen und Kurse und Noten. Warum zum Teufel musste sie Ärztin werden, um Himmels willen? Konnte sie nicht an einer Schule unterrichten oder als Sekretärin arbeiten wie jedes andere normale Mädchen? Birdie doch nicht; sie musste Medizin studieren, und das bedeutete noch mal vier Jahre, in denen sie sagte: »Jetzt nicht mehr, ich muss lernen.« Er wollte, was er wollte, dann, wann er es wollte. Und verdammt, Birdie Becker wollte er auf Teufel komm raus.

Er war besessen von ihr, konnte nicht genug von ihr kriegen. Wenn er nicht mit ihr zusammen war, dachte er an sie. Er hatte versucht, andere Mädchen zu vögeln, aber es nützte nichts. Egal, was sie taten oder wie fabelhaft sie aussahen oder wie bereitwillig sie waren, sie waren nicht sie. So etwas war ihm noch nie passiert bei einer Frau, niemals, und verflucht noch mal, es ärgerte ihn. Woher kam es, dass sie solche Macht über ihn hatte, dieses Kind, das Jungfrau gewesen war, bevor er sie sich geschnappt hatte?

Schnell steckte er sich ein Pfefferminz in den Mund, als er ihre nackten Füße hinter sich hörte, drehte sich um, packte sie und verpasste ihr einen dicken, saftigen Zungenkuss. Sie stieß einen kleinen Seufzer der Erleichterung aus, als sie das Pfefferminz schmeckte, dann erwiderte sie den Kuss. Er zog sie eng an sich und liebkoste zärtlich das seidige Fleisch ihres Hinterteils.

»Das kannst du vergessen«, lachte Birdie. »Ich muss in einen Kurs.«

Er hörte nicht auf. Er fuhr fort, sie zu küssen, und als er schön steif war, nahm er ihre Hand und legte sie um seinen Penis. Damit kriegte er sie meistens. »Los doch, Baby, Süße, du kannst mich in diesem Zustand nicht allein lassen. Los, einen auf die Schnelle, damit du an mich denkst ...«

Sie stieß ihn weg. »Nein, nein, auf keinen Fall, JJ. Bisher sind wir nicht erwischt worden, und ich will, dass es so bleibt. Ich bin die liebe kleine gelehrige Birdie Becker, und dabei blcibt es auch.«

»Und da wird behauptet, ich sei ein guter Schauspieler!«

Birdie betrachtete ihn. Er war so schön, so sexy. Sie liebte das Beisammensein mit ihm; er behandelte sie gut, war nett und liebevoll zu ihr. Doch er konnte warten. Sie würde nach dem Unterricht wiederkommen. Manchmal war er richtig gierig. Wenn sie zusammen in der Stadt waren und er eine Aufführung oder eine Probe oder einen Vorsprechtermin hatte, war jedenfalls nie von einem zwischendurch auf die Schnelle die Rede. Nein, *dann* handelte es sich ja um etwas *Wichtiges*, nämlich um *seine* Arbeit. Es gab drei Dinge, die JJ Malone gern tat: auf der Bühne stehen, vögeln und trinken. Die Schauspielerei stand stets an erster Stelle. Bedeutete sie ihm überhaupt etwas? Liebte er sie? *Glaubte* er es wenigstens? Er hatte es ihr nie gesagt, deshalb hatte auch sie ihm nicht erzählt, wie es in ihrem Herzen aussah. Sie war verrückt nach ihm. So verliebt, dass sie sicher war, sie müsste sterben, falls er ihrer je überdrüssig werden und sie verlassen würde.

Im Moment stand er vor ihr, splitterfasernackt, und es gab keinen Zentimeter seines Körpers, den sie nicht liebte und nicht küssen würde. Doch sie hatte Angst, ihn wissen zu lassen, welche Macht er über sie hatte.

Sie begann sich anzuziehen und sagte mit einschmeichelnder Stimme: »Aber JJ, du bist ein guter Schauspieler, das weißt du genau! Der beste! Es ist reines Pech, dass du derzeit keine Arbeit hast. Du kriegst bestimmt bald wieder eine Rolle. Ich weiß es einfach!«

»Na ja … pass auf, Birdie, behalt es für dich, aber Edna Ferber und George S. Kaufman schreiben gerade zusammen an einem Stück. Sie wollen es irgendwann nächstes Jahr fertig haben, und Arne meint, es wäre eine großartige Rolle für mich drin. Allerdings muss ich ein braver Junge sein«, höhnte JJ, »und pünktlich zu den Proben kommen und nüchtern bleiben und blabla.« Er begann, im Zimmer auf und ab zu gehen und Gegenstände in die Hand zu nehmen und gleich wieder hinzustellen, wie er es immer tat, wenn er angespannt war.

»Das ist nicht bloß Blabla, JJ. Du trinkst furchtbar viel …«

»Sag mir nur eins. Hast du mich je betrunken und abstoßend erlebt?«

»Nein, das nicht, aber –«

Er legte ihr einen Finger unter das Kinn und hob ihren Kopf für einen flüchtigen Kuss an. »Noch bist du keine Ärztin, Schätzelchen. Kümmere dich um deinen eigenen Kram, ja?«

»Aber JJ, ich wollte nur –«

»Ja, du willst nur deine blöde Medizin pauken, Birdie, sodass ich dich gar nicht mehr zu sehen kriege! Meine Güte,

Birdie, du musst doch keine Ärztin werden, auch wenn Mutter das meint.«

»Ich werde nicht Ärztin, weil meine Mutter es will. Ich werde Ärztin, weil die Frauen in meiner Familie immer Ärztinnen gewesen sind.« Als sie seinen Gesichtsausdruck sah, sagte sie: »Das stimmt, JJ. Und ich habe mich extra in Cornell beworben, damit ich oft in der Stadt sein kann. In deiner Nähe, JJ.«

»Ja, was ist eigentlich aus deiner Idee geworden, nicht mal aufs College zu gehen, Birdie? Erinnerst du dich? Weißt du noch, dass du zu jedem Vorsprechtermin gehen wolltest, bis du eine Rolle ergatterst, egal wie klein? Weißt du noch, dass ich dir alle Tricks beibringen und Artie bitten sollte, dein Agent zu werden? Du hast Talent, Birdie, wirklich. Was ist denn *daraus* geworden?«

Sie lachte und meinte bedächtig: »Wenn einer von uns ab und zu arbeitslos ist, reicht das doch, findest du nicht?«

»Ich bin fast nie ohne Arbeit, Birdie, das weißt du genau! Wie gemein von dir, so was zu sagen!« Sie dachte tatsächlich, er würde womöglich in Tränen ausbrechen; es war sehr merkwürdig.

»Ich hab nur Spaß gemacht, JJ, ehrlich.«

»Ist es etwa meine Schuld, dass zwei Stücke, für die ich vorgesehen war, schon abgesetzt wurden, bevor sie nach New York kamen?«

»Nein, JJ, aber bei *Seltsames Zwischenspiel* wurdest du gefeuert, weil du zu oft betrunken angetanzt kamst.«

»Ach, das.« Er lachte kurz auf. »Ich war nicht betrunken, bloß ein bisschen angeheitert. Der Produzent ist ein Pedant, das weiß doch jeder.«

Sie antwortete nicht. Er wollte einfach nicht wahrhaben, wie oft er nach einem Drink griff, und sie durfte ihm nie sagen, er sei betrunken gewesen. Ihm zufolge war er nie betrunken, bloß ein bisschen angeheitert. Nun, im Moment hatte sie keine Zeit, sich mit ihm darüber zu streiten. Sie musste in ihren Kurs über abendländische Zivilisation; sie schrieben heute eine Arbeit. Bis zu den Winterferien waren es nur noch zehn Tage. Und dann musste sie in den Zug steigen. Sie erschauerte bei der Vorstellung. Ihr kam dabei immer die Zugfahrt mit Pa in den Sinn, als sie sich mit Masern angesteckt hatte …

»Was ist los mit dir, Süße? Hast du einen Toten gesehen?«

Nicht gerade die beste Wortwahl, aber natürlich dachte sich JJ nichts dabei. »Ich musste nur daran denken, dass ich bald mit dem Zug nach New York fahre. Gott, wie ich Züge hasse!«

»Züge? Wieso denn das, um Himmels willen?«

»Nichts. Nichts. Ich hasse sie einfach, das ist alles!« Ohne Vorwarnung fing sie an zu weinen.

Sofort nahm JJ sie in die Arme. »Komm, Schnucki, sei nicht traurig. Trockne dir die Tränen ab und lass dich von JJ trösten.«

Er strich ihr sanft über den Rücken bis hinunter zum Gesäß, und als er sie an sich zog, spürte sie die harte Schwellung und wurde nass vor Verlangen nach ihm. Zum Teufel mit der Prüfungsarbeit, sie würde sie ein andermal schreiben. Ihre Dozenten liebten sie, bei denen konnte sie sich erlauben, was sie wollte. Und im Moment wollte sie JJ Malone.

29

Mai 1931

Das Indigo in der East 21st Street von Manhattan war eine von Bills Lieblingskneipen. Sie gingen oft dorthin, eher der Musik als des illegalen Fusels wegen. Heute Abend spielte ein Trio, Bass, Klavier und Saxophon, dessen gefällige Spielweise Morgan sehr gut gefiel. Manchmal fand sie Jazz zu hektisch und zu laut, doch diese drei Männer hier bewegten sich irgendwie leicht und beschwingt und gemächlich durch die Melodien. Besonders gern mochte sie den Bassisten, einen jungen Schwarzen, der sein Instrument zu umarmen und zu liebkosen schien. Er hatte große Hände und lange Finger, aber wie mühelos sie über die Saiten flogen, und welch satte Klänge ihre Berührung erzeugte! Sie war fast in ihn verliebt; aber natürlich hatte sie nie mehr als ein Kopfnicken ausgetauscht. Sein Spiel hatte etwas ganz Eigenes, eine bestimmte Süße, die es ausstrahlte.

Sie lehnte sich dicht an Bill und flüsterte ihm ins Ohr: »Wer ist der Bassist?«

»Milton Hinton heißt er. Er ist großartig, nicht?«

Das Trio beendete sein Stück, nahm den Beifall entgegen und ging für eine Unterbrechung von der Bühne. Sofort stieg der Geräuschpegel um mehrere Dezibel an. Bill signalisierte dem Kellner, ihnen noch eine Runde zu bringen, und grinste sie an. »Ich habe dich bekehrt, bei Gott. Ich habe eine richtige Musikliebhaberin aus dir gemacht.«

Sie erwiderte sein Lächeln. »Nicht ganz, Bill. Für die Oper hast du mich nie begeistert.«

»Gib mir noch ein paar Jahre. Eigentlich«, sagte er nach einer winzigen Pause und in verändertem Tonfall, »könntest du mir den Rest deines Lebens geben. Wie wär's, Morgan? Willst du keinen anständigen Mann aus mir machen? Die Nachbarn fangen schon an zu reden, und ich bin besorgt um meinen guten Ruf. Bald wird es heißen, ich sei leicht zu haben.«

Das sah ihm ähnlich, sogar aus einem Heiratsantrag einen Scherz zu machen. Es wäre sicher nicht schwer, mit einem Mann zusammenzuleben, der die Dinge mit Humor nahm. Sie hatte ihn gern; ja, sie liebte ihn. Er war ein guter Mensch, witzig, intelligent. Und ein guter Liebhaber, ein sehr guter Liebhaber. Noch mit siebenundfünfzig war er begehrlich wie ein junger Mann und auch so verspielt. *Und du, mit dreiund-*

sechzig, rief sie sich ins Gedächtnis, *bist genauso schlimm.* Als sie jünger war, hatte sie sich eine Frau in den Sechzigern immer betagt vorgestellt – ganz bestimmt nicht mehr an Sex interessiert! Wer hatte noch mal gemeint, die Jugend sei verschwendet an die Jungen?

»Oh, Bill. Habe ich nicht oft genug Nein gesagt, um dich zu entmutigen?«

Er nahm ihre Hand und spielte mit ihren Fingern. »Ich bin Waliser und Ire, das macht mich doppelt hartnäckig.«

»Und aus dem Grund denkst du auch, dass wir sündigen.«

»Deshalb will ich dich nicht heiraten. Du liebe Güte, Weib, ich liebe dich. Ich will dich zur Ehefrau. Das ist alles.«

Sie lächelte ihn an und sagte nichts. Vor ein paar Nächten war er damit herausgeplatzt, nachdem sie sich geliebt hatten. »Es kommt mir nicht *richtig* vor, mit dir zu schlafen, ohne dass wir verheiratet sind ... Nicht mal verlobt!« Und dann hatte er versucht, so zu tun, als wäre es ein Spaß gewesen. Morgan wusste es besser, doch sie hatte ihm viele Male gesagt, sie wolle niemandes Ehefrau sein.

Was sie ihm nicht sagte und auch nie sagen würde, war, dass sie versucht hatte, sich vorzustellen, sie sei Morgan Seely, und es einfach nicht schaffte. Es war albern, doch sie war nun mal Morgan Becker, und das würde sie auch bleiben. Sie hatte sich daran gewöhnt, ihre Entscheidungen allein zu treffen und sich selbstständig durchzuschlagen. Das hatte sie zweimal getan, und eigentlich gefiel es ihr besser so. Wieder heiraten? Nein, danke. Wenn sie auch gute Freunde waren – wenn Bill sie auch nur zu berühren brauchte, damit sie dahinschmolz.

Zu ihrem Glück kam der Kellner mit ihren Drinks und einer kleinen Schale mit Knabberzeug, und sie konnte einfach drauflosplaudern. Eine Gruppe gegenüber fiel ihr ins Auge ... ein vertrautes Gesicht, das sie nicht einzuordnen vermochte.

»Bill, haben wir den Schauspieler, der da drüben sitzt, nicht schon mal gesehen? Da drüben, in der Ecke, der mit den beiden Mädchen. Sie haben einen Kübel mit Champagner vor sich. Ist es jemand, dessen Namen ich kennen müsste?«

»Ja, klar, den kenne ich von der Bühne. Lass mich mal nachdenken … « Er schnippte mit den Fingern. »Ich hab's! Vor ein paar Jahren haben wir ihn in einem Stück gesehen, *The Silver Cord* vielleicht? Ja, ich bin sicher, das war's. Jetzt entsinne ich mich!« Er lachte. »Birdie war ganz wild nach ihm, erinnerst du dich? Für sie war er der Größte. Ich weiß noch, wie ich dachte, nur ein junges Mädchen kann sich so verlieben, in einen Schauspieler auf der Bühne.«

»Ach ja, natürlich. Der ist es. Birdie war seit der achten Klasse auf ihn versessen. Als Schauspieler, meine ich. Na, sie ist ja sowieso verrückt nach dem Theater, das weißt du doch. Früher posierte sie immer vor dem Spiegel und tat so, als wäre sie Sarah Bernhardt. Wie *heißt* er gleich? Jedes Mal, wenn er in einem Stück auftritt, will sie es unbedingt sehen. Hach!«, schnaubte Morgan. »*Das* ist mir so ein Held, der da mit zwei Revuetänzerinnen zugleich schäkert! Guck ihn dir bloß an. Der Mann kennt keine Scham.«

»Und was ist mit den Damen? Sie entmutigen ihn ja nicht gerade. Und mit dem Champagner wird er auch recht gut fertig. Hat eben noch eine Flasche bestellt. Oh, sieh dir das an! Wie er da auf dem Stuhl steht und mit der Champagnerflasche rumwedelt!«

Alle im Saal hatten sich dem jungen Mann zugewandt, der, in Abendgarderobe gekleidet, aus voller Kehle und mit gut geschulter Stimme nach dem Kellner rief. »Betrunken wie ein Schwein«, meinte Bill.

»Ober! Ober! Brüskieren Sie mich nicht! Ich bin ein Star, verdammt noch mal! Und kurz davor, meine Freiheit zu verlieren –« Eines der kichernden Mädchen neben ihm zupfte an seinem Hosenbein. »Was du gleich verlierst, ist dein Verstand, Kumpel! Los, komm runter.«

»Der verdammte Kellner hat mich ignoriert, Sally! *Mich*

ignoriert! Das geht nicht an, verstehst du! Ober! Im Namen Gottes, bringen Sie mir noch eine Flasche Schampus!«

Der Oberkellner erschien an ihrem Tisch. Er sprach leise und beschwichtigend, obwohl Morgan nicht hören konnte, was er sagte. Der junge Mann blieb hartnäckig. »Verstehnse nich? Ich brauch noch Champagner, weil ich was zu feiern habe! Heute ist meine letzte Nacht als Junggeselle!«, brüllte er.

Die Leute an den umstehenden Tischen lächelten und klatschten ob seiner Ankündigung lauten Beifall. Sobald er den Applaus vernahm, hörte der junge Schauspieler auf zu pöbeln, grinste und machte eine tiefe Verbeugung, wobei er fast vom Stuhl fiel. Ein Kellner tauchte mit einer Flasche in einem Kübel voller Eis auf, und der Schauspieler verbeugte sich erneut und setze sich unter weiterem Applaus, der ihn zu erfreuen schien, hin.

»Wie *heißt* der Kerl bloß?« Bill Seely durchforschte sein Gedächtnis.« Es war irgendwas Komisches … hatte was mit John Wilkes Booth zu tun.«

»John Wilkes Booth? Der Mann, der Lincoln erschoss?«

»Ja, aber was nur …? Jetzt hab ich's! Junius, so heißt er, Junius Soundso Soundso … gleich fällt's mir ein. Benannt nach Junius Booth, wette ich. John Wilkes' Vater, ebenfalls Schauspieler.«

»Junius Justice Malone«, sagte Morgan, sich plötzlich erinnernd. »Und ich wünschte, meine theaterverrückte Tochter könnte ihn jetzt sehen! Den würde sie ganz schnell vergessen! Guck ihn dir an, Zungenküsse für beide … und ich wüsste zu gern, was sie in ihren hübschen kleinen Händchen halten. Kein Champagnerglas, so viel ist sicher.«

»Lass sie doch. Bei dem Geschmuse da drüben ist mir ein Gedanke gekommen, Morgan, mein Schatz. Hast du nicht Lust auf einen Schlummertrunk in meiner Wohnung?«

Er legte ihr eine Hand auf den Schenkel und Wärme durchströmte sie. Er war ein sehr geschickter Liebhaber, und gewöhnlich begehrte sie ihn, wenn er sie berührte. Und jetzt begehrte sie ihn.

»In deiner Wohnung? Je eher, desto besser, würde ich sagen«, willigte sie ein.

Es war ein herrlicher Tag; durch die Ritzen der Fensterläden konnte sie das Sonnenlicht sehen. Morgan räkelte sich wohlig in ihrem Bett und dachte daran, wie wunderbar die Liebe Freitagnacht mit Bill gewesen war – und wie wunderbar sie es dennoch fand, in ihrem eigenen Bett allein aufzuwachen und einen ganzen faulen Sonntag für sich zu haben.

Nun, nicht völlig für sich, schien es. Jemand klopfte an die Tür, machte Lärm, auf den Gekicher, Füßescharren, undeutliches Flüstern folgten. Und dann Birdies Stimme. »Mutter! Wach auf! Addie! Ihr beide! Wacht auf, wacht auf, ihr Langschläferinnen! Ich habe eine Neuigkeit für euch!«

Was hatte sie an einem Sonntagmorgen um ... Morgan schaute auf den Wecker, der auf ihrem Nachttisch tickte ... 9 Uhr von Syracuse hierher geführt? Sie sprang aus dem Bett, griff nach ihrem Morgenmantel, glättete rasch ihr Haar und öffnete die Schlafzimmertür. Davor standen Birdie und – Morgan fiel die Kinnlade herunter, sie *fühlte* es regelrecht – und dieser Schauspieler. Genau der, den sie sternhagelvoll mit zwei Frauen poussierend am Freitagabend gesehen hatten. Junius Justice Malone.

Adelaide machte ihre Tür auf und kam den Flur entlang. Niemand sagte ein einziges Wort. Morgan wusste nicht, warum Addie sich nicht äußerte, aber was sie selbst betraf, so war sie mit Stummheit geschlagen.

Birdie strahlte übers ganze Gesicht. Überdies trug sie, so viel nahm Morgan wahr, ein cremefarbenes Seidenkleid, das Morgan noch nie gesehen hatte, einen breitkrempigen Hut in derselben Schattierung und einen etwas welken Strauß cremeweißer Rosen in der Hand. Was –?

»Mutter, Addie. Ich möchte euch beiden JJ Malone vorstellen. Meinen Mann.«

»Deinen – Mann?« Morgan wunderte sich, dass sie überhaupt eine Stimme hatte.

»Ja, ist das nicht eine herrliche Überraschung? Wir sind schrecklich verliebt, und das schon seit einer Ewigkeit. JJ rief mich Freitag im College an und sagte, ich solle mich für eine Hochzeit am Samstag bereit machen. Wir haben uns auf halber Strecke getroffen, in Albany, dort hat er einen sehr netten Friedensrichter aufgetrieben und ...« Sich immer noch mit einer Hand an den jungen Mann klammernd, hielt sie ihr mit der anderen den Blumenstrauß hin – das dachte Morgan zumindest, bis sie sah, dass ihre Tochter ihr einen goldenen Ring am dritten Finger ihrer linken Hand zeigte. Sie war *tatsächlich* verheiratet. Es war kein Witz, kein furchtbarer Traum.

»... also haben wir's getan«, schloss Birdie. »Er hat gebettelt und gebettelt, bis ich einfach nicht mehr Nein sagen konnte. Und jetzt bin ich Mrs Junius Justice Malone ... Aber ihr dürft mich immer noch Birdie nennen.« Sie kicherte. »Ist es nicht aufregend? Und wollt ihr gar nichts dazu sagen?«

Morgan war wie betäubt. Sie sah nur den betrunkenen, dämlich wirkenden jungen Mann in dem Nachtclub vor sich, der seine Zunge erst in den einen und dann in den anderen lippenstiftbemalten Mund steckte. Und jetzt strahlte er sie stolz an. Sie bezweifelte, dass er seiner frisch angetrauten Frau von seiner Junggesellenparty am Freitag erzählt hatte. Und offensichtlich hatte er, nach seinem offenen Blick und hoffnungsvollen Lächeln zu schließen, keine Ahnung, dass seine neue Schwiegermutter sein schlechtes Betragen gesehen hatte. Ihr fiel etliches ein, was sie hätte sagen können, doch sie verwarf alles.

»Aber wenn du verheiratet bist, geben sie dir deinen College-Abschluss nicht.«

Birdie lachte fröhlich. »Nun, wir erzählen es ihnen einfach

nicht! Die Abschlussfeier ist in zwei Wochen, mit den Prüfungen bin ich fast durch, und –« Sie schaute ihren attraktiven Ehemann bewundernd an. »Und wir fanden, es gab keinen Grund, noch länger zu warten. Ist das alles, was du uns zu sagen hast, Mutter? Addie?«

Addie räusperte sich und sagte: »Natürlich. Viel Glück. Aber dir muss doch klar sein, Birdie, dass es ein ziemlicher Schock für uns ist. Wir hatten ... na ja, wir hatten keinen Schimmer!«

»Ich weiß, ist es nicht aufregend? Ich habe mein Geheimnis tatsächlich jahrelang für mich behalten. Und ihr haltet mich für so einen Wirrkopf!« Birdie lachte voll Entzücken.

Jahrelang? Oh, mein Gott, dachte Morgan, jahrelang, während ich mich rausgeschlichen habe, um mit Bill zu schlafen, und glaubte, sie würde nichts merken, hat sie mit mir dasselbe gemacht. Nur dass ich Dummerchen nichts gemerkt habe.

Schließlich versuchte Morgan, ein Lächeln zu Stande zu bringen und sagte: »Lasst uns nach unten gehen. Ich glaube, wir können Kaffee gebrauchen. Ich jedenfalls brauche welchen.«

Während sie alle die Treppe hinab in die Küche polterten, sprudelte Birdie aufgeregt hervor, dass sie die ganze Nacht aufgeblieben seien und mit Freunden im Mitternachtszug aus Albany gefeiert und sich dann eine Suite im Pierre genommen hätten ... »Um dort zu warten, bis wir herkommen und Mutter und Addie die gute Nachricht überbringen konnten! Sind wir nicht schlau? Und seid ihr nicht stolz auf uns, dass wir euch die Umstände einer großen Hochzeit erspart haben?«

Morgan versuchte, jeweils die richtigen Geräusche von sich zu geben zum Zeichen, dass sie zuhörte, aber das tat sie nicht. Sie war mit Überlegungen beschäftigt. Sie musste sofort Bill anrufen. Er kannte jede Menge Anwälte. *Es muss doch eine Möglichkeit geben, die Geschichte annullieren zu lassen,* dachte sie. Sie hatten spontan geheiratet; das war genau die Art von »Romantik«, die Birdie gefiel, besonders das Überraschungsmoment. Überraschung! Schock wäre eher ein Ausdruck dafür. Schock und Ärger. Birdie hatte einen schrecklichen Fehler gemacht – sie war jung, sie war verliebt, sie konnte nichts dafür –, doch das war kein Grund, den Fehler nicht zu beheben. Morgan war klar, dass etwas unternommen werden musste, und zwar schnell. Ihr kleiner Liebling würde nicht mit diesem Trunkenbold und Schürzenjäger von einem Schauspieler verheiratet bleiben – nicht, wenn sie ein Wörtchen mitzureden hatte!

Fünfter Teil

Dr. med. Birdie Becker Malone
Dr. med. Morgan Becker
Adelaide Apple
JJ Malone
Alexander »Sandy« Malone
Robin Rebecca Malone

30

September 1938

Der Regen trommelte an die Fenster und der Wind heulte. Die Bäume im Garten neigten sich tief und schnellten wieder hoch, als wären sie an einem Band befestigt. Orkanwetter, dachte Morgan. Es war früh am Tag, doch das sah man dem Himmel nicht an, der voller dunkler, beinahe schwarzer Wolken war. Man konnte das unerbittliche Fallen des Barometers gleichsam spüren. Na ja, hier im Haus waren sie alle in Sicherheit. Sic beschloss, sich keine Sorgen zu machen, und wandte sich wieder der Morgenzeitung zu.

Klein-Sandy, der von mehreren kleinen Kissen gestützt in seinem hohen Stühlchen saß, nahm die sauber zurechtgeschnittenen Toaststücke, die Addie ihm auf sein Tablett gelegt hatte, und schleuderte sie, eins nach dem anderen, auf den Fußboden. Dann riss er, bettelnd wie ein Vögelchen, den Mund weit auf. Als Adelaide ihn stirnrunzelnd anschaute und sagte: »Nein, nein, Sandy. Der Toast ist nicht zum Wegwerfen da. Du sollst ihn essen«, schenkte er ihr ein breites, nahezu zahnloses Grinsen.

»Gib ihm einen Zwieback«, meinte Birdie, wobei sie den Blick nicht von ihrer *New York Times* hob. »Dann hat er was, womit er sich beschäftigen kann.« Addie stand gehorsam auf, hielt aber gleich wieder inne.

»Birdie, sag mir doch noch mal, wo wir die Babynahrung aufbewahren.«

»Addie!«, rief Birdie ungeduldig. »Jetzt ist es schon so weit, dass du gar nichts mehr behalten kannst. Im hintersten Schrank ... nein, nicht unten. Ganz oben.«

»Ach, natürlich. Ich bin ganz durcheinander, seit wir die neue Küche haben. Die alte kannte ich wie meine Westentasche.«

»Nach zweieinhalb Jahren müssen wir sie eigentlich nicht mehr neu nennen, oder?«

»Birdie.« Morgan bedachte ihre Tochter mit einem strengen Blick und einem leichten Kopfschütteln. Addie wurde vergesslich, das stimmte, aber Birdie brauchte es ihr wirklich nicht so offen zu sagen. Es war grausam, Addie daran zu erinnern, dass sie nicht mehr die Frau von ehemals war. Wer war das schon?, dachte Morgan. Nicht mal die ach so arbeitsame und schöne Dr. Birdie Malone. Mit achtundzwanzig war Birdie immer noch schlank und kurvenreich und attraktiv wie eh und je, doch ihre milchweiße Porzellanhaut wies bereits die ersten winzigen Fältchen auf. Sie würde früh runzlig werden. Wie Becky. Morgan blieb einen Moment lang das Herz stehen, wie es stets der Fall war, wenn sie an Becky dachte. Allerdings machte sie sich keine Sorgen mehr, dass Birdie plötzlich schizophren werden könnte. Dafür war sie zu alt, Gott sei Dank.

Adelaide gab dem Kleinen einen Zwieback und er belohnte sie erneut mit einem strahlenden Lächeln. Er war ein süßes Baby, das keinerlei Schwierigkeiten machte. Und das war auch gut so, meinte seine Großmutter schroff. Wenn er Koliken gehabt hätte, hätte seine Mutter, die nach Morgans Ansicht nicht allzu sehr an ihm zu hängen schien, ihn sicher schreien lassen. Obgleich Birdie ihn auf den Arm nahm und gelegentlich mit ihm spielte, wirkte sie so, als wäre sie in Gedanken immer woanders. Es war zu schade. Er war so ein hübsches Kind mit den irischen Zügen seines Vaters und Birdies rotgoldenem Haar und Gott weiß wessen ständiger guter Laune. Birdie schien gar nicht klar zu sein, welches Glück sie hatte. Sie war nicht das, was man gemeinhin mütterlich nennt.

Nun ja, schließlich lag sie nicht Bonbons essend und Romane lesend auf dem Sofa. Jeder, der sich auf Kinderheilkunde spezialisierte, war den ganzen Tag beschäftigt – manchmal auch Nachts. Birdie war nicht nur Assistentin am Cadman Memorial Hospital, sondern hatte außerdem eine gut besuchte Privatpraxis gleich hier im Haus neben Morgans Praxisräumen.

Morgan betrachtete ihre Tochter, die so vertieft in ihre Zeitung war, dass sie nichts um sie herum bemerkte. Eigentlich hatte Birdie sich überhaupt nicht verändert. Die einzige Person, an der ihr außer ihr selbst etwas lag, war ihr Ehemann. Morgan hielt JJ Malone mehr oder weniger für einen Nichtsnutz. Ab und zu trat er in diesem oder jenem Stück auf, aber er schien nicht im Stande zu sein, ein Engagement zu halten. Und wenn er gefeuert wurde, war immer ein anderer daran schuld: der Regisseur wollte ihm eins auswischen, der Hauptdarsteller war eifersüchtig auf ihn, die Hauptdarstellerin war in ihn verknallt, und so konnte er nicht spielen. Immer irgendetwas, nur nicht die Wahrheit, und die hieß: JJ trank zu viel. Sie fragte sich, was er drüben in Kalifornien trieb.

Birdie und JJ waren »vorübergehend« bei Morgan und Addie eingezogen, als Birdie mit dem Medizinstudium begann. Birdie redete ständig davon, sich eine eigene Wohnung zu kaufen; doch Morgan argwöhnte, dass es dazu vermutlich nie kommen würde. Es war zu bequem hier für die beiden, als dass sie über einen Auszug mehr als nur laut nachgedacht hätten.

Deshalb hatten sie nun eine funkelnagelneue, wunderschöne Küche. Das gesamte Gartengeschoss war in zwei Arztpraxen umgewandelt worden. Morgans umfasste nur zwei Räume. Birdie dagegen musste ihren eigenen Röntgenapparat und drei verschiedene Untersuchungsräume, ein Büro und ein Wartezimmer haben. Küche und Esszimmer hatten sie nach oben ins erste Stockwerk verlegt, wo früher der zweite Salon und die Sonnenveranda gewesen waren, nach hinten hinaus, mit Blick über den Garten. Es hatte eine schöne Stange Geld gekostet – natürlich hatte Birdie etwas beigesteuert –, und jetzt wollte sie unbedingt eine Außentreppe bauen lassen, die vom ersten Stock in den Garten führte.

Morgan hatte oft das Bedürfnis, ihrer Tochter von der Hütte mit den zwei Räumen zu erzählen, in der sie aufgewachsen war. Wo sie ihren Schlafplatz in einem engen Winkel unter dem Dach gehabt hatte, der über eine wacklige Leiter zu erreichen war. Aber was hätte das für einen Sinn gehabt? Birdie würde sie nur mit jenem freundlichen, leeren Gesichtsausdruck anschauen, mit dem sie andeutete, ihre Mutter möge endlich zur Sache kommen.

Die Küche war nicht so groß wie die alte, enthielt aber die allerneuesten Geräte, darunter einen Kühlschrank von General Electrics und einen nagelneuen Gasherd. Die Wände waren mit Holzschränken verkleidet worden, und der Tischler hatte noch Platz für eine hübsche kleine Butler-Anrichte gefunden ... ohne den Butler natürlich. Auf dem Boden waren hochmoderne grüne und cremefarbene Asphaltfliesen im Schachbrettmuster verlegt werden, aber bei der dazu passenden karierten Tapete hatte Morgan den Schlussstrich gezogen. »Damit mir schwindlig wird, wenn ich draufgucke?«, hatte sie gesagt. »Nein, danke. Ein schlichter Anstrich genügt.« Diese Schlacht hatte sie gewonnen. Eine Schlacht, die sie verloren hatte, spielte gerade – das Radio. Morgan hatte gemeint, es mache zu viel Lärm, und die Nachrichten könnten sie ebenso gut aus der Zeitung erfahren. Doch Birdie bestand darauf und ging schließlich einfach zu Abraham und Straus und kaufte eines. Es stand auf dem Bord über dem Ausguss, cremefarbenes Bakelit – grässliches Zeug! – mit riesigen braunen Skalen und Knöpfen und gab die neuesten populären Songs von sich. Im Moment war sie gezwungen, sich zum zigsten Male »A Tisket a Tasket« anzuhören. Zumindest war es nicht »Fiat Foot Floogie with a Floy Floy«. Klein-Sandy allerdings schien beide Melodien zu lieben. Jedes Mal, wenn sie ertönten, reckte er sich in seinem Hochstuhl und versuchte, die Quelle dieser betörenden Geräusche ausfindig zu machen.

Morgan lauschte nicht dem Radio, sondern dem wilden Heulen des Sturms. Der Ausläufer eines Orkans peitschte auf Long Island und Fire Island ein. »Hört euch das an«, las Birdie aus ihrer Zeitung vor, »ein noch schlimmerer Hurrikan hat New England getroffen ... Providence, Rhode Island, ist von einer Flutwelle erfasst worden, die Schäden in Höhe von mehreren tausend Dollar angerichtet, drei Menschen getötet und die umliegenden Gebiete überschwemmt hat! Meine Güte ... hoffentlich werden wir nicht überschwemmt.«

»Bestimmt nicht«, sagte Morgan. »Denk dran, dass wir in Brooklyn Heights wohnen. Wir sind oberhalb der Hochwassergrenze. Aber an der Küste ... Steht da irgendwas über Connecticut?«

»Mal sehen ... Ja, hier heißt es, dass der Connecticut River auf eine gefährliche Höhe angestiegen ist. Sag mal, Mutter, war das nicht der Fluss, auf dem du mit dem Kanu ganz bis nach Brooklyn gefahren bist?« In ihrer Stimme klang Belustigung mit.

»Du weißt genau, dass ich nicht mit dem Kanu ganz bis nach Brooklyn gekommen bin. Aber ich bin von East Haddam nach Chester gepaddelt, und glaub mir, das war nicht leicht. Ich war elf oder zwölf, und das ist ein tückischer Fluss im Frühling.«

»Bist du sicher, dass du nicht acht oder neun warst?«, neckte Birdie.

Morgan warf ihrer Tochter einen strengen Blick zu, doch Birdie war schon wieder über ihre Zeitung gebeugt. Plötzlich kam Morgan ein Gedanke: Birdie dachte, die Geschichten, die sie ihr über ihre Abenteuer erzählt hatte, seien erfunden oder zumindest grob übertrieben. Es war erschreckend, festzustellen, dass Birdie meinte, ihr Leben sei nur ein Märchen zur Unterhaltung von Kindern. Wenn ihre Tochter ihr schon nicht glaubte, wer dann? Ihr Leben würde einfach mit ihr verschwinden, wenn sie starb. Alles, was geschehen war, alles Wissen, das sie angesammelt hatte, alle Freude, aller Kummer – all das wäre einfach weg, verweht wie Rauch im Wind. Es machte sie traurig – und, um die Wahrheit zu sagen, Birdies überlegenes kleines Lächeln *ärgerte* sie.

»Es ist alles wirklich passiert, Birdie. Ich bin wirklich von zu Hause weggelaufen, als ich noch ein Kind war, und in einem Einbaum flussabwärts gepaddelt, bis plötzlich ein Gewitter aufkam und ich fast ertrank.«

Birdie schaute auf. »Ja, Mutter, ich weiß. Und dann kam Dr. Grace, nach der ich benannt bin, aus dem Dunkel und rettete dich. Natürlich ist das alles passiert. Aber es ist lange, lange her.« *Nicht gar so lange*, dachte Morgan. *Mir kommt es nicht so lange vor.*

»Chamberlain trifft sich mit Hitler«, verkündete Adelaide in bitterem Ton und blickte von der *Tribune* auf. »Wieso vergeudet er seine Zeit damit? Hitler ist doch auch wieder nur ein Kaiser, der gierig auf die Herrschaft über ganz Europa ist … oh, und guckt mal, in London wurden vierzehn neue Ausgabestellen für Gasmasken eröffnet, in Vorbereitung auf die Luftangriffe, die mit Sicherheit erfolgen werden. Natürlich. Jeder weiß, dass es Krieg geben wird.«

»Außer Mr Chamberlain, offensichtlich«, meinte Birdie trocken.

»Genau, genau! Ach so, du machst dich lustig über mich. Na, abwarten, Fräulein, abwarten.«

»Fräulein?« Birdie streckte die Hand aus, um der älteren Frau die Schulter zu tätscheln. »Ich mache mich nicht lustig über dich, Addie, ich bin nur nicht deiner Meinung. Wenn Hitler hier in der Nähe lebte, würdest du nicht auch erst mal versuchen, Frieden mit ihm zu halten?«

Addie ließ sich nicht besänftigen. Sie hasste die Faschisten, egal, wo sie waren. »Ich hätte Besseres zu tun, als Frieden mit einem Kriegstreiber zu schließen«, sagte sie.

Morgan fand, es sei an der Zeit, das Thema zu wechseln. Sie hatte die Zeitung ziellos durchblättert und merkte, dass sie auf HÄUSER ZU VERKAUFEN und WOHNUNGEN ZU VERMIETEN starrte. Sie ließ den Blick über die Spalten schweifen, bis sie zu den Anzeigen für Brooklyn kam. »Jetzt wäre eine gute Gelegenheit, ein Haus in den Heights zu kaufen«, meinte sie. »Sie sind spottbillig.«

»Ja, Mutter, aber du weißt doch, warum. Sie sind alle in Massenunterkünfte umgewandelt worden. Ich habe neulich einen Hausbesuch in einer so genannten Wohnung in einem von diesen Häusern gemacht, und es war schrecklich. Zwei winzig kleine Zimmer für eine ganze Familie, Toilette in einer Ecke, dünne Wände irgendwie hochgezogen ... pfui Teufel! Meine Patientin hatte eine furchtbare Infektion, kein Wunder –! Das ganze Viertel verfällt, wenn du mich fragst.«

»Ich frage dich aber nicht. Brooklyn Heights wird restauriert werden. Einige von den prächtigen alten Gebäuden haben schwere Zeiten durchgemacht ... Guck dir doch all die Familien an, die Pleite gegangen sind. All die Frauen und Kinder, verlassen von Männern, die sich lieber umbringen, als in Armut zu leben!« Sie schüttelte den Kopf. »Aber trotzdem. Irgendjemand wird diese alten Häuser kaufen – sie haben früher sehr solide gebaut.«

»Wir würden bestimmt etwas Nettes im Village finden«, sagte Birdie. »JJ hat eine Annonce für ein Kutscherhäuschen gesehen –«

»Ich weiß, dass ihr für Greenwich Village schwärmt, du und JJ, aber Addie und ich bleiben hier. Dir steht es natürlich frei, auszuziehen.« Sie wusste, dass es nicht fair war, das zu sagen, wenn JJ in Hollywood war, um Filmstar zu werden. Doch warum schrieb er Birdie auch über Kutscherhäuschen, wenn er keinen Pfennig in der Tasche hatte? Er schien auch da drüben keinen besonderen Erfolg zu haben. Wahrscheinlich hätte er hier bleiben und sich mit um das Baby kümmern sollen. Stattdessen waren sie auf die geistesabwesende Addie und Mulligan als Babysitter angewiesen. Mulligan war hoch in den Siebzigern und hatte von Arthritis verkrümmte Hände. Trotzdem kam sie gut mit dem Baby zurecht.

Aber was sollte werden, wenn Sandy anfing zu laufen? Schon jetzt krabbelte er überall hin, sodass sie ihn in ein Laufgitter stecken mussten. Ein Glück, dass er so ruhig war. Er machte kein Theater, sondern setzte sich in sein Ställchen und spielte friedlich.

»Du brauchst dich nicht verpflichtet zu fühlen, bei uns wohnen zu bleiben, Birdie. Wirklich nicht. So gern wir dich auch bei uns haben, es steht dir frei, auszuziehen, wann immer du willst«, wiederholte Morgan. »Aber du willst sicher damit warten, bis JJ zurückkommt, oder?«

Birdie hob den Kopf von der Zeitung und stieß einen tiefen Seufzer aus. »Ich verstehe nicht, warum Warners ihn unter Kontrakt nehmen, wenn sie ihn dann nicht einsetzen! Das ist nicht fair! Wieso geben sie ihm nicht entweder eine Rolle oder schicken ihn nach Hause?« JJ hatte vor sechs Monaten eine nette Rolle in *Brother Rat* gehabt, für die er sogar nüchtern geblieben war – meistens. Ein Agent aus Hollywood sah die Broadway-Produktion; sie gefiel ihm, und er lud JJ zu Probeaufnahmen ein. Natürlich war JJ davon überzeugt, dass er in Hollywood sofort der nächste Douglas Fairbanks werden würde. Bisher hatte er nicht mal einen Statistenpart gehabt, und das machte seine Frau äußerst nervös.

»Die vielen jungen Starlets!«, hatte Birdie kürzlich in einem seltenen Moment der Offenheit gesagt. »Die viele Freizeit! Der viele Sonnenschein und die Swimmingpools und der viele Alkohol!« Und ihre Augen hatten sich mit Tränen gefüllt. Sie war anscheinend nach wie vor verrückt nach ihrem Mann, ob er es nun verdiente oder nicht.

»Ich schneide ständig Artikel aus der Times aus«, sagte Birdie jetzt, »in denen steht, wie viel in dieser Saison am Broadway los ist. Ich erinnere ihn dauernd daran, wie sehr er das Theater immer liebte. Es gibt derzeit so viele gute Stücke! Überlegt mal! *Unsere kleine Stadt. Die Saat ist grün. Von Mäusen und Menschen. Man lebt nur einmal.* So viele Inszenierungen, so viele Rollen. Er bekäme sicher eine Rolle! Meinst du nicht auch, Mutter? Ich schreibe ihm immer wieder, er soll nach Hause kommen. Das Theater liegt ihm im Blut. Sandy wächst so schnell, und JJ kriegt gar nichts davon mit!«

Birdie biss sich auf die Lippe, zwinkerte heftig und tat so, als vertiefte sie sich wieder in ihre Zeitung. Sie dachte, Morgan wüsste nicht, welche Sorgen sie sich um ihren Mann machte, weil er herumpoussierte, weil er zu viel trank. Morgan wusste Bescheid. Es hatte so manche Nacht gegeben, in der Birdie, erschöpft von einem langen Arbeitstag im Krankenhaus, im Schlaf nicht hörte, wie JJ geräuschvoll am Schlüsselloch herumhantierte und Morgan nach unten gehen und ihn einlassen musste. Oft gab sie ihm schwarzen Kaffee zu trinken und goss ihm kaltes Wasser über den Kopf, bevor sie ihn zu seiner schlafenden Frau schickte. Dann murmelte und sang er vor sich hin, faselte drauflos und erzählte ihr eine Menge. Daher wusste sie alles über die Frauen, die Bars, die Nachtclubs, die Hotelzimmer. Nicht, dass er sich am Morgen daran erinnerte, höchstens ganz vage. Er schien sich zu entsinnen, dass sie ihn ins Haus gelassen und mit Kaffee voll geschüttet hatte, aber an sonst nichts. Jedenfalls ließ er nie Scham über seine amourösen Abenteuer erkennen. Morgan pflegte sie ihr gemeinsames kleines Geheimnis zu nennen, doch das stimmte nicht. Es war ihres allein.

Oh, Birdie, dachte sie, während sie über den Tisch hinweg ihre wunderschöne Tochter anschaute – zu jung und gescheit, um einen Säufer und Weiberhelden zum Mann haben –, *warum wachst du nicht auf und machst dir klar, was er tut … was er stets getan hat?* Aber Birdie schien endlos bereit, ihrem streunenden Ehemann alles zu verzeihen.

Morgan erhob sich vom Tisch, um ihre Kaffeetasse aufzufüllen, und erhaschte in den Fenstern auf der Rückseite des Hauses einen flüchtigen Blick auf sich selbst. Ihr Spiegelbild überraschte sie neuerdings immer wieder. Sie war siebzig. Auch das konnte sie kaum fassen. Siebzig. Siebzig war ihr immer schrecklich alt vorgekommen, doch das war es nicht, ganz und gar nicht. Zugegeben, sie sah nicht mehr aus wie vierzig, aber auch nicht wie eine alte Frau. Ihr Haar war noch dicht und glänzend; sie hatte es wachsen lassen und steckte es zu einem Knoten hoch. Nur jene eine weiße Strähne zog sich mitten über ihren Kopf.

Sie hatte sich schwarz gekleidet heute Morgen – das tat sie schon seit zwei Monaten, seit Bill Seelys Begräbnis. Bill war in einem Taxi zusammengebrochen, als er sie zu einem Abend mit Musik und Tanz abholen wollte. Was für ein Schock, als es an der Haustür läutete und der Taxifahrer, weiß wie ein Laken, sagte: »Es tut mir Leid, Sie zu bemühen, Ma'am, aber Sie kommen besser mit und gucken es sich selbst an.«

»Gucke mir was an? Wo ist Mr Seely?«

»Umgekippt, Ma'am.«

»Umgekippt?« Ihr Herzschlag beschleunigte sich.

»Na ja … eigentlich, Ma'am … es fällt mir schwer, Ihnen das zu sagen. Aber ich glaube, er ist möglicherweise tot.«

»Tot!« Sie stand voller Entsetzen da und spürte, wie ihr das Blut aus dem Gesicht wich.

Der Taxifahrer streckte einen Arm nach ihr aus. »Möchten Sie sich hinsetzen? Sie sehen nicht besonders gut aus, Ma'am. Tut mir Leid. Aber dies ist die Adresse, die er angegeben hat, und ich dachte ...«

»Seien Sie nicht albern«, sagte Morgan, sein Hilfsangebot abwehrend. »Ich bin Ärztin. Ich sehe ihn mir an.«

Und tatsächlich, er war tot. Nichts mehr zu machen, außer ihn ins Cadman Memorial zu schaffen, einen Totenschein zu unterzeichnen, die Todesursache festzustellen. Gefasst ging sie ins Haus zurück, rief im Krankenhaus an, um mitzuteilen, dass sie in fünf Minuten da wäre, und erzählte es Birdie und Adelaide.

Bei seinem Begräbnis hatte sie nicht geweint. Sie war durch den Schock gefühlsmäßig erstarrt. Es hätte nicht geschehen dürfen. Er war gesund und aktiv gewesen, immer noch an Sex interessiert, immer noch Lehrer. Doch Starkman, der Kardiologe, sagte ihr, dass viele Männer mit Anfang sechzig plötzlich an Herzinfarkt stürben. Das tröstete sie in keiner Weise. Bill war ihr guter Freund gewesen und sie vermisste ihn schmerzlich.

Das Telefon klingelte. Morgan wandte den Blick von dem ans Fenster peitschenden Regen ab, ging zu dem an der Wand hängenden Apparat und hob ab. »Dr. Becker.«

»Oh, Dr. Becker, Gott sei Dank, dass Sie da sind.« Morgan erkannte die Stimme. Alice Dowling, eine fünfundzwanzigjährige fünffache Mutter, die kein Kind mehr wollte. Sie war letzte Woche bei ihr gewesen, um sich etwas geben zu lassen, das ihre Schwangerschaft beendete. »Es geht um Bob; er hat wieder Schmerzen und wir haben keine Medizin mehr. Kann ich sonst irgendwas für ihn tun? Es tut mir Leid, Sie zu belästigen, aber es ist schrecklich, wenn er so leidet. Ein heißes Bad vielleicht? Oder Eis? Ich weiß einfach nicht, was ich tun soll!« Ihre Stimme wurde mit jedem Wort höher.

»Ganz ruhig, Alice. Natürlich sind Sie aufgeregt. Aber machen Sie sich keine Sorgen«, sagte Morgan. »Ich habe was von der Medizin in meiner Praxis. Ich werde sie Ihnen vorbeibringen, sobald der Regen nachlässt.«

»Oh, Dr. Becker, mein Sohn Bob holt sie ab; der wird sich freuen, dass er was für seinen Dad tun kann. Es macht ihm nichts aus, wenn er nass wird.«

»Sagen Sie ihm, er soll noch eine halbe Stunde warten, ja? Es dauert vielleicht ein bisschen, bis ich sie gefunden habe.«

»Wie soll ich Ihnen bloß danken?«

»Bleiben Sie guten Mutes. Das hilft Ihrem Mann ebenso sehr wie jede Medizin.«

Sie legte den Hörer auf die Gabel, nahm ihn dann wieder auf und wählte rasch. »Hoffentlich ist der Drugstore offen«, murmelte sie.

»Du hast gar keine Medizin in deiner Praxis. Du kaufst sie für Patienten. Schon wieder. Ehrlich, Mutter –«

»Pscht«, sagte Morgan und hängte dann erneut auf. »Dieses verdammte Unwetter. Mr Goldstein ist noch nicht da. Der Belt Parkway muss überschwemmt sein.« Sie drehte sich zu Birdie um und bat: »Birdie, bitte, ruf in der Krankenhausapotheke an und besorg mir Morphium.«

»Morphium! Sie werden mich fragen, wofür.«

»Denk dir was aus. Es ist für Bob Dowling. Du kennst die Familie; sie wohnen Willow Place Nummer 41 in dem großen Haus im griechischen Stil, das so elegant aussieht. Im Innern allerdings –! Sie haben noch nicht mal eine Heizung, kannst du dir das vorstellen? Sie benutzen tragbare Kerosinöfchen. Jedenfalls ... der arme Bob hat Multiple Sklerose, und es geht ihm wirklich schlecht. Er hat solche Schmerzen ... ich kann ihn einfach nicht leiden lassen. Wir können nichts für ihn tun, außer ihn ruhig zu stellen. Sieh zu, dass du die Apotheke erreichst, ja?«

»Mutter, du tust zu viel für deine Patienten. Ich weiß, du versuchst, es zu verheimlichen, aber wie oft ›vergisst‹ du,

Geld für deine Krankenbesuche zu nehmen? Ich weiß auch, dass manche Familien Körbe voller Lebensmittel auf ihrer Schwelle finden. Irgendwann muss einmal Schluss sein.«

»Nehmen wir mal einen Moment lang an, dass ich deiner Meinung bin. Würdest du mir dann bitte sagen, wo ich den Schlussstrich ziehen soll? Soll ich dafür bezahlen, dass Chester Cooks Klumpfuß gerichtet wird, oder soll ich zulassen, dass er als Krüppel aufwächst? Soll ich –?«

»Okay, okay. Also wirst du ihnen weiterhin helfen. Aber vielleicht erwägst du mal, nicht mehr zu jeder Tages- und Nachtzeit Hausbesuche zu machen? Nein? Hab ich mir gedacht. Mit dir ist nicht zu reden. Und keine Sorge, ich beschaffe dir dein Morphium.« Sie erhob sich vom Tisch und nahm Morgan den Hörer aus der Hand. »Warum frühstückst du nicht zu Ende? So wie ich deine Patienten kenne, kommen sie schon eine geschlagene Stunde, bevor deine Sprechstunde anfängt.«

Morgan setzte sich, doch die Eier, die auf ihrem Teller verlaufen waren, sahen kaum mehr appetitlich aus. Sie schüttete den kalten Kaffee weg und goss sich neuen ein. »Ich frage mich, ob heute überhaupt Patienten kommen.«

Addie, die sich die Zeitung dicht vors Gesicht hielt – ihre Augen wurden immer schlechter, aber sie verlegte ständig ihre Brille –, bemerkte: »Die kommen schon.«

»Willst du mir jetzt die Flugblätter geben?«

»Flugblätter?«

»Ja, Flugblätter. Für die Brigade Lincoln.«

Adelaide starrte sie ausdruckslos an. Das geschah in letzter Zeit immer öfter. Sie hätte sich mehr gesorgt, wenn Addie nicht so aktiv ihre üblichen politischen Anliegen und Missionen verfolgt hätte. Seit kurzem liebäugelte sie mit der Kommunistischen Partei Amerikas, voller Begeisterung für die Volksfront und die schöne neue Welt der Gleichheit für alle und der Verteilung des Reichtums. In den letzten Wochen war sie von Tür zu Tür gegangen und hatte versucht, für die Brigade Lincoln, die in Spanien gegen Franco kämpfte, Geld zu sammeln – aber mit wenig Erfolg. Mochte Brooklyn Heights auch vom Pech verfolgt und bereits etwas schäbig sein, so war es doch kein Viertel, das die Sache der Kommunisten oder Sozialisten unterstützt hätte.

»Du hast mich vorhin gefragt, ob ich einen Stapel von deinen Flugblättern über die Brigade Lincoln in meinem Wartezimmer auslegen würde, und ich habe ja gesagt.«

Es dämmerte. »Ach so. Ja. Die Brigade Lincoln. Wo habe ich sie nur hingetan? Ich weiß, dass ich sie heute Morgen mit nach unten gebracht habe.«

Birdie, die ihr Gespräch mit der Krankenhausapotheke beendet hatte, meinte: »Ich glaube, ich habe sie auf dem Flurtischchen gesehen.«

»Ach, natürlich. Danke, Liebes. Ich gehe gleich und hole sie.«

Aber sie stand nicht auf, denn die Andrew Sisters mit ihrem *»Bei mir bist du shein«* verstummten plötzlich, und die sonore Stimme von H. V. Kaltenborn verkündete: »Der Krieg, auf den sich ganz Europa so fieberhaft vorbereitet, wurde heute Morgen abgewendet, als führende Staatsmänner aus Großbritannien, Frankreich, Deutschland und Italien bei einem Treffen in München übereinkamen, den Truppen des Reiches die Besetzung des Sudetenlandes zu gestatten …«

»Ich hab's euch doch gesagt! Chamberlain ist ein Idiot. Er denkt, er kann Hitler besänftigen, indem er ihm sein Morden durchgehen lässt. Aber da irrt er sich ganz gewaltig!«

»Du solltest dich freuen, dass es nicht zum Krieg kommt«, schnauzte Birdie. »Statt ein Genie wie Chamberlain zu beschimpfen!«

»Genie! Weil er ein Speichellecker ist? Ha!« Addies Wangen waren gerötet vor Erregung und ihre Augen funkelten. Keine Spur mehr von der etwas wirrköpfigen älteren Frau, dachte Morgan erleichtert. Addie war ganz die Alte, nur ein bisschen vergesslich von Zeit zu Zeit, das war alles.

»Frieden zu erhalten ist doch keine Speichelleckerei, um Gottes willen! Und als die Spanier zum Kampf gezwungen waren, hast du ganz anders getönt –« Birdie hielt inne, da unten jemand immer wieder auf den Klingelknopf drückte.

Morgan sagte: »Ich habe vergessen, dass ich Celia DiLauria vor meiner regulären Sprechstunde bestellt habe, damit sie rechtzeitig zur Arbeit kommt. Sie wird völlig durchweicht sein!«

Sie lief aus dem Raum und die Treppe hinab. Als sie die Tür öffnete, um ihre Patientin hereinzubitten, bildete der windgepeitschte Regen Pfützen auf dem Fußboden. »Gut, dass Sie es geschafft haben«, meinte Morgan und stieß die Tür mit großer Mühe wieder zu. Während sie und Celia in ihre Praxis gingen, hörte Morgan oben Stühle scharren, dann Schritte, dann Sandys Gurgeln und Mrs Mulligans raue Stimme. Ein neuer Tag hatte begonnen.

31

Dezember 1943

Birdie reichte der Mutter ihren sich windenden Säugling. »Ein schöner, gesunder Junge«, sagte sie.

»Aber Dr. Malone, was ist mit seinem Durchfall?«

»Ich bin schon den ganzen Vormittag deswegen gerufen worden. Anscheinend macht er im Moment die Runde. Wir kümmern uns drum, Mrs Crumpacker. Roher, geriebener Apfel, zerdrückte Banane und Reisflocken. Passen Sie auf, dass er nicht dehydriert.« Sie warf der jungen Mutter einen strengen Blick zu. »Im Krankenhaus sehe ich zu viele dehydrierte Babys.«

Mrs Crumpacker riss die Augen auf und drückte das Kind instinktiv enger an sich, wie um es zu beschützen. »Ich passe auf.«

»Und achten Sie darauf, dass die Flaschen richtig sterilisiert sind.« Birdie griff nach ihrem Rezeptblock und kritzelte »roher, geriebener Apfel, zerdr. Ban., Reisfl.« darauf. »Ein Tropfen Opiumtinktur nach jedem Stuhlgang – mehr nicht«, schrieb sie dann dazu. »In ein, zwei Tagen müsste es geschafft sein.« Birdie sah, wie bei der Frau die Spannung in Hals und Schultern nachließ – und das erinnerte sie an den bohrenden Schmerz in ihren eigenen Schultern. Sie musste das nächste Mal, wenn sie im Krankenhaus war, wirklich in der Orthopädie vorbeischauen und sich von Doug Wendroff untersuchen lassen.

»Der Krieg wird wohl bald vorbei sein«, sagte Mrs Crumpacker.

»Was? Oh, weil Italien kapituliert hat. Ja. Ich hoffe es wenigstens.« War der Mann dieser Frau nicht irgendwo bei der Armee? Im Pazifik allerdings, wenn sie sich recht entsann. »Haben Sie was von Ihrem Mann gehört?«

»Nicht viel.« Ein nervöses Lachen. »Die Feldpost ist manchmal so langsam. Mir ist aufgefallen«, meinte sie nach einer kurzen Pause, »dass Sie einen Stern im Salonfenster haben.«

»Mein Mann«, sagte Birdie.

»Aber … ich dachte, Ihr Mann sei zu alt für die Wehrpflicht.«

Birdie lachte ein wenig verbittert. »Sie haben ihn ja auch nicht eingezogen. Er ist fünfunddreißig, aber er fand, er müsse mitmachen.«

»Ist es nicht schrecklich … die Warterei und alles? Jedes Mal, wenn es an der Tür läutet –« Die junge Frau erschauerte. »Wir bleiben einfach sitzen. Keine will die Wahrheit wissen.«

»Sie wohnen zu mehreren?«

»Zu dritt. Die anderen sind auch Patientinnen von Ihnen.« Sie nannte Birdie zwei weitere junge Mütter.

»Ich weiß. Es ist furchtbar. Doch es kann nicht mehr lange dauern. Hitler werden die Soldaten knapp.«

»Mein Mann ist im Pazifik.«

»Denken Sie nur, wie klein Japan ist. Und wir sind so ein großes Land. Wir schlagen sie bestimmt.« Spontan streckte Birdie die Hand aus und legte sie auf Mrs Crumpackers. Sie wurde mit einem strahlenden Lächeln belohnt. *Ich kann nicht zaubern, hätte sie sagen mögen. Meine Berührung bewirkt keine Wunder. Ich bin lediglich eine überarbeitete Kinderärztin, die jede Nacht, wenn sie schlafen geht, zu Gott betet, er möge bitte ihren Mann verschonen.*

»Ich würde mich ja gern als freiwillige Helferin im Cadman Memorial melden, aber ich habe Eliot.«

»Ich bin sicher, Ihrem Mann ist es lieber, wenn Sie zu Hause bleiben und sich um Ihren Sohn kümmern.«

»Na ja ...« Stolz fuhr sie fort: »Jetzt, wo wir drei uns die Miete und alles teilen, haben wir genug übrig, um jeden Monat eine Kriegsschuldverschreibung zu kaufen. Es ist nur die für $ 25, aber ...«

»Das ist doch wundervoll.«

Genug geredet, dachte sie; sie war todmüde. Sie ließ Mutter und Kind hinaus – sie waren die letzten Patienten heute Morgen – und holte tief Luft. Sie würde rasch ins Krankenhaus fahren müssen. Drei Neugeborene mussten untersucht werden sowie die Babys auf der Kinderstation, und als Assistenzärzte waren nur sie und Matt Barstow da. Dann musste sie zur Nachmittagssprechstunde hierher zurückkommen. Kein Wunder, dass ihr die Schultern wehtaten! Doch was sollte sie machen? Ein Doktor konnte nicht sagen: »Tut mir Leid, ich bin zu beschäftigt, um mich um euch zu kümmern.« Aber sie war wirklich erschöpft.

So viele Ärzte waren an der Front, dass die Leute sich über jeden Doktor freuten, der verfügbar war, auch diejenigen, die sonst keinen weiblichen Arzt an sich heranließen. Ihre Mutter ging auf die achtzig zu und hatte in ihrer Praxis mehr zu tun denn je. Es war überall dasselbe, nicht nur in den Arztpraxen. Frauen fuhren Busse und Straßenbahnen und schweißten und nieteten Schiffe in der Marinewerft von Brooklyn. Wo doch alle Männer weg waren, überlegte Birdie müde, wie kam es dann, dass so viele Babys geboren wurden? Aber sie wusste ganz genau, warum. An dem Abend, als JJ nach Hause kam, nachdem er sich als Freiwilliger gemeldet hatte, und ihr mit jener seltsamen Mischung aus Schüchternheit und Prahlerei, die für ihn so typisch war, sagte, sie solle ihren kleinen Soldaten küssen, hatten sie einen riesigen Krach gehabt, auf den eine lange und stürmische Liebesnacht folgte. Und blieb nicht tatsächlich im nächsten Monat ihre Periode aus? Aber sie hatte sich von Mutter etwas geben lassen. Auf keinen Fall wollte sie noch eins so kurz nach Robin!

Sie konnte kaum glauben, dass es JJ wirklich darum ging, für sein Vaterland zu kämpfen. Als er das erste Mal versucht hatte, sich zu verpflichten, war er so betrunken, dass man ihm sagte, er solle nach Hause gehen und seinen Rausch ausschlafen. Beim zweiten Mal schaffte er es, obwohl sie ihn angefleht hatte, nichts derartig Törichtes zu tun. »Um Himmels willen«, hatte sie argumentiert, »wir haben zwei Kinder, JJ!« Oh, er sprach sehr ernsthaft über die Schlechtigkeit von Hitler und Hirohito und davon, dass jeder Mann seinen Teil beitragen müsse, doch sie erkannte an seinen blitzenden Augen, dass es das Abenteuer war, das ihn lockte. Es war eine neue Rolle, die er spielen konnte – mit der ganzen Welt als Bühne. Männer!

Gott, es war schrecklich, dass er nicht da war. Manchmal konnte sie sich kaum an ihn erinnern; sie musste sich Bilder anschauen. Oder Sandy. Sandy sah seinem Daddy so ähnlich. Und die Armee hatte JJ offenbar verändert. Seine Briefe waren sehr zärtlich und liebevoll. Gott, sie hatte solches Verlangen nach ihm! Wie dumm, wenn er doch unerreichbar war.

Wo er wohl gerade war? Sie wussten es nicht, aber vermutlich in Italien. Zuerst war er in Nordafrika gewesen, in Tunesien, und ihr war bekannt, dass die Divison Thunderbird von Nordafrika nach Italien gezogen war. Zumindest lebte er. Oder? Ach, manchmal blieb ihr das Herz stehen, wenn sie an all die grässlichen Dinge dachte, die ihm an der Front widerfahren konnten. Aber sie wusste einfach, dass ihren JJ keine Kugel treffen würde. Er würde zu ihr zurückkehren, sicher, ganz sicher. Allerdings war die letzte Feldpost von ihm schon Wochen her. Sie liebte seine Briefe. Eine Menge wurde zensiert, doch nicht seine Liebesworte, mit denen er beschrieb, was er für Pläne hatte, wenn er sie wieder in den Armen hielt. Nach dem Krieg. Wann würde das sein, nach dem Krieg? Es kam Birdie vor, als ob dieser verdammte Krieg ewig dauerte!

Sie schaltete das Licht aus und stieg die Treppe hoch in den ersten Stock. Sobald sie die Küchentür öffnete, kam ein kleiner Körper quer durch den Raum geschossen und klammerte sich an ihre Beine. »Robin!«, schalt sie. »Ich habe dir schon immer gesagt, du sollst Mommy nicht so anspringen!«

»Robin, guck mal, was ich hier für dich habe.« Das war Liz Markharn, eine von den beiden Medizinstudentinnen, die mit in der Clinton Street Nummer 3 wohnten und dafür auf die Kinder aufpassten. Das klappte recht gut, und wenn Liz und Linda Kurse hatten, konnte Addie kurz einspringen. Manchmal stand auch Colleen, die Haushälterin, zur Verfügung. Colleen war Mrs Mulligans Jüngste und arbeitete seit Agnes Mulligans Tod vor zwei Jahren bei ihnen. Sie kam nachmittags. »Robin, hier ist dein Entchen, es ruft nach dir.« Liz ließ das Gummitier, Robins Liebling, quietschen, doch Robin wollte nichts von ihm wissen. Sie drückte sich noch enger an Birdies Beine.

»Ist schon in Ordnung, Liz. Es muss wohl am Alter liegen. Obgleich Sandy nie so war.« Sandy ging jetzt in den Kindergarten. Er war fünf Jahre alt. Die Erzieherin sagte, er wolle nicht mit den anderen Kindern spielen, und das machte Birdie ein bisschen Sorge. Aber er war immer ein Einzelgänger und eher schüchtern gewesen. Sie würde abwarten, was daraus wurde. »Ist er hässlich zu den anderen Kindern?« hatte sie Mrs Smythe gefragt. »Schubst oder beißt er sie?«

»Oh nein«, hatte die Erzieherin erwidert, »das ist es überhaupt nicht. Er ist nur ... gleichgültig. Die anderen dagegen ...«

An dieser Stelle hatte Birdie sie unterbrochen. »Ich versuche immer, Kinder nicht miteinander zu vergleichen. Sie entwickeln sich alle so unterschiedlich.«

»Ja, natürlich, Dr. Malone. Und er ist ein sehr liebes Kind.«

Ja, das stimmte. Er war ein sehr liebes Kind, und wenn JJ nicht recht bald nach Hause kam, wäre er ein Fremder für seinen Sohn. Und für seine Tochter natürlich auch, korrigierte sie sich, während sie Robin hochhob. Robin hatte sich noch mehr verändert. Sie lief jetzt und fing bereits an zu sprechen. Als JJ sie in seinem letzten Urlaub gesehen hatte, war sie noch ein Säugling gewesen. Verdammt, warum musste er sich verpflichten, und sie mit zwei kleinen Kindern allein lassen? Sie vermisste ihn so sehr. Oh ja, es war schlimm mit ihm gewesen damals, 39 und 40, aber nur, weil er keine guten Rollen bekam und total frustriert war. Sie stritten sich dauernd, nachdem er von der Westküste zurückgekehrt war, wütend und garstig und ständig trinkend, was sie im Stillen als versteckten Alkoholismus bezeichnete: kleine Schlucke den ganzen Tag über, nie so viel, dass er betrunken wirkte, doch genug, um seine schlechtesten Seiten zum Vorschein zu bringen. Nach einem großen Krach hatten sie eine ganze Woche nicht miteinander geredet.

Dann öffnete sie eines Abends, nachdem sie das Baby zu Bett gebracht hatte, die Schlafzimmertür und fand dort JJ, der auf sie gewartet hatte. Wortlos umarmten sie sich und küssten sich so heftig, dass ihre Zähne aufeinander schlugen. Er stieß sie aufs Bett. Sie zogen sich nicht mal aus, nur so weit, dass sie es tun konnten. Es war wild und wunderbar. Sie lag da, mit geschlossenen Augen, aber wach, und wartete. Und tatsächlich spürte sie, wie er im Halbdunkel dicht an sie heranrückte und sie beäugte.

Dann stieg er, offensichtlich überzeugt, dass sie schlief, leise aus dem Bett, sammelte seine Sachen zusammen und schlich auf Zehenspitzen hinaus. Birdie machte die Augen auf und starrte blind in die Dunkelheit, und Tränen rannen ihr übers Gesicht, während sie hörte, wie sich unten die Haustür öffnete und schloss. Was sollte sie tun? Was sollte aus ihnen werden? Sie versuchte, sich ein Leben ohne ihn vorzustellen, und fühlte sich, als würde sie, atemlos vor Schwindel, gleich von einem hohen Gebäude fallen. Nein, nein es *gab* kein Leben ohne JJ. Und damit basta.

»Komm, Robin, jetzt lass Mommy los.« Sie schaute in das kleine Gesicht, so exotisch mit den schräg stehenden blauen Augen und dem indianerglatten Haar, das ihr so vertrauensvoll zugewandt war. Wenn sie nicht so klammern würde, wäre Robin ein entzückendes kleines Mädchen. Wenn ihr Daddy zu Hause wäre – wäre sie dann vielleicht nicht so anhänglich? »Komm her, Schätzchen, willst du auf den Arm?« Die Kleine lächelte, reckte die Arme in die Höhe und sagte: »Aam, Aam.«

Sobald Birdie sie hochgenommen hatte, drückte Robin sich eng an sie. »Mommy, Mommy«, gurrte sie. »Mommy nich weg.«

»Aber Schätzchen, du weißt doch, dass Mommy zur Visite muss.«

»Nein, Mommy! Mommy nich weg!«

Birdie war einigermaßen verzweifelt. Was um alles in der Welt sollte sie mit dem Kind anfangen? Sie war ratlos, und das als Kinderärztin! Robin war so anders als Sandy, der sich von Anfang an vergnügt mit sich selbst beschäftigt hatte. Er wachte sogar von seinem Mittagsschlaf auf und spielte zufrieden in seinem Bettchen, bis jemand hereinkam. Nichts kümmerte ihn und er war auch jetzt noch immer brav. Robin dagegen –! Sie hatte einfach keine Zeit für ein quengelndes Kind. Sie hatte Patienten, zu viele, und sie musste im Krankenhaus arbeiten. Sie hatte Wichtiges zu tun. Dann überkam sie ein Schuldgefühl, und sie umschlang das Baby und küsste es auf den rundlichen Nacken.

Glücklich spielte Robin mit Birdies lockigem Haar. In einem Anfall von Liebe und Reue sagte Birdie: »Pass auf, Schätzchen, Mommy muss ins Krankenhaus. Möchtest du mitkommen?«

»In Auto?«

Birdie lachte. »Ja. Im Auto.« Sie hatte einen alten grünen MG, einen Zweisitzer, den sie heiß liebte. Sie feilschte um Benzinmarken, damit sie ihn fahren konnte. Jeder in der Gegend kannte Dr. Malones Sportwagen, deshalb bekam sie nie Strafzettel, wenn sie falsch parkte oder zu schnell fuhr. Sie war Dr. Malone, und wenn sie raste, musste es sich um einen medizinischen Notfall handeln. Sie kicherte vor sich hin und Robin begann ebenfalls zu kichern. Wenig später lachten sie beide wie verrückt. Über nichts. Vielleicht sollte sie Robin öfter mitnehmen; vielleicht würde sie sich ihr dann näher fühlen.

Sie schoss auf den Parkplatz, direkt unter dem Tor hindurch, zur Belustigung von Marcus, dem Torwächter. Ihr Auto war als einziges klein und niedrig genug, um das zu schaffen. Sie bog auf ihren Stellplatz ein und nahm das Baby hoch. Im Ärztezimmer im Erdgeschoss fand sie drei Ärzte vor, zwei Chirurgen und den neuen Neurologen, Terry Snow. Terry war in Afrika verwundet und nach Hause geschickt worden. Warum hatte es nicht JJ sein können? Natürlich wollte sie nicht, dass JJ *verletzt* würde. Aber eine Wunde am Bein war nicht allzu schrecklich. Birdie fühlte sich schuldig deswegen, doch jedes Mal, wenn sie Terry sah, kam ihr derselbe Gedanke.

Terry Snow war ein netter Kerl, vorzeitig ergraut; eigentlich war sein Haar eher weiß. Verblüffend, dieses weiße Haar mit dem jungen Gesicht darunter. Er war über eine Zeitschrift gebeugt, doch als er ein Geräusch hörte und aufblickte, grinste er auf eine Weise, die Birdie erkannte ... die jede Frau auf der Welt erkannt hätte, dachte sie. Er war verliebt in sie, hatte aber diesbezüglich nie etwas gesagt oder unternommen. Nicht wie manche Männer, von denen sie einige kannte, die glaubten, wenn der Ehemann seit einem Jahr weg war, müsse man ganz scharf drauf sein.

»Hallo, Birdie? Brauchen Sie einen Babysitter?«

»Haben Sie denn Zeit?«

Er zog seine Armbanduhr zu Rate. »Noch dreiunddreißig Minuten.«

»Wenn sie mich loslässt.«

»Mal sehen. Hallo, Robin, wie geht's dir heute? Du bist sicher die Krankenschwester, auf die ich gewartet habe. Kannst du mir bei einer Operation helfen? Irgendwo da drüben habe ich einen furchtbar kranken Teddybär ...« Seine Stimme war leise und ruhig, und als er sich zum Gehen wandte, tapste Robin einfach hinter ihm her.

Wunderbarerweise amüsierte sich Robin so gut, dass sie gar nicht merkte, wie Birdie nach oben zu ihren Patienten ging. Sonst machte die Kleine immer schreckliches Theater, wenn sie weg wollte ... Vielleicht sollte sie sie wirklich *öfter* ins Krankenhaus mitnehmen. Wenn sie bloß mehr Zeit hätte.

Es war viel zu tun heute Nachmittag, und als Birdie wieder nach unten kam, lag Robin in Terry Snows Schoß und schlief fest.

»Oh Gott, Terry, tut mir Leid, ich habe gar nicht mitgekriegt, wie spät es ist. Und Sie hatten einen Termin, wann? Vor anderthalb Stunden. Wie –?«

»Ich habe sie mitgenommen. Ich hatte nur zwei Neurologie-Patienten zu begutachten, und die haben sich gefreut, Besuch von einem niedlichen kleinen Mädchen zu kriegen. Die ganze Zeit im Bett, da wird man ziemlich einsam.«

»Sie haben was gut bei mir, Terry. Sie sind ein Engel.« Er lächelte, reichte ihr das schlafende Kind und sagte: »Dieses kleine Mädchen ist der Engel. Aber das wissen Sie natürlich schon.«

Robin wachte erst auf, als sie zu Hause waren. Als Birdie sie in den Flur trug, sah sie auf dem Tisch wie in einem Alptraum das gefürchtete Telegramm liegen.

»Oh Gott!«, rief sie aus. »Oh Gott!« Sie setzte Robin ab und griff nach dem Umschlag. Mit zitternden Händen riss sie ihn auf und flüsterte: »Scheiße, Scheiße, Scheiße«, als das Papier sich nicht entfalten ließ. Undeutlich nahm sie wahr, dass das Baby zu weinen begonnen hatte. *Er darf nicht tot sein, darf nicht tot sein, bitte, lieber Gott, er darf nicht tot sein.*

... BEDAUERN, IHNEN MITTEILEN ZU MÜSSEN ... oh, lieber Gott, bitte ... IHR EHEMANN SGT. JUNIUS JUSTICE MALONE IM GEFECHT VERWUNDET. Verwundet! Wie verwundet? Wo verwundet? Aber das stand da natürlich nicht. Er war schon einmal verwundet worden. Sie informierten sie, dass man ihn mit dem Purple Heart ausgezeichnet hatte. Mit dem Bronze Star auch. Und mit dem Silver Star. O Gott, wenn er nun ein Bein verloren hatte ... oder etwas anderes? Sie stöhnte laut und das Baby umklammerte wimmernd ihre Beine.

Mit klopfendem Herzen rief sie sich ins Gedächtnis zurück, dass er nicht gefallen war, sondern lediglich verwundet. Bestimmt würden sie ihn jetzt nach Hause schicken. Sie bückte sich, hob Robin hoch und schaukelte sie. »Daddy wird wieder gesund, Schätzchen. Daddy ist nur verwundet. Daddy geht es bald wieder gut. Und uns auch – dir und mir und Sandy, uns allen. Richtig gut.«

32

Mai 1951

Robin klopfte an die Zimmertür ihres Bruders. Es war ein heller, sonniger Tag, ein Sonnabend. Ihre beste Freundin Carol war mit ihrer Mutter in der Stadt einkaufen. Gran war bei einer Entbindung in der Nähe der Werft. Daddy schlief; er schlief den ganzen Tag, und das fast immer. Man musste aber nicht auf Zehenspitzen herumlaufen. Mom meinte, nichts außer dem 3. Weltkrieg würde ihn aufwecken. Mom war im Krankenhaus. Sie ist *dauernd* im Krankenhaus, dachte Robin. Und wenn sie nicht im Krankenhaus ist, dann hat sie Praxissprechstunde, oder irgendeine blöde Mutter gerät in Panik, weil ihr Baby schreit. *Wissen sie denn nicht,* dachte Robin verärgert, *dass das alle Babys tun?* Sie schreien; das ist ganz natürlich, so verständigen sie sich. Ihr war klar, dass Mom für die meisten Menschen eine Heldin war. Alle sahen zu ihr auf und liebten sie. Aber Robin Malones ganz persönlicher Meinung nach wäre es wesentlich besser, wenn Mom öfter zu Hause bliebe und für ihre eigenen Kinder die Heldin spielte. *Wir sind die Letzten, an die sie jemals denkt,* dachte Robin – ein wortloses Gespräch, das sie häufig mit sich selbst führte.

Sie klopfte erneut an Sandys Tür, lauter. Immer noch nichts. Aber sie hörte seine Stimme, also musste er da sein. »Sandy!«, rief sie.

Er antwortete nicht. Sie drehte am Türknauf. Abgeschlossen. Wieso meinte er, dass er die dämliche *Tür* abschließen musste? Er war so merkwürdig! Alle Kinder fanden das; sie hatte sie reden hören. Und wenn sie dann merkten, dass sie in der Nähe war, wurden sie plötzlich still. Sie wusste, was sie sagten: *Sandy Malone ist ein Irrer.* Und sie hatten Recht. Diese Familie, ehrlich – Jeder war irgendwie seltsam. Doch wenn man sie fragte, war Sandy am allerseltsamsten.

»Sandy! Du weißt doch, dass Mom sagt, wir dürfen die Türen nicht abschließen! Sandy! Falls es brennt!«

Sie hörte, wie sich der Schlüssel drehte, dann öffnete sich die Tür einen winzigen Spalt breit, und eins von Sandys blauen Augen spähte heraus. »Los, Sandy, du hast meine Stimme erkannt. Ich bin nicht mit einer Armee hier.«

»Wir ziehen uns zu einem Angriff auf Hügel 47 zusammen«, flüsterte Sandy. Ständig spielte er seine blöden Kriegsspiele.

»Also, ich bin unbewaffnet«, sagte Robin mit gelangweilter Stimme. »Ich bin neutral.« An Sandy, der alles wörtlich nahm, war ihr Sarkasmus verschwendet. Ehrlich, er hatte keinen Sinn für Humor … und wenn man sie fragte, es wurde immer schlimmer mit ihm. Aber natürlich fragte sie keiner. Sie war ja nur ein Kind; sie war erst zehn Jahre alt. Nun, mit zehn war man nicht dumm. Und sie verbrachte wahrscheinlich mehr Zeit mit Sandy als irgendjemand sonst im Haus. Außer Gran vielleicht, und sie wollte Gran nicht damit belästigen. Gran war ihr eine sehr gute Freundin, doch sie war sehr alt, und Robin wollte nichts tun, was ihr Tod sein könnte oder so was.

Nachdem er rechts und links den Flur entlanggespäht hatte – als ob er in seinem eigenen Haus Feinde hätte –, zog Sandy sie schließlich ins Zimmer, wobei er sie fest am Oberarm packte.

»Au! Was ist los mit dir, Sandy? Wer sollte denn hier im dritten Stock sein außer uns? Tante Addie? Die interessiert sich nicht die Bohne für deine dämlichen Armeen! Sie weiß ja in letzter Zeit kaum mehr, wer sie selbst ist.« Die Stimme brach ihr, und sie machte rasch ein Hüsteln daraus. Tante Addie war einer der Menschen auf der ganzen Welt, die sie am meisten liebte, und Robin war es richtig … peinlich … wenn Tante Addie so komisch war. Manchmal erkannte sie einen und manchmal nicht. Es kam vor, dass sie einem eine Geschichte vorlas, und plötzlich innehielt, und einen, wenn man sie dann anstieß, anguckte, als hätte sie einen noch nie gesehen. Einmal hatte sie Robin angeschaut und einen solchen Schrecken gekriegt, dass sie schrie. Das war das Schlimmste gewesen.

Merkte denn *keiner* in diesem Haus, was vor sich ging? Mom? Oder Gran? Beide waren Ärztinnen, aber sie taten, als ob alles in Butter wäre. Sie hätte gern mit ihrer Mutter über Sandy geredet, doch ihre Mutter hörte ihr nie zu. Und Daddy ... wenn man Daddy was erzählte, zuckte er nur die Achseln und meinte: »Was kann man da schon machen?« Vielleicht würde sie *doch* mit Gran sprechen.

»Überall sind Spione«, erklärte Sandy, während er sie in sein Zimmer zerrte und die Tür hinter ihnen zumachte und verschloss.

Auf dem Fußboden waren zwei Armeen in Uniformen des Zweiten Weltkriegs aufgebaut. Das Aufgebot war vollständig, jedes Stück Miniatur-Ausrüstung vorhanden – ein Resultat zahlreicher Weihnachts- und Geburtstagsgeschenke. Daddys Kriegsgeschichten beschäftigten Sandy ständig ... sie selbst fand sie mittlerweile langweilig. Vor allem, weil Daddy einige besonders liebte, die er immer wieder erzählte. Aber Sandy konnte nie genug davon kriegen.

»Wer gewinnt?«, fragte Robin höflich.

»Siehst du das denn nicht? Na, hätte ich mir denken können; du bist ja nur ein Mädchen.« Sandy wandte sich von ihr ab. Er war nie ein normaler Bruder gewesen. Ihre Freundinnen fanden, dass er furchtbar gut aussah – nun, das stimmte wohl auch –, doch sie wussten nicht, wie es war, mit ihm in einem Haus zu leben. Manchmal hatte Robin das Gefühl, unsichtbar für ihn zu sein; er schaute dann geradewegs durch sie hindurch, und wenn sie etwas zu ihm sagte, schien er sie oft nicht zu hören. Es war unheimlich. Hin und wieder kam er zu ihr und wollte mit ihr reden. Meistens ging es dann darum, dass er etwas wissen oder sie um einen Gefallen bitten wollte. Aus irgendeinem Grund mochte er nicht mit Mom direkt sprechen; immer bat er Robin, das für ihn zu übernehmen. Das war auch so eine Sache. Merkte Mom denn nichts? Ehrlich, manchmal hatte Robin das Gefühl, für die ganze Familie verantwortlich zu sein. Dabei liebte sie Sandy; er war ihr großer Bruder, und er hatte ihr beigebracht, auf dem Zweirad zu fahren. Sie wünschte sich nur, dass er sie lieber mochte.

»Es ist so schön heute. Warum holst du nicht dein Fahrrad raus, und wir fahren ein bisschen rum?«

»Nee. Ich habe zu tun. Wenn wir zulassen, dass die Kommies auch nur eine Schlacht gewinnen ...« Er gab das Geräusch einer fallenden Bombe von sich. »Vorhang«, flüsterte er melodramatisch. »Das Ende der freien Welt, wie wir sie kennen.«

Glaubte er diesen ganzen Quatsch? Sie wurde nicht schlau daraus. »Es ist so schön draußen. Guck doch mal. Die Sonne scheint. Los, komm. Wir könnten in die Union Street fahren und uns bei Mastropietro Cremeröllchen holen.« Er schwärmte für Cremeröllchen.

»Hol du doch welche. Mich braucht General MacArthur.«

»*General MacArthur* braucht dich? Ach so, klar. Weißt du nicht, dass General MacArthur gar nicht mehr beim Militär ist?« Sie erinnerte sich an die Aufregung, als er von Präsident Truman gefeuert wurde. Alle redeten tagelang über nichts anderes.

Sandy war jedoch völlig vertieft darin, seine Panzer und Artillerie auf dem Fußboden hin und her zu schieben, wobei er etwas über Wasserstoffbomben und die Eroberung der Welt durch die Roten vor sich hin murmelte. Alles Blödsinn!

Also gut. Ein Versuch noch. »Wo ist Addie, hast du sie gesehen?« Vielleicht würde sie mit Addie spazieren gehen; das gefiel der alten Frau immer so gut, obgleich sie oft gar nicht wusste, wo sie war, oder weglief und Robin sich Sorgen machen musste, dass sie von einem Auto überfahren wurde. Sie beschloss, lieber doch nicht mit Addie spazieren zu gehen; es war zu gruselig. Und da antwortete Sandy ihr tatsächlich. »Bei Gran, glaube ich. Oder sie schläft.«

Also nahm Robin ihr Rad und fuhr alleine los. Eigentlich hatte sie keine Lust nach Cobble Hill ins Italienerviertel zu radeln. Sie würde zum Krankenhaus rüberfahren. Da war immer jemand im Ärztezimmer, den sie kannte.

Sie traf auf vier oder fünf Ärzte, die Kaffee tranken und tratschten oder was immer Ärzte so taten, wenn sie zusammensaßen. Über Fälle reden, hauptsächlich. Natürlich kannten sie sie alle und dachten, sie sei auf der Suche nach Mom.

»Sie ist oben auf der Kinderstation und sitzt bei einem kleinen Mädchen, das beinahe an Gehirnhautentzündung gestorben wäre«, sagte Dr. Grad. Er war einer der Assistenzärzte, die stets nett zu Robin waren. »Es geht der Patientin schon besser, aber das Besondere an deiner Mutter ist, dass sie, wenn das Schlimmste überstanden ist, noch da bleibt.«

Ein anderer Assistenzarzt meinte: »Du musst sehr stolz auf deine Mutter sein. Alle lieben sie.«

»Ja, klar, natürlich bin ich das. Sind wir alle. Aber ich wollte sie nicht besuchen. Ich bin nur auf meinem Rad rumgefahren.«

»Und wir sind die beste Gesellschaft für dich, stimmt's, Robin?« Das war Dr. Terry Snow. Robin hatte ihn sehr gern. Sie mochte sogar sein Humpeln. Er war so gescheit und witzig und hatte immer Zeit für ein Gespräch. Dr. Snow hatte zwei Doktortitel. Erst war er Neurologe gewesen und dann noch mal auf die Universität gegangen und Psychiater geworden. Er bezeichnete sich selbst als Hirnklempner, doch Robin war aufgefallen, dass die anderen Psychiater das nicht mochten. Wenn ihn Leute – die waren zu dumm! – fragten, ob er verwundet worden sei, sagte er immer: »Ja, im Zweiten Weltkrieg, in Nordafrika, wo wir überhaupt nichts verloren hatten.« Immer scherzte er.

Mom meinte, Terry Snow sei so ironisch, weil er verbittert sei. »Seine Frau hat ihn während des Krieges wegen eines Tauglichkeitgrades 5 sitzen lassen, der ein Vermögen mit Schrott gemacht hat, und darüber ist er anscheinend nicht hinweggekommen«, hatte Mom ihr erzählt und gelacht. Robin fand das gar nicht witzig.

»Kennt hier jeder Robin Malone, meine zukünftige Braut?«, fragte Dr. Snow. Er neckte Robin ständig damit, dass sie eines Tages heiraten würden, da ihre Mutter ihn ja nicht wolle. Als sie noch ganz klein war, hatte sie mächtig für ihn geschwärmt und geglaubt, sie würden heiraten, wenn sie erwachsen wäre. Inzwischen wusste sie es besser. Heute wurde ihr aus irgendeinem Grund aber plötzlich klar, dass er das andere ernst meinte, dass er nämlich Mom liebte. Ihr wurde ganz unbehaglich zu Mute, deshalb beschloss sie zu gehen.

»Hey, Robin, du weißt doch, dass ich dich bloß aufziehe!«, rief Dr. Snow hinter ihr her. »Geh nicht im Bösen weg! Komm und erzähl mir, was du in der Schule machst.« Aber sie wollte ihm nicht ins Gesicht gucken, bis sie über das nachgedacht hatte, was sie entdeckt hatte.

Als sie ihr Fahrrad auf die Fulton Street schob – ach so, Cadman Plaza West hieß sie ja jetzt –, sah sie eine vertraute Gestalt auf dem Bordstein sitzen, zusammengekrümmt, mit bebenden Schultern. Es war Addie, die noch ungepflegter wirkte als sonst. Ihr Knoten hatte sich gelöst und ihr Unterkleid guckte hervor. Sie zitterte. Es war ein schöner, sonniger Tag, aber die Luft war noch recht kühl, und Addie hatte nicht mal ihre Strickjacke übergezogen. Robin lief eilig auf sie zu. Oh Gott, sie weinte. Sie weinte laut, wie ein kleines Kind.

Robin ließ das Fahrrad fallen, setzte sich neben Adelaide und ergriff ihre Hand. »Addie, Addie, was ist los? Ich bin's, Robin. Was machst du hier?«

Addie hob ihr tränenverschmiertes Gesicht und sagte: »Ich weiß nicht. Ich habe mich verlaufen!«

»Nein, hast du nicht. Du bist ganz in der Nähe von zu Hause. Komm, ich bring dich hin.«

»Oh danke, danke. Das ist sehr lieb.« Robin half Addie aufzustehen und fragte sich: *Ist sie geschrumpft?* Sie kam ihr auf einmal so klein und leicht vor, als könnte eine Brise sie fortwehen wie ein welkes Blatt. Addie lächelte Robin breit an und sagte: »Danke. Ich entsinne mich nicht, wer du bist, aber ich weiß, dass ich dich lieb habe.«

Während sie nebeneinanderher gingen, Addies Hand auf Robins Schulter, fing Robin leise an zu weinen. Sie konnte nicht dagegen an. Doch wenn Addie es bemerkte, bekäme sie womöglich Angst. Mom sollte hier sein, statt sich um ein fremdes kleines Mädchen zu kümmern, dem es sowieso schon besser ging. Und dann hörte sie: »Hey Robin! Was ist los?«

Es war Dr. Snow, der ihr nachgelaufen sein musste. Sie war sehr froh bei seinem Anblick. Schniefend und sich die Nase wischend, erzählte sie ihm, wie sie ihre Tante verirrt auf dem Bordstein gefunden hatte. Er gab ihr sein großes, weißes Taschentuch und sagte: »Los. Schnaub rein. Du kannst es als Andenken behalten.« Er war so nett, dass es ihr nicht mehr wichtig war, dass er ihre Mutter liebte, nur, dass er zur Stelle war, als sie ihn brauchte. »Ich habe erst um vier wieder einen Patienten«, sagte Dr. Snow. »Wie wär's, wenn ich euch beide begleite?«

»Oh ja. Ja. Das wäre prima.«

Nachdem sie Addie die Treppe hoch und an den Küchentisch befördert hatten, wo Colleen herumwirtschaftete, Tee machte und drauflosschnatterte, entspannte sich Robin. Addie wirkte sehr glücklich darüber, wieder zu Hause zu sein.

Dr. Snow meinte, er würde auch eine Pepsi trinken wie Robin; er sang sogar ein bisschen aus dem Pepsi-Cola-Werbesong: »Twice as much for a nickel, too, Pepsi-Cola is the drink for you!« Und dann schmetterten sie beide: »Nickel, nickel, nickel, nickel«, woraufhin Addie laut lachte.

Dr. Snow bat Robin, sich mit ihm auf die Hintertreppe zu setzen, weil das Wetter so schön sei. Aber der wirkliche Grund war, dass er Robin erklären wollte, was es mit der Altersdemenz auf sich hatte, die viele alte Leute befiel.

»Und das hat Addie?«

»Ich glaube.«

»Ich finde es grässlich, wenn sie mich nicht erkennt.«

»Ich weiß. Das ist das Schlimmste. Für uns jedenfalls. Ich weiß nicht, was für sie das Schlimmste ist.«

»Manchmal, wenn ich mit ihr rede, hört sie mich nicht. Manchmal, wenn sie mich anguckt, erkennt sie mich nicht –« Robin hielt inne. *Oh Gott,* dachte sie. *Ich könnte ebenso gut über jemand anderen sprechen.* »Dr. Snow?«

»Ja?«

»Kann ein junger Mensch, ein ganz junger Mensch ... ein Teenager zum Beispiel, kann der das auch kriegen?«

»Altersdemenz? Da muss er schon eine Menge Zeit mitbringen.« Dr. Snow lachte. »Das sollte ein Witz sein, Schätzchen. Nicht komisch?« Dann veränderte sich sein Gesichtsausdruck ein wenig. »Warum fragst du, Robin? Hast du an eine bestimmte Person gedacht?«

Doch sie hatte zu viel Angst, Sandys Namen zu nennen. »Nein. Nein, natürlich nicht. Ich wollte es nur mal wissen.« Und sie lächelte, das falscheste, verlogenste Lächeln in ihrem ganzen Leben.

33

Oktober 1953

Sie saßen alle um den Frühstückstisch herum. Das heißt ... fast alle. Addie war nicht mehr da, die Ärmste. Sie war vor zwei Jahren gestorben. Als sie schließlich von ihnen gegangen war, war ihr Gedächtnis so leer und unschuldig gewesen wie das eines Babys – womöglich noch unschuldiger. Sie war friedlich im Pflegeheim eingeschlafen, nachdem sie niemanden mehr erkannt, ja nicht einmal gewusst hatte, wo oder wer sie war. Morgan kamen immer noch die Tränen, wenn sie daran dachte, wie die muntere, lebhafte Adelaide Apple langsam ins Nichts hinübergedämmert war. Es war schrecklich mit anzusehen gewesen.

Zwei Jahre ohne ihre liebe Freundin und Gefährtin, und es war immer noch nicht viel leichter als damals, gleich nach dem Gedenkgottesdienst. Sie hatten den größten Teil dieses Jahrhunderts zusammen erlebt; zusammen hatten sie all die Veränderungen beobachtet. Das Altwerden war eigentlich gar nicht so schlimm. Man hörte auf, allzu genau in den Spiegel zu gucken, und man hörte auf, so viel über seine Schwächen nachzudenken. Furchtbar war nur der Verlust der liebsten Freunde, der Gleichaltrigen. Jetzt, da Addie nicht mehr da war, gab es niemanden mehr, der sich an dasselbe erinnerte wic sie, niemand, der Morgan als junge Frau gekannt hatte. *Das* war das Beängstigende. Morgan war schließlich klar geworden, dass Adelaide all die Jahre in sie verliebt gewesen war, und sie wusste auch, dass Addie das aus Liebe zu ihr geheim gehalten hatte. Es war ein wunderbares und schönes Geheimnis.

Sie erhob sich vom Tisch, ging zum Herd hinüber, um sich noch eine Tasse Kaffee einzugießen, und wartete darauf, dass Birdie ihr vorhielt, das wäre zu viel Koffein für sie. Aber ihre Tochter war in die Morgenzeitung vertieft. »Präsident Truman meint, die gesamte Republikanische Partei sei mit McCarthyismus infiziert, und da kann ich ihm nur zustimmen«, sagte Birdie.

»Mir gefällt dieser McCarthy überhaupt nicht«, entgegnete Morgan, froh, an etwas denken zu können, das ihr nicht die Tränen in die Augen trieb. »Ich glaube, mit dem gibt es noch

Ärger. *Großen* Ärger, meine ich. Obgleich ... Harry Truman ist ziemlich hart. Der wird den Senator schon im Zaum halten.« Plötzlich hob sie den Kopf, weil sie dachte, über sich Schritte vernommen zu haben. Doch das war natürlich nur Einbildung.

»Dauernd hörst du Tante Addie, Gran«, sagte Robin. »Vielleicht ist ihr Geist ja da oben.«

Morgan betrachtete ihre Enkelin. Robin war ein kleiner Schlauberger, dem wenig entging. Sie liebte Robin. Birdie war ihr stets ein Rätsel gewesen, aber Robin ... Sie war eine richtige Wellburn, scharfsichtig, verständig, geradeaus. Dabei war sie noch ein Kind.

»Geister!«, schnaubte JJ. »Was für einen Unsinn bringen sie euch in dieser schicken Privatschule bloß bei?«

»Sie ist nicht schick, Daddy«

»Geister! Es gibt keine Geister!«

»Woher weißt du das?«, fragte Robin und reckte das Kinn vor. »Du weißt auch nicht alles.«

»Ich weiß, dass du ein Frechdachs bist, Fräulein.«

»Robin, entschuldige dich bei deinem Vater«, sagte Birdie automatisch, ohne von ihrer Zeitung aufzublicken. Doch das tat Robin keineswegs. Sie tat es nie. Und JJ gab vor, nichts zu merken. Vater und Tochter schienen zu gegenseitigem Missverständnis verdammt. Wie schade! Birdie und ihr Pa hatten solch eine enge Beziehung gehabt.

Morgan seufzte und Birdie legte die Zeitung hin. »Wir konnten nichts mehr für Addie tun, Mutter«, meinte sie. »Die Altersdemenz ist ein Gebiet, auf dem die medizinische Wissenschaft seit Ewigkeiten keinen Schritt vorankommt. So ungern ich es auch zugebe, wir wissen immer noch praktisch nichts darüber.«

»Ich wünschte nur, wir hätten sie hier behalten können«, sagte Morgan.

»Ach, Mutter, du weißt, dass das nicht ging. Sie ist ständig weggelaufen. Und erinnerst du dich, wie sie Robin beschuldigte, ihr Geld gestohlen zu haben? Dabei *vergötterte* sie Robin. Nein, es war unmöglich, sie zu Hause zu behalten, nicht bei ihrem unvorhersehbaren Verhalten. Wir hätten eine Hilfe rund um die Uhr einstellen müssen, um auf sie aufzupassen.«

»Gran und ich hätten auf sie aufgepasst«, sagte Robin mit unsicherer Stimme.

»Ich weiß, du hast sie lieb gehabt, Robin. Wir hatten sie alle lieb. Aber irgendwann kann eine Familie nicht mehr ignorieren, was sich vor ihrer Nase abspielt.«

Birdies Bemerkung hing in der Luft, und es herrschte ein dumpfes Schweigen, während sich alle am Tisch mit ihrem Essen beschäftigten und es sorgfältig vermieden, Sandy anzuschauen. Er saß auf einem Hocker im äußersten Winkel der Küche, seinen Rücken dem Tisch zugewandt.

Seit einer Woche nahm er alle Mahlzeiten so ein. Er verriet nicht, warum, und jeder, dachte Morgan, hatte zu viel Angst, um ihn zu fragen. Zu viel Angst vor der Antwort. Sie auch.

Sandy ist sonderbar, dachte Robin. *Genauso, wie Tante Addie war. Wieso sagt keiner was? Wieso tun alle so, als sei nichts?* Sie warf ihrem Bruder einen verstohlenen Blick zu. Sonderbar. Wie üblich. Er hatte sich selbst das Haar geschnitten und es bis auf eine lange Locke über der Stirn abrasiert. Und er weigerte sich, sich zu waschen, sodass er richtig stank. Warum sagten ihre Eltern nichts zu ihm? Mom faselte immer was von heranwachsenden Jungen, die ihre Privatsphäre bräuchten. Und was Daddy betraf, der schenkte ihnen beiden wenig Aufmerksamkeit, es sei denn, sie waren ihm im Wege oder machten zu viel Lärm oder so was.

Vorhin hatte er Sandy angefahren, er solle sich wieder an den Tisch setzen und essen wie ein menschliches Wesen, doch dass Sandy nichts erwiderte, sich nicht einmal umdrehte, war Daddy überhaupt nicht aufgefallen. Er las die *Variety,* in der er nach einer großen Chance für eine Rückkehr auf die Bühne suchte.

Plötzlich wandte Sandy sich um und sagte laut: »Ich will, dass ihr damit aufhört! Hört auf!«

»Aufhören womit?«, fragte Mom mit jener unecht munteren Stimme. »Wir tun doch gar nichts, Liebling.«

»Nicht ihr! Sie! Sie nehmen mir meine Gedanken weg. Sie müssen direkt über uns sein.«

Jeder am Tisch wusste, wer »sie« waren. Ihre Mutter lachte nervös, sagte aber wie gewöhnlich nichts. Robin hielt es nicht mehr aus.

»Es gibt keine fliegenden Untertassen über Brooklyn, Sandy«, sagte sie. Manchmal, wenn sie es schaffte, dass ihre Stimme ganz ruhig und bestimmt blieb, hörten seine Gedanken auf, in alle Richtungen davonzufliegen. Manchmal.

»Woher sollen wir wissen, dass sie nicht in Brooklyn Heights sind? Sie kommen aus dem Weltraum. Sie könnten überall sein«, meinte er.

JJ schaute kurz von seiner Zeitung auf und sagte: »Um Himmels willen, Sandy, wenn du weiter so redest, werden sie dich noch in die Klapsmühle stecken!«

Robin beobachtete Sandys Gesicht, während er sich abmühte, in die Realität zurückzukehren. Genau wie Addie konnte er ganz normal sein und dann auf einmal wieder nicht. Jetzt lachte er. »Es ist ein Stück. Ich schreibe ein Theaterstück über fliegende Untertassen.«

»Braver Junge!«, dröhnte ihr Vater. »Du schreibst es und trittst auch darin auf, was?«

»Klar.« Sandys Blick schweifte wild im Raum hin und her. Robin wusste, gleich würde er nach oben rennen, weg von ihnen, wo er so verrückt sein konnte, wie er wollte.

»Vielleicht solltest du mal was anderes lesen als deinen Sciencefiction-Mist.«

»Das ist kein Mist! Das ist die Wahrheit!« Sandy stürmte

aus der Küche. Alle saßen da und hörten, wie er nach oben polterte und seine Zimmertür zuknallte. Konnte nicht irgendjemand sagen: »Mit dem Jungen stimmt was nicht«?

Aber Daddy meinte bloß: »Jesus, Maria und Joseph, mit dem gehen wohl die Hormone durch!« Mom warf ihm einen bösen Blick zu – vermutlich wegen des Wortes »Hormone« –, doch er ignorierte ihn, wie immer. Er erhob sich vom Tisch. »Gut – Zeit, zur Arbeit zu gehen.«

Robin beäugte ihren Vater. Er war auch ein Schwindler. Na ja, ab und zu ging er wirklich arbeiten. In letzter Zeit hatte er Werbung im Radio gemacht, sodass sie ständig seine vertraute Stimme über Autos oder Mundwasser oder sonst was reden hörte. Doch sie wusste, dass er heute keine Aufnahmen hatte. Allerdings schickte ihn Sam, sein Agent, zu einer Menge Vorsprechterminen. Letztes Jahr war ihr Vater sogar zweite Besetzung in einem guten Stück gewesen. Sie konnte sich nicht an den Titel erinnern. Dauernd betonte er, es würde jahrelang laufen. Und wenn Tom Noonan die Hauptrolle satt hätte, würde er sie übernehmen, und *dann* sollten sie mal sehen! Aber das Stück wurde nach den Probevorführungen in Philadelphia abgesetzt. Wenn er zu einem Vorsprechtermin ging, kam er meistens ohne Rolle nach Hause und roch stark nach Whisky. Die Trinkerei ihres Vaters machte Robin Sorgen. Sie wusste, dass sie ihrer Mutter ebenfalls Sorgen machte. Gelegentlich hörte Robin, wie sie sich deswegen stritten.

»Mein Gott, Birdie, erlebst du mich jemals betrunken?«, hatte er gestern gefragt.

»JJ, die Frage ist eher, ob ich dich jemals nüchtern erlebe«, erwiderte ihre Mutter ganz ruhig. Eine Minute später hörte Robin, wie die Haustür heftig zuschlug. Oh, wie sie es hasste, wenn sie sich zankten und er dann das Haus verließ. Dann kam er immer betrunken zurück, stolperte die Treppen hoch, murmelte vor sich hin oder, schlimmer noch, er sang falsch und aus vollem Halse.

Robin stocherte in den pochierten Eiern mit Toast auf ihrem Teller. Ihr Frühstück war mittlerweile kalt und eklig. Ihre Eltern hatten doch wohl nicht geglaubt, dass Sandy ein Stück schrieb? Sie wussten, dass das nicht stimmte. Und trotzdem, auf irgendeine merkwürdige Weise glaubte ihre Mutter es doch. *Gran* glaubte es. Die beiden waren *Ärztinnen!* Sie war keine Ärztin; sie war erst zwölf Jahre alt, aber sie wusste, dass ihr Bruder nicht normal war. Sie wusste nur nicht, was ihm fehlte. Eine Zeit lang dachte sie wegen Tante Addie, es sei etwas, das in der Familie liege. Doch als sie Gran fragte, ob sie und Sandy das auch kriegen konnten, was Tante Addie hatte, erinnerte Gran sie daran, dass Tante Addie ja gar nicht mit ihnen verwandt war. Dennoch hatte sie Angst, dass es etwas Ansteckendes sein könnte wie Windpocken. Sie beschloss, sich bei ihrer Großmutter zu erkundigen. Gran lachte sie nie aus oder fand sie albern – oder wurde böse, wie Mom, als sie die vor ein paar Tagen gefragt hatte, was mit Sandy los sei.

»Was für eine dumme Frage!«, hatte Mom mit Zorn blitzenden Augen geantwortet. »So was möchte ich nie wieder von dir hören! Euch beiden fehlt überhaupt nichts!«

»Darf ich mich entschuldigen«, bat Robin und schob ihren Stuhl zurück. »Ich muss in die Schule.« Das stimmte nicht ganz – sie hatte noch reichlich Zeit –, aber »Schule« war in diesem Haus ein Zauberwort. Man durfte alles tun, solange es bildete. Sie ging nicht hoch in ihr Zimmer, um ihre Bücher zu holen, oder zur Vordertür hinaus. Nein, sie stieg die Treppe hinab und schlüpfte dabei aus den Schuhen, um nicht zu viel Lärm zu machen.

Irgendwie musste sie herausfinden, welche Krankheit ihr Bruder hatte. Zu sagen, dass er ein Stück schrieb, war eine schlaue Antwort – manchmal konnte er seine Absonderlichkeit sehr gut bemänteln. Aber sie wusste, dass Sandy keinerlei Interesse am Theater hatte. Er interessierte sich nur für das, was ihm selbst im Kopf herumging. Das waren früher seine Spielzeugsoldaten und Kriegsspiele gewesen; inzwischen waren es ausschließlich Weltraumgeschichten. In seinem Zimmer stapelten sich die Sciencefictionmagazine bis zur Decke. Er hatte Alben voller Zeitungsartikel über fliegende Untertassen. Vielleicht las er wirklich zu viel von dem Zeug und war deshalb so wunderlich. Doch tief in der Magengrube spürte sie, dass es nicht das Lesen war, was ihrem Bruder zu schaffen machte.

Morgan ging langsam die Stufen hinunter. Sie wusste, dass sie nicht steiler waren als früher; sie erschienen ihr nur so, weil sie älter wurde. »Älter!«, schallt sie sich. »Das ist ja ein schöner Euphemismus! Du bist *alt,* das ist es, und alles bricht allmählich zusammen.« Sie war nur dankbar, dass sie, bisher zumindest, nicht senil wurde. Zu Birdie hatte sie bereits gesagt: »Wenn mir das passiert, möchte ich, dass du mir was gibst, das mich aus meinem Elend erlöst.«

Oh, Birdie hatte einen Anfall gekriegt! *Nein, nein, darum darfst du mich nicht bitten, das ist nicht fair.* Also hatte sie ihre Tochter bei den Schultern gepackt, sie sehr ernst angeschaut – manchmal war es verdammt praktisch, groß zu sein – und gesagt: »Birdie, ich flehe dich an. Wenn der Tag kommt, an dem ich dich nicht mehr erkenne, musst du mich einschläfern. Denk dran, wie schrecklich es war, die arme Adelaide zu besuchen.« Birdie musste es ihr versprechen.

Morgan ging jeden Tag in ihre Praxis, wenn sie auch keine Patienten mehr empfing – nicht regelmäßig wenigstens. Ab und zu klopfte eine verzweifelte Frau an die untere Tür, die unbedingt schwanger oder keinesfalls schwanger sein wollte. Morgan kümmerte sich immer um sie, so gut sie konnte. Ihr war klar, dass sie das wahrscheinlich nicht tun sollte. Wer wusste, welche Fehler ihr in ihrem fortgeschrittenen Alter unterlaufen konnten.

Sie war so in Gedanken vertieft, als sie ihre Praxis betrat, dass sie richtig verblüfft war, Robin an ihrem Schreibtisch sitzen zu sehen, wo sie, blind für ihre Umgebung, über einem großen, dicken medizinischen Wälzer brütete. Sie studierte ihre Enkelin und bemerkte ihr sorgenvolles Stirnrunzeln. Das Kind war gewitzt. Die arme Robin war sich sicher gewesen, dass sie für Addies Verfall verantwortlich war, weil sie die alte Dame angeschrien und zum Weinen gebracht hatte. Viele Gespräche waren nötig gewesen, um sie davon zu überzeugen, dass Altersdemenz niemandes Schuld war und schon gar nicht Robins. Dabei war sie erst neun oder zehn gewesen – ein kleines Mädchen, und doch so sensibel und fürsorglich. *Sie wird eine wunderbare Ärztin abgeben* , dachte Morgan. Dann lachte sie über sich selbst, weil sie annahm, Robin würde Ärztin werden. Dass das Kind ihr so ähnlich sah, bedeutete noch nicht, dass sie auch wie Morgan sein würde.

»Wonach suchst du, Schätzchen?«

Robin fuhr zusammen, errötete und bekam dann den entschlossenen Gesichtsausdruck, der bedeutete, dass sie keine Entschuldigungen oder Rechtfertigungen vorbringen, sondern das zu Ende führen würde, was sie sich vorgenommen hatte. Wie *ich,* dachte Morgan stolz.

»Ich glaube, ich habe es schon gefunden, Gran.«

»Und das wäre?«

»Was Sandy fehlt.«

Aha. Robin hatte sich also doch nichts vormachen lassen, dachte Morgan. Nun, natürlich nicht. Alle wussten Bescheid – außer vielleicht JJ, der zu sehr mit sich selbst beschäftigt war, um von anderen groß Notiz zu nehmen. Birdie kannte die Wahrheit; sie weigerte sich nur, sie sich bewusst zu machen. Robin mochte zwar erst zwölf sein, aber sie betrachtete die Welt mit offenen Augen, ohne vor etwas zurückzuschrecken oder sich davon abzuwenden, weil es zu schrecklich war. Wie *ich,* dachte Morgan wieder. In Robins wache Augen blickend, erkannte sie, dass es töricht wäre, wenn sie ihr Geheimnis noch länger bewahrte.

Sie erzählte Robin die ganze Geschichte. Über ihre Vorfahren, die Stimmen hörten und ins Meer gingen, über die Epilepsie, das seltsame Verhalten – alles. Fast alles. »Aber Robin, denk dran, dass manche der Dinge, von denen ich spreche, vor zwei- oder dreihundert Jahren passiert sind. *Angeblich* passiert sind. Womöglich stimmen sie auch nicht ganz. Natürlich …« Sie zögerte.

»Was, Gran. Jetzt kommt das Wichtige. Das merke ich doch. Bitte erzähl es mir. Ich werde damit fertig.«

Morgan hielt inne und überlegte. *Warum nicht?* »Ich hatte eine Schwester namens Rebecca. Becky«

»Das weiß ich, Gran. Ich habe meinen mittleren Namen von ihr. Robin Rebecca.«

Morgan kniff die Lippen zusammen. »Ich habe deine Mutter gebeten, dich nicht so zu nennen, aber sie hat ja immer getan, was sie wollte.«

»Was ist schlimm daran, dass ich den Namen deiner Schwester trage?«

»Sie war – sie war verrückt, Liebes. Sie schien ein völlig normales, freundliches Kind zu sein, bis sie mit zehn oder elf anfing, seltsame Alpträume zu haben. Daraus wurden dann Wachträume. Und als sie sechzehn, siebzehn war, hörte und sah sie Dinge und war überzeugt davon, dass sie von bösen Geistern verfolgt wurde. Ja, Robin, in meiner Familie haben wir alle an Geister geglaubt. Indianer glauben, dass alles von einem Geist beseelt ist, sogar Bäume und Felsen. Die Algonkin, zu denen auch die Pequot, mein Volk, gehören, glaubten das. Daher respektierten sie auch alles auf Erden. Aber natürlich gab es auch böse Geister.« Sie seufzte tief. »Meistens sah und hörte Becky nur die bösen Geister. Arme Becky«

»Was ist aus ihr geworden, Gran?«

»Ich weiß nicht, Schätzchen. Als ich sie zum letzten Mal

gesehen habe, war deine Mutter noch ein Säugling, erst ein paar Monate alt. Becky sprach mit mir, sagte, sie freue sich, dass ich ein Baby bekommen hätte, und dann lief sie plötzlich weg in den Wald. Sicher ist sie inzwischen tot.«

»Und Mom hat mich trotzdem nach ihr benannt?«

»Oh, deiner Mutter habe ich nie alles über Becky erzählt, bloß, dass ich eine Schwester hatte, die Rebecca hieß und genauso aussah wie deine Mutter.«

»Wieso? Wieso hast du ihr nichts gesagt?«

Morgan zögerte und gab sich dann einen Ruck. »Ich hatte Angst. Ich hatte Angst ... dass sie auch krank werden würde. Ich war schrecklich erleichtert, als das nicht geschah. Ich dachte, jetzt sind wir in Sicherheit. Ich habe ein weibliches Kind geboren und es ist normal. Ich glaubte immer, es sei ein Fluch, der nur die Frauen in meiner Familie träfe ...« Sie hörte auf zu reden, Tränen in den Augen.

Robin meinte: »Aber Gran, es ist kein Fluch. Es ist eine Geisteskrankheit. Das steht in dem Buch da. Schi–« Sie stolperte über das Wort.

»Schizophrenie. Ja. Ich weiß, dass das eine Krankheit ist. Ich weiß es schon lange und war trotzdem überzeugt davon, dass es ein Fluch ist, der uns auferlegt wurde. Ich dachte, nur weibliche Familienmitglieder ... Und nun ... Sandy ...« Erneut drohten Tränen. Sie schluckte, um sie zu unterdrücken.

»Du glaubst es also auch. Du glaubst, dass er schizophren ist.«

»Ja. Es ist nicht ganz so wie bei Becky. Aber trotzdem, es ist dieselbe Krankheit.«

Als Robin aufstand, schaute sie sehr ernsthaft drein. »Wir müssen es Mom sagen. Wir müssen es ihr gleich sagen.«

»Setz dich, Robin. Ich habe es ihr schon gesagt. Zumindest habe ich es versucht. Sie hat mir nicht geglaubt.«

Morgan fragte sich, ob sie Robin von Bird erzählen sollte, die ihr in ihren Träumen erschien. Erst vor wenigen Nächten hatte sie ihre Urahne gesehen, das erste Mal seit langer Zeit. Bird hielt ein Baby in den Armen, streckte es Morgan entgegen, doch Morgan konnte es nicht greifen, egal, wie sehr sie sich bemühte. Mit einem Gefühl der Panik war sie im Dunkeln aufgewacht. Wieso Panik? Sie hatte keine Ahnung. Sie verstand nicht im Mindesten, was das für eine Botschaft sein sollte.

Ein Telefon klingelte in Birdies Praxis und wurde abgenommen. Nein, dachte Morgan, sie würde Robin nichts von Bird erzählen. Genug merkwürdige Familiengeschichte für eine Sitzung. Beide saßen ganz still da und warteten. Kurz darauf hörten sie, wie Birdies Praxistür sich öffnete und ihre Absätze auf dem Fußboden klapperten, als sie den Flur entlangkam. Morgan hoffte, Birdie wäre endlich bereit, sich der Wahrheit zu stellen. Aus irgendeinem Grund wusste sie einfach, dass es bei dem Anruf um Sandy gegangen war.

Als Birdie die Praxis ihrer Mutter betrat, wirkte sie blass und verkniffen. »Das war Sandys Direktor. Er hat mich um einen Besuch gebeten. Sandy hat den Unterricht geschwänzt, tagelang. Ich weiß nicht, wo er sich rumtreibt. Woher soll ich wissen, wo er hingeht?« Während sie sprach, hob sich ihre Stimme. Ihre Wangen brannten. »Er hat gesagt, wenn Sandy so weitermacht, werden sie ihn entlassen müssen. Meinen Sohn von der Schule werfen! Na, das werden wir ja sehen!« Ihr fiel nicht einmal auf, dass Robin da saß, nachdem sie schon lange auf dem Schulweg hätte sein müssen.

»Eins nach dem anderen. Erst gehe ich rauf und lese dem jungen Mann die Leviten. Dann verschwinden alle diese Schundmagazine! Es ist an der Zeit, dass Sandy sich am Riemen reißt. Wenn nicht, kommt er geradewegs auf die Militärschule.«

Morgan starrte sie an, Robin desgleichen. Keine sagte ein Wort. Birdie wartete es auch nicht ab. Sie wirbelte herum und rannte den Korridor entlang und die Treppen hoch, als wären ihr Dämonen auf den Fersen.

34

Juni 1955

Warum wollten alle unbedingt, dass es mit Sandy besser würde? Seit zwei Jahren versuchten sie alles und nichts änderte sich. *Nur zum Schlechten,* dachte Robin. *Es konnte immer noch schlimmer werden, und das tat es meistens auch.*

Sobald Mom festgestellt hatte, dass Sandy wirklich kurz davor stand, aus der Schule zu fliegen, rief sie Dr. Snow an und bat ihn, er möge Sandys Hirnklempner werden. Natürlich sagte er zu. Er konnte ihrer Mutter nie etwas abschlagen. Die Schule gab Sandy eine zweite Chance … und dann noch eine und noch eine und noch eine. Er war intelligent, wunderlich, aber intelligent. Seit kurzem konnte er sich allerdings auf nichts mehr konzentrieren. Zu Robin sagte er, die atmosphärischen Störungen in seinem Kopf verwirrten die Worte auf der Buchseite. Er ging dreimal in der Woche zu Dr. Snow, aber es schien nicht viel zu helfen. Er sagte nach wie vor sonderbare Sachen oder drehte den anderen den Rücken zu oder lief plötzlich aus dem Zimmer. Dr. Snow meinte, Sandy versuchte dann immer, den Stimmen zu entfliehen.

»Vor diesen Stimmen kann man nicht fliehen«, sagte Gran. Alle wandten sich zu ihr um.

»Woher weißt du das?«, fragte Mom.

Gran öffnete den Mund, und Robin dachte: *Jetzt wird sie von ihrer Schwester Becky erzählen.* Sie meinte aber nur: »Es gelingt ihm doch nicht, oder? Du hast sicher bemerkt, wie sich seine Lippen bewegen, Birdie. Nein? Wenn er das nächste Mal den Kopf abwendet, guck genau hin. Dann siehst du es. Er spricht mit den Stimmen in seinem Kopf. Er denkt, wenn er den Kopf wegdreht, sehen wir nicht, was los ist. Na ja, es scheint, manche von uns *können* nicht sehen.«

Mom wollte es einfach nicht wahrhaben. Sie war absolut stur. Immer wieder sagte sie, er würde es schon schaffen, oder es gehe ihm doch bereits viel besser, fänden sie nicht auch? Niemand stimmte ihr zu, doch es hatte auch keiner das Herz, ihr zu erwidern, Sandy gehe es ganz und gar nicht besser. Im letzten Jahr hatte Sandy begonnen, auf die Stimmen einzuschreien, die sonst keiner hören konnte. Nachts wanderte er in seinem Zimmer auf und ab und schimpfte. Oh Gott, er klang so ... *gequält*. Robin wollte immer zu ihm gehen und ihn trösten. Aber die wenigen Male, die sie aufgestanden war und an seine Tür geklopft hatte, hatte er nur gebrüllt, sie solle weggehen.

Das Nächste war, dass er behauptete, sein Essen sei vergiftet. Er weigerte sich zu essen. Robin meinte, sie würde seine Vorkosterin sein, wie bei den alten Königen. Die Idee gefiel ihm, und so aß er eine Zeit lang seine Mahlzeit, nachdem sie einen Bissen probiert hatte und nicht tot umgefallen war.

Doch auch das dauerte nicht lange. Er fing an, sie zu beschuldigen, dass sie sein Essen vergifte. Sie sterbe nicht, weil sie immun sei; es handelte sich um ein spezielles Gift, das nur bei Alexander Malone wirke. Robin redete wiederholt auf ihn ein, doch nichts überzeugte ihn. Also nahm Gran die Sache in die Hand. Sie sagte, sie besäße indianische Zauberkräfte und würde von nun an sein Essen zubereiten. Sie legte einen der Küchenschränke mit Papier aus und meinte, der sei nur für ihn.

Dann fing er an, mit dem Fernseher zu sprechen, sogar wenn er ausgeschaltet war. Meistens war er vorsichtig und wartete, bis er allein im Raum war. Aber da er mittlerweile ständig schrie, bekam die ganze Familie zwangsläufig mit, was los war.

Man konnte sich nie entspannen, weil Sandy dauernd etwas vollkommen Neues und Schreckliches tat oder sagte. Er selbst wollte nicht glauben, dass mit ihm etwas nicht stimmte. Einmal sagte Robin zu ihm: »Pass mal auf, Sandy: Du behauptest, im Esszimmer seien Stimmen, die dich anbrüllen. Ich höre sie nicht. Mom hört sie nicht und Dad hört sie nicht. Gran hört sie nicht. Sogar Dr. Snow kann sie nicht hören. Glaubst du nicht, es ist zumindest *möglich*, dass die Stimmen aus deinem Kopf kommen?« Sie dachte, er würde sie umbringen, so mörderisch war der Blick, den er ihr zuwarf.

»Weißt du, *du* könntest dahinter stecken, kleine Schwester!«, sagte er mit einer Stimme, bei der es ihr kalt den Rücken hinunterlief. Also erwähnte sie nie wieder etwas dergleichen.

Sandys Verrücktheit war – na ja, verrückt eben. Robin dachte, er würde sie für immer hassen, weil sie gemeint hatte, die Stimmen seien in seinem Kopf, doch dem war nicht so. Vor etwa einem Monat war sie diejenige gewesen, die ihn dazu überreden konnte, seine Medizin wieder einzunehmen. Er hatte sie fast nie genommen. Natürlich nicht, denn er glaubte ja, alles sei vergiftet. Aber in jener Woche war er in Panik wegen des Radiomoderators Ernie Kovacs. »Er schickt mir böse Gedanken«, behauptete Sandy, und sie konnte sehen, dass er wirklich schreckliche Angst hatte. Ernie Kovacs war zu komisch; seine Sendung hörte Robin besonders gern. Doch wenn seine Witze für Sandy Drohungen waren, hieß es: tschüss, Ernie Kovacs.

Sie schwor Sandy, es würden keine bösen Gedanken mehr aus dem Radio kommen, allerdings habe Ernie Kovacs gesagt, Sandy müsse erst seine Tabletten nehmen. Natürlich nahm Sandy nur eine halbe – dachte er vielleicht, er würde nur halb sterben, falls sie doch vergiftet waren? –, aber wenigstens gelangte ein Teil des Mittels in seinen Organismus.

Propaphenin. Das war wirklich gut. Nach ein paar Tagen hatten Sandys Lippen aufgehört, sich ständig zu bewegen, und das bedeutete, dass die Stimmen nicht dauernd auf ihn eindrangen. Als Dr. Snow die Dosierung veränderte und die Tablette eine neue Farbe hatte, nahm Sandy sie ohne Frage bei jeder Mahlzeit. Er fing an, sich zum Essen zu den anderen zu setzen. Nach wenigen Wochen schien es ihm so viel besser zu gehen, dass alle aufatmeten.

Sandy hörte gern populäre Musik – wenn er normal war. Besonders gut gefiel ihm »You Gotta Have Heart«, einer der Songs aus *Damn Yankees*. Er begann sogar, mit dem Küchenradio um die Wette zu singen. Jeder freute sich, und Daddy kam zu der Überzeugung, dass Sandy »die Sache überstanden« hatte und sich, bei Gott, noch als ganz wie sein Vater erweisen würde. Vor allem, als Sandy meinte, er würde *Damn Yankees* gern sehen. Für Daddy war das der endgültige Beweis, dass Sandy völlig gesund war. Jemandem, der ein Theaterstück sehen wollte, konnte nichts fehlen! Sie gingen allein – »nur wir Männer«, sagte Daddy.

An dem Abend kam Daddy erst nach Mitternacht nach Hause. Gran und Mom und Robin waren alle drei noch hellwach, besorgt und wartend. »Wenn er Sandy in eine dieser verdammten Bars mitgenommen hat –«, murmelte Mom und klappte dann ihren Mund zu und wechselte das Thema. *Als ob ich nicht wüsste, dass er zu viel trinkt,* dachte Robin. Aber als Daddy zur Tür hereintrat, war er nicht mal das kleinste bisschen beschwipst. Er sah erschöpft und verängstigt aus.

»Es hat ihm sehr gut gefallen. Er hat sogar so laut mitgesungen, dass ich ihn bitten musste, leiser zu sein. Aber das war es nicht, glaube ich …«

»Was, JJ? Was ist passiert, um Himmels willen?«

»Ich versuche doch, es euch zu erzählen, verdammt! Als die Schauspieler am Schluss herausgerufen wurden, sprang Sandy plötzlich auf und verschwand.«

»Verschwand?«, fragte Gran.

»Ja. Er war so schnell weg – ich bin hinter ihm hergelaufen wie wild, aber keine Spur von ihm! Keiner hatte ihn gesehen. Er muss so schnell wie der Wind gerannt sein. Ich habe die Polizei gerufen, und die hat nach ihm gesucht, ohne Erfolg.«

»JJ, wo ist er?«, Moms Stimme klang angespannt und verärgert.

»Woher zum Teufel soll ich wissen, wo er steckt? Ich sage doch, er hat sich einfach umgedreht und ist weggerannt, und keiner konnte ihn finden. Ich glaube, er kommt nach Hause. Ich meine, wo soll er sonst hingehen? Ihr werdet schon sehen, irgendwann mitten in der Nacht klingelt er an der Tür und weckt uns alle auf«

Doch das geschah nicht. Drei quälend lange Tage verstrichen, und kein Sandy. Dr. Snow dachte, er sei womöglich in sein Büro gekommen und ließ alle Wandschränke und Flure im Krankenhaus durchsuchen. Nichts zu machen. Dann kam eines Nachmittags Colleen Mulligan in die Küche gelaufen und rief nach irgendjemandem, der zu Hause ist! Robin war da. Sie machte oben gerade Schularbeiten im Fach Sozialkunde, wo es um die Indianer ging, und dachte, wie blöd doch die Lehrbücher seien. Die Verfasser schienen kein bisschen über richtige Indianer zu wissen. Als sie Colleen schreien hörte, rannte sie gleich nach unten. Colleen sagte, sie sei rausgegangen, um den Müll in die Tonne zu werfen, und habe merkwürdige Geräusche vernommen, die unter dem Haus – unter der Hintertreppe – hervorgekommen seien. Dort befand sich ein winziger Schlupfwinkel.

Robin eilte nach draußen und fing an, die Mülltonnen zu verschieben, wobei sie absichtlich viel Lärm machte. Dann kniete sie sich hin und rief: »Sandy! Bist du da? Ich weiß, dass du da bist. Was machst du da unter dem Haus, um Gottes willen?«

Sie konnte ihn nicht sehen, weil es stockdunkel war, aber er hatte sich tatsächlich dort versteckt. Sie hörte, wie trotz des schönen, warmen Tages seine Zähne klapperten. »Komm raus, Sandy. Ich bin's Robin.«

»Kann nicht.«

»Warum nicht?«

»Der Teufel ist hinter mir her. Er ist von der Bühne gesprungen, um mich zu holen. Da bin ich weggerannt.«

»Du bist schneller gerannt als der Teufel?«, fragte Robin. »Bravo! Also, der Teufel ist nicht hier, du kannst rauskommen.«

»Der Teufel hat es auf mich abgesehen.«

Robin merkte, es wäre dumm zu versuchen, mit ihm darüber zu streiten, daher wechselte sie das Thema. »Hast du keinen Hunger?«

»Ich bin am Verhungern. Bringst du mir ein Sandwich, Robin?« »Nein, Sandy, du musst erst rauskommen, bevor du ein Sandwich kriegst.« Als er nicht gleich antwortete, fragte sie: »Was möchtest du drauf?« und zählte seine Lieblingsbeläge auf: »Eiersalat? Thunfisch? Kaltes Hühnchen?«

»Eiersalat?« Keine Minute später kam er hervor, völlig zerknittert und verdreckt und mit unstetem Blick. Es ging ihm so schlecht wie vor der Einnahme des Prophaphenin.

Dr. Snow untersuchte Sandy noch am selben Tag und sagte zu Mom, Sandy müsse ins Krankenhaus. Doch sie bestand darauf, dass sie sich ebenso gut hier zu Hause um ihn kümmern könne. Schließlich sei sie Ärztin; sie würde dafür sorgen, dass er seine Medikamente regelmäßig nahm. Gran versuchte sie zu überzeugen, dass das nicht so einfach sei, dass sie sich mit dieser Art von Krankheit auskenne, aber niemand wollte auf sie hören. Auch Daddy nicht.

»Ach, Mutter Becker«, dröhnte Daddy mit seiner mächtigen Schauspielerstimme, »der Junge hat bloß eine zu lebhafte Phantasie. Der Fluch der Malones. Ein bisschen Ruhe und Erholung, und er ist wieder wie neu.« Natürlich irrte Daddy sich. Wie üblich.

Robin sah täglich nach Sandy, deshalb wusste sie, dass er vor allem und jedem totale Angst hatte – sogar vor ihr. Seit vorgestern aß er nichts mehr, denn der Teufel war in sämtliche Lebensmittel geschlüpft, und sie mussten ihm Gerichte beim

Chinesen bestellen. Robin war klar, dass in ein, zwei Tagen auch das Essen aus dem China Tea Cup vergiftet sein würde und sie sich etwas anderes würden ausdenken müssen, sonst würde er schlichtweg verhungern.

Gran war heute Morgen noch oben. Es hatte gestern geregnet, und das hieß, dass ihr jetzt die Knie wehtaten. Sie wollte nicht zum Frühstück herunterkommen, weil das Treppensteigen zu beschwerlich für sie war. Robin brachte ihr ein Tablett mit Toast, Orangensaft, Kaffee und drei Zeitungen hinauf.

»Ich merke, dass ich immer öfter in meinem Zimmer bleibe«, sagte Gran. »Ich werde nach unten ziehen müssen. Vielleicht könnten wir ein Feldbett in die alte Speisekammer stellen.«

»Oh Gran, da wüsste ich was Besseres! Wie wär's mit einem dicken Federbett direkt vor dem Herd?«

»Als ob ich das Schoßtier der Familie wäre? Nein, ich glaube, ich schlage mein Bett lieber in meiner Praxis auf.« So scherzten sie munter drauflos. Gran war fast siebenundachtzig – im August hatte sie Geburtstag –, aber immer noch bei glasklarem Verstand, las die Morgenzeitungen von Anfang bis Ende und regte sich immer noch fürchterlich über jede Ungerechtigkeit auf der Welt auf. Sie war großartig. Robin gab ihr einen dicken Kuss und sagte: »Ich komme gleich nach der Schule und sehe nach, ob du was brauchst.«

»Versprich mir, dass du es keinem verrätst«, meinte Gran lächelnd, »aber du bist mir die Liebste von allen.«

»Wer sind alle?«

»Das verrate ich nicht!«

Als Robin nachmittags nach Hause kam und nach oben ging, fühlte Gran sich schon viel besser. »Ich glaube, ich schaffe es die Treppe runter«, sagte sie.

»Ich bin froh, dass du auf mich gewartet hast, Gran, denn allein solltest du es lieber nicht probieren. Wenn du nun fällst?«

»Ich falle nicht, nicht, wenn du dabei bist.«

Kurz darauf begann Gran den langsamen Weg nach unten mit ihrem Krückstock und Robin begleitete sie. Auf halber Strecke kam Sandy ihnen, einen Pfirsich essend, entgegen.

Sobald er Gran erblickte, fing er an zu kreischen. Dann duckte er sich, bedeckte sein Gesicht mit den Händen und wimmerte: »Teufel! Bitte nicht! Ich bin auch ganz brav, wenn du mich in Ruhe lässt. Bitte lass mich in Ruhe!« Ängstlich drückte er sich an die Wand.

Gran ging langsam weiter und redete mit ruhiger Stimme auf ihn ein: »Sandy, ich bin Gran. Deine Großmutter. Du kennst mich doch, Liebling. Ich bin nicht der Teufel. Ich werde dir ein indianisches Amulett geben, das ihn dir vom Leibe hält. Ein sehr wirkungsvolles Amulett. Es hilft immer.«

Robin dachte, das hätte ihn besänftigt. Doch als Gran sich ihm näherte, rief Sandy: »Ich sehe deine Forke! Beelzebub! Fürst der Finsternis! Dachtest wohl, du könntest mich täuschen!« Dann riss er ihr den Stock aus der Hand. Er klapperte die Stufen hinunter und Gran verlor das Gleichgewicht. Sandy versetzte ihr einen Stoß und hastete an ihr vorbei. Robin schrie: »Nein! Gran, warte!« Sie wollte zu ihr eilen, war jedoch wie erstarrt. Gran versuchte, sich am Geländer festzuhalten, griff aber daneben und stürzte die Treppe hinab. Robin stand einfach da und schrie und schrie.

Sandy, der weiter nach oben ging, schubste auch Robin zur Seite. Er rannte in sein Zimmer und knallte die Tür zu. Robin, zu Tode erschreckt, zwang sich, mit dem Geschrei aufzuhören, und lief zu Gran, die irgendwie … kaputt aussah. Das eine Bein war in einem merkwürdigen Winkel unter ihr gekrümmt. Sie lag ganz still, den Kopf auf der untersten Stufe, die Füße nach oben gekehrt. Doch als sie Robins Atem vernahm, öffnete sie die Augen und versuchte zu lächeln. »Ich glaube – Hüfte gebrochen. Ruf deine Mutter an. Hol Wendroff.«

»Oh Gran! Du bist verletzt! Ich bringe ihn um! Ich bringe ihn um!«

»Ruhig, Robin. Ruf im Krankenhaus an. Bitte. Bring mir drei Aspirin-Wasser-Kopfkissen. Flitz los!«

Robin flitzte. Sie wählte die Telefonnummer ihrer Mutter im Krankenhaus, die sie auswendig kannte. Mom war auf Visite, aber Marie, ihre Sekretärin, sagte, sie würde einen Krankenwagen schicken und Dr. Malone Bescheid geben, was passiert war- »und mach dir keine Sorgen, Liebes, die kommen doppelt so schnell, wenn sie hören, dass es Dr. Becker ist.«

Robin brachte ihrer Großmutter Aspirin, Wasser und ein Kissen und blieb bei ihr sitzen, bis die Haustür aufsprang. Es war Mom, ganz blass und verängstigt, die wissen wollte, was geschehen war. Robin spürte, dass ihre Großmutter ihr einen strengen Blick zuwarf, doch sie tat so, als hätte sie ihn nicht bemerkt. Ihre Mutter musste Bescheid wissen. »Sandy hat sie geschubst«, berichtete Robin. »Er wollte, dass sie die Treppe runterfällt.«

Gran sagte: »Robin!«, und Mom sagte gleichzeitig: »Sandy!«, beide in fast demselben missbilligenden Ton.

»Na ja, hat er doch, Gran«, beharrte Robin. »Wirklich, Mom.«

Der Krankenwagen kam, doch Gran weigerte sich, mit ins Krankenhaus zu fahren. Sie wollte, dass Dr. Wendroff ihre Hüfte richtete und sich dann in ihrem Zimmer in ihr eigenes Bett legen. Mom sagte: »Mach schon! Tu, was sie sagt! Das Telefon ist unten im Flur.«

Eine Zeit lang herrschte Tumult. Robin rief Dr. Wendroff vom Hausapparat an, während ihre Mutter über die Praxisleitung mit Dr. Snow redete.

»Wir werden nicht mehr mit Sandy fertig, er muss ins Krankenhaus ... Sagen Sie mir das nicht schon seit Monaten, Terry? Ja, verdammt, es gibt einen Grund, warum ich auf einmal meine Meinung geändert habe. Sandy hat meine Mutter die Treppe runtergestoßen, und ich glaube, ihre Hüfte ist gebrochen, vielleicht auch ein Bein, und in ihrem Alter – in Ordnung. Gleich jetzt wäre mir am liebsten. Je schneller er in ein Krankenhaus kommt, desto besser.«

Mitten in das Chaos platzte Daddy herein und rief: »Nein, das wird er nicht! Ich lasse meinen Jungen nicht einsperren!«

Mom sagte: »Terry, so bald wie möglich, hören Sie?«

Daddy fing an, vor ihr auf und ab zu gehen und zu schreien, sein Sohn käme nicht in die Klapsmühle und würde in eine Gummizelle eingeschlossen – so in der Art.

Mom beachtete ihn nicht, bis sie eingehängt hatte. Dann sagte sie in einem Ton, an dem man erkannte, dass sie nicht mit sich streiten ließ: »JJ, pass auf. Sandy ist krank. Er hat meine Mutter die Treppe runtergeschubst. Er dachte, sie sei der Teufel.« Ihre Stimme brach ein wenig, und sie hielt inne und schluckte. Dann fuhr sie fort: »Und er muss ins Krankenhaus und behandelt werden. Das ist endgültig.«

»Zählt meine Meinung hier überhaupt nicht?«

»JJ, um Gottes willen! Verstehst du nicht? Er hat beinahe seine *Großmutter* umgebracht. Er hat Halluzinationen! *Versuch* doch zu begreifen, was los ist!«

Robin dachte, ihr Vater würde explodieren. Sein Gesicht lief dunkelrot an, und seine Augen verengten sich, wie immer, wenn er richtig böse war. Dann drehte er sich um und stürmte hinaus. Bevor er die Haustür zuknallte, brüllte er: »Wenn mein Sohn in diesem Haus nicht willkommen ist, bleibe ich auch nicht!« Rums!

Und so war Daddy nicht dabei, als Sandy sich gegen die Sanitäter wehrte, die ihn gepackt hatten, einer unter den Achseln, der andere an den Füßen. Sandy wand sich wie ein Riesenwurm, stieß Flüche aus und flehte sie an, ihn loszulassen, drohte dann, sie zu töten, oder zeterte, er werde attackiert. Robin schaute vom Treppenabsatz aus zu. Sie wünschte, er möge mit dem Geschrei aufhören; die ganze Clinton Street konnte ihn hören. Sie wünschte, sie könnte ein magisches Wort aussprechen und er wäre geheilt. Sie wünschte, sie würden sanfter mit ihm umgehen, obgleich es schwierig war, mit ihm fertig zu werden. Er war plötzlich bärenstark geworden.

Aber es tat ihr nicht Leid, dass er sie verließ. Im Moment *wollte* sie, dass er ins Krankenhaus kam. Sie war furchtbar wütend auf ihn. Sie hatte sich bereitwillig mit einer Menge Ärger abgefunden, weil sie ihn bedauerte. Doch mit seinem Angriff auf Gran, den besten Menschen auf der ganzen Welt, war er zu weit gegangen! Robin war klar, dass er ins Krankenhaus musste. Sie war nur froh, dass Dr. Snow den Sanitätern befohlen hatte, ihn nicht in eine Zwangsjacke zu stecken – Fixierung nannten sie sie. Das wäre zu demütigend und schrecklich gewesen! Und das zu allem anderen!

Terry Snow stand hinter ihr. Er legte ihr eine Hand auf die Schulter. »Ich weiß, es ist schwer für dich, Robin.«

Sie schüttelte den Kopf. »Nein, er braucht Hilfe, Dr. Snow. Ich weiß nicht, wieso Mom –«

»Ach, Robin, deine Mutter hat wider besseres Wissen gehofft … Schließlich ist er ihr erstgeborenes Kind, das ist sicher nicht einfach für sie. In meinem Gewerbe nennen wir das Verleugnung. Aber jetzt können wir ihn beobachten. Wir werden auch dafür sorgen, dass er seine Medikamente nimmt. Ich setze große Erwartungen in das Propaphenin. Ich habe miterlebt, wie es bei manchen Patienten Wunder gewirkt hat.«

»So Verrückte wie mein Bruder?« Es laut auszusprechen, war wie auf einen kranken Zahn zu beißen – schmerzhaft, aber irgendwie eine Erleichterung.

»Noch verrücktere, Schätzchen. Wart's nur ab. Er wird ein anderer Sandy sein.«

Gott, sie hoffte es so sehr. Sie sah zu, wie die Sanitäter ihn auf eine Trage schnallten und diese in den Krankenwagen schoben. Zumindest kam er nicht ins Bellevue. Einstweilen würde man ihn in der psychiatrischen Abteilung des Cadman Memorial unterbringen, wo Mom ihn täglich besuchen konnte. Und wo Terry Snow dafür sorgen würde, dass Sandys Medikamente keine furchtbaren Nebenwirkungen verursachten. Er sagte, falls das Propaphenin nicht anschlage, gebe es ein neues Mittel, Psyquil. Dr. Snow meinte, dass sie ihn im Krankenhaus besser beobachten und somit genauer beurteilen könnten, was los war.

Ihre Mutter kam aus dem Haus; Robin hörte sie hinter sich schniefen. »Oh Gott, ich fasse es nicht«, sagte sie. Dr. Snow redete tröstend auf sie ein. »Sind Sie *ganz* sicher?«, fragte sie, Verzweiflung in der Stimme.

»Dass Sandy ins Krankenhaus muss? Natürlich bin ich sicher. Ich würde Sie alle dies nicht durchmachen lassen, wenn es nicht so wäre. Bedenken Sie doch, Birdie, was passiert ist –«

Sie unterbrach ihn. Mom wollte nicht an das erinnert werden, was passiert war. »Es könnte abklingen«, behauptete sie, als hätte Dr. Snow nichts gesagt. »Bei zwanzig bis dreißig Prozent der Patienten tritt nie wieder ein solcher Zusammenbruch auf« Das hatte sie schon ungefähr eine Million Mal gemeint. Sie konnte den Tatsachen einfach nicht ins Auge sehen. *Ich verhalte mich eher wie eine Erwachsene als sie,* dachte Robin. Trotz ihrer Bestimmtheit am Telefon Dr. Snow gegenüber hatte es *Stunden* gedauert, Mom dazu zu überreden, die Papiere für Sandys Einweisung ins Krankenhaus zu unterzeichnen.

»Mom, es ist schlimmer geworden. Das musst du doch sehen. Und selbst *wenn* eine Besserung eintritt, sollte er bis dahin doch im Krankenhaus sein, oder?« Sie wagte nicht, hinzuzufügen: »Schließlich ist er mittlerweile gefährlich«, denn dann hätte Mom sie umgebracht.

Endlich fuhr der Krankenwagen mit Sandy ins Cadman Memorial. Daddy war weg. Und Gran lag oben, Hüfte und Bein in einem riesigen Gipsverband. Ihre Augen waren meistens geschlossen; alles Leben schien aus ihr zu entweichen. Es war nicht gerecht, dachte Robin. Tränen rollten ihr über die Wangen und ihre Schultern zuckten. Dr. Snow legte ihr die Hand auf die Schulter und sagte: »Mach dir keine Sorgen, Robin. Wir werden unser Möglichstes für Sandy tun.«

Aber es war nicht wegen Sandy. Es war auch nicht wegen Gran, obwohl beide Teil des Problems waren. Es war alles. Terry Snow war schon immer ihr Lieblingsarzt und ihrer festen Überzeugung nach der intelligenteste Mann auf Erden gewesen. Sie hatte immer vorgehabt, sich wie er auf die Psychiatrie zu spezialisieren, wenn sie Medizin studierte. Doch Dr. Snow hatte Sandy nicht helfen können. Die Medikamente hatten nicht gewirkt, und sie war sicher, dass die nächsten Medikamente ebenso wenig wirken würden. Die Patienten von Mom und Gran hatten stets voll Ehrfurcht zu den beiden aufgeblickt. *Und ich auch,* dachte Robin. Sie hatte immer geglaubt, dass Ärzte zaubern könnten, sogar besser waren als Zauberer, weil sie die Wissenschaft auf ihrer Seite hatten. Sie hatte tatsächlich geglaubt, dass Ärzte alles heilen könnten. Wie dumm man doch sein konnte!

Und alles, was ihre Mutter beschäftigte, war Daddy. »Was glauben Sie, wo er hingegangen ist, Terry? Ich kenne ihn, er wird sich betrinken und in eine Schlägerei geraten oder sich von einem Auto überfahren lassen – Oh Gott, was rede ich da? Meine Mutter liegt oben womöglich im Sterben und ich sorge mich um JJ! Oh Gott, was ist nur los mit mir?« Und sie brach in Tränen aus. »Wenn er es nun ernst gemeint hat? Wenn er nun nie wiederkommt?«

Gran lag im Sterben? Sie starb? Robin drehte sich um, schob die beiden beiseite und nahm zwei Stufen auf einmal.

Auf Zehenspitzen schlich sie in Grans Zimmer. Gran gab nicht zu erkennen, dass sie sie gehört hatte. Robin trat ans Bett und ergriff schluchzend die Hand ihrer Großmutter. Sie machte eine Menge Lärm dabei, doch das war ihr egal.

Dann drückte Gran ihre Hand und nannte in einem Flüsterton, leise wie ein Hauch, ihren Namen.

»Ja, Gran.«

»Der Tod, Robin.«

»Ja, Gran.«

»Gar nicht schrecklich …«

»Da bin ich aber froh«, versuchte Robin zu sagen, aber kein Wort drang aus ihrer zugeschnürten Kehle.

»Sehr müde, mein liebes Mädchen. So müde. Das Leben will mich verlassen … Sehe meine ganze Familie wieder … und meinen geliebten Alex.«

»Nein, Gran, das Leben verlässt dich nicht. Sag so was nicht!«

»Zu müde, um diesen kaputten Körper zu flicken. Zu müde …« Sie schwieg so lange, dass Robin befürchtete, sie sei gestorben. »Gran? Gran!«

»Ich hatte ein gutes, langes Leben. Viele geheilt. Vielen geholfen. Guter Ehemann. Gute Tochter. Wundervolle Enkelin. Du. Genau wie ich.« Sie hielt inne und atmete schwer, als ob sie einen Berg erklommen hätte. Als sie wieder sprach, klang ihre Stimme auf einmal kräftiger. »Habe Birdie nie von … Quare Auntie und Becky erzählt …« Sie lächelte und drückte Robins Hand fest, obwohl ihre Augen nach wie vor geschlossen waren. »Das Einzige, was ich bedaure … bis auf …« Ihre Stimme war fast nicht mehr zu hören.

»Nein, Gran, warte!«, rief Robin. »Warte! Geh noch nicht! Verlass mich nicht! Es ist zu früh! Ich habe doch noch nichts *getan!* Du musst warten, bis ich erwachsen bin!«

Die Lippen ihrer Großmutter formten ein »Du bist«, doch kein Ton war mehr zu vernehmen. Und dann hörte sie plötzlich auf zu atmen.

»Warte«, flüsterte Robin. »Nur noch eine Minute.« Aber sie sah, dass Grans Lebensgeister davongeflogen waren, wie Vögel, genauso, wie sie es Robin immer vorhergesagt hatte.

»Nein, nein, nein!«, schrie Robin. Jetzt waren alle fort! Alle, die sie gern hatten. Sie war wirklich und wahrhaftig allein auf der Welt und würde es für immer bleiben. Ihr Kopf fiel nach hinten und furchtbare Laute des Kummers brachen aus ihr hervor.

35

August 1960

Die Kletterrosen im Garten waren so wild über den Zaun gewuchert, dass ihre Triebe jetzt die Rückwand des Hauses hoch über das Verandadach und noch weiter nach oben über das Mauerwerk rankten. Immer wieder sagte Birdie, das könne nicht gut für das Haus sein, man müsse sie wirklich mal zurückschneiden, aber irgendwie fand sich nie jemand bereit dafür. Sie sahen ja auch wunderhübsch aus, wie ein rosaroter Teppich. Colleen, die seit langem für den Garten zuständig war, fiel es schwer, etwas Lebendes zu beschneiden – und das bedeutete, dass der Garten meistens die reinste Farborgie war. Der Holzapfelbaum, zu Beginn des Frühjahrs eine rosa Wolke, hatte jetzt im August angefangen, Früchte auszubilden, und seine Äste bogen sich schon unter dem Gewicht. Die vier Tonnen hatte Colleen mit roten und rosa Begonien gefüllt. Trotz der Hitze und Feuchtigkeit sahen sie prachtvoll aus. Außerdem hatte sie die Gartenmöbel aus schwarzem Eisen mit dem Schlauch abgespritzt und die Backsteinwege gefegt. Alles war sauber und ordentlich, wie es sich für eine Gedenkfeier gehörte.

Birdie versuchte, Trauer zu empfinden, aber es gelang ihr einfach nicht. Ihre Gedanken schweiften immer wieder ab. Heute Nachmittag hatte sich eine regelrechte Menschenmenge hier versammelt. Sämtliche Mulligans natürlich, bis auf Jim und Brian, die gefeuert worden wären, wenn sie ihrer Arbeit fern geblieben wären. Sie waren im Baugewerbe tätig, wo die Geschäfte gut liefen, denn in Brooklyn Heights wurde restauriert und gebaut, was das Zeug hielt. Die Sache mit dem Denkmalschutz war günstig für das Viertel – »und für die Mulligans auch«, meinte Colleen gern.

Ganz hinten standen zwei Lehrer von der Poly Prep. Der Direktor hatte Beileidsgrüße geschickt. Dazu hatte Colleen, die Lippen verkniffen vor Empörung, das eine oder andere zu sagen gewusst. Birdie war es ziemlich egal. Sie wollte bloß, dass es bald vorbei wäre. Alle Ärzte aus dem Krankenhaus waren da. Terry Snow natürlich. Ja, Terry hielt eine Rede, und Birdie musste sich zur Aufmerksamkeit zwingen. Neben ihr saßen Robin und Pamela Boone, Sandys Lieblingskrankenschwester aus dem Hospital für Geisteskranke in Warrenstown. Pamela sah aus, als wäre sie etwa im selben Alter wie Sandy – wie er gewesen wäre. *Als Katholikin würde ich mich jetzt bekreuzigen, wie Colleen es tut, wenn das Thema zur Sprache kommt,* dachte Birdie. *Leider bin ich es nicht.*

Sandy ist tot. Robin wiederholte die Worte in der Hoffnung, dass sie ihr eine Träne entlocken würden, doch es nützte nichts. Eigentlich war Sandy vor langer Zeit gestorben, womöglich schon bei seiner Geburt, obwohl die Leute ihr immer wieder erzählten, dass Schizophrenie einen ganz plötzlich um die zwanzig herum befalle. Aber sie hatten nicht mit ihrem Bruder zusammengelebt. Solange sie sich erinnern konnte, war Sandy – nun ja, vielleicht nicht verrückt, doch verdammt seltsam gewesen.

Sie hatten sich zu einer Gedenkfeier versammelt, keiner religiösen, nur Dr. Snow redete ein bisschen über Sandys klägliches Leben.

»Seine Intelligenz stand außer Zweifel«, sagte Dr. Snow eben. »Das machte es für ihn meistens noch schlimmer, denn er wusste genau, dass er nicht als normal angesehen wurde und nie ein so genanntes normales Leben führen würde. Aber ihm war klar …« Robin hörte nicht mehr zu. Offensichtlich würde niemand aussprechen, dass Sandy Selbstmord begangen hatte, indem er sich auf der Männertoilette in Warrenstown aufhängte. Nein, das wäre etwas Furchtbares, die Wahrheit. Als Robin darum gebeten hatte, ein paar Worte über den wahren Sandy zu sagen, darüber, wie sehr er gelitten hatte und wie schrecklich die Medikamente für ihn gewesen waren, sodass er sie nicht mehr nehmen wollte – »die wirklichen Tatsachen« –, war ihre Mutter fast an die Decke gegangen. Großes Protestgeschrei. Mom kümmerte sich viel zu viel darum, was die anderen denken mochten. So ließ sie zum Beispiel Terry Snow nie bei sich übernachten, obgleich sie nun endlich miteinander liiert waren.

Ihre Mutter hatte auch nie darüber geredet, wo Sandy war. Sie besuchte ihn beinahe nie. Zwei Jahre war er in der psychiatrischen Abteilung des Cadman Memorial gewesen, da hatte Mom vielleicht öfter mal bei ihm vorbeigeschaut, weil das unkompliziert für sie war. Aber was war mit den zwei Jahren, die er im Bellevue verbrachte? Nein, Robin war diejenige, die ins Bellevue fuhr, auch wenn es ihm richtig schlecht ging, damit er zumindest wusste, dass seine Familie ihn nicht ganz im Stich ließ. Oft konnte sie gar nicht mit ihm sprechen, weil er sie für Jeanne d'Arc oder ein Weltraummonster hielt. Doch Robin war trotzdem hingegangen.

Sie stand direkt neben ihrer Mutter, sodass ihr keine von Moms Kopfbewegungen entging, wenn sie sich nervös umschaute. Mom hoffte, Daddy würde hereinkommen. Was zum Teufel wollte sie von ihm. Vor fünf Jahren hatte er sie verlassen, an dem Tag, als Sandy ins Krankenhaus kam, und war nie zurückgekehrt. Irgendwann erhielt ihre Mutter mit der Post die Scheidungspapiere aus Mexiko. Ihre Mutter war eine Närrin, einen Mann, der zu viel trank und sich von ihr aushalten ließ und beim ersten Anzeichen von Schwierigkeiten weglief, immer noch zu lieben, dachte Robin verächtlich. Aber Mom gab nicht auf; sie hoffte und wartete weiterhin ... Der arme Dr. Snow, so verliebt in sie und so geduldig.

Robin fragte sich, warum Dr. Snow Mom liebte, obwohl sie ihn schlecht behandelte. Er war intelligent und wusste bestimmt, dass sie nach wie vor auf JJ Malone wartete, dass die mexikanische Scheidung nicht wirklich definitiv für sie war. Es musste an Moms Aussehen liegen. Sie war wunderschön. Robin fand es ungerecht, dass ihre Mutter zart und zierlich war, aber eine sehr weibliche Figur hatte. Außerdem war sie mit einer Lockenpracht ausgestattet, die inzwischen ins Kastanienbraun ging. *Könnte ich ihr nicht ähnlich sein? Aber nein, ich musste ein Riesin werden mit großen Füßen und einer großen Nase.* Obgleich ihr glattes Haar endlich modern war. Manche Leute waren der Meinung, sie sehe aus wie Joan Baez, was sie prima fand, denn die war auch zu einem Teil Indianerin. Wenn Robin nicht gewesen wäre, wäre der arme alte Sandy im Bellevue eingegangen. Sie wussten nicht, was sie mit ihm anstellen sollten. Ihn in eine Zwangsjacke stecken. Ihm kalte Bäder verpassen. Ihn einsperren. Und es war so grässlich dort, voller Gestöhn und Geschrei und anderer merkwürdiger Geräusche. Wenn Robin auf die Station kam, musste sie immer hin und her springen, um all den Armen und Händen auszuweichen, die nach ihr griffen. Manche suchten nur ein bisschen menschlichen Kontakt, aber manche wollten ihr auch wehtun. Es war unheimlich.

Als der Arzt wegen Sandys »aggressiven Verhaltens« eine frontale Lobotomie vorschlug, hatte Robin ein Machtwort gesprochen. »Wir müssen ihn da rausholen, Mom«, hatte sie gesagt. »Wir müssen einfach. Warum kann er nicht irgendwo hin, wo es nett ist? Es gibt inzwischen alle möglichen Therapien. Schau mal, hier ist ein Verzeichnis mit psychiatrischen Kliniken ...«

Zu ihrer Überraschung hörte Mom tatsächlich zu. Sie wählte Warrenstown; das lag im südlichen Teil von Putnam County, also nicht so weit entfernt, an der Hudson-Eisenbahnstrecke. In Warrenstown gaben die Ärzte Sandy Haldol, und sein Zustand besserte sich so sehr, dass Robin es kaum fassen konnte. Er fing wieder an zu lesen und mit anderen Patienten zu reden und dergleichen. Das Krankenhaus fragte an, ob Mom nicht versuchen wollte, ihn zu Hause wohnen zu lassen, da sie doch Ärztin sei. Aber Mom kriegte regelrecht Krämpfe! Nein, sie sei mit ihrer Praxis beschäftigt, sie könne nicht richtig auf ihn aufpassen. Er würde ständig Fürsorge brauchen ... alles Quatsch!

Robin meinte, sie würde sich um ihn kümmern. Sie hatte sich wegen der Geisteskrankheit ihres Bruders immer schrecklich gefühlt. Sie konnte nicht vergessen, dass ihre Großmutter gesagt hatte, sie habe geglaubt, nur die Frauen in ihrer Familie bekämen sie. Die Vorstellung, dass die eigentlich ihr zugedachte Krankheit sie irgendwie übersprungen habe und auf Sandy übergegangen sei, verfolgte sie. Sie wusste, es war lächerlich, aber so empfand sie nun mal. Zumindest fühlte sie sich verantwortlich für ihn.

Ihre Mutter hatte gemeint: »Erinnere dich, was passiert ist, als du unbedingt ein Kätzchen haben wolltest und versprochen hast, für es zu sorgen!« Wie konnte man nur so etwas verdammt Dämliches vorbringen? »Herr im Himmel«, explodierte Robin. »Ich war fünf Jahre alt, ich hatte keine Ahnung!« Mit aufreizender Ruhe fuhr ihre Mutter fort: »Du weißt auch heute nicht, was es heißt, einen geisteskranken Menschen zu betreuen. Er kommt nicht nach Hause. Basta.«

Also hatte Sandy fünf Jahre seines Lebens in verschiedenen Kliniken zugebracht. Und es blieb Robin überlassen, ihn zu besuchen, zu beobachten und auf Anzeichen der Heilung zu hoffen, dann auf das geringste Anzeichen einer Besserung. Irgendwann wurde ihr klar, dass keine Besserung jemals von

Dauer sein würde. Dabei half es nicht gerade, dass er seine Medikamente manchmal nicht nehmen wollte. Die Nebenwirkungen waren ihm so zuwider. Wenn sie ihn zwangen, regte er sich sehr auf, und dann wickelten sie ihn ein, meistens in kalte, nasse Laken, und steckten ihn ganz allein in einen Raum. *Kein Wunder, wenn er gewalttätig wurde, eingesperrt in eine Klapsmühle und wie ein Idiot behandelt.* Wenn das jemand mit ihr machte, würde sie auch gewalttätig werden. Sie hatte versucht, mit Dr. Huffington, seinem Psychiater, darüber zu reden, doch der verstand sie nicht. Er sagte, mit Freundlichkeit könne man nichts ausrichten.

»Ihr Bruder leidet an einer mentalen Störung, Miss Malone. Er geht gedanklich nicht mehr von A über B zu C. Er fliegt von A zu einem Buchstaben in irgendeinem Alphabet ... Omega vielleicht. Eine Zeit lang ist er brav, und plötzlich, aus keinem für *uns* ersichtlichen Grund, beschuldigt er uns, Lügen über ihn zu verbreiten oder Mordpläne gegen ihn zu schmieden. Tut mir Leid«, meinte der Doktor.

Und Robin sagte mit zusammengebissenen Zähnen: »Ist Ihnen klar, was Sie gesagt haben? ›Eine Zeit lang ist er brav ...‹ Als ob er fünf Jahre alt wäre. Er ist ein erwachsener Mann. Und sogar ein Verrückter verdient Respekt, verdammt noch mal! Besonders ein Patient, dessen IQ vermutlich zwanzig Punkte höher ist als Ihrer.« Das bedeutete das Ende des Gesprächs – und sie hatte Glück, meinte ihre Mutter, dass es nicht das Ende ihrer Besuche in Warrenstown bedeutete.

»Du hast Dr. Huffington ganz schön verärgert, Robin. Musstest du denn sagen, dass Sandy intelligenter ist als er?«

»Das habe ich nicht gesagt. Na ja ... nicht direkt. Ich habe bloß geschätzt, dass Sandys IQ höher ist als seiner.« Einen Moment lang dachte sie tatsächlich, ihre Mutter würde lächeln. Aber nein, leider nicht.

»Robin, werde erwachsen. Dr. Huffington ist ein berühmter Psychiater, der dafür sorgen könnte, dass du deinen Bruder nie wieder besuchen darfst. Es hat keinen Sinn, ihn wütend zu machen. Wenn du Sandy also weiterhin sehen willst, schlage ich dir ein wenig Zurückhaltung vor.«

»Dr. Huffington ist ein berühmter Trottel. Okay, okay, ich benehme mich.«

Es war mittlerweile so weit, dass sie Ärzte hasste. Nicht Mom. Nicht Terry. Aber den Berufsstand. Die Einzigen außer Terry Snow, die Sandy je Güte oder Respekt entgegengebracht hatten, waren die Krankenschwestern – ganz besonders eine, Pamela Boone. Sie hatte eben die Ausbildung hinter sich und Warrenstown war ihre erste Stellung. Robin würde demnächst am CCNY anfangen; also waren sie in etwa gleichaltrig. Pamela war groß und kräftig wie sie, nur schien ihr das im Unterschied zu Robin nicht unangenehm zu sein.

»Da, wo ich herkomme, sehen wir alle so aus«, hatte Pam mit einem Lachen gesagt. »Das ist wohl der skandinavische Einschlag. Mein Vater hat mich immer Bauernmädchen genannt. Na ja, er ist ja auch Farmer.« Sie war wunderschön, fand Robin, mit ihren rosigen Wangen, den großen, runden blauen Augen und dem silberblonden Haar, das ihr, zu einem langen Zopf geflochten, über den Rücken hing oder hinten im Nacken zu einem ordentlichen Knoten hoch gesteckt war. Und man konnte gut mit ihr reden.

Pam mochte ihre Patienten. Es machte ihr nichts aus, dass sie geisteskrank waren. Sie hatte keine Angst vor ihrer Krankheit. Sie glaubte, wenn man ihnen richtig zuhörte, mochten ihre Äußerungen auch sinnlos klingen, und wenn man nett zu ihnen war, würden sie es einem damit danken, dass sie ebenfalls nett waren. Das glaubte auch Robin, und sie war ungeheuer dankbar, dass es in dem Hospital jemanden gab, der ihren Bruder als Menschen und nicht nur als Patienten betrachtete.

»... Zeit, Alexander Malone, besser bekannt als Sandy, Lebewohl zu sagen. Er war ein Großteil seines Lebens chronisch krank, und das erwies sich schließlich als zu viel für ihn. Er teilte seiner Pflegerin aber noch mit, dass er seinen Leichnam der Cornell Medical School hinterlassen wolle, in der Hoffnung, dass man ihn dort in der Forschung verwenden und womöglich die Antwort finden möge, die ihm verwehrt geblieben war. Lieber sollte ich sagen: die uns verwehrt geblieben ist, den Ärzten, die versuchten, ihm zu helfen. Leb wohl, Sandy. Verhilf uns zu einem Heilmittel.«

Moms Tränen flossen nur so. »Oh Terry, danke. Das war einfach wunderbar. Gott, er war ein so lieber kleiner Junge. Und so brav –! Niemals hat er Schwierigkeiten gemacht! Wer hätte gedacht, dass – oh Gott! Armer Sandy.«

Arme Birdie, meinte sie eigentlich, dachte Robin ärgerlich. Selbst jetzt noch konnten sie nicht offen aussprechen, dass Sandy schizophren gewesen war, geisteskrank, verrückt, irre. Wieso nicht? Es war doch nicht seine Schuld! Ebenso wenig erwähnte irgendjemand, dass er sich aufgehängt hatte, weil er die Nebenwirkungen seines Medikaments nicht mehr ertrug: Haldol, die allerneueste antipsychotische Wunderdroge. Seine Symptome hatten sie damit gut in dcn Griff gekriegt. Er hörte auf, seine Stimmen anzuschreien, und er fing an, richtige Gespräche mit anderen zu führen.

Er war in der Lage, sich mit Pam zu unterhalten und ihr zu schildern, wie er sich fühlte. Sie brachte ihm das Schachspielen bei, und mein Gott, wie er das liebte! Er wollte, dass sie ihn tanzen lehrte, doch das ging nicht wegen der Parkinsonschen Nebenwirkungen des Haldol. Seine Beine waren anhaltend steif, und seine Hände zitterten so stark, dass er nicht einmal mehr einen Esslöffel halten konnte. Er erzählte Pam, wie sehr er das Zittern verabscheute und das Zucken seiner Beine. Außerdem stellte sich heraus, dass Haldol zu latenter Epilepsie führen konnte, und plötzlich bekam Sandy epileptische Anfälle.

Dr. Huffington wollte das Haldol nicht absetzen, weil es

Sandy »so gut bekam«. »Der Umgang mit ihm ist viel leichter«, sagte er zu Pam, und Pam, die sich mit Robin angefreundet hatte, erzählte es ihr weiter. Sandy konnte also ruhig leiden, so lange der Umgang mit ihm für die Ärzte leichter war. Robin hätte Huffington am liebsten umgebracht. Doch Pam meinte, sie solle sich nicht die Mühe machen, man würde ihn bloß durch jemanden ersetzen, der genauso war wie er. »Sie scheinen alle mehr oder weniger wie er zu sein.«

Zum Abschluss der Zeremonie erhoben sich zwei Freundinnen von Mom, Schwestern, und sangen »Amazing Grace«. Dann war es vorbei. Alle streckten sich und begannen miteinander zu plaudern, während sie auf die Veranda zugingen, wo Colleens Schwestern auf der großen, auf Böcken ruhenden Tischplatte Essen und Getränke angerichtet hatten. »Hast du Hunger, Pam?«, fragte Robin. »Ein bisschen, ja.«

»Dann komm. Wir haben das ganze Zeug von Lasson und Hennigs bestellt, einem Feinkostladen hier im Viertel, und es schmeckt wirklich gut.«

»Mir hat gefallen, was Dr. Snow über Sandy sagte – weißt du? Dass sein Körper und sein Gehirn dazu beitragen, dass die Wissenschaft ein Mittel gegen Schizophrenie findet.«

»Weißt du was, Pam? Du bist die einzige Person auf der ganzen Welt, die über Sandy redet – offen redet, meine ich, als ob er ein normaler Mensch gewesen wäre.«

»Na ja, Robin ... *normal* war er ja nun gerade nicht.«

»Und du kannst Witze darüber machen! Weil du ihn so akzeptiert hast, wie er war! Den meisten Leuten wäre es peinlich, einen Witz zu machen. Weißt du, was ich meine?«

»Ja, Robin, ich weiß, was du meinst. Und ich habe ihn *wirklich* akzeptiert. Er war interessant.«

»Für einen Irren«, erwiderte Robin. »Für einen Irren, ja.«

»Es tut so gut, mit dir über ihn zu sprechen, weil du die Dinge ebenso gesehen hast wie ich. Und ich bin sicher, er hat dich geliebt. Er hat dir den Brief hinterlassen.«

»Ja«, sagte Pam. »Den Brief und das ganze Haldol, dass er nicht genommen hatte. Ich glaubte oft zu sehen, wie seine Lippen sich bewegten, aber jedes Mal, wenn ich ihn direkt anschaute, hört er damit auf. Ich habe nie mitgekriegt, dass er seine Medikamente nicht mehr nahm. Er war sehr gewitzt.«

»Für einen Irren.«

»Für einen Irren, ja.« Sie lächelten einander an. »Und für einen Irren hat er ziemlich gut Schach gespielt.«

»Kriegsspiele hat er immer gern gehabt«, sagte Robin. »Ist Schach nicht auch ein Kriegsspiel?«

»Angeblich geht es um Strategie und Planung. Aber – ganz unter uns – ja, es ist ein Kriegsspiel. Hey, weißt du, was er noch sehr gern hatte? Und zwar kurz bevor – bevor –«

»Was? Erzähl's mir.«

»Monopoly. Ist das nicht ein Ding? Ein Spiel für Kinder. Und ich bin auch so ein Monopoly-Fan. Als ich in der Ausbildung war, haben ein paar von uns es ständig gespielt. Eins von den Mädchen hatte ein Spiel noch aus ihrer Kinderzeit. Es war das mit den metallenen Spielsteinen. Ich wollte immer den Schuh haben. Ist das nicht komisch? Die anderen wollten den Ozeandampfer oder den Hund, aber Pam Boone wollte am liebsten ein alter Schuh sein.

Ich erinnere mich an einen Tag, als er sehr erregt war – dein Bruder Sandy –, und manchmal, wenn sein Blick so unstet wurde, nahm ich seine Hand und fing an mit ihm zu reden. Ganz ruhig und leise, weißt du. An dem Tag fiel mir als Gesprächsthema aus irgendeinem Grund bloß Monopoly ein. Also beschrieb ich ihm das Spiel und erklärte ihm, wie viel Spass es macht. Er bat mich, es ihm beizubringen. Natürlich habe ich Ja gesagt. Wenn er mich gefragt hätte, ob ich ihn im Bauchtanz unterrichten könne, hätte ich genauso eingewilligt. Wenn man sie dazu bringt, dass sie einem zuhören, richtig zuhören … das ist großartig.«

»Ja«, stimmte Robin zu. »Das passiert allerdings nicht oft.«

»Er ist richtig aufgegangen in dem Spiel. Dachte sich Menschen aus, die in den Häusern lebten, und schwerreiche Geschäftsleute, denen die Hotels gehörten. Dabei sprach er mit so einem Südstaatenakzent. Ich sagte ihm, dass die Stadt Atlantic City in New Jersey sei, aber er ignorierte mich einfach. Für ihn war es ein Ort in den Südstaaten, der sein eigenes Leben hatte. Er konnte richtig gut Geschichten erfinden, während wir spielten. Ich glaube, wenn er nicht krank gewesen wäre, hätte er Schriftsteller werden können. Oder Schauspieler vielleicht.«

»Das sollte mein Vater hören«, sagte Robin. »Es war sein großer Traum, dass Sandy Schauspieler werden würde wie er.«

»Dein Vater? Ich habe immer gedacht, er sei tot.«

»Das kommt fast aufs Gleiche raus.« Sie erzählte Pam die Geschichte in Kurzfassung. »Er ist wieder an die Westküste gegangen und suchte Arbeit beim Film. Aber das Letzte, was ich gehört habe, war, dass er in einem Arthur-Murray-Studio unterrichtet.«

»Also hast du ihn wie lange nicht gesehen?«

»Fünf Jahre. Glaube ich. Ich versuche immer, nicht an ihn zu denken.«

Sie nahmen sich von den Salaten, den dünnen Scheiben Roastbeef und Truthahn und dem Schweizer Käse. Colleen hatte ein paar kleine, runde Tische im Garten aufgestellt, doch keiner saß daran. Die Mulligans standen essend und redend beisammen. Die Kollegen ihrer Mutter aus dem Krankenhaus bildeten eine zweite Gruppe.

»Komm, setzen wir uns an einen Tisch.«

Während sie zu essen begannen, fragte Pam: »Jetzt, wo du deinen Bruder nicht mehr besuchen kommst – was hast du für Pläne?«

»Wenn ich das bloß wüsste. Eigentlich die Vorbereitung aufs Medizinstudium am CCNY. Aber ich glaube, das will ich nicht mehr. Ich wollte Medizin studieren und Psychiaterin werden. Das ist vorbei. Ich dachte, Ärzte würden den Menschen wirklich helfen, aber guck dir den armen Sandy an.«

»Das ist komisch. Ich denke nämlich daran, aus Warrenstown wegzugehen – aus beinahe demselben Grund. Sandy, meine ich. Ich möchte wissen, ob man für Patienten wie ihn überhaupt was tun kann, oder ob ich dort einfach meine Zeit vergeude. Doch wenn ich keine psychiatrische Krankenschwester sein kann, weiß ich nicht, was ich anfangen soll. Hast du je daran gedacht, Krankenschwester zu werden, wenn du nicht mehr Ärztin werden willst?«

»Krankenschwester? Nein, danke! Ach, entschuldige, so war das nicht gemeint. Aber ich glaube, meine Mutter würde eine Herzattacke kriegen, wenn ich das vorschlagen würde. Sie wird sowieso ziemlich wütend sein, wenn ich ihr sage, dass ich nicht mehr Medizin studieren will. Aber Krankenschwester? Ich glaube, dann wäre es ihr lieber, wenn ich Fußböden putze. Ich meine, was das betrifft, ist sie eine typische Ärztin.« Pam nickte. »Sie ist der andere Grund dafür, dass ich nicht Medizin studierc, niemals.«

»Robin, Liebling, vielleicht solltest du dich ein bisschen unter die Leute mischen – als Mitgastgeberin dieser Feier.« Ihre Mutter war von hinten an sie herangetreten, ohne dass sie es gemerkt hatten. Beide drehten sich erschrocken zu ihr um wie schuldbewusste Kinder. »Mach dir keine Sorgen. Ich kümmere mich um Pamela.« Ein kurzes Schweigen entstand. Dann sagte Mom in ganz verändertem Ton: »Warte mal, Robin. Was habe ich da eben gehört? Was hast du gesagt?«

»Ich weiß jetzt, dass ich keine Ärztin werden will.«

»Das kannst du gar nicht wissen. Ich meine, das kannst du doch überhaupt noch nicht entscheiden; du hast nicht mal mit dem College angefangen.«

»Das will ich ja vielleicht auch nicht.«

»Robin, was um alles in der Welt ist los mit dir? Erst hast du dich geweigert, auf die Cornell oder die Syracuse zu gehen – beides hervorragende Schulen – und ausgerechnet auf dem CCNY bestanden. Also geh aufs CCNY. Wenn du dann feststellst, dass es dir nicht gefällt, kannst du immer noch wechseln. Aber *gar* nicht aufs College gehen? Überhaupt nicht studieren?«

»Nein«, kam die trotzige Antwort.

»Also, das verbiete ich, das verbiete ich entschieden. Du brauchst mich gar nicht so anzufunkeln. Ich bin nicht leicht einzuschüchtern. Du wirst auf keinen Fall deine intellektuellen Fähigkeiten verschwenden, indem du … Was um Himmels willen hast du vor, wenn du nicht aufs College gehst?«

»Ich weiß nicht, Mom. Vielleicht reisen, wie die Beatniks. In Kalifornien leben. Oder in Spanien. Ja, genau. Ich werde reisen. Nach Europa fahren und da eine Zeit lang rumziehen, eventuell bis Indien oder Nepal. Dann weiß ich vielleicht, was ich anfangen will. Mit Freunden ein Restaurant eröffnen womöglich. Wir haben gerade –«

Die Stimme ihrer Mutter war jetzt sehr scharf. »Du wirst nichts von alledem tun, junge Dame. Das mag ja mit deiner Trauer um Sandy zu tun haben, aber ich erlaube nicht –«

Auf einmal war Dr. Snow zur Stelle und unterbrach sie mitten im Satz. »Ach, Birdie, immer mit der Ruhe! Manchmal ist ein Jahr woanders genau das, was ein Teenager braucht. Warum aufs College gehen, wenn man noch nicht weiß, was man studieren will?«

»Aber Terry, hast du sie nicht gehört? Nepal! Ein Restaurant eröffnen!«

Er fing an zu lachen. »Ein Restaurant eröffnen? Das würde mich nicht überraschen. Erinnerst du dich nicht, Birdie, als Robin noch klitzeklein war und du sie immer ins Krankenhaus mitgebracht und bei uns im Ärztezimmer gelassen hast?« Er wandte sich Pamela zu und fuhr dann fort: »Robin war der allgemeine Liebling. Und was für ein Mundwerk sie hatte, so klein, wie sie war! Ich werde nie vergessen, wie sich eines Tages einer von den älteren Ärzten zu ihr beugte und fragte: ›Na, kleine Dame, willst du denn auch Ärztin werden wie deine Mama, wenn du mal groß bist?‹ Und unsere Robin schoss zurück: ›Ich will keine Ärztin werden. Ich werde Köchin!‹ Alle haben gelacht. Sogar du, Birdie.«

»Sag wenigstens jedem Guten Tag, machst du das, Robin?«, meinte Mom und spazierte mit Terry davon. Robin saß ganz still, wie betäubt. Falls sie nicht verrückt war, so wie ihr Bruder, hatte ihre Mutter sie gerade freigegeben. Anscheinend wollte sie nicht weiter darauf beharren, dass Robin im September mit dem College anfing. Sie spürte, wie sich auf ihrem Gesicht ein Lächeln ausbreitete.

Während sie sich erhob, sagte Robin zu Pam: »Rühr dich bitte nicht vom Fleck. Geh nicht weg. Wir haben viel zu bereden.«

»Muss zur Arbeit zurück.« Pam stand auf und glättete ihren Rock. »Aber keine Sorge. Wir treffen uns bei Gelegenheit. Wir bleiben in Kontakt.«

»Klar«, sagte Robin. »Nein, ehrlich. Ich habe das Gefühl, dass wir ganz bestimmt – ich weiß nicht – noch mal was zusammen machen. Und meine Gefühle trügen mich nie. Du wirst schon sehen.«

Sechster Teil

Lt. Robin Malone,
Lazarettkrankenschwester der Armee
Lt. Pamela Boone,
Lazarettkrankenschwester der Armee
Capt. Dr. Med. Harry Kaye
Lt. Norma McClure,
Lazarettkrankenschwester der Armee
Nguyen Ninh

36

Vietnam, Oktober 1967

Robin Malone saß im Hubschrauber, einem Huey, und beugte sich hinaus, um die Landschaft zu betrachten, die unter ihr dahinzog. Das Haar peitschte ihr ums Gesicht, sodass sie sich immer wieder Strähnen aus Mund und Augen streichen musste. Sie freute sich, das vertraute Gelände zu sehen, denn sie war regelrecht erpicht darauf, zu ihrer Arbeit und ihren Freunden zurückzukehren. Sie hatte gerade zwei Wochen in Phu Bai verbracht, oben an der Küste des Südchinesischen Meers, wohin sie vorübergehend versetzt worden war. Bei Angriffen auf den dortigen Stützpunkt hatte es eine Menge Verwundete gegeben. Sie brauchten zusätzliche OP-Schwestern, vor allem eine Oberschwester, und da sie leitende OP-Schwester des 161. Feldlazaretts war, bedeutete das: sie. Hu Bai, war, gelinde gesagt, eine interessante Erfahrung gewesen und hatte geholfen, Art McArthur aus ihren Gedanken und Alpträumen zu verdrängen. In Nam konnte man seinen Job nicht verrichten, wenn man sich von einem Sterbenden aus der Fassung bringen ließ. Irgendjemand starb *immer*.

Sie hatte das Eins-Sechs-Eins vermisst und freute sich darauf, ihre Freunde in dem Lager an der Moonlight Bay wieder zu sehen. Moonlight Bay war natürlich nicht der richtige Name; in Wirklichkeit hieß es Deng Hua, aber hier hatte vieles einen Spitznamen. Jemand hatte sogar angefangen, sie aus Spaß Birdie zu nennen – weil ihr Name »Rotkehlchen« bedeutete –, bis sie ihn frostig darauf hinwies, dass das der Name ihrer Mutter sei. Ihr *richtiger* Name, der auf der Geburtsurkunde stand.

»Tatsache?«, hatte er gefragt. »Tatsache«, hatte sie erwidert. »Tut mir Leid, Robin. Tut mir Leid.« Er versuchte nicht mal, einen Witz über Vogelnamen in ihrer Familie zu machen; das wagte er nicht.

Beim Hinunterschauen fiel ihr Blick auf den großen weißen Kreis am Boden mit dem roten Kreuz. Die Zahl 161 hob sich weiß vom dunkelblauen Rand des Kreises ab. Robin Malone, selbstständige Krankenschwester, Lieutenant des Sanitätskorps der Armee, war wieder zu Hause. Sie erinnerte sich an das erste Mal, als sie hier, auf demselben Platz eines Helikopters sitzend, angekommen war. Ihr stand noch lebhaft vor Augen, wie sie die großen, scharf hervortretenden Ziffern gesehen und gedacht hatte: *Hier bin ich nun. In Vietnam*. Das war neun Monate her. Lange genug, um ein Baby auszutragen, wenn man das wollte, was bei ihr nicht der Fall war. Babys gehörten entschieden nicht in ihren Lebensplan.

Heute saßen hinten im Huey zwei Damen vom Roten Kreuz – Doughnut Dollies nannten die Infanteristen sie. Mädchen eigentlich, noch sehr, sehr jung, kichernd und aufgeregt. Sie fragte sich, wieso zum Teufel solch nette junge Dinger beschlossen hatten, sich einem Krieg auszusetzen. Nun ja, was zum Teufel hatte eigentlich sie dazu bewogen, Lazarettschwester zu werden? Der Grund war wohl, dass sie keine Lust gehabt hatte, am Harmony Hill Hospital zu bleiben, wo sie jederzeit Mickey Aronson in die Arme laufen konnte. Dr. Michael Aronson, der sie angeblich geliebt hatte, was dann doch nicht stimmte. Ihre Augen verschleierten sich und sie verfluchte ihre Schwäche. Sie hatte sich gelobt, wegen Mickey keine Träne mehr zu vergießen.

Der Hubschrauber war sehr laut und offen, und der Pilot hatte einen sonderbaren Sinn für Humor. Gerade jetzt flog er eine scharfe Kurve und eine Schleife, die sie nach einem Halt greifen ließ und ihr den Atem raubte. Die Schleife zeigte ihr das ganze Lager unter ihr, eine Mischung aus Baracken, manche davon in T-Form aneinander gereiht, und ein paar richtigen Gebäuden. Alle waren zum Teil beschädigt. Nahebei sah sie die Palmen und jenen hinreißenden Bogen weißen Sandstrandes, an dem sich friedlich die Wellen brachen. Moonlight Bay. Dann legte sich der Pilot in eine weitere plötzliche Kurve, und es ging abwärts, schnurstracks in die Mitte des auf den Boden gemalten weißen Kreises, genau ins Zentrum des roten Kreuzes. Eine perfekte Landung.

Robin klangen die Ohren, als die Motoren ausgestellt wurden. »Wir sind da. Das Eins-Sechs-Eins«, verkündete der Pilot, als wäre das ein Geheimnis gewesen. »Okay, meine Damen«, rief er nach hinten. »Euer zweites Zuhause! Willkommen in Vietnam!«

Eines der Rote-Kreuz-Mädchen sah ziemlich grün im Gesicht aus, bemerkte Robin. »Hol tief Luft«, sagte sie zu ihr. »Schluck runter. So ist es gut. Das Gefühl geht gleich vorbei.« Die andere, eine kleine Stämmige mit dunklem Haar, so kurz geschnitten, dass sie für einen Jungen hätte durchgehen können, schaute verbissen, aber ungerührt drein. Die Doughnut Dollies im Lager würden sich um die beiden kümmern. Es waren drei, fronterfahrene Nichtkombattantinnen – wenn es in diesem verrückten Krieg überhaupt so etwa wie Nichtkombattanten gab. Sie standen bei der Gruppe, die sich vor dem Lazarett versammelt hatte, um den Helikopter in Empfang zu nehmen. Ebenfalls anwesend waren Pam mit Dr. Jay Silverman und Dr. John O'Brien, zwei Chirurgen – und Joe, der Bartender und *Tummler*. Diesen Namen, der jiddisch war und »Freizeitlotse« bedeutete, hatte Dr. Jay ihm gegeben.

Joe hieß eigentlich Hubert (französisch ausgesprochen,

Übär) Bisson und war Sergeant, aber schon an seinem ersten Tag erklärte er, dass alle Bartender von Gesetz wegen Joe genannt werden müssten. Also nannten sie ihn Joe. Er war auf Fronturlaub hergeschickt worden, hatte sich jedoch als ein so guter Organisator von Volleyballspielen am Strand und allen möglichen Sportwettbewerben erwiesen, dass ihn die Armee, zur Abwechslung mal vernünftig handelnd, zum Manager des Freizeitbüros ernannt hatte.

Sobald ihre Füße den Boden berührten, spürte Robin die Hitze, feucht und schwer, wie ein Gewicht auf Rücken und Schultern. Hach! Ein Grinsen breitete sich über ihr Gesicht aus. Sie war so glücklich, alle diese Menschen wieder zu sehen. Sie meinte es ernst, wenn sie sagte, dies sei ihr Zuhause. War das nicht komisch? In den neun Monaten hier waren New York, Brooklyn, die Cadman Memorial Nursing School, der OP im Harmony Hill – ja, sogar Mickey manchmal – zu einer undeutlich erinnerten Kulisse verblasst. Dieser Ort, diese kunterbunte Ansammlung von Gebäuden mit dem wunderschönen Strand, den staubigen Palmen, den Baracken und den Bunkern, dem Kasino mit der langen, tröstlichen Theke, dem steinernen Bauwerk, das früher ein Pfarrhaus oder Kloster oder etwas gewesen war und jetzt ihre Unterkunft – dieser reizvolle, seltsame, verunstaltete Ort voller Schönheit und Furcht, per Schotterstraße nur etwa eine Meile von einem echten vietnamesischen Dorf entfernt – dieser fremde Ort, halb um die Welt von Brooklyn aus, war ihr *Zuhause* geworden.

Robin grinste Pam an, die zwei Flaschen Champagner schwenkte – richtiger französischer Champagner, wie es aussah – und ebenfalls grinste. »Willkommen daheim!«, rief Pam. »Wir haben die Zutaten zu einer richtig netten Wiedervereinigung!«

Robin war noch nie im Leben so überrascht gewesen wie am Tag ihrer Ankunft im Eins-Sechs-Eins, als sie sich bei der Kommandantin, Colonel Barbara »Bingo« Batten, meldete.

Sie hatte besonders fesch salutiert, ihren Namen und Rang genannt und gesagt, sie melde sich zum Dienst, Ma'am, als ausgerechnet Pam Boone, in ein Aktenbündel vertieft, zur Tür hereinspaziert kam. Pam Boone!

»Colonel, die hier sind gerade aus dem Hauptquartier gekommen, und sie fanden, dass Sie ... oh, tut mir Leid, Ma'am. Die Tür stand offen, und ich habe nicht gesehen, dass Sie – oh, mein Gott! Ist das nicht Robin Malone? Robin Malone aus *Brooklyn?*«

»Pamela Boone?«

Sie kreischten beide wie zwei Schulmädchen und sprangen in die Luft; jedes militärisch korrekte Verhalten war vergessen. Schließlich fielen sie sich in die Arme. Robin war so froh darüber, Pam zu sehen, dass sie es kaum fassen konnte. Pam hatte ihr Versprechen, mit ihr in Verbindung zu bleiben, natürlich nicht gehalten. Robin hatte sich nicht viel daraus gemacht, war nicht beleidigt gewesen oder so. Trotzdem – es war großartig, sie wieder zu sehen!

»Pam, ich kann's nicht glauben! Ausgerechnet hier –!«

»Wirklich!«

Bingo Batten zündete sich eine Zigarette an und meinte: »Ich gehe wohl recht in der Annahme, dass Sie beide sich kennen?«

Hastig versuchten die zwei, ihr die Geschichte zu erzählen, wobei sie sich gegenseitig ins Wort fielen.

Bingo wehrte ab. »Willkommen im Eins-Sechs-Eins, Lieutenant Malone«, sagte sie. »Lieutenant Boone zeigt Ihnen Ihre Unterkunft und erklärt Ihnen alles. Wir treffen uns dann später.«

Pam ergriff eine von Robins Taschen und führte sie über das staubige Gelände zu einem teilweise zerstörten Pfarrhaus. »Oder Kloster, das wissen wir nicht genau.« Sechs Frauen wohnten dort, drei Armeeschwestern und drei Doughnut Dollies, jede in einem winzigen einzigen Raum. Robin vermutete wegen der klitzekleinen Zellen und winzigen, hoch oben ins Mauerwerk eingelassenen Fenster, dass es früher ein Kloster gewesen war. In den Zellen war gerade Platz für ein schmales Bett und ein wenig Stauraum für Kleidung, Kosmetik und dergleichen. Durchreisende Schwestern, Truppenbetreuerinnen, neue Doughnut Dollies, oder wer auch immer, übernachteten ebenfalls hier. Das hieß, dass die Gäste auf dem Fußboden schlafen mussten, aber was machte das schon! Die Betten waren auch nicht viel weicher.

Jede Unterkunft hatte einen Bunker für den Angriffsfall. Pam zeigte Robin den ihren und sage: »Dies ist der wichtigste Ort. Wir feiern die meisten Partys in den Bunkern. Zumindest diejenigen, die nicht am Strand oder in der Bar stattfinden. Wenn irgendwo gekämpft wird – und das ist meistens der Fall – und falls es in der Nähe ist – was oft passiert –, sollte man sich nicht draußen aufhalten.«

Robin hatte sich in dem niedrigen, trübe beleuchteten Raum umgeschaut. Er wirkte trostlos. »*Hier* feiert ihr?«

Pam lachte. »Wenn Kerzen brennen und das Feuerwerk eines fernen oder nicht so fernen Gefechts reinscheint und dank Joe, dem Bartender, genügend Flaschen Wein oder Schnaps und Gläser da sind, ist es klasse. Särr romantisch.«

»Gibt es viele – äh – Romanzen hier?«

»Und ob! Es ist schlimmer als im Krankenhaus!« Sie senkte ihre Stimme. »Hey, Kleines, das hier ist Kriegsgebiet, weißt du. Morgen können wir schon tot sein. Dies ist vielleicht deine letzte Gelegenheit.«

»Alles klar«, hatte Robin lachend zugestimmt. Was wusste sie schon!

Jedenfalls wurden sie bald die engsten Freundinnen. Beide hassten sie den verdammten Krieg und liebten ihre Patienten. Beide waren sie gescheit und witzig. Und beide waren sie erstklassige OP-Schwestern ... die besten.

Die dritte Schwester in ihrer Unterkunft war ein Mädchen namens Norma McClure, eine kräftige kleine Blondine mit Pagenschnitt und einem schmalen Mund, der nicht gern lächelte. Norma war eine fähige Krankenschwester, aber verdammt brav und selbstgerecht. Sie erinnerte die anderen stets daran, dass sie römisch-katholisch und von Nonnen ausgebildet worden war. Norma war diejenige, die alle mit Inbrunst hassten. Ständig wurde Norma aufgezogen, weil sie ohne ein Fünkchen Humor zur Welt gekommen war. Andererseits nahm sie sich jederzeit der am schwersten Verwundeten an. Also war sie offenbar ein guter Mensch und konnte nicht entlassen werden. Sie stammte ebenfalls aus New York. Sie war als OP-Schwester am St. Francis Xavier gewesen und hatte sich freiwillig gemeldet, weil – »das glaubt ihr nicht, Leute!«, hatte Joe ihnen lachend erzählt – »weil sie ihr Vaterland liebt und es in Zeiten der Not unterstützen wollte. Eine patriotische Krankenschwester!«

Dazu hatte Dr. Harry Kaye bemerkt: »Hier? Das ist Ketzerei!«

Dr. Harry Kaye war nicht unter denjenigen, die den Helikopter in Empfang nahmen. Harry war Chirurg und Leiter des OPs am Eins-Sechs-Eins. Er kam aus Brooklyn – nicht aus Robins Gegend, neckte er sie, nicht aus dem weiß-angelsächsisch-protestantischen Brooklyn, sondern aus dem *echten* Brooklyn. Aus dem jüdischen Brooklyn. Flatbush. Canarsie. Greenpernt. Coney Island. Harry war clever, sarkastisch und sehr witzig und eigentlich auch attraktiv: groß und mager mit feuerroten Locken und tief liegenden Augen von der Farbe eines stürmischen Meers. Er und Robin waren Kumpel. Ständig scherzten sie, wenn sie sich mit ihren Patienten beschäftigten und setzten ihre Flachsereien nach der Arbeit in Joes Bar fort. Es war lustig mit ihm. Und er war sehr hilfreich, denn er war ein alter Hase. »Ich bin tatsächlich schon ein ganzes Jahr hier und habe überlebt«, sagt er zu ihr.

Kurz nach ihrer Ankunft in Vietnam hatte Robin sich

mit einem Piloten namens Art McArthur eingelassen, einem schweren Trinker mit vorzeitig ergrautem Haar und einer Tätowierung auf dem rechten Bizeps. In einer heißen, schwülen Nacht, als in der Nähe Geschosse einschlugen, erhitzen auch sie sich füreinander. Eine Zeit lang waren sie ein Liebespaar. Dann starb Art – krachte mit seinem Huey in einen Berg, Ursache unbekannt. Robin betrank sich fürchterlich, weil sie nicht wusste, wo sie mit ihren Gefühlen hin sollte. Okay, es war Krieg, verdammt noch mal, da starben die Leute eben, denn dazu waren Kriege schließlich da – das erklärte Harry ihr sehr ausführlich. Aber doch nicht jemand, den sie kannte! Nicht jemand, mit dem sie geschlafen hatte!

Harry hatte sie daraufhin unter seine Fittiche genommen. Er überredete sie, auch mal was anderes zu trinken als Bourbon pur – mit der Begründung, dass er keine Vitamine habe –, und tauchte immer wieder neben ihr auf, wenn sie Freizeit hatten. Natürlich war es nicht allzu schwer, sie zu finden, denn sie ging schnurstracks in Joes Bar, wenn sie keinen Dienst hatte. Harry Kaye fand, sie müsse die neuesten Tänze lernen. Den Snake. Den Monkey. Den Slide. Den Swing. Nach einer Weile gelangte sie zu dem Schluss, dass er die meisten selbst erfand. Und wenn schon; er war ein prima Tänzer, und sie fühlte sich wunderbar zierlich und graziös, wenn sie mit ihm tanzte. Außerdem brachte er ihr die Texte von allen aktuellen Songs bei. Sie kam nie dahinter, wie er sie so schnell lernte. Sie sangen häufig miteinander, sie und Harry, laut und nicht immer ganz richtig. Sie sangen aus voller Kehle »Sugar Pie Honey Bunch« und »My Girl« und tanzten dazu, einzeln, mit geschlossenen Augen, jeder für sich. Trotzdem konnte sie nach wie vor nicht schlafen, und wenn sie zufällig doch mal einschlief, wachte sie schluchzend auf. Sie nahm in zwei Wochen sieben Pfund ab.

Eines sehr frühen Morgens – um 3 Uhr – legte Harry beide Hände um ihr Gesicht und sagte: »Hören Sie, Lieutenant, so können Sie nicht weitermachen, ist Ihnen das klar? Bald sind

Sie nur noch Haut und Knochen. Sie ruinieren sich Ihre Karriere und Ihr Leben. Und woher nehme ich dann eine leitende OP-Schwester?«

Sie fing an zu weinen, doch er ignorierte ihre Tränen und teilte ihr mit, dass das Lazarett in Phu Bai OP-Schwestern benötigte. »Warum bitten Sie nicht Bingo, dass sie Sie eine Zeit lang dorthin lässt? Ich habe gehört, es ist der Garten von Vietnam – obwohl: New Jersey wird ja auch als Gartenstaat bezeichnet, und da würde ich Sie bestimmt nicht hinschicken!« Er brachte sie immer zum Lachen. Also war sie nach Phu Bai gegangen und kam heute von dort zurück. Erholung, verordnet von Dr. Harry. Es hatte gewirkt. Sie hatte seit einer Woche nicht mehr schlecht geträumt und fühlte sich wieder wie ein Mensch. Und wo steckte er, der Wunderdoktor?

Eine Minute später kam er aus der Baracke gerannt – unpünktlich wie immer, dachte sie –, um sie zu suchen. Als er sie sah, leuchteten seine Augen auf, und sie verspürte einen solchen Ruck in der Magengrube, dass sie fast laut ächzte. *Oh, mein Gott*, dachte sie ganz überrascht. *Er liebt mich. Und ich liebe ihn*. Sie staunte; der Gedanke war ihr bisher nicht gekommen. *Er liebt mich. Ich liebe ihn. Wir lieben uns. Sieh mal einer an!*

Sie grinste ihm zu und hielt die Daumen hoch. Er belohnte sie mit einem so zärtlichen Zwinkern, dass ihr einen Moment lang das Herz stehen blieb.

Genau in dem Augenblick – musste das sein? – kam ein Soldat angelaufen und sagte: »Vom Hubschrauberlandeplatz wurde gerade angerufen; sie bringen zwanzig Verwundete. Massenanfall. Legen wir los!« Massenanfall von Schwerstverletzten. Da bewegten sich alle doppelt schnell. Robin und die anderen Schwestern rannten ins Hospital und warfen sich zusätzliche Aderpressen um den Hals, um sich darauf vorzubereiten, Blutgefäße abzuklemmen. Tragen wurden bereitgestellt. Mit geschulter Präzision arbeiteten die Schwestern sich durch die Bettenreihen, hängten Infusionen auf und verstöpselten sie, wie am Fließband. Die Infusionen wurden in dem Moment eingesetzt, wenn der Arzt oder die Krankenschwester sagte: »Der hier ist über den Berg.« Moribunde waren eine andere Geschichte. Man machte es ihnen bequem und ließ sie sterben, weil man sonst nichts tun konnte. Moribunde waren gewöhnlich Kopfverletzungen mit Hirnschäden.

Bei einem Massenanfall war Robin die Hauptverantwortliche und leitete die anderen an. Sie wusste, dass sie als hart galt. Gut. Sie hatte sich selbst dazu erzogen. Ihr Motto war: *Ich mache nie schlapp; ich gebe nie auf; ich rette, wen ich retten kann*. Und deshalb erledigte sie auch immer die Triage; sie war darin sehr gut. Sie war auch in anderen Bereichen gut. Sie hatte schon Granatsplitter entfernt und Wunden genäht, wenn Harry zu beschäftigt war, und oft war sie es, die im OP sagte: »Den hier lassen wir uns nicht nehmen.« Die Ärzte hörten auf sie. Das war sehr befriedigend. Ab und zu dachte sie, dass sie vielleicht doch dem Rat ihrer Mutter hätte folgen und Medizin studieren sollen. Doch geschehen war geschehen, und was machte es schon? Sie rettete Leben. Nur das zählte.

Sie vernahm das hektische Chop-chop-chop eines näher kommenden Huey, sah die Staubfontänen, die er aufwirbelte. Als die Tragen ausgeladen wurden, waren alle einsatzbereit. Robin rannte neben der ersten Trage her, übernahm sofort die Führung und erfasste alles auf einen Blick. Während die Sanitäter ihr die wichtigsten Daten zuriefen, untersuchte und beurteilte sie die Patienten im Laufen. Sie ordnete an, was benötigt wurde, und wandte sich dann dem nächsten zu.

Harry und Pam waren auch da. Ihre Worte übertönten sich gegenseitig.

»Der hier ist voller Splitter. In die letzte Reihe!«

Brustwunde, aber die Augen des Infanteristen waren offen, und er konnte mit ihr sprechen. Nicht allzu viel Blut. »Röntgen und vorbereiten!«

»Drei in kritischem Zustand, zwei untere Extremitäten, ein Unterleib ... Harry, gucken Sie mal!«

Schwere Kopfverletzung, und der Verband war blutdurchtränkt. »Schädel röntgen in zwei Ebenen! Infusion anlegen!«

»Hier den Thorax röntgen! Bereitet ihn vor und gebt ihm Blut.« »Kopfwunde!«, rief Harry, dem eine schwere Schädelverletzung ins Auge fiel. »Ganz vorne ran! Vorbereiten! Aber schnell!« Die Sanitäter eilten mit der Trage nach drinnen.

»Intubationsbesteck!«

»Moribund. Da rüber«, dirigierte Pam ruhig. Der Soldat wurde weggetragen und nicht allzu sanft abgesetzt. Für Nettigkeiten war keine Zeit.

Ein Infanterist, stark blutend, grinste Robin an und wollte sich mit ihr verabreden. »Der hier ist über den Berg!«, schrie Robin. »Schafft ihn rein! SOFORT! AB negativ!«

Alle arbeiteten sehr, sehr schnell. Es blieb keine Zeit für Kummer, keine Zeit für Traurigkeit oder Bedauern, vor allem keine Zeit für Tränen. Schwestern im Krieg weinten nicht.

Wenn die Verwundeten eingeteilt worden waren, nahm man sich drinnen ihrer an. Aber zuerst tat Robin das, was sie immer tat: sie ging zu den Moribunden, den Jungs, die sterben würden und in einer Reihe auf dem Boden lagen. Sie wollte sie sich anschauen. Eigentlich wollte sie, dass ein Wunder geschah, doch das wurde ihr fast nie zuteil. Also beugte sie sich hinunter und blickte jedem einzelnen Mann in die Augen, wenn sie offen waren – falls er noch Augen *hatte*. Manchmal erwiderten sie ihren Blick. Manchmal lächelten sie. Manchmal konnte man ein Weilchen eine Hand oder Schulter halten und spüren, wie sie darauf reagieren. Es war ihr sehr wichtig, dass sie nicht ohne die Berührung und den Anblick eines menschlichen Wesens starben. Sie waren so jung! Die meisten von ihnen waren schwarz, die meisten sahen aus wie Schuljungen ... Es war grauenhaft, grauenhaft. Aber das durfte sie nicht denken, nicht fühlen.

Der Letzte in der Reihe war hellwach. Warum, war ein Rätsel, denn von seinem Gesicht war praktisch nichts mehr übrig. Sie zwang sich, ihm direkt in die Augen zu schauen – was so ungefähr als Einziges noch davon da war. Ein Auge. Sie rang sich ein Lächeln ab. Er hatte kaum noch Lippen, doch er konnte sprechen, und sie verstand ihn.

»Hallo«, sagte er.

»Hallo«, entgegnete sie, die Tränen zurückdrängend.

»Erinnern Sie sich nicht an mich, Schwester? Buddy Nielsen? Ich war vor ein paar Wochen mit ’nem kaputten Oberschenkel hier.« Jetzt entsann sie sich. Ein sommersprossiger, flachshaariger Junge. Ein Flirt.

»Natürlich erinnere ich mich, Buddy.«

»Sie kümmern sich um mich, ja? Dann weiß ich, dass es mir bald besser geht.« Seine Stimme wurde immer schwächer. Robin bückte sich, um ihn genauer zu untersuchen. Die Rückseite seines Schädels war beinahe nicht mehr vorhanden. Erneut stiegen ihr Tränen in die Augen. Wie konnten sie bloß so weiterleben, wenn sie in Wirklichkeit bereits tot waren?

»Ich kümmere mich um Sie, Buddy«, sagte sie. »Fest versprochen.«

Er wiederholte: »Fest versp …« Als sich sein Mund zum P schloss, war er tot.

Sie erhob sich aus ihrer hockenden Stellung und wandte sich ab; jemand rief dringend nach ihr. »Malone! Ich brauche Hilfe! Verpassen Sie dem hier einen Luftröhrenschnitt, während ich bei seinem Freund anfange.« Es war Harry, ganz Arzt im Moment. Sie war erleichtert, sich auf ihre Arbeit konzentrieren zu können, auf eine *Tätigkeit*, statt über den armen Buddy Nielsen nachzudenken, der womöglich noch nie flachgelegt worden war. Oder über Harry Kaye, der es höchstwahrscheinlich würde, noch bevor die Nacht vorüber war.

37

November 1967

»Malone! Schwester! *Malone!* Ich brauche Sie!«

Robin stellte den Tropf richtig ein, schenkte dem jungen Marineinfanteristen in seinem Bett ein Lächeln und lief los, der verzweifelten Stimme entgegen. Sie gehörte Asa Watson, »von den meisten Ace genannt« – wie er sie bei ihrer ersten Begegnung vor zwei Wochen informiert hatte. Sie hatte Ace Watson adoptiert. Das kam vor. Man bemühte sich, neutral zu sein, jeden Patienten gleich zu behandeln. Doch das klappte nicht immer. Ab und zu gab es einen Soldaten, der einem besonders ans Herz rührte, und wenn das geschah, wurde er adoptiert.

Sie trat an sein Bett und lächelte ihn an. »Hier bin ich, Ace. Was kann ich für dich tun?« Ace war mit ungefähr tausend Granatsplittern in Brust und Bauch eingeliefert worden, und sie hatte sehr viel Zeit damit verbracht, sie zu entfernen. Aber das war zwei Wochen her. Inzwischen war er gesund genug, um seinen Dienst wieder aufzunehmen. Das heißt, körperlich gesund. Die Psyche war eine ganz andere Sache.

»Malone, Sie müssen mir helfen. Sie wollen mich wieder rausschicken. Sie müssen's ihnen sagen. Sie müssen ihnen sagen, dass ich nicht kann. Ich *kann* nicht.« Er fing an zu zittern. Robin ergriff seine Hände, hielt sie fest und sagte: »Ist in Ordnung, ist in Ordnung«, wieder und wieder, wie ein Gebet. Das Zittern hörte dadurch nicht auf; das tat es fast nie. Ace bebte am ganzen Körper und seine traurigen braunen Augen schauten flehend zu ihr auf.

Sie hatte schreckliches Mitleid mit ihm, weil er solche seelischen Qualen litt, hauptsächlich jedoch wegen seines Alters. Ace hatte gelogen, um zum Militär zu kommen, und war auch nach zehn Monaten in Vietnam noch nicht mal siebzehn. Es war beschämend! Wie konnten sie das zulassen? Er war ein Baby, und sie schickten ihn mit einer Waffe in der Hand los, um Menschen zu töten, in einem Krieg, wo man Freund und Feind nicht voneinander unterscheiden konnte. Der freundliche Dorfbewohner, der einem zu trinken gab, wenn man Durst hatte, konnte sich hier im nächsten Moment umdrehen und einen erschießen. In Vietnam waren alle Regeln außer Kraft. Es war ein riesiges Gerangel mit echten Geschossen. Kein Wunder, dass der arme Junge bibbernd dalag und sie anflehte, dafür zu sorgen, dass sie ihn nicht wieder rausschickten.

»Ace«, sagte sie, sich über ihn beugend, »du musst aufhören zu zittern, okay? Wie sollen wir sonst miteinander reden?« Manchmal wirkte das. Heute wirkte es. Er schwitzte, als wäre er zehn Meilen weit gerannt, und hatte sich eingenässt. Er flüsterte ihr zu: »Ich kann da nicht wieder hin. Ich kann nicht. Ich sterbe, Malone. Ich schwöre, eher bringe ich mich um.«

»Das darfst du nicht sagen, Ace. Denk an deine Mutter, die zu Hause in Kentucky auf dich wartet. Sie will doch, dass ihr Sohn heimkommt. Du darfst sie nicht enttäuschen.« Es nützte nichts. Der Junge war vernünftigen Argumenten nicht zugänglich. Aber zum Teufel, wie vernünftig war es denn auch zu behaupten, er sei im Stande, zu seiner Einheit zurückzukehren? Das stimmte nicht. Er konnte nirgendwohin zurückkehren, höchstens nach Hause zu seiner Mutter. Und zu einem Psychiater vielleicht. Er war so labil. Er hatte Angst einzuschlafen, weil er dann jedes Mal grässliche Alpträume hatte, aus denen er, in Schweiß und Urin und manchmal Kot gebadet, aufwachte.

Ace packte ihren Arm. »Das Schlimmste – an den Beschüssen, an den plötzlichen Angriffen – ist, dass man nie weiß, wann sie kommen. Sie können jederzeit kommen. Tags. Nachts. Wenn man im Scheißhaus sitzt. Ich halte das nicht aus. Ich muss ständig kotzen. Ich kann nicht zurück. Lassen Sie nicht zu, dass sie mich zurückschicken. Bitte, Malone, ich flehe Sie an. Sie sind die Einzige, die mich versteht.«

Sie hätte ihm am liebsten gesagt, dass sie ihn tatsächlich verstand, weil sie einen Bruder gehabt hatte, der ebenfalls seelische Qualen gelitten hatte. Aber das wagte sie nicht. Nur Pam wusste von Sandy, und so sollte es auch bleiben.

»Ich rede mit Dr. Osterreicher; das ist der Psychiater der Kompanie«, versprach sie.

Osterreicher war schon kontaktiert worden, offensichtlich aber zu beschäftigt für einen Besuch im Eins-Sechs-Eins. Und sie war keineswegs sicher, dass er, selbst wenn er demnächst herkam, Ace heimschicken würde. Osterreicher war Colonel und allen Berichten zufolge ein abgebrühter Schweinehund.

»Er ist Berufssoldat«, hatte Harry ihr erzählt. »Du kennst den Typ ja.« – »Oh-oh«, war ihr Kommentar gewesen, und Harry hatte zugestimmt: »Oh-oh.«

Sie hatte Ace gerade beruhigt, als ein Lastwagen am Lazarett vorbeidonnerte, um die Ecke an der Versorgungsausgabestelle quietschte und eine Fehlzündung hatte. Bei dem Geräusch warf Ace sich mit einem Bauchklatscher aus dem Bett auf den Boden. Unglücklicherweise stand Robin zu dicht bei ihm, sodass er sie dabei umstieß. Sie schlug lang hin.

»Lieutenant Malone, wie oft muss ich Ihnen das noch sagen – Kein Fraternisieren mit den Patienten. Und Sie, Soldat, schämen Sie sich nicht?« Während er sprach, streckte Harry Kaye dem Jungen eine Hand entgegen. »Das hier ist keine Frau. Das ist eine Lazarettkrankenschwester, eine völlig andere Spezies.« Sein Tonfall klang nach zwanglosem Geplänkel von Mann zu Mann.

Ace, der in einer Art Embryostellung, die Arme um den Kopf geschlungen, dalag, spähte nach oben. Dann, oh Wunder, grinste er. »Meine Güte, Doktor ich weiß nicht, wieso ich das gemacht habe. Ich dachte, es wäre Geschützfeuer.«

»Nur eine Fehlzündung.« Harry half ihm auf und fragte: »Möchtest du spazieren gehen oder so?«

»Nein. Nein. Ich kann nicht.«

»Okay. Möchtest du Malones Titten küssen, damit sie ihr nicht mehr wehtun? Das würde ich mir aussuchen.«

Ace kroch zurück in sein Bett, Tränen in den Augen. »Ach, Malone, tut mir Leid, ich wollte nicht –«

»Weiß ich doch. Alles in Ordnung. Mach einfach die Augen zu und ruh dich aus.«

»Gehen Sie nicht weg. Bitte.«

»Lass mich erst nach den anderen Patienten sehen, dann komme ich wieder. Abgemacht?«

»Abgemacht. Sie kommen doch wieder, oder?«

»Ich beeile mich.«

Harry wartete und ging noch ein Stück weit mit ihr. »Sie sind ganz schön eingestaubt, Malone. Soll ich Sie abwischen?«

»Eingestaubt? Wo?« Als er zärtlich die Kurve ihres Hinterns streichelte und etliche Soldaten zu johlen und zu pfeifen begannen, kapierte sie endlich. »Sie Ferkel! Und das vor den Patienten!«

Seine Antwort war eine Imitation von Groucho Marx samt anzüglichem Grinsen und imaginärer Zigarre. Dann fragte er, diesmal leiser: »Wann hast du Schluss, Schatz? Treffen wir uns bei Joe?«

»Du erkennst mich an der Rose zwischen den Zähnen«, erwiderte sie. Sie schaute ihm nach, wie er scherzend durch die Station ging. Er war wie ein großes Schiff, das ein Meer von Gelächter hinter sich ließ. Allerdings merkten die Patienten nicht, dass er sie im Vorübergehen prüfend ansah und sich im Geiste Notizen machte. Dieser Mann hatte scharfe Medizineraugen!

Robin setzte ihre Runde auf der Wachstation fort, wo es nicht so hektisch war. Sie plauderte, sie untersuchte, sie verteilte Medikamente und gab Ratschläge. Doch ihre Gedanken waren die ganze Zeit über bei Ace Watson. Sie wusste nicht genau, warum, aber er erinnerte sie an Sandy. Am Aussehen lag es bestimmt nicht. Er war schwarz, wie die meisten Infanteristen. Es musste die Angst sein, die er hatte, so wie Sandy Angst gehabt hatte – vor allem. Sandy hatte sie nicht zu retten vermocht, doch sie hoffte, für Ace mehr tun zu können.

Das Herz wurde ihr schwer, wie immer, wenn sie an Sandy dachte und daran, wie sie bei ihm gescheitert war. Es war schlimm genug, dass ihr narzistischer Vater weggelaufen war, weil er es nicht ertragen konnte zu sehen, dass er etwas erzeugt hatte, was nicht perfekt war. Dann hatte Mom sich abgewandt. Die Wahrheit war, dass Mom sich für Sandy geschämt hatte; das hatten sie alle. Robin hatte ihn zwar besucht, aber nicht nur, weil sie ihm zugetan war, sondern auch, weil es ihr edel erschien und sie vor sich selbst als tugendhaft dastehen wollte.

Ihr war klar, dass sie stets eine gewisse Distanz zu allem und jedem hielt. Nun, sie konnte auch nichts dafür, wie sie war, mit einer Mutter, bei der andere Kinder immer an erster Stelle kamen – und einem Bruder, der verrückt wurde – und Gran, die ihr die erschreckende Geschichte von Geisteskrankheit in ihrer Familie erzählte – und ihrem Dad, der sie im Stich ließ. Ich *meine*, pflegte sie sich selbst vorzuhalten, da sie es niemandem sonst vorhalten konnte, *wer kann mir bei dem Mist, den ich hinter mir habe, einen Vorwurf daraus machen, dass sich mein Herz verhärtet hat*? Das war natürlich, bevor sie hierher kam, wo man auf Befehl herzlos war. Sie hatte es ganz gut geschafft, hart zu werden, lange vor Vietnam.

Bevor sie zur Armee ging, als sie OP-Schwester am Harmony Hill Hospital in Manhattan war, hatte ihr Vater Verbindung mit ihr aufgenommen. Er war von der Westküste gekommen und rief sie an.

»Wie hast du mich aufgetrieben?«, fragte sie mit frostiger Stimme.

»Herrgott, Robin, durch deine Mutter!«

»Ich will, dass du meine Mutter in Ruhe lässt! Du hast ihr genug wehgetan!«

»Ich weiß, Schatz, ich weiß. Aber hör mal –«

»Nein«, hatte sie gesagt. »Nein, ich höre nicht. Du hast uns im Stich gelassen. Du hast den armen Sandy im Stich gelassen.« Sie konnte hören, wie er am anderen Ende der Leitung stotternd versuchte, sie zu unterbrechen. Aber in ihrer Selbstgerechtigkeit war sie stark und unversöhnlich. »Du kannst nicht einfach eines schönen Tages beschließen, die Familie, die du verlassen hast, zurückzugewinnen. Du kannst nicht abdanken als Ehemann und Vater und dann wiederkommen und mit offenen Armen in Empfang genommen werden wollen. Du Schwein! Du bist nicht mal zu Sandys Begräbnis aufgekreuzt!«

Sie wartete nicht auf eine etwaige Antwort, sondern knallte den Hörer auf die Gabel, so laut sie konnte.

Da sie wahnsinnig in Dr. Mickey Aronson verliebt war, erzählte sie ihm davon. Leider erhielt sie nicht die Sympathie und Unterstützung, die sie von ihm erwartet hatte. Wie viele Chirurgen, zumindest nach ihrer Erfahrung, hatte Mickey nicht besonders viel Herz. Er neigte eher zur Rationalität, was sie ganz verrückt machte – vor allem, wenn sie irrational war. Und das war sie in Bezug auf JJ bestimmt.

»Verstehst du denn nicht, Mickey, er hat uns hängen lassen. Ist aus dem Haus spaziert, ohne auf Wiedersehen zu sagen.«

Und Mickeys Entgegnung? »Er ist dein Vater. Er verdient deinen Respekt. Und er versucht, es wieder gutzumachen.«

Sie hätte ihm gern erzählt, was für ein totaler Scheißkerl JJ Malone war, was für ein Säufer, was für ein Schürzenjäger. Sie wollte, dass Mickey eines begriff: Dieser Mann konnte unmöglich wieder gutmachen, dass er seinen geisteskranken Sohn im Stich gelassen hatte. Doch das durfte sie ihm natürlich nicht erzählen. Sie durfte *niemandem* von Sandy erzählen. Sie hatte Angst, die Leute würden sich von ihr zurückziehen, wenn sie wüssten, dass ihr Bruder verrückt gewesen war, so verrückt, dass er in eine Anstalt eingewiesen wurde – so verrückt, das er sich umgebracht hatte.

»Du hast Recht«, stimmte sie zu und versprach, sich beim nächsten Mal mit ihrem Vater zu treffen, falls er wieder anrief. Sie log. Sie war verrückt nach Michael Aronson. Er war so intelligent und sah so verdammt gut aus – geradezu phantastisch –, war groß, muskulös, dunkelhaarig, ein bisschen finster auf eine Art und Weise, die sie sexy fand. Er ähnelte Marlon Brando. Alle Krankenschwestern schwärmten für ihn. Und er wählte sie aus, Robin Rebecca Malone, zu groß, zu knochig, zu distanziert, zu gescheit. Am ersten Tag, nachdem sie zusammen im OP gearbeitet hatten, kam er in der Caféteria an ihren Tisch. Er hatte sich tatsächlich sie ausgesucht! Er setzte sich ihr gegenüber hin und verscheuchte die umsitzenden anderen Schwestern mit einer Handbewegung. Ohne ein Wort zu sagen, zerstreuten sie sich wie Blätter im Wind. Später, viel später wurde ihr klar, dass sie an ihrer Stelle hätte beleidigt sein sollen; es hätte ihr eine Warnung sein müssen. Doch an jenem Tag war sie einfach nur beeindruckt. Beeindruckt und hingerissen. Sie hätte allem, was er getan oder gesagt hätte, zugestimmt. Was er dann wirklich sagte, war: »Sie interessieren mich. Wie heißen Sie noch gleich?«

Wie heißen Sie noch gleich! Wenn ihr ein Mann heute so käme, würde sie ihm ins Gesicht spucken. Aber damals war sie jung und dumm. Außerdem sah Mickey Aronson nicht nur gut aus, sondern war auch der viel versprechende neue Chirurg, was ihn rangmäßig noch ein bisschen über Jesus ansiedelte. Also nannte, sie ihm ihren Namen, und er spendierte ihr eine Tasse Kaffee. Später ging sie mit ihm nach Hause, wo sie sich um den Verstand vögelten. Und danach war sie seine Sklavin. Sie wusste, dass sie nie wieder so vollständig jemandem verfallen sein würde. Was wahrscheinlich auch ganz gut war.

Als sie Mickey versprach, JJ noch eine Chance zu geben, dachte sie, sie würde nie wieder etwas von ihrem Vater hören. So viel Interesse hatte er nicht an ihnen. Doch da hatte sie sich verschätzt. Eines Nachmittags lief sie ihm nach der Arbeit im Foyer des Krankenhauses in die Arme, wo er Ausschau nach ihr hielt. Sie funkelte ihn an, während er ein breites Grinsen aufsetzte und sie mit falschem irischem Akzent ansprach.

»Robin! Robin, Liebling! Hier ist er wieder, der falsche Fuffziger!« Sie hätte ihn am liebsten ermordet, aber gleichzeitig war sie betroffen darüber, wie alt er aussah. Immer noch gut natürlich, doch ein wenig dicklich, die klassischen Gesichtszüge etwas erschlafft. Sein Haar war schneeweiß, wenn auch immer noch dicht und wellig, immer noch mit einer entzückenden Locke, die ihm in die Stirn fiel. Sie war der letzte Rest von Jugendlichkeit an ihm.

Robin spürte, wie sie vor Wut erstarrte. Als er sie bei den Schultern packte und ihr einen Kuss auf die Wange drückte – er hatte auf ihren Mund gezielt, aber sie drehte den Kopf zur Seite –, empfand sie nichts. Er trat einen Schritt zurück und sagte: »Ach, Robin, hab dich nicht so. Ich bin dein Daddy, der um Verzeihung bittet. Wie kannst du einem so beklagenswerten Mann die Vergebung verweigern?«

»Du bist weggelaufen. Du hast uns im Stich gelassen, als wir dich ganz besonders brauchten.«

»Ich weiß, Liebling, aber –«

»Wage es *bloß* nicht, mich Liebling zu nennen.«

»Robin, ich bin dein Vater. Ich liebe dich.«

»Ach, wirklich? Das glaube ich nicht.«

»Versuch doch mich zu verstehen«, sagte JJ, die Hände demütig ausgestreckt. »Er war mein Sohn, mein Erstgeborener. Ich hatte so viele Hoffnungen und Träume für ihn, und dann musste ich mit ansehen, wie sie sich in Nichts auflösten ... Ich musste hilflos daneben stehen, während er den Verstand verlor. Robin!«

»Das mussten wir alle mit ansehen, JJ. Der Unterschied ist nur, dass einige von uns dageblieben sind. Du bist weggerannt. Bitte. Fleh mich nicht an und gib mir keine Kosenamen und versuch vor allen Dingen nicht, etwas zu erklären. Du bist ein Scheißkerl, und das weißt du auch. Du musst es wissen.«

Er wurde bleich, wich aber nicht von der Stelle. »Um Christi willen, Robin, ich bin dein Vater.«

»Und er war dein *Sohn*, um Christi willen. Und da wir gerade von Christus sprechen: War er nicht derjenige, der seinen Vater anrief und fragte: ›Warum hast du mich verlassen?‹? Warum hast du Sandy verlassen? Du Schwein!« Zu ihrem Entsetzen fing er an zu weinen.

»Weißt du was, JJ?«, sagte sie und genoss jeden einzelnen Augenblick. »Du und deine Krokodilstränen rühren mich überhaupt nicht. Du bist widerlich!« Sie drehte sich um und sah sich Mickey Aronson gegenüber.

Sie wusste inzwischen, dass Mickey das einzige Kind von Holocaust-Überlebenden und ihm die Familie heilig war. Unter allen Umständen. Selbst wenn sie in der Lage gewesen wäre zu erklären, was geschehen war, hätte das für Mickey nichts geändert.

Also stand sie im Foyer des Harmony Hill Hospital und musste mit ansehen, wie Michael Aronson aufhörte, sie zu lieben. Es passierte in Sekundenschnelle. Noch vor einer Stunde hatte er von Ehe gesprochen. Noch vor zwölf Stunden hatte er sie viermal hintereinander geliebt und gesagt, so habe er noch nie empfunden, niemals. Jetzt schaute sie ihm in die Augen und sah ... nichts. Leere. Völlige Ausdruckslosigkeit. Das Ende. Sein Blick wurde erst starr, dann kalt, und er wandte sich ab. Ohne ein einziges Wort verließ er sie für immer. Natürlich arbeiteten sie weiterhin zusammen, doch er schenkte ihr nie auch nur die geringste persönliche Beachtung. Die Tage danach waren die Hölle auf Erden gewesen.

Robin schüttelte sich. Es hatte keinen Sinn, jetzt daran zu denken. Das war lange her. Es war nicht mehr wichtig. Sie dachte kaum noch an Mickey. Sie sah ihn nicht einmal mehr in ihren Träumen, so wie es zu Beginn der Fall gewesen war, wenn sie wachte und merkte, dass wie weinte. Er war Vergangenheit. Im Moment musste sie etwas wegen Ace Watson unternehmen. Irgendjemand *musste* sich um ihn kümmern. Er war so verschreckt und hilflos.

Noch am selben Nachmittag tauchte Colonel Osterreicher endlich auf. Sowie er hereinmarschiert kam, wusste sie, dass es Probleme geben würde. Schon wie er aussah, ganz der perfekte Militär, alles an ihm geschniegelt und gebügelt, korrekte Uniform – mit allem Drum und Dran. Sie hätte darauf gewettet, dass er die meiste Zeit am Schreibtisch und in Sitzungen verbrachte. Hier zog sich jeder der Hitze und dem blutigen Schlamassel, den sie bewältigen mussten, entsprechend an. Sie sah, dass Osterreicher sie abschätzig musterte, und wusste, dass er die olivbraunen Hosen und das T-Shirt missbilligte. Vermutlich erwartete er, das sie in gestärktem Weiß herumlief und einen Rock trug – oder zumindest ihre Ausgehuniform. Nun, Pech gehabt. Sie erwiderte standhaft seinen Blick.

»Ich bin Colonel Osterreicher«, sagte er.

»Ja, Colonel. Lieutenant Malone«, antwortete sie, wie es sich gehörte.

Trotzdem nannte er sie ständig »Schwester«, und zwar in jenem besonderen Ton, den sie mittlerweile nur allzu gut kannte. Er besagte, dass er Arzt sei und daher die rechte Hand Gottes, während sie nur eine Krankenschwester war, also noch geringer als ein Wurm. Dieser Kerl war Doktor, mal Hirnklempner, mal Berufssoldat, was für sie einem dreckigen, nichtsnutzigen, herzlosen Schweinehund gleichkam.

Sie ging neben ihm her, während er sich Bett für Bett mit den Patienten beschäftigte. Eigentlich ging sie ein bisschen hinter ihm. Er drehte sich kein einziges Mal um, um ihr eine Frage zu stellen. Was konnte eine einfache Krankenschwester einem Arzt auch schon erzählen? Je weiter sie durch die Doppelreihe der Betten vorrückten, desto wütender wurde sie. Was für ein Mistkerl! Er redete alle in verlogen herzlichem Ton an, nannte die Männer »mein Sohn« und dergleichen. Als er zu Ace kam und sein Krankenblatt las, ließ sein Gesichtsausdruck ihr Herz sinken. »Und was haben wir hier?« Wieder diese abscheulich falsche Stimme. »Geheilt, aber immer noch im Lazarett? Corporal – äh – Watson, was ist denn das Problem?« Ace sah Osterreicher argwöhnisch an. »Sie können es mir sagen. Ich bin Psychiater.«

»Also, Doktor ...«

»Colonel.«

»Ja, Sir. Also, Colonel, Sir, ich habe das Zittern.«

»Das Zittern?« Unechtes Lachen. »Das *Zittern?* Sie müssen mir verzeihen, mein Sohn, aber das sagt mir gar nichts.«

»Ich zittere am ganzen Körper. Ich kotze. Ich scheiße mir in die Hosen. Ich kann mich nicht bewegen.«

»Sie meinen ... jetzt?«

»Nein, Sir. Ich meine an der Front.«

»Aber hier im Lazarett geht es Ihnen gut?«

»Er hat schreckliche Alpträume, Colonel«, sagte Robin. »Herzrasen. Meiner Meinung nach –«

Osterreicher wandte sich nicht einmal zu ihr um. »Ich sage Ihnen schon Bescheid, wenn ich Ihre Meinung wissen will, Schwester.«

»Aber, Colonel, dieser Mann ist mein Patient, seit er eingeliefert wurde. Ich habe die Gran –«

Er drehte sich um, ein verkniffenes, falsches Lächeln auf dem Gesicht. »Entschuldigen Sie, habe ich nicht laut genug gesprochen?«

Sie standen da und starrten einander an. Es war natürlich kein fairer Kampf. Er würde auf jeden Fall gewinnen. Der selbstgefällige Scheißkerl. »Doch, Colonel, ich habe Sie laut und deutlich gehört.«

»Ich benötige Sie nicht mehr, Schwester. Der Mann hier und ich, wir müssen uns mal ungestört unterhalten.«

Aces Augen flehten sie an, ihn nicht im Stich zu lassen. Das werde ich nicht, versprach sie ihm wortlos. *Aber jetzt bin ich erst mal gezwungen, dich mit diesem Mistkerl allein zu lassen. Halte durch.*

»Gewiss, Colonel, Sir.« Robin wirbelte herum und marschierte hinaus. Sie musste Harry finden, um ihm von diesem unglaublichen Idioten von einem Arzt zu berichten. Sie brauchte seine Hilfe. Sie hatte das grässliche Gefühl, dass Osterreicher Ace einen Vortrag über Tapferkeit halten und ihm sagen würde, er dürfe seine Kumpels nicht hängen lassen, und dass er ihn dann wieder an die Front schicken würde.

Harry war bereite mit Colonel Osterreicher aneinander geraten. Er verabscheute ihn ebenfalls zutiefst. Nach dem Abendessen gingen sie und Harry statt zu Joe auf die Station, um mit Ace zu reden. Er war nicht da.

»Dieser verfluchte Arzt!«, explodierte Robin. »Wenn er Ace wieder raus –«

»Immer mit der Ruhe, Robbie, Baby. Du weißt doch, dass das nicht so schnell geht. Wir sind hier bei der Armee. Da müssen Papiere in vierfacher Ausfertigung ausgefüllt werden. Nein, unser Ace hat beschlossen abzuhauen, bevor Osterreicher ihn fertig macht. Klar, Ace hat 'ne Kriegsneurose, aber mit seinem Hirn ist alles in Ordnung.«

»Wo ist er? Was sollen wir tun? Wenn er nun auf eine Landmine tritt?«

»Sachte, sachte. Wir müssen denken wie ein verängstigter, aber gewitzter Infanterist, dann wissen wir, wo Ace hin ist.« Einen Moment später schnippte er mit den Fingern. »Ich glaube, ich hab's! Der einzige Ort, auf den unser Hirnklempner-Freund nie kommen würde!«

»Wo? Was?«

»Komm einfach mit.« Harry ergriff ihre Hand und fing an, rasch auszuschreiten, wobei er leise vor sich hin lachte.

»Wohin gehen wir, Harry?«

»Du wirst schon sehen.« Er führte sie an den Krankenhausgebäuden vorbei, bis hinter Joes Bar, wo eine Gruppe Halbbetrunkener aus voller Kehle und überwiegend falsch »Heard It Through the Grapevine« sang. Sie sah ein paar Lagerfeuer am Strand und roch sogar die Hamburger auf dem Grill. Sie konnte die Wellen nicht auf den Sand klatschen hören, aber sie wusste, dass sie da waren. Es war eine wunderschöne Nacht mit Millionen von Sternen. Schade, dass sie in Vietnam waren und sie und ihr Freund nach einem entlaufenen Infanteristen mit psychischen Problemen suchten.

Als sie zu der Baracke am Rande des Camps gelangten, nickte Robin. »Oh, alles klar.« Es war die Leichensammelstelle. Ein Junge, der Angst vorm Sterben hatte – welch besseres Versteck gab es für ihn als zwischen den Toten? Auf makabre Weise ergab es einen Sinn, fand sie.

Er war da. Sie konnten ihn in der Dunkelheit hören. Er schluchzte und zitterte. »Ace!«, rief Robin leise. »Ich bin es, Malone, und Dr. Kaye. Wir sind hier, um dir zu helfen. Harry macht jetzt die Taschenlampe an, okay?«

Sie warteten, und schließlich sagte Ace mit erstickter Stimme: »Okay.« Er hatte sich in eine Ecke gekauert, die Knie an der Brust, den Kopf gebeugt, als würde auf ihn geschossen. Nun, so falsch lag er damit ja auch nicht.

Sie überredeten ihn, aus seiner Ecke herauszukommen und in sein Bett zurückzukehren. Auf dem Weg dorthin sahen sie die hoch gewachsene Gestalt Osterreichers zielstrebig auf die Kommandantur zumarschieren.

»Oh-oh«, sagte Robin.

»Ja. Scheint, als hätte der gute Colonel deine Abwesenheit bemerkt, Ace.«

»Lassen Sie nicht zu, dass er mich findet! Malone, lassen Sie das nicht zu! Er sagt, ich bin ein Simelant – oder so was, und er schickt mich wieder an die Front. Er darf mich nicht finden!«

»Wir werden ihn reinlegen«, meinte Harry»Leg du dich ins Bett. Wenn die Kommandantin dann rumrennt und nach dir sucht, bist du genau da, wo du hingehörst. Und wir erzählen ihr, der Colonel hätte sich alles nur eingebildet.« Er gluckste. »Wir müssen aber eine ernste Miene machen und steif und fest behaupten, du seist nie weg gewesen. Schaffst du das, Ace?«

»Ja, klar. Das schaffe ich.« Aces Stimme klang zittrig, aber tapfer. »Das ist gut. Okay, jetzt ist die beste Gelegenheit.«

Sobald Ace wieder in seinem Bett war, rollte er sich in Embryostellung und fing an zu zittern. Harry gab ihm eine Beruhigungsspritze, damit er einschlafen konnte. Er flüsterte: »Komm, Robin, mehr können wir nicht tun.«

Doch sie konnte den Jungen nicht einfach so liegen lassen, so allein und unglücklich und verängstigt. »Nein, wir treffen uns später, Kaye, ja?« Sie schaute auf Ace hinunter und dachte: *Was soll ich tun? Was soll ich tun?* Und dann wusste sie auf einmal, was sie tun konnte. Sie legte sich neben den Jungen, schmiegte sich an ihn und legte ihren Arm über seinen Körper, sodass er ihre Wärme und Berührung spürte und wusste, er war nicht allein. Bald darauf hörte er auf zu zittern und sein Atem wurde gleichmäßig. Dann wurde er langsamer – und tiefer – und langsamer und tiefer.

»Was soll *das* denn, Schwester? Was ist los hier?«

Robin riss die Augen auf und sah nur Dunkel. Einen Moment lang hatte sie keine Ahnung, wo sie war, oder wessen Stimme sie geweckt hatte. Als aber der helle Strahl einer Taschenlampe aufblitzte, wusste sie es.

»Hey!«, protestierte sie.

»Auf die Füße, Lieutenant!«

»*Jetzt* nennt er mich Lieutenant!«, dachte Robin. Am liebsten hätte sie gelacht – was dumm gewesen wäre, den sie saß schwer in der Patsche bei Colonel Doktor Osterreicher. Sie löste sich von Ace und wälzte sich vorsichtig aus dem Bett, um ihn nicht zu stören. Sie hätte sich keine Sorgen zu machen brauchen; Harrys Injektion hatte ihre Wirkung getan. Ace schlief fest, die Hände unter eine Wange geklemmt, der Mund ein wenig offen, wie ein kleines Kind.

»Rechtfertigen Sie sich, Lieutenant Malone.«

»Vor Ihnen muss ich mich nicht rechtfertigen, Colonel. Meine Vorgesetzte ist Colonel Batten.«

Ihre Augen hatten sich an die Dunkelheit gewöhnt, und sie erkannte, wie sich sein Gesichtsausdruck veränderte. Sein Tonfall veränderte sich ebenfalls. »Natürlich, Schwester. Doch ich glaube nicht, dass Colonel Batten es billigt, dass Sie mit den Patienten schlafen.«

Sie holte tief Luft und rief sich ins Gedächtnis, dass die Ermordung eines Colonels sie wahrscheinlich vor ein Exekutionskommando bringen würde. »Ich weiß nicht, was Sie zu Corporal Watson gesagt haben, Colonel, aber er ist weggerannt und hat sich bei den Leichen in der Sammelstelle versteckt.«

»Er hat *was* getan?«

»Sie haben richtig gehört. Er ist in schlechter Verfassung, Colonel. Kriegsneurose.«

»Ha! Ich glaube nicht an Kriegsneurosen. In Vietnam ist kein Platz für Feiglinge und Drückeberger.«

»Ace ist kein Drückeberger! Er hat wegen seines Alters geschwindelt, weil er unbedingt zur Armee wollte! Er ist noch nicht mal siebzehn!«

Das machte keinen Eindruck auf Osterreicher. »Er wollte also kämpfen. Jetzt sind seine Wunden verheilt und er könnte zu seinen Kumpels an die Front zurück.«

»Dieser Junge verlässt das Lazarett nicht, bevor Dr. Kaye

es genehmigt«, sagte Robin entschlossen. Sie wurde richtig wütend.

»Gut, wo ist Dr. Kaye?«

»Nicht im Dienst.«

»Dann spreche ich morgen früh mit ihm.«

»Schön.« Diesmal war sie so schlau, sich nicht von der Stelle zu rühren. Sie stand da und wartete, bis er sich schließlich umdrehte und ging.

Früh am nächsten Morgen kam sie angeeilt, um zu sehen, wie es Ace Watson ging. Norma McClure, die die Nachtschicht gehabt hatte und gerade von der Station kam, sagte: »Guten Morgen«, hielt inne, wollte weitergehen und änderte dann ihre Meinung. »Robin? Dr. Osterreicher war vor einer Stunde hier.«

»Um sechs Uhr morgens?« Ihr Magen verkrampfte sich. »Um nach Corporal Watson zu sehen?«

»Ja. Um Mitternacht war er auch schon mal da.« Robin sah, dass Norma hin- und hergerissen war. Sie richtete sich stets nach den Regeln und Vorschriften. Außerdem hatte sie große Ehrfurcht vor Ärzten.

»Was hat er verbrochen?«

»Na ja… es war kein *Verbrechen*, Robin. Du musst nicht immer so dramatisieren.«

»Schon gut, also: Was hat er getan?«

»Na ja …er hat Watson Propaphenin gegeben.«

»Ach nein, wirklich?« Robin machte auf dem Absatz kehrt, um loszulaufen und Harry zu suchen.

»Warte, Robin, er ist reingekommen, um mit Ace zu reden und –«

Doch Robin wartete nicht. Sie wusste, dass es auf keinen Fall gut für Ace gewesen war. Sie stürmte in Harrys »Büro«, einen kleinen Raum neben dem OP, wo sie Dr. Jay Silverman beim Tippen eines Krankenberichts vorfand.

»Harry? Der ist gegen fünf Uhr weg mit einem von den französischen Ärzten. Ein Dorf weiter oben an der Küste, dessen Namen ich vergessen habe, wurde letzte Nacht angegriffen. Viele Verwundete. Kann ich helfen?«

»Nein, verdammt! Tut mir Leid, Jay, aber – Ach, was soll's. Würden Sie ihn, wenn er zurückkommt, auf die Wachstation schicken?«

»Klar doch!« Jay wandte sich wieder seinen Zweifingerübungen auf der zerbeulten Schreibmaschine zu.

Auf ihrem Weg zurück zum Zelt hörte sie das vertraute Geräusch eines ankommenden Hubschraubers und die Rufe: »Verwundete im Anflug!« Sie rannte.

Als sie das nächste Mal an Ace und Colonel Osterreicher dachte, war es fünf Uhr nachmittags. Sie hatten drei Männer zusammengeflickt, einen auf dem OP-Tisch verloren und dann fünf Vietnamesen aus dem bombardierten Dorf versorgt, die Harry im LKW mitgenommen hatte. Als sie ins Freie traten, um ein bisschen Luft zu schnappen, war es Harry, der sagte: »Gucken wir mal, was Ace macht, ja?«

»Oh Gott, ich fasse es nicht, dass ich ihn völlig vergessen habe! Hör mal –« Sie berichtete ihm von Ostereichers mitternächtlichem Besuch.

»Die dreckige Ratte!«, sagte Harry in seiner besten Cagney-Imitation.

Ace war nicht in seinem Bett. Da lag jemand anders. Sie standen da und starrten den neuen Patienten an. Als Robin aufschaute, sah sie Colonel Osterreicher mit selbstgefälliger Miene auf sie zukommen.

»Falls Sie Corporal Watson suchen, der hat beschlossen, sich wieder bei seiner Einheit zu melden«, sagte er.

»Was haben Sie mit ihm gemacht?«, wollte Robin wissen. Es war ihr egal, ob er sie vors Kriegsgericht brachte.

»Wir hatten eine schöne, lange Sitzung, und ihm wurde klar, dass es das war, was er wollte. Ihm fehlte überhaupt nichts.«

»Er war verängstigt«, sagte Robin.

»Nun, das bin ich auch. Sind wir das nicht alle? Wenn wir keine Angst hätten, wären wir verrückt. Hab ich nicht Recht, Captain Kaye?«

»Der junge Mann wird da draußen einen Zusammenbruch erleiden, Colonel«, meinte Harry.

»Der bricht nicht zusammen. Er hatte eine situationsbedingte akute Reaktion, keine Psychose ...«

»Ach, wirklich?«, unterbrach Robin ihn wütend. »Haben Sie ihn deshalb mit Propaphenin voll gepumpt?«

Es herrschte gefährliches Schweigen. Dann: »Denken Sie dran, Schwester«

»Lieutenant.«

»Dann eben Lieutenant. Denken Sie dran, dass dies hier ein Feldlazarett ist. Sie sind in diesem Hospital, um die Chancen jedes einzelnen Soldaten, an die Front zurückzukehren, zu maximieren. Das ist Ihre Aufgabe. Ich schlage vor, dass Sie aufhören, sich von jedem verschreckten Jungen beeinflussen zu lassen, und Ihre Aufgabe erledigen.«

Robin stand ganz still da und erwog ihre Möglichkeiten. Sie hatte keine. Also ging sie hinüber ins Kasino und wartete, während Joe ihr ohne ein Wort etwas in ein Glas goss. Sie wusste nicht, was es war, so stark war der metallische Beigeschmack des Zorns in ihrem Mund. Sie schüttete es hinunter und bat mit einem Kopfnicken um ein weiteres Glas. Doch als sie es hochhob, streckte sich von hinten eine Hand vor und nahm es ihr weg. Es war Harry. Sie schlang die Arme um seine Taille und vergrub ihren Kopf an seiner Brust. Harry machte sich sanft los und zog sie vom Hocker. »Ich verspreche dir was, meine Süße. Falls mir jemals zu Ohren kommt, dass Ace gefallen ist oder sich auch nur beim Rasieren geschnitten hat, werde ich Colonel Osterreicher eigenhändig umbringen.«

Sie lächelte unsicher. »Langsam? Qualvoll?«

»Er wird an einer Million Stiche sterben.«

»Okay. Und wirst du mich jetzt lieben?«

»Endlos. Du wirst an einer Million Stöße sterben.«

»Oh Gott, Harry, was würde ich bloß tun, wenn du nicht da wärst und mich zum Lachen brächtest?«

»Das wollen wir gar nicht wissen. Lass uns stattdessen feststellen, wie lange wir vögeln können. Der Erste von uns, der ›Ich ergebe mich‹ schreit, gibt die Drinks aus. Abgemacht?«

»Abgemacht.«

Und als sie losspazierten, die Arme umeinander gelegt, lachten sie tatsächlich.

38

Januar 1968

Oh nein, nicht schon wieder! Robin zog die Knie an die Brust und schluckte, um die Übelkeit zurückzudrängen. Gut so, geh weg, weg mit dir! Sie hasste dieses Gefühl vor allem, weil es anscheinend nie etwas zu erbrechen gab. Sie *konnte* nicht krank sein. Sie *konnte* sich nicht die Zeit dafür nehmen, mit irgendeiner komischen Magengeschichte im Bett zu bleiben.

»Alles in Ordnung, Malone?« Pam schaute neugierig zu ihr herüber.

»Klar.«

»Du siehst nicht besonders gut aus.«

»Mir fehlt nichts, okay? Müssen die Hotdogs gewesen sein. Manchmal vertrage ich sie nicht.«

»Dir ist jetzt seit einer Woche jeden Tag schlecht«, sagte Norma McClure auf die bestimmte Weise, die sie an sich hatte. »Vielleicht solltest du mal zum Arzt.«

»Ich bin dauernd beim Arzt«, versuchte Robin anzüglich zu entgegnen, doch erneut stieg Übelkeit in ihrer Kehle auf, und sie hielt den Mund. Für alle Fälle.

»Wenn Symptome länger als eine Woche andauern«, hub Norma an.

»Mit mir ist alles in Ordnung, McClure. Lass mich in Ruhe, ja?«

Aber es war nicht alles in Ordnung, und Norma hatte Recht. Sie sollte mit einem von den Ärzten reden. Das Problem war nur, dass sie alle so gute Freunde waren. Und Harry, dem sie ihre Schwierigkeiten ohne weiteres anvertraut hätte, war oben an der Küste im chirurgischen Krankenhaus von Phu Bai, um eine neue Operationstechnik für Schädelwunden zu erlernen. Er war seit drei Tagen weg und würde erst Ende der Woche wiederkommen. Ihre Übelkeit konnte warten, beschloss Robin, bis er zurück war. Sie vermisste ihn, vermisste seine Witzeleien, die Art und Weise, wie er sich nachts an sie schmiegte, vermisste es, mitten in der Nacht aufzuwachen und festzustellen, dass sie sich liebten. Im Schlaf!

Der Sand am Strand war noch warm von der Hitze des Tages und direkt vor ihnen erglühte ein prächtiger Sonnenuntergang in Purpur, Orange und Rosa. Zum Glück herrschte Waffenstillstand, sodass nicht so viel zu tun war. Deshalb hatte Harry auch eine Woche freinehmen können. Die drei Krankenschwestern waren heute Abend einzeln an den Strand gekommen, um die Sterne zu betrachten und dem sanften Zischen und Klatschen der Wellen zu lauschen, die ans Ufer schlugen. Robin stellte sich immer vor, dass diese Wellen an der Küste Kaliforniens ihren Ursprung hatten, und sie begrüßte sie schweigend: *Hallo, San Francisco … Hallo, Santa Clara, Santa Barbara, San Diego, Santa Cruz.* Sie war nicht einmal ganz sicher, dass diese Städte alle an der Küste lagen, doch der Klang ihrer Namen wogte und wallte wie das Meer. Wie die Galle, die ihr in der Kehle hochstieg, verdammt noch mal! Erneut schluckte sie kräftig, um sie zurückzudrängen.

Die drei saßen nicht oft beieinander. Sie und Pam natürlich schon – sie waren beste Freundinnen. Aber Norma war so spießig und zimperlich. Robin hatte stets das Gefühl, dass McClure sie verurteilte und wegen ihres Liebeslebens und ihrer Trinkerei verachtete. Norma konnte sie mal. Was sie dachte, war ihr schnuppe. Aber es war nicht besonders angenehm in ihrer Gegenwart. Robin sammelte ihre Gedanken und konzentrierte sich auf das Gespräch.

Pam redete gerade davon, wie sie immer gezwungen gewesen sei, »Ja, Sir« und »No, Ma'am« zu sagen, als sie in der Nervenklinik im Norden des Staates New York gearbeitet hatte. »Ich konnte keine einzige Entscheidung selbstständig fällen. Es war mein erster Job, und ich fing an, mich zu fragen, wieso ich je geglaubt hatte, Krankenschwester sei der beste Beruf auf der Welt.« An dieser Stelle folgte eine winzige Pause und Robin hielt die Luft an. Aber Pam sagte nicht: »Und dann beging einer von meinen Patienten Selbstmord – ach, übrigens, McClure, es war Robins Bruder.« Das würde sie nie tun. *Albern von mir, dass ich mir Sorgen mache,* dachte Robin.

»Also wurde ich OP-Schwester in der Annahme, da sei es besser«, fuhr Pamela fort. »Ich wusste nicht, dass Chirurgen noch gefühlloser sind als Psychiater. Harry natürlich nicht, Rob, aber ihr wisst schon, was ich meine. In der normalen Welt haben Krankenschwestern keinerlei Macht. Man gehört den Ärzten. Man ist eine beschissene Sklavin! Entschuldige, McClure. Hier ist es ganz anders. Ich liebe meine Arbeit. Ist das nicht schrecklich? Diese Jungs – in New York wäre ich vielleicht mit ihnen ausgegangen. Und wenn sie hierher kommen, sind sie schwer verletzt! Mit so fürchterlichen Wunden. Letztes Jahr, bevor ihr beide kamt, lag hier ein Infanterist, den hatte eine versteckte Bombe erwischt. Beide Arme, beide Beine! Ich habe richtig geweint. Wie konnte ich ihn so zu seiner Mutter zurückschicken? Zu seiner Familie? Aber trotzdem – diejenigen, die man rettet – ich habe das Gefühl, ich tue etwas Richtiges …«

»Warte mal«, sagte Robin. »Was ist passiert? Mit dem Verletzten? Hast du ihn nach Hause geschickt? Mein Gott, was hat seine Mutter bloß *getan*? Stellt euch mal vor, was für ein Anblick das für sie war!« Sie schauderte.

»Er ist gestorben«, sagte Pam mit merkwürdig ausdrucksloser Stimme. Norma bekreuzigte sich. »Na ja, er wollte sterben«, fuhr Pam fort. »Er bettelte – Egal.«

»Nein, was? Was? Los, Boonesie! Erzähl uns die Geschichte.«

»Da gibt es nichts zu erzählen. Er war unglücklich. Er war schwer verletzt. Er wollte nicht mehr leben und er starb. Das ist alles.«

Robin beäugte ihre Freundin, die auch nach zweieinhalb Jahren Vietnam immer noch frisch und gesund aussah. Wie ein Bauernmädchen, als das ihr Vater sie bezeichnet hatte. Robin fragte sich, ob das flachshaarige Bauernmädchen dem Jungen ohne Arme und Beine wohl zufällig mit Absicht eine Überdosis verpasst hatte, damit er sterben konnte.

Das war allerdings nicht, was man laut fragen konnte, schon gar nicht in Gegenwart von McClure. Norma meinte: »Ich habe in einem katholischen Krankenhaus gearbeitet. Als ich zur Armee ging, sagten alle: ›Oh Norma, du hast so ein behütetes Leben geführt. Die Armee ist viel zu hart für dich.‹ Aber die hatten keine Ausbildung bei den guten Schwestern gehabt!« Sie lachte, wodurch sie menschlicher klang als üblich. »Bei denen musste man ackern, bis alles *perfekt* war, und wenn man krank war, na ja, dann war noch schwerere Arbeit nur gut gegen das Fieber. Ich sage euch, nach den Schwestern am Good Mercy Hospital und dann am St. Francis Xavier war die Armee ein Klacks!«

Darüber lachten sie alle, und dann fragte McClure: »Was ist mit dir, Malone? Was ist deine Geschichte?«

Robin kämpfte ihre Übelkeit nieder und rezitierte: »›Wie du einen Krieg in den Griff bekommst: Wunde für Wunde. Mensch für Mensch. Mit all deinem Geschick als Pflegerin.

Mit aller Fröhlichkeit, die du im Herzen hast. Du tust es, weil du es willst. Du tust es, weil du Lazarettkrankenschwester bist. Das Sanitätskorps der Armee.‹ TRARA!«

»Daran erinnere ich mich«, sagte Norma. »Das war ziemlich gut.«

»Ziemlich gut!«, protestierte Robin. »Mensch, das war eine phantastische Rekrutenwerbung! Sie hat mich hierher gebracht, und dabei finde ich, wir dürften in diesem Land überhaupt keinen Krieg führen!«

»Du willst doch nicht, dass die Kommunisten gewinnen!«, sagte Norma schockiert.

»Das glaubst du? Ich nicht. Ich hasse diesen verdammten Krieg. Ich halte ihn für eine Dummheit. Ich hasse die ganze Kriegspropaganda – auf die du, McClure, reingefallen bist. Aber als ich dann in einem Veteranenhospital an der Küste die Notfallausbildung machte, sah ich die Verwundeten, die da eingeliefert wurden. Dieser Krieg beschädigt junge Männer, Kinder eigentlich noch, nimmt ihnen Arme und Beine und Augen und manchmal –« Sie hielt inne und schluckte. »– den Verstand.« So viele von ihnen waren ebenso verrückt wie Sandy, sagten ähnliche Dinge, wussten nicht, was real war und was nicht. Sie waren es, die Verwundeten, die laufen konnten, die mit dem verwirrten Geist, die sie ihre Entscheidung für Vietnam treffen ließen.

»Wo gehobelt wird, fallen nun mal Späne«, meinte Norma, jetzt wieder ganz die Alte.

»Hör mal, McClure, weißt du überhaupt, wieso wir hier sind? Ich meine nicht uns drei, sondern die Vereinigten Staaten. Weißt du, warum wir mit den Vietnamesen gegen Vietnamesen kämpfen?«, fragte Pam.

»Nun, Boonesie, es gibt da so was, das nennt sich Domino Effekt. Wir lassen zu, dass ein Land kommunistisch wird, dann wird es auch das nächste, und dann –«

»Oh, McClure, verschone mich! Das ist doch nur ein Vorwand, um das Land in den Krieg zu treiben und die Wirtschaft anzukurbeln.«

»Und *das* ist unpatriotisch und unamerikanisch!« Einen Moment lang sprach keine, dann brachen sie alle in Gelächter aus. »Ganz schön abgedroschen, was?«, fügte Norma hinzu. Aber Robin wusste, dass sie es ernst gemeint hatte. Norma hatte das alles gefressen und geschluckt und spuckte es aus, wenn das Thema zur Sprache kam. Viele Krankenschwestern waren so. Viele Ärzte ebenfalls. Zum Teufel, es gab sogar *Infanteristen*, die glaubten, dass sie hier für etwas kämpften!

Doch wieso über Politik reden in einer so schönen, friedlichen Nacht mit Milliarden von Sternen? Sie konnten die Jukebox im Kasino dudeln und alle »I'll be there« und »Take a good look at my face« mitsingen hören. Sie sangen auch mit. Jemand spielte »Shout!«, und sie hörten die ganze Bande bei Joe singen und rufen und lachen. Vermutlich auch tanzen. Ganz in der Nähe hatten ein paar Soldaten ein Feuer gemacht und grillten Hamburger. Der vertraute Geruch nach Fett trieb in ihre Richtung und plötzlich musste Robin sich erbrechen. Es passierte so schnell, dass sie nicht weit laufen konnte. Daher waren ihr gebeugter Rücken und die zuckenden Schultern für alle gut sichtbar.

Einer von den Infanteristen schrie: »Können wir helfen?« Pam schrie zurück: »Wir sind Krankenschwestern!« Pam war neben ihr und hielt ihr die Stirn, bis es vorüber war. Dann nahm sie einen nassen Schal, den Norma ins Meer getaucht hatte, und wischte Robin Gesicht und Nacken damit ab.

»Ich glaube, ich habe des Rätsels Lösung«, sagte Pam. »Los, geh zurück. Ich vergrabe die Schweinerei im Sand.« Als sie alle wieder gemütlich saßen, fing Pam an, an den Fingern abzuzählen. »Du bist ständig müde. Dir ist übel. Du denkst, du wirst zu dick.«

»Werde ich auch! Meine Hosen passen mir nicht mehr!«

»Halt den Mund, Malone, und hör zur Abwechslung mal zu. Also, wo war ich? Ach ja. Du denkst; du wirst zu dick. Du könntest jeden Nachmittag glatt einschlafen. Und jetzt pass auf: Vor ein paar Tagen hast du mir erzählt, dass deine Periode lange überfällig ist. Du bist Krankenschwester, Malone, also sag schon. Was ist los mit dir? Na?« Sie machte ein blödes Gesicht. »Willst du raten?«

Das Licht ging auf. »Oh, mein Gott! Oh, Scheiße! Oh nein! Entschuldige, McClure. Oh, Scheiße!«

»Was ist?«, wollte Norma wissen. Pam stöhnte, und Robin sagte: »Um Himmels willen, McClure, ich bin schwanger.« Oh Gott, sie war schwanger und sie durfte kein Kind kriegen. Nicht mit ihrer Familiengeschichte. Sie wollte kein Kind hegen und pflegen, nur um es dann dem Wahnsinn anheim fallen zu sehen. Niemals. Nachdem Sandy gestorben war, hatte sie sich das gelobt. Mit der Schizophrenie in ihrer Familie sollte hier und jetzt Schluss sein.

Norma fragte: »Wie konnte das passieren?«

»Darüber haben die guten Schwestern dich doch sicherlich nicht im Unklaren gelassen.«

»Nein, natürlich nicht. Aber wie –? Ach so.«

»Nicht ›Ach so‹. Harry«, sagte Pam.

»Hör zu, Norma«, sagte Robin. »Ich will nicht, dass er was erfährt, verstehst du? Aus Gründen, auf die ich nicht näher eingehen kann, werde ich diese Schwangerschaft abbrechen. Nur ein Sterbenswörtchen von dir zu ihm, und ich bringe dich um.« Norma schniefte beleidigt.

Pam meinte, es sei nicht fair, dass Robin eine solch wichtige Entscheidung allein fällte. Schließlich habe der Vater vielleicht andere Vorstellungen ...

Robin fuhr Pam heftig an: »Es ist fair. In diesem Fall ist es mehr als fair, es ist die einzige Möglichkeit! Wie du sehr wohl weißt!«

»Nichts ist absolut«, sagte Pam. »Nichts ist sicher.«

Robin starrte sie nur frustriert und traurig an. Sie wusste, was die Freundin ihr damit sagen wollte: dass das Kind nicht unbedingt schizophren werden musste. Schließlich war weder sie es noch ihre Mutter. Und Gran übrigens auch nicht. Aber wie konnte ein vernünftiger Mensch bei einem unschuldigen Baby ein solches Risiko eingehen? Wenn Pam das nicht verstand, würde Harry es auch nicht verstehen. Niemand verstand es! Es war etwas, mit dem sie ganz allein war.

Als Pam Robins unglückliche Miene sah, wollte sie zu ihr hinübergehen, den Arm um sie legen und ihr sagen, dass sie sie verstehe. Ihr war völlig klar, wovor Robin Angst hatte. Doch bevor sie das tun konnte, erhob Robin sich und lief davon, zweifellos in Richtung Bar. Aber später, als Pam in die Bar kam, meinte Joe, sie sei da gewesen, habe sich eine Flasche gegriffen und sei gleich wieder weg. Also ging Pam in ihre Unterkunft, um sie daran zu hindern, sich sinnlos zu betrinken. Da war Robin aber auch nicht. Pam ging zurück zu Joe. Ein total süßer Marine, der ihr schöne Augen machte, seit er ins Eins-Sechs-Eins gekommen war, stand ebenfalls dort, und sie wollte rauskriegen, ob er so interessant war, wie er aussah. Und was soll man sagen – er war es. Also tanzte sie ein bisschen und trank ein bisschen und schäkerte ein bisschen – nun ja, mehr als ein bisschen. Als sie gegen Tagesanbruch in ihre Unterkunft stolperte, nahm sie an, dass sie Robin dort halb ohnmächtig auf ihrem Bett vorfinden würde. Aber Robin war nicht in ihrem Bett. Wo zum Teufel steckte sie?

Wie gerufen, kam Robin genau in diesem Moment mit trüben Augen herein. Sie sah aus wie der Tod auf Urlaub. Pam hoffte inständig, dass sie sich nicht irgendeinem Soldaten an den Hals geworfen hatte, nur um zu vergessen. Sie hatte Harry Kaye sehr gern. Er spielte ein bisschen den wilden Mann, jedenfalls redete er so, aber sie hatte gesehen, wie er Robin anschaute. Er war verrückt nach ihr. Pam wusste, dass

Robin in den Staaten von irgendeinem Trottel von Arzt sitzen gelassen worden war. »In die Ecke gestellt wie ein Haufen stinkender Müll«, formulierte Robin es einmal, als sie Kriegsgeschichten austauschten. »Ohne ein Wort. Und dann musste ich weiter mit ihm zusammenarbeiten, wobei er so tat, als wäre ich gar nicht vorhanden.«

Eine solche Erfahrung konnte einen misstrauisch gegenüber Männern machen, und Robin hatte eine Mauer um sich errichtet, die ungefähr eine Meile dick war. Aber Harry war dabei, sie zu durchbrechen, und er war gut für sie. Er schien Frauen tatsächlich zu mögen, was reichlich ungewöhnlich war. Um Harrys willen war Pam sauer auf Robin. »Wo zum Teufel warst du?«, fragte sie.

»Ich habe in der Leichensammelstelle geschlafen, bei den Toten.«

»Du hast *was*?«

»Na ja, da ist es schön ruhig, und ich wusste, das ich mit einem teuflischen Kater aufwachen würde.« Ihrem abweisenden Ton nach war es offenkundig, dass Robin keine Fragen beantworten oder sonst wie reden wollte. Wenigstens war sie nicht zu allem Überfluss mit einem Fremden ins Bett gegangen.

Robin zog ihre Sachen aus und ging nach draußen, um zu duschen. Pam hatte dasselbe vor. Während sie sich einseiften, sagte Robin: »Ich will eine Abtreibung. Ich weiß, dass du dagegen bist, aber ich treibe ab.«

»Warum erzählst du es mir dann?«

»Weil ich möchte, dass du mitkommst, Pam, okay? Weil ich nicht allein sein will. Weil ich es eigentlich nicht will, doch ich muss –« Die Stimme versagte ihr, und sie stockte, weil sie weinen musste. Gott, es war schrecklich, ihre Freundin weinen zu sehen und nichts tun zu können. Trotzdem war Pam froh, dass Robin nicht ganz so abgebrüht war, wie sie sich meistens zeigte. »Wir fragen Li Chi«, sagte Pam, wobei sie tat, als bemerkte sie die Tränen nicht. »Wenn irgendjemand weiß, wer Abtreibungen vornimmt, dann sie.«

Li Chi war ihr Dienstmädchen. Während sie duschten, kam sie auf ihrem alten Rad aus Bu Hoy, dem Dorf, das ein Stück weiter unten an der Straße lag, angefahren. Munter und geschäftig räumte sie die Unterkunft auf und las die schmutzige Wäsche zusammen. Li Chi war ihnen ein Rätsel, wie alle Vietnamesinnen. Sie sprachen Französisch, und die meisten hatten auch schon etwas Englisch gelernt, also waren sie offensichtlich intelligent. Und trotzdem arbeiteten sie hier für ein paar Krankenschwestern und Doughnut Dollies und die eine oder andere Truppenbetreuerin. Befriedigend war das bestimmt nicht für sie, aber Li Chi war stets höflich und freundlich, immer bereit und willens, zu tun und zu machen oder zu holen und zu bringen, was man wollte. Außerdem war sie eine gute Zuhörerin. Pam war allerdings schnell aufgefallen, dass die Vietnamesin nie Informationen über sich selbst, ihr Leben oder ihre Ansichten preisgab. Sie war Pam ein Rätsel; sie hoffte bloß, dass sie nicht bei den Vietcong war. Das waren nämlich viele.

Li Chi verzog keine Miene, lauschte nur aufmerksam und sagte dann: »Gewiss. In meinem Dorf haben wir ein Abtreibungszentrum.«

»Ein Abtreibungs*zentrum?*« Robin schaute halb belustigt, halb schockiert drein.

Li Chi räusperte sich dezent und sagte: »Viele Mädchen werden schwanger von amerikanischen Soldaten und Marines.« *Natürlich,* dachte Pam, *wie dumm von uns.* Sie schämte sich ein wenig. Li Chi ging nicht ausführlicher darauf ein, doch Pam wusste sehr wohl, dass Mischlingskinder in Vietnam geächtet wurden. Deshalb setzten viele Mütter ihre Babys aus. In dieser Gegend landeten diese Säuglinge meistens in dem von französischen Nonnen geleiteten Waisenhaus des Hospitals von Bu Hoy.

Sicher, einige Vietnamesinnen verliebten sich auch in ihre amerikanischen Freunde, lebten mit ihnen zusammen und zogen die Kinder aus diesen Verbindungen groß. Pam taten sie immer Leid. Sie glaubten wirklich, die Männer würden sie mit in die USA nehmen. Oder dableiben und sich in Bu Hoy oder einem anderen Nest niederlassen. Klar doch. Als wenn sie geglaubt hätte, der niedliche Marine, der sie letzte Nacht so gut gefickt hatte, sei ihr Prinz auf dem weißen Pferd und werde heute Abend mit einem Ehering aufkreuzen!

Noch am selben Nachmittag organisierte Pam einen Jeep, und die drei – Pam, eine bleiche Robin und Li Chi – holperten die Schotterstraße entlang auf das Dorf zu. Pam, die am Steuer saß, warf immer wieder verstohlene Blicke auf Robin, die von Minute zu Minute blasser und verschwitzter aussah. Schließlich fuhr sie an den Straßenrand und hielt an.

»Was ist los?«, fragte Robin. »Sag bloß nicht, das Benzin ist alle!«

»Es ist deinetwegen, Robbie. Du siehst grauenvoll aus. Du siehst aus, als hättest du Todesangst. Wenn du deine Meinung geändert hast, sag Bescheid, und wir kehren um.«

Robin starrte sic cincn Augenblick ausdruckslos an und fing dann an kreischend zu lachen. Als sie wieder sprechen konnte, sagte sie: »Meine Meinung geändert? Nein. Es ist dein Fahrstil, Pammie. Der würde jeden zu Tode ängstigen!«

Pam weigerte sich zu lachen, obwohl sie doch ein bisschen grinsen musste. »So schlecht fahre ich nicht. *Wirklich* nicht. Bist du sicher, dass du die Sache durchziehen willst?«

»Auf jeden Fall.« Robin holte tief Luft. »Hör zu, Pam, ich weiß, dass du es gut meinst, aber meine Großmutter war Ärztin und hat Abtreibungen vorgenommen und mit Kräutern und solchen Sachen Schwangerschaften beendet ... Wir stammen teilweise von Indianern ab, weißt du, und die Frauen in ihrer Familie waren alle Heilerinnen und Hexen ... Nein, ehrlich. Sie sagte, bei ihnen habe es nie mehr

Babys gegeben, als erwünscht waren. Sie benutzten alle möglichen Mittel, Pflanzen und manchmal – Zauberkraft.« Sie warf Pam einen raschen Blick zu, doch der war nicht zum Lachen zu Mute. *Sie* war mit einer Großmutter aufgewachsen, die glaubte, dass man noch vor dem Abendessen weinen würde, wenn man vor dem Frühstück sang, und dergleichen.

»Jedenfalls – nein, ich habe keine Angst«, schloss Robin. »Und ja, ich bin sicher. Okay?«

Also ließ Pam den Motor wieder an und fuhr nach Bu Hoy. Das Dorf bestand aus einer merkwürdigen Ansammlung von Hütten, Baracken und großen, stabilen Häusern so wie dem Hospital samt einem großen Gelände, wo die Nonnen lebten und ihr Waisenhaus unterhielten. Der Boden war flach getretene Erde, aber einige Bäume standen noch und spendeten Schatten für die unter ihnen scharrenden Hühner. Kinder hockten im Staub und spielten, und ab und zu kam eine Frau vorbei, die Wasser oder Nahrungsmittel trug. Der Ort erschien Pam seltsam leblos, obgleich sie überzeugt davon war, dass dort, wo die »Langnasen« nicht hinsehen konnten, sich das eigentliche Leben abspielte.

Li Chi führte sie zu einem kleinen Gebäude hinter dem Krankenhaus. Ein älterer Mann kam heraus, hörte sich an, was sie sagte, und bat sie mit einer Verbeugung nach drinnen. Pam hatte grässliche Angst, denn der Raum kam ihr nicht gerade antiseptisch vor: Wo war der Apparat zum Sterilisieren? Wo waren die Tröpfe? Es gab nicht mal kochendes Wasser.

Sie nahm Robin beiseite und fragte: »Willst du das wirklich machen? Vielleicht sollten wir nach Saigon in ein amerikanisches Krankenhaus gehen.«

»Nein. Ist schon gut. Vietnamesinnen treiben hier ja auch ab, oder? Hör auf, Pam. Du weißt genau, dass es in Vietnam nicht mittelalterlich zugeht. Und wenn es Komplikationen gibt, ist ja immer noch *le docteur* Racine da.«

Robin meinte den nett aussehenden älteren französischen

Arzt, der Hospital und Waisenhaus leitete, und der sicherlich dieselbe Medizinersprache sprach wie ihre eigenen Ärzte. Wo also lag das Problem, fragte sich Pamela. Blitzartig wurde es ihr klar. Ihr Problem war, dass sie sich wünschte, sie wäre in einen netten, witzigen Mann wie Harry Kaye verliebt und erwartete ein Kind von ihm. Sie würde nicht abtreiben. Sie würde in ein Flugzeug springen und nach Hause fliegen. Aber Robin hatte ihre Gründe, und – rief Pam sich ins Gedächtnis zurück – *dies ist Robins Schwangerschaft, nicht meine.*

Also wurde alles vorbereitet. Pam sagte, sie sei Krankenschwester und wäre gern dabei, wurde jedoch rausgeworfen. Sie ging auf und ab wie ein werdender … Jetzt hör aber auf, Pamela, dachte sie. Hör einfach auf damit. Später, auf dem Rückweg nach Moonlight Bay, fuhr sie sehr langsam, weil Robin schrecklich aussah, als ob ihr sämtliche Lebenssäfte aus dem Körper gesaugt worden wären und nicht nur eine kleine Ansammlung von Zellen.

Robin hätte die Frau umbringen können! Sie hatte Norma Schweigen abverlangt, und Norma hatte eingewilligt, verdammt noch mal! Jetzt behauptete Norma: »Nein, habe ich nicht. Ich würde so etwas nie gutheißen. Abtreibung ist Mord, eine Todsünde.«

Robin hätte am liebsten ein Messer genommen und damit auf sie eingestochen. Ihr Kopf dröhnte, so wütend war sie.

»Ich werde nie, nie wieder mit dir reden, McClure. Das bedeutet dir vielleicht nichts, aber ich sage dir, auf meiner Abschussliste bist du die Nummer eins. Für immer!«

»Es war Mord und eine Todsünde«, sagte Norma, selbstgefällig in ihrer Gewissheit.

»McClure, ich bin nicht katholisch. Ich bin Indianerin. Für mich ist das keine Todsünde. Kapiert?«

»Und wenn du Hottentottin wärst, es ist immer noch Mord und eine Todsünde.«

Robin hatte genug. »Geh mir aus den Augen, McClure. Hörst du? Sonst passiert nämlich ein *echter* Mord! Hau ab! *Hau ab!*«

Doch was nützte das? Norma, das Luder, hatte Harry alles erzählt, und Harry war stinksauer. Sie hatten eine wunderbare, leidenschaftliche Liebesnacht erlebt, nachdem er zurückgekehrt war. Sie hatte noch lange, nachdem er eingeschlafen war, in seinen Armen gelegen, seinem tiefen, gleichmäßigen Atem gelauscht und seinen herrlich vertrauten Geruch in sich eingesogen. Sie fühlte sich, als ob sie schwebte, so friedvoll war ihr zu Mute. *Ich liebe dich; dies ist das Wahre. Ich liebe dich wirklich*, sagte sie ihm wortlos und wusste, dass sie noch nie so nahezu vollkommen glücklich gewesen war.

Am nächsten Tag dann kam er, als sie gerade nach den Patienten sah, hereinmarschiert, kein Lächeln, kein Zwinkern, und sagte nur mit gepresster, leiser Stimme: »Komm mit raus. Sofort.«

War sie blöd? Sie hatte keine Ahnung, was los war. Ihr war nie der Gedanke gekommen, dass Norma sie verpfeifen würde. »Was hast du?«, fragte sie, als sie draußen waren.

»Los«, sagte er, »gehen wir ein Stück.« Als er auf ihre Unterkunft zuging, fragte sie neckend: »Planst du eine Matinee? Bist du denn nie müde?«

Er flachste nicht zurück. Er hielt ihre Hand, schaute sie aber nicht an. Sein Blick war zu Boden gerichtet. Schließlich sagte er: »Was um alles in der Welt hast du dir dabei gedacht, unser Kind zu töten?«

»Harry … hör zu.« Sie blieb stehen.

»Nein, Baby, jetzt hörst *du* zu und zwar gut.« Er zerrte sie weiter. »Ich bin derjenige hier, der den Frauen nichts vormacht. Ich sage nicht ›ich liebe dich‹, wenn ich dich bloß ficken will. Ich lüge dir nichts über eine Ehe oder Verlobung vor. Weißt du eigentlich, was für ein verfluchtes Glück du hast? Was zum Teufel hast du dir dabei gedacht, Malone? Du hattest kein Recht dazu. Nicht, bevor du mit mir darüber geredet hast.«

»Harry, du verstehst nicht –«

Er blieb stehen und sah sie durchdringend an. »Ganz genau, ich verstehe es nicht. Wie *konntest* du, Malone? Ich dachte, du liebst mich.«

»Harry, das tue ich doch.«

»Ich liebe *dich* jedenfalls. Ich habe geglaubt, wir würden heiraten, wenn diese Sauerei hier vorbei ist, und ein paar Kinder haben. Ich bin Chirurg, du Irrsinnige! Mit dem, was ich mal verdiene, kann ich es mir leisten, zehn Kinder aufs College zu schicken! Wieso? Das ist alles, was ich wissen will. Wieso?« Er versuchte, Ruhe zu bewahren, aber sie merkte, dass er zutiefst verstört war. Er ging wieder weiter, so schnell, dass sie sich beeilen musste, um mit ihm Schritt zu halten.

»Wieso? Weil ich die Frau bin und diejenige, die die Kinder austragen muss. Ich finde, das verschafft mir ein paar extra Punkte. Ich wollte jetzt noch kein Baby, okay?«

»Nein. Nicht okay. Es war auch *mein* Baby, Malone. *Unser* Baby. Daran waren wir beide beteiligt, alle beide.«

»Sicher, aber nur einer von uns war schwanger, Harry. Nur einem von uns war von früh bis spät übel. Nur einer von uns konnte nicht –«

»Malone, Robin, Robbie, Baby. Ist dir nicht klar, dass Bingo dich nach Hause geschickt hätte, wenn du ihr erzählt hättest, dass du schwanger bist?«

»Ja, richtig. Und wie soll ich meine Arbeit tun, wenn ich in Kaliformen bin und den ganzen Tag kotze und aufgehe wie ein Hefekuchen?«

Sie hatten ihre Unterkunft erreicht, und er ging hinein, auf ihr kleines Zimmer zu. Sie folgte ihm. Sie setzten sich nicht; beide lehnten sich mit verschränkten Armen an die Wand.

»Genau«, sagte Harry. »Du wärst in Kalifornien.« Jetzt lächelte er. »Du wärst raus aus diesem beschissenen Krieg – den du hasst, erinnerst du dich? Du wärst zu Hause und schwanger und würdest auf mich warten. Genau da, wo ich dich haben möchte. Wo du hingehörst.«

Das gab den Ausschlag. »Wo ich hingehöre! Verdammt noch mal, Kaye, ich hätte wissen sollen, dass hinter der Fassade des netten Kerls, der einräumt, dass auch Frauen Verstand haben, auch nur ein Mann steckt, der meint, seine Frau müsse barfuß rumlaufen und schwanger werden, und Krankenschwestern seien Sklavinnen. Du willst, dass ich in die Staaten gehe, wo ich *hingehöre*? Wo ich nicht in der Lage wäre, irgendwelche Entscheidungen zu treffen! Wo ich die Oberschwester und den Arzt und die Großeltern des Patienten um Erlaubnis bitten müsste, bevor ich eine Braunüle rausnehmen dürfte, die eine Entzündung verursacht!« Sie merkte, dass er nicht versuchte, sie zu unterbrechen. Ihr war auch klar, dass sie völlig vom Thema abkam, doch das war ihr egal. »Hier bin ich am Drücker. Ich bestimme darüber, wer durchkommt und wer nicht! Hier bin ich ein richtiger Mensch mit einem richtigen Hirn. Aber das gefällt dir wohl nicht, oh nein. Du willst, dass ich zu Hause bleibe und mich *benehme*. Zum Teufel mit dir, Harry Kaye!« Sie fing an zu weinen.

»Robbie, du weißt, dass das nicht stimmt. Es ist nur, na ja – es war doch auch mein Baby, und jetzt ist es tot, und ich werde es nie in den A-Armen h-halten und –« Verdammt, nun weinte er, mit schrecklichen, würgenden Schluchzern.

»Oh Gott! Harry! Oh Gott, wein doch nicht! Es tut mir Leid! Es tut mir Leid!« Sie lief zu ihm, schlang ihm die Arme um die Taille und hätte ihm in einem plötzlichen Anfall fast die Wahrheit erzählt – über Sandy und ihre Familiengeschichte und alles.

Aber genau in diesem Moment hörten sie das Geräusch heftigen Artilleriefeuers. Sie eilten nach draußen, um festzustellen, woher es kam. Es war nicht allzu nahe, nicht so nahe, dass man Deckung suchen müsste, obgleich Gebäude in Kaskaden roten Lichts und feuriger Funken explodierten. Der Anblick war unheimlich und schön zugleich, und sie bemerkte, wie unwirklich er erschien. »Ist dir überhaupt je aufgefallen, wie unwirklich dieser ganze Krieg ist?«

»Nur nicht an der Front. Und im OP«, sagte Harry. Dann hörte der Beschuss auf und es war nur noch ein sanftes, rotes Glühen am Himmel zu sehen. Das sanfte rote Glühen stammte vermutlich von brennenden menschlichen Behausungen oder dem französischen Hospital oder der Abtreibungsklinik, dachte Robin mit einem Schaudern. Sie hätte in Stücke zerfetzt werden können. Konnte es noch werden. Es mochte unwirklich erscheinen, doch es war wirklicher als die Hölle.

Sie öffnete den Mund – jetzt wollte sie ihm von dem Familienfluch erzählen. Angesichts all dieser Zerstörung kam er ihr wie ein armseliges kleines Geheimnis vor. Aber er legte ihr die Hand auf den Mund, als sie ansetzte, und sagte: »Nicht jetzt, Baby. Was es auch ist, es hat Zeit. Gott, wir haben solches Glück, dass wir leben und uns haben. Ich möchte dich einfach nur lieben. Wer weiß, wann die Granaten hier einschlagen statt da drüben? Ich will dich einfach nur lieben, und du, Robbie, musst mich auch lieben. Du musst mich lieben wie verrückt!«

»Wie verrückt«, versprach Robin. Sie würde es ihm ein andermal erzählen. Sie hatten ja noch ihr ganzes Leben vor sich. Zeit genug.

39

Februar 1968

Sobald der Hubschrauber gelandet war, kamen Sanitäter mit den Verwundeten angeeilt und riefen ihnen die schlechten Nachrichten zu, während sie in den Triage-Bereich vor dem Lazarett rannten. »Hier sind fünf von der Geschützbasis Whiskey. In kritischem Zustand ... Beide unteren Extremitäten ... Granatsplitter ... Kopfverletzungen ...«

Sie brüllten Robin und Dr. Jay Silverman die wichtigsten Daten zu. Diese liefen neben ihnen her und entschieden anhand des Augenscheins, wer gerettet werden konnte und wer moribund war, und gaben entsprechende Anordnungen. Während sie noch mit der Triage beschäftigt waren, begannen die Sirenen zu heulen. Schon wieder ein Angriff! Erschöpft und ungläubig schaute Robin auf.

»Heiliger Bimbam!«, sagte Dr. Jay. Er war berühmt dafür, dass er nie fluchte. »Was ist los mit den Cong? Wissen sie nicht, dass es Tet ist, um Himmels willen?«

»Thoraxwunde! Infusion anlegen!«, rief Robin. Zu Dr. Jay sagte sie: »Es ist nicht Tet, das Fest. Es ist Tet, die Offensive, haben Sie das noch nicht gehört? Onkel Ho will siegen.«

»Meine Güte, ich wünschte, er würde mal Pause machen! Zwei Wochen schon, und kein Ende in Sicht.« Er schüttelte den Kopf und verlagerte die Zigarre, die immer zwischen seinen Zähnen klemmte, in den anderen Mundwinkel. Meistens war sie aus, doch das schien ihn nicht zu stören. »Hier brauchen wir 'ne Infusion und Vorbereitung auf OP!«

Am dreizehnten Januar hatten sich nach einem großen Essen am Strand alle zu einer Party bei Joe versammelt. Es herrschte Waffenruhe; überdies war Tet, das vietnamesische Neujahr, ein sehr wichtiges Fest. Jeder dachte, das ganze Land würde feiern. Bestimmt würden doch nicht mal die Vietcong während der Feiertage loslegen, oder? Irrtum. Der plötzliche, intensive Beschuss kam nicht nur für alle unerwartet, sondern fing außerdem überall gleichzeitig an, verschonte nichts und niemanden. Auch in der Nähe des Lazaretts war ständig Artilleriefeuer, weil es in diesem verdammten Krieg im Gegensatz zu anderen keine richtige Front und somit auch keine richtige Sicherheit hinter den Linien gab. Überall wurde gekämpft, aber Krankenhäuser beschoss man normalerweise nicht.

Diesmal war es anders. Jeden Tag hörten sie in Moonlight Bay mindestens zwei-, dreimal das Heulen der Sirenen und das Krachen der einschlagenden Granaten. Die Patienten kannten das Geräusch natürlich nur zu gut. Sie fingen dann an, nach ihren Waffen zu rufen oder die Fäuste zu schütteln und den unsichtbaren Feind anzuschreien: »Dies ist ein Lazarett, ihr blinden Schweinehunde!« Der Landeplatz war in zwei Tagen dreimal getroffen worden. Zum Glück konnten die Chinooks mit den Verwundeten noch landen. Manche Einrichtungen waren so schwer beschädigt, dass das Personal dort überhaupt nicht arbeiten konnte. Das Zweite Chirurgische Krankenhaus von Phu Bai war so oft angegriffen worden, dass alle in ihren Quartieren bleiben mussten. »In die Ecke getrieben und eingeschlossen«, hatte es im Radio geheißen. In Cam Ranh Bay kamen Pionierkomandos mit Maschinenpistolen an die Küste geschwommen, mähten die Arztunterkünfte nieder, jagten einen Wasserturm in die Luft und schossen auf einige draußen herumlaufende, nach Deckung suchende Patienten. Niemand war sicher. Das fanden sie bald heraus, als sie versuchten, per Funk um Hilfe und Nachschub zu bitten, und erfuhren, dass alle anderen sie gerade um Hilfe und Nachschub bitten wollten.

Robin warf einen Blick auf die nächste Trage und hätte sich fast abgewandt. Wie der Mann noch atmen konnte! Seine Brust war ein blutiges Loch. Während sie ihn betrachtete, stoppte sein Atem. *Tut mir Leid,* dachte sie, *aber du hättest bestimmt nicht weiterleben wollen. Falls wir dich hätten retten können, was ich bezweifle.* »Exitus«, sagte sie zu einem Sanitäter. »Bringen Sie ihn weg. Wer ist der Nächste?«

Sie hörte Dr. Jay schreien: »Röntgen! Schädel in zwei Ebenen!« Dann wandte er sich an sie. »Wir sind fertig hier, Malone. Gehen wir rein!« Die Sanitäter entluden noch, aber nur noch Tote. Die kamen immer als Letzte dran. Robin würde später in die Leichensammelstelle gehen oder eine der anderen Schwestern hin schicken, um zu entscheiden, welche Wunden verdeckt und ansehnlich hergerichtet werden mussten, bevor die Leichen nach Hause verschifft wurden. Das war das Mindeste, was sie tun konnten.

»Ich komme!« Sie rannte, weil sie musste, blieb wach, weil sie musste. Sie war so verdammt müde. Die Hitze war wie eine dicke Decke. Und der Zustrom der Verwundeten versiegte einfach nie. Gestern war einer der Sanitäter in den OP gekommen und hatte berichtet, sie hätten in dieser Woche bisher fünfzig Beine zusammengetragen, »und da sind die Arme noch nicht dabei, nur die Beine.« Einer der Ärzte hatte gemeint, der Sanitäter solle verschwinden, sie hätten keine Zeit für Statistiken. Nicht einmal Zeit, tief Luft zu holen. So etwas hatten sie seit ihrer Ankunft noch nicht erlebt. Ein Alptraum.

Am ersten Tag der Angriffe war das Lazarett mehrmals getroffen worden, doch zum Glück nicht schwer. Das Kasino, voll mit Menschen und dekoriert mit Lametta und Krepppapier und was Joe, der Bartender, sonst noch für ihre Tet-Party hatte auftreiben können, ebenfalls. Sie tanzten und tranken und sangen, und in einer Ecke fand ein Hula-Hoop-Wettbewerb statt, als es von allen Seiten plötzlich *wumm!* machte. Bomben, Gewehrfeuer, Granaten, Lärm, Blitze, Krachen, Knallen. Raketen, Mörser, Artillerie. Der ganze unsichtbare Feind auf einmal. Der Himmel war rot gefleckt von den unaufhörlichen Explosionen.

Und es hatte nicht nachgelassen. Gestern war eine neue Krankenschwester draußen bei der Triage schwer verletzt worden – sie war immer noch bewusstlos –, und zwei Sanitäter starben, als sie Verwundete anbrachten. Hier in Moonlight Bay waren schon reichlich Verwundete, aber trotzdem landeten die Chinooks nach wie vor, so oft sie konnten, und sie waren *beladen.* Es herrschte Massenanfall hoch zehn.

Irgendwas lief dauernd schief. Heute waren es die Lampen im OP. Sie gingen immer wieder aus. Jeder stöhnte und fluchte dann, und eine Minute später gingen sie wieder an. Aber jetzt, als Robin eben daran dachte, gingen die Lampen aus und blieben es auch. Bestimmt würde Dr. Jay, der einem Infanteristen gerade die Eingeweide wieder in den Bauch nähte, diesmal fluchen. Stattdessen rief er: »Alles, was sich bewegt, jeder, der eine Taschenlampe halten kann, her zu mir! Dollies, Tempo!« Die Mädchen vom Roten Kreuz, Gott segne sie, erledigten die Besorgungen. Sie ließen es sich nicht zweimal sagen. Sie flitzten einfach los, während Dr. Jay auf den Patienten einredete, der natürlich anästhesiert war und nicht hören konnte, dass er durchhalten solle. Zwei Minuten später waren die Taschenlampen da. Dann sammelten sich fünf oder sechs nicht bettlägerige Patienten so wie ein paar Soldaten auf Fronturlaub und leuchteten auf den OP-Tisch. Ein Lampenhalter gab ein würgendes Geräusch von sich, doch er sagte: »Nein, nein, ist schon in Ordnung. Es war bloß – eine Überraschung, das ist alles. Ich gucke einfach nicht hin.« Es klappte gut, und Dr. Jay meinte, sie seien alle für den nächsten Patienten angeheuert.

»Was ist mit den Notstromaggregaten?«, fragte jemand, und Robin antwortete: »Die heben wir uns für die wirklich wichtigen Sachen auf, zum Beispiel Sauerstoffapparate. Falls einer aufhört zu atmen.« Aus irgendeinem Grund brach daraufhin allgemeines Gelächter aus.

Stunden oder Minuten, vielleicht auch Wochen später richtete sich Dr. Jay auf, legte sich die Hand ins Kreuz und stöhnte: »Das haben sie uns als Medizinstudenten nicht gesagt, dass es Tage wie diesen gibt. Ich würde ein Vermögen für eine Tasse Kaffee geben.«

Ein Arzt, auf Urlaub in Moonlight Bay, und eine durchreisende Ärztin, die zu einem Beobachtungsteam aus den Staaten gehörte, halfen den Schwestern und Sanitätern. Der Mann erbot sich, Kaffee zu holen, und wurde bejubelt. Pam rief ihm hinterher, sie würde ihn nach dem Krieg glatt heiraten. Er rief zurück, dass er gern darüber diskutieren würde. »Bei mir oder bei Ihnen, Schwester?«

»Für Sie Lieutenant Schwester, Doktor!« Ein Chor von Buhs folgte. »Jetzt«, sagte Dr. Jay, »wäre mein Leben vollkommen, wenn Harry Kaye von seiner Mission der Barmherzigkeit zurückkäme.«

»Meins auch«, murmelte Robin. Harry war vor zwei Tagen im Jeep losgefahren, um Verwundete zu behandeln, die auf Patrouille angegriffen worden waren. Angeblich waren es ungefähr zwei Meilen bis zu ihnen, doch er war immer noch nicht wieder da. Sie hatte furchtbare Angst und war überzeugt davon, dass man ihn getötet hatte. Ständig hatte sie die seltsamsten Träume voller tanzender Frauen und einem riesigen weißen Vogel, der sie flatternd umkreiste und merkwürdige Ahnungen in ihr wachrief. Der Gedanke an den Vogel ließ sie erschauern. Einer der Männer fragte: »Haben Sie Gespenster gesehen, Malone?«, und sie spürte, wie eine Woge von Panik sie überschwemmte. Es war Zeit, ein Nickerchen zu machen.

Gar nicht erfrischt kehrte sie nach einem unruhigem Schlaf ein paar Stunden später zurück und sagte zu Pam, jetzt solle sie sich hinlegen. Pam weigerte sich. »Du bist sechsunddreißig Stunden ohne Schlaf ausgekommen, und so gut wie du bin ich auch«, meinte sie. Also ging Robin durch die Wachstation, wo sie lächelnd Schultern tätschelte und Wasser und andere kleine Annehmlichkeiten an die Rekonvaleszenten verteilte.

Die Betten standen zu dritt hintereinander und sehr eng. Manche der Männer waren in ziemlich schlechter Verfassung, doch Robin behielt ihre strahlende Miene bei und hoffte, dass man ihr nichts anmerkte. Vor allem nicht die Angst, die ihr wie ein großer Klumpen im Magen lag. Innerlich raste sie vor Furcht um Harry. Verdammt noch mal, wo steckte er. *Bitte, lieber Gott* – und dann bremste sie sich. Es war ziemlich abscheulich zu beten, wenn man nicht mal an Gott glaubte.

Einer der Patienten stöhnte im Schlaf – fast seine ganze linke Seite war weggerissen –, und sie überprüfte seine Infusion. Er brauchte mehr Morphium. Sie warf einen Blick auf sein Krankenblatt und sagte: »Ich bin gleich zurück, Lewis. Ich weiß, dass Sie Schmerzen haben, aber ich werde Ihnen helfen. Ich bringe Ihnen was zur Linderung, okay?« Hinter ihr fragte Pam: »Glaubst du, dass er dich hören kann?«

»Vielleicht. Vielleicht auch nicht. Ist mir egal«, entgegnete Robin und ging das Morphium holen. Sie war fest entschlossen, sich auf ihre Patienten zu konzentrieren und sich keine Sorgen mehr um –

»Harry?«, sagte sie, und glaubte ihren Augen nicht zu trauen. Da war er plötzlich, in zerfetzten Kleidern und mit einem zerzausten roten Bart und sah aus, als würde er gleich umkippen. Wackelig, aber definitiv am Leben. »Harry! Du bist es doch, oder?«

»Wasnlos, Baby, erkennst du John Wayne nicht, wenn du ihn siehst?«

Typisch Harry, doch er bewegte sich sehr vorsichtig und schien ganz in Verbände gewickelt zu sein. Trotzdem, er war auf den Beinen, er lebte, er war okay. Schwach vor Erleichterung eilte sie zu ihm, während ihr Tränen aus den Augen strömten.

Er stand ganz still und sagte: »Würde es dir was ausmachen, mich in den Arm zu nehmen, Robbie-Schätzchen? Nur, damit ich nicht umfalle.« Als sie ihn umarmte, spürte sie, wie er vor Müdigkeit schwankte, und rief nach Hilfe.

Aus dem Nichts, so schien es, tauchten zwei Vietnamesen auf, ein älterer und ein sehr junger. Sie trugen ihn zu einem Sessel, wo er prompt ohnmächtig wurde, immer noch mit seinem blöden, wundervollen Lächeln im Gesicht. Die Männer verbeugten sich vor Robin, und der Jüngere berichtete.

Dr. Harrys Jeep war getroffen worden – bumm! Der Junge führte pantomimisch eine Explosion vor und zeigte, wie Harry aus dem Wagen geworfen worden war. Robin lauschte aufmerksam, nahm sich jedoch vor, Harry zu fragen, wie es kam, dass diese Dorfbewohner ihn gut genug kannten, um ihn beim Namen zu nennen. Er hatte mehrere gebrochene Rippen und Schnittwunden am Arm, die sie verbunden hatten. Sie meinten, dass sie hofften, ihre Bemühungen seien nicht zu dilettantisch gewesen, und entschuldigten sich für das, was sie womöglich falsch gemacht hatten. Angehörige von ihnen hätten ihn gefunden und ins Dorf gebracht. Und sie hatten ihn dann hierher verfrachtet, sobald sie konnten.

Sie dankte ihnen und begann, vorsichtig die Verbände abzuwickeln. Nicht schlecht für Laien. Sich erneut verbeugend und lächelnd und dem Doktor gute Besserung wünschend, gingen sei.

Nachdem Harry zu sich gekommen war und etwas im Magen hatte, verband sie seine Rippen neu. »Du kennst diese Männer?« »Welche Männer, Schatz?«

»Die Dorfbewohner, die deine Wunden versorgt und dich heil in meine liebenden Arme zurückgebracht haben.« Ihr Tonfall besagte: *Und erzähl mir bitte keinen Quatsch.*

»Ach so, ja. Ich habe letztes Jahr eins von ihren Kindern behandelt. Ab und zu schaue ich mal vorbei und vergewissere mich, dass es ihnen gut geht. Sie leben ungefähr eine Meile außerhalb von Bu Hoy, ziemlich abgelegen. Mein Gott, bin ich froh, hier zu sein! Als ich aus dem Jeep gefegt wurde, habe ich mich gefragt, ob ich dich je wieder sehen würde. Den Fahrer hat es zerfetzt.« »Dahin fährst du also immer.«

»Wovon redest du, Robbie?«

»So einmal in der Woche verschwindest du, und ich habe mich schon gewundert –«

»Um Himmels willen, Robin, ich fahre mehrmals wöchentlich weg. Ich bin Arzt, entsinnst du dich? Ich mache Hausbesuche.«

»Sie schienen dich sehr gut zu kennen.«

»Das Kind, es war noch ein Baby, musste am Darm operiert werden. Die Familie hat in der Nähe kampiert und es jeden Tag besucht. So haben wir uns kennen gelernt. Warum sprechen wir eigentlich davon statt darüber, wie geil ich bin?« Er nahm ihre Hand und legte sie über eine aufragende Erektion. Der Gedanke an sein großes, steifes Glied, das in sie eindrang, brachte sie zum Schmelzen. Sie unterdrückte ein Lächeln und sagte: »Kein Geschäker mit den Krankenschwestern.« Aber sie war feucht und bereit für ihn und musste sich konzentrieren, damit ihre Hände nicht zitterten, als sie seine Rippen fertig verband. Er zog sie an sich und küsste sie leidenschaftlich. Sie sank in seine Arme; das Herz pochte in ihrer Brust. Sie hatte solches Verlangen nach ihm. Und er wusste es. Als er sich von ihr löste, grinste er von einem Ohr zum anderen.

»Und?«, fragte er. Sie flüsterte: »Ja, du Mistkerl, ja, ja!« Er warf den Kopf in den Nacken und lachte und schrie dann: »Au! Jetzt kann ich endlich mal sagen, es tut nur weh, wenn ich lache.«

»Oh, Harry!« Sie beugte sich vorsichtig über ihn und küsste ihn erneut.

»Nur ein kleines Problem, Schätzchen: du musst die ganze Arbeit übernehmen.«

»Glaub mir«, sagte Robin, während sie ihm beim Aufstehen half, »das ist überhaupt kein Problem.«

Als das Militärkrankenhaus von Da Nang ihn für einen Fall zu Rate ziehen wollte, protestierte Robin. Lautstark. »Ach Harry, flieg nicht. Das ist unfair. Du bist gerade erst zurück.«

»Ja, aber ich habe die letzten drei Tage nichts anderes getan als dich gevögelt, Schatz. Das zählt als Urlaub, weißt du. Armeevorschriften.«

»Deine Rippen sind noch nicht geheilt.«

»Ich brauche meine Rippen nicht, um mir jemanden anzugucken und meine Expertenmeinung abzugeben, Robbie.«

»Harry, flieg nicht. Bitte.«

»Ich bringe dir auch was Schönes mit aus Da Nang. Ein knappes schwarzes Nachthemdchen vielleicht.«

»Das ist ein Geschenk für *dich,* Blödmann.«

»Dann einen knappen schwarzen Bikini für mich.«

»Ach Harry, du solltest dich wirklich ausruhen.«

Doch sie wusste, dass es keinen Sinn hatte. Er liebte seine Arbeit und war wirklich sehr gut in seinem Fach. Warum sollte sie nörgeln, wenn er einem armen Soldaten das Leben retten wollte? Tat sie das nicht auch gern?

Also lächelten sie sich am nächsten Morgen an und küssten sich flüchtig. Er sagte: »Bleib mir treu, während ich weg bin, Robin.« Sie lachten, denn er würde morgen wieder zurück sein. Er kletterte in den Huey und winkte. Es war schrecklich heiß und stickig, aber sie blieb in der Sonne stehen, bis der Helikopter außer Sichtweite war. Verliebt zu sein, war herrlich.

Wenige Stunden später kam Pam in den OP, wo Robin die Vorräte überprüfte. »Robin«, sagte sie. Als Robin sich umdrehte und sah, wie bleich und abgespannt das Gesicht ihrer Freundin war, stockte ihr beinahe der Atem.

»Was ist passiert?« Ihre Stimme klang wie von weit her, wie die Stimme von jemand anderem. »Was ist los? Es ist Harry, oder? Es ist Harry. Oh mein Gott, was? Was? *Was?*«

Pams Gesicht verzerrte sich und sie fing an zu weinen.

Robin lief nach draußen. Ein Huey war gelandet und sie hatte ihn nicht mal kommen hören. Sie sah gleich, dass es nicht der Hubschrauber war, in dem Harry abgeflogen war. Und davor standen drei Tragen. *Nein. Nein. Nein. Nein, nein, nein, nein, nein. Bitte nicht,* dachte sie und rannte hin.

Als sie ihn auf der Trage erkannte, wusste sie sofort, dass er tot war.

Sie wusste es, obwohl kein Blut zu sehen war, keine fehlenden Arme oder Beine, keine klaffenden Löcher, kein zerschmetterter Kopf, keine Anti-Schock-Hose. Sie schaute hinüber zu den beiden anderen Leichen. Dasselbe. Sie sahen unverletzt aus – seltsam, aber unverletzt. Als sie näher kam und sich hinkniete, bemerkte sie, dass ihre Gliedmaßen komische Winkel bildeten. Sie griff nach Harrys Hand, und sie fühlte sich nicht an wie eine Hand. Jeder Knochen darin war gebrochen. Sie konnte nicht atmen. Sie kriegte keine Luft. Sie würde umkippen.

Der neben ihr stehende Pilot sagte: »Ihr Flieger ist mit einem anderen zusammengestoßen. Die anderen sind verbrannt. Aber die hier … Es war richtig unheimlich, als ob man einen leeren Anzug hochhebt.«

Robin fand ihre Stimme wieder. Monoton begann sie zu erklären, obgleich ihr Verstand in Auflösung begriffen war.

»Durch den Aufprall muss alles zerschmettert worden sein. Auf Grund einer Stammhirneinklemmung kam es zum Atemstillstand.« Und dann entglitten ihr ihre Gedanken. Sie fing an, Schreie auszustoßen, nur noch Schreie. Keine Worte, nicht einmal seinen Namen. Nur die entsetzlichen Geräusche unvorstellbaren Verlustes und undenkbaren Kummers.

40

April 1968

Fünf Wochen. Nein, sechs. War es wirklich schon so lange her, seit …? Robin unterbrach ihren Gedankengang. Sie durfte sich nicht erlauben, ihn weiterzuspinnen; sie ertrug es nicht. Also beschäftigte sie ihren Geist mit anderen Aktivitäten. Sie sah nach den Patienten auf der Intensivstation, als ihr ein Offizier ins Auge fiel – in adretter Uniform –, der nicht dorthin gehörte, der zwischen den Betten auf und ab ging und die darin Liegenden beäugte. *Was zum Teufel –*

Sie ging auf ihn zu und fragte: »Entschuldigen Sie, Captain, kann ich Ihnen helfen?«

»Nein, danke, Schwester, ich muss mit dem hier Verantwortlichen reden.«

»Lieutenant, wenn es Ihnen nichts ausmacht.«

»Entschuldigen Sie, Lieutenant.«

»Ich bin für diese Station verantwortlich. Deshalb frage ich Sie noch mal, wie ich Ihnen behilflich sein kann. Was tun Sie hier?« »Ich bin Adjutant von General Roscoe«, verkündete er so stolz, dass sie erwartete, er würde salutieren. »Ich überprüfe Ihre Einheit, um zu sehen, ob vielleicht richtig abstoßende Wunden dabei sind – wissen Sie, die ihn, na ja, irgendwie aufregen könnten. Ich möchte nicht, dass der General sich über irgendwas aufregt.«

Sie blickte ihn erstaunt an. War er blöd oder einfach nur Berufssoldat? »Und aus welchem Grund kommt General Roscoe her?«, wollte sie wissen, obwohl ihr klar war, dass Generäle nur aus einem einzigen Grund ins Eins-Sechs-Eins kamen.

»Nun, um ihnen ihre Auszeichnungen, die Purple Hearts, zu überreichen.«

Robin winkte den Adjutanten in eine Ecke, wo sie ihm mit entschiedener Stimme zuflüsterte: »Jetzt hören Sie mal zu, Captain. Diese Station ist voller junger Männer, die für Ihren General Roscoe ihr Leben riskiert haben. Sehen Sie diese tapferen Jungs? Sie sind schwer verwundet; einige von ihnen liegen im Sterben, und ich will, dass General Roscoe sich aufregt, wenn er sie sieht. Er soll sehen, was passiert, wenn er Truppen aussendet, um den Feind anzugreifen.«

Der Captain, der noch ziemlich jung war und offenkundig ein wenig Angst vor ihr hatte, hastete ohne Kommentar davon. Ein, zwei Minuten später kehrte er mit dem General zurück, einem großen, massigen, älteren Mann, der sie völlig ignorierte. Er schritt munter von Bett zu Bett, heftete den Patienten Medaillen an die blauen Pyjamas und sah aus, als wünschte er sich, woanders zu sein. Vielleicht, dachte Robin bissig, sollte er mal eine der Geschützbasen aufsuchen. Vielleicht sollte er mal ein bisschen Action, ein bisschen Blut zu Gesicht bekommen.

Sie stand am anderen Ende des Raums und fragte sich, ob er sie wohl je zur Kenntnis nehmen würde, als einer der Patienten »Malone!« rief, und zwar in einem Ton, der erkennen ließ, dass etwas nicht stimmte, deshalb eilte sie hin.

Sie trat an sein Bett, und mit ihm war alles in Ordnung, aber er zeigte auf das Nachbarbett. »Tun Sie was«, sagte er. Der andere Mann rang nach Luft, und sie hörte das grässliche Rasseln, das gewöhnlich den Tod ankündigte. Rasch beugte sie sich über ihn und beatmete ihn mit dem Mund, wobei sie ihm schweigend befahl: *Los, lass mich nicht im Stich, los, komm.* Doch es war kein Leben mehr in ihm. Er war in Anti-Schock-Hosen eingeliefert worden, und das war immer prekär, denn sobald man die Hose auszog, die den Patienten zusammenhielt, konnte er leicht verbluten. Diesen hier hatten sie zwar durchgebracht, aber er hatte auf die Operation nicht gut angesprochen, nicht ein einziges Mal die Augen geöffnet.

Sie beugte sich erneut über ihn und küsste ihn auf die Stirn. Dann richtete sie sich auf, zog das Laken über sein Gesicht und notierte sich auf ihrem Block den Namen und den Zeitpunkt seines Todes. Jegliche Gefühle, die in ihr aufsteigen mochten, drängte sie zurück. Es war wichtig, nichts zu empfinden.

Bingo hatte sie zu sich gerufen, nachdem Harry ... Jedenfalls hatte sie sie in ihr Büro gerufen.

»Robin; ich weiß; dass Sie um Dr. Kaye trauern. Das tun wir alle.«

»Ja, Colonel.«

Bingo beugte sich über ihren Schreibtisch und beäugte Robin aufmerksam, die unter ihrem forschenden Blick noch aufrechter dastand als sonst. Sie war entschlossen, sich militärisch korrekt zu verhalten. Colonel Batten hatte ihren Leuten oft genug gesagt, dass Krankenschwestern sich keine Gefühle gestatten durften, und da sie die Kommandantin war, musste sie es ja wissen.

»Ich möchte Sie daran erinnern, dass der Feind noch nicht aufgegeben hat.«

»Ja, Colonel.«

»Ich möchte Sie des Weiteren daran erinnern, dass zum Trübsalblasen keine Zeit ist.«

»Nein, Colonel.«

»Keine Zeit zum Weinen.«

»Sie brauchen sich meinetwegen keine Sorgen zu machen, Colonel.«

»Gut.«

Sie hatte immer noch nicht um Harry geweint. Das war unbegreiflich. Sie hätte literweise Tränen vergießen müssen, doch sie fühlte sich leer und ausgetrocknet.

Sie stand noch mit dem Block in der Hand bei dem toten Infanteristen, als General Roscoe an das Bett und eine Medaille an das Laken heftete. Entsetzt sagte Robin: »Finden Sie nicht, dass das ein bisschen spät ist, General? Wenn man bedenkt, dass er tot ist?« Sie konnte ihre eigene Kühnheit nicht fassen. General Roscoe, der sich zornfunkelnd nach ihr umdrehte, offensichtlich auch nicht. Doch irgendetwas in ihrem Gesicht veränderte seine Miene. Zu ihrer Überraschung fragte er sie nicht nach ihrem Namen oder putzte sie herunter. Stattdessen murmelte er etwas darüber, wie anstrengend so eine Arbeit für eine Frau sein musste, und reichte ihr die restlichen Purple Hearts. »Hier, Lieutenant«, sagte er brüsk. »Übernehmen Sie den Rest.« Dann machte er auf dem Absatz kehrt und ging, gefolgt von seinem Adjutanten. Robin wandte sich an den ganzen Raum: »Ich habe Purple Hearts für alle. Ich will, dass ihr wisst, wie ewig dankbar unser Land jedem Einzelnen von euch ist. Wenn ihr in die Staaten zurückkommt, werdet ihr als Helden empfangen werden, wie ihr es verdient.« Sie schritt von Bett zu Bett und sagte zu jedem Mann: »Vielen Dank.«

Robin wusste, dass sie log. Eine von den Truppenbetreuerinnen, eine Sängerin, hatte vor einer Woche oder so auf der Durchreise ein paar Tage bei ihnen übernachtet. Sie hatte ihnen erzählt, dass in den Staaten sehr viele gegen diesen Krieg waren, und dass sich diese Stimmung auch auf die Soldaten bezog, die ihn führten.

»Zum Teufel, die Infanteristen haben doch nicht damit angefangen!«, rief Pam. Susie, die Sängerin, sagte, sie und Robin und Pam wüssten das, aber die Männer sollten darauf vorbereitet sein, wenn ihr Einsatz beendet war. »Man wird sie nicht willkommen heißen«, meinte sie. »Man wird sie nicht als Helden betrachten. Keiner wird sie fragen, wie es war. Alle werden das Thema Vietnam meiden. Glaubt mir«, schloss sie. »Ich bin alt genug, um mich an andere Kriege zu erinnern, doch dieser hier ist *anders.*«

Na, wenigstens habe ich ihnen gedankt, dachte Robin. Und wer wusste schon, wie viele von ihnen es wirklich zurück in ein US-Veteranenkrankenhaus schaffen würden?

Immer noch tief in Gedanken, drehte sie sich um und sah eine *mamasan,* geduldig wartend, wie es ihre Art war, mit einem kleinen Mädchen, einem etwa einjährigen Baby. Das Kind war sehr niedlich und sein Vater offensichtlich ein G.I. Es hatte nur wenig Asiatisches an sich. Die Frau, vielleicht fünfzig, obgleich das bei Vietnamesinnen oft schwer zu schätzen war, hatte ein ziemlich hübsches Gesicht. Sie verneigte sich höflich und sprach Französisch, langsam und in einfachen Worten. Robin, die vier Jahre Französisch gehabt hatte, war erstaunt, dass sie das meiste von dem, was die Frau sagte, verstand.

»Pardonnez-moi, Lieutenant. Je suis Madame Chiou. Cette enfant, elle est la fille de ma fille qui est disparue ou, peut-

être, morte – et la fille aussi du Docteur Harry.« Sie sprach es »Äry« aus, doch Robin wusste, wen sie meinte, und ihr Herz begann zu hämmern. Madame Chiou fuhr fort, indem sie fragte, ob es nicht stimme, dass *le docteur Äry* in diesem Lazarett praktizierte, ici, im 161sten.

An diesem Punkt hörte Robin nichts mehr, geschweige denn, dass sie es aus dem Französischen hätte übersetzen können. Sie unterbrach die Frau und schickte jemanden nach Joe, dem Bartender. Er war Frankokanadier, aber seine Heimatsprache konnte sich ja nicht sehr von vietnamesischem Französisch unterscheiden. Das hoffte sie jedenfalls. Sie bedeutete Madame Chiou, Platz zu nehmen, und starrte das kleine Mädchen an, das ihren Blick standhaft erwiderte. Was das wohl für eine Masche war, fragte Robin sich. Wenn man arm war und die eigene Tochter ihr Baby verlassen hatte, war es vielleicht ganz schlau zu behaupten, einer der Ärzte habe es gezeugt. Schließlich hatten Ärzte Geld und Macht, oder?

Plötzlich strahlte das Kind sie an und Robin stöhnte vor Schmerz unwillkürlich auf. Das Baby hatte dasselbe schiefe Lächeln wie Harry. Dann sah sie, dass auch das Grübchen im Kinn und die Locken dieselben waren, nur dass sie nicht das Kupferrot aufwiesen wie Harrys. Sie waren eher kastanienbraun. Manche Kinder von G.I.s sahen weniger asiatisch aus als andere, doch bei diesem hier war nur ein Anflug davon zu erkennen, und zwar um die Augen herum, die mandelförmig und dunkel waren. Harrys Baby. Oh Gott.

Joe kam hereingeschlendert, zog sich einen Stuhl heran und fing an zu parlieren. Nach vielem Nicken und Verbeugen und höflichen Phrasen setzte er zu einer Simultanübersetzung an. Robin schloss die Augen. Es war wirklich erstaunlich, welche Qual ihr das bereitete. Aber das Gespräch ging unerbittlich weiter: erst das weiche, hohe Französisch der Frau und dann Joe in lakonischem Englisch mit zahlreichen Ähs und Hms dazwischen.

Madame Chiou warf Robin einen scharfen Blick zu und wandte sich jetzt an sie.

»Malone, sie möchte wissen, ob Doktor Harry, Ihr, äh, Geliebter war?«

Robin nickte benommen.

»Moi aussi …«, hörte sie die Frau sagen, bevor Joes Stimme sie übertönte. »Ich auch, mein Mann, äh, Ehemann, na ja, nicht ganz – mein Mann war auch Arzt, ein französischer Arzt. Er war, äh, bereits verheiratet, verstehen Sie? Verheiratet und katholisch. Es war, hm, nicht möglich, aber, äh, ich wollte unser Kind behalten. Meine Tochter. *Alors* … wissen Sie, alors kann man nicht so richtig übersetzen; wir würden wohl ›also‹ sagen.« Madame Chiou zuckte gleichmütig die Achseln.

Wie durch einen Nebel hindurch sagte Robin: »Fragen Sie sie, was passiert ist. Mit ihrer Tochter. Sie hat mir erzählt, sie sei verschwunden oder tot. So habe ich sie jedenfalls verstanden.«

Ein kurzer Wortwechsel. Dann sagte Joe: »Sie gehörte zu den Vietcong, glaubt ihre Mutter. Sie musste beweisen, dass sie eine echte Vietnamesin war … warten Sie mal.« Die Frau sprach schnell. »Die anderen Dorfbewohner waren grausam zu ihr, weil sie ein Mischlingskind war. Aber Madame war, äh, fest entschlossen, nehme ich an, ihre Tochter zu behalten. Li Minh, so hieß die Tochter. Und jetzt ist Li Minh verschwunden, ohne Nachricht, ohne ein Wort, ohne ihr Kind.«

»Sans l'enfant«, wiederholte Robin. »Ja, das habe ich verstanden.«

»Alles in Ordnung, Malone?«

Ein strahlendes Lächeln. »Mir geht's prima!«

»Das glaube ich nicht, Malone. Hey! Jetzt kapiere ich! Sie hatten keine Ahnung, oder?«

»Nein. Sie denn?«

»Also – ja. Warten Sie, Malone, schauen Sie mich nicht so

an. Als Harry sich in Sie verliebte, musste ich schwören, Ihnen nichts zu sagen. Er meinte, er würde es Ihnen selbst erzählen, wenn er sicher sei, dass Sie ihn wirklich liebten. Ich glaube, es war aus zwischen ihnen, so bald er Sie das erste Mal gesehen hatte.«

»Meine Güte, ich –«, begann Robin verärgert. Aber Madame Chiou hatte ebenfalls wieder angefangen zu reden und schaute Robin bittend an. »Was will sie?«

»Sie möchte zu – äh – Harry, Malone. Sie sagt, er sei immer sehr großzügig zu Li Minh gewesen und wolle doch sicher jetzt, wo sie weg ist, seine Tochter mit nach Hause nehmen. In die Staaten, wo niemand sie hasst und beschimpft und, hm, sie mit Dreck bewirft.«

»Oh Gott.« Was sollte sie tun? Was sollte sie denken? Es war alles zu viel auf einmal. Obgleich es so manche Abwesenheit, so manches Schweigen Harrys erklärte. Sie merkte, dass sie wütend auf Harry war, ob er nun tot war oder nicht. Verdammt, warum hatte er ihr nichts erzählt, der Feigling? Trotz der leisen Stimme in ihrem Hinterkopf, die ihr zuraunte: *Mensch, Mädchen, du wolltest ihm ja auch nichts von der Abtreibung erzählen.* Trotzdem. Oh, dieser Schweinehund!

Schließlich schaute sie die ältere Frau offen an und sagte frei heraus: »*Le docteur Äry … il est mort.*«

»*Mort … ah …*« Die Frau schenkte ihr einen so mitfühlenden Blick, dass Robin sich abwenden musste.

Sie sah zu, wie die Frau und das Kind gingen, und verließ dann selbst die Station, ohne Joe zu danken. Sie ging schnell, rannte fast. Sie versuchte, den Gedanken zu entfliehen, die ihr im Kopf umherschwirrten. Warum hatte sie sein Kind getötet, sodass ihr jetzt nichts von ihm blieb, überhaupt nichts? Sie war so dumm gewesen! Hatte sie sich denn nicht klar gemacht, dass dies ein richtiger Krieg war, ein Krieg, in dem Menschen umkamen? Sie verspürte solchen Kummer, solchen Schmerz.

Er hatte mit einer anderen Frau ein Baby gezeugt! Oh Gott, wie weh das tat! Er hatte mit der Tochter dieser Vietnamesin geschlafen, sie ebenso im Arm gehalten wie Robin, ihr Haar gepackt, wenn er kurz vor dem Höhepunkt war, sich an sie geschmiegt. Robin ballte die Fäuste und ließ den Tränen freien Lauf. Harrys Kind. Ein kleines Mädchen, das ihm so ähnlich sah. Und die Mutter war weg, wahrscheinlich für immer.

Sie ging vom Lazarettgebäude die staubige Straße entlang auf ihrem Weg ins Nirgendwo. Bei Sonnenuntergang lief sie immer noch, das T-Shirt schweißgetränkt, mit wunden Füßen. Es war eine Erleichterung, als sie hinter sich einen Jeep hörte. Und siehe da, wie sie vermutet hatte, war es Joe, und neben ihm Pam Boone mit besorgtem Gesichtsausdruck.

»Malone, du bist verdammt noch mal zu alt, um von zu Hause wegzulaufen«, sagte Pam. »Und du humpelst ein bisschen. Ich habe dir ja gleich gesagt, dass die Schuhe zu eng sind.«

»Nein, hast du nicht«, entgegnete Robin und kletterte auf die Rückbank des Jeeps. »Diese Schuhe habe ich in San Francisco gekauft.«

Joe drehte sich zu ihr um. »Wohin?«, wollte er wissen.

»Nach Hause, James. Ich bin verdammt noch mal zu alt, um wegzulaufen.«

Er wendete den Jeep und machte sich auf den Heimweg nach Moonlight Bay. Robin war jetzt bereit dazu. Ihr war eine Idee gekommen, und je mehr sie sich damit beschäftigte, desto aufgeregter wurde sie. Warum sollte sie, Robin Malone, nicht die Mutter des verwaisten Kindes werden? Warum sollte ihr nicht etwas von Harry Kaye bleiben, wenn dieser verdammte Krieg vorüber war? Ihr Einsatz war bald beendet. Sie würde das kleine Mädchen mit nach Hause nehmen. Sie adoptieren. Ja! Harrys Baby und bald auch ihres. Ja!

Sie beugte sich nach vorn und packte Joes Schulter. »Stopp!«, befahl sie.

Er hielt an. »Was ist los? Ist Ihnen schlecht?«

»Nein, nein, gar nicht. Mir geht es sogar richtig gut und immer besser. Ich möchte, dass Sie uns in das Dorf fahren, wo Madame Chiou wohnt.«

»Jetzt?«, fragte Pam. »Es ist fast dunkel.«

»Ja, jetzt. Können wir, Joe? Bitte!«

»Nee, tut mir Leid. Harry hat mir nie erzählt, wo es ist. Er hat nur vage nach Nordwesten gedeutet.«

»Irgendjemand muss doch wissen, wo sie herkommen. Ich hab's! Das Kind mit der Darmverschlingung! Ich werde sämtliche Akten durchsehen. Okay, Joe, entschuldigen Sie, dass ich Sie anhalten ließ. Fahren wir nach Hause. Das Dorf finde ich, und wenn ich dafür noch einen Einsatz brauche!«

Wie sich herausstellte, dauerte es drei Tage, bis sie alle Patientenunterlagen durchgesehen hatte. Auch als die drei sich dann erneut im Jeep auf den Weg machten, waren sie nicht absolut sicher, dass sie in das richtige Dorf fuhren. Es hieß Ca Binh – glaubten sie – und war – womöglich – nicht weit entfernt von Qui Nhon. Aber vor knapp zwei Jahren war eine junge Frau namens Li Minh, Nachname Chiou, mit einer Schussverletzung im Schenkel ins Eins-Sechs-Eins gekommen. Heckenschützen, hatte sie gesagt. Ihr Krankenbericht war in Harrys eigenwilliger Handschrift gekritzelt. Es schien zu passen. Außerdem war es alles, was sie hatten. Also brachen sie nach Ca Binh auf.

Joe fuhr zu schnell, wie üblich. Pam und Robin hatten sich für die Rückbank entschieden, wo sie sich aneinander festhalten konnten. In einer Kurve wurde aus dem Hinterhalt auf sie geschossen, und Joe machte eine Kehrtwendung, bei der sie fast aus dem Jeep gefallen wären, und Wasser spritzte in den Wagen, als Joe durch einen tiefe Pfütze pflügte. Die Regenzeit hatte begonnen.

»Heimwärts geht's, meine Damen.«

»Nein, warten Sie«, bat Robin. »Sie haben versprochen,

dass wir nach Ca Binh fahren und nach Madame Chiou suchen. Sie haben es *versprochen,* Ihr Ehrenwort gegeben.«

»Malone, wollen Sie dabei *umkommen?* Das da hinten sind keine kleinen Jungs, die Krieg spielen. Das ist Onkel Ho, und der meint es ernst.«

»Der Landkarte nach sind wir beinahe da. Los, kommen Sie. Wir sind jetzt seit fünf Minuten für alle bestens sichtbar und sie haben nicht wieder auf uns gefeuert. Los, Joe. Fahren wir nach Ca Binh. Und wenn Madame Chiou nicht da ist, dann war's das, dann ist Schluss.«

»Pfadfinder-Ehrenwort?«

Sie hielt zwei Finger hoch, doch er lachte bloß und sagte: »Die falschen zwei, Malone. Gab es keine Pfadfinderinnen in Brooklyn? Ach, was soll's. Ich ergebe mich. Einem hübschen Gesicht konnte ich noch nie widerstehen. Auf nach Ca Binh!« Er schaltete in den Rückwärtsgang und beschleunigte in ungefähr zwei Sekunden von null auf achtzig. Der Wagen schleuderte zu beiden Seiten riesige Schlammfontänen hoch wie das Kielwasser eines Schiffs. Die beiden Mädchen wischten sich den Schmutz aus dem Gesicht und waren froh, dass es wenigstens nicht in Strömen goss.

Nach etwa einer Meile sah Robin Wasser glitzern – Ca Binh lag an einem kleinen Fluss –, und eine Minute später erblickten sie Rauch, der aus Häusern aufstieg. Sie jubelten, und der Jeep holperte weiter eine Straße entlang, die für Ochsen angelegt war. Oder von Ochsen, höchstwahrscheinlich. Als sie ins Dorf kamen, wurden sie sofort von etwa hundert neugierigen kleinen Kindern umringt, die alle den Jeep anfassen und alles ausprobieren wollten. Dann tauchten die Erwachsenen auf, überwiegend Frauen und alte Männer.

Joe konnte ein bisschen Vietnamesisch und gut Französisch, und wenn es damit nicht klappte, sprach er mit Händen und Füßen. Als er sich endlich verständlich gemacht hatte, erfolgtc Kopfschütteln und Händewedeln und wildes Gestikulieren. Robin kapierte, die anderen auch. Madame Chiou war nicht da. Sie war mit dem Baby weggegangen. Nach Saigon? Nein, nach Bu Hoy, zu den Nonnen.

Robin stöhnte. »Den ganzen Weg hierher, und sie ist praktisch unsere Nachbarin.«

»So kann's gehen«, meinte Joe stoisch. Wie durch Zauberei präsentierte er Bonbons und Kaugummis und verteilte sie. Als sie abfuhren, lächelten und winkten die Dörfler und riefen ihnen auf Vietnamesisch etwas nach. »Sie wünschen uns Glück«, erklärte Joe.

Also ging es zurück nach Bu Hoy. Wenigstens würden sie dort jemanden finden, der Englisch sprach, falls Madame erneut entfleucht sein sollte. Das Waisenhaus wurde von Französisch sprechenden Vietnamesinnen geführt und ein, zwei französischen Nonnen, die Englisch konnten. Als sie in den großen, kahlen Hof in der Mitte des Geländes einbogen, hatte es angefangen zu regnen, doch das störte die Waisen nicht. Die meisten von ihnen waren sowieso fast nackt. Robin sah das kleine Mädchen, das ganz ruhig zwischen Ball spielenden Kindern saß und einen Käfer studierte. Oh Gott, dieser Gesichtsausdruck, diese totale Konzentration, die heruntergezogenen Augenbrauen! Diese Ähnlichkeit mit ihm! Robin betrachtete das Kind und spürte, wie ihr Herz sich zusammenzog, und sie wusste, dass sie unbedingt die Mutter dieses Kindes werden musste.

Als sie Pam das sagte, meinte diese: »Wie denn? Dein Einsatz ist in drei Wochen zu Ende. Du fliegst nach Hause. Und überhaupt, du bist nicht verheiratet. Ledige Frauen lassen sie keine Kinder adoptieren.«

»Wer sind ›sie‹?«, erwiderte Robin forsch, aber sie wusste, dass es ein mühseliger Kampf werden würde. Ein G. I. im Eins-Sechs-Eins, ein Sergeant, Leiter der Militärpolizei, hatte sich in eine Vietnamesin verliebt, und als sie in einem Artilleriefeuer umkam, versuchte er, ihr gemeinsames Kind zu seiner Mutter zu schicken. Robin hatte gehört, wie schwer er es gehabt hatte. Die vietnamesische Regierung war seltsam abgeneigt, Mischlingskinder ausreisen zu lassen, obgleich sie hier für den Rest ihres Lebens verachtet und isoliert sein würden. Sie hatte auch eine ziemlich genaue Vorstellung davon, wie streng die Adoptionsregeln in den Staaten waren. Wenn man Jüdin war, musste man ein »jüdisches Baby« nehmen. Das von einer katholischen Mutter geborene Kind galt ebenfalls als katholisch, und nur eine katholische Familie durfte es adoptieren. Ebenso war es bei den Protestanten. Ein fremdrassiges Kind adoptieren? Unmöglich. Robin fand das verrückt. Zum Teufel, was sollte sie sagen, wenn man sie fragte, welcher Religion sie angehörte? Sie gehörte keiner Religion an! Vielleicht sollte sie ihnen erzählen, sie sei zum Teil Indianerin; stammten die Indianer angeblich nicht aus Asien?

»Mach dir keine Sorgen«, sagte sie zu Pam. »Wir werden die Nuss schon knacken. Schließlich waren wir nicht umsonst zwei Jahre bei der Armee.«

»Ich höre immer *wir*«, meinte Pam. »Nein, nein, das war nur ein Witz. Natürlich werde ich dir helfen. Doch ich glaube nicht, dass ich irgendwas tun kann, Malone. Aber Joe ...« Sie drehte sich grinsend zu ihm um. »Der könnte dir wirklich helfen.«

»Wie denn?« Joe wahr ehrlich verblüfft.

»Sie heiraten Malone. Ein Ehepaar kriegt viel leichter ein Adoptivkind.«

»Einen Moment. Ich fahre euch überall hin, überall auf der Welt. Aber heiraten?«

»Keine Sorge, Joe.« Robin lachte. »Das ist sowieso keine besonders gute Idee.«

Schüchtern kniete Robin vor dem kleinen Mädchen hin und streckte die Arme aus. »Kommst du her zu mir, Schätzchen?« Das Kind lächelte und streckte die drallen Ärmchen aus. »Ah.«

Robin erhob sich mit dem Baby und merkte plötzlich, dass dessen Windel nicht nur staubbedeckt, sondern auch ganz durchnässt war. »Ich bin gleich zurück«, sagte sie zu ihren Freunden. »Sie braucht eine neue Windel und ich muss mich vorstellen.«

Drinnen fand sie eine sehr junge vietnamesische Nonne vor, die das Baby offensichtlich gern hatte. Ohne Zögern nahm sie Robin das kleine Mädchen aus dem Armen. »Nass!«, sagte sie naserümpfend. »Danke, dass Sie sie reingebracht haben.«

»Wie heißt sie?« Nichts. »Ihr Name.«

»Ach so. Name. Nguyen Ninh. Ninh sagen wir.«

Insgeheim probierte Robin »Ninh Malone« aus. Reichlich lächerlich. Und »Ninh Kaye« klang noch schlimmer. Sie wollte nicht, dass die Kinder sich über ihre Tochter lustig machten. Und dann hatte sie es. Nina. Nina Malone. Ja! Perfekt!

»Bitte«, sagte sie zu der Nonne und streckte die Arme aus. »Darf ich. *Un moment, seulement.«* Wow! Wo kam das Französisch her? Sie war beeindruckt. Die Nonne offenbar auch, die ihr widerstrebend ihren Schützling reichte, und dabei »Nass, nass«, sagte, als ob Robin das nicht bereits wüsste.

»Un moment«, wiederholte Robin, während sie Nina auf den Arm nahm. Sie ging im Empfangszimmer auf und ab und erzählte dem Kind flüsternd von Brooklyn und New York: »... und dann gibt es da eine große, grüne Dame, die heißt Freiheitsstatue, und ich fahre mit dir auf dem Schiff hin, und du kannst sie dir ansehen ... Meine Oma und meine Tante Addie sind oft mit mir auf der Fähre nach Staten Island gewesen, und ich liebte die Freiheitsstatue, und das bedeutet, dir wird sie auch gefallen, denn dann bin ich deine Mommy, wird das nicht schön?«

Robin tätschelte die seidigen, fast kastanienbraunen Haare und küsste die runden Wangen. Das Baby lauschte freundlich und offensichtlich interessiert dem Klang dieser unbekannten

Stimme. Sie steckte Robin ihre Finger in den Mund; sie streichelte ihr Gesicht und schaute ihr in die Augen. Wie niedlich sie war! Sie war absolut hinreißend.

Nur allzu bald kam die junge Nonne, um Nina zu holen. Robin küsste das Kind und löste sich widerwillig von ihm. Als sie wieder nach draußen ging, stand da Madame Chiou mit Pam und Joe und einer hoch gewachsenen älteren Nonne, die, wie Robin sogleich erfuhr, die Äbtissin war. »Mutter, ich möchte Nina – Ninh – adoptieren, Nguyen Ninh. Madame Chious Enkelin.« Die beiden älteren Damen unterhielten sich kurz. Dann wandte sich Madame Chiou mit strahlendem Lächeln Robin zu und redete in sehr schnellem Französisch auf sie ein, wovon Robin nur ein Wort verstand: »*Merci. Merci.*«

»Nein. *Merci à vous!*« Auf allen Seiten wurde gelächelt, als sie sich verabschiedeten. »Nun«, sagte Robin, während sie wieder auf dem harten Rücksitz des Jeeps Platz nahm, »das war's.«

Aber das stimmte natürlich nicht. Sie fing beim Hauptquartier an und stieß nach fünfzehn Telefonaten endlich auf einen Lieutenant Carville, der Bescheid zu wissen schien. »Zunächst mal braucht das Kind eine medizinische Unbedenklichkeitsbescheinigung«, teilte er ihr mit.

»Gut«, sagte Robin. »Zufällig arbeite ich in einem Lazarett. Ich werde einen der Ärzte hier darum bitten.«

Lieutenant Carville räusperte sich. »Ich wünschte nur, es wäre so einfach, Lieutenant Malone. Sehen Sie, es dauert sechs Monate bis ein Jahr, diese Bescheinigung von den vietnamesischen Behörden zu bekommen. Und dann müssen Sie ein Visum für das Kind beantragen.«

»Und wie mache ich *das*? An wen wende ich mich?«

»Seit 1959 muss in den Staaten jedes ausländische Kind die jeweiligen bundesstaatlichen Bedingungen erfüllen, bevor von der Einwanderungs- und Einbürgerungsbehörde ein Visum ausgestellt wird. Woher kommen Sie, Lieutenant Malone? New York? Mal sehen: In New York ist Vorschrift, dass eine lizenzierte Adoptionsagentur die Verantwortung für jedes zur Adoption ins Land gebrachte Kind übernimmt. Also werden Sie sich eine Adoptionsagentur in New York suchen müssen.«

»Sie wissen wohl nicht, wie ich da vorgehen muss, oder?«

»Nein, tut mir Leid. Warum versuchen Sie es nicht bei einer vietnamesischen Adoptionsvermittlung? Vielleicht kennen die sich aus.«

Leider gab es so etwas wie eine vietnamesische Adoptionsvermittlung nicht. Keine einzige professionelle Organisation in Vietnam befasste sich mit Waisenkindern. Das Modell Adoption war bis 1960 in Vietnam sogar praktisch unbekannt gewesen, stellte sie fest, und betraf dann lediglich vietnamesische Kinder, die in Vietnam von vietnamesischen Familien adoptiert wurden. Auslandsadoptionen existierten so gut wie gar nicht. Im Laufe ihrer Telefonate mit allen möglichen Leuten fand Robin heraus, dass Kriegswaisen bei niemandem Priorität hatten. Nicht bei der US-Armee – zu der die meisten der Väter gehörten, dachte sie wütend –, nicht bei der vietnamesischen Regierung, nicht bei der amerikanischen Regierung. Keiner konnte ihr helfen; keiner wusste Bescheid. Überall zogen die Beamten bedauernd die Schultern hoch und sagten: »Tut mir Leid. Darüber weiß ich nichts.«

»Ich bin so verdammt frustriert von diesen gleichgültigen, Achsel zuckenden Bürokraten«, beklagte sie sich eines regnerischen Abends in der Bar. »Ich schwöre, dass ich die nötigen Papiere fälschen werde. Nein, ich lüge und behaupte, sie ist meine Tochter.« Jerry Marx, einer der neuen Ärzte, sagte: »Klar doch. Schon mal was von Kindesentführung gehört? Damit kriegen die Sie dran!«

»Und was sollen sie mit mir machen?«, fragte Robin »Mich nach Vietnam schicken?«

Sie lachten, aber allmählich war das Ganze wirklich nicht

mehr komisch. Und wer hatte schon unbegrenzt Zeit, sich von den Bürokraten immer wieder von Pontius zu Pilatus verweisen zu lassen?

Robin hatte daran gedacht, sich für einen zweiten Einsatz zu verpflichten, doch mittlerweile war offenkundig, dass sie die Adoption von zu Haue aus erledigen musste. Sie nahm Madame Chiou und der Äbtissin und dem französischen Arzt das Versprechen ab, die Sache mit der medizinischen Unbedenklichkeitsbescheinigung sofort in die Wege zu leiten. Und das Kind, das Robin bereits als ihr eigenes betrachtete, niemand anderem zu überlassen.

Die Kollegen gaben für sie eine Abschiedsparty mit Hamburgern am Strand, einem Volleyballspiel und Drinks bei Joe, die er spendierte. Keiner erwähnte Harrys Namen. Das tat nie jemand. Es gab eine unausgesprochene Regel: Wir sprechen nicht über unsere Kümmernisse. Zum Teufel, wir haben keine Kümmernisse. Wir sind stark. Robin hätte gern geweint, um ihre verlorene Liebe getrauert, besonders jetzt, da sie den Ort verließ, wo er gestorben war. Warum blieben ihre Augen so hartnäckig trocken? Weil man nicht mehr zu weinen aufhören konnte, wenn man erst einmal damit anfing?

Sie knallte ihr Glas auf die Theke und rief: »Barkeeper! Noch einen von den guten Old Grandads, bitte!« Ein Pilot, der hier ein paar Tage Fronturlaub verbrachte, ein netter Typ namens Roy, hatte es auf sie abgesehen. Vielleicht würde sie ihm eine Chance geben. Vielleicht auch nicht. Alle tanzten und sangen die Jukebox-Songs mit. Besonders populär war derzeit »We gotta get out of this place, if it's the last thing we ever do« – »Wir müssen raus hier, und wenn es das Letzte ist, was wir tun«. Den spielten sie ständig. Sie trank noch ein Glas; sie tanzte mit Roy und sang mit. Sie tanzte mit allen Ärzten und allen Patienten, darunter einem im Rollstuhl. Irgendwann trieb der Pilot etwas Besseres auf und verschwand. Ihr war es egal. Etwas Großes und Wichtiges, womöglich das

Größte und Wichtigste in ihrem Leben, ging zu Ende, und sie musste jede Minute davon auskosten.

Bei Tagesanbruch saß sie mit Pamela und Joe am Strand und sah die Sonne über dem Südchinesischen Meer aufgehen, während die Flut zurückwich. Dann war es Zeit für den Abschied. Der Huey, der sie nach Saigon bringen sollte, stand im Zentrum des großen roten Kreuzes. Geblendet von der Morgensonne, die Ausgehuniform ganz zerknautscht von der Hitze, merkte Robin auf einmal, dass sie nicht auf Wiedersehen sagen, überhaupt nicht sprechen konnte.

Sie kletterte in den Hubschrauber und lehnte sich, als er senkrecht vom Boden abhob, hinaus, um allen zuzuwinken. Und allem. Dem, was sie verloren, und dem, was sie gefunden hatte. Der Helikopter stieg in den Himmel auf und beschrieb eine Kurve nach Süden auf Saigon zu. Sie beugte sich weit hinaus in der Hoffnung, noch einen Blick auf Bu Hoy zu erhaschen, doch sie flogen in die falsche Richtung.

Trotzdem winkte sie zum Abschied und gab dem Baby im Stillen ein Versprechen. *Ich werde deine Mommy, und wenn es das Letzte ist, was ich tue.*

41

September 1969

Das Ankunftsgebäude des Internationalen Flughafens von New York glich einem Irrenhaus – vor allem der Bereich oberhalb der Zollabfertigung, von dem man nach unten gucken und versuchen konnte, die Person ausfindig zu machen, auf die man seit Ewigkeiten wartete. So fühlte sich Robin: als ob sie seit der Ära der Dinosaurier darauf wartete, dass das Flugzeug landete. Das Flugzeug, das – endlich, endlich – Nina in ihr neues Leben in den USA beförderte.

Nina und vier andere Waisen. Das war das letzte Hindernis gewesen. Die vietnamesische Regierung ließ Waisenkinder nur ausreisen, wenn es mindestens fünf waren, die dann als Gruppe ausgeflogen wurden. Warum fünf und nicht sechs oder vier oder siebzehn, wusste niemand. Es war Vorschrift, punktum, Ende der Diskussion. Die sich eines Tages ohne Vorwarnung plötzlich ändern konnte.

Eine dicke, laute Frau, ihrem Akzent nach aus Queens, die ihre beiden unausstehlichen Kinder hinter sich herzerrte, drängte sich keifend an Robin vorbei. Robin überlegte, ob sie etwas Schlagfertiges sagen sollte, das sie zum Schweigen brachte; dann kam sie zu dem Schluss, dass es sich nicht lohnte. Ihre Nerven waren zum Zerreißen gespannt. Sie konnte ebenso gut gehen. Man konnte von hier aus sowieso keinen Menschen erkennen, besonders kein kleines Mädchen, das gewachsen war und sich verändert hatte, seit Robin sie zuletzt gesehen hatte. Robin war sich nicht mal sicher, dass sie sich daran erinnerte, wie Nina aussah.

Also ging sie, statt der ungehobelten Frau und ihren Gören die Meinung zu sagen, hinüber zu ihren Eltern, die auf einer Bank Platz genommen hatten. Beide waren müde und nervös. Sie selbst war müde und nervös. Das Warten schien ihr endlos. Sie hatte nicht gewollt, dass sie mitkamen. »Ich möchte lieber allein sein«, hatte sie gesagt. »Ich bin so schon nervös genug.«

Doch Dr. Birdie Malone, die stets sachliche Kinderärztin, geliebt von allen jungen Mamis in Brooklyn Heights, wollte davon nichts wissen. »Mach dich nicht lächerlich«, rümpfte sie die Nase. »In einer solchen Situation sollte keiner alleine sein. Keine Sorge, wir belästigen dich nicht. Wir halten uns im Hintergrund. Aber wir sind da, wenn du uns brauchst. Und schließlich sind wir jetzt ihre Großeltern und sie wird uns kennen lernen wollen.«

Mit Mom war nicht zu streiten. Das war seit jeher so. Man

entkam ihr nicht, wenn man ausbrach und sie einfach stehen ließ. Leider, dachte Robin mit Bedauern, würde das erst gehen, wenn ihr Leben beständiger war. Wenn Nina endlich hier war und sich eingewöhnt hatte. Dann konnte sie daran denken, aus dem großen Haus Clinton Street Nummer 3 auszuziehen und ihren blöden Job im Cadman Memorial aufzugeben. Sie arbeitete im OP, in einer der interessanteren und befriedigenderen Positionen für Schwestern im Krankenhaus, und dennoch hasste sie es, dass sie sich dauernd verbeugen und einen Kratzfuß machen und sich benehmen und gehorchen musste.

Ihre Mutter verstand ihre Unzufriedenheit nicht. Robin hatte versucht zu erklären, wie sie in Vietnam Seite an Seite mit dem Chirurgen und nicht hinter ihm gearbeitet hatte. »Man hat mir vertraut, Mom, zu mir aufgesehen. Ich war Leiterin des OP und kein Patient wurde ohne meine Zustimmung zur Operation zugelassen. Obgleich ich nur Krankenschwester war. Aber dort war es so anders. Jeder respektierte mich.«

»Trotzdem warst du keine Ärztin.«

Über diese Antwort hatte Robin sich gewundert. Dann kapierte sie. »Nein, ich bin keine Ärztin, und wenn du jetzt meinst: ›Ich hab es dir ja gleich gesagt‹, nur zu. Sicher, die Ärzte hatten das letzte Wort. Zunächst mal waren sie Captains und somit ranghöher als wir Lieutenants. Mom, ich behaupte ja nicht, dass es keinen Unterschied zwischen Ärzten und Krankenschwestern gab. Es ist nur so, dass ...« Sie suchte verzweifelt nach Worten, um es ihrer Mutter klarzumachen, die sie erwartungsvoll anschaute. »Es ist nur so, dass der Unterschied nicht so groß war. Die Schwestern mussten die Ärzte nicht bedienen. Sie waren dazu da, sich um die Verwundeten zu kümmern.« Sie hielt inne, weil sie merkte, dass es keinen Sinn hatte. Ihre Mutter war höflich, aber erstaunt.

»Ist ja auch egal.« Wozu erwähnen, dass sie in ihrer Militär-Alltagskluft gearbeitet hatte – T-Shirt und Hose und die Hundemarke um den Hals –, während sie hier einen verdammten gestärkten Kittel und die blöde Haube mit den Flügeln tragen musste, mit der sie aussah, als wenn sie gleich abheben würde? Wie sollte sie erklären, dass sie dort jede Minute Entscheidungen gefällt hatte, Entscheidungen auf Leben und Tod, hier hingegen wieder die Magd war, die für das kleinste bisschen um Erlaubnis bitten musste, nicht selbstständig denken, sondern nur Anordnungen befolgen durfte?

Am Cadman hatte sie dauernd Ärger, weil sie mehr tat, als ihr gestattet war, ihren Verstand öfter benutzte, als ihr zugestanden wurde. Ihr Vorgesetzter hatte sich sogar an ihre Mutter gewandt, als ob Robin sechs Jahre alt wäre.

»Du mutest dir zu viel zu, Robin«, hatte Mom zu ihr gesagt. »In Vietnam haben sie dich vielleicht Ärztin spielen lassen. Das kannst du hier nicht. Wenn du hättest Ärztin werden wollen, hättest du Medizin studieren müssen, als ich dir das anbot. Aber nein, du musstest dich ›selbst finden‹. Also bist du jetzt Krankenschwester. Dann handle auch wie eine, statt armselig eine Ärztin zu imitieren!«

Bei der Bemerkung »Ärztin spielen« blieb Robin glatt die Luft weg. Sie war zu ungerecht. »Wie soll ich denn einfach alles vergessen, was ich in Vietnam gelernt habe? Das kann ich nicht! Ich weiß, wie man intubiert. Ich weiß, wie man nach einer Operation die Wunde verschließt. Ich kann einen Luftröhrenschnitt machen und die Triage führe ich mit den besten Ärzten im Cadman Memorial durch. Ich kann nicht wieder die Art Schwester sein, die ich früher war!«

Die Reaktion ihrer Mutter: »Nun, meine Liebe, ich fürchte, das wirst du aber *müssen.*« Nach einer Pause fügte sie hinzu: »Und Robin ... den Leuten ist der Vietnam-Krieg ... nicht angenehm. Der Krieg ist nicht populär, weißt du.«

»Bei den Jungs, die Arme und Beine und Leben im Kampf verloren haben, war der Krieg noch weniger populär!«

»Ich glaube, wir sollten unser Gespräch beenden. Dein Vorgesetzter hat mich gebeten, mit dir zu reden, und das habe ich. Alles andere bleibt dir überlassen.«

Gerecht oder nicht, sie brauchte eine feste Stelle. Als Krankenschwester verdiente sie wenigstens gut. Das war besser, als ganz von vorn anzufangen als Aushilfskraft im Büro oder Gottweißwas. Sie rief sich ins Gedächtnis zurück, dass sie jetzt Mutter war – oder sein würde, sobald Nina eintraf.

Ihre Eltern saßen geduldig da – Mom zumindest, die in einer Zeitschrift blätterte. Ihr Vater war wie üblich voll nervöser Energie. Er klopfte mit dem Fuß auf den Boden und ließ die Knöchel seiner Finger knacken. In einer Minute würde ihre Mutter sagen: »JJ, um alles in der Welt! Hör *auf* damit!« Und er würde ein Weilchen damit aufhören, so lange er daran dachte, und dann erneut anfangen.

Robin war bei ihrer Rückkehr aus Vietnam erstaunt gewesen, ihn zu Hause vorzufinden. Zuerst war sie wütend. Was dachte er sich dabei, einfach wieder in ihr Leben zurückzukehren, als ob er nie gegangen wäre?

»Wie kannst du ihn wieder aufnehmen nach dem, was er uns angetan hat?«, hatte sie ihre Mutter gefragt, die ruhig erwiderte: »Die Beziehung zwischen deinem Vater und mir ist unsere Angelegenheit, Robin. Und zufällig liebe ich ihn.«

»Bist du verrückt?« Sie bedauerte die Worte in dem Moment, in dem sie sie aussprach.

Ihre Mutter schaute sie gelassen an und meinte: »Was ist mit dir, Robin? Findest du das, was du tust, vernünftig? Ein Kind zu adoptieren, das überhaupt nicht mit dir verwandt ist? Dir jede Möglichkeit auf eine Heirat und ein normales Leben zu nehmen?«

In dem Punkt hatte ihre Mutter Recht. Es war wirklich eine völlig wahnwitzige Idee. Und das Verrückteste war, dass sie sie trotz eines einjährigen Alptraums aus Lügen und Ausflüchten und Veränderungen der Vorschriften und Gesetzesänderungen umgesetzt hatte. Aber sie war am Ball geblieben und hatte gewonnen. Plötzlich kam ihr der Gedanke, dass es bei ihrer Mutter und JJ vielleicht dasselbe war – sie war geduldig am Ball geblieben und hatte schließlich gewonnen.

Robin betrachtete ihre auf der Bank sitzenden Eltern. Was sähe sie, wenn sie sie nicht kennen würde? Ein attraktives Paar mittleren Alters, das sich sehr wohl miteinander zu fühlen schien. Die Frau klein und schlank mit rotblondem Haar – man sah nicht, ob die Farbe echt war oder nicht –, das knapp über die Ohren reichte, adrett gekleidet in eine frische weiße Bluse und einen schmalen Rock. Der Mann, die schönen Gesichtszüge erschlaffend, aber mit einem vollen Schopf dichter, strahlend weißer Haare. JJ trieb seit einiger Zeit Sport und war richtig muskulös geworden. Er hatte ein paar Nebenrollen in Filmen ergattert, die in und um New York gedreht wurden, und war zufrieden mit sich selbst.

Nach seiner Rückkehr hatte er zunächst noch stark getrunken. Er hatte jeden Morgen eine Thermosflasche Orangensaft mit zum Sport genommen, dem er reichlich Wodka beimengte, bis ihre Mutter endlich dahintergekommen war. Sie hatte ein Machtwort gesprochen. Hör auf zu trinken oder raus mit dir. Jetzt war er bei den AA, den Anonymen Alkoholikern, und machte Robin wahnsinnig, indem er ihr ständig sagte, sie solle auch hingehen. Sie schnauzte ihn an, er solle sich um seine eigenen Angelegenheiten kümmern. »Wenn du in Vietnam gewesen wärst, wüsstest du, wieso ich trinke!«

»Aber Robin, ich habe mich 1943 doch auch durch Sizilien und Italien gesoffen. Ich weiß verdammt gut, warum du trinkst. Ich kenne Männer, die nie damit aufgehört haben. Und so, wie du süffelst …«

Sie sagte, er solle den Mund halten. »Ich habe das Trinken unter Kontrolle, mach dir keine Sorgen um mich. Ich brauche die AA nicht.« Es stimmte, dass sie sich gelegentlich, wenn sie einen besonders schlimmen Tag im Krankenhaus hinter sich hatte oder plötzlich von Erinnerungen an Harry überwältigt wurde, so lange aus einer Flasche nachgoss, bis alles verschwamm und sie einschlafen und vergessen konnte. Und sicher, manchmal ging sie am Wochenende in eine Bar in Park Slope, die ihr gefiel, und in der sich häufig Kriegsveteranen trafen. Mehr als einmal war sie dann morgens schon in einem fremden Bett aufgewacht, ohne sich entsinnen zu können, wie sie hineingekommen war, und lag neben einem Mann, an den sie sich ebenso wenig erinnern konnte. Das war ganz schön beängstigend.

Aber zur Arbeit schaffte sie es immer. Es beeinträchtigte ihr Leben nicht. Sie war jetzt eigentlich effizienter denn je, belegte sogar ein paar Kurse in Psychologie an der Abendschule, um ihren Doktor zu machen. Wenn ihre kleine Tochter erst einmal bei ihr wäre, würde sie einfach aufhören zu trinken. Sie konnte aufhören, sagte sie sich, jederzeit, wenn sie wollte.

Als Robin so dastand und ihre Eltern betrachtete, schaute ihre Mutter von ihrer Zeitschrift auf, und ihre Blicke trafen sich. Sie zog fragend die Augenbrauen hoch und Robin schüttelte den Kopf. *Nein, ich habe sie noch nicht entdeckt*. Seltsam, dass Mom darauf beharrte, hier bei ihr zu sein, während ihre ganze Kindheit hindurch alle anderen vorgegangen waren. *Ach, sei still!*, dachte Robin. *Du hattest Gran und Addie. Du wurdest mehr bemuttert als eine Menge Leute.* Wenn sie nur nicht immer wieder die Menschen verlöre, die sie liebte.

Doch jetzt *bekam* sie jemanden, den sie liebte. Ein Stückchen von Harry. Harry – der nach wie vor durch ihre Träume geisterte. Der Kampf um die Adoption hatte über ein Jahr gedauert. Es gab so viele Hindernisse, so viele Dummköpfe, die keinen Millimeter von ihren Regeln und Vorschriften abweichen wollten. Sie hatte Dutzende von verfluchten Dokumenten aus dem Waisenhaus in Vietnam benötigt: Ninhs Geburtsurkunde, ein Entlassungsschreiben, Fotos. Den Bericht einer Sozialarbeiterin über die psychische Verfassung der Kleinen, den Bericht eines Arztes über ihren Gesundheitszustand. Ein Ausreisevisum von der Regierung. Einen Hintergrundbericht über Ninhs Eltern. Das war eine heikle Sache gewesen. Mit einem beklemmenden Gefühl hatte Robin mit Harrys Eltern in Florida Kontakt aufgenommen. Sie verabredete sich mit ihnen und flog hin, um ihnen von Ninh zu erzählen.

Die Kayes waren großartig. Sie setzte sich zu ihnen in den großen, auf drei Seiten verglasten, in Pastellfarben eingerichteten Raum, druckste ein Weilchen herum und platzte dann einfach damit heraus. Sie und Harry seien »verlobt« gewesen, er habe mit einer Halbvietnamesin ein Kind gezeugt, und sie wolle das Kind jetzt adoptieren. Die beiden fielen *nicht* in Ohnmacht. Harrys Vater sagte: »Könnten Sie das wiederholen? Langsamer?«, und lächelte sie an. Es war Harrys Lächeln, schief und freundlich, der Kopf leicht zur Seite geneigt.

»Sie lächelt genauso, Ninh. Sie sieht aus wie Harry. Sie hat seine Locken, sie sind rötlich braun, und sie hat sein Strahlen. Sie ist so intelligent!«

Als Robin geendet hatte, herrschte kurzes Schweigen. Dann fragte Harrys Mutter mit leicht zitternder Stimme: »Was brauchen Sie?« Sie ging sofort nach oben, um die Unterlagen über Harrys schulischen Werdegang, seinen Impfpass und seine Zeugnisse zu holen. Bei Robins Abreise aus Fort Lauderdale waren sie und die Kayes bereits gute Freunde. Als sie ihnen dankte, dass sie so verständnisvoll gewesen waren, sagte Mr Kaye: »Also, ich will nicht so tun, als wären wir nicht ein bisschen schockiert gewesen, als wir hörten, dass Harry, äh – Sie wissen schon. Aber zu erfahren, dass er nicht ganz ...« Seine Stimme brach und er hielt inne.

Mrs Kaye sprach für ihn weiter: »Wir hoffen, Sie lassen uns Großeltern sein für das kleine Mädchen. Nina.« Das Versprechen gab Robin ihnen natürlich, und sie beabsichtigte, es zu halten.

Madame Chiou tat das ihre, indem sie einen umfassenden

Bericht über ihre Tochter ablieferte, die, Pams Briefen zufolge, immer noch vermisst war. Die Äbtissin musste einen Bericht über Ninh schreiben und willigte ein, sie aus dem Waisenhaus zu entlassen, sobald ihre Mutter für tot erklärt worden war.

Als das alles beisammen war, stellte Robin fest, dass die Papiere nicht ihr persönlich zugeschickt werden konnten. Sie mussten einer anerkannten internationalen Hilfsorganisation übergeben werden. Unverzüglich rief sie Pam im Lazarett an. Die einzige Hilfsorganisation in Vietnam war der ISS, der International Social Service. »Na gut, wenn das die einzige ist«, sagte sie zu Pam, »dann muss ich die wohl nehmen.«

Sie rief den ISS in Saigon an und wurde mit einer gewissen Marjorie Crandell verbunden. Miss Crandell meinte: »Oh, wir übernehmen keine individuellen Vermittlungen, Miss Malone. Wir suchen und vermitteln ausländische Kinder für lizenzierte Adoptionsagenturen.«

»Oh Gott! Schon wieder ein Problem!«, stöhnte Robin. »Das nimmt ja kein Ende! Ich fasse es nicht, welche Schwierigkeiten ich habe, ein Waisenkind aus Vietnam herauszuholen.« Zu ihrem Entsetzen fing ihre Stimme an zu zittern, weil ihr die Tränen kamen.

»Das tut mir sehr Leid«, sagte Miss Crandell, und es klang ehrlich. »Ich weiß, wie Sie sich fühlen. Aber passen Sie auf... Dass Sie bisher kein Glück gehabt haben, heißt ja nicht, dass das so bleibt. Versuchen wir es noch mal, Miss Malone. Ich bin dazu bereit. Was ist mit Ihnen?«

Was für eine Frage! Selbstverständlich war sie bereit. Sie würde nie begreifen, warum eine Adoption so unerhört erschwert wurde. Man sollte doch meinen, dass sich jeder darüber freute, wenn eine Waise in eine richtige Familie kam, wo sie geliebt und umsorgt und zur Schule geschickt wurde. Aber Robin wurde jedes erdenkliche Hindernis in den Weg gelegt.

Es dauert zum Beispiel Monate, bis sämtliche in Vietnam ausgestellten Papiere abgestempelt waren. Gott sei Dank gab es Madame Chiou, die ihre Enkelin endlich in Sicherheit wissen wollte, und Marjorie Crandell vom ISS, die über eine wunderbare Sammlung von Stempeln verfügte, welche sie großzügig auf alle Dokumente verteilte.

»Jetzt ist alles beisammen, glaube ich. Hier weiß man ja nie«, hatte Marjorie ihr bei einem ihrer zig Telefongespräche gesagt. »Und nun müssen Sie, fürchte ich, herkommen.«

»Herkommen?«, wiederholte Robin verblüfft.

»Ja. Nach Saigon. Sie müssen alle Berichte selbst abholen. Und dann sind da noch ein paar Regierungsbeamte, die sie durchsehen und abstempeln müssen, also –«

Also flog sie hin. Es war ein äußerst merkwürdiges Gefühl, sich ohne die schützende Tarnung ihrer Uniform in Saigon wieder zu finden. Zivilistin zu sein, kam ihr fast vor wie nackt herumzulaufen. Endlich lernte sie Marjorie persönlich kennen, die zu ihrer Überraschung eine hübsche junge Frau war. Sie hatte sie sich als einen ältlichen Bibliothekarinnentyp vorgestellt, das ergrauende Haar zu einem Knoten festgesteckt. Marjorie lud sie ein, bei ihr zu übernachten, doch Robin hatte in einem der großen Hotels bereits reserviert. Sie hatte sowieso vor, so viel Zeit wie möglich im Eins-Sechs-Eins zu verbringen, von wo aus sie Bu Hoy besuchen konnte.

Eine Woche lang lächelte sie Tausende von anonym aussehenden Männern mit Brillen und glasigen Augen an und versuchte, nicht die Geduld zu verlieren, während sie sie innerlich drängte, ihre verdammten Stempel zu benutzen. Ständig fanden sie Dinge, die noch fehlten, sodass sie sich wieder an den ISS und Miss Crandell wenden musste. Einiges wurde zu ihren Gunsten gefälscht, aber das war ihr egal. Irgendwann war alles erledigt. Wirklich, Marjorie? Ja, wirklich, Robin. Hurra! *Darauf* trinken wir einen. Darauf trinken wir zwei!

Anschließend ließ sie sich in einem Hubschrauber zu ihrer alten Truppe fliegen. Pam, die kurz vor ihrer Heimkehr stand, freute sich sehr. Joe auch. Sogar Bingo Batten lächelte und bot ihr einen Drink an. Bei jeder Gelegenheit besuchte sie das kleine Mädchen, das inzwischen Nina für sie war. Nina krabbelte und zog sich hoch, um zu stehen, und versuchte zu sprechen – und Robin war die meiste Zeit nicht dabei. Es machte sie schier verrückt. Sie war wahnsinnig verliebt in den munteren kleinen Schatz. Nina hatte viele von Harrys Eigenheiten und lernte innerhalb einer Stunde mehrere englische Worte. »Mommy«, »Hallo«, »Wiedersehen«, »Brooklyn«. Na ja. »Brooklyn« verstümmelte sie ein bisschen, aber Robin war überzeugt, dass Nina das intelligenteste Baby auf der ganzen Welt war.

Sobald sie wieder in den Staaten war, ging Robin zur Einwanderungs- und Einbürgerungsbehörde in Manhattan und ließ den Stapel Dokumente vor einem Sachbearbeiter auf den Tisch fallen. Der Mann, glatzköpfig und mit einem Gesicht wie ein trauriger Jagdhund, dessen Namensschild ihn als Mr Golden auswies, brütete endlos über den Papieren. Als er schließlich aufblickte, sagte er lustlos: »Es fehlen noch ein Voradoptions-Zertifikat vom Staat New York, Angaben über Ihre häuslichen Verhältnisse, ein Untersuchungsbericht von uns und eine Geburtsurkunde für das Kind.«

»Geburtsurkunde? Die ist doch da.« Während sie den Stapel durchblätterte, sah er mit ausdruckslosem Gesicht und völlig desinteressiert zu. Sie fand das Blatt und wedelte damit. »Hier ist sie.«

Er schüttelte den Kopf. »Das ist keine Geburtsurkunde. Das ist die Registrierung ihrer Geburt, die Bescheinigung des Datums und so weiter, aus dem Ort, wo sie geboren wurde. Doch das ist nicht dasselbe wie eine Geburtsurkunde.«

»Wo zum Teufel ist da der Unterschied? Hier steht, wo und wann sie geboren wurde Was wollt ihr eigentlich noch alles?« Sie war außer sich vor Zorn.

»Mich anzuschreien, verschafft Ihnen auch keine Geburtsurkunde, Mrs Malone. Laut Vorschrift brauchen wir eine abgestempelte, besiegelte Geburtsurkunde aus dem Herkunftsland.«

Ein Anruf bei Marjorie in Saigon verhalf ihr in der nächsten Post aus Übersee zu einer sehr amtlich aussehenden Geburtsurkunde. Wieder zehn Tage verloren. Robin dachte, damit hätte es sich. Sie irrte sich. Sie hatte eine gute Adoptionsagentur gefunden, Gladwin-Howell, und jetzt begann die richtige Nerverei. Anträge und Formulare mussten ausgefüllt werden, natürlich in dreifacher Ausfertigung. Dokumente mussten kopiert, beglaubigt und gegengezeichnet werden. Man nahm ihre Fingerabdrücke, Birdies Fingerabdrücke und JJs Fingerabdrücke. Nicht einer, sondern zwei Berichte über ihre häuslichen Verhältnisse wurden angefertigt. Das hieß, dass zuerst zwei bissig wirkende Typen in die Clinton Street kamen und dort jeden Winkel durchforschten. Außerdem schnüffelten sie ihr Leben aus. Selbst eine Ärztin, eine Krankenschwester und ein leibhaftiger Filmschauspieler bedeuteten den Inspektoren mit den verkniffenen Lippen und starren Gesichtern, die das Essen in den Schränken und das Bettzeug im Wäschefach, den Garten und das ganze Viertel – einfach alles – untersuchten, rein gar nichts.

Danach führten die Leute von der Einwanderungsbehörde ihre eigene Untersuchung durch, befragten die Nachbarn und Kollegen im Krankenhaus, um sich zu vergewissern, dass Robin drüben nicht zum Kommunismus bekehrt worden war, und erkundigten sich, ob jemand gehört habe, dass das künftige Adoptivkind zu den Vietcong gehörte.

»Mein Gott, sie ist ein Baby! Sie *weiß* nichts von Politik! Sind die nicht ganz *richtig?*«, schrie Robin. Aber wen schrie sie an? Ihre Kumpels in der Bar in Park Slope. Sie konnten auch nur zustimmen, dass Bürokraten das Letzte seien, und ihr noch einen Drink ausgeben.

Kaum war dieser Alptraum vorüber, änderte sich plötzlich, vor ungefähr sechs Wochen, die Situation in Vietnam erneut. Der neue Innenminister war nicht für Auslandsadoptionen. Die Einwanderungsbehörde teilte ihr mit, sie bekomme keine Ausreisevisum für Nina. Der Sachbearbeiter klang gelangweilt wie üblich. Was tat sie also in der Stunde der Not? Sie rief in Saigon an. Marjorie Crandell hörte sich besorgt an. »Ich weiß nicht, was los ist, Robin. Die Vorschriften haben sich schon wieder geändert.«

»Ach, Scheiße.«

»Wirklich«, stimmte Marjorie zu. »Ich wünsche, ich könnte was tun. Doch leider kann man nur abwarten. Und hoffen.«

»Klar. Warten. Und hoffen. Wie immer. Oh Marjorie, es ist ja nicht Ihre Schuld. Sie waren prima. Ich habe wohl einfach gedacht, Sie könnten Kaninchen aus dem Hut zaubern.«

»Tut mir Leid. Kaninchen sind alle. Aber die Dinge können sich schon über Nacht wieder ändern.«

Warum erzählte sie nicht Larry Underwood davon? Wer weiß? Sie ging seit ein paar Wochen hin und wieder mit Larry aus. Er war Staatsanwalt am Gericht von Manhattan und wie die meisten jungen Männer, die dort arbeiteten, hyperaktiv und superdynamisch. Er fuhr einen Jaguar, ein wunderschönes Auto, das er ihrer Meinung nach mehr liebte als irgendein menschliches Wesen, und er fuhr ihn wie ein Verrückter. Einmal, als sie ihn so beiläufig wie möglich bat, doch mit der Raserei auf dem FDR Drive aufzuhören, bevor sie einen Unfall bauten, grinste er sie an und sagte: »Mein Wagen ist meine Waffe, Süße.« Er war gut im Bett – sein Schwanz war ebenfalls seine Waffe, und er machte aggressiv von ihm Gebrauch –, aber eigentlich niemand, dem sie normalerweise ihre Sorgen anvertraut hätte.

Dennoch, eines Abends, als sie im Embers George Shearing lauschte und sich bei extra trockenen Wodka-Martinis entspannten, erzählte sie ihm von den Scheißkerlen in der Einwanderungsbehörde. Nun, es stellte sich heraus, dass Larry in jeder Regierungseinheit Leute kannte und sich gern wichtig machte – besonders, wenn er damit ihren Beifall errang.

»Die machen dir Ärger? Gib mir ein paar Tage Zeit, Schätzchen.« Wie durch Zauberei riefen sie zwei verschiedene Sachbearbeiter aus der Einwanderungsbehörde an. Was für ein veränderter Ton! Sie hätten einen Anruf von Underwood gekriegt, und ob sie ihr irgendwie behilflich sein könnten? Und siehe da! Eine Woche später war ein Visum für Nina, noch Nguyen Ninh genannt, in der Post. Kurz darauf schickte der Staat New York in seiner unendlichen Weisheit ein Voradoptions-Zertifikat. Mittlerweile hatte sie das Interesse an Larry Underwood verloren, dessen Raubtierhaftigkeit sie allmählich anstrengte, aber aus Dankbarkeit schlief sie trotzdem noch ein paar Mal mit ihm. Sie hatte das Gefühl, ihm irgendetwas schuldig zu sein.

Das alles war jetzt Vergangenheit. In wenigen Minuten würde sie ihr Baby habe, ihre Nina, und ihr wahres Leben konnte beginnen.

Endlich, mit nur zwei Stunden Verspätung, kamen die ersten Passagiere des Fluges 542 heraus. Robins Herz fing an zu hämmern. Sie rief ihre Eltern, und alle drei stellten sich an die Türen, hinter denen Zoll und Einwanderungsbehörde passiert werden mussten. Robin erwartete, dass das Kind, das sie vor einem halben Jahr gesehen hatte, von jemandem auf dem Arm getragen würde. Und dann fragte ihre Mutter: »Ist sie das da? Mit den rotbraunen Locken? Sie sieht gar nicht asiatisch aus!«

»Wo ist sie? Ihr Vater war kein Vietnamese, das weißt du doch! Er war ein weißer Amerikaner ... wie deiner. Und ihre Mutter war Halbfranzösin. Also ist sie ebenso sehr Asiatin wie du Indianerin.«

»Da drüben links. Ganz hinten. Mit einer Stewardess und anderen Kindern.«

Robin drängte sich nach vorn. Sie hatte das Gefühl, als schiebe sie Wassermassen vor sich her, während sie nach einem Baby mit dunkelroten Haaren Ausschau hielt.

Und da war sie: Nina, eine viel größere und dünnere Nina, die wie ein richtiger Mensch lief – na ja, wie ein Kleinkind –, an der Hand einer Stewardess. Sie umklammerte den Teddy, den Robin ihr mitgebracht hatte, als sie in Nam war, und schaute sich mit großem Interesse um. Sie war vom Waisenhaus viel zu warm in ihren Sonntagsstaat eingepackt worden, Samtkleid und lange Baumwollstrümpfe. Die Ärmste, sie musste in Schweiß gebadet sein. Es war ziemlich heiß. Aber was dachte sie sich denn? Das Kind hatte sein ganzes bisheriges Leben in Südvietnam verbracht. Dort herrschten jetzt vermutlich Temperaturen um fünfunddreißig Grad.

»Nina! Nina!« Die Kleine guckte neugierig, wo die Stimme herkam. Einen schrecklichen Moment lang fürchtete Robin, Nina würde sie nicht erkennen. Dann schenkte Nina ihr jenes Harry-Kaye-Grinsen, und ein Stimmchen piepse in reinstem Baby-Französisch: *»Maman! Maman! C'est moi!«* Sie machte sich von der Hand der Stewardess los und kam auf Robin zugerannt. Sie hatte keinen Zweifel, wo sie hinwollte oder hingehörte!

Robin lief der Kleinen entgegen, umarmte sie ungestüm, drückte sie eng an sich und weinte, völlig aufgelöst vor Liebe und Aufregung. Als sie spürte wie sich die Ärmchen um ihren Hals legten, wusste sie, dass es wirklich vorbei war, endlich. Sie sandte eine wortlose Botschaft gen Himmel: *Okay, Harry, jetzt habe ich sie, und sie gehört mir, gehört uns. Du wirst sehen, wie stolz du auf sie sein kannst. Das ist ein Versprechen.*

Epilog

Dr. med. Nina Malone Crane
Dr. Charles Dancing Crane
Harry K. Crane
Dr. Robin Malone,
Ärztin der Neurologie und Psychiatrie

Old Saybrook am Long Island Sound in der Nähe des Connecticut River, Sommer 1997

»Es wird Zeit, dass du das große alte Haus in der Clinton Street verkaufst, Mom. Du wirst schließlich nicht jünger.«

»Nett von dir, mich daran zu erinnern, Nina«, sagte Robin trocken. Aber die Bemerkung störte sie nicht. Sie stimmte ja, oder? Sie war sechsundfünfzig. Wenn sie sich dieser Tage im Spiegel betrachtete, war sie jedes Mal überrascht. Schockiert, sollte sie wohl lieber sagen. Sie war schockiert darüber, das Gesicht zu sehen, das ihr daraus entgegenblickte, mit seinem erschlaffenden Fleisch und den Augenringen, ein Gesicht, das sehr oft erschöpft wirkte. Wohl noch attraktiv, aber verändert. Verbraucht.

Nun, sie fühlte sich auch verbraucht. Sie war gerade von fünf Wochen in Menlo Park, Kalifornien, zurückgekehrt, aus einem Rehabilitationszentrum für Lazarettkrankenschwestern, besonders solche, die in Vietnam gearbeitet hatten. Die meisten von ihnen waren damals junge Mädchen gewesen, nicht viel älter als die Verwundeten, die sie versorgt hatten. Zwanzigmal am Tag hatten sie dem Tod ins Auge geblickt, Tag für Tag, hatten zwölf Stunden hintereinander Bilder des Grauens vor Augen gehabt und man erwartete von ihnen – befahl ihnen, dass sie ruhig und gelassen blieben.

Als sie heimkehrten in ein feindseliges Land, das den verdammten Krieg bloß vergessen wollte, hatte niemand Lust, sich anzuhören, was die Schwestern durchgemacht hatten. Die Armee behauptete, sie hätten eigentlich gar nicht viel durchgemacht. Schließlich hätten sie nicht gekämpft. Das war die große Lüge Nummer eins. Sie erinnerte sich – sie erinnerte sich nur allzu deutlich! Wenn *das* kein Kampf war, Tag und Nacht mit Blut und Wunden fertig zu werden, mit Tod und Grauen und ständigem Verlust, was dann, zum Teufel?

So viele Menschen waren ihr genommen worden, so viele Hoffnungen und Träume. Sie war voller Wut; aber sie war Krankenschwester, und Krankenschwestern weinen nicht, trauern nicht und werden nicht wütend. Also trank sie jahrelang, um ihren Zorn darüber zu verdrängen, dass sie ihren Geliebten und dann auch noch ihre beste Freundin verloren hatte. Das liebe, gutherzige Bauernmädchen, Pam Boone, in der letzten Woche ihres letzten Einsatzes von Heckenschützen getötet. Sofort tot. Ganz zu schweigen von all den Jungs, die ins Eins-Sechs-Eins kamen, um zusammengeflickt zu werden, und die es, egal, wie sehr man sich bemühte, nicht schafften. Sie war wütend, weil sie so oft »moribund« hatte sagen müssen, aber nie darüber hatte weinen dürfen.

Schwestern, die weinten, galten als verrückt, Schwestern, die weinten, verloren ihre Zulassung oder ihre Kinder. Deshalb hielten die meisten Lazarettkrankenschwestern, die aus Nam zurückkehrten, alles unter Verschluss. Ihre Zulassung oder ihre Kinder verloren sie nicht; sie verloren nur den Verstand.

Die Wut war so tief in Robin vergraben gewesen, dass sie sich ihrer kaum bewusst war. Beinahe dreißig Jahre lang war sie aktiv und funktionierte. Sie zog ihre Tochter groß. Sie gab ehrenamtlich Unterricht. Sie belegte Fortbildungskurse. Nachdem sie im OP des Cadman Memorial Oberschwester geworden war und man sie gefragt hatte, ob sie die Schwesternschule leiten wolle, hatte sie darüber nachgedacht und Nein gesagt. Es reichte ihr, immer demütig und bescheiden im Hintergrund zu stehen. Sie wollte auf keinen Fall intelligente Mädchen ausbilden, nur damit sie hinterher in derselben Sackgasse landeten. Die Einstellung von Ärzten – einschließlich ihrer eigenen Mutter – würde sich nie ändern.

Sie absolvierte ein Vollzeitstudium in Psychologie, machte ihren Doktor und wurde, ausgerechnet, Therapeutin. Da war sie nun Ratgeberin und Trösterin und gleichzeitig selbst eine wandelnde Zeitbombe aus Zorn und Kummer, die sich in den meisten Nächten in den Schlaf trank.

Sie erhob sich aus dem Liegestuhl und ging ans andere Ende der Holzplattform, wo sie auf den Long Island Sound hinausblicken konnte. Es war ein klarer, sonniger Tag mit stetiger Brise, daher war das Wasser mit kleinen weißen Segeln getüpfelt.

»Kannst du erkennen, welches Charlies Boot ist?«, wollte sie wissen.

Nina schüttelte den Kopf. »Nein. Aber wenn er fragt, ob ich ihn da draußen winken gesehen hätte, sage ich immer ja. Sonst ist er enttäuscht. Charlie ist ein richtiger Romantiker.«

»Du hast Glück«, meinte Robin.

»Als ob ich das nicht wüsste! Es macht ihm nicht mal was aus, dass ich intelligent bin.« Sie lachten beide in Erinnerung all der Jungen, denen das sehr wohl etwas ausgemacht hatte, als Nina Teenager war.

»Ich hab's dir doch gesagt, oder? Ich hab dir gesagt, es wird besser.«

»Ja, du hattest Recht«, meinte Nina mit einem Blick auf die alte Wiege, die im Schatten des überhängenden Daches stand. Sie ging hin und bückte sich zu dem Baby hinab.

Er war zwei Monate alt, hieß Harry K. Crane und hatte rote Locken. Robin war wahnsinnig verliebt in ihren Enkel. Sie hätte nie gedacht, dass ihr so etwas noch einmal passieren würde, doch sie genoss es. Sie schlenderte hinüber, um Klein-Harry zu bewundern, der auf dem Rücken schlief, die winzigen Hände zu Fäusten geballt, der rotgoldene Lockenflaum feucht an seinem Hals klebend. Er war wunderschön. Robin hoffte inbrünstig, dass er einmal seinem Großvater gleichen würde. Seinem Großvater! Es war merkwürdig, sich Harry, der in ihrer Erinnerung immer dreißig bleiben würde, als Opa vorzustellen. Blinzelnd drängte sie ihre Tränen zurück.

Irgendetwas musste sie jedoch verraten haben, denn Nina sagte beiläufig: »Du weißt, dass wir es ernst meinen, wenn wir sagen, dass du hier bei uns wohnen kannst.«

»Ich? Draußen in der Provinz? Nein danke, Schatz. Ich bin ein Großstadtmädchen. Ich fasse es immer noch nicht, dass ihr, du und Charlie, nicht Besitzer von der Clinton Street Nr. 3 werden wollt.«

»Es war schön, in den Heights aufzuwachsen, Mama, aber als Charlie mich zum ersten Mal hierher mitnahm, damit ich seine Eltern kennen lernte, und mir den Strand von Hammonassett zeigte, habe ich mich in den Ort verliebt. Entsinnst du dich? Als ich zurückkam; sagte ich zu dir: ›Da will ich leben. Direkt am Wasser, wo ich die Möwen rumsausen sehen und beobachten kann, wie die Sonne im Meer untergeht.‹ Und jetzt, wo Charlie so intensiv über amerikanische Ureinwohner forscht, ist es noch interessanter für mich. In seinem Volk kannte man eine Menge guter Heilmittel, Mama. Die wurden auch von den ersten Siedlern geschätzt. In ihren Berichten heißt es immer, die Indianer seien wesentlich sauberer und gesünder als sie selbst. Sie haben viele indianische Mittel übernommen. Und das tue ich auch.«

»Was meinst du damit?«

»Na ja, die Pequot zum Beispiel, die Mohegan eigentlich. Die lebten in dieser Gegend …« Sie beschrieb einen Kreis, der den Strand und alles dahinter umfasste. »Im Sommer haben sie am Strand kampiert und im Winter sind sie in das Hügelland im Norden gewandert. Sie haben Mais und Kürbis und Bohnen angebaut und im Meer gefischt. Sie ernährten sich richtig gesund – kein Zucker oder fett triefendes Zeug, von dem die Leute bei uns dick werden und Diabetes kriegen und Herzkrankheiten.«

Nina hatte an der Harvard Medical School studiert, war aber schon früh von Alternativmedizin fasziniert. Auf einer Reise nach China sah sie, dass die Akupunktur dort genauso wirkte, wie die Anästhesie im Westen – das heißt, meistens. So hatte es bei ihr angefangen, dass sie einen großen Teil der offiziellen modernen medizinischen Weisheit als Unsinn betrachtete. Sie fand, dass viel zu viel mit pharmazeutischen Mitteln gearbeitet und nicht genug mit den psychischen Heilkräften. Fest überzeugt von der heilsamen Wirkung gesunder Ernährung, zitierte Nina gern einen Arzt, dessen Namen Robin entfallen war, der gesagt hatte: »Das Mittel gegen Krebs wird nicht im Labor, sondern auf unseren Esstellern entdeckt werden.« Während ihrer Schwangerschaft hatte Nina begonnen, Artikel zu schreiben, die bisher nur in Zeitschriften für Alternative Medizin veröffentlicht worden waren. Doch das schreckte sie nicht ab. Nina ließ sich nicht so leicht entmutigen.

»Und Mama, was noch erstaunlicher ist: Die Indianer hatten meistens nur zwei, vielleicht drei Kinder. Sie wurden schwanger, wenn sie schwanger werden wollten. Sie wussten, wie man einen Fötus abtreibt – und das müssen sie mit Kräutern getan haben, denn sie hatten damals keine chirurgischen Instrumente.«

Robin lächelte. »Natürlich waren es Kräuter, Schatz. Meine Großmutter, Morgan Becker, wusste, wie man sie zusammenbraut.«

»Wirklich?«

»Das muss ich dir doch erzählt haben.«

»Du hast mir erzählt, dass sie eine beliebte und erfolgreiche Ärztin war. Ach ja, und dass sie als Hebamme angefangen hat.«

»Und von ihrer Mutter habe ich dir nie erzählt? Nun, ihre Mutter war Heilerin. Nicht weit von hier übrigens, irgendwo in der Nähe von East Haddam.«

»Du machst Witze! Meine Familie stammt aus dieser Gegend? Warte bloß, bis Charlie das hört! Los, erzähl! Du wolltest mir was verheimlichen, Mama!«

»Gar nicht. Ich glaube, ich *habe* es dir erzählt – als du ein kleines Mädchen warst. Na gut. Schon gut. Denk dran, ich weiß nicht, wie viel von alledem wirklich stimmt, aber Gran hat mir immer Geschichten von ihrer Mutter erzählt – Annis hieß sie, Annis Wellburn. Sie war die Hebamme des Ortes, und als Hebamme wurde sie zwangsläufig auch Gynäkologin. Und weil sie so geschickt war, suchten die Leute sie schließlich wegen allem Möglichen auf. Gran meinte, es sei bloß gesunder Menschenverstand gewesen plus einige Geheimrezepte, die ihrer Mutter von deren Mutter überliefert worden waren. Doch die Leute dachten, sie könne zaubern, sei eine Hexe.« Robin beschloss, Nina nichts von den Flüchen zu erzählen. Das war einfach zu unglaublich. »Ich bin nicht mal sicher, dass ich mich richtig erinnere.«

»Solltest du aber. Das ist ja ein Grund, warum Charlie sich für diese Geschichten interessiert, Mama.«

»Und was ist der andere?«

Nina lachte. »Er hofft, dass die Mohegan – das ist sein Volk – einen Teil seiner Forschung über indianische Zauberkraft und Medizin finanzieren … wo sie doch jetzt so reich sind als Besitzer des Mohegan Sun Casino. Und er sagt, wenn sie es nicht tun, wendet er sich an die Mashantucket Pequot – das ist der Stamm, dem Foxwoods gehört.«

»Na, ich hoffe, dass einer der Stämme ihm Geld gibt. Ich fand immer dass Magie und Medizin eng miteinander verwandt sind – guck dir doch an, was ich tue. Was ist Psychotherapie, wenn nicht von beidem etwas?«

»Deine Oma muss dir doch auch andere Geschichten erzählt haben.«

»Tatsächlich, jetzt, wo wir darüber reden, fallen mir noch andere Sachen ein. Angeblich stammte meine Großmutter – also auch meine Mutter und ich –, stammen wir alle direkt von einer Heilerin namens Bird ab. Deshalb erhielt Mom den Namen Birdie und ich den Namen Robin, was ja Rotkehlchen bedeutet. Na, es scheint, dass unser Vögelchen hier ...«

»Warte mal!«, unterbrach Nina. »Hör zu, Mama. Wie heiße ich?«

Robin war verblüfft. »Wie du heißt? Nina natürlich.« Dann fiel der Groschen. »Ach so. Meine Güte. Crane.«

Mit gedämpfter Stimme wiederholte Nina: »Crane. Kranich. Ich heiße wie der Kranich. Ein Wasservogel.«

Sie sahen sich an, und Robin spürte, wie es ihr kalt den Rücken herunterlief.

»Die Heilerin, Bird«, sagte Nina, die Augen weit aufgerissen, »sie war eine Pequot, stimmt's? Wenn Bird nun tatsächlich genau hier gelebt hat, an *diesem* Strand?« Sie machte eine dramatische Pause. »Wenn nun mein Wunsch, hier zu wohnen, der Geist von Bird war, der zu mir gesprochen hat?«

Robin lachte und meinte leichthin: »Du bist doch gar nicht blutsverwandt mit Bird, Schatz.«

Doch Nina blickte ernst drein und sagte: »Ihr Geist wüsste aber, dass ich zu dieser Familie gehöre. Und denk dran, Charlie ist zum Teil Mohegan.«

Noch ein Erschauern. Robin hatte plötzlich wie in einem Blitz den großen weißen Vogel gesehen, der gelegentlich in ihren Träumen erschien. Aber nein. Das konnte nicht sein. Ihre Tochter mochte ja esoterische Anwandlungen haben, aber doch nicht sie, nicht Robin Malone, die Psychotherapeutin. Es blieb ihr erspart, Nina zu antworten, denn das

Baby schrie und wollte gefüttert werden. Nina nahm Harry auf, setzte sich in einen Schaukelstuhl auf der Holzplattform und bot ihm ihre Brust.

Robin entschuldigte sich und ging ins Haus, um sich etwas zu trinken zu holen. Mineralwasser inzwischen, Mineralwasser mit Limone statt Kranbeerensaft mit einem großzügigen Schuss Wodka. Mit dem Alkohol war es vorbei, wie mit anderen destruktiven Gewohnheiten. Gott sei Dank. Nein, Menlo Park sei Dank. Ohne die Hilfe der Frauen, die sich da drüben in Kalifornien um Lazarettschwestern mit posttraumatischen Belastungsstörungen kümmerten, wäre es immer weiter abwärts mit ihr gegangen.

Sie hatte sich therapieren lassen müssen, um Therapeutin zu werden, ihr eigentliches Problem aber nie auch nur im Ansatz bearbeiten können. Psychiater, die Zivilisten waren, wollten oder konnten sie nicht verstehen. Während ihrer Ausbildung hatte sie zwei Therapeuten gehabt. Der erste, ein Mann, fand sie sehr aggressiv und feindselig und war der Meinung, sie habe sich die Probleme der Soldaten, die sie pflegte, zu Eigen gemacht. Sie versicherte ihm, es seien ihre Probleme. Sie habe so viele Menschen verloren, sogar Jungs, deren Namen sie nicht mal kannte. Und er sagte: »Sie dramatisieren, Robin. Sie sind doch zurückgekommen. Die nicht.« Und so ging es weiter; sie versuchte, ihm zu erklären, was sie belastete, und er behauptete, es belaste sie gar nicht. In der letzten Sitzung verlor sie die Geduld. Sie schrie ihn an, wieso zum Teufel er ihr um Gottes willen nicht zuhören könne. Seine Antwort war: »Wie wollen wir Ihre Therapie fortsetzen, wenn Sie so aggressiv sind, Robin? Wie wollen Sie andere Menschen beraten? Vielleicht sollten Sie sich einen anderen Beruf aussuchen.« Sie explodierte und ging als Nächstes zu einer Therapeutin. Die ebenfalls keine Ahnung hatte. Aber mittlerweile war Robin schlau genug, ihren Mund zu halten und sich zu benehmen. Sie bekam ihren Doktortitel und ihre Zulassung. Doch sie bekam nicht die Fürsorge, die sie brauchte. Sie musste sich nach wie vor selbst verleugnen.

Robin trat in Ninas große, wunderschöne Küche, die vor blankem Edelstahl glänzte. Alles wirkte kühl und offen durch die deckenhohen Schiebefenster, die auf die andere Seite der Holzplattform hinausgingen, die Seite zum Salzsumpf hin. Sie goss sich Mineralwasser in ein Glas, presste ein Stück Limone aus und nahm einen großen Schluck.

All die Jahre hindurch, auch während Ninas Medizinstudium, hatte ihr anscheinend nichts gefehlt. Sie war jetzt Dr. Robin Malone, ihre Tochter Dr. Nina Malone; was wollte sie mehr? Nach außen hin war sie ruhig und gelassen und stabil. Ihre Patienten liebten sie. Dann war im letzten Jahr ihr Vater gestorben. Und kurz darauf ihre Mutter. Plötzlich stand sie allein da, im Haus und auf der Welt. Sie zog sich eine Grippe zu, mit der sie zehn Tage im Bett bleiben musste. Sie wurde so schwach, dass sie nicht einmal mehr aufstehen konnte, um zur Toilette zu gehen, und hatte irgendwann eine Pflegerin anstellen müssen.

Während sie schlapp, krank und hilflos dalag, ohne die Kraft, auch nur eine Zeitung zu halten, stürzte alles wieder auf sie ein. Manchmal in ihren Träumen, oft aber auch aus heiterem Himmel. Die plötzlichen Bilder von Harry auf der Trage, der ganz gesund aussah, obgleich sie wusste, dass jeder Knochen in seinem Körper gebrochen war. Er war tot. Tot. Tot. Die Berge von Armen und Beinen nach einem Massenanfall von Schwerstverletzten. Die Jungs, die auf Fronturlaub kamen, abenteuerlustig und tapfer und ausgelassen, und zurückkehrten, um in Leichensäcken heimgeschickt zu werden.

An die glatte Granittheke in der Küche ihrer Tochter gelehnt, fing Robin an zu weinen. Es war erstaunlich, wie leicht das Weinen seit Menlo Park geworden war. Die dortigen Therapeuten meinten, die Krankenschwestern aus dem

Vietnam-Krieg hätten ihre Tränen alle zu lange unterdrückt, und sie hatten Recht. Sie hätte schon vor Jahren weinen sollen. Doch sie fühlte sich darüber erhaben. Selbst nachdem sie von Menlo Park und seinem Therapiekonzept gehört hatte, dachte sie, sie brauche das nicht. Ach was, Robin Malone doch nicht! Jetzt trat ihr in den seltsamsten Augenblicken ein Bild vor die Augen und ihr kamen die Tränen. Aber das war in Ordnung; es war an der Zeit, zu weinen und um alles zu trauern, was sie in jenem Krieg verloren hatte. Einschließlich ihres Babys. Sie bedauerte nur, dass sie sich ihrem eigenen Schmerz so lange verschlossen hatte.

Und wen traf sie auf dem Weg in das Rehabilitationszentrum von Menlo Park? Norma McClure, die immer noch fast genauso aussah wie früher: derselbe Pagenschnitt und so weiter. Nur älter natürlich. Sie war auf der Heimreise und ärgerte Robin zu Tode, wie üblich.

»Du wirst es grässlich finden, Malone, besonders zu Anfang, aber am Ende bist du dankbar. Ich bin es jedenfalls. Du liebe Güte, vor ein paar Monaten haben sie mich dabei erwischt, wie ich am Bett eines Patienten betete. Ich sagte, er sei ›moribund‹, und ich könne den Priester nicht finden. Dabei war er nicht mal mein Patient. Ich arbeitete in der Familiensprechstunde, und der Mann lag in der chirurgischen Abteilung, um sich den Blinddarm entfernen zu lassen, und war hellwach. Ich habe ihn zu Tode erschreckt. Ich dachte, ich sei wieder im Eins-Sechs-Eins.« Sie beäugte Robin nicht unfreundlich und meinte: »Ich wette, du hast nie richtig um Dr. Kaye getrauert. Oh, es wird die Hölle sein, Malone, aber hinterher geht es dir besser.«

Du brauchst gar nicht so verdammt überlegen zu tun, hatte Robin gedacht. *Ich habe nicht am Bett eines Patienten gebetet.* Doch vor zwei Jahren war sie zu Thanksgiving bei Charlies Eltern in Killingworth, Connecticut, ausgeflippt. Die Truthahnkeule auf der Platte hatte sich plötzlich in ein menschliches Bein verwandelt, und aus der Soße war Blut geworden. Sie stand rasch vom Tisch auf und lief ins Bad, wobei sie sich die weiße Damastserviette in den Mund stopfte, damit sie nicht losschrie und die Cranes erschreckte oder sich auf den Teppich erbrach. Sie hatte Menlo Park gebraucht, sicher, wenn es auch eine Weile gedauert hatte, bis sie sich das eingestehen konnte. Norma hatte Recht, in beiderlei Hinsicht: Es war die Hölle gewesen und am Ende war sie dankbar dafür.

Es wäre allerdings nett, wenn sie nicht ganz so oft losheulen würde; das war ziemlich unangenehm. Sie wollte Nina und Charlie nicht beunruhigen oder ihre Patienten erschrecken. Sie goss sich Mineralwasser nach, warf ein paar Eiswürfel hinein und schlenderte zurück auf die Holzplattform.

»Also, was meinst du, Mama?«, fragte Nina ohne Einleitung. »Zu dem Geist von Bird?«

»Ich weiß nicht«, sagte Robin vorsichtig. »Was meinst *du* denn?«

Nina lachte. »Mach dir keine Sorgen. Ich bin noch nicht völlig durchgeknallt. Charlie sagt, die amerikanischen Ureinwohner glaubten, dass alles von einem Geist beseelt sei, sogar Bäume und andere Pflanzen. Das ist eine schöne Vorstellung, findest du nicht? Wir gehen alle so unachtsam mit den so genannten unbelebten Dingen auf der Welt um. Vielleicht *schreit* ein Baum ja in Baumsprache Aua, wenn man einen Nagel in die Wand schlägt oder einen Ast abhackt. Guck mich nicht so an. Ich denke nur laut vor mich hin. Ich fange schon nicht an, merkwürdig zu werden und Kristalle zu tragen und Channeling zu praktizieren. Obwohl …«

Sie hielt inne und brach in Gelächter aus. »Wenn du dein Gesicht sehen könntest!«

»Kümmere dich nicht um mein Gesicht. Du hast mich daran erinnert, dass ich beim Aufräumen was gefunden habe, zwei Sachen. Die eine ist ein Notizbuch, in das meine Großmutter ihre Kräuterrezepte schrieb.«

»Du machst Witze, Mama!«

»Nein.« Sie konnte ein zufriedenes Lächeln nicht unterdrücken. »Prima! Dann kann ich ihre Kräutermittel ausprobieren und sehen, ob sie wirken. Und ich kann sie mit den Arzneien vergleichen, auf die Charlie bei seinen Forschungen stößt. Vielleicht sind es ja dieselben! Ich hoffe es. Das wäre großartig! Eventuell bringe ich in Yale-New Haven jemanden dazu, ein Experiment zu starten. Wenn ich nicht gerade Harry stillen würde, würde ich dir einen Kuss geben. Ich freue mich so! Und was ist das andere?«

»Das hier.« Robin kramte in ihrer Handtasche und zog einen kleinen Plastikbeutel heraus. Sie reichte ihn Nina, die ihn mit der Hand, die sie frei hatte, wendete und wieder wendete.

»Das ist ... ein Anhänger, oder?«

»Ich glaube, es heißt Wampum, ein langer, röhrenförmiger Anhänger, handgefertigt aus der Schale einer Venusmuschel. Ich *glaube*, es ist eine Venusmuschel.«

»Charlie wird begeistert sein.«

»Na, ich hoffe, du auch. Es ist ein Amulett. Es hält böse Geister fern. Oder irgend so was. Jedenfalls hat es Zauberkraft. Es hat Gran gehört. Sie hat es von ihrer Mutter. Ihre Mutter hat ihr erzählt, dass es ursprünglich einmal Bird gehörte.«

»Das kann nicht wahr sein!« Nina schaute mit erstaunt aufgerissenen Augen hoch.

»Ich entsinne mich, es gesehen zu haben, als ich klein war, und Geschichten darüber gehört zu haben. Dies ist also das besagte Amulett. Der Beutel ist kein Original.« Sie lachten beide. »Es tut mir wirklich zu Leid, dass du meine Großmutter nicht kennen gelernt hast, Nina. Morgan Wellburn Becker. Sie war eine großartige Frau.«

»So großartig wie Nanny?«, konterte Nina mit zitternder Stimme, als müsste sie ihre Großmutter verteidigen.

Robin trat neben ihre Tochter und berührte ihre Schulter. Nina hatte Birdie geliebt. Und sie musste zugeben, dass ihre Mutter für Nina tatsächlich die Mutter gewesen war, die für Robin zu sein sie keine Zeit gehabt hatte. Die waren schon so ein Paar gewesen, Nina und Nanny. Während Robin zu beschäftigt mit ihrem Kummer und ihrer Wut war, hatte Nanny sich um Nina gekümmert. Und jetzt war Mom gestorben. Sie hatte nicht lange durchgehalten nach JJs Tod, bloße drei Monate. Nun, sie hatte ja auch immer gesagt, ohne ihn fühle sie sich nur wie ein halber Mensch. So viel Loyalität war schon bewundernswert, oder?

»Es tut mir Leid, Schätzchen, ich weiß, dass du deine Nanny vermisst. Sie war auch großartig. Sie war dir eine bessere Mutter als mir. Ich bin wirklich froh, dass du sie hattest, denn ich habe das Gefühl, dass ich oft nicht zu viel zu gebrauchen war.«

Nina drückte ihre Hand und sagte: »Das stimmt nicht, Mama. Aber es ist schön, dich lächelnd, und, ja, auch häufig weinen zu sehen. Dachtest du, wir hätten nichts bemerkt? Es ist viel besser als diese Starre, weißt du.«

»Nina ...«

»Ja?«

»Hast du je von einem großen, weißen Vogel geträumt?«

»Einem großen, weißen Vogel? So was wie ein Reiher?«

»Ich weiß nicht. Einfach groß. Und weiß. Und ein Vogel.«

»Ich erinnere mich nicht, aber ich werde darauf achten. Was tut er denn in deinen Träumen?«

»Flattert mit den Flügeln und fliegt im Kreis herum. Vielleicht war er ein Symbol für meine Mutter. Du weißt doch – Birdie, Vögelchen. Aber irgendwie glaube ich das nicht. Irgendwie ...«

Sie stockte.

»Irgendwie was?«

»Ich weiß nicht. Mir ist so, als hätte ich von ihm geträumt, als ich in Vietnam war. Vielleicht hat es was zu tun mit … Harry? Seinem Unfall? Ach, vergiss es.«

»Du hast ihn wirklich geliebt, nicht?«, fragte Nina schüchtern.

»Ich habe ihn wirklich geliebt«, sagte Robin. Da waren wieder die verdammten Tränen. Zum Teufel mit ihnen. Sie wischte sie weg und redete weiter. »Nach unserer Heimkehr wollten wir heiraten.«

»Ich weiß, Mama. Es tut mir so Leid.«

»Hey, das braucht es nicht! Ich kenne etliche Paare, die glaubten, sie seien wahnsinnig verliebt, als sie drüben waren, doch als sie nach Hause kamen, war es einfach nicht mehr dasselbe. Die Gefahr war weg und das Kameradschaftsgefühl war weg. Es ist schwer zu erklären. Ich meine nur, dass Harry Kaye und ich es womöglich sowieso nicht bis zum Traualtar geschafft hätten. Aber ich vermisse ihn immer noch.«

»Charlie und ich kennen einen sehr netten Mann – unseren Börsenmakler – ungefähr in deinem Alter. Er ist Witwer –«

»Nein, Nina! Nein! Ich bin zu alt, um mich verkuppeln zu lassen.«

»Er wohnt in Old Lyme, und ich habe ihn eingeladen, dieses Wochenende irgendwann vorbeizukommen.«

»Nina, ich schwöre dir, ich bringe dich um.«

»Mach dir keine Sorgen«, sagte Nina mit einem Lachen in der Stimme, »Ich erzähle ihm nicht, dass meine Ur-ur-ur-hundert mal-ur-urgroßmutter eine Hexe war.«

»Eine Heilerin, Schatz. Hebamme. Krankenschwester. Therapeutin wahrscheinlich.« Sie hielt inne und lachte. »Und eine Hexe wohl auch. Alles zusammen.«

»Mit anderen Worten: eine Ärztin.«

»Mit anderen Worten, ja.«

»Weißt du, ich habe mir Charlies Notizen angesehen und die Namen der Pflanzen aufgeschrieben, die die Indianer immer benutzten. Ich habe sie bei meinen Patienten ausprobiert.

Nichts, was gefährlich werden könnte, natürlich. Viburnum trilobum zum Beispiel, eine Schneeballart – man macht einen Aufguss aus der Rinde, der wirklich gut gegen Menstruationskrämpfe ist. Ein paar Hebammen, mit denen ich zusammenarbeite, sagen, dass er auch Wehenschmerzen lindert. Oder die Septembersilberkerze, die wirkt ähnlich. Die amerikanische Blaubeere hilft bei Arthritis, und aus Ulmenrinde kann man eine Art Brei kochen, der sehr gut bei Verbrennungen hilft. Ach, ich glaube, wir können uns gar nicht genug mit den alten Heilmethoden beschäftigen. Findest du, dass ich total durchgedreht bin, Mama?«

»Nein, mein Schatz. Ich finde nicht, dass du durchgedreht bist. Ich finde, es ist sehr mutig von dir, diese Dinge auszuprobieren. Oder vielleicht sind es auch deine Patienten, die mutig sind.«

»Ich weiß nur, dass sie wirken. Ach, sieh mal. Er ist eingeschlafen.« Nina ließ den Kleinen ein Bäuerchen machen und reichte ihn Robin. Glücklich, ihn im Arm zu halten, vergrub sie ihre Nase im süßen Duft seines weichen Nackens. Nina setzte sich neben sie und sagte: »Ich möchte mal wissen ... glaubst du, diese Tees und Aufgüsse, die ich da zubereite, sind dieselben, die meine Urururuorma gemacht hat? Dass wir es geschafft haben, eine medizinische Tradition über Generationen weiterzuführen?«

Sie schauten sich an. Dann schüttelten beide den Kopf und meinten einstimmig: »Ach was. Das kann nicht sein!«